또 다른 사랑 3

SCARLET
ROMANCE
STORY

또 다른 사랑

스파클라 장편 소설

Another
Love

3

contents

1

결코 찾아올 것 같지 않았던 아침이 밝았다. 잠에서 깬 제이는 그의 사랑으로 충만했던 지난밤을 떠올리며 미소를 짓는 것도 잠시, 곧 다가올 시간을 생각하며 떠오르는 온갖 상념을 떨치려 그의 품에 파고들었다.

"으음. 일어났어? 컨디션은 어때? 괜찮아?"

"네. 덕분에 푹 잤더니 몸은 개운해요."

"다행이네."

몸은 개운한데 마음은 그렇지 않은가 보다. 중요한 날을 앞두고 지난밤 그녀를 너무 혹사한 건 아닌지…….

평소보다 더 대담하게 안겨 오는 그녀를 좋다고 안아 버린 자신의 욕심을 나무라며, 그 무거운 마음도 오늘이 지나면 새털처럼 가벼워지기를 간절히 빌어본다.

속이 부대낄까 부드러운 음식 위주로 먹이고서 차분하게 청문회장으로 갈 준비를 모두 마쳤다.

"준비 다 됐어?"

제이는 몸에 잘 맞는 검은색 정장을 단정하게 갖춰 입었다. 차분하게 아래로 묶은 머리카락, 간결한 메이크업은 깨끗하고 청초한 그녀의 이미지와 너무나 잘 어울렸다.

"네."

그 역시 검은색 슈트를 멋지게 차려입은 모습이었다. 말없이 곁에 서 있기만 해도 왜 이렇게 듬직한지. 믿음직스러운 그의 모습에 안도감이 마음 깊숙이 자리하는 듯했다.

"그럼 이제 나갈까?"

"좋아요."

제이의 외투를 챙겨 입혀 주고서 진한 키스를 하며, 말없이 제이의 손을 꼭 쥐었다. 그의 손아귀에 쏙 들어가 버린 자신의 손을 물끄러미 보면서도 빼고 싶은 마음이 없었다.

오늘은 그런 날이었다. 그의 손을 놓치고 싶지 않은 날. 따뜻한 그의 온기를 온통 흡수하고 싶은 날.

차가운 공기만큼이나 차갑게 식어 가는 몸과 마음이었다.

"하! 맙소사……."

그의 손에 이끌려 대문을 열고 밖으로 나가는 순간 커져 버린 눈과 절로 벌어진 입이었다. 그가 대문 앞에 멈추어 서자마자 고개 숙여 인사하는 사람들이 대체 몇 명인지…….

그나마 가장 선두에 익숙한 얼굴을 바라보고서야 안심한 듯 입을 다물었다.

"대표님, 한 팀장님. 밤새 안녕하셨습니까?"

가벼운 미소를 띠며 크리스가 반갑게 인사를 했다.

"준비는 차질 없이 다 됐겠지?"

그가 말하는 사이 제이는 크리스에게 가볍게 눈인사를 하며 자신들을 보는 많은 눈을 의식해 아쉽지만 그의 손에 감싸인 자신의 손을 빼내려는데, 조프는 꿈쩍도 하지 않았다.

"물론입니다. 대표님. 대표님의 수행 경호원과 알파 팀 추가 인원, 그리고 법무 팀까지 총원 스물다섯 명 대기 중입니다."

"그래, 수고했다. 가자."

바쁜 걸음 중 슬그머니 손을 빼려는 제이의 시도는 다시금 손을 꼭 쥐는 조프에 의해 낭패를 보고 말았다.

"제이, 내 손 놓으려고 하지 마. 지금 이 순간부터 나에게서 단 한 발짝도 멀어지지 말라고, 이 손 절대 놓지 마!"

"보는 눈이 많아서 그래요. 보는 눈이. 민망해."

"익숙해져야지. 누구 앞에서라도 난 이 손 놓지 않아."

확고하게 답하는 그의 눈을 바라보며 비단 지금 그가 말하고 있는 게 겨우 손 하나를 가지고 하는 말이 아님을, 단단한 그의 마음이 온전히 전해 오는 듯해 가만히 고개를 끄덕였다.

모든 준비는 끝났다. 조프는 자신 있었다. 그들의 죄를 밝혀 세상에 알리고, 제이 조부모님의 누명을 반드시 벗길 것이다. 조프는 제이가 겪어야 했던 모든 고통이 오늘로 끝나기를 간절히 빌었다.

전용기를 타고 서울에 도착했다. 차로 이동해 청문회장으로 향하는 동안 제이는 줄곧 말이 없었다. 조프는 그런 제이의 긴장감을 충분히 이해했기에 가만히 손을 잡으며 마음으로 위로를 전했다. 이따금씩 서로를 마주하며 말없이 옅은 미소를 주고받는 두 사람이다.

청문회 20분 전. 청문회장 앞으로 검은색 차들이 일렬로 줄지어 들어서고 있었다.

크리스와 조프, 제이가 함께 타고 있는 롤스로이스 차량의 앞뒤 쪽으로는 조프의 수행 경호원, 바로 뒤에는 알파 팀이, 그 뒤로는 J&의 법무 팀이 탄 차량, 도합 10대가 위용을 과시하며 조용히 멈추어 섰다.

가장 먼저 조프의 수행 경호원 여섯 명이 차에서 내려 조프가 타고 있는 차를 에워싸고, 뒤이어 알파 팀 열두 명이 알파의 지휘하에 일사불란하게 움직이며 VIP가 안전하게 청문회장으로 향할 수 있도록 기자들을 막아섰다.

차 안에서 가만히 제이의 손을 잡고 있던 조프가 입을 열었다.

"제이?"

"네."

"준비됐어?"

"네."

"기억해. 당신 옆에 누가 있는지. 처음부터 끝까지 당신 옆에 내가 있을 거야. 걱정 따위 하지 말고, 당신이 하고 싶었던 거 모두 다 해. 그 후에 일어날 일들은 내가 다 알아서 할게. 나 믿어?"

"네. 믿어요."

'난 오늘, 당신이 아닌 그 누구도 믿을 수 없어요. 오직 당신만…… 믿을 거예요.'

"그래. 오늘이면 당신이 할 일은 다 끝나게 될 거야. 당신은 청문회장에 오래 있지도 않을 거야. 길어야 한 시간 남짓이야. 그 안에 당신이 할 일은 모두 끝나. 그러니 힘들어도 조금만 참고 버텨. 할 수 있겠어?"

"몇 년을 기다렸는데 겨우 오늘 하루를 못 버틸까 봐? 내 걱정은 하지도 말아요. 난 오늘 완벽하게 준비됐으니까!"

"그래. 오늘 밤엔 우리 둘이 파티하자."

긴장한 표정과는 상반된 반응이었다. 당차게 말하는 제이를 보며 가슴 가득 뿌듯함이 자리했다.

"네…… 해요. 파티. 얼마든지."

그가 걱정하는 게 무색할 만큼 잘 해낼 것이다. 아니. 해내야 했다.

여태 숨고 외면해 왔으나 오늘만큼은…… 오늘은 더더욱 당당해져야만 했다.

숙이지 말고, 숨지 말고, 온전히 자신의 힘으로. 할머니와 할아버지 앞에서 고개 들 수 있도록, 그의 옆에 떳떳하게 설 수 있도록.

"그럼, 들어가 볼까?"

제이는 크게 심호흡을 하며 고개를 끄덕였다. 오랜 시간이 흘러 돌고 돌아 이제야 오게 되었지만, 후회 없이 잘 해내겠다. 마음으로 다짐을 하고 또 다짐하는 제이였다.

수행 경호원이 조프가 내릴 수 있도록 문을 열어 주자마자 곳곳에서 카메라 플래시 터지는 소리가 요란하게 들려왔다.

"J& 대표야! 그가 여긴 무슨 일이지?"

"그러게, 일단 찍어!"

조프는 시끄러운 기자들의 웅성거림, 요란하게 터지는 플래시 소리에 아랑곳하지 않고 느긋하게 한 발 한 발 차 밖으로 내디디며 옷을 한번 정돈하더니 제이가 타고 있는 쪽으로 돌아와 직접 문을 열어 주고 있었다.

제이는 조프가 문을 열어 손을 내밀 때까지도 눈을 지그시 감고서 마음의 평정을 찾으려 애써야 했다.

'긴장하지 마. 할 수 있어. 해낼 거야. 할 거야. 반드시…….'

그가 내민 손을 잡고 차 밖으로 한 발 내디디는 순간 더욱더 커지는 소음과 함께 마찬가지로 사방팔방에서 카메라 플래시가 터져 나왔다. 순간 움찔하며 당황할 수밖에 없는 제이였다. 언제고 기자회견을 하게 된다면 이런 모습이겠지 상상은 했었지만, 상상 이상으로 실제 마주한 현실은 엄청난 압박감을 선사하기에 충분했다.

"J& 대표님, 오늘 여기는 왜 오신 거죠?"

"대표님, 무슨 일로 오셨나요?!"

"대표님, 한 말씀만 해 주세요."

"옆에 계신 분은 누구신가요?"

"J& 대표님과는 어떻게 되는 사이인가요?"

여기저기서 쏟아지는 질문과 고함이 뒤섞인 혼란의 한가운데 그와 함께 서 있었다. 그가 얼마나 대단한 사람인지 다시 한번 뼈저리게 느껴지는 순간이 아닐 수 없었다.

'정말 괜찮을까요? 당신이 나 때문에 입게 될 피해와 손해를 보고도 당신 옆에 당당하게 서 있을 수 있을까요? 내가? 그래도 되나요?'

수없이 다짐했음에도 흔들리는 나약한 마음이었다. 조심스레 바라보는 그의 눈동자는 단호하기 이를 데가 없었다.

조프는 자신의 손을 꽉 쥐며 흔들리는 눈동자로 바라보는 제이의 눈을 마주하며 그녀의 손을 살짝 놓았다. 그 모든 순간에도 귀찮으리만치 귓가로 쏟아지는 기자들의 질문이었다.

"혹시 전에 말했던 여자가 한국 분이었나요?"

"두 분 사귀는 사이인가요? 대표님 말씀 좀 해 주세요!!"

"NBC와의 인터뷰에서 언급한 연인인가요?"

"인터뷰에서 그분 이니셜이 제이라고 했는데 지금 옆에 계신 분이 그분인가요?"

"대표님!! 대표님!! 한 말씀만 해 주세요."

'궁금해? 내 대답이 듣고 싶어? 그럼 똑똑히들 보라고. 하나도, 단 한 순간도 놓치지 말고 우리를 똑똑히 지켜보라고.'

조프는 그 어떤 질문에도 대답하지 않았다. 다만 행동으로 보여 줄 뿐이었다.

제이를 가만히 세워 두고서 외투를 더 단단히 여며 주었다. 한쪽 무릎을 접어 앉으며 그녀의 무릎까지 오는 외투의 끝을 정돈해 주고서야 천천히 일어서며 제이의 눈을 똑똑히 바라보았다.

당황함이 깃든, 의아함이 깃든 제이를 바라보며 웃음이 비집고 나오려는 걸 꾹 눌러야 했다. 추운 날씨에도 얼마나 긴장을 했는지 창백하게 질려 버린 그녀의 얼굴이 조프의 가슴에 아프게 와닿았다.

조프는 천천히 고개를 숙여 그녀의 귓가에 입을 갖다 대며 그녀만 들을 수 있는 낮은 목소리로 말했다.

"제이, 오늘 당신 너무 달콤해 보여. 오늘 우리의 파티 테이블 위에 당신을 올려 둘까 봐. 오늘은 더 천천히 더 깊이 당신을 탐구해 볼 생각이야. 특히, 내가 가장 사랑하는 당신의 뜨거운 그곳!"

제이는 귓가에 쏟아지는 그의 음성에 귀를 기울이느라 모든 소음을 차단해야 했다. 신기하게도 그의 음성에 집중하니 주변의 소음이 더 이상 제이를 혼란에 빠트리지 않았다.

오히려 집중해서 듣는, 그가 내뱉는 한 마디 한 마디가 그의 입김과 함께 뜨겁게 귓가로 흘러 들어와 제이를 더 큰 혼란에 빠트리는 듯 민망함에 얼굴이 후끈 달아올라 버렸다.

"풋."

어떻게 이렇게 위압감이 느껴지는 분위기에서 웃음이 터져 나올 수가 있는지, 그의 의도를 뒤늦게 간파하고서 찾아드는 감동에 눈시울이 붉어지려는 걸 간신히 참아야 했다.

조프는 그제야 천천히 고개를 들어 제이를 바라보았다. 사랑스럽게 달아오른 그녀의 얼굴을, 반짝이는 그녀의 눈망울을, 휘어지려 움찔거리는 그녀의 입매를 보고서야 마음에 든다는 듯 제이의 손을 다시 그러잡았다.

기자들은 눈으로 보고서도 믿기지 않았다. 수천 마디의 대답보다 더 확실한 제스처가 아닐 수 없었다. 그녀를 살피는 그의 몸짓은 사랑하는 연인 그 이상의 소중함을 여실히 드러내고 있었다.

남자의 품격이 느껴지는 당당한 그의 걸음걸이와 발맞추어 절대 뒤지지 않을 당당함으로 초연하게 걸음을 옮기는 여자를 보며, 한 편의 영화와 같은 모습에 기자들의 흥분이 최고조에 달하고 있었다.

'이거 정말 특종이다.'

단 한 컷도 놓쳐선 안 된다 생각하며 눈에 불을 켜는 기자들이었다. 다만 아쉬운 것은 영화 같은 이 장면을 혼자만이 아닌 여럿과 공유하고 있다는 것. 각자의 머릿속엔 수없이 많은 기자들 중 자신의 사진이 더 특출해야 한다는 중압감에 어깨가 무거워졌다.

기자들은 저마다 자신의 앞을 스쳐 가는 두 사람을 보며 최고의 컷을 건지기 위해 열과 성을 다해 카메라 셔터를 눌러야 했다.

조프와 제이가 걸음을 옮기자 곧이어 크리스가 따라붙으며, 조프의 수행 경호원들이 그들을 보호하듯 에워싸고서 함께 청문회장을 향했다. 그 뒤로 J&의 법무 팀 일곱 명이, 마지막으로 알파가 팀원들의 방어벽을 점검하며 청문회장 입구까지 그들의 뒤를 지켰다.

"대표님!! J&의 법무 팀까지 대동한 이유가 뭡니까?"

"다니엘 변호사님!! 한 말씀만 부탁드려요!!"

알파 팀의 철저한 방어 덕분에 기자 중 그 누구도 그들에게 근접하지 못했다. 일정 거리 이상 떨어진 곳에서 그나마 좋은 자리를 차지하겠다고 몸싸움을 벌이며 목소리 높여 질문하고 있었다.

조프는 기자들의 애타는 외침에도 눈 하나 깜짝 않고, 잡고 있던 제이의 손을 놓으며 그녀의 어깨를 한쪽 팔로 감싸 안았다. 옅은 미소를 지은 채 자신을 올려다보는 당당한 모습의 그녀를 바라보며 뿌듯함에 저도 모르게 그녀의 이마에 입술을 내렸다.

자신의 눈앞에서 벌어진 기막힌 장면에 쾌재를 부르는 기자가 있는가 하면, 하필 자신을 스쳐 지나가 벌어진 안타까운 장면에 탄식을 쏟아 내는 기자들도 있었다.

"저 사람, 하승주 아니야?"

"하승주?"

"前(전) 대통령의 수석 경호원 말이야!"

"뭐? 진짜?"

"現(현) 대통령이 직접 잔류를 지시했다는 그 경호원?"

"그래, 그때 대통령 경호실이 발칵 뒤집혔었잖아."

뒤늦게 누군가를 알아본 기자들의 웅성거림이 들려왔다. 그들이 바라보는 곳, 그 끝에는 VIP가 청문회장으로 안전하게 들어서는 걸 확인한 알파가 서 있었다.

전무후무한 일이었다. 전 대통령의 경호원으로 발탁될 때에도, 모든 절차를 무시한 대통령의 직접 추천을 일언지하에 거절했던 일로 청와대 출입 기자들 사이에서는 이미 유명 인사였다.

우여곡절 끝에 결국 청와대로 입성시켰으나, 대통령의 임기 만료 후, 현 대통령의 잔류 요청 또한 단호히 거절하며 경호실을 발칵 뒤집어 놓았던 장본인, 알파 하승주였다.

"J& 대표 경호 중인가?"

"아니야. J& 대표 경호원들은 함께 들어갔잖아."

청문회장에 나타난 뜻밖의 인물들로 기자들의 머릿속은 온통 물음표투성이였다.

조프와 제이는 이강성 의원의 배려로 마련된 사무실에 들어가 자리에 앉았다.

"다니엘, 지금부터 우리가 겪게 될 모든 상황을 세세하게 잘 살피고, 법적으로 문제가 될 만한 건 없는지 빠짐없이 잘 체크해 봐요. 특히 그녀의 명예가 훼손되는 일이 없도록, 조금이라도 문제가 될 만한 게 있다면 청문회가 끝난 후, 바로 법적 조치 취할 수 있도록!"

"네. 대표님."

간략하게 답을 하는 다니엘은 한국계 미국인이었다. 미국의 대형 로펌 소속으로 굵직굵직한 사건을 맡아 줄승소하며 일약 스타덤에 올랐던 변호사로, 한

창 주가를 올리던 중 조프가 대표로 있는 J&의 법무 팀으로 자리를 옮기며 세간의 관심을 한 몸에 받았던 인물이다.

다니엘 외에도 조프의 법무 팀에는 이번에 새롭게 합류하게 된 한국인 변호사 또한 포함되어 있었다.

결국 날이 밝았다. 주아는 살다 살다 자신이 이런 치욕스러운 날을 맞이하게 될 줄은 꿈에서도 생각하지 않았다. 자택 거실 소파에 앉아 다가올 일을 생각하며 마음을 다잡는 사이 남편 대훈이 다가왔다.

"뭐든 불리하다 싶으면 입 다물어. 주눅 들지 말고 평정심 유지하고, 특별한 일 있으면 이 비서 통해 연락할 테니, 오늘 당신이 어떻게 하느냐에 따라 앞으로의 우리 앞날이 크게 달라지게 될 거야. 죄가 있으면 어떻게 해서든 숨으려 드는 게 인지상정이지. 우린 그래선 안 돼. 이럴 때일수록 더 당당한 모습을 보여. 국민들은 당당한 당신을 보며 헷갈릴 거야. 표정 관리 잘 하고, 알겠어?"

"흠. 알겠어요. 어차피 증인으로 나올 사람도 없는데 조사나 제대로 되겠어요? 나 하나 앉혀 놓고 이게 뭐 하자는 짓인지, 원."

"그래도 몰라. 야당 측에서 뭘 알고 있는지. 뭘 감추고 있는지 모른단 말이지."

대훈은 야당 측의 움직임에 촉각을 곤두세우고 있었으나 도무지 알 수가 없었다. 참모진들 또한 상대 진영의 심상치 않은 분위기에 사소한 정보라도 캐내려 애썼지만 아무런 소득도 없었다. 도대체 그들이 숨기고 있는 게 뭔지…….

"강주아. 정신 똑바로 차려."

"알았어요. 알았다고요."

주아는 오늘 하루가 부디 빨리 지나가기를 바라며 청문회장으로 향했다. 청문회장에 도착해 차에서 내리자마자 카메라 플래시 세례와 동시에 우레와 같은 기자들의 질문이 쏟아져 나왔다.

"강 회장님, 해외 지사를 비롯한 잇단 악재들 모두 사실입니까?"

"회장님, 분식회계를 직접 지시하셨다는데 맞습니까?"

"회장님. 대법원장, 검찰총장, 경찰청장에게 뇌물을 전달한 게 모두 사실입니까?"

"회장님, 곧 영부인이 되길 바라는 국민들의 기대가 컸는데 하실 말씀 없으십니까?"

"회장님, 한 말씀 해 주시죠?"

"회장님. 회장님!!"

주아는 고고한 자태로 그들을 스쳐 지나며 청문회장 입구에 다다라서야 기자들을 향해 천천히 돌아섰다. 극적인 장면을 연출하기 위한 나름의 처세였다.

"조사에 성실히 임하겠습니다. 추운 날씨에 몸조심하세요."

예의 우아한 표정으로 말을 하며 추운 날씨에 고생할 자신들을 걱정해 주는 모습에 되레 혼란스러운 기자들이었다. 억울함이 있다면, 지금의 담담함에 놀라울 수밖에 없었고, 저 모든 표정이 거짓이라면, 그야말로 악어의 눈물이 아닐 수 없었다. 그렇게 혼란스러움을 잔뜩 남긴 채 주아는 유유히 청문회장으로 향했다.

기자들에게서 돌아서자마자 표정이 돌변하며 가소로운 듯 비웃음을 한껏 걸치는 모습을 누군가 보았다면 그 위선적인 이중성에 혀를 내두르고도 남을 것이었다.

"회장님, 이쪽으로 들어가시죠."

"그래."

주아는 비서의 안내에 따라 청문회장 안으로 한 발 들여놓았다.

"하……."

얼핏 봐도 열 자리가 훌쩍 넘는 증인석을 빈틈없이 채우고 있는 증인들을 바라보며 망연자실하고 말았다.

"이게 어……떻게, 어떻게 이런 일이……."

주아가 증인의 면면을 확인하려 들자 모두 성급히 얼굴을 숙이고 돌리며 주아의 눈을 피하기 바빴다. 분명 모두 불출석을 알려 왔던 인사들이었다.

하루 전까지만 해도 이런 어처구니없는 광경을 보게 될 거라고는 상상조차 해 보지 않았다.

'미친 것들, 감히 여기가 어디라고 와? 감히 여기가 어디라고!! 이렇게 뒤통수를 친단 말이지?! 두고 봐. 절대 가만두지 않아, 청문회 끝나고 보자고. 내가 어떻게 나올지 궁금하지 않아?'

주아의 여유로운 표정 뒤에 숨은 진심을 알 리 없는 사람들은 청문회장 안에 들어서면서도 유지되는 그녀의 고고함에 놀라지 않을 수 없었다.

반면 그녀의 성정을 익히 잘 알고 있는 증인들은 자신의 선택이 부디 최악이 아니었기를 바라는 수밖에 다른 방법이 없었다.

주아에게 잡힌 약점보다, J& 대표의 말이 훨씬 더 위협적으로 다가와 그의 말에 따를 수밖에 없었다. 이러나저러나 평탄할 리 없는 자신들에게 차라리 현실적이고 합리적인 J& 대표의 말을 듣는 게 나을 거라는 생각이 부디 잘못된 판단이 아니기를…….

"위원들 모두 자리하셨습니까?"

"네."

"그럼 지금부터 명우그룹의 불법 로비 의혹 관련 진상 규명을 위한 국정조사 특별위원회를 개의하겠습니다."

땅땅땅.

위원장을 맡은 야당 이주은 의원은 청문회장에 자리한 증인들과 스무 명의 간사, 그 외 참석 인원과 출입 기자들을 두루 훑어보며 의사봉을 두드렸고, 장내에 쩌렁쩌렁 울려 퍼지는 타봉 소리에 모두의 이목이 쏠렸다.

"우선 바쁜 일정에도 국민의 진실 규명을 바라는 간절한 마음을 받들어, 정확한 국정조사를 위해 이 자리에 참석해 주신 여야 의원님들께 감사의 인사를 드립니다. 조사에 앞서, 오늘 명우그룹의 불법 로비 의혹의 핵심 당사자인 법무부 장관, 전 대법원장, 검찰총장, 경찰청장이 개인적인 사정으로 불출석 사유서를 제출했습니다."

허탈함에 잠시 말을 멈춘 위원장 주은이 단호한 목소리로 말을 이었다.

"가장 앞장서서 법을 지키고 보호해야 할 의무가 있음에도 그들이 가장 잘 아는 법을 이용하여 교묘하게 법을 어기고 있다는 것에 안타까운 마음을 금할 수 없습니다. 전 국민들의 이목이 이곳을 향하고 있습니다. 부정부패를 뿌리 뽑고자 하는 국민의 의지가 여느 때보다 확고하고, 대통령 선거라는 나라의 명운이 걸린 일을 앞둔 시점에 있습니다. 부디 국민의 엄격하고 중한 경고를 받아들여 지금이라도 참석할 수 있도록 강력히 요청합니다."

말을 마친 주은이 이내 증인석을 바라보며 다시 입을 열었다.

"우선 증인 선서가 있겠습니다. 강주아 회장 발언대로 이동하시고 다른 증인들은 그 자리에 일어서 오른손을 들어 주세요."

주아는 꼿꼿하게 허리를 세워, 특유의 고고한 걸음걸이로 천천히 발언대로 다가갔다.

"선서 후, 선서문은 저에게 제출하면 됩니다. 시작하세요."

"선서. 본인은 국회가 실시하는 명우그룹 비리 의혹 사건 진상 규명을 위한 국정조사와 관련하여 국정조사 특별위원회에서 증언함에 있어 국회에서의 증언 감정 등에 관한 법률 제7조 및 제8조에 의하여 양심에 따라 숨김없이 사실만을 말하고 만일 진술이나 서면 답변에 거짓이 있으면 위증의 벌을 받을 것을 맹세합니다. 증인 강주아."

주아는 낭독한 선서문을 위원장에게 제출하고 다시 증인석으로 되돌아와 앉았다.

주아와 증인들이 착석함과 동시에 이주은 위원장이 청문회 진행 방식을 국회법에 따라 설명하며 청문회의 시작을 알렸다.

"자. 그럼 야당의 황이혁 의원님 질문 시작하십시오."

모든 질문이 강주아 회장에게 집중될 거라 생각했던 모두의 예상을 깨고 주변인부터 추궁하는 야당 의원이었다. 주변인에게 먼저 집중적으로 질문을 하며, 흐트러짐 없이 앉아 있는 강 회장의 숨통을 서서히 조여 가고 있었다.

주아는 멍청하게 사실을 시인하는 명우 측 증인들의 증언을 들으며 있는 힘껏 주먹을 말아 쥐며 인내해야만 했다. 무언가 잘못돼도 한참 잘못되어 가고 있었다. 출석조차 하지 않았어야 했던 사람들이 출석한 것으로도 모자라, 오래전부터 만일의 사태에 대비해 말을 맞추었던 정황을 모두 뒤엎으며 왜 자신을 궁지로 내모는지, 야당 의원들의 허를 찌르는 송곳 같은 질문에 온몸에 소름이 돋아 버렸다.

분명 저들은 사실을 모두 간파하고 있는 듯 보였다. 틀어져도, 단단히 틀어져 버렸다. 정신 바짝 차리지 않으면 이곳이 곧 무덤임을 너무 늦게 알아 버린 주아였다.

여당 의원들은 의도적으로 강주아 회장을 비껴가며 요지에서 벗어나는 질문으로 시간 끌기만 하는 게 확연히 눈에 보였다. 그럼에도 흔들림 없이 정확한 사실만을 재확인하며 강 회장을 향해 가는 야당 의원들이었다.

"강주아 증인, 본인은 강윤기 본부장에게 분식회계를 지시한 적이 있습니까?"

"그런 사실은 전혀 없습니다."

"강주아 증인, 지금 국정조사 중입니다. 집중해 주시길 부탁드립니다. 분명 강윤기 본부장은 강주아 증인에게 지시받은 사실이 있다. 증언을 했습니다. 잘 들으셨습니까?"

"네, 분명 들었고, 저는 그런 사실이 없다 말씀드렸습니다."

"강윤기 증인, 다시 한번 묻겠습니다. 누구로부터 분식회계를 지시받았습니까?"

"오래전부터 강 회장의 지시에 따라 분식 결산을 해 왔습니다."

"강주아 증인, 분명 지시받은 사람은 있다고 하는데 지시한 사실은 없군요?”

“…….”

“강주아 증인, 명우그룹이 기업의 신뢰도를 높이기 위해 O사와 이면계약을 한 정황에 대해서도 모른다고 하시겠습니까?”

“이면계약은 없었습니다. 계속해서 없는 사실을 가지고 말씀하시는데, 특검에서 명백히 밝혀질 겁니다.”

“여기 제가 들고 있는 자료에 따르면 이면계약을 통해 편법으로 많은 이윤을 남긴 사실이 있는데도 모르쇠로 일관하시는군요. 모든 자료가 이렇게 명백하게 존재하는데 말입니다!! 여기 자료 한 부 전해 드리겠습니다. 직접 확인해 보시죠.”

국회 경호원을 통해 서류를 전달받은 주아는 표정을 관리하느라 얼굴에 경련이 일어날 것만 같았다. 이 자료가 어떻게 해서 저 의원들의 손에 들려 있는지, 야당 의원들과 한통속이 된 듯, 믿었던 증인들조차 돌출 발언을 하며 계속해서 숨통을 조여 오고 있었다.

긴장 때문인지 이제 겨우 한 시간이 지나갈 뿐인데, 몇 시간이나 지난 것처럼 온몸이 고통을 호소하고 있었다. 도무지 빠져나갈 구멍이 보이지 않았다. 이 치욕의 시간을 얼마나 더 버티고 앉아 있어야 할지…….

그때 한 손에 진동이 느껴져 보니 들고 있던 휴대전화에 문자가 도착했다.

[버텨, 표정 관리하란 말이야! 잘하고 있어. 지금처럼만 해.]

대훈의 문자였다. 대훈은 제 의원실에서 측근 참모진들과 청문회를 주시하며 궁지로 몰리는 아내를 바라만 봐야 했다.

증인이 출석할 리 없다던 주아의 말만 곧이곧대로 믿어 버린, 결코 있어서는 안 되는, 있을 수 없는 일을 바라보며 모든 게 어긋나고 있음을, 이 사태를 어떻게 헤쳐 나가야 할지 고심하며 당장은 아내가 잘 버텨 주기만을 바랄 수밖에 방법이 없었다.

주아가 대훈의 문자를 받고, 마음을 다시 다잡는 사이 야당 간사위원들은 다음 질의를 차분히 준비하고 있었다.

분명 수세에 몰리고 있음에도 동요함 없이 뻔뻔하게 질의에 답하는 강 회장을 보며 배짱 하나만큼은 인정하지 않을 수 없음을, 괜히 그룹의 회장 자리에 앉아 있는 게 아님을 알 것 같았다. 언제까지 그 표정을 유지할 수 있을지 심히 궁금함마저 생기는 야당 의원들이었다.

다시 재개된 조사에서 또한 여당 의원의 지리멸렬한 질의만이 계속되며 지켜보는 사람들이 답답함에 가슴을 치게 만들었다. 분위기의 전환이 시급했다.

“이대용 의원님, 다음 질의 시작하세요.”

“네. 강주아 증인, 증인에게는 이곳이 곧 망각의 강이라도 되는 모양입니다. 여러 증인과 객관적 자료가 있음에도, 계속해서 모든 혐의 사실을 모른다, 사실이 아니라는 말로 넘어가려 하는데, 이 순간만 모면하면 된다는 안일한 생각은 하지 않는 것이 좋습니다.”

“의원님, 저는 단지 사실을 말하고 있을 뿐입니다. 모르는 것을 모른다고 하는 게 잘못되었나요?”

“하, 이런 식으로 하다가는 끝도 없겠습니다. 같은 질문을 반복하고, 같은 답을 반복하는데 이게 무슨 청문회라고 할 수 있겠습니까? 이제 질문의 방향을 좀 바꿔 보겠습니다. 하현우 증인.”

주아는 낯설지 않게 느껴지는 이름에 흠칫 놀라 귀를 쫑긋 세웠다. 왠지 느낌이 좋지 않았다. 모골이 송연한 느낌에 일순 몸이 굳는데 차분한 증인의 목소리가 귓가로 흘러들었다.

“네.”

“증인은 6년 전, 강 회장의 아들 이태현으로부터 폭행을 당한 적이 있습니까?”

“아니요. 이태현으로부터 폭행을 당하지는 않았습니다.”

“위원장님!! 여기서 갑자기 제 아들은 왜!”

아들의 이름이 언급되자 순간 당황해서 질문을 하다가 아차 싶었다. 청문회를 시작한 후 처음으로 표정을 바꾸며 당황한 모습을 고스란히 내비친 주아였다.

주은은 시종일관 모르쇠로 일관하며 꼿꼿한 자세를 유지하던 강주아가 발끈하는 모습을 유심히 바라보며 조사를 계속 진행시켰다.

"일단 들어 봅시다."

위원장의 속개에 이대용 의원이 질문을 이었다.

"이태현이 아니라면 누구에게 폭행을 당했습니까?"

"이태현이 사주한 폭력배들로부터 폭행을 당했습니다."

"그렇군요. 왜 폭행을 당했습니까?"

"처음엔 저도 몰랐습니다. 왜 무차별적인 폭행을 당해야 했는지…… 후에 이태현 그 사람이 제가 입원한 병실로 찾아와서 알게 되었습니다. 그의 여자 친구에게 좋아했던 감정을 전했다는 이유……에서였습니다."

"그게 무슨 말입니까? 좀 더 자세히 설명해 줄 수 있을까요?"

"졸업 전 미국에 있는 회사로부터 취직이 확정되었다는 연락을 받았습니다. 떠나기 전 처음이자 마지막으로, 평소 좋은 감정을 가지고 있었던 후배에게 혼자 좋아했었다고, 행복하게 잘 지냈으면 좋겠다. 인사를 했었습니다. 그 뒤로 그런 일을 당했습니다."

"그의 여자 친구에게 단지 좋아했었다는 마음을 전했다는 이유로 폭행까지 당했다는 말입니까?"

"네. 그렇습니다."

"위원장님. 지금 주요 안건에서 완전히 벗어나고 있습니다. 지금은 명우그룹 관련 청문회 자리입니다. 왜 여기서 이태현 군의 이야기가 나와야 하는지 알 수가 없습니다."

보다 못한 여당 의원의 견제가 들어왔다. 야당이 창이라면 여당은 지금 현재 완벽한 방패였다.

다른 사람도 아닌 이대훈의 처. 여기서 일이 틀어져 버리면 그간 쌓아 온 노력이 한순간에 물거품이 됨과 동시에 자신들의 정권이 무너질 일만 남았다. 이미 청문회 진행 과정이 자신들의 예상과는 달리 흘러가고 있어 가뜩이나 신경이 날카로운데 뜬금없이 아들 문제까지 불거질 줄이야.

"네. 그렇군요. 이대용 의원, 이 내용이 지금 필요한 내용입니까? 저도 좀 의아합니다."

이주은 위원장 또한 의아함에 고개를 갸웃했다.

"네. 위원장님, 주요 안건과 연관이 있다는 판단에서 질의하는 것이니 조금만 더 지켜봐 주시기를 부탁드립니다."

"계속하세요."

"하현우 증인, 혹시 증인 말고 또 그런 일을 당한 사람이 있습니까?"

"네. 저 말고도 다섯 명 정도가 저와 같은 사유로 폭행을 당하거나 교통사고를 위장한 사고가 났었던 것으로 알고 있습니다. 물론 합의는 다 되었습니다만."

"모두 이태현이 시킨 일이다?"

"네."

주아는 눈을 질끈 감았다. 일의 돌아가는 양상이 전혀 엉뚱한 방향으로 진행되고 있었다. 머릿속이 복잡하게 얽혀 들었다.

"강주아 증인, 아들의 이런 행태를 알고 있었습니까?"

"제 아들이 그랬을 리가 없습니다."

"그렇습니까? 이상한 일이네요. 여기 제가 지금 보고 있는 자료에 따르면 하현우 증인이 말한 시점부터 그룹 비자금 내역이 월등히 많아졌습니다. 횡령한 정황도 그 시점부터인데 왜 그럴까요? 혹시 아들이 친 사고의 뒷수습에 많은 돈이 필요했던 건 아닙니까?"

"말도 안 됩니다. 제 아들이 뭐가 부족해서 겨우 그런 이유로 타인을 해한단 말입니까! 절대 있을 수 없는 일입니다. 그리고 만에 하나 그렇다 한들 상식적으로 볼 때, 그걸 왜 회사 공금으로 처리하려 하겠습니까? 제가 회사 공금에 손을 대야 할 정도로 형편없지는 않습니다."

"그렇죠. 상식적으로는 분명 그렇죠. 그런데 지금 우리가 전혀 상식적이지 않은 세상에서, 상식적이지 않은 일들을 너무나 많이 겪으며 살고 있지 않습니까? 강주아 증인? 그럼 회사 공금이 아닌 개인 재산으로 합의를 했다. 그 말씀이시군요."

"아니요. 이건 너무 터무니없는 억측이며, 모함입니다."

주아의 말을 들으며 참다못한 현우가 발끈하며 말을 꺼냈다.

"분명 제가 직접 겪은 사실입니다. 만약 제 말이 위증이라면 그 어떤 처벌이라도 달게 받겠습니다. 폭행당한 다음 날 병원으로 직접 찾아와, 자신이 누구의 아들이며, 한 번 더 그녀의 근처에 다가간다면 어떻게 될지 소상히 말해 주고 간 이태현을 잊을 수가 없습니다. 그 당시 찍어 둔 사진과 병원 입원 기록도 있습니다."

현우의 말에 힘입어 이대용 의원이 다시 한번 주아를 다그쳤다.

"강주아 증인! 지금 하현우 증인이 실제 당했던 일을 직접 증언을 하는데도 도무지 믿지를 않으시네요. 여기서 하나 더 묻겠습니다. 하현우 증인이 증언한 그해에 법무부 장관, 전 대법원장, 검찰총장, 경찰청장에게 로비한 정황이 있는데, 아들과 전혀 상관이 없는 일입니까?"

"몇 번을 물어보셔도 저의 답은 같습니다. 저의 아들은 아무런 잘못이 없습니다. 그리고, 로비라니요. 그런 일 절대 없습니다."

"그렇다면 강주아 증인은 법무부 장관을 비롯한 증인들과 개인적인 친분이 있습니까?"

"개인적인 친분 없습니다."

"확실합니까?"

"의원님! 분명 개인적인 친분이 없다고 말씀드렸습니다."

"개인적인 친분도 없는데 왜?! 청문회가 결정되고 난 후, 따로 그들을 만나셨는지요?"

"그건 또 무슨!!"

짜증이 극에 달하고 있었다. 어떻게 해서든 자신으로 하여금 실수를 유발하게 하려는 그들의 의도를 모르지 않았다. 아무리 차분함을 가장하며 표정을 유지하려 해도 솟구치는 짜증까지 감당할 수가 없었다. 언제까지 이런 긴장 상태를 지속하여야 할지, 이 지루한 청문회는 언제쯤 끝이 나려는지…….

주아는 그들에게 말리지 않으려 기를 쓰고 버티고 있었다.

"화면 보여 주시죠."

야당 의원의 말이 끝나기가 무섭게 대형 브라운관에 주아가 그들을 은밀히 만나는 모습을 포착한 사진이 한 장 한 장 보여지고 있었다.

"로비한 사실도 없고, 개인적인 친분도 없다는데, 이 사진들은 어떻게 설명하시겠습니까?"

망연자실한 듯 시종일관 부드러움을 유지하려 애쓰던 주아의 얼굴이 굳어 버렸다.

조심한다고 무던히 애썼던 날들이었다. 청문회를 하게 된다는 기가 막히는 소식을 접하고서 급히 말을 맞추려 한 명 한 명 다 따로 만나야 했다. 바쁜 시간 쪼개 가며, 혹시 몰라 측근조차 모르게 인적이 드문 외진 곳들만 골라, 조심 또 조심했었는데 어떻게 저렇게 사진이 찍혀 버릴 수가 있는지, 작정하고 미행하지 않은 다음에야 절대 있을 수 없는 일이었다.

'도대체 누구야? 누구냐고!!'

"하실 말씀이 따로 없으십니까?"

야당의 의원으로부터 추궁받는 강 회장을 보면서도 따로 도울 길이 없어 막막한 여당 측이었다. 수시로 질문의 부당함을 들먹이며 항의를 하고 있지만 역부족이었다. 자신들이 듣기에도 석연치 않은 허점이 곳곳에서 드러나고 있었다.

주아는 벼랑 끝에 내몰린 듯한 심정을 가까스로 다스리며 잔뜩 가라앉은 목소리로 입을 열었다.

"로비 의혹을 받고 있다는 사실 자체만으로도 죄스러워 친분이 있다 한들 그렇다 답하기가 쉽지 않았습니다. 저로 인해 마찬가지로 오해를 받게 된 그분들께 죄송함을 금할 길이 없는데, 친분이 있다고 하면 그분들께 오히려 더 큰 폐를 끼치게 되지 않을까 염려하지 않을 수가 없어 부득이 그렇게 말한 것이니, 양해해 주시기 바랍니다."

"이제 와 친분이 있다고 말을 바꾸시는 겁니까? 분명 청문회 서두에 증인 선서를 하셨습니다. 진술이나 답변에 거짓이 있으면 위증의 벌을 받겠다. 기억하십니까?"

"……네. 기억합니다."

"전 국민이 지켜보고 있습니다. 그 어떤 거짓 없이 솔직하게 임해 주시기를 다시 한번 당부드립니다. 왜 청문회가 확정된 후 그들을 따로 만나셨습니까?"

"죄송합니다만, 청문회와는 전혀 무관한 개인적인 일이라 따로 드릴 말씀이 없습니다."

주아의 뻔뻔한 대답에 여기저기서 탄식이 쏟아져 나왔다. 안타깝게도 질의하던 의원의 질의 시간이 끝나며 여당 측으로 질의 순서가 넘어갔으나, 국민들의 바람과는 달리 이어지는 질문이 아닌 전혀 다른 질문을 쏟아 내는 의원을 향한 국민들의 질타가 심상치 않았다.

다시 야당으로 돌아온 질의 시간. 자신의 차례를 기다리던 김시원 의원이 증인석을 바라보며 질문을 시작했다.

"결정적 제보에 따르면, 명우그룹의 각종 비리는 이미 오래전부터 행해 온 일로 알고 있습니다. 물론, 특검에서 더 상세히 밝혀지겠지만 말이죠. 한데, 아까 하현우 증인이 말한 그 시점! 그 시점부터 그 비리가 더 커지고 있다는 점이 의아합니다. 강주아 증인의 아들과 무관하지 않다는 생각을 떨칠 수가 없는데, 강주아 증인의 아들을 증인으로 요청해 출석시켜 확인해 보는 건 어떻겠습니까?"

야당 김시원 의원의 날카로운 지적에,

"하……."

주아는 그만 말문이 막혀 버리고 말았다. 아들은 현재 전치 6주의 진단을 받아 모처에서 요양 중이었다. 시일이 제법 흘렀다 한들 아직도 얼굴에 남아 있는 그 날의 흔적은…… 행여라도 출석하게 될 경우 그들의 의혹에 확신을 더하는 것밖에는 될 수 없었다.

상상만으로도 기함할 노릇이었다.

"제 아들은 현재 해외 지사에서 근무 중입니다."

일단은 피하고 보는, 한 치 앞을 내다볼 수 없는 어리석은 주아다.

"그렇습니까? 그러면 지금 강주아 증인의 아들은 국내에 없다는 말입니까?"

"네."

"이상한 일이 아닐 수 없군요. 제가 알기로는 이미 국내에 들어와 있는 걸로 알고 있습니다만, 국내에 입국하자마자 누군가를 찾아갔다더군요."

"……."

말문이 또다시 막혀 버렸다.

"위원장님, 이태현에 대해 잘 알고 있는 한 사람을 지금 바로 증인석으로 모시고 싶습니다만, 아! 이미 증인 요청된 분이며, 신변의 안전을 위해 잠시 다른 곳에 있습니다."

"그게 누굽니까?"

위원장의 물음에,

"강주아 증인 아들의 전 여자 친구인 한재희 씨를 증인석으로 모시겠습니다."

여당 측을 비웃듯 스윽 훑어보며 말하는 야당의 검사 출신 김시원 의원이었다.

김시원 의원은 이강성 의원과는 막역한 사이로 위원회 선출 시부터 이강성 의원으로부터 모든 내용을 전달받았었다. 오랜 경험으로 보아하니 강 회장의 정신력이 서서히 금이 가는 듯했다. 조금만 더 흔들면 아예 무너져 버릴 텐데…….

파렴치한의 말로가 머지않았다. 조용히 전의를 불태우며 의지를 다지는 김 의원이었다.

반면 주아는 뜨악한 표정을 감추지 못했다. 분명 입 닥치고 가만히 있으라 그렇게 일렀건만, 여기가 어디라고 나온단 말인가?! 그 아이에게서 나올 말들을 예상하며 더 이상의 표정 관리는 불가했다.

"이제 당신 차례야. 할 수 있겠어?"

사무실에 대기하며 다 함께 모여 앉아 청문회 과정을 빠짐없이 지켜보고 있었다. 강 회장의 뻔뻔한 작태에 혀를 내두르는 중에도 어떠한 감정의 동요도 없이, 의연하게 앉아 있는 제이를 보며 놀라지 않을 수 없었다.

"다녀올게요."

걱정으로 조심스럽게 물어 오는 조프의 말에 울컥하는 마음을 다스리며 결연하게 고개를 끄덕였다.

"나와 같이 가."

"부탁이에요. 여기서 기다려 줘요."

이미 너무 많은 걸 내어준 사람이었다. 더러운 티끌 하나 닿게 하고 싶지 않은 사람이었는데 그럴 수도 없게 되어 버렸다. 청문회장 안, 무슨 말이 오고 갈지 모르는 곳에 그를 밀어 넣고 싶지 않았다.

조프는 결연한 표정의 제이를 보며 지금은 자신이 마음을 접어야 할 듯했다. 이미 많은 부담감을 안고 있을 제이에게 자신까지 걱정거리로 보탤 수는 없는 일이었다.

"그래. 후…… 법무 팀이 함께 갈 거야. 아무 걱정 하지 말고, 당신이 하고 싶었던 말 다 하고 와."

"고마워요. 당신이 아니었으면 여기까지 올 수 없었을 거예요."

"아니. 내가 아니었어도 충분히 당신 혼자서도 잘 해냈을 거야. 지금은 다른 생각 하지 마. 나도, 부모님도, 오로지 당신만 생각해."

"네. 그럴게요."

"그래."

조프는 의연함을 가장한 제이가 언제까지 버틸 수 있을지 걱정스러웠다. 답답하면 답답한 마음이라도, 억울하면 억울한 마음이라도 표출하면 좋으련만, 가슴에 담아 둔 수많은 감정을 누르고만 있으니 저 마음이 얼마나 무거울지, 안쓰러움에 홀로 걸어가는 제이의 등 뒤에서 눈길을 돌릴 수가 없었다.

제이가 도착하자 청문회장 문이 열렸다. 청문회장으로 들어서며 제이는 가장 먼저 강 회장을 주시했다.

'기억해요? 이번에는 절대 숨지도, 돌아가지도 않을 거라고 했던 내 말? 절대 물러나지 않을 거예요. 반드시 벗기고 말 거야. 우아함을 가장한 그 더러운 가면을…… 그 뒤에 도사리고 있는 독사 같은 당신의 본모습을 낱낱이 보여 줄 거야. 똑똑히 지켜봐요. 내가 당신을 어떻게 끌어내리는지…….'

"증인, 발언대 앞으로 가서 선서하세요."

위원장의 말에 따라 선서를 마친 제이가 자리에 앉았다. 강 회장의 바로 뒷자리였다.

"자. 김시원 의원님. 시작하세요."

"네. 본인이 한재희 씨 맞습니까?"

"네. 그렇습니다."

"청문회를 처음부터 지금까지 다 지켜보셨겠죠?"

"네."

시원은 꼿꼿한 자세로 앉아 흔들림 없이 제 눈을 마주하는 여자를 보고 잘 견뎌 주기를 바라며 질문을 이었다.

"최근에 이태현을 만난 적이 있습니까?"

"네. 그가 저를 찾아왔었습니다."

"찾아온 이유는요?"

제이는 저를 주시하는 수많은 눈과 귀가 부담스러웠지만 이내 마음을 가다듬고 차분하게 말을 시작했다.

"저와…… 다시 시작하고 싶다고 하더군요. 출국하지 않았다면 아직 한국에 있을 겁니다. 찾아온 것 외에도 수없이 많은 전화가 왔었습니다. 필요하다면, 통화 내역서 제출하겠습니다."

"해외 지사에 있어야 할 사람이 입국해서 가장 먼저 한재희 씨를 찾아왔고, 수없이 많은 전화를 했다. 증인, 혹시 이태현에 대해서 우리에게 더 해 줄 말이 있습니까?"

"네. 시간을 주신다면 해야 할 말이 있습ㄴ."

"위원장님! 도대체 이게 무슨, 지금 전 국민이 보고 있는 국정조사 자리에서 저와는 아무런 상관도 없는 사람이 왜 증인으로 나오는지 이해할 수가 없습니다."

결국 제이의 말을 자르며 흥분한 모습까지 보이고 마는 주아였다.

"강주아 증인, 지금은 발언 기회가 없습니다. 그러니 진정하시고 일단 들어 봅시다. 자, 증인 계속하세요."

시종일관 점잔을 떨며 고자세를 유지하던 강 회장이 아들 얘기만 나오면 발끈하는 모습에 분명 무언가 있다고 판단한 위원장이었다.

"네. 이렇게 발언할 기회를 주셔서…… 감사합니다. 앞서 하현우 씨의 증언은 모두 사실입니다. 그리고 강 회장님도 그 모든 사실을 알고 계십니다."

제이는 감정이 북받쳐 올라 금세 눈가가 촉촉해졌다.

'여기서 울면 안 돼. 참아. 견뎌. 제발.'

잠시 하던 말을 멈추고 차분히 마음을 가라앉히며 감정을 정리해야 했다.

"강주아 증인과 완벽히 대치되는 말이네요. 강주아 증인은 아들이 절대 그럴 일이 없다고 호언장담을 하는데 말입니다."

강주아를 뚫어져라 바라보며 말을 하는 김시원 의원이었다.

"아니요. 모든 사실을 알고 계실 뿐만 아니라 오히려 아들의 죄를 은폐하셨ㅅ,"

제이는 또다시 말을 가로막는 주아와 여당 의원들에 의해 말을 이을 수가 없었다. 위원장의 자격으로 주은이 엄중하게 경고를 하고 나서야 제이가 다시 말을 이었다.

"6년 전 저는 강 회장님의 아들 이태현과 연인 사이였다가 헤어졌습니다. 그런데……."

제이의 조용하고 차분한 음성에 청문회장 안이 쥐 죽은 듯 고요해지며 어느새 그녀의 이야기에 모두 집중하고 있었다. 단 한 사람 강주아를 제외하고는.

제이는 애써 담담하게 그날의 일을 다시 입에 올려야 했다. 최대한 감정을 배제하며 흥분하지 않고 정면을 주시하며 있었던 사실만을 말하기 시작했다.

촉촉하게 젖어 드는 눈, 뼈가 다 드러나 보이도록 꽉 잡은 채 틀어쥔 두 손. 이따금 그녀의 입에서 흘러나오는 한숨 소리가 아니었다면 그 누구도 제이가 고통 속에 있다는 것을 알지 못했을 것이다.

처음에는 가만히 듣고 있던 청문회장 안의 사람들이 소름과 경악으로 물드는 데는 결코 많은 시간이 필요하지 않았다.

차라리 울면 나을 걸, 처연하게 앉아 눈물이 고일 때마다 말을 멈추며 감정을 정리하는 모습에서…… 목소리가 떨려 올 때마다 가만히 호흡을 가다듬으며 진정하려 애쓰는 모습에서…… 보는 이들로 하여금 더욱더 애잔한 마음이 들게 하며, 가슴 아프게 만들었다.

"그렇게 모든 사건이 변질되어 있었습니다."

태현의 범행을 말하던 순간부터였을까? 청문회장은 찬물을 끼얹은 듯 조용하기만 했다. 카메라 셔터 소리조차 멈추어 버렸다. 주위에서 흘러나오는 탄식이 없었다면, 모든 게 멈추어 버린 듯한 모든 게 꿈인 듯한 착각이 일 정도로 거짓말 같은 적막만이 청문회장 안을 음울하게 메우고 있었다.

"자."

위원장의 한마디에 망각에서 깨어난 듯 찰칵, 찰칵, 찰칵 카메라 플래시 세례가 수도 없이 쏟아지며 국정조사의 후반전을 알리는 듯했다.

"네. 하…… 어떻게 이런 일이 있을 수 있는지."

주은은 국조위 위원장이기 이전에, 증언을 마친 여자와 비슷한 또래의 딸아이를 가진 두 아이의 엄마였다. 입장을 바꿔 생각해 보고 싶지도 않은, 결코 있을 수도 있어서도 안 될 말을 들으며, 과연 이게 현실에서 있을 법한 일인지, 위원장의 자격을 망각한 채 울분을 터트렸다.

"강주아 증인. 위원장 자격으로 직접 묻겠습니다. 방금 한재희 씨가 한 말이 다 사실입니까?"

주아는 표정 관리를 하지 못하고 이를 으득 깨물었다. 자신의 모든 게 무너지는 소리가 들려오고 있었다. 돈도. 명예도. 권력도…… 모두 다 깡그리 물거품이…….

그럼에도 그 모든 것을 이렇게 허무하게 포기할 수만은 없었다.

"그녀의 말은 사실이 아닙니다."

너무나도 태연자약했다. 주아는 얼굴색 하나 바뀌지 않은 채 거짓으로 정면 반박했다.

"오히려 한재희 씨가 지금 우리 아들에게 누명을 씌우려 하고 있습니다."

"강주아 증인은 지금 한재희 씨가 거짓말을 하고 있다는 겁니까?"

야당의 의원이 물었다.

"네. 거짓이 아니라면 어떻게 그런 일이 있었음에도 소송도, 재판도 없이 이렇게 오랜 시간을 흘려보낼 수가 있겠습니까? 6년 전 해외 지사로 떠나며 헤어지자고 했던 게 마음에 맺혀 있었나 봅니다. 그래도 이건 아니지, 전 국민을 기만하는 행위예요. 재희 씨, 도대체 누구의 사주를 받고 이런 일까지 벌이는 건가요?"

주아의 말이 끝나기가 무섭게 여당 의원들의 고성이 터져 나왔다. 사주한 주체가 누군지 밝혀야 한다에서부터, 증인으로 나온 여자의 정신감정을 의뢰해야 한다 등.

제이는 차라리 다행이다 싶었다. 눈물이 목구멍까지 차올라 더 이상 참을 수 없어 흐르기 일보 직전이었는데 분노로 눈물이 쏙 들어가 버렸다. 강주아 그녀의 말이 맞았다. 사람의 본성은 쉽게 변하지 않는다.

제이는 장내가 조용해지기를 가만히 기다리고 있었다.

그때 청문회를 가만히 지켜보고 있던 조프는 치미는 울화를 참지 못해 자리에서 벌떡 일어섰다. 더는 그녀 혼자 저 자리에 둘 수 없었다.

조프는 황급히 누군가에게 전화하며 대기실을 벗어났다.

"조용히 해 주시고 그만 착석하시지요. 전 국민이 다 지켜보고 있습니다. 누군가는 분명 거짓을 말하는데 밝혀야 하지 않겠습니까?! 도대체 청문회를 정상적으로 진행하고자 하는 의지들은 있으신 겁니까?!"

일부러 소란을 키우는 듯한 여당의 의원들을 향해, 더 큰 고성을 내뱉으며 일시에 청문회장 안을 정돈하는 김시원 의원이다.

"질의하겠습니다. 한재희 씨, 왜 소송을 하지 않았습니까?"

"소송할 수가 없었습니다. 아까도 말씀드렸지만, 저는 사건 후 두 달을 거의 혼수상태로 병원에 있어야 했습니다. 사실 이 부분조차 저는 이해할 수가 없었습니다. 검사상에 아무런 이상이 없었음에도 불구하고, 두 달 가까이 정신을 차리지 못했습니다. 제 부모님께조차 사실을 전할 수 없을 정도였고, 그렇게 제가 정신을 잃은 사이 모든 증거와 정황이 다 조작되어 버렸습니다. 이미 범인인 이태현은 해외로 출국을 한 뒤였고요. 후에 저를 담당했던 의사를 찾으려 했지만 사라졌더군요. 이미 사실이 다 왜곡되어 버렸는데, 증거가 다 사라져 버렸는데, 증인이 단 하나도 남지 않았는데 그 상황에 제가 무엇을 어떻게 할 수 있었을까요? 제가 할 수 있는 거라고는 불충분한 증거의 오류를 찾아내는 것, 그리고 경찰에 재수사를 요청하는 것 외에는 없었습니다."

그 후로도 이어진 야당 의원들의 질문에 제이는 자신이 알고 있는 불충분한 증거와 의혹들을 말하며 조부모님의 누명을 벗기려 노력했다.

"그래서 재수사가 이루어졌나요?"

"아니요. 재수사 요청이 받아들여지지 않았습니다."

"강주아 증인, 검사 출신인 제가 봐도 너무나 허점이 많은, 누가 봐도 의혹투성이인 이 일이, 왜? 재수사 요청조차 받아들여지지 않았을까요?"

"그걸 제가 어떻게 알겠습니까? 의원님?"

계속해서 날카롭게 파고드는 야당 의원의 질문에 주아는 되레 반문하며, 답답함을 호소했다.

"강주아 증인이 계속해서 한재희 씨의 말을 부인하고 있으니 증인을 좀 더 요청할까 합니다. 6년 전 한재희 씨가 말했던 사건 당일, 신고 전화를 받고 출동했던 경찰 두 명과 J& 조프리 휴 존슨 대표님을 증인으로 채택해 주십시오. 위원장님."

그가 증인으로 나온다는 말에 놀라며 커져 버린 제이의 눈이 고스란히 전파를 타고 나갔다. 이렇게까지 되지 않기를 그렇게 빌고 또 빌었건만, 기어이 이 난잡한 곳까지 그의 발을 들여놓아야 할 모양이다. 정말 그에게…… 흙탕물이 튀고 있었다.

제이가 놀라 당황한 것과 다른 의미에서 주아의 눈도 당황함에 흔들렸다.

주아는 사건 당일의 경찰까지 증인으로 나온다는 것에 속으로 또 한 번 기겁해야만 했다. 이미 6년 전 출동했다는 경찰들에 대한 전근 조치는 끝난 걸로 알고 있었다. 그런데 어떻게 그 사람들이 이 자리에 나온다는 건지.

그렇게 혼란에 빠진 주아가 현실 부정을 하는 사이, 두 명의 경찰과 뒤이어 조프와 크리스가 청문회장 안으로 들어서고 있었다. 그들이 들어서자 멀리서 제이를 주시하던 J& 법무 팀이 자리에서 일어나 그에게 눈인사를 건넸다.

"증인 선서를 해야 하는데……."

"위원장님, 제가 하겠습니다. 저는 J& 대표님의 비서이자 통역, 크리스입니다."

"좋습니다. 그럼 대표님이 함께 나가 손을 올리시고, 크리스 당신이 선서문을 읽고 그에게 내용을 전달하면 되겠습니다. 아시겠습니까?"

"참고로, 대표님께서는 한국어 다 알아들으십니다. 다만, 말씀하시는 게 아직 익숙하지 않으셔서 제가 함께 자리하게 되었습니다."

"아! 잘 되었네요. 그럼 시작하세요."

"네."

크리스가 선서문을 낭독하자 조프가 고개를 끄덕이며 동의를 표했다. 조프가 선서문을 제출하고 돌아와 앉을 곳은 제이의 옆자리였다.

제이는 그가 한 발 한 발 다가올 때마다 복받치는 감정에 위태로웠다. 여기까지 끌어들인 데 대한 미안함에 그의 얼굴을 제대로 바라볼 수조차 없었다. 자신의 어깨에 놓인 그의 손에서 전달되는 힘에 그가 하고자 하는 말이 전해 오는 듯했다.

'나는 괜찮으니 조금 더 힘내.' 라고

조프가 천천히 자리에 앉자 다른 증인들 또한 모두 자리에 앉았다.

"J& 대표님? 본인이 직접 이 자리에 증인으로 나서겠다 신청했다고 들었는데 맞습니까?"

"네. 그렇습니다."

"어떤 연유로 본 청문회와는 연관성이 없어 보이는 분께서 직접 증인 채택을 요구하셨습니까?"

"저는 여기 있는 한재희 씨의 약혼자입니다. 이태현의 범죄 사실을 입증할 만한 증거자료가 있어 이 자리에 나오게 되었습니다."

주아는 말 그대로 경악실색하고 말았다. 자신이 제대로 들은 게 맞는지 두 귀를 의심해야만 했다.

그저 가볍게 만나다 끝난 사이인 줄 알았는데, 당연히 헤어졌을 거라 믿어 의심치 않았는데, 약혼까지 했다는 말에 기함하지 않을 수 없었다.

다시 한번 묻고 싶은 마음이 간절할 정도로 사실을 받아들일 수가 없었다.

'그와 약혼했다니! J&그룹의 대표가 저 아이와 약혼을 했다니!!'

오로지 정신력으로 버텨야 하는 자리에서 주아는 혼미해지는 시야를 느끼며 머리를 세차게 흔들어야 했다. 집중해야 하는데 도무지 집중할 수가 없었다. 복잡하게 머릿속을 스쳐 지나가는 온갖 기억들이…….

그제야 자신이 왜 이 자리에까지 나오게 되었는지 뼈아프게 현실을 직시하게 되었다.

모든 게 맞아떨어졌다. 해외에서부터 시작된 잇단 악재, 해외 언론을 중심으로 퍼지기 시작한 보도, 자신의 앞에서 너무나 당당했던 한재희, 로비 당사자들과 찍혀 버린 사진, 청문회에 출석한 증인들.

'하…… 도대체 누굴 건드린 거야…… 도대체 내가 누굴…….'

주아가 혼돈 속에 허우적거리는 것과는 대조적으로 명쾌하게 말을 이어 가는 조프와, 그의 말을 그대로 통역하는 크리스다.

"그에 앞서, 저의 약혼녀인 한재희 씨가 병원에서 깨어나지 못했던 이유는 따로 있습니다. 그 이유를 명확히 알고 있는, 그녀의 주치의였던 의사가 지금 특검에 의해 긴급 체포되었다는 사실을 알려 드려야 할 것 같군요."

대기 중이던 사무실을 벗어나며 조치를 취한 조프였다.

제이와 어머님이 받을 충격을 우려해 그 일만큼은 모르게 했으면 좋겠다는 아버님의 부탁이 있었으나, 제이의 정신감정을 운운하는 여당 의원들의 작태를 보고서는 도저히 그냥 넘어갈 수가 없었다.

"그걸 어떻게."

여야 할 것 없이 모두 자신의 휴대전화로 긴급 전송된 소식을 보며 놀라지 않을 수 없었다. J& 대표의 말대로, 그 의사라는 사람이 의료법 위반과 동시에 미필적 고의에 의한 살인미수로 긴급 체포되었다는 뉴스가 일제히 보도되고 있었다.

모두 놀라며 의아해하는 사이, 김시원 의원이 주변을 환기하며 다시 질의를 준비하고 있었다. 진실을 알고 있는 시원은 침전한 듯한 한재희라는 여자에게 마음을 진정할 시간을 줌과 동시에 다른 의혹을 부각함으로 그들의 말에 힘을 보태려 하고 있었다.

"J& 대표님의 증거자료는 잠시 후 확인하도록 하겠습니다. 김무영 증인, 사건 당일 직접 신고 전화를 받고 출동한 경찰 맞습니까?"

"네. 맞습니다."

"그날 사건 현장이 어땠습니까?"

"저는 사건 현장에 당도하지 못했습니다. 사건 현장을 불과 3분여 남겨 둔 시점에 교통사고를 당했습니다. 그때 블랙박스 메모리는 수사기관에 넘겼으나, 분실된 걸로 알고 있습니다."

"이시후 증인, 사건 당일 김무영 경찰의 후발대로 다시 출동했다는데 맞습니까?"

"네. 그렇습니다."

"사건 현장이 어땠습니까?"

"저 역시 사건 현장에 도착하지 못했습니다. 사건 현장에 도착하기 직전 저 또한 교통사고를 당했습니다. 블랙박스 메모리 또한 수사기관에 넘겼으나. 제 것도 분실되었다고 전해 들었습니다."

"그리고 두 사람 다 그날 이후 갑작스레 전근 발령이 났다고요?"

"네. 그렇습니다."

"이상한 일입니다. 제가 살펴본 자료에 따르면 그날 신고 전화 내역도 사라지고 없다더군요. 하필 그날 무슨 일이 있었기에 신고 전화도 삭제되고, 동시에 교통사고가 났으며, 메모리도 다 분실되었을까요? 여기에 대해서 강주아 증인은 하실 말씀이 없으십니까?"

"……."

주아는 아직 혼돈에서 헤어나지 못하고 있었다. 아니, 정상적인 사고가 불가능한 상태에 빠져들었다. 멍하게 앉아 대꾸할 의지조차 보이지 않는 주아를 보며 김시원 의원이 큰 소리로 주위를 환기시켰다.

"강주아 증인!! 엄중한 국정조사 중입니다. 어떻게 이 중요한 자리에서 다른 생각을 하고 있을 수가 있습니까? 집중하세요!! 바로 그날 신고 전화 내역도, 출동하다 사고가 난 경찰들의 증거자료도 모두 다 분실되고 없습니다. 왜 그럴까요?"

"그걸 왜 저한테 물어보시는지 저의를 알 수가 없습니다."

주아는 자신이 무슨 말을 하는지도 알 수가 없었다.

"발언 기회를 드렸음에도 계속 모르쇠로 일관하시니 더 좌시할 수가 없습니다. 위원장님. J& 대표 측에서 제시한 증거 영상을 다 함께 보셔야 할 듯합니다."

조프는 청문회장에 들어서면서부터 자신 쪽으로는 눈길조차 주지 않는 제이가 걱정스러웠다. 더구나 저 영상을 보게 되면 분명 많이 놀랄 텐데, 안심시켜줘야 하는데 꼿꼿하게 앉아 정면만 주시하는 제이를 보며 애가 탔다.

잠시 후 조프가 제출한 증거 영상이 흘러나왔다.

— 한재희라고 아시는지.

순식간에 시작된 싸움이었다. 아니 일방적으로 당하는 공격이었다.

수없이 날아오는 공격에 조프는 방어만 하고 있었다. 폭력배들이 칼을 꺼내들자 그제야 방어와 동시에 공격을 하는 조프였다.

뒤이어 흘러나온 두 사람의 대조되는 목소리. 모두를 경악으로 몰아넣는 목소리가 장내 안에 가득 울려 퍼지고 있었다.

— 그래. 내가 했다! 내가 죽였다. 이 씨X. 그래서 뭐!! 어차피 곧 죽을 노인네 좀 일찍 보낸 게 뭐!! 그게 뭐가 그리 큰 잘못이야!

— 입 닥쳐!!

— 네가 감히 지금 누굴 때린 줄 알아? 내가 누군지 알고 때리는 거야? 감히 내가 누군지 알고!! 미친 새끼. 네가 아무리 날고 긴다 해도 난 못 당해!

— 훗, 네가 누군데? 네가 누구냐고!!

— 곧 대통령이 되실 분의 하나밖에 없는 외동아들이다. 이 미친 새끼야. 네가 얼마나 대단한 놈인지 몰라도 난 못 당하지! 나한텐 어림도 없다고!!

영상을 보며 굳이 통역 따위는 필요 없었다. 영어로 말하는 조프와 달리, 태현은 잔뜩 흥분해 이성을 잃고서 한국어로 발악하며 말하고 있었다.

제이는 또다시 들려오는 태현의 소름 끼치는 소리에 몸서리를 쳐야만 했다. 그의 온몸에 있던 멍이 어떻게 하다 생기게 되었는지 오늘에서야 비로소 제대로 알게 되었다. 다툼이 있었을 거라 상상했던 것과 실제로 보는 것은 엄청난 차이가 있었다. 결국 여태 이를 악물며 참고 참았던 눈물이 후드득후드득 떨어져 버렸다.

흐르는 눈물을 연신 훔치며, 입술을 깨물고 간신히 참고 버티는 제이의 모습이 고스란히 전 국민이 보는 화면으로 전송되고 있었다. 동시에 그런 제이를 걱정스레 바라보며 그녀의 등을 조심스레 쓸어내리는 조프의 모습도…….

여기서 끝이라 해도 이미 충분히 충격적이건만…… 영상은 아직도 남은 듯했다. 뒤이어 더 경악할 만한 일이 벌어지려 하고 있었다. 서서히 크기를 키워 가는 제이의 눈동자가 사정없이 흔들리며, 몸이 떨려 오고 있었다.

보이는 화면 속, 태현이 그를 차로 치려 하고 있었다. 일촉즉발의 순간. 제이는 저도 모르게 외마디 비명을 내지르며, 눈을 질끈 감아 고개를 돌려 버렸다. 차마 다치는 그의 모습은 눈 뜨고 볼 수가 없었다.

"제이, 차에 안 치였어. 제이. 내 말 듣고 있어? 제이!!"

몸을 바들바들 떨고 있는 제이를 보며 당장이라도 안고 달래 주고 싶어도, 자리가 자리인 만큼 그럴 수도 없어 애간장을 태우는 조프였다.

화면 속 영상은 끝이 났지만, 누구도 쉽사리 말을 꺼내지를 못했다. 오직 시끄러운 카메라 플래시 터지는 소리만이 요란하게 울려 퍼지고 있었다.

"보고도 믿을 수가 없네요. 하늘 아래 어떻게 이런 일이…… 김시원 의원님. 아직 질의가 남았나요?"

"네. J& 대표님, 영상에 대한 경위를 설명 부탁드립니다."

"네. 우연히 그녀의 전화를 받았다가 이태현 그와 통화를 하게 되었습니다. 단 한 번의 통화에도 그녀에 대한 광적인 집착을 알게 되기란 어렵지 않았습니다. 저에게 경고와 협박을 하더군요. 그녀의 곁에서 당장 떨어지라고, 그러지 않으면 절대 가만두지 않겠다고. 그래서 저를 한 번쯤은 찾아올지도 모르겠다 싶어 마음의 준비는 하고 있었습니다. 그 뒤는 영상을 보신 바와 같습니다."

앞서 있었던 현우와 제이의 증언을 완벽히 뒷받침하는 영상과 증언이 아닐 수 없었다.

분명 충분히 대응할 실력을 갖추었음에도 방어만 했던 초반 대응과 그 이후의 상황 대처에 대한 의원들의 질의가 이어졌고, 그런 의원들의 질의에 조프는 막힘없이 성실히 답하고 있었다.

"네. 증거 영상…… 대단히 감사합니다. 부디 몸을 많이 다치지 않았기를 바랍니다."

"감사합니다. 다행히 크게 다치지 않았고, 지금은 다 회복했습니다."

"네. 정말 다행입니다. 하…… 강주아 증인. 지금까지 아들의 모든 혐의를 부인하셨는데, 할 말이라도 있습니까?"

"……."

청문회 시작 이후 처음으로 주아가 말없이 고개를 숙이고 있었다.

"묵비권을 행사하시려는 겁니까? 지금 저 영상 하나만 보더라도 강주아 증인의 아들 이태현의 죄가 얼마나 무거운지 알고 있습니까? 이로써 한재희 씨가 했던 말이 모두 사실로 확인이 되었습니다. 위원장님? 6년 전의 사건을 다시 원점에서 재수사하는 것은 물론이며, 그와 연루된 모든 사람을 철저히 가려내어 성역 없는 수사로 엄중한 법의 심판을 받을 수 있도록 특검에 수사 요청해 주실 것을 강력히 요구합니다."

"네. 저를 포함한 여기에 계신 분들 모두의 생각이 크게 다르지 않을 거라 생각합니다. 다만 한 가지 꼭 확인하고 싶은 게 있는데…… 강주아 증인?! 증인은 정말 저 사실을 모두 알고 있었습니까?"

"……."

"대답하세요! 알고 있었느냐고 물었습니다! 지금 여기에 있는 분들은 모두 국민들의 요구에 의해 국민들을 대변해 나와 있다는 걸 명심하세요. 질문은 위원장인 제가 대신하지만, 지금 청문회를 시청하는 모든 국민들이 물어보고 있을 겁니다. 강주아 증인!! 아들의 범행 사실을 모두 알고 있었습니까? 그래서, 한재희 씨의 말처럼 모든 범죄를 조작, 은폐한 사실이 있습니까?"

"아니요…… 저는 정말…… 몰랐습니다."

이 순간에도 주아는 빠져나갈 궁리를 하고 있었다.

이미 모든 게 다 어그러졌다. 남편의 꿈도, 자신의 꿈도, 실현 가능성이 사라진 허망한 허상이 되어 버렸다. 그럼에도 살아야 했다. 지금부터는 꿈이 아닌 현실을 위해 살아남아야 할 때였다.

"하……."

제이는 저 뻔뻔한 여자의 대답에 인내가 바닥을 치는 것을 느껴야 했다.

조금 전에 본 영상의 충격에서 헤어나지 못해 고개를 숙이며 마음을 다스리려 애쓰던 제이는 천천히 고개 들어 정면을 마주했다. 고개를 들어 올림과 동시에 자신에게로 집중되는 이목에도, 카메라 플래시 세례에도 그 어떤 동요함이 없었다.

조금 전, 화면을 보며 놀라 고개를 돌리던 나약한 모습은 어느새 다 사라지고, 그 얼굴에는 오직 결연함만이 남았다. 더 이상 참을 수가 없었다. 한계였다. 저 지독한 여자에게 그 어떤 희망도, 일말의 여지도 남겨 두고 싶지 않았다.

그가 자신을 걱정스레 바라보고 있다는 걸 굳이 보지 않고도 알 수 있었다. 하지만 지금은 그를 마주 바라볼 수가 없었다. 그를 보면 또다시 눈물이 쏟아질 것만 같아 이를 악물고 참아 내고 있었다.

"위원장님."

제이의 차분한 음성이 마이크를 통해 장내로 울려 퍼졌다. 순간 모두의 이목이 오직 단 한 사람 제이에게로 집중되고 있었다.

엄청난 사건의 당사자이자, 엄청난 남자의 약혼녀. 현재 일어나고 있는 모든 화제의 중심 그 한가운데 있는 그녀에게로 쏟아지는 관심이 예사롭지 않았다.

"네. 말씀하세요."

"저 역시 제출해야 할 증거가 하나 있습니다. 제출하기에 앞서…… 요청할 것이 있습니다."

"말씀해 보세요."

"여기 계신 J& 대표님께서 해야 할 증언은 이미 끝난 것 같습니다. 저로 인해…… 하…… 이런 불명예스러운 자리에 오시게 되어 대단히 유감스럽습니다. 지금 즉시…… 청문회장 밖으로 나가실 수 있도록 배려 부탁드리겠습니다. 대표님이 이곳을 나가야 증거 제출이 가능합니다."

제이는 북받치는 감정을 다스리며, 떨려 오는 목소리를 가다듬고서 간신히 말을 마쳤다.

"제이!"

조프는 자신을 보지 않는 제이를 보며 도대체 무슨 증거이기에 이렇게 자신이 볼 수 없도록 밖으로 내모는지 궁금했다.

"제이, 당신 혹시……."

매서운 그의 눈빛이 느껴졌다. 하지만…… 지금 자신이 제출할 증거를 이

자리에서 그와 함께 보게 되는 걸 원치 않았다.

비참했던, 한없이 나약했던 자신의 모습을 그가 보지 않길 바랐다. 그런 자신의 모습을 보며 그가 아파하는 모습은 제이 역시 보고 싶지 않았다.

제이는 마음을 다잡고서 힘겹게 고개 돌려 그를 보며 그만이 들을 수 있는 목소리로 속삭이듯 말했다.

"조프, 조금도 더 이곳에 머물고 싶지 않아요. 증거만 제출하고, 당신 뒤따라 곧바로 나갈게요. 바로 집으로 갈 수 있게…… 밖에서 기다려 줘요. 부탁이에요."

'너무 피곤해…… 너무 힘들어…… 너무 아파요.'

"제이…… 당신 괜찮은 거야?"

위태로워 보였다. 붉게 충혈되어 버린 눈동자, 창백하게 질려 버린 얼굴, 깨물어 터져 버린 상처 난 입술. 당장이라도 데리고 나가고 싶은 마음밖에는…….

"이럴 시간이 없어요. 어서요."

제이의 제안을 심사숙고한 위원장 주은이 두 사람을 보며 말을 꺼냈다.

"J& 대표님, 힘든 자리 참석해 주셔서 감사합니다. 이만 퇴장하셔도 좋습니다."

"네. 그러죠."

조프는 자리에서 일어서며 위태로워 보이는 제이에게 한 발 다가갔다.

"나가서 기다릴게. 사랑해. 제이."

가만히 허리 숙여 제이의 얼굴을 감싸고, 이마에 입술을 꾹 누르며 그만의 방식으로 용기를 북돋워 주었다.

조프는 안타까움을 뒤로한 채 무거운 걸음을 옮기며, 문을 나서기 직전 다시 한번 걱정스러운 모습으로 제이를 되돌아보고서, 대기 중인 법무 팀에 무언의 당부를 한 후에야 청문회장을 벗어났다.

홀로 남을 연인을 위로하는 듯한 남자의 모습에서 눈을 떼지 못하는 의원들이었다. 숙연함마저 느껴지는, 안타까워하는 남자의 눈빛에 코끝이 찡해 오며, 엄숙한 자리임에도 저도 모르게 저마다 헛기침을 하고 있었다.

제이는 조용히 흘러내린 눈물을 정리하며, 손에 쥐고 있던 USB를 증거로 제출했다.

또다시 조용해진 청문회장 내에 듣고도 믿지 못할 누군가의 목소리가, 보고도 믿지 못할 장면이 보이고 있었다.

화면이 다소 흔들리고 있어 불편함은 있었으나 누구의 목소리인지, 비치는 얼굴이 누구인지는 명확하게, 더없이 선명하게 보이고 있었다.

— 이 비서, 이 아이 외투, 가방, 휴대폰 모두 치워. 그리고 몸도 수색해 봐!

— 지금 뭐 하시는 겁니까?!

제이는 두 번 다시 경험하고 싶지 않은, 그날의 치욕을 다시 한번 고스란히 느껴야 했다. 눈을 감고 귀를 틀어막고 싶었지만 그럴 수도 없었다. 빨리 이 시간이 지나고, 그에게 갈 수 있기를 희망하며 떨려 오는 몸을 진정시켜야 했다.

주아가 벌떡 일어섰다.

"이…… 이…… 이게…… 이게…… 어떻게…… 안 돼! 안 돼! 안 돼!!"

그 고고하고 우아하던 주아의 얼굴이 사정없이 일그러져 버렸다.

늘 고상하고 기품 있던 주아의 목소리가 새된 비명으로 바뀌어 버렸다.

몇십 년을 쓰고 있던 가식의 가면이 이제야 완벽히 벗겨지고 말았다.

그럼에도 누구도 주아에게 시선을 돌리지 않았다. 화면에서 눈을 뗄 수가 없었다. 오직 위원장만이 경호원을 시켜 주아의 돌출 행동을 저지시키며 다시 화면으로 눈길을 돌렸다.

그러다 어느 한 대목에서는 청문회장 안에 있는 사람 모두에게서 안타까운 탄식이 흘러나왔다.

— 그러게 넌 왜 그렇게 쓸데없이 버텨서 일을 그렇게 크게 만들었니? 네가 얌전히 두 다리 벌리고 있었으면 그런 일이 있었겠어?

위원장인 주은은 이마를 부여잡고서 자리에서 벌떡 일어섰다. 세상 그 어떤 사람이, 그 어떤 여자가, 더구나 성폭행을 당할 뻔했던 여자를 상대로 저런 말도 안 되는 소리를 지껄인단 말인가? 결코 해서도 안 되고, 결코 할 수도 없는 말을, 아무런 거리낌 없이 내뱉는 주아의 모습에 개탄을 금치 못하며, 벌레 보듯 주아를 쏘아보고 말았다.

주은은 당사자가 아님에도 속에서 불길이 치솟아 오르는데, 당사자인 여자는 오죽할까 싶어 그녀를 바라보는데, 창백하게 질려 어금니를 앙다문 듯 보이는 모습에 같은 여자로서 안쓰러워 견딜 수가 없었다. 차라리 증거 영상을 끄고 싶은 마음이 간절해 왔다.

그럼에도 영상 속에서 주아의 독설은 끝나지 않은 듯했다.

— 훗. 잘 알구나. 이럴 때 보면 제법 말귀를 잘 알아듣는단 말이야? 내가 하나 알려 줄까? 세상은 말이야, 돈과 권력이면 안 되는 일이 없고, 못할 일도 없어. 봐. 그 일을 저질러 놓고서도 우리 아들은 지금도 아주 잘 지내고 있잖니? 그러니 너는 살고 싶으면, 정말 살고 싶다면, 아무것도 하지 말고, 입 닥치고 조용히 쥐 죽은 듯 살아.

— 맙소사, 이런 당신의 실체도 모르고 고상하네, 어쩌네. 역대 가장 아름다운 영부인이 될 거라 칭송하는 국민들이 안타깝네요. 이런 당신의 모습을 알게 될 그들의 상실감을 어떻게 보상해야 할까요?!

— 훗. 그들은 절대 알 수 없어. 그들은 감히 내 얼굴을 똑바로 쳐다보지도 못하게 될 거야. 나는, 그들이 원하는 대로 가장 고상한 영부인이 될 거야. 나는, 그들이 원하는 대로 역대 가장 아름다운 영부인이 될 거야. 그러니 너는,

주아의 목소리가 순간 멈춘 듯싶더니 그녀의 표독한 얼굴이 화면 가득 차지하고 있었다.

— 네 사람들 지키고 싶으면 입 닥치고 있으라는 내 말 명심하는 게 좋을 거야.

떠나는 강 회장의 뒷모습에서 이제야 영상이 끝이 나는 듯했다. 그런데도 그 누구도 움직이지 못하고 화면에 시선을 고정한 채 허탈한 한숨만 내뱉고

있었다.

미디어로 청문회를 시청하는 국민들 또한 깊은 충격에서 헤어나지 못한 채, 멍하니 있을 수밖에는…….

저 허울뿐인 껍데기에 홀려 얼마나 많이 속고, 또 속고 또 속았던가…….

저런 천하에 둘도 없을 악녀에게 무슨 기대를 했으며, 그녀의 말 한마디에 얼마나 크게 환호했으며, 그녀의 사소한 행동 하나에도 얼마나 우러러보았던가…….

저런 여자인 줄도 모르고 얼마나 만구칭송하였던가…….

가슴 깊이 통탄하며, 깊이를 알 수 없는 상실감에 아무것도 할 수가 없었다.

자신들의 마음도 이러한데…… TV 속 처연하게 앉아 있는 한재희, 그녀가 받았을 상처와 고통의 깊이는 감히 상상조차 해 볼 수 없을 듯했다. 그날의 아픔을 되풀이해야만 하는, 딸 같은 여자를 바라보며, 또래인 듯한 여자를 바라보며, 국민들은 비통함을 숨길 수가 없었다.

조용한 청문회장 안, 충격으로 모든 움직임이 멈추어 버린 그때 고통스러운 흐느낌이 청문회장을 가득 메웠다.

강주아가 떠나고 없는 화면 속에는 흔들거리는 복도를 지나, 비상구 계단으로 향하며 흐느끼는 울음소리가…… 모두의 가슴에 아프게 스며들었다.

— 흡…… 읏…… 흑흑…… 흑…….

"위원장님!! 꺼 주세요."

제이는 당혹스러움에 몸 둘 바를 몰랐다. 그저 빨리 이 시간이 지나가길 바라는 마음으로, 다시 고통받지 않기 위해 애써 생각을 정리하며 마음을 비우고 있었는데, 들려오는 자신의 울음소리에 화들짝 놀라 버렸다. 빨리 꺼야 하는데, 왜 도무지 누구도 끌 생각을 않는지.

"위원장님!!"

제이의 떨리는 외침과 동시에 화면 속, 반지를 만지는 손이 비치더니, 그제야 고통스럽게 흐느끼던 울음소리도 멈추었다.

제이는 속상함에 눈을 질끈 감아 버렸다. 가뜩이나 보여 주고 싶지 않았는데 바보같이 우는 나약함까지 들켜 버리고 말았다.

비록 자신의 모습은 화면 속에 나오지 않았으나, 울고 있는 사람이 자신이라는 것쯤은 누구나 다 알 텐데.

부디 청문회를 보고 있을 부모님이 너무 아파하지 않기를…….

밖에서 기다리고 있을 그는, 제발 보지 않았기를…… 마음으로 간절히 바라는 것 외에는 할 수 있는 일이 없었다. 그러나, 아쉽게도 제이의 바람은 이루어지지 않았다.

청문회장을 나서며 조프는 직감할 수 있었다. 제이는 분명 자신이 주었던 반지와 귀걸이를 착용했다. 그럼에도 크리스에게 아무런 말도 전해 듣지 못한 것에 의아해 크리스를 보며 물었다.

"크리스, 나한테 해야 할 말 없어?"

냉기가 뚝뚝 흐르는, 시리도록 차가운 목소리였다.

"대표님 본국에 가셨을 때, 한 팀장님 혼자서 강주아를 만났었습니다. 죄송합니다. 저의 좁은 소견으로 대표님께 말씀드리지 못했습니다."

"그 얘기는 있다 다시 하지. 청문회 봐야겠어. 지금 당장."

"네! 바로 준비하겠습니다."

조프의 말이 끝나기가 무섭게 크리스가 차로 내달렸다.

그런 크리스의 뒤를 따라 성큼성큼 걸어가며 온통 격양된 목소리로 질문을 쏟아 내는 기자들과 시야를 가리는 카메라 플래시 따위에 신경 쓸 여력은 없었다. 지금 조프의 머릿속은 오직 홀로 남겨 두고 온 연인에 대한 걱정으로 가득 차 있었다.

그렇게 성큼 다가선 차에 올라타자마자 들려오는 소리에 조프는 자신의 귀를 의심할 수밖에 없었다.

— 네가 얌전히 두 다리 벌리고 있었으면 그런 일이 있었겠어?

크리스 역시 대경실색하고 말았다.

말했어야 했다. 그녀가 창백하게 쓰러져 버렸던 그 날, 성급하게 혼자 판단할 게 아니라 대표님께 말을 했어야 했다. 설사 대표님의 일정에 변화가 생기더라도, 말했어야 했다. 그녀에게는 상처받은 마음을 치유해 줄 대표님이 필요했다.

막연히 상처받은 일이 있었겠거니 생각은 했지만 저 정도였을 줄이야. 뒤늦은 후회가 크리스의 마음에 저릿하게 파고들었다.

걱정스러움에 대표님을 바라보는데 거칠게 뿜어져 나오는 숨소리, 펴질 줄 모르는 잔뜩 구겨진 미간, 여기저기 툭툭 불거진 핏대, 아득 어금니를 깨무는 모습에서 그의 분노를 짐작하기란 어렵지 않았다. 지금 크리스의 눈에 비친 대표님의 모습은 언제 터질지 모를 시한폭탄과 같았다.

조프는 마지막까지 화면에서 눈을 떼지 않았다. 어둡고 싸늘한 복도, 그 차가운 곳에 앉으려는 듯 계속해서 흔들리며 서서히 아래로 향하는 화면, 고통스레 들려오는, 차마 속 시원히 터트리지도 못한 억눌린 그녀의 흐느낌. 제 할 일을 다한 반지를 더듬듯 만지는 그녀의 떨리는 손…….

조프는 뜨거워진 두 눈을 감은 채 끓어오르는 분노를 온몸에 아로새기고 있었다.

크리스는 그런 대표님을 보며 차마 떨어지지 않는 입을 열어 말했다.

"그날, 저렇게 한참을 우셨답니다. 그러다 결국…… 탈진해 쓰러지셨습니다. 죄송합니다. 대표님. 입이 열 개라도 할 말이 없습니다."

"네가 알았다면 제이를 혼자 보내지는 않았겠지, 내 걱정에 말도 하지 않았을 테고. 하지만 너는 나에게 말했어야 했어. 누구에게도 말 못 했을 거야. 저렇게 찢어발겨지면서도 누구한테도 말 못 하고 혼자 속앓이했을 거야. 제이한테 지금 나 말고 누가 있는데? 그 누구보다 내가 먼저 알아야 했어. 넌 나에게 가장 먼저, 말했어야 했다고! 또다시 이런 일에 입 다물고 있으면, 그땐 아무리 너라도…… 용서 못 해."

제 연인이 어떤 심정으로 자신을 청문회장에서 내보냈는지 알 것 같았다. 그 자리에 있었다면 자신의 신분도, 위치도, 그곳이 어딘지도 망각한 채, 필시 미쳐 날뛰었으리라. 악녀의 목을 틀어쥐고 두 번 다시 그따위 망발을 할 수 없게 숨통을 조였을 것이다.

불쑥불쑥 튀어나오는 살의를 간신히 잠재우며, 진정하려 애쓰는 조프의 목소리가 무겁도록 가라앉았다.

그 날이었다. 보고 싶은 마음에 영상통화라도 하자고 했던 그 날. 밀당이라는, 그녀와 어울리지 않는 단어를 들먹이며 영상통화를 마다했던 진짜 이유를 이제야 알게 되었다.

그날의 아팠던 그녀의 목소리가 이상하게 자꾸 마음에 걸렸던 진짜 원인을 이제야 알게 되었다.

몰랐다. 부모님을 말하며 울먹이는 그녀의 목소리에 어려 있던 두려움을…….

하필 그날…… 프러포즈를 했었다. 제 여린 연인이 어디서 무슨 일을 당하게 될 줄도 모르고, 그녀와의 미래를 꿈꾸며 얼마나 가슴 부풀어 있었던가…….

제 여린 연인이 고통스러운 치욕에서 몸부림칠 때, 세상 다 가진 듯 기뻐 웃었던 자신을 과연 용서할 수 있을까…….

가장 힘들 때 옆을 지켜 주지 못한 안타까움에 가슴으로 뜨거운 눈물을 흘려야 했다.

"네. 대표님. 죄송합니다. 두 번 다시는 이런 일 없을 겁니다."

"크리스, 외부에 대기 중인 법무 팀에 연락해. 기다릴 필요 없어. 지금 즉시, 최우선으로 이대훈 관련 자료 특검으로 넘겨. 그 외의 증거자료들은 한 번 더 확인하고 빠짐없이 취합해, 직접 특검 사무실에 가서 전달하고 적극적으로 협조하라고 해. 청문회 끝나면 다니엘 외 법무 팀도 모두 특검으로 보내. 그리고, 체포될 때까지 이태현 도주하지 못하게 잘 지키라고 하고. 가담자들 출국 금지

신청은?"

크리스에게 지시하면서도 작은 모니터 화면에서 눈을 떼지 못하는 조프와,

"이강성 의원님께서 직접 조치해 주셨습니다."

대표님의 물음에 답하고서 지시한 일들을 빠르게 처리해 나가는 크리스였다.

조프는 그들이 갖게 될 희망의 불씨를 티끌만큼도 남겨 두지 않고, 모조리 꺼 버릴 생각이었다.

지금껏 그들이 누려 온 모든 것들과 등지게 할 것이다. 그토록 잡고자 혈안이 되었던 권력의 최정점, 끊임없이 구하고 얻고자 했던 추악한 탐욕, 가식으로 위장된 존엄이나 품위 따위는 더 이상 꿈조차 꿀 수 없도록…….

"아! 그리고, 강주아가 어떤 경위로 형제들을 누르고 그 자리에 오를 수 있었는지, 어떤 패륜을 저질렀는지도, 그 가족들에게 알려 줘야겠지."

가장 보호받아야 할 가족에게서도 위로나 위안을 얻을 수 없도록. 그 어떤 도움의 손길도 기대할 수 없도록, 모든 희망과 가능성의 불씨를 모조리, 남김없이, 전부 싹 다! 짓밟아 꺼 버리는 조프였다.

"네, 알겠습니다. 대표님."

같은 시각 동우와 정연은 가슴을 후벼 파는 비통함에 피눈물을 흘려야 했다. 청문회장에 함께 가려 했으나, 극구 말리던 딸아이였다.

하긴, 어차피 가 봐야 짐밖에 되지 않을 것을, 그들은 발길을 돌려 부모님을 모셔 둔 추모 공원으로 향했었다.

봉안당, 부모님의 유골함을 눈앞에 두고 조그만 휴대폰 화면에서 흘러나오는 청문회를 부모님께 보이며 말했다.

"어머니, 아버지, 보고 계십니까? 우리 제이가 합니다. 저도 하지 못한 일을, 우리 제이가 합니다. 지켜보고 계십니까? 부디 우리 제이 지켜 주세요. 저는 아무것도 해 줄 수 있는 게 없습니다. 어머니, 아버지…… 우리 딸, 상처받지 않

게…… 다치고 깨지지 않도록 부디 지키고 살펴 주십시오."

동우는 부모님에게 간곡히 청하며, 처연하게 흘러나오는 딸아이의 목소리를 가슴으로 듣고 있었고, 정연은 그런 남편을 말없이 바라보며 함께 눈물 흘려야 했다.

그런데 청문회 과정을 지켜보며, 한참을 말없이 마음으로 기도하던 부부에게 애통함과 원통함이 산처럼 다가와 버렸다.

동우의 굳건했던 두 다리가 풀썩 꺾여 버렸다. 제 부모님이 돌아가셨을 때도 이렇게 서럽게 울지 않았던 동우에게서, 짐승 같은 울부짖음이 터져 나와 버렸다.

"어으으으으으…… 어윽…… 허윽…… 흐으으으윽……."

정연이라고 다르지 않았다. 온몸에 힘이 빠져 주저앉으며 서럽고 구슬프게 울부짖어야 했다.

그 날이었다. 예쁘게 차려입고 나갔다 아프게 돌아왔던 그날. 밤새 악몽에 허우적거리며 고통스레 신음하던 딸아이를 그저 바라만 볼 수밖에 없었던…….

눈물로 밤을 지새워야 했던 바로 그날이었다.

그저 평범하고 성실하게 살아왔을 뿐인데, 왜 내 딸아이가 이런 말도 안 되는 일들을 겪어야 한단 말인가…….

딸아이의 아픔을 제대로 품어 주지 못했던 통한의 시간을 떠올리며 동우와 정연은 피눈물을 흘려야 했다.

한동안 멈추었던 청문회가 다시 진행되고 있었다. 제이가 청문회장에 들어간 지 어느덧 한 시간이 넘어서고 있었다. 창백한 제이의 표정을 보며 더 이상은 무리라고 판단한 조프가 이강성 의원에게 전화하는 사이, 누군가 바쁘게 청문회장으로 향하는 게 보였다.

청문회장 안. 누군가 다급히 위원장에게 다가와 귓속말을 하는데, 그 말을 듣는 위원장 주은은 놀란 표정을 감추지 못했다.

"방금…… 전해 온 소식을 알려 드리겠습니다. 여당 대선 후보 이대훈…… 불법 정치자금 수수 혐의로 긴급 체포되었음을 알려 드립니다."

위원장의 말이 끝나기가 무섭게 청문회장 안에 모인 모두의 휴대전화로 그 소식이 당도했다. 불법 정치자금 수수 혐의뿐만 아니라, 갖가지 나열된 죄목을 보며 의원들은 경악을 금치 못했다.

조프의 지시에 따라 전달된 자료에서뿐만 아니라, 명우그룹의 압수수색 결과물에서 드러난 또 다른 범죄 사실이 발각되는 순간이며, 청렴결백을 내세워 거짓 이미지를 구축해 온 이대훈의 몰락이었다.

위원장인 주은은 야당 의원들의 요청과, 자신의 판단으로 어디까지나 피해자였던 한재희의 상황을 충분히 고려해 청문회 자리를 떠날 수 있도록 조치를 취했다.

제이는 천천히 자리에서 일어나며, 가만히 고개 숙여 인사를 하고 한 발 옮기려는데 현기증에 그만 휘청하고 말았다.

한시도 제이에게서 눈을 떼지 않고 있던 J& 법무 팀은 그 모습을 보고 놀라 득달같이 달려갔고, 국회 경호원들이라고 별반 다르지 않았다.

"감사합니다. 잠깐…… 어지러워서 그만. 이제 괜찮습니다. 혼자서도 충분히 갈 수 있어요."

자신을 부축하려는 사람들의 호의를 정중히 거절하고, 온 신경을 집중하며 조심스레 청문회장을 벗어났다.

끝이 난 걸까? 정말 모두 다 끝나 버린 건가?

몇 년을 악몽 속에서 몸부림치며 몇 년을 고통으로 신음하며 아파했는데, 이 시간을 위해 얼마나 치열하게 달려왔는데, 그런 과거를 정리하는 데 걸린 시간은 고작…… 겨우…… 한 시간 남짓이었다.

지금 자신의 마음속에 휘몰아치는 복잡한 감정의 실체는 도대체 무엇인지…….

이제야 무거운 마음의 짐을 덜어 냈다는 홀가분함인가. 아니면 자신으로 인해 아파할 수많은 사람에 대한 미안함과 안타까움인가. 오랜 세월의 고통에 비해 허무하리만치 너무나 빨리 끝이 나 버린…… 허탈함인가.

아무것도 남지 않은 텅 빈 공허함에 쓸쓸함이 무겁게 덮쳐 왔다.

제이는 유난히 길게 느껴지는 복도를 지나며 조프가 미국으로 떠나기 전날 밤을 떠올렸다.

"당신이 좋아하지 않을 거 아는데, 그래도 가지고 있어. 혹시 필요할 때가 있을까 봐."

언뜻 봐도 예사롭지 않은, 화려한 귀걸이와 반지……. 이렇게 화려한 장신구를 할 일은 거의 없을 듯해서 마다하려는데 그가 반지를 꺼내 들었다. 대수롭지 않게 볼 때는 그냥 일반 반지인 듯했으나 꺼내어 들고 보니 반지 아래쪽으로 손가락 한 마디 길이의 네모난 무언가가 장착되어 있었다.

반지를 끼게 되면 겉으로 보기에 완벽한 일반 반지였으나, 안쪽으론 네모난 리모컨이 감추어진, 귀걸이 또한 일반 귀걸이가 아니었다. 시선을 분산시키기 위해 화려함으로 위장한 초소형 카메라가 장착된 귀걸이였다.

"조프…… 이런 걸…… 어떻게……."

"쉿! 우리 지금 시간을 너무 아깝게 보내고 있어. 와인은 안 줄 거야?"

그것을 사용하고자 했을 때 액세서리 케이스 속 그가 써 두었던, 몇 번을 읽어 이미 머릿속에 저장되어 버린 메모가 스쳐 갔다.

「이건 사용할 일이 없기를 바라지만,

만에 하나라도 당신이 꼭 필요하다 싶을 때, 그때 사용해.

그리고 이걸 사용해야 할 때는 반드시 크리스에게 알리고, 도움을 청해야 해.

무슨 일이 있어도 당신의 안전을 최우선으로 여기고, 몸조심하길 바라.

당신이 없는 내 삶은 그 어떤 의미도 부여할 수 없으니, 당신이 곧 나라는 걸 명심해.

사랑해. 제이.」

절대 사용할 일이 없기를 바란다던 그 액세서리는 그가 떠난 후 시기적절하게 잘 사용이 되었고, 비록 증거의 효력이 있을지는 모르나, 표독스러운 강주아의 본성을 고스란히 드러낼 수 있었기에 후회는 없었다.

2

제이는 조금 전까지도 함께 있었던, 조프가 너무 보고 싶었다.

모든 일이 끝나면 그에게 꼭 하고 싶은 말이 있었는데…….

꼭 해 줘야 할 말이 있었는데…… 늘 듣기만 했던 그 말을, 늘 마음으로 감추어야 했던, 늘 조심스럽기만 했던 그 말을 그에게 직접…… 들려주고 싶었는데…….

이제는 해도 될까?

마음은 달려가고 싶은데, 왜 이렇게 다리에 힘이 빠지는지, 한 발 한 발 내디디는 걸음걸음이 천근만근 무겁기만 했다. 유난히도 길게 느껴지던 복도를 지나, 드디어 청문회장 출구에 다다랐다.

요란하게 터지는 카메라 플래시와 눈부신 불빛에 눈을 찌푸리는 것도 잠시. 제이의 눈에는 온통 조프로 가득 들어찼다. 멀리서 자신을 발견하고서 한달음에 달려오며 순식간에 거리를 좁혀 오는 그의 모습이…….

'이제 모두 다 끝났어요.'

'그래.'

'정말…… 다 끝났어요.'

'그래. 수고했어. 정말 고생 많이 했어.'

굳이 입 밖으로 흘려보내지 않고도 눈으로 전해지는 말이었다. 그제야 제이는 입가에 서글픈 미소를 지으며, 억눌렀던 감정을 드러낼 수 있었다. 온종일 참고 참았던 눈물이 봇물 터지듯 넘쳐흘렀다.

무거운 걸음으로 계단을 한 칸 두 칸 내려오는데, 이미 한 뼘 앞으로 그가 다가섰다. 웅성거리는 주위의 소음도 카메라 셔터 소리도 애타는 기자들의 외침도 경호원들의 급박한 목소리도…….

그 어떤 소리도 제이의 귓가에 들려오지 않았다. 완벽한 무음…….

그를 제외한 주변의 모든 상황이 백지상태였다. 제이의 눈에는 조프 외에는 아무것도 보이지 않았고, 조프의 거친 숨소리 외에는 아무것도 들리지 않았다.

조프 역시 마찬가지였다. 자신의 눈에는 온통 눈물로 얼룩진, 사랑하는 제 연인만이 가득 들어찼다.

"미안해요. 안 울려고 했는데. 읏."

제이의 말은 이어질 수가 없었다. 조프가 눈물로 범벅이 된 얼굴을 소중히 감싼 채, 제이의 입술을 베어 물었다. 믿을 수 없게도, 제이와 입맞춤을 하는 조프의 눈가로 눈물 한 방울이 새로운 길을 만들고 있었다.

짧은 입맞춤 뒤 얼굴에 슬픔이 자리한 그를 바라보며, 그 역시 청문회를 봤다는 걸 알 수 있었다. 그에게서 슬픔이 걷히길 바라며 제이는 천천히 손을 올려 그의 얼굴을 어루만졌다. 손에서 느껴지는 물기가 아니었다면 그가 눈물을 흘려보냈다는 걸 알 수 없었을 텐데…….

"미안해요. 이렇게 못난 사람이라서…… 이런 나……라도 괜찮을까? 이렇게 온통 깨지고 상처투성이인 내가…… 당신 옆에 있어도 될까요?"

"당신이 아니면 안 돼. 내 옆에 있을 수 있는 사람은 오직 당신뿐이야. 사랑해. 사랑한다. 한재희."

"오늘은 내가 먼저 말해 주려고 했는데…… 오늘은 꼭 내가 먼저…… 흑…… 조프…… 사랑……해요. 너무 늦어서 미안해요. 항상 말하고 싶었는데…… 사랑해요. 사랑해."

이제야 온전히 받은 고백에 조프의 눈시울이 뜨거워지며 다시 열렬하게 제이의 입술을 마주했다.

제이는 생각했었다. 자신은 그에게 사랑을 말할 자격이 없는 사람이라고. 온몸은 늘 사랑을 말하고 있었지만…… 그 말을 입 밖으로 내뱉기에는 자격이 부족한 사람이라고. 진실을 말하지도, 조부모님의 누명을 벗기지도 못한, 진실 뒤에서 숨고 도망갔던 자신은 그에게 사랑을 말할 자격이 없는 사람이라고.

오늘에서야 참고 참았던 무거운 마음을…… 진심을 입 밖으로 보내 버렸다.

조프는 이제야 속마음을 다 내어 보이는 제이를 보며 안도했다. 모든 분노와 악한 마음을 숨겨 두고 온몸과 마음으로 제 연인을 위로하는데, 더없이 뜨거운 제이의 입술이 천천히 멀어지더니, 자신의 가슴에 이마를 갖다 대며 내뱉는 가쁜 숨소리에 그녀의 몸 상태가 좋지 않음을 알아챘다. 뒤늦게 상황을 인지한 어리석은 자신을 탓하며 서둘러 그녀를 번쩍 들어 안았다.

"크리스, 병원부터 가야겠다."

조프는 자신의 뒤를 지키는 크리스에게 다급하게 말했다.

"네. 대표님."

서둘러 차로 향하는 크리스에 이어 성큼성큼 걸음을 옮기며 급히 차에 올랐다. 한시바삐 병원으로 가려는데 가녀린 그녀의 목소리가 들려왔다.

"조프, 지금 꼭 가 봐야 할 곳이 있어요. 거기로 좀 데려다줘요."

차의 뒷좌석, 조프의 품에 가만히 안겨 제이가 힘겹게 말을 꺼냈다.

"당신 오늘 너무 무리했어. 지금 몸 상태가 좋지 않아. 일단 병원부터 가. 병원에 가서 검사부터 하고,"

"아니, 꼭 지금 가야 해요. 너무 보고 싶어. 이미 많이 늦었어요. 제발……."

조프는 간곡한 제이의 청을 거절하지 못하고, 그녀가 말하는 곳으로 차를 돌려야 했다.

도착한 곳은…… 뜻밖에도 추모공원이었다.

“제이, 갑자기 여기는 왜?”

제이의 얼굴이 심상치 않았다. 도착하기 전부터 흘러내리기 시작한 그녀의 눈물이 멈추지 않고, 자신의 가슴을 축축이 적시고 있었다.

그때 건물에서 막 나오는…… 제이의 부모님이 보였다.

동우와 정연은 아픈 가슴을 간신히 추스르며, 딸에게 가 보려 걸음을 서둘렀다. 그런데, 온통 상처로 얼룩진 딸아이가 바로 눈앞에 와 있었다.

“제이야…… 흑흑흑…… 우리 딸…… 엄마가 지켜 주지도 못하고…… 흑흑흑 우리 딸 아파서 어떡해…… 어떡하니…… 으흑흑흑…….”

정연이 한걸음에 다가와 딸아이를 꼭 끌어안았다. 남편과 함께, 딸아이 앞에서는 절대 울지 말자. 다짐하고 또 다짐했건만, 단단하게 먹었던 마음은 온데간데없이 아픈 딸아이의 얼굴을 보며 또다시 무너져 내린 가슴이었다.

동우는 그런 아내와 딸아이를 보며 무거운 걸음을 옮겨 두 사람을 아픈 가슴으로 품어야 했다.

그 모습을 보고 있던 조프도, 크리스도, 알파와 경호원들도 뜨거워지는 눈시울에 먼 하늘을 올려다봐야만 했다.

“엄마, 아빠…… 저 좀 들어갔다 올게요.”

“엄마하고 같이 가. 응?”

“죄송해요. 엄마. 오늘은…… 오늘은 혼자 들어가고 싶어요.”

“흡……. 그래. 갔다 와.”

정연은 홀로 들어가는 딸아이의 힘겨운 뒷모습을 바라보며, 안쓰러움에 두 손으로 얼굴을 가려 버렸다.

제이는 조심스레 봉안당으로 향했다. 쉬지 않고 흘러내리는 눈물에 시야가 흐려져, 계속해서 손등으로 눈물을 훔치며 애타게 조부모님의 모습을 찾고 있었다.

겨우 찾은 할머니와 할아버지의 유골함.

유골함 옆에는 환하게 웃고 있는 조부모님과 자신이 함께 찍혀 있는 사진이 놓여 있었다. 두 분을 그렇게 보내고 처음 찾은…… 봉안당이었다.

항상 기일에는 봉안당 밖 공원 한편에 홀로 앉아 한참을 눈물만 쏟아 내다 되돌아가야 했던 제이였다. 할머니와 할아버지에게 불명예를 씌워 버린 자신이 무슨 면목으로 두 분을 온전히 뵐 수 있단 말인가…… 제이는 차마 그럴 수 없었다.

두 분의 누명을 벗기는 그날, 떳떳하게 뵈러 오겠다. 올 때마다 가슴으로 다짐하고 맹세하며 납덩이처럼 무거운 발걸음을 돌려야 했던 날들이었다.

가만히 유골함이 안치된 유리관을 쓰다듬으며 몇 년을 참고 참았던 아픔이 기어이 터져 버렸다.

"흑흑흑…… 흑흑흡…… 할머니…… 엉엉…… 엉…… 억헉…… 할아버지…… 너무 늦어서…… 흑…… 엉엉…… 죄송해요……."

6년 만에 터트린 울음이었다.

자신은 소리 내어 울 자격도 없는 사람이라고 생각했었다. 얼마나 많은 눈물을 소리 내지 않으려 애써 참으며 꾸역꾸역 삼켰었는지…….

다리에 힘이 풀려 스르륵 주저앉으며, 그동안 너무 힘들었다고, 너무 많이 아팠었다고, 너무 죄송했다고 차마 말로는 다 하지 못할 수많은 감정을 풀어놓으며 마치 어린아이처럼 목 놓아 울어 버렸다.

봉안당 밖에서 제이를 기다리던 조프는 들려오는 그녀의 울음소리에 놀라지 않을 수 없었다. 단 한 번도 저렇게 울음을 터트리지 않았었다.

늘 흐느끼듯, 눈물을 삼키며 울던 그녀였는데…… 놀라 안으로 뛰어 들어가려는데, 그런 조프를 동우가 막아섰다.

"그냥…… 두게…… 그냥 속 시원히…… 울게 둬…… 고맙네…… 고마워…… 정말 고맙네. 우리 딸 이제라도 저렇게 울 수 있게 도와줘서 고맙네…… 내 평생…… 죽을 때까지 이 은혜는 잊지 않겠네."

딸아이의 울음소리가 비수가 되어 가슴에 내리꽂히며 함께 눈물을 흘려야 했다.

그렇게 한참을 듣고 있던 가슴 아픈 울음소리가 멈추는 듯싶더니 알파의 다급한 외침이 들려왔다.

"와 보셔야겠습니다."

제이 홀로 봉안당에 들어가기 전 재빨리 안을 훑어보며 살피고서 경계 중인 알파였다.

알파의 외침에 놀라 뛰어 들어간 곳에는 힘을 다한 듯 바닥에 주저앉아 있는…… 곧 쓰러질 듯 위태로운 제이의 몸이 서서히 한쪽으로 기울고 있었다.

"제이!! 제이!!"

조프는 쓰러지는 제이를 서둘러 안아 올리며 차로 내달렸다.

알파는 의사인 자신의 친구에게 전화해 만반의 준비를 해 두었다. S대학병원 VIP 병동이 그 어느 때보다 더 분주해졌다.

지금까지도 방송되고 있는 청문회, 그 청문회의 중심에 있었던 J&그룹의 대표가 그의 약혼녀를 품에 안고서 다급히 병원으로 들어서고 있었다. 알파의 빠른 대처로 병실로 곧바로 이동하며 순식간에 모든 검사가 진행되었다.

많은 의료진이 다녀가고 나서야 병실에 조프와 제이만 남게 되었다. 잠시 후 힘겹게 눈꺼풀이 파르르 떨리더니 제이의 눈이 천천히 떠졌다.

"제이! 이제 정신이 들어?"

걱정으로 잠시도 쉬지 못하고 제이의 옆을 지키던 조프는 눈을 뜨는 제이를 보고서야 비로소 안도했다. 자리에서 일어나 한쪽 팔을 침대 위에 지탱한 채 힘없이 누워 있는 제이의 얼굴을 쓰다듬으며 걱정스레 바라보는데,

"조프…… 우리 부모님은……."

제이는 누구보다 놀랐을 부모님을 걱정하지 않을 수가 없었다.

"당신 검사하는 거 보고, 다행히 몸 상태가 생각보다 나쁘지 않아서, 여기 계신다는 걸 내가 쉬시라고 보내 드렸어. 두 분도 오늘 많이 힘이 든 것 같아서."

"고마워요. 정말……."

"당신은 어때? 기분은 좀 괜찮아?"

"네. 좋아요. 눈이 벌에 쏘인 것같이 무거운 것만 빼고요."

제이는 걱정하는 그의 눈빛을 보며 가볍게 분위기를 전환하려 했고,

"풉. 알긴 알아? 당신 지금 꼭 개구리…… 아니지, 그 눈 큰 금붕어 같아."

그런 제이의 마음을 눈치채고서 조프가 천연덕스럽게 맞장구를 쳐 주었다. 농담이 진담 같았을까? 자신의 말을 듣더니 제이가 가만히 이불을 끌어다 얼굴을 덮었고,

"큽, 농담이야, 농담."

싱겁게 웃으며, 제이의 얼굴을 가려 버린 이불을 내리려는데,

"이런 걸로 놀리기 있어요? 개구리? 금붕어?"

정말 그런 것들과 닮았을까 봐 이불을 내리지 않으려 힘주어 이불 끝을 잡아당겼다.

"솔직히 말하면 개들보다 조금 더 심해."

"뭐예요?"

발끈하며 이불을 턱 밑으로 내리고서 밉지 않게 흘겨보는데,

"그러게, 울고 싶을 때 미리미리 좀 울고 그러지, 뭘 그렇게 하루에 다 쏟아내고 있어? 힘들게. 오늘 당신 때문에 내가 얼마나 많이 놀랐는지 알기나 해?"

쓰러지는 그녀의 모습을 보는 순간 심장이 철렁 내려앉았었다. 이 여자가 없으면 이젠 정말 죽을 수도 있겠구나……. 제이가 옆에 없다는 상상만으로도 심장이 쪼개질 듯한 통증을 느껴야 했다.

"다 울었어요. 이제 울 일 같은 건 없어요. 절대. 모르긴 몰라도 더 이상 흘

릴 눈물도 남아 있지 않을걸요?"

"정말?"

"그럼요. 정말."

조프와 제이는 몰랐다. 눈물이란, 슬플 때만 흘리는 것은 아니라는걸.

"앞으로는 울 일도 없겠지만, 설사 그럴 일이 있다고 해도 그때그때 울고 말아. 꾹꾹 참고 버티지 말고. 그러면 병나. 알았어?"

"네. 그럴게요. 그런데 꼭 선전포고 같아. 울 일 많이 만들어 줄 거예요?"

"분명 울 일도 없겠지만, 이라고 말했을 텐데? 앞으로는 행복해질 일만 남았어. 그러니 아무 걱정 하지 마. 그나저나 당신 배는 안 고파? 뭐 좀 먹을래?"

"아니요. 지금은 그냥 좀 쉬고 싶어요. 당신은 뭐 좀 먹었어요?"

"아니. 나도 지금은 생각이 없네. 힘들었을 텐데 좀 쉬어. 쉬고 나면 눈에 부기도 가라앉을 거야."

"나 지금 진짜 되게 못생겼나 봐요."

"쿡, 궁금해? 거울이…… 너무 멀구나. 사진 찍어서 보여 줘? 그래, 이럴 게 아니라 사진을 찍어 두자. 처음이자 마지막일 것 같은데, 이런 금붕어 같은 눈을 언제 또 보겠어?"

찌릿. 부은 눈으로 제법 매섭게 조프를 노려보는 제이였다.

"하하하, 농담이라고, 농담. 예뻐, 눈이 퉁퉁 부어도 못난이처럼 엉엉 울어도 다 예뻐. 그래도 이제 그만 울자. 내 심장이 아파서 도저히 안 되겠어."

장난기가 쏙 빠져 버린 진심 어린 조프의 말을 들으며 코끝이 찡해 왔다.

"좀 자. 아무 걱정 하지 말고."

"당신은, 괜찮아요? 안 쉬어도? 당신도 힘들 텐데……."

"방금 내가 아무 걱정 하지 말고 쉬라고 했지. 당신 몸, 빨리 회복하는 게 날 위하는 길이야. 그러니 최선을 다해서 빨리 털고 일어나. 알았어?"

"알았어요."

계속해서 자신의 얼굴을 쓰다듬으며 말하는 그를 바라보다 제이도 손을 들어 그의 얼굴을 쓰다듬었다. 그가 내뱉는 뜨거운 숨결을 고스란히 들이마시며 기분 좋은 미소가 생겼다.

춥. 쪽쪽. 조프는 오롯이 자신만을 향하는 제이의 눈을 보며 제이의 입술에 자잘한 키스를 퍼부었다. 달달하고 사랑스러운 입맞춤이 진하게 바뀌며 온몸을 흥분으로 달구었으나, 잘 참아 내고서 아쉬운 듯 입술을 떼는데 반쯤 눈이 감긴 나른한 듯한 제이의 눈이라니.

"이제 그만 자."

침대에 올라가 제이를 품에 안으며 등을 가만히 어루만지자, 몇 분 지나지 않아 제이의 고른 숨소리가 들려왔다. 생각 같아서는 계속 옆을 지키고 싶었으나, 자신으로 인해 야기된 많은 문제를 그냥 두고 볼 수만은 없었다. 제이가 깨지 않도록 조심스레 품에서 내려놓으며 천천히 침대에서 내려왔다. 자는 동안 불편하지 않게 이불을 정돈해 주고 빛이 직접 내리쬐지 못하도록 커튼도 정리해야 했다.

마지막으로 다시 한번 제이의 얼굴을 쓰다듬으며 이마에 뜨거운 입술의 흔적을 남기고 나서야 병실을 벗어났다.

제이의 병실 앞 소파에 앉아 대기 중이던 알파가 다가왔다.

"오늘 고마웠어요. 덕분에 제이가 빨리 안정을 되찾아 가고 있습니다."

제이가 쓰러지는 순간 정말 머리가 하얗게 비워지는 듯했다. 알파가 아는 병원이 있으니 준비시키겠다며 빠른 판단을 했기에 우왕좌왕하지 않고, 곧장 병원으로 와 일사천리로 검사를 진행하고 휴식을 취할 수 있었다.

"아닙니다. 당연히 제가 해야 할 일을 했을 뿐입니다. 강한 분이시니 회복도 빠를 겁니다."

"네. 나 역시 그러길 바라고 있습니다. 잠깐 일을 좀 해야 해서, 자리를 비워야 할 것 같은데…… 옆에 병실에 있을 겁니다. 지금은 자고 있으니, 깨면 바로 알려 줘요."

"네. 그렇게 하겠습니다."

"진심으로, 고맙습니다."

조프가 손을 내밀었다. 경호원 하나는 정말 잘 만난 것 같았다. 물론 잘생긴 외모만 빼놓고 본다면 말이다.

알파는 그가 내민 손을 강하게 잡으며, 흔들림 없는 올곧은 표정의 남자를 바라보았다. 타인에게서, 이런 대담하고 담대함을 느껴 본 적이 과연 언제였던가.

"저야말로 고맙습니다. 덕분에 많이 배웠습니다."

실로 오랜만에 진심을 담아 고개 숙여 인사를 건넸다. 그가 떠나고 친구인 지훈이 병실을 찾았다. 알파는 의사인 지훈과 함께 병실에 들어가며 그가 하는 모든 것을 지켜보고 있었다.

지훈이 무언가 말하려는 찰나,

"쉿."

말을 자르며, 친구를 밖으로 데려 나가는 알파였다.

"푹 자는 것 같은데, 말도 못 꺼내게 하네? 뭘 그렇게까지 조심해?"

"여기서 말해. 주무신 지 얼마 되지도 않았어. 그래. 어때? 괜찮은 거야?"

"그래. 들어올 때 우려했던 거에 비하면, 크게 나쁘지 않아. 젊은 사람이라 회복도 빠를 테고, 2~3일 푹 쉬고 나면 퇴원해도 무리 없을 것 같아. 물론 다른 검진 결과에 이상이 없다면 말이야."

"수고했다. 바빠도 다른 의사 보내지 마. 네가 직접 와라. 간호사도 믿을 만한 사람으로만 보내. 조금이라도 잘못되면 너 나한테 죽는다. 너도 봐서 알 거다. 저분 생각을 끔찍이 하신다. 그러니 실수 없이 해."

"너는…… 너는 아니고?"

"뭐?"

알파의 눈빛이 순간 흔들렸다.

"천하에 둘도 없는 목석 하승주, 네 눈빛을 흔들리게 만든 여자라…… 대단하긴 대단하네."

"미친 자식. 볼일 다 봤으면 빨리 가서 일이나 해."

"훗, 그래. 그건 그렇고 모임 참석은 안 하냐? 다들 난리다. 너 얼굴도 안 비친다고 원성이 자자해."

"바빠. 이번 일 끝나면 그때. 그때 한번 간다고 해."

"알았어, 인마. 수고해라."

지훈은 장난스레 알파의 팔을 툭 치며 지나갔다. 이번 모임에 참석하면 친구들에게 해 줄 말이 많을 것 같았다. 친구 승주에게도 사람다움이 보일 때가 있다니…….

'하. 아쉽네, 상대가 웬만해야 빼앗아 보라고 바람이라도 넣지…… 쯧쯧.'

제이의 병실 바로 옆 또 다른 VIP 병실에 J&의 임시 사무실이 차려졌다.

제이가 잠든 병실만이 잠시 시간이 멈추어 있을 뿐 그곳을 제외한 곳곳에 시간은 숨 가쁘게 돌아가고 있었다.

"대표님."

조프가 문을 열고 들어서자 크리스를 비롯한 비서들이 자리에서 일어서 인사를 건넸다.

인사하는 중에도 저마다 통화 중이던 휴대전화를 끊지 못하고 있었다.

"거기는 어쩌고 다 이리로 왔어?"

제주에 있어야 할 비서들을 보며 놀란 조프가 크리스에게 물었더니 곧장 대답이 들려왔다.

"필요 인원은 남겨 두었으니 제주까지 신경 쓰지 않으셔도 됩니다."

"분위기 어때?"

"대표님께서 생각하신 그대로입니다. 본사를 비롯한 각 호텔 지사장과 임원들의 전화가 빗발치고 있습니다. 일일이 대응하고는 있습니다만, 다들 대표님의 안전에 이상이 없는지 우려가 크신 듯합니다."

"그렇겠지. 본사는?"

"지금 우리와 사정이 다르지 않습니다. 홍보 팀이 고생 중이랍니다. 전화가 좀 많이 와야 말이죠. 우리는 임원들 전화만으로도 이 정도인데 본사는 오죽하겠습니까? 그리고 회장님께서 긴급 임원회 소집하셨답니다. 아마 지금쯤 회동 중일 듯한데……."

"그래, 회의 끝나면 알려 달라고 해. 법무 팀에서는 따로 연락 없었고?"

"네. 그쪽도 알아서들 잘할 테니 대표님은 더는 신경 쓰지 마십시오. 한 팀장님은 어떻습니까?"

"잠깐 깨어났다가 다시 잠들었어. 좀 더 쉬게 해야지. 벨 소리 다 죽여. 옆방에 들릴라."

"네. 진동으로 다 바꿨습니다. 대표님도 좀 쉬셔야지요."

"됐어. 급한 일부터 처리하자. 결재할 거 가져오고, 우리 그룹 주가 동향 파악해 봐. 지난달 매출 현황 가져오고, 지금부터 변동 사항 있으면 즉시 점검해서 알려 줘."

조프는 빠르게 지시하며, 해야 할 일들을 정리했다.

긴박함이 감도는 J& 본사에 긴급 임원회가 소집되었다.

아무리 대표를 믿고 지지한다 해도, 혈기 왕성한 대표님이 위험에 고스란히 노출된 순간들을 그냥 넘어갈 수 없는 임원들과 중역들이 한자리에 모여 우려를 표하고 있었다.

그룹의 회장임과 동시에 조프의 할머니인 앤 역시 놀라지 않을 수 없었으나, 다행히 크게 다치지 않고 일이 잘 마무리가 된 듯해 마음을 놓을 수 있었다.

이제 남은 일은 자신이 손자의 뒤를 든든히 받쳐 주는 것.

"자, 그만들 하시게. 나라고 모르지 않으니. 그래, 제 본분을 망각하고 그 위험한 일에 뛰어들었으니 그냥 넘어갈 수는 없는 일이지. 그렇다면, 지금 당장 그 사람을 대신해 그 자리에 앉힐 만한 사람이 있겠는가? 추천들 해 보시게."

"헉! 아니…… 회, 회장님."

"……!!"

"……!!"

걱정스러움에 우려를 표한 것뿐인데, 이렇게 초강수를 두실 줄이야.

이제껏 심려를 여과 없이 쏟아 내며 제 할 말을 하던 임원들이 놀라움에 입을 딱 다물었다. 그제야 소란스럽던 회의장의 분위기가 정리되며 조용해졌다.

"아니, 아무리 그렇다 한들, 대표님께서 먼저 시작하신 것도 아니고, 공격하니 방어를 하신 것뿐인데……."

"네. 오히려 자신을 잘 지켜 내셨습니다."

"그런 위기 상황에서 더없이 훌륭하게 잘 대처하신 듯한데, 이게 그 자리에서 물러나야 할 만큼 잘못은 아니지 않습니까?"

"게다가 대표님께서 가시기 전에 당부하신 것도 있는데 어떻게 그런 말씀을……."

"맞습니다. 회장님! 일부러 시작하신 일도 아니고…… 그럴 만한 이유가 있었지 않습니까."

"네. 그리고 그만한 담력과 배짱도 없이 어떻게 이 큰 그룹을 이끌어 가겠습니까?!"

"회장님, 그 말씀은 철회하시지요."

놀란 임원들이 앞다투어 조프를 두둔하기 시작했다. 그룹을 이끌어 갈 재목으로 그만한 사람은 눈을 씻고 찾아봐도 없었다.

"흠…… 다들 생각들이 정말 그러한가?"

"네. 철회하시지요."

임원들이 한목소리를 내어 답을 했다.

"그래. 뜻은 잘 알겠네. 말은 바로 해야겠지. 내 손자라서 하는 말이 아니네. 감히 누가, 그 사람만큼 우리 그룹을 훌륭히 잘 이끌어 갈 수 있을까? 그 사람의 능력, 그 사람이 일구어 놓은 성과, 그로 인해 한 단계 아니, 두세 단계를 훌쩍 넘어 지금 이 자리까지 도약할 수 있었던 것 아닌가? 그 누가 이렇게까지 해낼 수 있겠는가? 있다면 당장 내 눈앞에 데려와 보든가, 그럼 언제든 그 자리 내어주지. 그리고, 한재희 그 사람, 다들 봐서 알겠지만, 강단 있는 사람이야. 제주에 건설 중인 우리 호텔 총책임자이기도 하고, 그때 입찰에 참석했던 임원들이 스카우트 욕심낼 정도로 실력도 출중하다더군. 내가 직접 봐서 더 잘 알고 있네만, 위험을 감수하고서라도 데려올 가치가 충분히 차고 넘치는 사람일세. 그룹의 안주인으로 손색이 없다는 말이네. 그 사람도 안사람이 생기면 보다 더 안정적으로 일에 집중할 수 있지 않겠는가? 그러니, 다소 무모했다 볼 수도 있으나, 제 가정을 이루기 위한 중요한 초석이었다. 생각하고 너그러이 용서하고 이해해 주시게."

고단수였다. 임원들은 더 할 말이 없었다. 가차 없이 내칠 듯 휘몰아칠 때는 언제고, 두둔하기 시작하니 저렇게 용서와 이해를 구하신다.

"네. 우리 입장에서는 대표님께서 저리 위험한 행동을 하다 몸이라도 상하게 될까 봐 염려되기도 하고, 혹여 대표님께서 잘못되기라도 하는 날엔 그룹이 받을 타격이 실로 엄청나기에 우려되어서 하는 말들이니 너무 섭섭하게 생각지 말아 주십시오."

"다들 봤으니 알 것 아닌가? 그리 쉽게 잘못될 사람이 아니니 그런 걱정은 하지도 마시게. 그래도 워낙 걱정들이 많으니, 내 이번에 만나면 단단히 일러는 두겠네."

"네. 회장님. 부디 몸조심하시라 단단히 말씀 부탁드리겠습니다."

앤은 이제야 마음을 놓았다. 원하던 바를 이루었으니, 미련 없이 회의장을 벗어나며 미소 짓는 J&그룹의 회장, 앤이다.

"에이미, 홍보실에 연락해. 그 아이들 관련한 기사 샅샅이 다 살피라고 하고, 혹시라도 거짓 기사나 비방하는 글들 있으면 법무 팀과 협력해 확실히 처리하도록 해. 그리고 허튼 제보 들어오면 기사 내기 전에 나에게 먼저 가지고 와야 할 거야. 방송국장들, 그리고 관계자들과 자리 한번 마련해 봐."

손자의 앞길을 막는 것이 있다면 그게 무엇이든 다 치워 줄 생각이었다.

"그게 회장님. 지난번 대표님께서 들어오셨을 때 이미 다 조치를 취하고 가셨답니다."

"그게 무슨 말이야?"

"방송국 관계자들과 미팅할 때 신신당부하고 가셨답니다. 허위 보도, 기사, 제보는 절대 좌시하지 않겠다고요. 사실에 근거해서 쓰되, 의문이 있으면 회사 홍보실로 반드시 확인을 거친 후에 작업해 주길 바란다고, 그렇지 않을 경우 이례적으로 강력한 대응도 마다하지 않겠다고 하셨답니다."

"흣, 난놈은 난놈이야. 그 바쁜 중에 언제 또 그렇게 다 손써 두고 갔을까? 누구 손자 아니랄까 봐 치밀하기가 아주 이루 말로 다 할 수가 없어! 하하하. 크리스에게 전화해. 여기 일은 전혀 신경 쓰지 말고, 제이나 잘 보살피라고 전해."

오늘따라 손자가 보고 싶은 밤이었다. 치열했던 하루가 기분 좋게 흘러가고 있었다.

청문회는 더 이상 이어질 수가 없었다. 아들인 태현마저 모처에서 긴급 체포되었다는 소식이 전해지며, 주요 증인 강주아의 입이 닫혀 버렸고, 조가비처럼 다문 입은 그 어떤 질문과 회유 호통에도 벌어질 줄을 몰랐다.

더 이상의 진행이 힘들다는 판단하에 청문회를 마치자마자, 대기 중이었던 특검에 의해 강주아 역시 전 국민이 보는 앞에서 체포되는 수모를 겪어야 했다. 그 많은 인파가 어디서 쏟아져 나왔는지, 가는 걸음걸음마다 온갖 비난과

욕설이 난무했고 날계란이 날아와 주아의 가슴에서 비릿하게 터져 버렸다. 일가족, 그것도 권력과 부의 상징이었던 그들이 범죄자 신분으로 전락하는 데 하루도 채 필요치 않았다.

뉴스 외 각 방송사에서는 이대훈과 강주아, 그의 아들 이태현, 그리고 범죄에 연루된 주요 인사들이 하루 만에 모두 긴급 체포된 경위를 상세히 전달했다.

이대훈의 몰락, 명우의 추락, 대권 후보 이대훈의 흥망성쇠, 강주아의 실체, 재벌가의 스캔들, 재벌가의 추악한 이면 등, 갖가지 자극적인 내용으로 앞다투어 방송되며, 외신들 또한 청문회 내용을 집중적으로 보도하는 등 온통 충격과 경악으로 물든 대한민국의 하루를 알리고 있었다.

조프와 크리스를 비롯한 J& 직원들은 뉴스를 보며 깊은 한숨을 내쉬었다.

"생각했던 것보다는 대처가 빠르네요."

뉴스에 집중하는 조프를 보며 크리스가 말했다.

"하. 증거를 코앞까지 들이밀었는데 저 정도는 해야지. 뭉그적거려 봐야 국민적 공분을 무슨 수로 피해 가겠어? 큰일 앞두고 있는데 하루라도 빨리 해결하는 게 나라를 위해서도 이롭다는 판단이겠지."

여전히 뉴스에 시선을 고정한 조프가 한숨 쉬며 말을 뱉었다.

긴박하게 흘러가던 하루가 조금씩 안정을 되찾아 가고 있었다.

"오늘 고생 많았다. 직원들 근처 호텔에서 쉬게 하고, 너도 가서 좀 쉬어라."

"대표님은요?"

"난 여기 있어야지."

"그럼 저도 여기 있겠습니다. 뭐 말이 병실이지 호텔 스위트룸과 별반 다를 게 없습니다. 직원들은 호텔에서 편히 쉴 수 있게 조치하겠습니다."

"너 편할 대로 해. 내가 억지로 등 떠민다고 갈 것도 아니고."

"저에 대해서 너무 잘 아십니다. 그만 가서 쉬십시오. 오늘 너무 무리하셨습니다."

"그래. 너도 푹 쉬어라."

조프는 뻐근한 목을 돌리며 뭉친 어깨를 풀고서 제이의 병실로 향했다. 그 시간까지도 제이는 잠에서 깨지 않고 있었다.

조프는 뭐라도 먹이고 재워야 할 것 같아 어떻게 깨울까 궁리하며 조심스레 다가가는데 마침 잠에서 깬 제이의 목소리가 들려왔다.

"왔어요?"

"깼어? 안 그래도 깨우려고 했는데."

"방금. 당신 문 열고 막 들어올 때 깼어요. 도대체 얼마나 잔 거예요?"

"제법 잤을걸? 벌써 밤이 다 됐어."

조프는 슈트 상의를 벗으며 옷걸이에 걸고서 제이 앞으로 다가왔다.

"어머, 이 시간까지 잔 거예요? 당신은 지금까지 일하다 왔고? 맙소사. 피곤하지 않아요?"

시간이 이렇게 많이 지났을 줄은 몰랐다. 천천히 자리에서 일어나 앉으며 아까보다 더 수척해진 듯한 그의 얼굴로 손을 뻗어 만져 보니 얼굴이 제법 가슬가슬한 게 시간이 제법 흐르긴 흐른 모양이다.

"왜 안 피곤해? 얼른 뭐라도 좀 먹고 쉬어야겠어. 당신은 죽을 먹는 게 좋겠지?"

침대 옆 의자에 앉으며 침대 위에 앉아 있는 제이의 몸을 자신에게로 끌어당겼다. 제이의 가슴에 얼굴을 파묻어 꼭 끌어안고서, 그녀의 체취를 한껏 들이마시며 하루의 피로함을 달래고 있었다.

똑똑똑. 크리스가 노크와 동시에 문을 열고 들어서는데,

"흠흠…… 죄송합니다."

들어간 지 불과 몇 분이나 됐다고 그새를 못 참고 붙어 계시는지. 대표님께

는 전혀 죄송한 마음이 없었으나, 놀란 듯 얼굴이 붉어지며 대표님을 밀어 내는 한 팀장님을 보니 조금 미안하기는 했다.

"그렇게 들어올 걸 노크를 왜 해? 그냥 들어와. 불쑥불쑥."

조프는 퉁명하게 말하며 제이에게 등 떠밀려 크리스에게 다가갔다.

"훗, 알겠습니다. 노크하고 3초는 쉬고 들어오겠습니다. 식사하십시오. 두 분 다 드시기 편하게 죽으로 준비했습니다. 드시고 나중에라도 출출하시면 다른 음식 준비해 드릴 테니 일단은 이것부터 드십시오."

입맛이 없다고 식사를 거른 대표님도 편히 먹을 수 있도록 죽을 준비했다.

"고맙다. 안 그래도 죽을 먹일까 싶었는데."

"고마워요. 정말. 잘 먹을게요."

"네! 언제든 필요하거나 드시고 싶은 게 있으면 말씀만 하세요. 대표님은 모르겠고, 한 팀장님 부탁이라면 자다가도 대령하겠습니다!"

"난 왜 빼?"

장난스레 대꾸하는 조프와,

"말씀만이라도 감사합니다. 오늘 저 때문에 고생 많으셨을 텐데 얼른 가서 좀 쉬세요."

세심하게 신경 써 주는 크리스가 고마워 인사를 하는 제이였다.

"네. 그럼 두 분 즐거운 시간 보내십시오. 가 보겠습니다."

씨익 능글맞게 웃으며 유유히 병실을 나서는 크리스다.

"싱거운 녀석, 병원에서 즐겁게 지낼 일이 뭐가 있을까?"

눈빛을 반짝이며 물어 오는 조프와,

"풉. 어떻게 변한 게 없어."

티격태격하는 둘의 모습을 보며 놀랍게도 웃음이 터진 제이였다. 하루의 고통이 고스란히 담긴 퉁퉁 부은 눈과는 상당히 대조적인 맑은 웃음이 아닐 수 없었다.

그렇게 나란히 앉아 죽을 먹고, 이런저런 소식을 전하며 소화를 시키기가 무섭게 서둘러 씻고서 잘 준비를 마치고 함께 자리에 누운 두 사람이었다.

"호텔 가서 편히 쉬어요. 여기 있으면 잠도 제대로 못 잘 텐데."

"당신 옆이 내가 쉴 자리야. 가서 걱정하느니 여기 있는 게 훨씬 편하고 좋아."

제이에게 팔베개를 해 주며 품 안으로 제이를 꼭 끌어안았다.

"하암."

그의 말에 행복한 미소를 지으며 동시에 하품이 나와 버렸다.

"그렇게 잤는데도 또 졸려요. 도대체 잠을 얼마나 자는 건지 모르겠네?"

"푹 잘 자는 것만큼 회복이 빠른 것도 없어. 좋은 현상이야. 안 그래?"

"그런가?"

"참, 당신 왜 말 안 했어?! 내가 분명 크리스한테 도움 요청하라고 했을 텐데?!"

"미안해요. 말 안 들어서…… 설마, 크리스한테 싫은 소리 한 건 아니죠?"

"……."

그에게서 아무런 말도 들려오지 않는 걸 보니 벌써 싫은 소리를 한 듯했다.

"그러지 말지. 내가 알파한테 말하지 말아 달라고 부탁한 건데, 알파가 대처를 잘해 줬어요. 위험한 상황도 없었고."

"쓰러진 게 위험한 상황이 아니야?"

"다…… 들었……어요? 그때도 알파가 옆에 있었대요. 난 털끝 하나도 안 다쳤어요."

제이는 잔뜩 걱정 어린 그의 목소리를 들으며 미안한 마음이 가시지 않았다.

"제발 조심해. 스트레스 좀 받지 말고, 스트레스받을 일도 만들지 말고, 근심 걱정 하지 말고, 복잡하게 생각하지 말고, 다른 건 신경 쓰지 말고 내 생각만 해. 내 생각만!!"

얌전히 그의 품에 안겨 있다 슬그머니 고개 들어 그를 바라보았다. 짙은 눈빛으로 자신을 바라보는 그를 향해 마주 웃어 보이며 씩씩하게 말을 꺼냈다.

"네. 그럴게요. 그거야 눈 감고도 할 수 있지, 뭘. 세상 가장 쉬운 일이네. 앞으로는 절대 아무것도 신경 안 쓰고 당신 생각만 많이 할게요. 그 전에 내 부탁 하나만 들어줘요."

"뭔데? 뭐든 말만 해. 헤어지자는 것만 빼고 다 들어줄 테니까."

"꿈 깨요. 그럴 마음은 추호도 없어. 이렇게 멋진 남자를 어디서 또 만나요?"

그가 아닌 다른 남자는 생각할 수조차 없기에 그의 말이 끝나기가 무섭게 말을 내뱉은 제이였다.

"제이, 여기 병원이야. 지금도 충분히 참기 힘들어. 그렇게 예쁜 말을 하면 나더러 어떻게 참으라는 거야! 그리고 당신 다리, 거기서 멈추는 게 좋을걸? 당신의 작은 움직임에도 난 심각하게 자극받는다고, 내 거기는 말이야, 당신하고 있으면 통제 불능이야. 시도 때도 없고, 눈치도 없어. 오직 본능에 충실한 욕망 덩어리라고!"

자신의 다리 사이에 쏙 들어와 편하게 자리 잡은 그녀의 다리가 조금만 더 올라오면 더 이상 참을 수 없을 것 같아 목소리가 탁하게 바뀌어 버렸다.

"알겠어요."

제이는 자신의 복부를 쿡쿡 찌르는 무언가를 느끼며 입가에 미소가 감돌았다.

"아무튼, 내 부탁은, 당신이 크리스한테 말 좀 해 봐요. 다른 사람은 몰라도 당신 말이라면 바로 들을 것 같으니까."

"무슨?"

"실은요……."

제이는 크리스에게 소장님을 소개해 준 일과, 소장님이 크리스에게 조언해 준 사실을 말하며 크리스가 소장님의 조언을 흘려듣지 않기를 바라는 자신의 마음을 조심스레 전했다.

"그런 일이 있었어? 정말 잘했네. 고마워. 나도 신경 못 써준 일을, 이러니 내가 예뻐하지 않을 수가 없어."

조프는 제이의 이마에 쪽 소리가 나도록 입을 맞추었다.

"이제 그 일은 나한테 맡겨. 내가 알아서 할 테니, 당신은 아무 신경 쓰지 말고 좀 더 자."

온종일 마음 쓰고 고단했을 제이의 등을 부드럽게 어루만져 주었다.

"당신은요?"

"나도 잘 거야."

"여기서? 나하고 같이? 의료진들이 계속 드나들 텐데? 그냥 옆에 침대에 가서 편히 자요."

"뭐 어때? 우리 사이 이제 모르는 사람 하나 없는데. 그리고 난 당신이 옆에 있어야 편하다고 몇 번을 말해?"

"그래도. 남들이 이렇게 함께 있는 걸 보는 건 왠지 좀 민망해요. 그것도 병원인데…… 게다가 바로 저기 침대가 하나 더 있는데……."

"이제 살 만한가 봐? 온갖 걱정을 다 하는 걸 보니. 그래서 나더러 지금 저기 뚝 떨어져 있는 침대에서, 눈앞에 있는 당신을 놔두고, 쓸쓸하게 혼자 자란 말이야?"

끙.

"나도 몰라요. 당신이 알아서 해요. 난 정말 자야 할까 봐요. 눈이 너무 무거워서 뜨고 있을 수가 없어."

그의 품에 가만히 안겨 있자니 들려오는 심장의 고동 소리에 마음이 편안해지며 등을 어루만지는 따뜻한 손길에 그만 말을 흐리며 잠에 빠져들었다.

조프는 잠든 제이를 계속해서 어루만지며 지친 눈을 감았다. 생각보다 훨씬 더 고단했던 하루였고, 제이와 조프는 의료진들의 곤란을 배려할 만큼 깊은 생각을 할 여력이 남아 있지 않았다.

깊은 밤 간호사가 중간중간 들어와 여자의 혈압과 맥박, 호흡을 체크하고 수액을 확인하는데 그때마다 번번이 감은 눈을 뜨고 지켜보며, 이상이 없냐고 물어보는 남자였다.

"열이 좀 있는 것 같은데, 체온도 확인 부탁해요."

제이의 이마를 만져 보며 열을 재 달라고 하면서도 품에서 제이를 내려놓지 못했다. 전담 간호사가 남자의 요청에 열을 재어 보니, 다행히 심각한 열은 없었다. 37도가 조금 넘지만, 이 정도는 상관없다고 말하고서 돌아서며, 아마도 그렇게 꽉 끌어안고 있지만 않아도 정상체온으로 유지가 가능할 거다, 말하고 싶은 걸 꾹 참아야 했다.

간호사는 성인 여자를 마치 아기 다루듯 조심에 조심을 더하는, 천상의 얼굴을 한 남자를 보며, 괜스레 달아오르는 얼굴을 식히느라 애써야 했다.

여자는 오늘 하루가 많이 힘들었는지 미동조차 없이 남자의 품에 파묻혀 고른 숨을 내뱉고 있었다. 다른 여자 같았으면 꼴도 보기 싫었겠지만 청문회를 시청한, 같은 여자로서 느껴지는 연민에 여자를 미워할 수도 없었다.

조프와 제이, 두 사람은 서로에게 마음을 의지한 채 긴 밤을 보내는 동안, 자신들에게 쏟아지는 엄청난 국제적 관심과 사회적 파장, 그들을 둘러싸고 벌어지는 무수히 많은 일들을 알 리가 없었다. 그들에게는 오랜 고난 뒤의 휴식이 필요했고, 몸과 마음이 회복될 시간이 필요했다.

병실을 순회한 뒤 잠시 찾아온 간호사들의 휴식 시간, 이야기꽃이 한창이었다.

"이번 VIP 완전 대박! 전생에 나라를 구했나, 어쩜 저런 남자를 잡았을까요? 지금 인터넷에 난리도 아니에요. 청문회장 들어가기 전부터 어찌나 애지중지하는지."

나이 어린 간호사 한 명이 잔뜩 부러워하는 말에 저마다 말을 보태고 있었다.

"기사로 보는 거야 그냥 그러려니, 하고 말지. 실제로 보는 건 정말 고문이 따로 없어. 지극정성도 그런 지극정성이 없더라, 이미 잠들었는데 뭘 그렇게 신경을 쓰는지. 혈압은 정상이냐, 수액 들어가는 혈관이 좀 부은 것 같다. 확인 좀 해 줘라, 열도 있는 것 같다. 체크해 줘라. 아휴…….”

금방 그 병실에 다녀온 간호사가 두 사람의 모습을 떠올리고는 괜스레 열기가 피어올라 얼굴을 식히며 말을 이었다.

“그렇게 딱 붙어 있는데 열이 없는 게 비정상 아니야? 그 넓고 넓은 VIP실에 침대가 그거 하나뿐인 것도 아닌데, 보는 사람 심장 떨리게 왜 그렇게 붙어 있냐고, 그 비서라는 사람도 어찌나 신경을 쓰던지, 대표라는 사람하고 똑같더라. 두 분 편히 쉴 수 있게, 이상이 없는 다음에야 너무 자주 들어가지 말아라. 주사 하나하나 들어가는 거 일일이 다 체크하고, 하아…… 도대체 잠은 언제 자는 걸까?”

좀처럼 잊히지 않는 두 사람의 모습에 속으로 쌓아 뒀던 부러움을 일시에 쏟아 내며 열변을 토하는 간호사였다.

“비서뿐이게요? 그 앞을 지키는 경호원은 또 어떻고요? 우리 교수님하고 잘 아는 분 같던데? 교수님이 환자 보고 나올 때마다 그 경호원한테 괜찮으니 걱정 안 해도 된다. 일일이 보고를 하더라니까.”

“진짜 그 여자가 당한 일만 아니면, 진심 그 여자로 한번 살아 보고 싶어요. 딱 한 시간만이라도…….”

“그렇지? 여자가 참 대단해. 그렇게 말하기가 쉽지 않았을 텐데 말이야. 나 같으면 어후…… 못 할 것 같아.”

한 간호사는 불현듯 떠오른 청문회 장면에 대해 말을 하며 저도 모르게 몸을 부르르 떨었다.

“저도요. 그러니까 저런 엄청난 남자도 만나는 거겠죠. 얼굴도 너무 예쁘던데.”

“여자만 예뻐? 그 병실에 인물 빠지는 사람 하나 없더라. 입원한 여자부터, 대표, 비서, 하다못해 경호원들 봐라. 그게 경호원 할 얼굴이야? 경호를 받아도 시원찮을 판국에? 에휴…… 불공평한 세상. 누구는 남자가 하나도 둘도 셋도 아닌 한 트럭인데, 그 많은 남자 중에 내 남자가 하나도 없어!!”

다섯 명의 간호사가 너 나 할 것 없이 돌아가며 한마디씩 거들다 보니 이야기는 좀처럼 끝날 기미가 보이지 않았다.

"그러게 말이에요. 부럽다. 에휴……."

때아닌 신세 한탄이 늘어지는 간호사들이었다.

다음 날 각 신문 1면에는 청문회 내용과 더불어 뜻하지 않은 내용이 온통 장식되어 있었다.

「세기의 커플

J&그룹 대표 조프리 휴 존슨의 연인 한재희는 누구인가?

한재희 대한민국의 미래를 바꾸다

조프리의 연인 J

그 남자가 사랑하는 법

그 여자의 사랑」

현재 가장 뜨거운 감자가 되어 사람들의 입에 오르내리게 된 두 사람이었다.

조프는 아침 일찍 일어나 홍보 팀에서 간추려 보내온 기사들을 확인하며 놀라 고개를 설레설레 흔들었다.

"하, 세기의 커플이라…… 나쁘지 않네."

제이가 일어나면 기사들을 보여 줘야 하나 말아야 하나 잠깐 고민하다, 오히려 기사를 보며 안 해도 될 걱정을 보탤 것 같아 가만히 노트북을 닫았다.

조프가 제이의 병실로 조용히 들어섰다.

인기척이 느껴졌는지 제이가 자리에서 일어나 앉았다.

"컨디션은 좀 어때?"

조프는 제이에게 다가가 이마에 입을 맞추며 물었다.

"좋아요. 어제보다 훨씬."

"다행이야. 제이. 일이 있어 지금 잠시 나갔다 와야 할 것 같아. 곧 부모님께서 오실 거라고는 했는데, 그동안 혼자 괜찮겠어?"

"어디 다친 것도 아닌데 당연히 괜찮죠. 그럼. 그리고 이제 몸도 괜찮은데 퇴원해야겠어요. 아무 이상도 없는데 병원에 있는 게 더 불편해."

"그건 안 돼. 당신은 좀 더 쉬어야 해. 벌써 쓰러진 것만 두 번이야. 건강에 자신하지 마. 이번 기회에 건강검진 확실하게 하고, 완벽하게 컨디션 회복하면 그때 퇴원해. 안 그래도 당신 잘 때 이준 대표 전화 왔었어. 당신 몸 완전히 회복되기 전까지는 절대 회사 나올 생각도 하지 말라던데?"

"형부도 참…… 알겠어요. 당신은 호텔에 가 봐야 하는 거 아니에요?"

일이 많을 텐데 청문회를 마치고도 제주로 가지 않고 자신의 곁에 머무르는 그가 걱정스러운 제이였다.

"당신 퇴원할 때까지는 나도 여기 있으려고, 여기 있어도 일하는 데 크게 지장 없어. 거기 있는 우리 직원들도 그렇지만, 당신 회사 직원들도 일 하나만큼은 확실히 하잖아? 현장은 말할 것도 없고 말이야."

"그럼 오전에는 어디 가려는 거예요?"

"크리스 경찰서에 데려가려고. 뭐든 저보다는 내 일이 우선인 녀석이라, 마무리되기 전까지는 제 볼일 보러 갈 생각도 하지 않을 거야. 저러다 귀한 시간만 버릴 것 같아서, 잠시 시간 내서 다녀오려고."

"정말? 그래 줄래요? 고마워요. 고마워요. 정말!"

"그런데 당신이 왜 그렇게 고마워해? 가만 보면 당신 크리스를 너무 좋아하는 것 같은데?"

기운 없어 보이던 얼굴에 갑자기 화색이 도는 모습을 보며 조프가 넌지시 물었다.

"뭐야, 이 떨떠름한 뉘앙스는? 설마…… 지금 질투하는 거예요? 말도 안 돼."

"말이 안 되긴 왜 안 돼? 그렇잖아. 이 정신없는 중에도 크리스를 챙기지를 않나. 그리고,"

"아니야. 아니에요. 무슨 그런 말을! 좋아하긴 하지만, 어디까지나 사람 대 사람으로 좋아하는 거예요. 좋은 사람인 건 사실이잖아요. 그리고 같은 처지에 있는 분을 너무 오래 봐 와서 그래요. 남 일 같지 않으니까!"

농담으로 한 말이었지만, 정색하며 구구절절 설명하려 애쓰는 제이를 보니 웃음이 나왔다.

"풋, 알았어. 다녀올게. 그 전에 나한테 할 말 없고?"

"왜 없어요?"

제이는 망설임 없이 성큼 다가가 그의 어깨에 두 손을 올리고 발끝을 세우며 그의 귓가에 입을 가져갔다.

"사랑해요. 진짜 사랑해요. 너무너무 사랑해요."

이제 언제 어디서든 쏟아부을 수 있는 말이었다.

이 말이 이렇게 달콤하고 황홀한 말이었던가……. 조프는 온몸으로 퍼지는 짜릿한 기분에 심장이 간질거려 왔다. 사랑스러운 눈빛으로 제이의 입술을 한껏 베어 물고서 아쉬운 발걸음을 돌렸다.

제이의 병실 바로 옆, 임시 사무실.

조프가 천천히 문을 열어 보는데, 두 대의 노트북, 쌓여 있는 서류들, 두 팔을 걷어 올린 채 누가 문을 열어 보는지도 모르고 노트북을 번갈아 보며, 일에만 열중하고 있는 크리스가 있었다.

맡은 일을 끝내기 전에는 절대 개인적인 용무를 보지 않을 거라는 걸 너무나 잘 알고 있었다. 자신이 당면한 일에만 신경 쓰느라 크리스의 고뇌에 너무 무뎠던 건 아닌지, 오랜 세월 함께 지내며 그의 번민에 무심해진 자신을 나무라며 안타깝게 크리스를 바라보았다.

"크리스!"

"대표님!! 한 팀장님은 좀 어떻습니까?"

"제이는 괜찮아. 눈도 제법 가라앉았고, 안정도 되찾아 가고 있고, 이젠 그렇게 걱정하지 않아도 될 것 같다."

"다행입니다. 여려 보이는데, 굉장히 강한 분이십니다. 볼 때마다 놀랍습니다."

"그래…… 내가 너를 너무 혹사시키는 거냐?"

조프가 테이블 위에 벌여 놓은 일거리들을 턱으로 가리키며 말하는데,

"아닙니다. 회사 일이야 지금 비서실에서 알아서들 잘하고 있고, 한 팀장님 관련한 사항은 법무 팀에서 잘 처리해 나가고 있고요. 이건 그냥 제가 확인차, 혹시나 놓친 게 없나 살펴보는 겁니다. 이제 바쁜 일은 없습니다."

대수롭지 않다는 듯 웃으며 말하는 크리스였다.

"잘됐네. 차 키 가져와라. 어디 좀 같이 가자."

"네."

크리스는 서둘러 외투를 걸치고 차 키를 가지고서 조프에게 다가왔다.

"어디 가시려고요?"

부지런히 걸음을 옮기는 대표님의 보폭에 발맞추어 가며 묻는데,

"어. 키 이리 줘. 내가 운전할게. 넌 옆에 타."

직접 운전을 하겠다며 키를 받아 가는 모습이 의아하기만 했다.

"어디 가시는데요? 제가 운전하겠습니다."

"그냥 타. 시간 없어. 병실 오래 비워 두기엔 아직 불안해."

"네!"

무슨 급한 일이기에 아직 완전히 회복하지도 않은 한 팀장님을 두고 자리를 비우는지 의아했지만, 대표님이 하는 일이니 말없이 따르는 수밖에.

그렇게 말없이 한참을 가서야 차가 멈춘 곳은…… 그때 현장 소장이라던 분이 알려 준 바로 그 경찰서 앞이었다.

"내려."

"대……표님?"

조프는 차에서 내릴 생각도 않고 머뭇거리며 앉아 있는 크리스를 대신해 조수석 문을 활짝 열어 주었다.

"제이한테 다 들었어. 아직도 망설이는 거야? 너답지 않아."

"하……."

깊은 한숨을 쉬며 크리스는 쉽사리 차에서 내리지 못하고 있었다.

"물론, 쉽지 않을 거라는 거 잘 알아. 그래서 나 역시 다그치지 않았어. 하지만, 나도 제이 말에 동의해. 더 늦기 전에…… 시도는 해 봐야지. 나중에 후회하며 고통받는 네 모습은 나도 보고 싶지 않아. 머뭇거리는 건 이제 그만해."

"대표님……."

"지금이 기회인 것 같은데. 네가 안 하면, 내가 가서 할 거야. 네 머리털을 다 뽑아서라도."

아는데, 알면서도 멈칫하게 되는 마음이었다. 아예 찾을 생각조차 없다면 모르지만, 그게 아니라면 분명 지금이 가장 좋은 기회일 것이다. 그럼에도 이렇게 머뭇거릴 수밖에 없는 비겁함이라니.

어떤 진실이 기다리고 있을지 알 수 없는 상황에서 선뜻 무언가를 시도한다는 건 생각만큼 쉬운 일이 아니었다.

"후……."

조프는 여전히 망설임이 느껴지는 크리스의 눈을 보며 깊은 한숨을 내쉬었다.

"내 여자가 네 걱정 좀 그만하게 해 줘!! 내 생각만 해도 모자랄 시간에 왜 네 생각을 하게 만들어?! 그리고, 내가 손수 문까지 열어 주는데 감히 날 기다리게 만들어? 그것도 이 추운 날씨에? 차 안에 있으니까 잘 모르겠지? 벌써 살 떨리게 추워!!"

극약처방. 저 녀석이 망설일 때 쓰면 특효약이었다. 크리스는 뼛속까지 완벽한 비서였고, 완벽한 조프의 사람이었다.

"풋! 그러게요. 제 생각 좀 그만하시면 좋겠습니다만, 가뜩이나 가슴에 담은 것도 많은 분께서, 저까지 이렇게 걱정하시니. 어휴…… 하겠습니다. 합니다. 그러니 대표님은 차에 계십시오. 그러다 감기 걸리겠습니다."

"참 나, 내가 감기 걸린 거 본 적 있어? 같이 들어가. 잔말 말고 빨리 내려."

"네? 에이, 제가 한두 살 먹은 어린애도 아닌데 부끄럽게 무슨…… 혼자 다녀오겠습니다. 이런 일에 대표님 얼굴 팔려 좋을 거 하나 없습니다. 가뜩이나 지금 분위기도 심상치 않은데 말입니다."

크리스는 차에서 내리며 역시나 조프의 걱정부터 늘어놓았다.

"너를 어떻게 믿어? 진짜 하는지 안 하는지 내 눈으로 똑똑히 지켜봐야겠어."

한번 한다고 마음먹으면 무슨 일이 있어도 하는 분이었다. 크리스는 이렇게 실랑이할 시간에 차라리 빨리하고 나오는 게 나을 것 같아 결국 함께 경찰서로 나란히 들어가게 되었다.

오랜 시간의 망설임을 무색하게 할 정도로 절차는 싱겁게 빨리 끝나 버렸다.

크리스는 입양자 관련 부서에서 유전자 채취를 마치고 돌아서며 오히려 오기 전보다 더 긴장하고 있었다.

조프는 그런 크리스의 어깨를 툭툭 두드려 주며,

"긴장 좀 풀어, 분명…… 말 못 할 사정이 있었을 거야. 혹시 연락이 오지 않더라도 너무 실망하지는 말고. 네 가족으로 나 하나면 충분하지 않아? 아니지, 어디 나뿐이야? 할머니도 있고, 이안도 있고, 제이도 있고, 이제 제이 부모님까지. 내 가족이면 다 네 가족이지. 안 그래? 언제든 내 도움이 필요하면 주저 말고 말해."

별 볼 일 없었던 자신을 끌어안아 준, 넘치는 진심을 느끼며 크리스는 눈이 뜨거워지고, 코끝이 시큰거렸다.

"나한텐 형만 있어도 충분해. 그리고, 언제든 필요하면 형 등골이라도 빼 달라 할 테니 그런 걱정은 넣어 두라고!!"

크리스는 일렁이는 마음을 다스리며 농담을 던졌고,

“오랜만에 들어 본다? 듣기 좋네. 진작 사석에서는 그렇게 편히 부르라니까 말 안 듣더니, 앞으로도 종종 그렇게 불ㄹ,”

말을 끝맺기도 전에,

“그럼 이만 가시지요. 대.표.님. 한 팀장님께서 애타게 기다리고 계실 겁니다.”

언제 친밀하게 말했냐는 듯 깍듯하게 인사를 하며 나가는 크리스다.

“하! 이런 융통성 없는 자식. 그래. 그만 가자. 수고했다.”

가벼웠던 대화를 뒤로 말이 없는 두 사람이었다.

크리스가 살아온 지난날을 누구보다 잘 알고 있었다. 좋은 양부모님을 만나 평탄한 듯 잘 살아왔으나, 양부모님이 돌아가신 후 그에게 닥쳤던 시련을 떠올리며 더 이상의 아픔은 없기를 녀석의 앞날도 순탄하기를 조프는 마음으로 간절히 바랐다.

반면 크리스는 경찰서를 나와서도 직접 운전대를 잡는 조프를 보며 만감이 교차하고 있었다. 검사가 끝난 후, 평소 발음이 어색해서 굳이 하고 싶지 않다던 한국어로 담당자에게 천천히 말을 하던 조프의 모습이 머릿속을 떠나지 않았다.

‘쉽지 않은 일이라는 걸 잘 알지만, 그럼에도 잘 부탁드리겠습니다.’ 라고.

늘 가장 힘들 때 옆을 보면 그 자리에 계신 분이었다. 살아오며 가장 힘들고 처절했던 때, 인생의 벼랑 끝으로 내몰린 비참했던 순간, 매 고비 때마다 자신의 손을 잡아 이끌어 준, 평생을 갚아도 다 갚지 못할 은인.

크리스에게는 곧 그가 부모님이며, 형이었고, 우러러볼 수밖에 없는 든든한 산이었다.

조프는 말없이 운전하며 느껴지는 시선에 옆을 바라보는데, 마주치는 시선에서 크리스의 입꼬리가 살짝 올라가는 게 보였다.

백 마디 말보다 진하게 전해 오는 크리스의 거짓 없는 눈빛에 피식 웃으며 고개를 설레설레 흔들더니, 놀고 있는 손을 들어 크리스의 가슴팍을 퍽, 하고 장난스레 쳐 버렸다.

"억. 헉!! 대표님 몸이 무기라는 걸 좀 아셔야 할 텐데 말입니다. 이럴 때 보면 한 팀장님이 참 존경스럽습니다. 어떻게 이런 분을 다 품어 주시는지."

둘이 있을 때만 가능한 농담이었다.

"흠…… 그건 그렇지. 참 대단한 여자야. 하하하."

"생각만 해도 좋아 죽겠나 봅니다. 이런 나사 빠진 모습을 한 팀장님도 좀 보셔야 할 텐데……."

"너 택시 타고 올래?"

"입 다물고 얌전히 가겠습니다!"

어느새 병원 앞에 다다른 차에서 내리며 두 사람 다 개운한 미소를 띠고 있었다.

런웨이를 방불케 하는 시원시원한 걸음걸이로 병원 로비를 때아닌 혼란에 빠트리고서 유유히 갈 곳을 찾아가는 조프와 크리스다.

조프가 자리를 비운 그 시간 리안 언니와 형부가 다녀가고, 제이의 부모님과 함께 승철의 부인인 지선 아주머니가 오셨다.

어제의 가슴 아팠던 딸아이의 모습이 뇌리에서 쉽게 잊히지가 않아, 정연은 말없이 다가와 딸의 여윈 얼굴을 한번 쓰다듬어 주고서는 꼭 안아 주었다.

동우는 그런 아내와 딸아이를 보며 말없이 옅은 미소만 남긴 채, 붉어진 눈시울을 감추려 병실 밖으로 나갔다.

지난날 가슴에 피맺힌 가족의 상처가 아물기에는 좀 더 많은 시간을 필요로 할 듯했다.

눈물이 가득 차오른 엄마를 보며, 손님이 없었다면 필시 눈물바다가 되었을 거라는 건 불 보듯 뻔한 일이었다.

"제이야, 오랜만이지?"

다행히 눈물이 흐르기 직전 인사를 건네 오는 아주머니였다.

"아주머니, 뭐 하러 여기까지 오셨어요? 저 어디 아파서 입원한 거 아닌데, 멀쩡한 사람 두고 병문안이라니, 제가 너무 민망해요."

"멀쩡하긴?! 다치고 상처받은 마음도 부지런히 어루만져 주고, 잘 달래 줘야지. 그대로 두면 정말 큰 병 되는 거야. 몸이 아픈 것보다 마음이 아픈 게 얼마나 더 고되고 힘이 드는데…… 그러니까 너도 괜찮다, 아무렇지 않다, 그렇게 넘기지 말어. 참지 말고 아프면 아프다, 속상하면 속상하다, 표현하면서 살아."

딸 같은 아이가 받은 상처가 너무나 안타까운, 승철의 부인 지선이었다.

아주머니의 말에 너무 많은 뜻이 담겨 있어 마음이 아릿하게 아파 왔다.

"아주머니는 요즘 어때요? 몸은 좀 괜찮으세요?"

"그럼, 난 괜찮아. 내가 너 볼 면목이 없어."

해마다 반복되는 고통, 그때마다 찾아와 도움의 손길을 마다하지 않는 딸아이 같은 제이였다.

"아니에요. 그런 말씀 마세요! 그렇게 말씀하시면 제가 섭섭해요. 맨날 말은 딸 같다 하시더니……."

"그래. 안 그러 마…… 밥은 먹었어?"

"네. 아까 먹었어요."

"그럼 이것 좀 먹어 봐. 너 내가 만든 쿠키 좋아하잖아."

"와, 뭘 이렇게나 많이 만드셨어요? 힘들게. 근데 너무 맛있게 보여요."

제이는 아침부터 부지런히 만들어 왔을 아주머니 생각에 밝게 웃어 보였다. 아주머니가 펼쳐 보이는 쿠키 상자를 하나하나 열어 보며 뭐부터 먹어야 하나 행복한 고민에 빠졌다.

엄마와 마찬가지로 아주머니도 솜씨가 좋으셨다. 아파서 입원할 때를 제외하고는 한 달에 한 번 근처 보육원에 들러 아이들과 많은 얘기를 나누며, 이렇게 쿠키를 만들어 아이들에게 가져다주고는 하셨다.

"음, 너무 맛있어요. 역시 아주머니는 제과점을 하셨어야 했는데."

"맞아, 지선이가 쿠키나 빵도 참 잘 만들지. 그래도 제과점 하는 것보다는 아이들 먹이는 게 더 행복하지. 안 그래?"

남편들이 둘도 없는 절친한 사이라, 덩달아 친해진 정연과 지선이었다.

"그럼. 아이들이 얼마나 맛있게 먹어 주나 몰라. 언니 음식보다 어쩔 땐 더 인기가 많다니까?"

"뭐야? 훗, 하긴 그렇지? 아무리 음식을 '맛있다, 맛있다.' 하며 먹어도, 지선이가 쿠키만 내어주면 앞에 먹은 음식은 홀랑 다 잊어버리고, 쿠키가 최고라고 엄지를 치켜세우는데, 나도 다음에는 쿠키를 만들어 가야 할까 보다 했다니까."

제이 역시 두 분이 찾으시는 보육원에 가 본 적이 있었다. 아이들이 지선 아줌마를 어찌나 따르던지, 늘 거기서는 지선 아줌마에게 진다는 엄마의 넋두리가 떠올라 웃음이 나왔다.

"그런데 제이야, 네가 만난다는 사람이 없네? 일하러 갔어?"

지선은 TV에서 잠깐 본 남자가 이상하게 눈에 아른거렸다.

늘 그랬다. 제 아이가 있었다면, 저만 하겠지…….

어릴 때는 또래의 어린 남자아이를, 청년일 때는 그만한 나이의 청년을, 다 큰 성인이 되었을 지금은 그 나이대의 남자를 보면 습관적으로 한 번씩 돌아보게 되는데…….

그게 다였다. 오랜 세월, 수없이 많은 시간 반복된 상처와 실망은 기대라는 감정을 잊게 만들기에 충분했다. 그런데 청문회를 보다가 잠깐 스치듯 나온 그 비서라는 사람에게 이상하게 눈길이 오래 머물렀다. 왜 그런지 알 수 없지만, 그 남자가 나오고부터 청문회 내용에 쉬이 집중하지 못하고 화면에 간혹 가다 잡히는 그 남자의 얼굴만을 눈으로 좇고 있었다.

제이 약혼자의 비서라고 했으니, 병원에 오게 되면 한 번은 더 볼 수 있지 않을까 싶었는데…….

"볼일이 있어 잠시 나갔어요. 있었으면 소개해 드렸을 텐데."

"아니야. 너 봤으면 됐지 뭘. 좋은 사람 같더라. 그렇게 나서기가 참 쉽지 않았을 텐데. 우리 제이한테도 이제 좋은 일만 생기려나 보다. 아줌마가 너무 기분이 좋아. 그런 사람이라면 네 마음이 입은 상처도 흉터 없이 잘 낫게 해 줄 수 있을 거야. 정말 다행이야. 우리 제이가 좋은 사람을 만나서."

"좋게 봐주셔서 감사합니다."

제이는 자신의 손을 감싸는 아주머니의 손을 맞잡고, 아주머니도 이제 좋은 일들만 생길 거라고 말해 주고 싶은데…… 그 어떤 좋은 일인들…… 돌덩이를 가슴에 얹고 사는 아주머니에게는 그런 희망의 말도 쉽게 꺼낼 수가 없었다.

"그만 푹 쉬어. 아줌마는 갈게."

그렇게 지선은 한 번 더 보고 싶었던 남자를 보지 못하고 병실을 떠났다.

아주머니가 병실을 떠나고, 또 다른 뜻밖의 만남이 제이를 기다리고 있었다.

조프와 크리스는 기다릴 제이 생각에 부랴부랴 병실로 돌아왔건만, 반갑게 맞아 줄 사람은 온데간데없이 텅 빈 병실만이 자신들을 반겼다.

"어디 가셨나 봅니다. 그러고 보니 밖에 알파도 없습니다."

"돌아다녀도 되는지 모르겠네, 아직은 불안한데……."

"병원 밖으로 가지는 않았을 겁니다. 그랬다면 알파에게 연락이 왔겠죠. 아마 손님이 찾아왔었나 봅니다. 저기 꽃이……."

테이블 위에 얌전히 놓인 꽃바구니와 쇼핑백을 보며 말하는 크리스와,

"그런가 보네……."

꽃을 보며 미간을 찌푸리는 조프다.

도대체 누가?

"알파에게 전화해 보겠습니다."

"그래."

크리스는 곧장 알파에게 전화하며 그녀의 위치를 파악하고 있었다.

"손님이 와서 병동 앞 정원에 잠시 나가셨답니다."

크리스의 말에 곧장 정원으로 향하는데 VIP 병동과 연결된 넓은 정원. 저 멀리에 있는 제이가 누군가를 마주 보며 활짝 웃고 있었다. 무슨 얘기가 그렇게 재미있는지 터트리는 웃음이 은쟁반에 옥구슬이 굴러가듯 경쾌하기만 했다.

그녀의 맞은편 마주 보고 있는 누군가를 바라보며 절로 인상을 구기게 되는데,

"누구야?!"

제이의 맞은편 훤칠한 남자를 보며 조프가 퉁명스레 물었다.

"글쎄요…… 누굴까요? 한 팀장님 오늘 컨디션 좋은가 봅니다. 저렇게 밝게 웃으시는 거 오랜만인 것 같은데…… 뭐 어쨌든 웃으니까 좋은데요? 안 그렇습니까?"

분명 대표님 외에 다른 남자에게는 관심조차 주지 않을 사람이라는 걸 알 때도 되었건만, 뭘 이리 신경을 쓰시는지…….

금방이라도 눈에서 레이저가 나와 남자를 태워 죽일 듯 쏘아보는 대표님의 눈빛을 바라보며 크리스의 눈꼬리와 입꼬리가 반갑게 마주할 듯 말 듯 움찔거렸다.

"정 궁금하면 직접 가서 확인해 보시죠. 안 그랬다가는 저기 저 남자, 이 날씨에 타 죽을 수도 있겠습니다."

결국 이를 드러내고 미소 지으며 조프를 부추겼다. 조프는 크리스의 장난 섞인 말에도 별다른 반응을 보이지 않고, 말없이 제이를 향해 걸음을 옮기며 코트를 벗었다. 성큼성큼 거침없이 다가서는데 자신을 발견한 제이의 얼굴이 좀 전보다 더 환하게 밝아지는 모습에 비로소 마음을 놓으며 피식, 실소를 흘려 버렸다.

"잘 다녀왔어요?"

제이가 더없이 반갑게 조프를 맞이하는데,

"이 추운 날씨에 왜 이렇게 얇게 입고 나왔어?"

벗었던 코트를 제이에게 걸쳐 주며 단추를 천천히 하나하나 다 채워 버리고서는 코트의 양팔을 교차시켜 제이의 가슴 앞으로 꽁꽁 묶어 바람 한 점 통할 수 없게 만들어 버렸다.

맞은편 남자에게는 눈길도 주지 않고, 오롯이 자신의 연인을 보며 하는 행동은 누가 봐도 낯선 수컷에 대한 경계의 몸짓 바로 그것이었다.

경호 중에는 결코 개인적인 감정을 드러내지 않았고, 쉽게 웃음을 짓지 않는 알파였건만, 그럼에도 뜬금없이 비집고 나오려는 웃음을 막을 길이 없어 주먹을 말아 쥐고 입술을 깨무는데, 픽픽 하며 웃는 크리스와 눈이 맞아 버렸다. 순간 참지 못하고 고개를 돌려 버렸다. 놀랍게도 고개를 돌린 알파의 얼굴에 경련이 일고 있었고, 알파는 웃음을 참으려 그 어느 때보다 치열한 내면의 전쟁을 하고 있었다.

반면, 제이는 졸지에 통나무가 되어 버린 자신의 몸을 한번 스윽 훑어보며 의아함에 조프를 바라보는데, 자신이 입고 있던 긴 코트가 그렇게 얇아 보였을까? 어쨌든 그의 체온이 더해진 코트를 덧입으니 포근해서 더 좋은 것 같기도 하다.

"조프?"

"손님이 왔나 보네? 누구?"

"아, 인사해요. 이강성 의원님 아드님이세요."

"아, 그래?"

조프는 놀란 듯 맞은편 남자를 보며 그제야 반갑게 인사를 건넸다.

"안녕하십니까. 조프리 휴 존슨입니다."

"안녕하십니까. 이선우입니다."

선우는 자신의 손을 강하게 잡고 흔드는 대단한 남자를 보면서도 여유 있게 웃어 보였다. 청문회를 유심히 지켜보며 아버지의 말에 십분 공감하게 된 선우였다. 그저 대단한 남자라는 짧은 말로는 그를 형용할 표현이 부족했다. 어떤 마음으로 사랑을 하면, 얼마나 사랑을 하면 저렇게 겁 없이 자신을 내던질 수 있을까, 새삼 앞에 선 남자가 대단하게 느껴졌다.

"아버지께서 수고하셨고, 감사하다고 인사를 전하고 싶은데, 통화가 쉽지 않다고 저를 대신 보내셨습니다. 가능하다면 직접 찾아오시려 했는데 아무래도 지금은 많은 이목이 쏠리다 보니 쉬이 움직일 수가 없으신 모양입니다. 어머니도 마찬가지고요. 한재희 씨 많이 보고 싶어 하시거든요."

청문회 이후 업무용 전화, 개인 전화 할 것 없이 수없이 울려 대는 제이의 휴대전화는 꺼 두어야 했다.

자신의 전화 또한 별반 다를 게 없었다. 어떻게 알고 전화를 하는 건지 쇄도하는 기자들의 인터뷰 요청에 골머리가 아플 지경이었다. 그 때문에 이렇게 받아야 하는 전화까지 받지 못하는 안타까운 일이 생겨 버렸다.

"도움을 받은 건 우리 측인데 제가 인사를 드려야지요. 청문회 때 신경 많이 써 주신 거 잘 알고 있습니다. 감사했다고 꼭 전해 주십시오. 그리고, 지금 우릴 만나 봐야 괜한 구설에 휘말릴 수 있으니, 마음만 고맙게 받겠습니다. 의원님도 선거운동에 집중해야 할 시기일 테니 우리 걱정은 하지 않으셔도 된다고 전해 주십시오. 보시다시피 우리 제이, 잘 추스르고 있습니다."

"네. 잘 알겠습니다."

한동안 세 사람이 함께 대화를 주고받으며, 왠지 모르게 아쉬움이 남은 듯한 선우가 자리를 뜨고 나서야 조프와 제이는 병실로 되돌아왔다.

병실에 들어오자마자 조프는 볼 빨간 제이의 얼굴을 쓰다듬으며 입술을 내렸다. 촉촉하다 못해 차가운 입술과 대조적으로 너무나 뜨거운 입 속을 헤집으며 가슴 가득 안도감이 퍼졌다.

"후…… 도대체 밖에 얼마나 있었던 거야? 아직 몸도 온전히 회복되지 않았는데, 왜 그렇게 추운 밖에 나가 있었어?"

"그럼, 병실에 있어요? 낯선 남자랑? 단둘이?"

제이는 한 손에는 꽃바구니를, 한 손에는 쇼핑백을 들고서 환하게 웃으며 자신을 찾아온 선우를 보고 깜짝 놀라지 않을 수 없었다. 두 번은 볼 일이 없을 거라 생각했는데, 부모님 대신 특사로 왔다. 너스레를 떠는 그를 보며 어색함에 어쩔 줄을 몰랐다.

결국, 병실에 오래 있어 답답하다는 핑계로 그와 함께 정원에 나가게 된 제이였다.

"당신 아닌 다른 남자와 막힌 공간은 좀 불편해요. 밖에 경호원이 있어도, 아무리 이곳이 넓어도 불편한 건 어쩔 수 없어요. 그래도 외투도 입고 나가서 그렇게 춥지는 않았ㅇ, 흡."

조프는 제이의 말을 들으며 더 이상 참지 못해 입술을 집어삼킬 듯 덤벼들었다. 달갑지 않은 유치한 감정들에 언제쯤 적응이 될는지. 왜 그녀와 누군가가 함께 있는 모습만으로도 질투가 솟구치는지 알다가도 모를 일이었다. 그녀의 마음은 온통 자신으로 가득한데, 그녀를 믿고 있음에도 끼어드는 속 좁은 마음은 자신도 어쩔 도리가 없었다.

그런 속 좁은 마음을 어루만져 주는 그녀의 사랑스러운 말을 들으며, 마음 깊이 뿜어져 나오는 희열을 참지 못하고 아직도 차가움이 남아 있는 그녀의 볼을 따듯하게 감싸고서 집어삼킬 듯, 베어 물 듯, 제이의 입술에 흔적을 잔뜩 남기며 입 속을 파고들었다.

더는 예전처럼 수줍어하지도 않고 자신과 호흡을 맞추며 반갑게 엉겨 붙는 그녀의 촉촉한 혀까지도 조프를 미치게 만들고 있었다.

"제이…… 사랑해."

짧은 고백 후에도 이어지는 달콤하고 끈적하기 이를 데 없는, 언제 끝이 날지 모를 그의 뜨거운 키스에,

"나도…… 나도 사랑해요."

잠시 입술이 떨어지는 틈을 타 짧은 고백을 하며 다시금 그의 입술을 탐했다.

몸은 코트 속에 통나무처럼 꽁꽁 묶여 있을지언정, 마음만은 활활 타오르는 모닥불과 같았다. 통나무 같은 몸을 그에게 의지한 채, 놀라운 집중력으로 그와

함께 호흡하며 입술로 사랑을 속삭이느라 이 둘은 미처 듣지 못했다.

드르륵. 문이 열리는 소리를…….

눈알이 곧 튀어나올 듯 놀라 버린 동우와 폭포수가 쏟아져 나올 듯 입이 떡 벌어져 버린 정연은 온통 촵촵, 쪽쪽 은밀한 소리로 가득 찬 병실 안에 발을 들여놓으며 그대로 얼어 버렸다. 순간 정연이 퍼뜩 정신을 차리며 말없이 소리 없는 비명을 보태어 동우의 등을 우악스레 떠밀었다.

미닫이문을 스르륵 닫으며 얼떨결에 등 떠밀려 밖으로 다시 나온 동우의 눈동자는 아직도 튀어나올 듯 커져 있었고, 정연은 화르르 붉어진 얼굴에 연신 손부채질을 하고 있었다.

"풉……. 풉……. 큭큭큭큭, 흑……."

얼떨결에 딸아이의 사랑을 엿본 엄마는 당황스러움에 웃음이 터지는 것도 잠시, 하루 전만 해도 곧 죽을 듯 펑펑 울던 딸아이가 온전히 마음을 다하는 모습에서, 둘의 사랑이 다친 딸의 마음을 깨끗이 치유해 줄 수 있을 거라 희망을 가지며 행복한 눈물이 찔끔 나오고 말았다.

동우 역시 많이 당황하기는 했으나 우는 모습을 보는 것보다야 백 번 천 번 낫다고 위안하며 황당하게 쫓겨난 자신의 모습에 피식 웃음이 터져 나왔다.

알파는 조심스레 들어갔다 급히 나오는 두 분의 얼굴을 보며, 본의 아니게 병실 안 풍경을 상상해야만 했다. 썩…… 기분이 좋지 않은 건 왜일까? 심각하게 고민되기 시작했다.

과연 이 일을 계속할 자격이 되는가, 본분을 망각한 예외가 하나씩 늘고 있었다. 근무 중 웃음을 흩뿌리지를 않나, 사심을 섞어 놓지를 않나, 결코 담아서는 안 될 마음을 조용히 비우며 해탈의 경지를 우러러봐야만 하는 알파였다.

똑똑똑. 병실에 노크 소리가 강하게 울려 퍼졌다. 순간 감은 눈을 번쩍 뜨며 동시에 서로의 입술에서 떨어져야 했다.

제이는 화들짝 놀라며 그에게서 떨어지려는데, 통나무가 된 몸이 그에게 기울어져 혼자서는 도저히 똑바로 설 수가 없었다.

"조프, 조프!! 나 좀 밀어 봐요. 혼자 못 서겠어요. 빨리요. 빨리!!"

"풉…… 푸하하하하하."

자신의 몸에 기울어져 딱 붙어 고개만 치켜든 채 말하는 제이가 왜 이렇게 귀여운지 한 발 뒤로 빼며 조금 더 놀려 줄까 하는데,

똑! 똑! 똑! 또다시 문이 부서질 듯 들려오는 노크 소리에 하는 수 없이 제이를 바로 세워 주며 묶여 있던 코트의 팔을 풀어 주고, 단추를 열어 주었다. 당황함에 자신을 흘겨보는 제이를 보며 다시 뿜어져 나오는 웃음이었다.

"들어오세요."

겨우 진정하고 말을 하는데,

아뿔싸! 하필 지금 들어오는 사람이 제이의 부모님이라니…….

"흠흠. 볼일은 잘 보고 왔는가, 우린 지금 막 도착했네…… 지금. 막."

"아, 네. 아버님. 어머님. 어서 오십시오."

조프는 입가에 웃음을 정리하지도 못한 채 밝게 인사를 건넸다. 부디 자신의 모습이 흐트러져 있지 않기를 바라며 제이를 보는데, 발그레 달아오른 거짓 없는 얼굴이라니. 게다가 입술이 붉게 물들어 있어 피식 웃고는 재빨리 부모님을 소파가 있는 곳으로 안내하며 시선을 돌리려 했다.

"제이, 이게 다 뭐야?"

정연은 사위의 얼굴을 보며 다시금 민망해지려는 찰나 화제를 전환할 수 있음에 감사해하며 주위에 있는 꽃바구니며 쇼핑백을 향해 시선을 한번 던지더니 물었다.

"아, 이거 방금 이강성 의원 아들이 다녀갔거든요. 그분이 놓고 간 거예요."

"뭐?!"

갑작스레 끼어든 조프의 놀란 음성이었다.

"아까 그 남자가 주고 갔다고?"

"네."

놀라 되물어 보는 조프가 의아해 그를 빤히 바라보는데,

"아직 나도 주지 못한 꽃을 그 남자가 줬단 말이야? 이런!! 나쁜."

조프는 순간 아차 싶어 현명하게 뒷말을 아꼈다. 잠시 잠깐 부모님이 있다는 걸 잊을 정도로 짜증이 났다. 지가 뭔데, 감히 지가 뭔데 남의 여자에게 꽃을 준단 말인가!! 왜 진작 꽃을 선물할 생각을 못 했을까 뒤늦은 후회가 밀려왔다.

"꽃 엄청 예쁘죠?"

"흠. 병원에 꽃 가져오는 거 아니야. 알레르기라도 일으키면 어쩌려고 꽃을 가져와?!"

"아니에요. 난 알레르기 없어요. 나 꽃 되게 좋아해요. 몰랐구나? 참 사람이 센스가 있어. 내가 꽃 좋아하는 걸 어떻게 알고 이렇게 사 왔을까요?"

제이는 그의 발끈하는 반응이 재미있어 놀려 주었다. 하지만 제이는 입을 조심했어야 했다. 이런 말을 쉽게 하면 어떻게 되는지 미처 알지 못했다.

어느 날 온 집 안을 가득 채운 꽃을 보고서 자신이 했던 말을 다시 주워 담고 싶어질 줄이야…… 이때는 미처 알 수가 없었다.

"그래서, 지금 다른 남자한테 꽃 받아서 좋다고 말하는 거야?"

"풉. 그 사람이 준비한 거 아니에요. 사모님이 내가 꽃 좋아하는 거 알고 일부러 챙겨 보내셨대요. 기분 전환 하라고, 놀려서 미안해요."

불퉁하게 말하는 그를 보며 더는 놀리면 안 되겠다 싶어 뒤늦게 수습하는데, 선우가 하는 말을 곧이곧대로 믿어 버린 제이였다.

사모님이 제이가 잘 먹는 음식을 이것저것 만들어 챙겨 보내 주셨을지언정, 꽃 배달은 시킨 적이 없음을, 부담스러워할 걸 너무나 잘 알고 있는 선우의 선의의 거짓말임을 알지 못했다.

동우와 정연은 자신들을 앞에 두고 콩냥콩냥 놀고 있는 모습을 흐뭇하게 바라보며 생각했다. 그래. 평생 그렇게 깨 볶듯 재미나게 잘 살아야 한다고, 둘의 모습을 보기만 해도 행복이 가득 차오르며 부부의 입가에 웃음이 떠나지

않았다.

초저녁. J& 비서실 직원들이 모두 돌아가고 조프와 크리스만 남아 있는 병실, 일하는 중간중간 휴대전화에 눈길을 보내는 크리스를 보며 조프의 마음이 답답해졌다.

앞으로 얼마나 더 많은 시간을 언제 걸려 올지도 모르는 전화를 기다려야 하는 건지…….

"후……."

안쓰럽고, 답답함에 저도 모르게 한숨을 쉬는데,

"대표님, 무슨 걱정 있으십니까?"

언제 전화를 흘끔거렸냐는 듯 조프의 한숨 소리를 귀신같이 듣고서 크리스가 물었다.

"아니, 난 이제 걱정할 일이 없는 것 같은데."

"그러게요. 다행히 일이 다 순조롭게 진행되는 것 같습니다. 대표님의 일거수일투족이 죄다 까발려지는 걸 제외하고는 말이죠."

하다못해 오전에 병원에 들어오는 모습조차 인터넷에 고스란히 보여지고 있었다.

"기자들이 몰려와서 잘 말하고 돌려보냈습니다."

"그래, 다른 곳도 아닌 병원인데 너무들 하네. 우리만 있는 것도 아니고, 다른 환자들이 받게 될 불편함에 대한 건 아예 염두에 두지를 않나 봐."

"그러게 말입니다. 일단 한 팀장님 몸이라도 회복하면 그때 인터뷰를 하든 뭐를 하든 하겠다고, 부디 지금은 편히 쉴 수 있게 도와 달라고 말했으니 당분간은 조용하겠죠."

똑똑똑.

"저 잠시 들어가도 될까요?"

제이는 쉬지 않고 일하는 두 사람에게 간식이나 가져다줄까 해서 잠시 들렀다.

"입이 심심하지 않을까 해서. 아까 아는 분이 다녀가셨는데, 아 참!! 두 분도 말하면 알겠다. 우리 현장 소장님 사모님이요. 그분이 다녀갔는데 쿠키를 많이 가져오셨어요. 한번 먹어 봐요. 집에서 직접 만드신 거예요. 어디서 먹고 싶다고 맛볼 수 있는 쿠키가 아니에요."

조프와 크리스가 동시에 제이를 바라보았다. 현장 소장님이라면 크리스에게 마음으로 큰 도움을 주신 분이었고, 그분의 아내가 만들었다면 맛이 없어도 맛있게 먹어 줄 수도 있을 것 같은 두 사람이었다.

"얼마나 맛있기에 소개가 그렇게 거창해?"

"일단 먹어 봐요. 먹어 보고 말해요."

조프가 쿠키 중 하나를 집어 입에 넣었다. 궁금함에 제이가 그의 표정을 유심히 살피는데, 천천히 고개를 끄덕이더니 눈썹이 위로 치켜 올라갔다.

"맛있죠?"

"어. 이거 진짜 맛있는데? 크리스 너도 먹어 봐. 확실히 파는 거랑은 좀 다르다."

"쿠키가 다 거기서 거기지 뭐."

말을 하며 한 개 집어 먹는데, 크리스 역시 조프와 똑같은 반응을 보이고 있었다.

"오, 정말 다른데요? 맛있어요. 너무 딱딱하지도 않고 그렇다고 약하게 부스러지지도 않고, 달지도 않고 적당한 게 딱 먹기 좋은데요?"

좀처럼 군것질을 하지 않는 편인데도 크리스는 자꾸만 쿠키에 손을 뻗고 있었다.

"그것 봐요. 정말 맛있다니까. 많이 먹어요. 병실에 또 있어요."

"잘 먹겠습니다."

인사와 동시에 크리스의 입 속으로 속속 사라지는 쿠키였다.

크리스는 경찰서에 다녀온 이후로 시작된 불안과 초조함, 더불어 알 수 없는 긴장감을 달래 주는 군것질거리가 반가웠다. 덕분에 더는 휴대전화로 눈길을 보내지 않고, 각기 종류가 다른 쿠키를 먹고 맛을 음미하며 더디 가는 시간을 밀어 보냈다.

그렇게 소장님의 사모님이 만들었다는 그 쿠키를 하나도 남김없이 다 먹고, 제이의 병실에 있는 것까지 다 먹고 나서야 크리스의 군것질도 끝이 났다. 알고 있었을까? 자신의 헛헛한 마음을 달래 준 그 쿠키가 30년 전, 엄마가 자신을 위해 직접 만들어 먹였던 그 쿠키라는 걸.

상상이나 할 수 있을까? 세 살, 어린 아들이 쿠키 더 달라고 떼쓰는 걸, 밥을 먹어야 한다며 못 먹게 한 게 평생의 한이 되어, 잃어버린 아들을 대신해 여러 아이들에게 만들어 먹이며 그 모습을 아프게 바라보고 있는 지선의 마음을…….

크리스는 알 수가 없었다. 이 쿠키가 어떤 마음으로 만들어진 쿠키인지…….

입원 3일째. 조프는 하루하루 지날수록 얼굴이 밝아지는 제이를 보며 행복한 마음을 감추지 않았다.

"당신은 병원이 잘 맞나 봐. 하루가 다르게 좋아 보이는데?"

"이러다 살찌겠어. 그죠?"

병원은 끔찍하게 싫었다. 병원 냄새만 맡아도 질겁할 것 같은 때가 바로 엊그제 같은데, 그와 함께 있으니 병원 생활도 그럭저럭 버틸 만했다.

모든 대중 매체와는 차단된 채, 늘 시끄럽게 울려 대던 전화도 없이, 온종일 챙겨 주는 음식을 먹고 쉬며, 보고 싶었던 책을 원 없이 읽는, 몇 년 만의 여유를 만끽하고 있었다.

"당신은 좀 쪄도 돼, 아니 좀 찌우자. 응? 스페인에서 봤을 때가 딱 좋았어. 지금은 너무 빠졌지."

"그런가? 뭐, 애쓰지 않아도 찔 것 같으니까 걱정 말아요. 대신 나중에 살쪘다고 뭐라 하기만 해 봐요!"

"풋. 토실토실하면 예쁘고 좋지 뭘 그래? 마른 것보다 백배 나아."

"누구하고 똑같은 말을 하네……."

"누구?"

조프의 질문에 제이의 눈시울이 붉어졌다.

"우리 할머니…… 살 좀 찌우라고 그렇게 잔소리를 하시더니……."

"그랬어?"

"네. 난 정말 나쁜 손녀인가 봐. 몇 년 만에 찾아뵈면서 꽃 한 송이 못 드리고 왔어요."

"뭘 그렇게 속상해해? 퇴원해서 또 찾아뵈면 될걸."

조프는 속상해하며 눈물이 그렁그렁한 제이를 따듯하게 감싸 안았다.

그날 오후 일을 마친 조프가 급한 볼일이 있다며 크리스와 병원 밖으로 외출을 준비하고 있었다.

3

승철은 평소보다 조금 일찍 현장 일을 마무리하고 제주공항으로 향했다. 전날 미리 예매를 해 둔 서울행 티켓을 발급받아 급히 수속을 마친 후 비행기에 올랐다.

온종일 바삐 움직였던 지친 몸을 좌석 깊이 묻고서 비행기의 조그마한 창밖, 뭉게구름을 멍하니 하릴없이 보고 있었다.

J& 호텔 공사 현장에 책임자로 온 이후로 서울은 처음인 듯했다. 매일 가족과 통화하면서도 아내와 아들이 잘 지내고 있는지 궁금했다. 오늘은 숙소가 아닌 집에서 오랜만에 가족이 함께 하겠구나 싶었다. 기뻐야 하는데 언제나처럼 허전함이 가슴 한편을 훑고 지나갔다. 이럴 때마다 잃어버린 큰아들의 빈자리가 유독 크게 느껴져 익숙한 통증이 가슴을 후벼 팠다.

마음이 한없이 가라앉을 것 같더니, 공항을 벗어나며 찌뿌둥한 몸도 마음도 친구와 딸 같은 아이를 보러 간다는 마음에 조금씩 가벼워지는 듯했다. 그렇게 공항을 빠져나오자마자 서둘러 택시를 타고 제이가 입원했다는 병원으로 향했다.

30분을 달려 병원 앞에 도착하고 보니 근처에 있는 꽃집이 승철의 눈에 들어왔다. 평소 꽃을 좋아하던 제이를 떠올리며 망설임 없이 꽃집으로 들어갔다.

젊은 아가씨가 좋아할 만한 꽃다발을 주문하고서 잠시 기다리다 보니 어느새 아름다운 꽃다발이 제 가슴에 안기어 있었다. 제이가 예쁜 꽃을 보고 기뻐하기를 바라며 급히 병원으로 향하는데 때마침 마중 나오던 동우와 마주쳤다.

"동우!"

가슴 가득 풍성한 꽃다발을 들고서 승철이 친구를 외쳐 불렀다.

"왔어? 이게 웬 꽃이야?"

쑥스러운 듯 너털웃음을 웃는 승철을 보며 물어보는데,

"제이가 꽃 좋아하잖아. 마침 이 근처에 꽃집이 있기에 생각이 나서 샀지, 뭘."

"우리 사위 또 눈 뒤집히게 생겼네. 푸하하하."

"어이? 그게 무슨 말이야?"

"아니야, 아무것도. 우리 제이는 좋겠네. 좋아하는 아저씨한테 꽃다발도 다 받고 말이야."

병실에 놓인 다른 꽃을 보며 파르르하던 사위 생각에 동우는 웃음이 절로 피어났다.

"얼른 가자고, 보고 싶네. 그 녀석. 회복은 잘 되고 있고?"

"그럼. 잘 회복하고 있지. 우리 사위가 좀 신경을 써야 말이지. 며칠이나 됐다고 그사이에 벌써 얼굴이 활짝 폈어."

"다행이네, 다행이야. 그 녀석 마음고생한 걸 생각하면 어휴…… 내가 얼마나 걱정했나 몰라. 그나저나 사위라는 말이 제법 자연스레 나오는 걸 보니 이제 자네 마음을 다 준 모양일세."

"그러게. 자꾸 마음이 가네. 한 번 두 번 말하다 보니 제법 입에도 착착 잘 달라붙어. 아 참, 자네도 청문회 봤지? 그럼 크리스라고 우리 사위 비서도 봤겠네? 자네와 정말 닮지 않았나?"

"음…… 자네가 보기에 그렇게 많이 닮았던가?"

통화를 한 이후 어떤 사람인지 더욱 궁금증이 일었다. 제이를 응원하는 마음으로 청문회를 보다가 뜻밖에도 그 사람이 나오기에 깜짝 놀라 더 유심히 보게 되었다.

청문회를 보면서도 비서라는 사람에게만 향하는 눈길에 제이에게 미안한 마음마저 들었다. 보는 내내 알 수 없는 애잔함과 가슴으로 전해 오는 통증에 동병상련이려니 하고 흘려보내려는데 그러기에는 이상하게 머릿속에서 지워지지 않는 남자의 얼굴이었다.

"봤으면서 뭘 물어? 자네 젊었을 때와 닮았어."

"나 닮았다는 사람이야 몇 있었지. 알면서 그래?"

승철은 말은 이렇게 하면서도 저와 닮은 모습, 아들과 비슷한 나이대, 입양아라는 사실에 번민할 수밖에 없었다.

자신과 통화를 한 이후 시간이 제법 많이 흘러 있었다. 알려 준 경찰서가 아니라 해도 이미 유전자 등록을 했다면, 만에 하나…… 만에 하나 제 핏줄이라면, 연락이 오고도 남았을 날들이었다. 그럼에도 왜 이렇게 가슴이 답답한지 알 수가 없었다.

'경찰서를 찾아갔는지 물어라도 볼까…….'

옆에서 무어라 말하는 동우의 말은 들려오지도 않고, 혹시나 그 비서와 마주치게 될까, 제이의 병실이 가까워져 올수록 뻐근하게 아파지는 심장이었다.

승철은 몰랐다. 머리보다 먼저 알아차린 심장의 뜨거움을…….

"제이야!!"

"아저씨! 오셨어요? 바쁘실 텐데 뭐 하러 여기까지 오셨어요?! 어제 아주머니도 다녀가셨는데."

"다른 사람도 아니고, 우리 제이가 입원했는데 당연히 와 봐야지."

말을 하며 등에 감춘 꽃다발을 꺼내어 제이의 품에 안겼다.

"역시 아저씨 최고!! 너무 예뻐요."

제이가 꽃다발에 코를 박고서 향을 듬뿍 들이마시며 행복하게 말했다.

"고생 많았다. 장하다. 우리 제이."

"아저씨 그렇게 불러 주시는 거 진짜 오랜만이에요. 이제 진짜 아저씨 같아요. 일 같이 하면서부터는 매번 한 팀장 한 팀장 하시더니."

"이럴 때를 두고 사돈 남 말 한다고 하지 아마? 너도 나만 보면 소장님, 소장님 하지 않았어?"

"그랬나? 하하하."

오랜만에 만나 이야기꽃을 피웠다. 한참을 일 얘기부터 시작해 이런저런 대화를 나누는데, 승철은 말을 하면서도 이따금 밖에서 들려오는 소리에 저도 모르게 계속 문 쪽을 힐긋거리고 있었다.

"아저씨 혹시…… 크리스 기다리세요?"

대화 중 문을 한 번씩 바라보는 아저씨가 혹시나 크리스를 보고 싶어 할지도 모르겠다 싶어 물었다.

"어? 아니아니. 그냥 소리가 들려서."

병문안이랍시고 찾아와서는 다른 생각만 하는 모습을 보여 여간 미안한 게 아니었다.

"그 사람이랑 크리스는 잠시 외출했어요."

"어, 그래?"

이루 말할 수 없는 실망이 스몄다. 머리로는 생각하지 말자 하면서도 마음으로 전해 오는 긴장과 통증의 근원이 무엇인지.

동우는 아쉬움이 진하게 묻어나는 친구의 얼굴을 보며, 오늘은 실례가 되더라도 부모님은 어디 계신지 크리스에게 반드시 물어봐야겠다 싶었다.

동우는 한참을 머물다 떠나려는 승철을 배웅하러 가고, 승철과 동우가 병원 밖으로 나온 사이, 간발의 차로 조프와 크리스가 제이의 병실로 향하고 있었다.

승철은 겉으로 드러내지도 못하고 속으로 힘든 시간을 보내었을 동우를 걱정스레 바라보며 위로의 말을 건넸다.

“나 그만 가네. 제이 잘 털어 낼 거야. 얼마나 단단한 아이인지 잘 알잖아? 너무 걱정하지 말고, 동우 자네도 너무 속상해 말어. 이제 정말 좋은 일만 남았어. 지난 일 다 잊어버리고, 훌훌 털어 버려. 부모님도 자네가 그러길 바라고 계실 거야.”

“후…… 그래. 그래야지. 그래야 하고말고. 멀리까지 와 줘서 고맙네.”

“뭘, 당연히 와 봐야지. 내 딸이나 마찬가진데.”

오랜 친구의 얼굴에 걸린 아픈 미소에 승철은 덩달아 가슴이 메어 와 투박한 손으로 친구의 어깨를 툭툭 치며 위로를 건네는데,

Rrrrr.

승철에게 한 통의 전화가 걸려 왔다.

“어?”

승철은 의아함에 고개를 갸웃거렸다. 한 달에 한 번, 안부를 묻듯 습관적으로 하게 되던 전화였다.

“누군데 그래?”

울리는 전화를 받지는 않고, 고개만 갸웃거리는 승철을 보며 동우가 물었고,

“응? 경찰서. 늘 내가 전화하던…….”

“뭐 해? 계속 울리는데 빨리 받지 않고.”

“어. 어. 받아야지. 그래.”

승철은 이상하게 심장이 두근거렸다. 단 한 번도 먼저 걸려 온 적이 없었던 전화…….

시간이 지나고, 세월이 흘러 담당하던 경찰들도 하나둘 떠나며 담당자가 바뀌기를 수차례. 그때마다 찾아가 인사를 하고, 다시 한번 자신의 사연을 말하며 당부했었다.

늘 전화를 하기만 했었지, 단 한 번도 받아 본 적이 없는 전화에 당황하지 않

을 수가 없었다. 전화를 받기도 전에 떨려 오는 알 수 없는 마음이었다.

"네…… 박……승철입니다."

— 김 서장입니다.

"서장님이 어쩐 일로 저한테 전화를 다 주시고."

— 박승철 씨, 일단 진정하시고 들으세요.

진정할 수가 없었다. 도대체 무슨 말을 하려고 이렇게 밑밥을 깔아 두는지. 알 수 없는 두려움, 불안, 공포, 기대, 희망이 온통 복잡하게 뒤엉키고 말았다.

"말씀……하세요. 듣고 있습니다."

— 아드님, 찾은 것 같습니다. 아니. 찾았습니다.

"……."

— 박승철 씨! 아드님 찾았다고요!! 듣고 계십니까?!

순간 귀에 삐~ 하는 이명과 함께 온몸이 굳어 버리고 말았다.

제대로 들은 걸까? 계속해서 울리는 이명에 꿈인지, 현실인지 분간이 되지 않을 그때 동우의 외침이 들렸다.

"승철이!! 정신 차려! 저쪽에서 계속 말하고 있잖아, 자네 괜찮은 거야?"

그제야 승철의 이명이 사라진 듯했다. 퍼뜩 정신이 들었다. 꿈이 아닌 듯했다.

"다시 한번 말씀해 주십시오. 제가 제대로 들은 게 맞습니까?"

— 네! 아드님이 우리 경찰서로 찾아왔습니다.

"살아…… 있습니까? 우리 도훈이 사…… 살아 있습니까?"

— 네! 살아 있습니다. 그것도 아주 건장하게 말입니다. 축하드립니다. 이런 일이 실제로 일어나네요.

뉴스에서만 보던 일이 실제 눈앞에서 일어났다. 이미 경찰서 안에서는 유명한 분이었다. 담당 직원이 바뀔 때마다 찾아와서 직접 처음부터 다시 설명하는 수고를 아끼지 않으며 1년에 한 번 그 날이 되면 무슨 일이 있어도 빼놓지 않고 찾아와 실종자 중에 아들이 없는지 확인하며 당부하기를 수차례.

몇 년 전 유전자 등록을 했기에 이제 정말 찾아오지 않아도 된다고, 찾게 되면 반드시 연락을 드리겠다고 해도 그 날이면 찾아와 다시 실종자 파일을 뒤적이며 찾아보고 나서야 돌아가던 분이었다.

오래전 담당 직원이었던 자신이 여러 근무지를 돌고 돌아 서장이 되어 올 때까지도 포기하지 않고 찾아오는 그의 집념과 끈기에 놀라지 않을 수가 없었다. 그의 노력에 하늘이 감동이라도 한 것일까. 마침내 어제 그와 유전자가 일치하는 남자가 찾아왔다.

"하아…… 하아……. 하아……."

가쁜 숨을 몰아쉬며, 전화기를 잡은 손을 사시나무 떨듯 떨고 있었다.

동우는 아무 말도 못 하고 그 자리에 장승처럼 굳어 버린 친구를 보며 분명 무슨 일이 생겼다는 걸 직감할 수 있었다.

"이 사람아, 뭐래? 뭐래?! 도훈이는, 도훈이는?! 승철이!!"

떨고 있는 게 손뿐만이 아니었다. 자세히 보니 친구의 바짓가랑이가 바람 한 점 없음에도 바르르 떨려 오고 있었다.

"살아 있지? 도훈이 살아 있다지? 어?"

동우는 전화를 빼앗아 직접 물어보고 싶은 마음이 굴뚝같았다. 도대체 무슨 말을 들었는지 굵은 눈물을 줄줄 흘리는 친구를 보며 제발 나쁜 일이 아니기를 빌고 또 빌었다.

승철은 하고 싶은 말이 너무 많았으나 목소리가 나오지 않아 답답함에 가슴을 쳐야 했다. 크게 숨을 쉬고 나서야 터진 말문이었다.

"감사합니다. 허윽…… 감사합니다. 하아…… 감사합니다. 감사합니다. 감사합니다."

무슨 말이 더 필요할까…….

전화기를 붙잡고서 허리를 반으로 접어 꾸벅, 꾸벅 인사하는 승철은 그저 자식을 찾았다는 한마디에 아무나 붙잡고 큰절이라도 하고 싶은 마음이었다.

— 박승철 씨, 지금 아드님께도 전화가 갔을 겁니다. 전화가 올지 모르니 그

만 끊겠습니다. 아드님과 만나시거든 꼭 함께 우리 서에 들러 주세요! 아차, 아드님 지금 성함이 크리스 에반이랍니다.

"……네? 방금 뭐……라고……."

— 크리스 에반이요. 아드님 성함이요.

"크…… 크…… 크리스……?"

— 네! 크리스 에반이랍니다. 미국으로 입양이 되었던 모양입니다. 연락처도 보내 드리겠습니다. 정말 축하드립니다.

승철의 귀에 더 이상 아무 말도 들려오지 않았다. 힘없이 전화기를 든 팔이 아래로 툭 떨어졌다. 크리스라니. 크리스라니…… 그 이름이 그리 흔한 이름일까…….

미국에서는 그게 그리 흔한 이름일까…….

"자네! 방금 뭐라고 했어? 크리스? 크리스? 자네 방금 크리스라고 했나?"

"동우…… 그 이름이 그리 흔한 이름인가? 그런가?"

"크리스 뭐라던가? 어? 크리스라고만 해?"

"크, 크리스 에…… 에반."

"오, 맙소사. 이런 맙소사. 그 비서도 크리스 에반이야! 이럴 게 아니라 확인해 봐야겠어. 전화를 해 봐야겠어."

전화를 꺼내 드는 동우의 손도 놀라움에 떨리고 있는데,

"그 사람도 입양되었다고 했어."

승철이 멍하게 말을 이었다.

"뭐야? 자네가 그걸 어떻게 알아?"

"제이가…… 그 친구 좀 부탁한다고…… 입양되었는데 나더러 좀 도와주라고……."

띵동.

때마침 서장에게서 아들의 연락처가 적힌 문자 한 통이 도착했다. 급히 번호를 확인하는데 사정없이 일그러지는 승철의 얼굴을 보며 동우는 울컥하고 말

았다.

"오, 이런…… 그 사람이 확실하구먼, 그 사람이 자네 아들이었어!! 어쩐지 너무 많이 닮았다 싶더라니…… 좀 더 빨리 물어볼걸, 하루라도 일찍 물어볼걸."

제이만 걱정하느라 친구의 아픔에 무심했다. 너무 닮아 한번은 확인해 봐야지…… 했음에도 놓쳐 버렸다. 조금만 더 일찍 물어볼 것을…….

헛되이 보낸 한 날 한 날이 아까워 목이 콱 메어 왔다.

"……윽흑…… 흑…… 아버지, 어머니 우리 도훈이 찾았답니다. 윽흐으으으으."

구슬픈 친구의 울음소리에 동우 역시 덩달아 굵은 눈물을 주르륵 흘려야 했다.

"이 사람아 이럴 게 아니라 일단 다시 들어가. 들어가서 기다려 보자고, 응? 곧 올 거야. 사위가 올 테니 크리스, 아니 도훈이도 이리로 올 거란 말이야! 얼른 들어가 보자고 어? 들어가서 기다려."

"동우야…… 어으으으으으으……. 내가…… 내 새끼 목소리도 못 알아들었다. 허윽으으으으…… 그게 내 새끼의 한 맺힌 한숨 소리인 줄도 모르고, 내 새끼도 몰라보고. 어으으으으윽……."

"이 사람아 30년이야, 누가 그걸 알 수 있겠어? 누가 어떻게 알아!! 정신 차려!!"

그 시각 제이의 조부모님을 모신 봉안당에 꽃을 올려 드리고 온 조프와 크리스가 병원에 들어섰다. 조프는 꽃 한 송이 올려 드리지 못했다는 제이의 말이 마음에 걸려, 일을 마치고 봉안당을 찾아 제이를 대신해 꽃을 올리고 인사드리고 오던 참이었다.

그때였다. 제이의 병실에 막 들어섰을 때 크리스에게 한 통의 전화가 걸려왔다.

— 크리스, 본인 맞으십니까?

"네. 그렇습니다만."

— 여기 ㅇㅇ경찰서입니다. 어제 유전자 등록하신,

"네. 압니다."

— 찾았습니다! 유전자가 일치하는 분을 찾았습니다!

"……."

— 여보세요? 듣고 계십니까? 아버지를 찾았다고요.

"차…… 찾았……다고요?"

전화를 걸어 온 사람의 흥분 가득한 목소리가 조용한 병실 안에 쩌렁쩌렁 울리고 있었다. 조프와 제이는 놀란 눈을 들어 크리스를 바라보는데……

— 박승철 씨라고, 그분께서는 30년을 기다리셨어요, 자그마치 30년을 찾아 헤매셨습니다!! 우리 서에서는 모르는 사람이 없을 정도로 지ㄱ…….

망치로 한 대 얻어맞은 듯한 충격에 크리스의 손이 툭 떨어지며 전화기가 바닥으로 나뒹굴었다.

제이는 자신에게 답을 구하는 듯한 크리스의 놀란 눈을 고스란히 맞이해야만 했다.

크리스의 흔들리는 눈동자를 바라보며 제이는 울음이 터져 나올 듯해 황급히 두 손으로 입을 가려야 했다. 한동안 병실 안 그 누구도 섣불리 말을 꺼내지 못하고 각자의 충격을 온전히 감당해야만 했다.

"크리스…… 괜찮은 거야?"

조프는 미동 없이 제이만 뚫어져라 쳐다보는 크리스가 걱정스러워 가만히 그의 어깨에 손을 올려 두드려 보았다.

"흡. 흑. 어떡해. 흑흑흑 우리 아저씨가…… 크리스의 아버지였나 봐……. 내가 더 빨리 알아차렸어야 했는데…… 그랬어야 했는데. 흑흑흑흑흑……."

제이는 지난 시간이 너무 안타까워 결국 눈물이 터져 버렸다. 이럴 때가 아니었다. 아저씨가 병실을 나간 지 그리 오래되지 않았다.

"조프, 전화! 전화 좀 줘요. 아저씨 방금 여기 다녀가셨어요."

"뭐?!"

"빨리요. 빨리."

제이는 아저씨가 가 버릴까 마음이 조마조마했다. 서둘러 아저씨를 배웅하러 간 아빠에게 전화를 걸어 보는데,

"아빠!!"

— 제이!!

울먹임으로 잠긴 부녀의 목소리가 너무나 닮아 있었다. 제이는 직감할 수 있었다. 아저씨 역시…… 연락을 받으셨나 보다.

"계세요? 옆에?"

— 그래. 그 사람은…… 지금 어디 있대?

"여기요, 여기!! 제 병실이요. 지금 막 도착했어요."

— 그래?! 알았다. 알았어.

동우는 통화하는 저를 뚫어져라 쳐다보는 친구를 보며 서둘러 전화를 끊고 친구를 향해 급히 말했다.

"이 사람아, 승철이, 정신 차려. 지금 이러고 있을 때가 아니야. 네 아들 지금 제이 병실에 있단다!! 네 아들이 지금 지척에 있다고오!!"

"어흑…… 흑…… 어으으으으으……."

"울고만 있을 거야?! 아들도 전화받았나 봐, 더는 기다리게 하지 말고 얼른 가 봐. 응?"

승철은 그제야 정신을 차리고서 자신의 몸을 훑어보는데,

"동우. 흑. 내 몰골이 어떤가…… 괜……찮은가? 이럴 줄 알았으면 멋지게 차려나 입고 올걸……. 흐윽으으으으…… 멋진 모습을 보여 줘야 하는데…… 웬 초로의 늙은이만 서 있으이…… 아이고 이를 어쩌냐…… 으으으으으으."

"예나 지금이나 멋지네!! 이럴 시간이 없어. 일분일초가 아깝지도 않아? 이제 그만 가!! 자네 아들 참 잘 컸다네. 그러니 쓸데없는 걱정 하지 말고 얼른 가기나 해. 내 손에 질질 끌려가고 싶지 않으면!"

“동우야, 내 발이 땅에 붙었나 보다…… 죽을 때가 다가오나, 다리가 말을 듣지를 않아! 설마 이게 지금 꿈인가? 꿈이야?”

정신을 차리지 못하고 헤매는 승철을 보다 못한 동우가 친구의 손등을 꽉 꼬집었다.

“이래도 꿈인가? 이 답답한 사람 같으니라고!! 잔말 말고 업혀라, 못난 짓 그만하고!! 입구까지 업어 줄 테니, 거기서부터는 무슨 일이 있어도 걸어가! 그렇게 애타게 기다리던 아들 처음 만나면서 기어가서야 되겠어?!”

보다 못한 동우가 다리를 덜덜 떨고 있는 친구 앞에 등을 내어주었다.

“빨리 업혀, 아직은 쓸 만할 거야.”

승철은 염치를 따질 정신이 없었다. 일분일초가 급한데 몸이 말을 듣지 않으니, 친구의 넓은 등에 몸을 기댈 수밖에.

동우의 발걸음이 급했다. 오랜 세월, 하루하루를 억겁의 시간처럼 더디 보내었을 친구가 이제야 웃을 수 있겠구나. 친구를 업고 걸음을 서두르는 초로의 중년 동우의 얼굴에도 기쁨의 눈물로 범벅이 되고 있었다.

웃어라 승철아. 고생했다 승철아.

더는 아프지 마라 승철아. 버텨 줘서 고맙다 승철아.

우리…… 이제 그만 울자…….

지나가는 사람들이 자신들을 흘끔흘끔 보든 말든, 온통 슬픔과 기쁨이 교차하는 못난 얼굴을 하고서, 눈물인지 콧물인지 땀인지 모를 것들을 쏟아 내며 딸아이가 머무는 VIP 병동에 다다라 조심스레 친구를 내려 주는데 자신의 모습과 별반 다를 것 없는 형편없는 친구의 몰골에 어이없어 웃음이 나와 버렸다.

“어이구…… 이 사람아…….”

동우는 서둘러 손수건을 꺼내어 홍수가 터진 친구의 얼굴을 야무지게 닦아 주며 바람에 형편없이 흩날린 머리카락을 단정하게 손질해 주었다.

이미 반쯤 넋이 나간 듯 보이는 친구의 구김이 가 버린 옷도 손으로 쫙쫙 펴 주며 매무새를 손봐 주고 나서야 만족한 듯 입가에 미소를 지어 보이는데,

"고맙다 동우야. 고마워."

"고맙기는, 그 말은 네 아들한테나 해라. 잘 커 줘서 고맙다고, 찾아와 줘서 고맙다고 네 아들한테나 해."

30년 만에 처음 만나는 아들에게 우는 못난 아비의 모습을 보이고 싶지 않은 승철이었다. 마음을 다잡고 다잡으며, 어금니가 으스러지도록 꽉 깨물고서 천천히 병동의 문을 활짝 열었다.

긴 복도…… 그 길 끝에…… 그토록 기다리던 제 아들 도훈이가 세 살의 모습으로 서 있었다. 하루에도 수천수만 번. 꿈에서도 하루가 멀다 하고 그려 왔던 장면이었다.

꿈길을 걷듯 한 발 한 발 천천히 내디디는 승철의 바짓가랑이가 사정없이 바르르 떨려 오고 있었다. 자신의 손길 없이 장성해 버린 아들이 서 있는데 승철의 눈에는 세 살 손뼉 치며 달려 나오던 아들의 모습이 비치고 있었다.

'어디 갔었어? 어디 갔다가 이제야 돌아온 거야? 내 아들 도훈아…….'

크리스는 다가오는 소장님을 보며 떠오르는 기억에 얼굴이 일그러져 버렸다.

한 팀장님이 뭐라고 했더라……. 어릴 때 아이를 잃어버려 지금까지도 고통받는다고 했던가. 생업도 포기하고 전국 방방곡곡, 아이를 보육하는 시설이면 가리지 않고 다 찾아다니며, 아직도 희망의 끈을 놓지 못한다고 했었다. 어딘가에 살아 있을 거라는 희망 하나로 버티신다고.

아직도 옥외 정원에서 수화기를 통해 들은 소장님의 목소리가 생생하게 떠올랐다.

'그 미련이라는 게 말이오. 참 사람 환장하게 만드는 거거든…… 하긴. 아무리 하고 또 해도 그놈의 미련이라는 건 끝도 없더라마는…….'

'할 수 있는 건 뭐든 다 해 봤으니 미치지는 않고 살아 있어요.'

'평생을 죄책감에 괴로워하다 미쳐 버렸겠지…….'

'포기하지 않아서…… 고마워요.'

'당신의 부모님이…… 진심으로 부럽습니다. 고맙습니다.'

그가 보낸 문자를 보고 얼마나 가슴이 미어졌던가.

잠시 상상도 했었다. 그렇게 애타게 자식을 기다려 온 그가 자신의 아버지였으면 어땠을까…… 하고.

듣기만 해도 진하게 전해지는 아들에 대한 그의 그리움에 저도 모르게 눈물을 흘려보내야 했던 시간이었다. 그런데 믿을 수 없게도 그 사람이 바로 자신의 아버지가 되어, 비 오듯 눈물을 쏟아 내리며 자신을 향해 힘겹게 한 걸음, 두 걸음 걸어오고 있었다.

옆에서 그 모습을 보다 못한 조프가 멍하게 서 있는 크리스의 등을 살짝 밀며 말했다.

"30년을 하루같이 기다리셨다는데, 이번만큼은 힘이 들더라도 네가 먼저 다가가면 안 되겠어? 저러다 쓰러지시면 어쩌려고……."

가야 했다. 이번에는 자신이 갈 차례였다.

그의 오랜 고난의 시간을 무엇으로 어떻게 보상할 수 있을까…….

크리스는 그제야 성큼성큼 발걸음을 옮겼다.

길었던 복도가 반으로, 반에서 반으로 줄어들며 순식간에 마주하게 된 두 사람이었다.

하루도 빼놓지 않고 들여다보았던 아들의 얼굴이었다.

비비고 또 비벼 짓무른 눈으로 세 살 눈높이의 아들을 찾는데 그런 아들은 오간 데 없었다. 선명했던 아들의 얼굴이 차츰 흐려지더니 시야에서 사라져 버렸다. 당황하며 시야를 천천히 올려 보는데, 자신의 키를 훌쩍 넘겨 버린, 장성한 아들이 눈앞에 성큼 다가와 있었다.

'네가 내 아들이냐…… 네가 진정 내 아들이란 말이냐…….'

덜덜 떨려 오는 손을 뻗어 아들의 얼굴을 향해 가는데, 울컥 치밀어 오르는 서러움에 결국 오열이 터져 버렸다.

"윽흑…… 흑…… 하…… 읍음…… ㅇㅇㅇㅇㅇ."

30년 만에 만져 보는, 뜨거운 눈물이 흘러내리는 아들의 얼굴이었다.

"이게 꿈이냐…… 생시냐……. 어ㅇㅇㅇㅇㅇ, 허윽…… ㅇㅇㅇㅇㅇ. 미안하다…… 미안하다…… 내 새끼 목소리도 못 알아먹고, 지척에 너를 두고 찾지 못해 미안하다…… 내 아들의 피눈물인 줄도 모르고…… 윽. 흑…… 내 아들의 한숨인 줄도 모르고. 아이고. 아이고오오……."

품 안에 쏙 들어오던 자그마한 인형 같던 아들이…… 힘없이 쓰러지듯 기대는 자신의 몸을 온전히 지탱하며 그 품에 안아 주는 모습에 기가 막혀 억장이 무너져 내렸다.

자라는 동안 단 한 번도 기대어 쉴 만한 언덕이 되어 주지 못하고, 단 한 번도 아이의 뒤에서 든든한 버팀목이 되어 주지도 못한, 어느 것도 해 주지 못한, 해 줄 수가 없었던 힘없는 자신을 오히려 든든하게 받쳐 주는…… 아들이었다.

그 어린 나이 부모 품을 떠나 얼마나 두렵고 힘겨웠을까…….

어떻게 해야 그 기막힌 세월을 보상해 줄 수 있을까…….

그 아픔을 어떻게 어루만져 줄 수가 있을까…….

한스러움에 오열을 멈출 수가 없었다.

그런 친구의 등 뒤에서 함께 오열하는 동우와 크리스의 아픈 등을 바라보며 조프의 품에 안겨 하염없이 눈물을 쏟아 내는 제이였다.

제이의 등을 다독이는 조프의 눈에도 어느새 뜨거운 눈물이 가득 차오르고 있었다.

한참을 그렇게 친구와 함께 오열하던 동우가 정신을 퍼뜩 차렸다.

이럴 때가 아니었다. 서둘러 아내에게 전화를 하는데, 역시나 마음 약한 정연은 소식을 듣자마자 할 말을 잊고서 전화기를 붙들고 울기만 했다.

"정연아, 힘들겠지만 당신이 제수씨한테 좀 가 있어. 제수씨 평소에 먹는 약 먼저 챙겨 먹이고 응? 제수씨 상태 봐 가며 말해야 해. 내 말 알아듣지?"

— 알았어요. 지선이는 내가 잘 데리고 있을게요. 세상에 그 사람이 지선이 아들일 줄이야……. 조심해서 와요. 기다리고 있을게.

동우가 전화를 끊고 나서도 승철의 서러운 눈물은 그칠 기미가 보이지 않았다. 저러다 정말 쓰러지기라도 하면 어쩌나 걱정되는 마음에 동우가 천천히 다가가 승철의 등을 다독이는데 얼마나 많이 울었는지 친구의 온몸에 뜨겁게 열이 올라 있었다.

"승철이, 자네 괜찮아? 몸이 뜨거워, 자네 어디 안 좋은 거 아닌가?"

동우가 열이 오른 듯한 친구를 보며 걱정스레 물었다.

"괜찮으십니까?"

덩달아 걱정이 된 크리스의 우려가 더했고, 그 사소한 말 한마디에도 승철은 감격에 겨워 울컥했다.

"아직은 끄떡없어. 내 걱정은 하지 않아도 된다. 너는…… 너는 괜찮으냐?"

묵직하게 잠긴 목소리에도 애틋함이 담뿍 담겨 있었다.

"네. 저는 괜찮습니다."

크리스를 대면한 후 처음으로 승철의 입가에 미소 비슷한 것이 떠올랐다.

"그래. 너만 괜찮으면 된다. 난 이제 죽어도 여한이 없다. 이렇게 너를 찾았으니."

"야 이!! 정신 나간 사람아! 그게 지금 할 소리야?! 이제야 만났는데 두고두고 오래 봐야지. 쓸데없는 소릴 하고 있어! 그러지 말고 얼른 집으로 가!! 너는 제수씨 생각은 안 하나?!"

죽기에는 너무나 이른 친구의 어처구니없는 소리에 버럭 화를 내며 승철을 다그치는데,

"아차, 내 정신 좀 봐라. 아이고…… 이제 우리 마누라 병원 안 가도 되겠네. 우리 지선이도 이제 두 발 뻗고 자겠어!! 미리 귀띔을 좀 해 줘야 할 텐데. 약이라도 좀 먹어야 할 텐데."

그제야 제 아내가 떠오른 승철이다.

"내가 정연이 보냈어. 제수씨 먹는 약도 미리 좀 챙겨 먹이라 했으니 알아서 잘 보살필 거야. 그러니 자네도 얼른 여기 정리하고 가 봐야지."

"제가 모시겠습니다. 함께 가시죠."

지금까지 가만히 제이를 다독이며 지켜보던 조프가 나섰다.

"제이, 당신도 함께 갈 수 있겠어?"

"그럼요. 당연히 가 봐야지, 같이 가요. 병원에는 외출 허락받으면 돼요."

그렇게 다 함께 승철의 집으로 향하게 되었다.

크리스와 함께 승철을 부축하며, 차 뒷문을 열어 주고 직접 운전대를 잡은 조프의 입가에 흐뭇한 미소가 떠날 줄을 몰랐다.

크리스는 대표님이 아닌 형으로서 자신을 위하는 조프를 보며 새삼 고마운 마음에 가슴이 뜨거워졌다.

차를 타고 이동하는 중에도 자신의 얼굴을 뚫어지라 바라보는, 자신의 손을 두 손으로 꼭 감싸 쥐고 놓지를 못하는, 흘려도 흘려도 멈추지 않는 아버지의 눈물을 보며 크리스는 만감이 교차하고 있었다.

살면서 평생 이런 날을 마주하게 될 줄은…….

지금 일어나는 모든 일들이 마치 꿈만 같았다.

그 시각 지선은 초조하게 거실을 서성였고, 정연은 그런 지선을 걱정스레 바라보고 있었다. 오랜 세월 참고 견디며 약해질 대로 약해진 지선이었다. 자신의 말을 믿지 못해 몇 번이고 묻고 되물으며 이미 한바탕 눈물바다를 이루었던 지선을 보며 정연은 걱정하지 않을 수가 없었다.

밖에서 들려오는 소리에 지선의 서성이던 발걸음이 우뚝 멈추어 섰다. 조용히 집 앞에 멈추어서는 차 소리에 정연이 미처 붙잡을 새도 없이 지선이 눈 깜짝할 사이에 문을 박차고 밖으로 나가 버렸다.

조프가 재빨리 운전석에서 내리며 승철이 타고 있는 뒷좌석의 문을 활짝 열었고, 지선은 천천히 차 밖으로 발을 내디디는 남편의 모습을 빠짐없이 눈으로 좇으며 애타게 바라보고 있었다.

그 옛날 수도 없이 되풀이해 왔던 일상이었다. 남편은 어디선가 연락을 받으면 주저 없이 한달음에 달려갔었고, 그럴 때면 아무것도 하지 못하고 온종일 서성이며 남편이 돌아오기만 목이 빠지게 기다려야 했다. 그러다 남편이 돌아오면 이렇게 버선발로 달려 나와 눈치를 살피며 남편의 입을 뚫어지게 바라보았다.

번번이 일그러졌던 얼굴, 번번이 숙인 고개를 절레절레 흔들었던 아파하는 남편의 얼굴을 보며 얼마나 많은 울음을 삼켜야 했던가. 어떻게 매번 실망하면서도 매번 기다리게 되는지.

지선은 늘 그랬듯 남편의 얼굴을 한참이나 바라보았다.

승철은 차에서 내리자마자 마주하는 지선의 얼굴을 보며 또다시 가슴이 무너져 내리고 있었다. 이미 모든 걸 전해 들었을 텐데도 자신을 통해 확인하려는 아내의 마음을 모르지 않았다. 양손을 쥐어뜯는 초조한 모습과는 달리 표정은 애써 침착함을 유지하려 애쓰며 눈물을 억누르고 있는 아내였다.

얼마나 오랜 시간 속 끓이며 애태웠을까…….

이제는 두 번 다시 저 얼굴이 실망으로 무너지는 모습은 보지 않아도 되겠구나…….

그 옛날 싱그럽고 화사했던 아내의 얼굴에는 아픈 세월의 흔적이 고스란히 드리워져 있었다. 눈물이 마르지 않은 얼굴이 다시 온통 젖어 들고 있었다.

"지선아…… 우리 마누라…… 고생 많이 했다. 당신 고생 많이 했어. 흑흑흑…… 우리 아들 찾았다. 우리 아들 도훈이. 우리 도훈이…… 찾았어. 우리 도훈이가 집에 왔어. 흑…… 끅…… 하…… 지선아…… 고맙다…… 지금까지 버티고 살아 줘서 고맙다……."

"읍흡읍…… 읍…… 음……."

남편의 말을 들으며 비로소 실감이 났다. 심장으로 욱신 전해 오는 통증에 가슴을 부여잡으며 속으로 울음을 삼키는 지선이다.

승철의 손에 이끌려 차에서 내리는 남자…….

이상하게 청문회를 보며 눈길을 뗄 수 없었던 그 남자가 남편의 손에 이끌려 차에서 내리고 있었다.

“지선아, 우리 도훈이야……. 여보. 우리 아들 도훈이가 집에 돌아왔어.”

“흡…… 흑…… 흡.”

지선은 가슴을 쥐어뜯으며 돌덩이같이 무거운 발을 질질 끌어 옮겨 크리스에게 다가갔다.

세 살이었다. 달콤한 살 내음이 너무나 좋았던…….

조그만 배에다 얼굴을 비비적거릴 때면 까르르 숨넘어가듯 해맑게 웃어 주던 천사 같은 내 아이. 오밀조밀 조그마한 손으로 간지럽게 자신의 가슴을 파고들던, 자는 모습마저 너무나 사랑스러워 잠이 든 아들의 귀여운 발바닥에 얼마나 많은 입맞춤을 했던가…….

마지막으로 보았던 날 아침 쿠키를 더 달라며 자신의 다리에 매달려 예쁜 짓을 하던, 그 아들을 마지막으로 봤을 때가 겨우 세 살이었다.

목을 꺾어 올려다봐야 할 정도로 훌쩍 커 버린 아들을 마주하게 될 거라고는…… 억장이 무너져 내렸다.

어딘가에 살아 있기를…… 제발 살아만 있기를…… 부디 사는 동안 몸이라도 성하기를……. 늘 가슴에 두고 기도하며 버티고 버틴 세월이었다.

죽고 싶어도 죽을 수가 없었다. 꿈속에서 늘 자신을 찾으며 울부짖는 아들을 보면서도 단 한 번을 안아 줄 수도, 흐르는 눈물을 닦아 줄 수도 없었다. 늘 한 걸음 가까이 다가가면 한 걸음 멀어지고, 또 한 걸음 다가가면 다가가는 만큼 멀어지는 아들은 신기루와 같았다.

이제는 아들의 흐르는 눈물을 손수 닦아 줄 수 있을까? 제 품에 아들을 한 번 안아 볼 수 있을까? 꿈이라면 부디 깨지 않기를, 이대로 영원히 잠들어 버리기를 기도하고 또 기도하며 천천히 팔을 올려 아들의 젖은 얼굴을 쓰다듬는데, 조용히 흘러내리는 뜨거운 눈물이 지선의 손을 타고 흘렀다.

"하…… 읍…… 흡……."

손이 닿아도 사라지지 않는 아들이었다.

더 이상 신기루가 아니려나……. 진정 꿈이 아니려나…….

터져 나오는 울음을 꾸역꾸역 삼키며 아들의 늠름한 어깨를, 아들의 단단한 팔을…… 힘없이 주저앉으며 단단하게 버티고 선 아들의 두 다리를 손으로 천천히 만져 보는 지선이었다.

바닥까지 내려간 지선의 손이 구두를 신고 있는 발에 닿았다. 참으로 기가 막힌 일이 아닐 수 없었다. 손바닥 안에 들어오던 조막만 한 발이 어느새 이렇게 커 버렸는지, 아들의 구두 위로 눈물이 후드득후드득 떨어져 내렸다.

진정 꿈이 아닌가 보다. 진정 아들이 살아 눈앞에 나타났나 보다.

지선은 바들바들 떨리는 손으로 아들의 한쪽 바지를 조심스레 올려 보았다.

지선의 갑작스러운 행동에 당황하지 않은 사람은 오직 승철 한 사람밖에 없었다.

"읔흑…… 흑…… 허읔…… 흑……."

승철은 아내의 행동에 하늘을 올려다보며 오열을 하고 말았다.

조심스레 걷어 올린 바지……. 종아리에 선명하게 남아 있는, 승철과 같은 위치 똑같은 모양의 반점을 보며 그제야 꾹꾹 눌러 참았던 울음을 터트리며 오열을 토하는 지선이었다.

"억……헉……윽…… 흑……흡…… 도훈아! 내 새끼…… 헉…… 억…… 흐흐흑…… 살아서 돌아와…… 허윽…… 고맙다. 내 아들…… 흑흑흑……. 흑흑흑."

그렇게 지선은 아들의 다리를 붙잡고 서러운 눈물을 쏟아 내고 있었다.

그 누구도 원망할 수 없었다. 그 날, 마치 약속이나 한 듯 동시에 나쁜 일들이 밀물처럼 밀려왔고 썰물처럼 한 가족의 모든 행복을 앗아 가고 말았다.

세 살 어린 아들을 유모에게 맡겨 두고 여느 때와 다름없이 출근을 서둘렀었다.

작지만 건실했던 건설사를 운영했던 승철은 바로 그날, 공사 중인 건물에 문제가 생겨 급히 지방으로 내려가야 했다.

중학교 선생님이었던 지선의 반 학생은 하필 그날 복통에 쓰러졌고, 급히 병원으로 데려가 보니 맹장이 터져 버려 학생의 부모님이 올 때까지 응급실에 발이 묶여 버렸다.

왜 하필 그날, 유모의 남편이 교통사고로 비명횡사해야 했을까?

연락을 받고 경황이 없었던 유모가 지선의 학교로 전화를 했지만 지선에게 연락이 제대로 닿지 않았고, 급한 마음에 아이를 데리고 가 버렸던 유모가 죽은 남편을 확인하며 혼절한 사이…… 도훈이 감쪽같이 사라져 버렸었다.

학교로 돌아와 뒤늦게 메모를 확인한 지선은 다급히 유모가 있다는 병원으로 달려갔으나, 아들 도훈은 온데간데없었다.

남편을 잃어 제정신이 아니었던 유모에게 그 어떤 원망의 말도 내뱉지 못하고 그길로 아들을 찾아 헤매야 했던 지선이었다.

어째서 그날, 왜 하필 모두 그 날이어야 했을까…….

그렇게 해일처럼 덮쳐 왔던 악몽에 허덕이면서도 그 누구를 탓할 수도, 원망할 수도 없었다. 모든 비난의 화살을 온전히 스스로 짊어지고 감당해야만 했다.

참으로 잔인하고 혹독한 운명이었다. 이제야 그 모질고도 가혹했던 세월을 마음껏 원망하며 눈물로 쏟아 내고 있었다. 보다 못한 크리스가 자신의 다리를 붙잡고 울고 있는 지선을 일으켜 세웠다.

"괜……찮으십니까? 이러다 몸 상하실까 걱정됩니다."

"흑흑흑 도훈아…… 도훈아…… 도훈아…… 으흑흑흑."

아들의 눈에 흐르는 눈물이 지선에게는 피눈물이 되어 가슴으로 흘러내리는 듯했다. 아들의 눈물을 닦아 주며 안아 주려는데 되레 아들의 너른 품에 안겨 있었다.

크리스는 너무나 애처로워 보이는 어머니의 모습을 보다 못해 품에 끌어안았다. 자신이 겪은 고통의 시간은, 그들이 겪어야 했던 고통의 시간에 감히 견줄 수 없을 듯했다. 온몸으로 전해져 오는 그들의 아픈 모습에 흐르는 눈물을 멈출 수가 없었다.

이제야 함께하게 된 가족의 애절한 모습을 보며 모두 함께 눈물 흘리며 마음으로 위로를 건네고 있었다.

정연은 간신히 마음을 추스르고서 지선의 신발과 옷을 챙겨 주며 다독였다.

"지선아, 이제 들어가 응? 네 아들 이렇게 밖에만 세워 둘 거야?"

"흑흑…… 안 되지. 우리 아들 이렇게 추운데 있으면 안 되지. 들어가자. 들어가…… 집에 가자 도훈아."

지선은 크리스의 손을 꼭 잡고 집으로 이끌며 믿기지 않는 현실에 계속 아들을 보고 또 쳐다보았다.

30년 만에 승철의 집에서 웃음소리가 흘러나왔다.

조프가 크리스의 과거를 이야기하며 대화를 주도해 나가고, 동우는 사위의 말에 박장대소하며 분위기를 끌어 올렸다.

아들에게 따듯한 밥을 해 주겠다며 두 팔 걷어 올리는 지선을 아들 옆에 딱 붙여 두고, 정연과 제이 두 모녀가 실력 발휘에 나섰다. 제법 시간이 지난 후 차려진 밥상을 보며 모두들 놀란 나머지 입을 쩍 벌리고 말았다.

제이는 올 때가 됐는데 아직도 오지 않는 누군가를 기다리며 계속해서 시계를 흘끔거렸다.

같은 시간. 승철의 집 대문 밖…… 멍하게 대문 앞에서 장승처럼 우뚝 서 있는 도영이다.

도영은 집에서 흘러나오는 웃음소리에 귀를 의심해야만 했다. 정말 자신의 집에서 흘러나오는 소리가 맞을까……. 저 웃음소리가 진정 아버지와 어머니의 웃음소리가 맞을까…….

살면서 단 한 번을 시원스레 웃는 모습을 보여 주지 않은 부모님이었다. 그래서 도영은 알지 못했다. 부모님도 저렇게 웃을 수 있는 사람이라는 걸……. 저렇게 소리 내어 웃을 수도 있는 사람이라는 걸 미처 알지 못했다.

어릴 적 방문에 겨우 손이 닿을 때 즈음이었던가? 어느 방문을 열고 들어가 그 방에 있는 물건을 온통 꺼내어 가지고 놀다가 처음으로 엄마에게 엉덩이를 흠씬 두들겨 맞은 적이 있었다. 그 뒤로 그 방 근처에는 얼씬도 하지 않았었다.

한참을 큰 뒤에야 그 방이 형의 방이었다는 걸…… 두들겨 맞았던 그 날, 자신이 마구 낙서하고 구기고 찢었던 종이가 형의 사진이었다는 것도…… 너무 늦게 알아 버렸다.

가끔 어딘가로 훌쩍 떠나던 아버지, 그런 아버지가 돌아올 때까지 온종일 안절부절못하던 어머니, 돌아온 아버지를 보며 침울해지는 집안 분위기에 옴짝달싹하지 못하고 숨죽여 지내야 했다.

원망했었다. 한 번도 본 적 없던 형을 무던히도 많이 원망했었다.

차라리 죽어 없어져 버렸으면, 그럼 가슴에라도 묻고 살아갈 텐데. 왜 하필 사라져 버려서는 가슴에도 묻지 못하게 희망을 심어 두었는지…….

형의 그늘을 지우고 싶었다. 어디서 살았는지 죽었는지도 모를 형의 그늘 아래서 살고 있다는 게 숨이 턱턱 막혔다. 제발 부모님의 관심사가 형체도 없는 형이 아닌 자신에게로 옮겨지기를…….

철이 없는 마음에 반항도 했었다. 차라리 속 시원하게 야단이라도 쳤으면, 두드려 패기라도 했으면 덜 아팠을 텐데……. 자는 자신의 머리맡에 앉아 한참을 흐느끼며 마지막에는 늘 '사랑한다 도영아. 엄마가 미안해.' 라는 말을 남기고서 방을 나서는 엄마를 보며 여린 마음이 너무나 쓰라렸던 도영이었다.

웃게 만들고 싶었다. 해마다 시월이 되면 시름시름 아픈 엄마와 그런 엄마를 바라보며 한숨을 내쉬는 아버지가 웃을 수 있는 일이 뭐가 있을까 고민하다 하는 수 없이 하고 싶었던 음악을 접고, 공부를 했다. 반에서 1등을 하고, 전교에서 1등을 하고, 전국에서도 손꼽히는 등수에 들어 성적표를 내밀어도 웃기는커녕 자신을 부둥켜안고 눈물을 쏟는 어머니였다.

'고맙다 도영아. 고마워. 엄마가 아무것도 해 주지 못하는데 이렇게 알아서 잘 커 주어 정말 고맙다.'

다른 게 있다면 우는 얼굴에 미소가 떠올라 있다는 것. 도영은 그 하나에 만족했다. 자신의 꿈과 맞바꾼 엄마의 아픈 미소였다.

그랬던 엄마의 미소가 커다란 웃음소리가 되어 집 밖으로 흘러나오고 있었다. 배신감일까…… 안도감일까…… 마음이 복잡하게 뒤엉켜 버렸다.

한참을 집 안에 들어설 엄두를 내지 못해 그대로 머물렀는데 마침 누나가 문을 열고 나오고 있었다. 볼 때마다 친누나처럼 살뜰히 챙겨 주는 제이 누나였다.

누나가 연락하지 않았다면 형을 찾았다는 것을 언제쯤 알 수 있었을까…….

부모님은 자신을 생각이나 하고 있었을까…….

씁쓸한 마음에 쓴웃음이 나와 버렸다.

제이는 올 시간이 다 되어 가는데도 오지 않는 도영을 기다리다 밖으로 나왔다. 뜻밖에도 문 앞에 버티고 선 도영을 보게 될 줄은…….

"도영아, 들어오지 않고 왜 그러고 있어?"

"누나……."

바보같이 눈시울이 붉어지고 말았다.

제이는 그런 도영을 바라보며 안쓰러움에 덩달아 코끝이 찡해 왔다. 어릴 때부터 부모님 주위를 서성이며 맴도는 도영을 너무나 자주 보아 왔던 제이였다. 아저씨와 아주머니가 도영이를 얼마나 사랑하는지 잘 알지만, 그럼에도 온전히 마음을 다 전하지 못하는 두 분을 보며 항상 안타까워해야만 했다.

도영이가 짊어져야만 했던 외로움과 번민은 어떻게 어루만져 주어야 할까…….

너무 오랜 시간 외로웠던 도영이의 마음도 하루빨리 따듯함으로 가득 채워지기를, 마음으로 바라며 가만히 도영을 안아 주었다.

"잘 왔어. 너도 많이 힘들었지? 그래도 고맙다. 너 없었으면 아저씨, 아주머니 지금까지 버티지도 못하셨을 거야."

도영은 자신을 위로하는 누나를 꼭 끌어안으며 서러운 눈물을 쏟았다. 그런데 그때 어디선가 뜬금없이 전혀 예상치 못한 목소리가 들려왔다.

"당장 떨어져!!"

얇은 코트 하나 입고 나가는 제이가 걱정스러워 따라나섰다가 보게 된 불쾌한 장면에 조프의 목소리가 사납게 울려 퍼졌다.

제이는 들려오는 소리에 깜짝 놀라 안고 있던 도영을 놓아 주며 눈물을 닦는데 조프가 성큼 앞으로 다가와 자신의 팔을 잡아 그의 옆으로 바싹 당겨 버렸다.

"당신은 왜 나왔어요? 바로 들어갈 텐데."

"누구야?"

"아! 인사해요. 크리스 동생이에요. 박도영."

"그래? 난 또 누구라고…… 반갑다. 난 조프리 휴 존슨, 제이의 남편."

조프는 그제야 고개를 끄덕이며 자신을 당당하게 소개했다.

"……."

"……."

제이와 도영은 눈물이 쏙 들어가는 걸 느끼며 황당하다는 듯 조프를 바라보았다.

"누나가 결혼했다는 건 금시초문입니다만."

"곧 할 거야. 뭐 이미 결혼한 거나 다름없고."

"……."

"……."

순식간에 얼굴이 벌게지며 민망함에 후끈 달아오른 제이와 왠지 모를 배신감에 누나를 째려보게 되는 도영이었다.

"당신은 왜 애 앞에서 쓸데없는 소리를! 흠흠, 얼른 들어가요. 기다리겠어요."

"애? 누가 애야? 내가? 누나! 나 이제 해 넘기면 엄연한 대학생이야. 애는 아니지!!"

"그래, 내가 봐도 애는 아니야. 이렇게 큰 애가 어디 있어?"

크리스보다는 키가 조금 작아 보였지만, 자신이 본 한국 남자의 평균치보다는 큰 녀석이었다.

조프는 크리스의 친동생이라 해도 제이를 안고 있는 녀석을 보며 기분이 썩 좋지가 않았다.

"크리스의 동생이면 내 동생이나 다름없어. 앞으로 잘 지내보자."

손을 내밀며 멀뚱멀뚱 서 있는 도영의 손을 낚아채 힘차게 흔드는데, 의외로 시무룩한 표정의 도영을 보며 의아했다.

"일단 당신 먼저 들어가요. 난 도영이 준비되면 같이 들어갈게요. 응?"

등을 떠미는 제이를 보며 살짝 마음이 상했지만, 이유 없이 그럴 사람이 아니라는 걸 너무나 잘 알기에 못 이긴 척 들어가며,

"제이, 안는 건 절대 안 돼!"

할 말은 하고 들어가는 조프다. 제이는 그 말이 너무 민망하게 들려 도영을 바라보는데 아니나 다를까 입을 벌리고서 황당함을 감추지 않는 모습에 짧은 한숨을 흘리며 말을 꺼냈다.

"하…… 그냥 하는 말이야. 신경 쓰지 마."

"그냥 하는 말 아닌데, 뭘. 아마 우리 형 동생이 아니었다면 한 대 쳤을걸?"

말을 하고 보니 형이라는 말이 너무 쉽게 입 밖으로 나와 버려 어이가 없는 도영이었다.

그런 도영을 보며 의외로 형제 사이가 더 빨리 좋아질 수도 있을 거라는 희망을 보게 된 제이가 도영의 손을 잡고 집으로 이끌었다.

"들어가자."

못 이긴 척 누나의 손을 맞잡으며 집으로 들어서는데 저도 모르게 긴장하며 누나의 손을 꽉 잡고 놓지 못하고 있었다.

집 안으로 들어서자 모두의 눈이 도영에게로 쏠렸다. 조프만이 제이를 노려보며 손을 놓아라. 무언의 눈빛을 마구 쏘아 대고 있었다.

부모님을 만난 것도 놀랄 일인데 동생까지 생겨 버린 크리스가 놀라며 자리에서 일어섰다. 제이가 천천히 도영을 이끌며 크리스 앞에 다가가는데 서로 마주 보며 노려보기만 할 뿐 좀처럼 말이 없는 형제였다.

격조하여 데면데면하기가 이를 데 없는 형제였으나, 마침내 함께하게 된 형제를 보며 승철과 지선은 벅찬 감동에 흐르는 눈물을 훔쳐야 했다.

"그 손은 좀 놓지? 동생을 만나자마자 누군가에게 두들겨 맞는 모습은 보고 싶지 않아."

부모님들을 대할 때와는 사뭇 다르게 무심한 듯 자연스레 동생이라 거리낌 없이 말하는 크리스와,

"하…… 내가 맞고도 가만히 있을까 봐? 난 그렇게 멍청한 사람은 아니라고."

심드렁하게 대꾸하며 누나의 손을 놓는데 심히 부끄럽게 뚝뚝 떨어지는 눈물이었다.

굳이 말하지 않아도 알 것 같았다. 자신의 모습과는 사뭇 달라도 왠지 모를 강한 이끌림이 존재하고 있었다.

형이었다. 힘이 들 때마다 수시로, 심지어 꿈에서도 수없이 많은 욕과 원망을 퍼부었던 대상……. 단 한 번도 만나게 될 거라는 생각을 해 본 적이 없었다. 늘 희망을 품고 사는 부모님을 이해하지 못했으며, 답답하게 생각했었다.

그러나 결국엔 자신이 틀렸다. 형은 살아 있었고 부모님의 바람처럼 눈앞에 나타났다. 너무나 근사하게, 너무나 멋있는 모습으로……. 언젠가 자신이 사회에 첫발을 내디디게 된다면 바로 저런 모습이면 좋겠다고 생각했던 그대로였다.

내밀어진 손을 어떻게 잡아야 할까……. 망설이는 도영을 대신해 크리스가 동생의 손을 덥석 잡았다.

강하게 전해 오는 힘…… 그 속에 미세한 떨림이 느껴졌다. 도영은 그제야 알 것 같았다. 형도 지금 자신과 마찬가지로 떨고 있다는 것을…….

승철이 힘겹게 일어나 도영의 등을 쓰다듬으며 말했다.

"네 동생 잘 컸지? 늦둥이로 낳아서 이 녀석 때문에라도 악착같이 살았다. 매번 널 찾아갔다 오는 날에 한강 앞에 섰던 적이 한두 번이 아니었어. 흠…… 흠…… 괴로워서 콱 뛰어내릴까 싶다가도 고물거리는 이 녀석이 눈에 밟혀 차마 죽지도 못하겠더라. 너무 외롭게 키웠어…… 그래도 엇나가지 않고 이렇게 저 혼자 잘 크더구나…… 네 동생 공부도 잘해. 전국에서 1등이야 1등. 수능도 잘 쳤대. 만점을 기대하는 눈치야. 흑…… 마음고생만 시켰지, 하나 해 준 것도 없는데…… 이렇게 잘 컸어. 이 녀석 아니었으면 평생 웃지도 못하고 살았을 거야."

살면서 단 한 번도 직접 들어 본 적이 없는 아버지의 속내였다. 아무리 좋은 성적을 받아도 좋다 어떻다 내색도 없이 그저 '고생 많이 했다.' 한마디가 다였는데, 도영은 이제야 아버지의 진심을 듣게 되었다.

한 손으로 얼굴을 가리며 이제껏 참아 왔던 서러운 눈물을 쏟아 내는 도영과, 그런 아들을 마음으로 꼭 안아 주며 함께 우는 승철이었다.

"하…… 흑…… 미안하다. 도영아…… 고맙다. 도영아…… 우리 아들."

아버지의 한마디에 놀랍게도 그동안의 아픔이, 쌓아 왔던 서러움이 눈 녹듯 사르르 녹아내리고 있었다.

충분했다. 서로의 마음을 어루만지고 다독이는 데 많은 것이 필요치 않았다. 진심 어린 말 한마디…… 마음을 다한 말 한마디로도 충분했다.

얼굴에서 손을 치우는 도영의 입가에 미소가 가만히 번지고 있었다.

"형, 박도영이야. 형 동생…… 박도영."

이번에는 도영이 먼저 씩씩하게 손을 내밀었고, 그런 동생을 보고 씩 웃으며 반갑게 마주 잡은 뜨거운 손이었다.

"반갑다. 크리스 에반…… 흠…… 아직은 익숙하지가 않아서…… 허흠. 박……도훈이다. 네 형…… 박도훈."

지선이 말없이 일어나 주방으로 가며 주체할 수 없이 흘러내리는 눈물을 닦고 있었다. 서로 다른 의미로 너무나 미안한 두 아들이었다. 어떻게 보듬어 주어야 할까. 가슴이 아파 쉬이 진정이 되지 않는데 어느새 다가온 두 아들이었다. 너무나 든든한 두 아들의 품에 안겨 행복한 눈물을 쏟아 내는 날이 올 줄이야.

손님을 생각하여 겨우 진정하고서 거실로 나가는 지선과 그 뒤를 따라나서며 서로의 등을 한 번씩 툭 치고 지나가는 크리스와 도영이다.

두 모녀가 차린 맛있는 음식을 먹고서 다 함께 다과를 즐기는데, 지선은 좀처럼 먹지를 못하고 온통 두 아들에게 신경을 집중한 채 눈으로 마음으로 살피며, 미소 짓는 얼굴에 이따금 흐르는 눈물을 몰래 닦아야 했다.

다들 그런 지선의 마음을 이해하고도 남았기에 너무 기쁜 중에도 분위기가 무겁게 가라앉았다.

조프는 아직 어색함이 남은 듯한 크리스와 도영을 부지런히 대화에 끌어들였다. 크리스를 닮은 동생이 하나 더 생겨 좋다고 앞으로 자신을 큰형이라 부르라며 서열 정리를 하고서 계속 말을 이었다.

"박도영! 경고하는데, 아무리 우리 동생이라도 제이, 아까처럼 꽉 껴안으면 안 돼! 내 말 무슨 뜻인지 알지? 명심해야 할 거야."

분위기도 전환할 겸 농담 반 진담 반으로 조프가 말을 꺼냈고,

"도영이 너 설마…… 한 팀장님 안았어?"

가볍게 맞장구치는 크리스와,

"새삼스럽게 뭘. 그럴 수도 있지. 그게 왜?"

어이없는 큰형의 농담을 가볍게 무시하며 진심으로 말을 받은 겁 없는 도영

이다.

아주 어렸을 때부터 자신이 힘들 때마다 어르고 달래 주었던 누나였다. 그 앞에서만큼은 유치한 속내가 들켜 버려도 부끄럽지 않고, 유일하게 마음을 의지하며 기댈 수 있었던 친누나와 다름없는 누나였는데,

"그럴…… 수도 있어? 이것 봐라?! 지금까지 알아 온 세월에는 내가 없었으니 그래! 넓은 마음으로 눈감아 줄 수 있어. 하지만 지금부터는 안 돼. 엄연히 임자가 있는 여자라고."

조프는 웃자고 시작했으나, 말하다 보니 속이 부글부글 끓어올랐다. 가벼운 포옹쯤이야 흔한 문화였지만, 그럼에도 제이를 만난 후로는 자신을 제외한 다른 누군가와의 가벼운 접촉에도 기분이 썩 좋지 않았고, 그것은 앞으로 자신이 극복해야 할 난제였다.

"그런데, 생각해 보니 알아 온 세월을 봐도 형보다 우리 동생이 훨씬 먼저인 것 같은데, 도영이에게는 새삼스러운 말일 수도 있겠는데?"

크리스가 슬며시 동생을 옹호하고 나섰다.

"네! 당연히 제가 먼저죠. 사실 말이 누나지 밖에서 보면 애인이라고 해도 믿어요. 누나가 예쁜 데다 동안이라서 20대 후반으로는 안 보이거든요 절대! 제가 조금만 더 일찍 태어났어도, 아니 아니지…… 요즘에야 나이 차이가 무슨 대수라고! 누나! 나 어때? 남자로 나 정도면 훌륭하지 않아? 키 크지, 잘생겼지, 똑똑하지, 지금이라도 누나만 좋다고 하면 헙."

인상이 험악해지는 큰 형을 보며 장난기가 발동한 도영이었으나 말을 끝맺을 수가 없었다.

겁도 없이 너무 멀리 가는 도영을 보며 크리스가 다급히 동생의 입에 과일을 쑤셔 넣고 있었다. 농담으로 시작했을지 몰라도 서서히 열이 올라오는 대표님을 보니 더 했다가는 동생이 정말 한 대 쥐어박힐지도 모를 일이었다.

그런 세 사람의 언쟁을 넋 놓고 구경하다 제이를 비롯한 부모님의 웃음보가 터져 버렸다.

제이는 이렇게 자신을 내려놓고 주변을 편하게 만들어 주는 그가 미치도록 좋았다. 그를 바라보는 눈빛에 사랑이 가득했고, 그런 딸을 바라보는 동우와 정연의 눈빛에도 행복이 가득 차 있었다.

그렇게 한참을 웃고 떠들다 보니 시간이 많이 늦어 있었다.

동우와 정연, 조프와 제이가 슬슬 돌아갈 준비를 하는 모습을 보며 크리스도 당연히 함께 나서려고 준비를 하다 들리는 목소리에 멈칫했다.

"도훈아…… 가 봐야…… 하는 거지? 그래…… 잠은 편하게 자야지."

아쉬움이 잔뜩 묻어나는 아버지의 목소리를 들으며 어머니를 보는데 차마 잡지는 못하고 입술을 달싹거리더니 하고 싶은 말을 조용히 삼키는 모습에 가슴에 묵직한 통증이 내려앉았다.

"형…… 오늘은 우리 집에서 자고 가면 안 돼?"

그런 부모님의 안쓰러운 모습을 보다 못한 도영이 크리스에게 물었다.

"크리스, 그렇게 해. 자면서 막내 교육도 다시 하고, 윽."

말을 하다 말고 들려오는 갑작스런 외마디에 모두의 눈이 조프에게로 향하는데, 조프의 허리춤에서 제이의 손이 조용히 거둬지고 있었다.

"아 하하하. 농담입니다. 농담. 크리스, 그동안 못다 한 얘기도 좀 나누고, 보아하니 도영이가 너한테 하고 싶은 말이 있는 모양인데? 박도영! 참고로 용돈이 필요하면 나한테 말해, 크리스보다 딱 두 배는 더 줄게."

"흠. 생각보다 통이 작으십니다. 겨우 두 배라니."

"뭐야? 네가 아직 크리스를 잘 몰라서 하는 소리야. 기대해 봐. 네 형의 통이 어느 정도인지. 그리고 나는, 네 형이 가진 그것의 두 배 그 이상이라는 것도 기억하라고."

도발하는 도영의 말에 피식 웃음이 나와 버린 조프였다. 감히 누구보고 통이 작다는 건지, 저 녀석은 아직 제 형들의 능력을 제대로 파악하지 못한 것이 분명한 듯하니 이번 한 번은 귀엽게 봐줘야 할듯했다.

"네! 제가 기억력 하나는 끝내주거든요! 기대하겠습니다. 매형!!"

"매형? 하하하하하. 크리스! 우리 동생 아주 마음에 든다."

우렁찬 목소리로 말하며 천연덕스럽게 90도로 인사를 꾸뻑하는 도영의 모습에 조프가 파안대소하며 고개를 절레절레 흔들었고, 조프의 시원시원한 웃음소리가 모두에게 전염되어 한바탕 웃음꽃이 만발하고 있었다.

그 모습에 함께 웃음 짓던 승철이 가만히 다가와 조프의 앞에 섰다. 감히 그래도 될까, 잠시 머뭇거리다 남자의 손을 조심스레 두 손으로 꼭 감싸며 고개를 깊이 숙였고, 너무나 갑작스러운 정중한 인사에 조프는 덩달아 고개를 숙였다.

"감사합니다. 정말…… 진심으로 감사합니다."

하고 싶은 말은 너무나 많고 많았지만, 승철은 목이 메어 와 더는 말을 이을 수가 없었다. 앞에 서 있는 남자가 아들 도훈에게 어떤 의미인지, 아들이 그를 대하는 행동 하나하나에 정성이 가득했고, 그에게 도훈 또한 얼마나 귀한 존재인지, 그의 배려 깊은 행동 하나하나에서 여실히 드러나고 있었다. 높은 지위에 있음에도 서슴없이 친형처럼 아들 도훈을 아끼며 배려하는 모습에 엎드려 절이라도 하고 싶은 승철이었다.

지선 역시 다가와 조프에게 깊이 고개 숙여 인사를 하는데, 그 모습을 물끄러미 바라보던 크리스 역시 덩달아 눈가가 뜨거워지고 있었다. 인사를 받아 마땅했다. 그가 아니었다면…… 지금의 자신도 없었다.

크리스에게는 모든 불행 끝에 찾아온 단 한 줄기 희망이었고 단 하나의 울타리였으며, 세상 가장 든든한 가족이었다.

"고마워. 형…… 인사 받아도 돼. 그럴 자격 충분히 차고도 넘치니까."

"너까지 왜 그래?! 아버님, 제가 오히려 도움을 많이 받고 있습니다. 정말 멋진 아드님을 두셨습니다. 크리스가 없었다면, 제가 이렇게 수월하게 이 자리까지 오지는 못했을 겁니다. 진심으로 감사합니다. 아버님."

조프는 진심이 닿기를 바라는 마음으로 어눌하나마 서툰 한국어로 정중히 인사를 건넸고,

"흐흡…… 그렇게 말씀해 주시니 더 감사합니다."

아들에게서도 들어 보지 못한 아버지 소리를 아들이 모시는 대표님께, 아들이 마음을 다해 따르는, 아들이 친형으로 여기고 있는 그에게서 먼저 들을 수 있었다.

너무나 크게 느껴지는 그 말이 전해 주는 감동에 승철이 조용히 눈물 흘리며 다시 고개를 깊이 숙여 정중히 인사했다.

눈물이 그렁그렁한 채 그 모습을 지켜보던 지선이 제이를 향해 돌아섰다.

"제이야……."

떨리는 목소리로 간신히 이름만 부르고선 말없이 다가가 제이를 꼭 안아 보았다. 벌겋게 벌어진 제 상처가 아물지 못했음에도, 늘 자신이 몸져누워 있을 때마다 잊지 않고 찾아와 걱정하며 위로해 주던 딸같이 귀하고 귀한 아이였다. 번번이 힘들 때마다 도와주는 것도 모자라 제 아들까지 찾아 준, 이 은혜를 어찌 갚아야 할까…….

"고맙다…… 고맙다…… 정말 고맙다…… 제이야…… 고마워…… 흡."

"아니에요. 제가 조금만 더 일찍 알아챘더라면 더 빨리 만날 수도 있었을 텐데…… 죄송해요."

"아니야. 아니야. 고마워. 너무 고마워. 네가 우리를 살렸어. 내 평생 가장 큰 은인이다. 죽을 때까지 이 은혜 잊지 않을게. 고맙다. 고맙다. 정말 고마워."

이미 짓물러 버린 눈가에 뜨거운 눈물이 쉼 없이 흘러내렸다.

"지선아. 그만 울어. 내일 되면 눈 퉁퉁 부어서 아들 얼굴도 몰라보면 어쩌려고 그래?! 그만 울고 너도 좀 쉬어."

따듯하게 등을 쓸어내리며 다독이는 정연의 말에 긴 작별 인사가 끝을 보였다. 정연이 남편과 함께 먼저 현관을 나섰다.

"오늘 많이 힘드셨을 텐데 편히 쉬십시오. 또 찾아뵙겠습니다."

조프가 정중히 인사하며 집을 나서자 승철과 지선이 배웅을 하려고 함께 따라 나왔고, 제이는 온종일 심신이 고단했을 두 분을 바라보며 안쓰러움에 얼른 들어가 쉬시라고 등을 떠밀어도 승철과 지선은 괜찮다고 웃으며 손사래를 쳤다.

“제가 배웅하고 오겠습니다. 먼저 들어가 계세요. 이러다 몸 상하십니다.”

크리스는 이미 눈가가 발갛게 짓물러 버린, 그 와중에 또다시 눈물이 배어 나오는 제 부모님을 걱정하지 않을 수 없어 직접 집 안으로 모시고 나서야 밖으로 나섰고, 모두 흐뭇한 표정으로 저를 바라보는 모습에 머쓱한 듯 헛기침을 했다.

크리스와 인사를 나눈 동우와 정연이 먼저 자리를 뜨고, 조프와 제이 두 사람이 남아 있었다.

“대표님. 한 팀장님 한 번만 안아 보겠습니다.”

“뭐야?”

조프가 답을 하기도 전에 이미 크리스는 제이와 거리를 좁히고 있었고, 단번에 강하게 제이를 끌어안아 버렸다.

“고맙습니다. 정말. 고맙습니다…….”

그 이상의 말이 필요했다. 그저 고맙다는 말 한마디로 전할 수 있는 마음이 아니었다. 마음속에 간직한 고마움을 다 표현하려면 어떤 말을 더 해야 할까, 입을 열어도 뜨거운 입김만이 뿜어져 나올 뿐, 뻐근하게 통증을 호소하는 목울대는 그 어떤 말도 나올 수가 없게 만들었고, 깜빡이는 눈과 함께 고인 눈물이 툭 떨어졌다.

제이는 갑작스러운 포옹에 당황한 것도 잠시, 자신을 빈틈없이 꼭 끌어안은 크리스의 등을 가만히 쓰다듬어 주었다.

“저도요. 저도 정말 고마워요. 쉬운 일이 아니었을 텐데, 고마워요. 정말.”

제이 역시 떨려 오는 목소리에 더는 말을 이을 수가 없었다. 그동안 혼자서 얼마나 많은 시간을 고민과 번뇌로 애태웠을까, 미세하게 느껴지는 떨림에서 그간의 고통을 잠시나마 마음으로 느끼며 위로를 건넸다.

그 모습을 말없이 지켜보던 조프는 뻐근해 오는 뒷덜미를 주무르며 소리 없이 다가오고 있었다.

이제 완연한 겨울이라 해도 될 정도로 추운 날씨…… 크리스는 등 뒤로 느껴지는 때아닌 뜨거운 공기에 아차 싶어 조심스레 포옹을 풀고 뒤를 돌아보는데…… 어금니를 빠득빠득 짓이기는지 턱 근육을 현란하게 움직이며, 뜨거운 열기를 콧김으로 마구 뿜어내는 조프가 바로 한 걸음 앞에 다가와 있어 화들짝 놀라고 말았다.

"오늘 형제가 아주 세트로 사람 인내력을 시험하고 있어! 뭘 그렇게 오래 끌어안고 있어?! 그리고, 누가 그렇게 꼭 끌어안으래?! 나도 오늘은 제대로 한번 안아 보지를 못했는데, 하……."

"풉……. 풉……. 푸하하하하하."

"웃어? 웃기지?"

"아닙니다. 잘못했습니다. 다음에는 조심스럽게 안겠습니다!!"

"뭐야?"

퍽.

"어헉!!"

조프는 크리스의 농담에 약하게 말아 쥔 주먹으로 장난스레 크리스의 어깨를 툭 쳐 버렸다. 피식 웃으며 서로를 마주 보는 시선에는 그 어떤 말이 오가지 않고도 진하게 전해 오는 마음이 있었고, 충혈된 서로의 눈을 바라보다 이어진 더없이 뜨거운 남자들의 포옹이었다.

조프는 온종일 마음이 고되었을 크리스의 등을 말없이 툭, 툭 치며 위로를 건네고, 크리스의 두 팔은 그런 조프를 더욱 강하게 옥죄었다.

제이는 그런 두 사람을 말없이 지켜보며 뿌듯하고 행복한 마음이 날아가 버릴까, 보이는 모습을 남김없이 가슴속에 차곡차곡 꾹꾹 눌러 담았다. 보기만 해도 흐뭇한 정말 멋진 두 남자였다.

잠시 후 떨어진 두 사람의 입가에는 추위를 잊을 정도로 따듯한 웃음이 머물러 있었다.

"너도 오늘 많이 놀랐을 텐데 복잡한 생각 말고 그냥 푹 쉬어라. 고생했다."

"네. 내일 병원으로 바로 가겠습니다. 조심해서 들어가십시오."

"그래."

조프가 답을 하며 제이를 차에 태우더니, 운전석으로 향하다 말고 크리스에게 다시 되돌아와 그의 넥타이를 살며시 움켜쥐고서 귀에 바싹 다가가는데,

"크리스, 동생 교육 정말 잘 해라. 오늘처럼 제이를 끌어안는 모습이 내 눈에 보이기라도 하면 그땐 정말 한 대 맞는다고 전해. 너도 마찬가지야. 봐주는 건 오늘까지야! 간다."

크리스의 넥타이를 놓아주며 어깨를 툭툭 털어 주더니 속이 후련하다는 듯 밝아지는 얼굴이었다.

어이없어 피식 웃던 입이 어느새 귓가에 걸려 버렸다. 저 말에 거짓이라고는 1도 없을 거라 믿어 의심치 않았다. 크리스는 떠나가는 차를 바라보며 한동안 웃음을 멈출 수가 없었다.

모두가 떠나고 나서야 온전히 가족만이 남게 되었다. 모두 쉬이 잠들지 못하고 거실에 앉아 이런저런 이야기를 나누는데…….

"제가…… 어쩌다 가족과 헤어지게 되었는지…… 여쭈어봐도 될까요?"

크리스는 자라는 내내, 살아온 모든 시간 답을 구하고자 했으나 얻지 못했던 힘든 질문을 어렵게 꺼냈고, 울먹이며 힘겨웠던 지난 시간을 어렵게 풀어내는 어머니의 말을 들으며, 안타까운 탄식이 저도 모르게 새어 나와 버렸다.

요즘과 같은 세상이었다면…… 요즘과 같이 휴대폰이 보편화되어 있는. 그래서 연락이라도 바로바로 될 수 있는 세상이었다면…… 이렇게 안타깝게 가족과 헤어지는 일은 막을 수 있지 않았을까…….

크리스는 물밀듯 파고드는 지난 고통의 시간을 마음에서 조용히 몰아내고

있었다.

이제는 자신의 뿌리를 궁금해하며 허송세월하지 않아도, 더는 과거에 연연하지 않아도 된다. 그 사실 하나만으로도 마음이 홀가분해지며 가슴에 놓인 무거운 돌덩이 하나가 사라지는 기분이었다.

생각 같아서는 밤새 이야기를 나누고 싶었지만, 고단했을 아들을 생각하며 걱정되는 마음에 잠자리를 봐주는 지선과 승철의 마음이 바빠졌다.

"이를 어쩌나. 많이 불편할 텐데…… 정말 바닥에서 자도…… 괜찮겠어? 우리 욕심에 괜히 여기서 자고 가라고 한 건 아닌지 모르겠네."

도영이 침대에서라도 자면 좋을 텐데 두 아들은 오늘 바닥에서 함께 자기로 결정을 한 모양이었고, 지선은 입식 생활에 익숙해져 있을 아들을 생각해 제법 두툼한 토퍼를 두 개나 깔고서도 좀처럼 걱정을 내려놓을 수가 없었다.

"아닙니다. 저는 괜찮습니다. 제 걱정 하지 마시고 그만 들어가 주무십시오."

"그래. 그래. 푹 잘 자. 혹시라도 불편하면 얘기하고, 도영이도 잘 자."

"네, 엄마. 안녕히 주무세요."

부부는 보고 또 봐도 또 보고 싶은 아들의 얼굴을 마음에 새기며 아주 천천히 방문을 닫아 주었다.

크리스는 동생과 함께 자리에 누워 긴 다리를 하늘로 들어 올렸다. 복숭아뼈 위로 살짝 올라가 버린 길이가 짧은 동생의 바지를 보며 피식 웃음이 새어 나왔다.

"너는 안 크고 뭐 했어?"

"나 참. 어이가 없어서, 나한테 이렇게 말하는 사람은 형이 처음이야. 내가 안 큰 게 아니라, 형이 너무 큰 거야. 그 대표님인가 하는 형은 더 크고!! 이래 봬도 나 키 180이야. 어디 가서 키 작다는 소리는 들어 보지도 못했다고!!"

1센티를 살짝 보태긴 했으나, 틀린 말은 아니었다.

마른 체격이라 그런지 항상 제 키보다 더 크게 보는 사람들이었고, 그래서일까 단 한 번도 키가 작다는 소리는 들어 보지 못한 도영이 억울하다는 듯 말했다.

"풋. 그래. 알았다. 그만 자."

농담 한번에도 파르르하는 동생을 보니 웃음이 나와 버렸다.

"어."

캄캄한 방, 서로의 숨소리가 고스란히 전해지는 서먹하고도 어색한 방 안 분위기에 형제는 눈만 깜빡이고 있었다.

"흠흠…… 형…… 자?"

"아니."

"형……."

"어."

"형……."

"그래 듣고 있어."

"미안해."

"뭐가?"

"……."

하려던 말은 꺼내지도 못했는데 쪽팔리게 눈물이 주룩 흘러내렸다. 어두워서 얼마나 다행인지 도영이 가만히 한숨을 내쉬었다.

"무슨 말을 하다가 말아?"

"미안하다고…… 나는 나쁜 놈인가 봐. 차라리 형이 죽고 없었으면 좋겠다…… 싶었어. 욕도 많이 했어."

"……."

"형…… 고마워."

"또 뭐가?"

"살아 돌아와 줘서…… 고마워. 흠흠. 오늘처럼 아빠, 엄마가 웃는 거 처음 봐. 고마워. 이건 정말 진심이야."

크리스는 이불 밖에 나와 있는 손으로 옆에 누운 동생의 손을 가만히 그러잡았다.

"미안하다……. 내가 너무 늦었어."

좀 더 빨리 용기를 냈더라면 부모님의 고통과 동생의 외로움을 조금이라도 일찍 덜어 줄 수 있지 않았을까. 손등을 감싸 오는 동생의 온기를 느끼며 짠한 마음에 심장이 아려 오는 크리스였다.

"흑…… 이제라도 왔으니까 됐어. 이젠 엄마도 안 아플 거야."

그날 밤 캄캄한 어둠 속에서 크리스는 동생을 통해 그동안 살아온 이야기를 전해 들을 수 있었다.

오늘 부모님의 모습을 보며 상상은 했지만, 상상 이상으로 많은 고통의 시간을 보내야 했던 가족을 생각하니 가슴이 답답했다. 가족의 오랜 아픔을 어떻게 치유해야 할까. 생각이 깊어지고 있었다.

"도영아, 이제부터라도 너 하고 싶었던 거 마음껏 하고 살아. 형이 도와줄게. 네가 원하는 거, 갖고 싶은 거 뭐든 말만 해. 다 해 줄게."

"풋, 됐어. 내가 무슨 어린앤가? 나도 이제 성인이야. 형이 도와주지 않아도 나 혼자서도 얼마든지 잘 해낼 수 있어."

"용돈은 필요하지 않아?"

"제이 누나가 만날 때마다 용돈 많이 줘어."

동생이 없어 아쉽다며 볼 때마다 용돈을 턱턱 쥐여 주는 누나였다. 어릴 때는 뭣 모르고 넙죽넙죽 잘도 받았다. 크면서 그게 당연한 게 아니라는 걸 알게 되었고 용돈을 받는 손이 점점 더 부끄러워졌다. 이젠 안 줘도 된다고 아무리 마다해도 주머니에 쑥 넣어 버리고 휙 뒤돌아 가 버리는 누나였다.

"정말 좋은 누나야. 평생 갚아도 다 못 갚아. 우리 엄마…… 병명도 모른 채 병원에 입원할 때마다 누나하고 아저씨가 병원비에 보태라고 챙겨 주셨어. 지난번에 입원하셨을 때는 나 대학 등록금까지 챙겨 주셨대. 등록금 따위 없어도 나 혼자 힘으로도 대학 갈 수 있는데…… 아줌마도 엄마 많이 챙겨 주셨어. 일하시면서도 간병인하고만 있으면 엄마 불편하다고 자주 들여다봐 주시고."

동생의 말을 듣는데 눈가로 눈물이 소리 없이 흘러내렸다.

무슨 인연일까…….

대표님께 평생을 갚아도 못 갚을 빚을 지고 있는데, 한 팀장님까지 보태어졌다.

온갖 불행을 안겨 준 우리 가족에게 너무 미안해서 보내 준 천사인가…… 얽히고 얽힌 인연이 참으로 귀하고 놀랍기만 했다.

4

조프의 차 안에 듣기 좋은 선율이 잔잔히 흐르고 있었다.

"당신 몸은 괜찮아? 오늘도 많이 울었잖아."

"괜찮아요. 눈이 조금 무겁긴 한데. 기분은 최고예요. 날아갈 것처럼 가벼워요."

"그래?"

"그래서 말인데, 나 이제 그만 퇴원할래요. 병원도 너무 답답하고, 병원 냄새도 너무 싫어. 없는 병도 생길 것 같단 말이에요."

"알았어. 당신 뜻이 정 그렇다면 내일 의사와 상의해 보고 퇴원하자."

"진짜? 정말?! 말만 들어도 너무 좋아요!"

"훗."

조프는 밝게 웃으며 행복해하는 제이를 보고 덩달아 웃음이 나와 버렸다. 동시에 온몸이 고통을 호소하고 있었다.

닿고 싶었다. 맑은 눈빛을 빛내며 자신을 바라보는 예쁜 두 눈에, 종알종알

구슬 같은 말을 늘어놓는 붉은 입술에, 오늘 형제에게 빼앗겨 버린 아담한 그녀의 온몸에 닿고 싶어 몸이 아려 왔다.

조프는 당장이라도 갓길에 주차하고 싶은 걸 억누르며 운전에 집중해야 했다.

"어? 지금 병원으로 가는 거 아니에요? 길이 다른데?"

"병원 냄새도 싫다며, 좀 쉬었다 가자."

"외출 허락받을 때 밤까지는 돌아오겠다고 했는데…… 그나저나 어디 가요? 지금은 어딜 가나 당신 얼굴 다 알아본다고요."

"당신은 아니고? 우리 둘 다 마찬가지야."

"그런가? 아무튼. 어디 가는 거예요?"

"궁금해?"

"그럼 안 궁금해요?"

"하하하. 아마 거기라면 왠지 아직은 기자들이 찾지 않을 것 같아서."

청문회 이후 제이는 완전 유명 인사가 되어 버렸다. 한국의 IT 기술이 세계적인 수준이라는 건 알았지만, 무엇을 상상하던 그 이상을 보게 되는 듯했다.

네티즌의 정보력 또한 놀라웠다. 덕분에 조프는 제이의 어린 시절부터 자라온 과정, 제이가 이루어 놓은 많은 성과와 그녀의 선행을 모두 알게 되었다. 제이 덕분에 이강성의 부인인 영은의 선행까지 덩달아 수면 위로 드러나 버렸다. 사람들은 그동안 아무도 모르게 선행을 해 온 제이와 이강성의 아내 영은에 대한 내용을 입에서 입으로, 손에서 손으로 퍼 날랐고, 계속해서 실시간 검색어 1위를 차지하고 있었다.

물론 조프가 제이의 약혼자인 것도 단단히 한몫한 듯했다. 덕분에 조프와 제이가 함께 일한다고 알려진 호텔과 공사 중인 현장은 물론, 제이가 머물고 있는 제주의 집과 조프의 별장까지 기자들이 진을 치다시피 했다.

제이야 지금까지 병원 안, 그것도 별도의 VIP 병동 내에서도 가장 프라이빗한 병실에 거의 격리되다시피 보호받고 있어 아직은 체감할 수 없었겠지만, 조프는 병원 밖으로 한 발짝 나서기가 쉽지 않을 만큼 몰려드는 기자들로 몸살을 앓아야 했다.

그사이 차가 어느 주차장에 조용히 멈추어 섰다.

"어? 여기는……."

"어때? 조용하지? 아무도 없어. 얼른 들어가자."

등잔 밑이 어둡다고 했던가, 서울에 있는 제이의 아파트로 온 두 사람이었다.

제이의 손을 이끌고 가는 조프의 마음은 더할 수 없이 다급했다. 엘리베이터에 오르자마자 한 손에 제이의 허리를 감아 안으려는데 제이가 새침하게 조프를 막아섰다.

"CCTV 있어요."

끙. 불만 그득한 조프의 앓는 소리가 들려왔다.

띵 하는 소리와 함께 엘리베이터가 멈추어 문이 열리자마자 급히 현관 앞으로 다가서며 빨리 문을 열라고 무언의 압박을 하는 그를 보며 제이는 참지 못한 웃음이 피식피식 새어 나왔다. 그의 뜨거운 시선에 마음이 급해지며 비밀번호를 누르는 손끝이 살짝 떨려 왔다. 문을 열고 들어서면 무슨 일이 벌어질지는 충분히 짐작하고도 남았다.

띠로리. 출입을 허락한다는 경쾌한 알림 음에 제이가 현관문을 활짝 열어젖히며 들어섰고, 이미 조프의 행동을 예상한 제이는 조프가 미처 잡을 새도 없이 부리나케 구두를 벗어 던지고서 욕실로 곧장 달려갔다.

"제이!!"

조프는 눈치도 빠르고 동작도 빠른 제 여자의 행동에 순간 기운이 쭉 빠져 버리며, 해소되지 않은 욕구불만에 절로 목소리가 높아져 버렸다.

거친 욕망이 느껴지는 그의 목소리에 조금은 미안한 마음이 들었지만, 제이는 홈그라운드의 이점을 십분 활용했다. 욕실 문을 빼꼼 열고서 거실에 있는 그를 향해 말했다.

"미안해요. 조금만 기다려 줘요. 나 오늘 진짜 땀 많이 흘렸단 말이에요. 얼른 씻고 나갈게요. 잠시만."

며칠 전까지만 해도 함께 씻자 말하던 예쁜 그녀는 또 어디로 가고 이렇게 사람 애간장을 태우는지.

"후."

긴 한숨을 내쉬며 외투를 벗고서 스위치를 찾아 불을 밝혔다. 오래 비워 두었을 텐데도 예전에 봤을 때와 마찬가지로 집은 깔끔하게 정돈되어 있었다.

슈트 재킷을 벗어 소파에 올려 두고 목을 죄는 넥타이와 손목에 커프스 단추도 풀어 버리고서, 예전에 왔을 때 경황이 없어 미처 자세히 보지 못했던 이곳저곳을 두리번거리며 살펴보는데, 활짝 열려 있는 방문에 눈길이 닿았다. 방의 불을 밝히고 보니 제이가 자고 일어나는 침실인 듯했다.

남아 있는 그녀의 향기에 입가에 미소가 지어지는 것도 잠시 한쪽 벽을 가득 차지하고 있는 유리 장식장에 눈길이 머무르며 유심히 보게 되는데, 왠지 모르게 익숙한 느낌에 천천히 다가가 하나하나 집중해서 살펴보며 저도 모르게 입이 서서히 벌어지고 있었다. 마치 사진을 들여다보는 듯 펼쳐진 모형에서 눈을 뗄 수가 없었다.

"하…… 이 나쁜 여자 같으니라고, 이럴 거면서…… 이런 걸 감추어 두고서 나를 그렇게 모질게 내쳤던 거였어?"

제이를 되찾으려 이 아파트를 찾았던 그때, 제이가 했던 말이 고스란히 다시 떠올랐다.

그냥 여행지에서 우연히 만난 그저 스쳐 가는 사람일 뿐이었다고 했던가. 자신과 함께했던 시간이 아무런 의미 없는, 그저 그런 유희에 지나지 않는 시간이었다. 모질게 말하려 애쓰던 제이의 모습이 다시금 떠올랐다. 그때 이것을 보았다면, 그랬다면 그렇게 시간을 주며 물러나 있지만은 않았을 텐데…….

다시 한번 천천히 장식장 안을 보며 흐뭇한 미소를 지울 수가 없었다.

제이는 서둘러 샤워를 마치고 물기를 닦으며 옷을 입을까 잠시 고민하다가, 어차피 벗겨질 거라는 걸 너무나 잘 알기에 피식 웃으며 샤워 가운만을 가볍게 걸쳐 입고 용감하게 욕실을 나섰다.

눈앞에 불쑥 나타날 것 같았던 조프가 보이지 않아 의아한 마음이 드는 것도 잠시, 활짝 열려 있는 안방 문을 보며 그제야 아차 싶어 걸음을 서두르는데, 이미 장식장 앞에 우뚝 멈추어 선 그가 보였다.

"하……."

민망함에 옅은 한숨이 흘러나와 버렸고, 들리는 인기척에 그가 뒤를 휙 돌아보았다. 그의 밝은 미소를 보아하니 이미 장식장 안에 있는 모형들이 무엇을 의미하는지 짐작하고도 남은 듯싶었다.

넓은 장식장 안을 가득 채운 건축 모형……. 하나같이 조프와 함께했던 추억이 고스란히 드러나 있는…… 그를 향한 제이의 마음이 여실히 드러난 모든 것이었다.

할머니의 저택, 파티장 안의 모습들, 처음으로 단둘이 데이트를 했던 레스토랑, 함께 보았던 눈부신 야경, 그와 처음부터 끝까지 함께 머물렀던 호텔, 그때의 추억이 아주 작게 만들어진 모형으로 남김없이 생생하게 되살아나 있었다.

조프는 잠시 의미심장하게 뚫어지라 제이의 얼굴을 바라보더니 성큼성큼 다가오며 순식간에 거리를 좁혀 와 제이의 몸을 덥석 낚아채 뜨거운 키스를 퍼부었다.

단번에 제이의 허리춤에 있는 매듭을 풀어 가운을 발아래로 떨어트리며 온몸을 어루만지는 조프와 그의 거침없는 행동에 발맞추어 함께 과감해진 제이였다.

조프의 입술을 빨아들이며 그가 입은 와이셔츠의 단추를 빠르게 풀어 헤쳐 버리고 그의 바지 역시 과감하게 벗겨 내며, 동시에 침대 위로 함께 쓰러지듯 누웠다.

열에 들떠 발갛게 상기되어 있는 사랑스러운 얼굴, 키스를 갈구하며 제 입술을 바라보는 관능적인 눈빛, 자신의 손길에 여지없이 반응하는 예민한 그녀의 몸, 참지 못해 터져 나오는 그녀의 달콤한 신음을 조프는 온 마음으로 즐기고 있었다.

달콤한 향기를 가득 머금은 그녀의 온몸에 키스를 퍼부으며 흥분이 최고조에 달하도록 이끄는 능숙한 조프의 행동에 제이는 가쁜 숨을 토하며 애원하고 있었고, 조프는 그런 제이를 보며 마찬가지로 흥분이 극에 달해 거친 신음으로 타오르는 흥분을 표출하고 있었다.

"조프! 안아 줘요. 지금 당장."

"나 역시 바라던 바야."

제이는 그의 뜨거운 눈빛 하나에도 온몸에 짜릿한 전류가 흘렀다. 그에게서 전해 오는 행복의 무게가 온몸에 묵직하게 내려앉았다. 그의 단단한 어깨를 끌어안고서 그의 향기가 가득한 목에 얼굴을 묻으며 곧 휘몰아칠 열정을 맞이할 마음의 준비를 하고 있었다.

목에서 느껴지는 부드러운 그녀의 숨결이 기폭제가 되어 불이 붙어 버렸다. 제이의 몸에 빈틈없이 몸을 겹치며 단번에 완벽히 하나가 된 두 사람이었다.

누가 먼저랄 것도 없이 동시에 터져 나오는 희열에 찬 신음이 미칠 듯 황홀하게 귓가를 때렸다.

"사랑해. 제이, 사랑해."

"나도 사랑해요. 사랑해요, 조프, 사랑해요."

한 몸이 되어 사랑을 속삭이는 제이를 보며 차오르는 뿌듯함을 주체할 수가 없었다. 더욱더 강하게 제이를 한계로 몰아가며 조프는 며칠간 참아야 했던 욕정을 마음껏 발산하고 있었다.

역시나 녹초가 되어 숨 고르기를 하며 잠에 빠져드는 듯 눈꺼풀이 힘없이 내려오는 제이와 그런 제이의 얼굴을 쓰다듬으며 입술에 살며시 입을 맞추는데 빙그레 웃는 사랑스러운 모습이라니.

"너무 행복해. 사랑해요. 조프……."

꺼져 가는 목소리로 말하고서 제이는 그대로 잠이 들어 버렸다.

잠이 든 얼굴에도 미소가 떠나지 않았고, 한참을 그런 제이를 바라보며 어느새 같은 미소를 그리고 있었다. 사랑하지 않을 수 없는 여인이었다.

그녀를 만나면서부터 자신의 모든 것이 변해 버렸다. 자신이 갖고 있던 사랑에 대한 환멸, 결혼에 대한 반감, 그 모든 생각이 그녀로 인해 완벽하게 바뀌어 버렸다.

그녀와 하는 모든 사랑이 조프에게는 꿈이고 환상이었다. 그녀와 결혼해서 그녀를 닮은 딸을 낳아 남들처럼 평범한 일상을 누리고 싶은 욕심도 생겼다.

함께 웃고 함께 울며, 하나둘 늘어 가는 서로의 주름을 격려해 주고 위로하며 평생을 함께하고 싶은…… 그녀를 만나기 전에는 단 한 번도 생각조차 해 보지 않았던 미래였다.

그녀로 인해 또 한 사람, 크리스의 앞날에도 많은 변화가 이루어질 것이다.

운명……. 믿지 않았다. 그저 나약한 사람들이 만들어 낸 허상, 또는 허울 좋은 핑계라 치부해 버렸다. 하지만, 지금은 우습게도 그녀와의 만남을 운명이라 감히 말하고 싶었다.

그 많고 많은 사람 중 바로 너. 그 많고 많은 곳 중 내가 있는 곳에 너. 돌고 돌아 다시 마주했을 때에도 네가 있는 곳에 나. 피하려 발버둥 쳐도 함께일 수밖에 없는 우리…….

운명……. 너와 나는 이미 함께할 수밖에 없는 운명이 아니었을까…….

잠이 든 제이를 보며 파고드는 깊은 상념은 끝없이 이어지고 있었다.

"사랑한다. 한재희."

이미 잠이 들었음에도 자신의 목소리에 반응하며 입꼬리를 실룩거리는 제이를 보며 행복이 부풀어 올라 터질 듯한 조프였다.

모두가 잠든 어둠이 짙게 깔린 밤, 지선의 거실에 환하게 불이 밝혀졌다. 남편이 지친 눈을 감으며 잠에 빠져들자마자 방에서 나와 아들들이 잠든 방으로 향했다. 무슨 얘기들을 그렇게 많이 나누는지 한참이나 웅얼거림이 새어 나오는 아들의 방문 앞에 쪼그리고 앉아 행복한 미소를 지었다. 제법 오랜 시간이 지나 두 아들의 대화가 멈추었는지 방에서는 그 어떤 소리도 흘러나오지 않았다.

지선은 천천히 자리에서 일어나 방문을 조심스레 열어 보았다. 눈을 가린 어둠에도 단번에 아들이 있는 곳을 찾아 다가갔다. 어둠에 서서히 익숙해지자 다시 되찾은 아들의 잘생긴 얼굴이 지선의 눈에 가득 들어찼다. 보고 또 봐도 꿈만 같은 게 도통 믿기지 않아 한참이나 들여다보며 아들의 얼굴 하나하나 눈으로 새기고 또 새겼다.

만지고 싶고, 쓰다듬고 싶어도 행여 피곤함에 지쳐 잠든 아들이 깰세라 잘 덮고 자는 이불만 괜스레 한 번 더 만져 보았다.

"고맙다…… 고마워…… 사랑한다. 내 아들…… 사랑해."

세상 조심스러운 음성에, 새어 나오는 흐느낌을 서둘러 한 손으로 틀어막았다. 그렇게 두 아들 곁에 앉아 행복에 겨워 다디단 눈물을 주르륵 흘리며 새어 들어오는 달빛에 의지한 채 잠든 아들을 보고 또 보고, 아들의 숨소리를 듣고 또 듣고 있었다.

꿈틀거리며 잠꼬대를 하는 도영을 보며 깜짝 놀라 서둘러 자리를 털고 일어나 조심스레 방을 빠져나오는데, 그 행동이 얼마나 조심스러웠는지 문이 닫히는 소리를 기다리다 참지 못해 크리스가 감은 눈을 살며시 떠 버렸고, 동시에 스며 있던 눈물이 귓가로 흘러내렸다.

"하……."

어머니를 향한 안타까운 탄식이 흘러나왔다. 아직은 어머니라는, 아버지라

는 단어가 온통 어색하기만 한데, 언제쯤 불러 드릴 수 있을까…… 복잡한 심경에 쉬이 잠들지 못하는데,

"형…… 형…… 형……."

자신을 부르는가 싶어 옆을 보니, 꿈속 어딘가를 유영하고 있는 동생의 모습에 가만히 미소가 피어올랐다. 살면서 단 한 번도 보게 될 거라 기대하지 않았던 따듯한 가족의 모습이었고, 행복한 꿈이다.

이른 새벽 지선의 주방이 부산스러워지기 시작했다. 아들의 방에서 나오자마자 아들에게 해 먹일 음식을 고민하며 시간을 보내다 새벽 시장까지 다녀왔다.

어제 아들이 밥을 먹는 모습을 유심히 지켜보았다. 아들이 어떤 음식을 좋아하는지, 아들의 손이 몇 번이나 향하던 음식과 종류를 하나도 빠짐없이 기억하고 있었다. 물론 정연 언니보다 실력은 떨어지겠지만, 지선은 온 정성을 다해 음식을 장만하고 있었다.

승철은 여느 날과는 전혀 다른 새로운 아침, 눈 뜨자마자 떠오르는 아들 생각에 꿈인가 싶어 벌떡 일어나 앉았다. 눈이 퉁퉁 부어 제대로 떠지지 않는 걸 보니 꿈이 아닌 듯했다. 가만히 흐뭇한 미소를 그리며 서둘러 자리를 털고 일어나 밖으로 나오는데, 평소와는 달라도 너무 다른 아내의 활기찬 모습에 함박웃음이 더해졌다.

"이게 다 뭐야? 당신 잠을 자긴 한 거야?"

부은 얼굴에, 제대로 보이기는 할까 걱정스러운 잔뜩 부어오른 눈두덩이를 한 아내의 눈이 자신을 향해 있었다. 승철은 그 모습이 안쓰러우면서도 가족이 맞이하게 된 기적의 흔적이라 여기니 마냥 아프게 느껴지지는 않았다.

자신의 눈 또한 무겁기 그지없으니 아내는 더하면 더했지, 덜하진 않을 텐데

아침부터 부지런히 움직이는 모습에 알 만하다는 듯 웃음이 비집고 나왔다. 이 얼마 만에 보는 생기 넘치는 모습이란 말인가.

"너무 좋아서 잠이 안 와요. 우리 도훈이 한식도 잘 먹데. 내 손으로 밥 한번 해 먹여야지."

"그래. 해. 누가 말려? 하하하. 덕분에 나하고 도영이 오랜만에 포식하게 생겼네?"

생각 같아서는 아들이 자는 방에 들어가 자는 모습이라도 한 번 더 보고 싶었으나, 아들에게 제때 아침밥을 먹이려면 바쁜 아내에게 손을 좀 보태어야 할 듯싶었다. 승철이 팔을 걷어붙이며 주방에 쌓인 그릇을 씻고 있는데 절로 콧노래가 흘러나왔다.

한편 문틈 사이로 스며드는 맛있는 음식 냄새에 도영이 코를 벌름거렸다.

"이게 무슨 냄새야? 킁킁, 킁킁."

잠에서 깬 도영은 눈을 뜨기도 전에 후각으로 먼저 아침을 맞이하고 있었다.

"오우…… 냄새 끝내준다."

"푭……."

허파에 바람이 빠지는 듯한 소리를 들으며 힘겹게 눈을 뜨는데, 대체 언제 일어나 벌써 다 씻었는지 어제 보았던 훤칠하고 멋진 모습으로 나타나 머리를 매만지며 자신을 내려다보는 형의 모습에 도영이 입을 쩍 벌렸다.

"우씨, 무슨 연예인인 줄 알았네. 아침부터 때 빼고 광내고 있어?!"

"무슨 소리야? 뭘 빼?"

"아침부터 뭘 그렇게 멋지게 차려입었냐는 소리지!"

"나 참, 하하하 어제 입은 옷을 또 입는데 그게 멋있어?"

"칫."

'그래 멋있다. 같은 배 속에서 나왔는데 불공평해. 태어나는 것도 먼저 태어났으면서 키나 외모는 좀 나누어 주면 안 되나? 이런 걸 두고 유전자 몰빵이라고 하는구나. 젠장.'

"나 좀 일으켜 줘 봐. 어제 잘 때 나 쥐어팼어? 왜 이렇게 몸이 찌뿌둥해?"

천연덕스럽게 손을 내밀며 일으켜 달라 말하는 도영을 보며 또다시 웃음이 비집고 나왔다. 결코 어제 처음 만난 것 같지 않은, 너무나 태연하게 행동하는 동생을 보며 크리스는 고개를 설레설레 흔들어 버렸다.

도영이 내민 손을 잡고 단번에 쑥 들어 올렸다. 졸지에 벌떡 기립하게 된 도영이 경외감이 넘치는 얼굴로 형을 바라보았다.

"대박! 심지어 힘도 좋아?! 이건 진짜 불공평하잖아! 키도, 외모도, 힘도 나보다 좋아. 우씨."

참지 못하고 속에 있던 말을 끄집어내 버렸고,

"푸하하하하하."

그런 도영을 보며 결국 웃음이 터져 버렸다. 한 손으로는 허리를 한 손으로는 이마를 짚고서 웃음을 그치지 못하는데,

"하…… 제기랄 웃는 것도 멋있어. 웃지 마!!"

톡 쏘아붙이며 방을 나서는 도영의 얼굴에도 함박웃음이 걸려 있었다. 남자다움이 물씬 풍기는 멋진 형에게 단단히 빠져 버린 꽃미남 도영이다.

아들의 방에서 울려 퍼지는 호탕한 웃음소리에 깜짝 놀라며 부부의 눈이 맞았다. 음식을 하던 중이라는 것도 잊은 채 울컥하는 마음에 기쁨의 눈물을 글썽이며 마주 보았다.

금세 오순도순 둘러앉은 식탁, 곧 튀어나올 듯한 눈을 하고서 턱을 빠트린 채 멍하게 앉은 도영을 보며 또다시 웃음꽃이 만발하고 있었다.

크리스 역시 수저 놓을 곳도 마땅치 않을 정도로 식탁을 꽉꽉 채운 음식들을 보며 벌어진 입을 다물 줄을 몰랐다.

"많이 먹어."

"네. 잘 먹겠습니다."

이 많은 음식을 준비하기 위해 이른 아침부터 얼마나 고생했을지 보지 않아도 알 것 같았다.

늘 가벼운 아침을 즐기는 크리스였으나, 오늘 아침만큼은 배가 터져라 식탁 위에 놓인 음식을 하나도 빼놓지 않고 모두 입으로 밀어 넣고 있었다.

처음으로 함께 한 가족의 아침은 평생 잊지 못할 추억으로 남을 것이다.

허기졌던 몸도, 마음도 더할 나위 없이 풍성하게 가득 채워지고 있었다.

"잠꾸러기."

"미워. 누구 때문에 이런 건데요? 밤새 잠을 잔 시간을 다 합해도 평균 수면 시간에 훨씬 못 미치거든요?!"

한 손으로 머리를 받친 채 모로 누워 자신을 바라보는, 자다 일어나도 여전히 멋있는 그의 모습에 제이는 앓는 소리를 하며 얼굴을 가리고서 투정 부렸다.

"미안. 참아야지 하면서도 자제가 안 돼. 그러게 왜 이렇게 예뻐서 사족을 못 쓰게 만들어?"

"내가 무슨 말을 못 해. 그렇게 말하면 더는 뭐라 할 수가 없잖아요. 이럴 때 보면 완전 고단수인 거 알아요? 뭐. 참지 마요. 내가 체력을 더 키우지, 뭐."

"이것 봐, 이것 봐. 말도 이렇게 예쁘게 하는데 무슨 수로 참아? 말이 나온 김에 한 번 더?"

섹시한 눈빛으로 목에 키스해 오는 조프를 보며 절로 눈이 감기려는 순간 벽에 걸린 시계가 눈에 들어왔다.

"헉!! 조프. 조프!! 시간!"

가슴을 파고드는 그를 간신히 말리고서 다급히 일어나 앉았다.

"맙소사, 시간이 이렇게 된 거 알고 있었어요?"

"뭘 그렇게 놀라? 천천히 들어가도 돼."

"9시에 회진 온단 말이에요. 얼른 가요, 얼른!"

회진 시간 한 번 놓친다고 무슨 큰일이 나는지, 서두르는 제이를 보며 고개

를 갸웃거리는데,

"아침에 의사들만 회진하러 오겠어요? 우리 엄마도 아침 일찍 오실 거라고요. 와서 우리가 없음 무슨 생각을 하시겠어요?!"

몸가짐에 항상 조심하라던 엄마의 목소리가 귓가에 들려오는 듯했다. 운이 좋다면 모두가 들이닥치기 전에 병실에 도착할 수 있을 듯도 한데, 오늘의 운은 제이의 편이 아닌 듯했다.

부랴부랴 도착하여 병실 문을 드르륵 여는데 대.략.낭.패. 라는 말이 머릿속에 쾅쾅 박혔다. 도대체 몇 개의 눈이 자신들을 향하고 있는 것인지.

"좋은 아침입니다. 아침 공기가 아주 산뜻하고 좋네요. 산책하다 보니 시간 가는 줄 몰랐네요."

"엄마, 피곤할 텐데 뭘 이렇게 아침 일찍 오셨어요?"

당당하게 제이의 손을 이끌고 병실로 들어서며 조프가 능청스럽게 아침 인사를 건넸고, 제이는 민망한 마음에 엄마의 눈을 제대로 마주할 수가 없었다.

"풉……. 풉……. 흠흠 오늘 날씨가 아주 우중충하니 산책하기에 더없이 좋았겠습니다. 대표님!!"

하필 우중충하게 흐려 오는 날씨에 사람 누운 흔적도 없는 반듯한 침구는 덤이었다. 크리스의 팩트 체크에 여기저기서 쿡쿡 웃음소리가 들려오는데, 동시에 정연과 조프, 제이의 날카로운 눈빛이 크리스에게 사정없이 내리꽂혔다.

"한 팀장님 검진 결과는 어떻습니까? 선생님. 걱정할 만한 건 없겠지요?"

장난이 짓궂었다 싶어 얼른 정신 차리고 비서의 본분으로 되돌아온 크리스가 다급히 의료진을 향해 물었다.

다행히 체력이 좀 약해진 것 외에는 크게 걱정할 일 없다는 의사의 말에 안도하는 것도 잠시 의료진들이 물러나자마자 열이 오른 얼굴에 열심히 손부채질을 하는 정연과 아직 정신 차리지 못하고 실실 웃고 있는 크리스가 남았다.

"어머님, 죄송합니다. 제이가 병원 냄새를 너무 싫어해서, 잠시 쉬다 온다는 게 깊이 잠드는 바람에 좀 늦었습니다. 걱정 많이 하셨습니까?"

"흠…… 아니 걱정은 무슨, 당연히 있을 줄 알았던 곳에 없어 혹시나 무슨 일이 있나 해서 놀란 것뿐이야. 난 괜찮네."

괜찮다 말하면서도 정연은 자신의 눈을 제대로 바라보지 못하는 딸아이를 보며 얼굴에 오른 열이 쉬이 가시지 않아 퍽이나 난감했다.

늦은 밤, 앤은 저택 서재에 앉아 테이블 위에 어지러이 놓인 사진을 노려보고 있었고, 비서인 에이미는 늦은 밤까지 잠을 이루지 못하고 노여워하는 앤을 걱정스레 바라보았다.

청문회를 보자마자 한국에 가려고 준비를 서두르던 중에 달갑지 않은 일로 발이 묶여 버렸고, 분한 마음에 늦은 시간까지 잠을 이루지 못하고 있었다.

오래전 조프가 업무를 마치고 호텔로 돌아와 잠들어 있을 때 불미스러운 일이 생기고 말았다.

짧은 시일 안에 업무를 마무리 짓기 위해 무리하게 일정을 소화하던 조프가 과로로 쓰러지다시피 잠에 빠져들어 있을 때였다. 당시 조프에게 들켜서는 안 될 모습을 들킨 아나는 냉랭한 그의 태도에 곧 닥칠 이별을 예감했고, 절대 헤어지고 싶지 않은 마음에 일을 꾸몄다. 그가 머무는 곳을 알아내 몰래 방으로 찾아가 깊은 잠에 빠진 그의 옆에 함께 누워 사진을 찍었다.

뒤늦게 아나와 함께 찍힌 사진이 있다는 걸 알게 된 조프는 보도가 될 경우, 유명 모델로 활동 중이었던 아나보다, 얼굴을 드러내지 않고 중요한 사업을 진행 중이었던 자신과 회사에 입을 타격이 훨씬 더 컸기에 문제를 크게 만들지 않으려 원본 사진을 모두 없애는 조건으로 사건을 조용히 무마시켰었다.

그 사진이 하필 지금 수면 위로 올라왔고, 앤이 그 사진을 입수하게 되었다.

본인의 의사와는 전혀 상관없이 찍힌 사진이었으나, 그 사진을 보게 될 사람들에게 진실 여부는 크게 중요하지 않았을 것이다. 그들은 보이는 대로 보고,

믿고 싶은 대로 믿게 될 테니…….

하마터면 대형 스캔들로 번질 뻔했다는 생각에 가슴을 쓸어내렸다.

앤은 가뜩이나 정신없을 손자에게 나쁜 소식이 닿지 않도록 무던히도 애를 써야 했다.

"회장님, 그만 주무시죠. 더는 걱정하지 않으셔도 됩니다."

"흠. 그래. 알았어. 고얀 것 같으니라고."

그 사건 이후 자신에게 찾아와 다시는 누구도 소개하지 말라며 불같이 화를 내던 손자의 매서웠던 눈매가 아직도 눈에 선했다. 분명 원본을 모두 없앴다 전해 들었는데, 하필 지금 이 시점에 다시 드러난 사진에 화가 나지 않을 수 없었다.

다행히 신문사에 제보로 들어간 사진은 조프가 사전에 손을 써 두고 간 덕분에 어렵지 않게 회수할 수 있었으나, 또 언제 이런 일이 다시 발생할지 몰라 앤은 해당 신문사 대표를 만나 사진이 찍히게 된 경위에 대해 명백히 밝히며 설명하는 수고를 아끼지 않았다.

또한 혹시라도 사진이 유출될 경우 강도 높은 대응은 물론이며, 그룹 차원에서 취하게 될 법적 절차에 대해서도 법무 팀을 통해 통보하며 경고하는 것으로 마무리를 지었고, 따로 기사화하지 않겠다는 확답도 받았으나 앤은 분이 풀리지 않았다.

아나를 이대로 두면 두고두고 아이들의 앞날에 방해가 될 것 같아, 그 아이를 정리하지 않고서는 마음 편히 한국으로 갈 수가 없을 것 같았다.

"내일 아침 일찍 아나 좀 불러들여."

"네. 회장님."

에이미는 매서운 눈빛의 회장님을 바라보며 그 여자를 보는 것도 이번이 마지막이겠구나 직감할 수 있었다.

다음 날 아침. 아나는 기대감을 안고서 잔뜩 부푼 가슴으로 J&의 본사 회장실을 찾았다.

요즘 가장 큰 이슈를 몰고 다니는 조프의 기사를 빠짐없이 챙겨 보고 있었다. 그가 마음에 둔 여자가 하필 그때 봤던 그 동양 여자라니, 너무 어이없고 자존심이 상했다.

게다가 그의 신변에 위협이 될 정도로 나쁜 사건에 연루된 당사자였다. 아무리 봐도 그에게 어울리지 않는 여자였다. 분명 회장님 역시 탐탁지 않아 할 거라 짐작하던 중, 때마침 회장님이 자신을 찾아 부른다는 말에 혹시나 하는 기대감에 마음이 들떠 버렸다.

"회장님 뵈러 왔습니다."

"네. 기다리고 계십니다. 들어가시죠."

비서의 떨떠름한 표정과 딱딱한 말투가 껄끄러웠으나 가볍게 무시하며 아나는 회장실로 당당하게 들어섰다.

"안녕하셨어요. 회장님. 요즘 심기가 많이 불편하시죠? 세상에, 조프는 하필 그런 여자와 엮여서는."

"그런 여자라니?"

"자기 관리 하나 못 해 그런 일을 당하는 것도 모자라, 그 여자 때문에 조프가 위험에 빠졌던 걸 생각하면 어휴, 많이 놀라지 않으셨어요?"

"지금 내 걱정을 하는 거냐?"

들어오는 순간부터 시작해 달갑지 않은 말들을 늘어놓는 아나를 보는 것만으로도 속이 뒤집혔다. 그런데 어디서 되지도 않는 걱정이라니, 저런 되바라진 아이를 조프에게 소개했다는 무거운 죄책감이 좀처럼 사라지지 않았다.

"그럼요. 당연히 걱정되죠. 얼마 전에는 편찮으셔서 입원도 하셨잖아요."

"내가 걱정된다는 사람이 감히 겁도 없이 그런 일을 벌여?"

"그런…… 일이라니요?"

"아나!! 지금 내가 너와 농담이라도 하자는 걸로 보여? 내가 무엇을 묻는지 분명 알고 있을 텐데 이 무슨 말장난이야?!"

다소 거리감이 느껴지게 보인 적은 있었어도 이렇게 적대적으로 말씀하신

적은 없었기에 근엄한 표정으로 무섭게 다그치는 앤을 보며 아나는 말 그대로 오금이 저렸다.

"회장님, 오해예요. 그건 제가 한 게 아니ㄹ,"

"그만! 아직도 네 입바른 거짓말에 속아 넘어갈 정도로 날 허술하게 봤다면 지금부터라도 마음을 달리 먹어야 할 거야. 그동안 네 부모와의 인연에 널 그냥 두고 보았다만 내 인내심도 여기까지인가 보다. 네 부모만 믿고서 안하무인에 앞뒤 분간 못 하는 철없는 네 행동은 도저히 그냥 넘어갈 수가 없구나."

"회장님! 정말 제가 한 게 아니에요. 잠깐 휴대전화를 놓고 간 사이에,"

"듣고 싶지 않다. 여태껏 내가 정말 몰라서 가만히 있었다고 생각하니? 조프가 좋게 말로 경고를 할 때 들었어야지!!"

앤은 아나 앞에 보란 듯이 사진을 한 장 한 장 펼쳐 놓았다.

"자기 관리? 하!! 네가 감히 그따위 말을 할 자격이 있다고 생각하는 게야? 정작 자기 관리가 제대로 되지 않은 건 그 아이가 아닌 바로 너야, 너!!"

도대체 행동을 어찌하고 다니는지, 웬 남자가 보기에도 낯부끄러운 사진을 들고서 직접 앤을 만나야 한다며 저택으로 찾아왔었다.

한 장 한 장 펼쳐 놓는 사진 속에는 모두 다른 남자가, 벗은 것과 다름없는 아나와 부둥켜안고 있는 적나라한 모습이 여과 없이 찍혀 있었다.

"회, 회, 회장님, 이, 이건."

신문사에 제보한 사진이 아니었다. 가질 수 없다면 차라리 깨트리고자 했던…… 그로써 다른 이익을 취하고자 제보한 그 사진이 아니었다.

조프와 찍힌 사진이 아닌, 다른 남자들과 찍은 사진을 펼쳐 보이는 앤을 보며 아나는 경악했다.

"부끄러운 줄을 알아야지!! 네 입에서 나오는 말 중에 진실이 있기는 한 게야? 네 부모의 인품만 믿고서 너를 덥석 끌어들이는 게 아니었어. 조프와 함께 찍힌 사진도 그 남자가 찍어 주었다던데, 그가 누구인지는 네가 더 잘 알고 있겠지? 이미 모든 증언을 다 받아 두었다. 발뺌해도 소용없어. 첫 단추를 잘못

끼운 내 잘못이 크다. 그러니 마무리도 내가 할 수밖에."

"잘못했어요. 죄송합니다. 회장님. 다시는 이런 일 없,"

"그만!!"

서슬 퍼런 앤의 근엄하고도 무서운 목소리에 무언가 단단히 잘못되어 가고 있음을 아나는 너무 늦게 깨달아 버렸다.

"네가 보태지 않아도 힘든 시기를 보내는 애들에게 기름을 부어? 조프가 지금 이 사실을 모르고 있다는 것에 감사하게 생각해. 그 아이가 알게 되는 날엔, 결코 이 정도로 가볍게 넘어가지는 않았을 테니."

점점 사색이 되어 가는 아나의 얼굴을 보며 쓴웃음을 지었다.

"이번에 모델 재계약 기간이라지?"

"회장님. 정말 잘못했어요. 제발 한 번만 용서ㅎ,"

"짐작하겠지만 될 수 없을 거다."

"회장님!!"

가뜩이나 저물어 가는 해라고 떠들어 대는 통에 자존심이 상할 대로 상해 버린 아나였다. 재계약까지 되지 않으면 모델로서의 커리어는 이제 끝이라고 봐야 했다.

불투명한 재계약에 도움을 받고자 왔는데 혹 떼러 왔다가, 혹을 붙이는 격이 되어 버려 아나의 인상이 무참히 일그러지고 말았다.

"내 입김이 아니었다 해도, 어차피 재계약은 어려웠을 거다. 다만 나는 망설임에 대한 확신을 주었을 뿐, 이번엔 이 정도로 마무리하지만, 만약 또다시 엉뚱한 사진이나 없는 사실을 가지고 수작을 부린다면 그땐 네가 가진 모든 것을 다 잃게 될 게다. 이 사진들은 내가 잘 보관하고 있으마. 너 때문에 네 부모와의 인연까지 끊게 하지는 말아 다오. 그만 나가 봐."

"회장님! 회장님!!"

다급히 앤을 외쳐 불렀지만 이미 소용없는 몸짓에 불과했다. 결국 아나는 비서의 손에 끌려 나갈 수밖에 없었다.

부드러울 땐 한없이 부드럽고 너그러운 앤이었지만, 아니다 싶은 것에는 뒤도 보지 않는 냉정함을 동시에 지니고 있었다.

앤은 아나의 일을 마무리하자마자 또 다른 일에 몰두했다.

웬만해서는 개인적인 일에 자신의 지위를 이용하지 않는 앤이었으나 이번만큼은 달랐다. 사태가 절대 웬만하지도 않을뿐더러, 한국 법의 실상에 대한 보고를 받은 후에야 마냥 손 놓고 보고 있을 수만은 없었다.

자신의 능력에서 연이 닿는 모든 인맥을 총동원해 손자와 손자며느리가 될 아이를 해치려 한 그들이 반드시 합당한 벌을 받을 수 있도록, 한국에서 흔하게 벌어지는 재벌가의 특혜 따위는 꿈도 꾸지 못하도록, 압박에 압박을 보태고 있었다. 이제 자신이 해야 할 일은 어느 정도 마무리가 된 듯싶었다.

때가 되었다.

"에이미, 한국에 가 봐야겠어. 준비해."

"네. 회장님."

많이 기다렸고, 또 많이 참았다.

어느새 저물어 가는 하루, 가만히 창가에 다가가 어둠이 짙게 드리우는 밖, 하나둘 빛을 밝히는 모습을 바라보며 한국에 있을 조프와 제이를 그려 보고 있었다.

그리움에 지그시 눈을 감는데, 눈을 감아도 선명하게 떠오르는 모습이 있었다. 청문회가 끝난 후, 서로를 위하던 그 사랑스러운 모습을 떠올리는 앤의 얼굴에는 은은한 미소만이 가득했다.

"많이 보고 싶구나."

긴 하루가 될 듯했다.

늦은 오후 조프는 제이를 퇴원시키고, 크리스는 가족과 시간을 보낼 수 있도

록 집으로 돌려보낸 후 제이와 함께 이준의 자택으로 향했다.

"제이!"

"언니!"

집 앞에 도착해 차에서 내리자마자 마중 나와 있던 리안이 활짝 웃으며 두 팔 벌려 제이를 꼭 안았다.

"오랜만입니다."

"네. 안녕하셨습니까?"

이준 역시 아내와 함께 마중 나와 있다 차에서 내리는 조프를 보고 고른 치열이 다 드러나도록 시원스레 웃으며 악수를 청했다.

얼굴이 더없이 밝아진 처제를 보며 고마운 마음에 마주 잡은 손에 힘이 잔뜩 들어갔고, 옆에 사랑하는 두 여자는 불과 이틀 전에 만났음에도 뭐가 그리 반가운지 벌써 이야기꽃을 피우며 집으로 들어가고 있었다.

이준은 그동안 그가 보여 준 수고와 노력에 고마움을 전하며 집 안으로 조프를 안내했다.

"제이, 우리 집은 정말 오랜만이다 그지?"

"그러게, 근데 언니, 우리 조카는 어디 있어?"

리안과 반갑게 인사를 나누며 얘기를 하는 중에도 제이는 두리번거리며 조카를 찾고 있었다.

"어머, 이제 나는 보이지도 않아?"

"에이, 언니는 병원에서 봤잖아. 리준이 못 본 지 너무 오래됐어. 보고 싶단 말이야."

"하긴, 우리 리준이가 좀 예뻐야 말이지."

"풉. 그래. 보고 또 봐도 또 보고 싶고 계속 눈에 아른거리고 그래."

때마침 리준이 잠에서 깨어 울음을 터트리며 자신의 존재를 알리고 있었다. 리안이 서둘러 방에 들어가 아들을 안고 나오는데, 제이는 오밀조밀 앙증맞은 조카에게서 눈을 뗄 수가 없었다.

"너무 귀여워!"

"제이. 한번 안아 볼래?"

"그럴까? 잠깐만. 얼른 가서 손 씻고 올게."

서둘러 깨끗이 손을 씻고 나와 기대감으로 반짝이는 눈빛을 하고 리안이 건네주는 리준을 조심스레 품에 안아 보는데, 뽀얀 피부, 포동포동 살이 오른 예쁜 얼굴, 눈망울을 반짝이며 자신을 뚫어지라 바라보는, 조막만 한 손을 꼬물거리더니 자신의 얼굴을 만져 보는 조카의 모습에 제이는 온 마음을 빼앗겨 버렸다.

"맙소사, 너무 예뻐. 언니."

눈빛을 빛내며 바라보는 모습을 리준이도 느껴서일까, 갑자기 까르르 해맑게 웃는 소리가 온 집 안을 가득 채웠고, 거실에서 얘기를 나누던 이준과 조프는 아기의 맑은 웃음소리에 이끌려 절로 눈길이 그쪽으로 향했다.

너무나 자연스럽게 아기를 안고서 아기와 사랑스레 눈을 맞추는 제이를 바라보며 조프의 마음이 사정없이 떨려 왔다. 그녀에게서 환하게 빛이 나고 있었다.

다른 아이를 안고 있는 모습이 저렇게 사랑스러운데 하물며, 내 아이를 안고 있는 그녀의 모습은 얼마나 더 아름다울지 상상하는 것만으로도 벅차오르는 가슴이었다.

이준에게 양해를 구하고서 이끌리듯 제이의 곁으로 다가가 함께 아기를 바라보는데 놀랍게도 조그마한 손이 내밀어졌다.

앙증맞은 손가락이 너무나 귀여워 저도 모르게 손을 천천히 내밀어 보는데, 그런 조프의 손가락 하나를 덥석 잡더니 해맑게 웃으며 마구 흔드는 천진한 모습이 너무 사랑스러워 덩달아 활짝 웃고 말았다.

"당신도 한번 안아 볼래요?"

"오, 제이…… 아니. 난 못 해. 안 해. 잘못해서 떨어트리기라도 하면 어쩌려고?"

"설마요. 우리 아들 엄청 얌전해요. 한번 도전해 봐요. 지금 연습을 해 두면 나중에 아주 큰 도움이 될 거라 장담해요."

슬금슬금 뒤로 물러나는 듯한 조프를 보며 리안이 은근슬쩍 부추겼다.

"설마 아기가 싫은 건 아니죠?"

어색해진 표정, 어정쩡한 자세. 제이는 그를 만난 후로 처음 보는, 당황함이 여실한 얼굴을 보며 삐져나오는 웃음을 꾹 참고서 자못 심각한 어투로 물었다.

"싫기는!! 단지 너무 작아서……. 흠흠……."

지금이야 제이의 품에 안겨 있으니 너무나 귀엽지만, 자신이 안아서 아기가 울기라도 하면…… 상상만으로도 진땀이 나는 것 같았다.

"폽. 한 번만 안아 봐요. 너무 따듯하고 포근하고 좋아요."

제이는 어색한 표정의 조프를 보며 조심스레 아기를 안겨 주었고, 팔을 뻗어 어정쩡하게 아기를 안던 조프는 자신의 눈을 뚫어지라 바라보며 울먹일 듯 입술을 삐죽거리는, 너무나 귀여운 아기의 모습에 걱정으로 찌푸렸던 표정이 풀리며 피식 웃음이 나왔다.

그제야 리준이 삐죽임을 멈추고 유심히 조프를 바라보며 까르르 웃어 주었다.

"오 맙소사, 너무 귀여워."

우려와는 달리 제법 안정적으로 아기를 잘 안고 있는 조프를 보며 제이의 심장이 뜨거워지고 있었다. 그에게서 이런 모습을 보게 되리라고는…….

다정스레 아이와 눈을 맞추어 주고, 익살스러운 표정으로 아이를 웃게 만들어 주는, 평온함이 가득한 얼굴을 한 그를 보며 그의 아이가 갖고 싶다는 생각이, 그에게 그와 꼭 닮은 멋진 아들을 낳아 주고 싶은 마음이 뭉게뭉게 피어올랐다.

느껴지는 시선에 고개를 돌리는데 자신을 흐뭇하게 바라보는 제이를 마주하며, 이곳이 누구의 집이라는 것도 잊은 채 제이에게 달콤한 키스를 하는 조프와 갑작스러운 키스에 깜짝 놀라 눈이 함지박만 하게 커져 버린 제이였다.

몇 걸음 떨어져 있지도 않은 곳에서, 너무나 사랑스러운 커플의 모습을 바라보는 이준과 리안의 입가에도 흐뭇한 미소가 머물렀다.

"우리 아들이 보는 앞에서 19금은 좀 곤란한데? 그런 모습은 엄마 아빠를 보는 것만으로도 충분하다고."

오래전 자신의 앞에서 애정 행각은 자제해 달라던 처제를 보고 윙크하며 짓궂게 되갚아 주는 이준과 그런 형부의 말에 부끄러워 얼굴을 붉히며 고개 숙이는 제이였다.

"하하하하하, 죄송합니다. 하지만 뭘 이 정도를 가지고 19금까지야."

조프는 민망해 고개 숙인 제이를 보며 웃음이 터져 나와, 방싯방싯 웃고 있는 리준을 아빠에게 안겨 주며 능청스럽게 대꾸했다.

"저녁 준비가 다 되었으니, 애석하지만 못다 한 사랑의 인사는 나중으로 좀 미루셔야겠습니다."

"형부!!"

"풉. 알았어. 알았어. 밥 먹으러 가자."

발끈한 처제와 그런 처제를 향해 하트가 쏟아질 듯한 눈을 하고 바라보는 남자를 보며 이준의 입가에 머문 미소는 사라질 줄을 몰랐다.

식사하는 동안 앞으로의 일들에 대해 대화를 나누다 이미 결혼을 허락받았다는 말에 화들짝 놀라며 그 과정을 듣던 중에는 박장대소하며 눈물까지 찔끔거렸다.

"맙소사. 이모부 술도 잘 못하시는데, 의도했든 아니든 작전 한번 기가 막히네요. 하하하."

이준의 품에서 잠자코 있던 리준이 엄마의 웃음소리에 덩달아 까르르 넘어가는 통에 또다시 웃음바다가 되었다.

이 모든 모습을 한눈 가득 담으며 흐뭇하다 못해 마음 가득 차오르는 충족함에 다시금 경외심을 담아 남자를 바라보게 되는 이준이었다.

불가능을 가능케 한 남자, 처제에게 진정한 행복을 안겨 준 남자, 더불어 가족 모두에게 안정과 평안을 선물한 남자와 눈이 마주쳤다.

감사가 말없이 오가는 눈인사에 내려올 줄 모르는 입꼬리였다.

내가 사랑하는 여자의 웃음소리가 늘 지금과 같기를…… 두 남자가 한마음으로 바라며 각자의 아내와 연인을 바라보는 눈빛이 더없이 반짝이며 빛이 나고 있었다.

모두 함께 즐겁게 대화를 나누다 보니 시간 가는 줄도 몰랐다.

조프와 제이는 다음을 기약하며 아쉬운 마음을 접고 이준의 집을 나와 곧장 제주로 향했다.

제이의 퇴원 사실을 알게 된 기자들이 공항으로, 제주에 있는 제이의 집으로 모여들 걸 우려한 알파가 거짓 정보를 흘린 덕분에 두 사람은 무사히 제주에 도착할 수 있었다.

조프는 몸이 회복한 지 얼마 되지 않은 제이를 혼자 있게 둘 수가 없어 자신의 별장으로 데려가려 하는데, 때마침 제이의 전화벨이 울렸다.

"엄마. 아직 안 주무셨어요?"

— 네가 안 오는데 어떻게 자? 지금 어디야?

"네? 엄마 지금 어디예요?"

— 나? 지금 네 집이지. 제주도.

딸아이가 병실에 없어 당황스러웠던 아침, 남편이 함께 오지 않은 게 천만다행이다 싶었던 정연이었다.

퇴원 여부를 알아보는 사위를 보며, 퇴원 후가 더 걱정스러워 남편에게 의견을 물어보는데, 기자들이 잠잠해질 때까지만이라도 딸아이의 집에 머무는 게 어떻겠냐는 말에 정연은 고개를 끄덕였다.

가뜩이나 사랑이 넘치는 사위였다. 분명 이대로 두면 기자들의 눈에 띄는 건 시간문제였고, 결혼할 때까지 사람들 입에 좋지 않게 오르내리지는 말았으면 하는 마음에 남편과 뜻을 같이하게 되었다.

"네에?!"

뜻밖의 말에 제이는 깜짝 놀라고 말았다. 퇴원 수속할 때까지만 해도 조심해야 한다는 당부의 말은 있었지만, 엄마가 제주에 있는 집에 와 있을 거라고는 생각지도 않았는데.

— 리안이가 전화했어. 출발한 시간을 보니 도착할 때가 된 듯싶어서.

"네. 네. 엄마 지금 가는 중이에요. 금방 도착해요."

전화를 끊는 제이를 보며 조프는 절망했다. 온종일 기다려 온 시간이었건만, 오늘은 어제와 같은 기쁨을 맞이할 수 없을 듯했다. 말없이 차를 돌리며 아쉬움에 그만 한숨이 나와 버렸다.

"당신…… 괜찮아요?"

한숨을 내쉬는 조프를 보며 저도 모르게 피식 웃음을 흘리고 말았다.

"웃지 마. 나 지금 상당히 우울해."

"큽…… 큭……."

오늘따라 다양한 모습을 보여 주는 그를 보며 제이는 터진 웃음이 쉽게 사그라지지 않아 곤란했다.

"내 속도 모르고 정말 너무하네."

"미안해요. 정말이에요. 내가 어떻게 해 줬으면 좋겠어요?"

제이의 말이 끝나기가 무섭게 한적한 길가 공터에 급히 차를 세우고는 제이를 바라보며 지그시 눈을 감아 고개를 쑥 내밀었다.

"지금? 여기서요?"

"뭐야? 뭐든 해 줄 것처럼 할 땐 언제고?"

희망을 줬다가 빼앗는 제이를 보며 조프가 퉁명하게 말했다.

"못 말려…… 경호원이 오면 어쩌려고요."

"위급 상황이 아닌 다음에야 내 허락 없이 문 열지 않아."

하지 않아도 될 걱정을 하는 제이를 보며 제법 단호하게 말했다.

"흠. 알았어요. 눈 감아 봐요."

"이젠 안 감아. 그러게, 처음에 눈 감아 줄 때 말없이 키스해 주지 그랬어?

얼른 해. 어머님 기다리고 계실 텐데."

뚫어지라 자신을 바라보는 조프를 보며 피식 웃으며 다가가는데, 그 잠시 잠깐을 기다리지 못하고 순식간에 거리를 좁히며 자신의 입술을 베어 무는 그의 다급함에 짜릿함이 배가되어 절로 눈이 감겨 버렸고, 조프는 그런 제이를 보며 가는 시간이 더 안타깝기만 했다.

그렇게 몇 분이 지나는지도 모를 시간 동안 애틋하게 마음을 나눈 두 사람이었다.

"하…… 그만 가야겠지?"

말없이 고개를 끄덕이는 제이의 부푼 입술에 다시금 시선이 닿았다.

"빨리 날을 잡아야겠어."

조프는 질문이 아닌 다짐을 하듯 말하며 운전대를 꽉 잡았다. 그렇게 도착한 제이의 집 앞엔 걱정되는 마음에 정연이 현관 앞에 나와서 기다리고 있었다.

"어머님, 많이 기다리셨습니까?"

"아니, 방금 나왔네. 차 한잔 권하고 싶지만, 밤이 늦어 얼른 가 보는 게 좋겠네."

"네. 어머님. 전 이만 가 보겠습니다. 안녕히 주무십시오. 제이, 당신도 잘 자. 내일 출근할 수 있겠어?"

"그럼요. 벌써 며칠이나 쉬었는데 내일은 출근해야죠."

"그래, 그럼 내일 호텔에서 봐."

무거운 발걸음을 돌린 조프가 떠나자마자 집으로 들어온 정연이 딸에게 차를 권했다.

다 큰 딸이었다. 게다가 나이도 적지 않은, 옛날 같았으면 결혼을 하고도 남았을 나이, 이미 제 앞가림을 충분히 잘 하는 딸임에도 부모라는 입장에서는 걱정하지 않을 수가 없었다.

"제이, 네가 어련히 알아서 잘하겠지만, 당분간 각별히 더 조심했으면 좋겠어. 너를 지켜보는 눈들이 너무나 많아. 엄마는 결혼도 전에 괜한 말들이 날까 싶어 걱정이 앞서."

조심스레 말을 꺼내는 엄마를 보며 좀 더 깊이 생각하지 못한 자신을 속으로 나무라야 했다.

"알아요, 엄마. 왜 안 그렇겠어. 조심할게요. 괜한 구설에 휘말리지 않게 행동 더 조심할게요. 죄송해요. 걱정하게 만들어서."

"아니야. 알아서 잘할 텐데, 뭘. 얼른 씻고 자자."

출근을 서두르는 제이는 여느 때와는 사뭇 다른 떨림으로 긴장하고 있었다. 계획보다 길어진 휴가를 보내고 며칠 만에, 그것도 제 일이 다 알려진 후라 직원들을 어떻게 봐야 할까 걱정스럽기만 했다.

몇 분 후 현관문을 나서면서 좀 전에 했던 걱정은 차라리 사치였음을, 어제 엄마의 표정이 왜 그리 걱정스러웠는지 알 것 같았다. 예상은 했었지만 설마 이 정도일 줄은…….

벌 떼처럼 몰려든 기자들의 외침에 놀라 혼이 나가는 듯했다.

대문 앞에서 기자를 막고 선 알파와 경호원들을 보며, 한 발 한 발 내디딜 때마다 수없이 터지는 카메라 플래시에 눈부심을 견디지 못해 눈을 가려 고개를 돌려 버렸고, 알파는 그런 제이를 보며 단숨에 대문을 훌쩍 뛰어 넘어와 외투를 벗어 얼굴을 가려 주었다.

"오늘 직접 운전은 힘드시겠습니다. 제 차로 모시겠습니다."

"네. 부탁할게요."

고집부릴 상황이 아니었다. 어떻게든 빨리 이곳을 벗어나야겠다는 마음밖에 없었다.

급히 차를 타고 도착한 호텔 앞도 사정이 다르지 않았고, 알파 팀이 차에서 내려 길을 터 주어 간신히 호텔로 들어설 수 있었다.

영혼이 탈탈 털렸다는 표현은 이럴 때 쓰라고 있는 말이겠지, 아직도 귓가에 쟁쟁한 기자들의 외침이 사라지지 않아 없던 두통도 생길 지경이었다.

제이는 로비로 들어와서야 안도의 한숨을 내쉴 수 있었다. 하지만 제이의 당황은 여기서 끝이 아닌 듯했다. 사무실로 들어서자마자, 손뼉을 치며 터져 나오는 함성에 화들짝 놀라고 말았다.

"어맛."

놀란 가슴을 다독일 틈도 없이 후다닥 다가온 지은에게 덥석 안겨 버렸고, 웬일인지 지은의 뒤로 눈물을 글썽이는 여직원이 하나둘 모여들고 있었다.

'어쩌라고?'

차마 입 밖으로 말은 꺼내지 못하고, 줄지어 다가와 덥석덥석 안아 주는 직원들을 어떻게 해야 할까…… 어안이 벙벙한데,

"한 팀장님. 정말 고생 많으셨어요."

한마디에 우습게도 눈물이 핑 돌았다.

"한 팀장님, 진짜 너무 멋있어요."

"이번 청문회 완전 대박!"

"팀장님한테 반했어요."

"사랑합니다. 팀장님."

"존경해요. 정말."

직원들이 응원의 말을 쏟아 내고 있었다.

"와, 며칠이나 쉬어서 가뜩이나 미안해 죽겠는데 이렇게 환대하면 나더러 어쩌라고? 회식이라도 한번 할까요?"

"좋아요!"

직원들의 열띤 호응에 어깨를 으쓱하며 제 사무실로 들어와 문을 닫고서 사무실 테이블 위에 놓인 예쁜 꽃바구니에 꽂혀 있는 메시지 카드를 보는데,

'한재희 팀장님이 자랑스럽습니다. 직원 일동.'

간신히 참고 있었던 눈물이 툭, 툭 떨어졌다.

생각지도 못했던 환대에 얼떨떨하면서도 직원들의 고마운 마음 씀씀이에 감동하지 않을 수 없었다.

똑똑똑. 뒤늦게 사무실에 도착한 우재가 제이를 찾아왔다.

"왔네?"

"네. 선배. 저 때문에 고생 많으셨죠? 죄송해요. 너무 오래 자리 비워서. 오늘부터 열심히 할게요."

"고생은 무슨, 조금 더 쉬지 않고 뭘 이렇게 빨리 나왔어? 사장님은 이번 주중에는 너 볼 생각도 말라던데?"

"못 말린다, 진짜."

본의 아니게 자리를 비움으로써 그의 일을 가중시켜 버린 제이는 미안한 마음에 우재를 제대로 바라볼 수가 없었다.

"여긴 별일 없었어. 너는? 컨디션은 이제 괜찮아?"

"네. 아무렇지도 않아요."

"당분간 한 팀장은 외근은 하지 않는 게 좋겠어. 완전 유명 인사야."

"유명 인사는요, 무슨. 죄송해요. 저 때문에 소란스러워져서 어떡해."

제이는 그의 일을 가중시킨 것도 모자라 앞으로도 이래저래 적지 않은 민폐를 끼칠 것 같아 미안한 마음이 더했다.

"별소리를 다 한다. 절대 그런 걱정은 하지 마. 넌 당연히 해야 할 일을 했고, 직원들 모두 한마음으로 기도하고 응원했어."

"감사해요. 정말."

"그래. 얘기는 다시 또 하기로 하고, 지금 바로 우리 회의해야겠는데 괜찮겠어? 한 시간 뒤 J&과 회의가 잡혀서."

"괜찮죠. 그럼 바로 회의실로 갈게요."

미안함에 점점 힘을 잃어 가던 목소리에 다시 기운이 더했다. 차라리 일이 반가운 제이였다.

"여기 이거 공사 진행 상황 정리한 거니까 숙지하고."

"네, 감사해요."

"그래, 참! 너, 정말 대단했어. 쉬운 결정 아니었을 거야. 후배지만 존경스럽다."

청문회를 보는 내내 얼마나 안타까웠는지, 지난 일을 돌이켜 보니 제이의 모든 행동이 그제야 이해가 되었다.

혼자 그 오랜 세월 마음고생했을 제이를 생각하니 마음이 아프면서도, 한편으로는 저렇게 든든한 남자를 만나 정말 다행이다 싶었다.

우재는 처음부터 자신과는 인연이 아니었던, 제이의 앞날이 순탄하기를 마음으로 가만히 바랐다.

"감사합니다. 선배."

한 시간 뒤 대회의실.

회의 5분 전 제이는 업무 회의 후 공사 현황을 한 번 더 검토하며 우재와 함께 대회의실로 향했다. 문을 열고 회의실로 한 발 들여놓기가 무섭게 따듯한 눈빛으로 정중한 표현의 인사를 건네는 J& 팀을 보며 당황스러워 발걸음이 멈추어 버렸다.

"콜록."

이게 대체 무슨 상황인지, 지금껏 회의실에 들어서면서 이렇게 인사를 나누었던 적이 있었던가? 아무리 기억을 되짚어 봐도 없었다. 서로 편하고 가벼운 인사를 주로 나누었었는데 갑자기 무슨 일인지 어리둥절하며 어색한 미소를 감추지 못하고 자리를 찾아가는데 그때까지도 자신을 주시하는 J& 팀이었다.

"풋. 긴장 풀어."

당황한 듯 고개를 갸웃하는 제이를 보며 자신의 지위가 완전히 바뀌었음을 아직도 인지하지 못하는 건가, 우재는 오늘 회의 시간이 왠지 흥미로울 것 같다는 생각에 피식 웃음이 나왔다.

우재와 제이가 자리에 앉은 지 1분도 되지 않아 다시 회의실 문이 열렸다.

"대표님 오셨습니다."

제이는 문을 활짝 열고 있는 크리스를 보며 미소로 인사를 대신했다. 어제 하루의 휴식을 가진 크리스의 얼굴에서 환하게 빛이 나는 듯했다.

뒤이어 그가 회의실로 들어서자 모두 다시 반갑게 인사를 하는데, 괜스레 얼굴이 화끈 달아올라 그의 얼굴을 제대로 바라보지 못하고 바닥으로 향하는 눈이었다.

자신의 앞을 스쳐 가는 익숙한 그의 향기를 저도 모르게 들이마시며 미소가 그려져 입술을 깨물어야 했다.

그렇게 자신의 마음을 감추려 애쓰느라 제이는 미처 알지 못했다. 회의실에 들어서자마자 자신에게로 향하는 그의 뜨거운 눈빛을, 뒤이어 환하게 밝아지는 그의 웃음 가득한 얼굴을, 더불어 자신과 조프 두 사람의 얼굴을 바쁘게 오가는 수많은 눈동자가 흥미로움으로 가득 채워지고 있다는 사실도 알지 못했다.

"오랜만입니다."

자리에 앉은 조프의 인사를 시작으로 모두 함께 반갑게 인사를 나누는 중에도 제이의 눈은 좀처럼 위를 향하지 못하고 애꿎은 서류만 보고 있었다.

"모두 인사 나누었습니까? 나의, 피앙세와?"

당당하게 말하는 조프와 그의 옆에 자리하던 크리스가 피식 웃으며 고개를 설레설레 흔들었다.

"우~우~우~~ 대표님, 멋지십니다!! 우~"

순간에 쏟아지는 엄청난 환호와 손뼉을 치는 소리에 부끄러움을 견디지 못한 제이가 고개를 푹 숙이며 두 손으로 황급히 달아오르는 얼굴을 가려 버렸다.

이미 모두 알고 있을 둘의 관계를, 회의실에서 저렇게 당당하고 뻔뻔하게 언급할 거라고는 상상조차 할 수가 없었다.

"하하하하하."

우레와 같은 환호를 뚫고 귓가에 파고드는 그의 호탕한 웃음소리라니, 옆에 있었으면 필시 그의 옆구리라도 쿡 찔러 주었을 텐데, 왜 같은 상황에 놓였음에도 이 모든 부끄러움은 자신의 몫인지.

"자. 그만합시다. 더 했다가는 우리 한 팀장 아주 책상 아래로 들어가겠네."

도대체 뭘 먹으면 저렇게 뻔뻔해질 수 있는지 태연한 그의 말에 콧방귀가 나오고 말았다. 손에 가려지지 못한 귀가 얼마나 발갛게 달아올라 있을지 보지 않아도 알 것 같아 정말 책상 아래로 숨고 싶은 마음뿐이었다.

잠시 소란했던 회의실이 잠잠해지고,

"모두 고맙습니다. 우리가 자리를 비운 동안 모두 한마음으로 응원과 지지를 보내 주었다 들었습니다. 덕분에 모든 일을 순조롭게 마무리 짓고 이렇게 빨리 복귀할 수 있었습니다. 보답은 화끈하게, 오늘 저녁 리준 팀과 함께 풀코스로 회식 한번 합시다."

조프의 말이 끝나자 또다시 우레와 같은 환호성이 터져 나왔다.

"자. 이제 그만 회의합시다."

그의 농담은 끝났다. 무섭도록 다시 업무에 집중하며 보고를 받는 그의 얼굴은 조금 전 농담을 한 사람과는 전혀 다른 모습이었다.

그제야 제이 역시 회의에 집중하며 의견을 나누고 목소리를 낼 수 있었다.

그렇게 열띤 의견을 주고받으며 한 시간이 지나서야 회의가 끝이 났다.

"수고들 많았습니다. 아 참. 한 팀장은 나 좀 봅시다. 집무실로 와요."

"네. 대표님."

직원들의 움찔거리는 광대가 그의 눈에는 보이지 않는 걸까. 달아올라 겨우 진정이 된 제이의 얼굴에 다시 홍조가 피어나고 있었다.

"앞으로 적응하려면 고생 좀 해야겠다? 얼른 가 봐."

적극적이고 대담한 대표님의 성향에 맞추어 가려면 한동안 제법 애먹을 것 같은 제이를 보며 다른 직원들과 다름없이 웃음이 피식피식 나오는 우재였다.

씩씩거리며 그의 집무실로 향하는 제이의 표정이 비장했다. 비서실의 문을 벌컥 열어젖히는데 평소와 같이 가벼운 인사가 아닌 격식을 갖춘 직원들의 표현에 제이의 걸음이 딱 멈추었다. 안색을 살피며 다가오는 크리스를 보며 절로 울상을 짓고 말았다.

"크리스, 정말 적응 안 돼. 왜 이래요. 나한테?"

크리스만 들을 수 있는 기어들어 가는 목소리였다.

"큭…… 흠흠. 죄송합니다. 좀 어색해도 이제 적응하셔야 합니다."

"아직 결혼한 것도 아니잖아요."

"곧 빠른 시일 내에 하게 될 겁니다."

"끙, 아직 어른들 상견례도 없었어요. 할머니를 만나 봐야 알죠. 그분이 저를 싫어하면 모를 일이죠. 하게 되지 못할지도."

여행지에서의 할머니를 떠올린다면 크게 걱정할 일이 없겠으나, 어디까지나 그때는 제 일이 알려지기 전이었다. 지금은…… 정말 알 수 없는 일이었다.

"합니다. 그러니 대표님을 위해서라도 하루빨리 적응하시고, 좀 더 당당해지셔야 합니다. 잘 해내실 겁니다. 우리 대표님을 맞춰 주실 정도면 적응력은 BEST OF BEST이십니다."

설마 한 팀장님이 회장님을 걱정하고 있을 줄은 몰랐다. 대표님보다 더하면 더했지, 절대 덜하지 않으실 텐데. 하긴 회장님을 잘 모르실 테니 걱정이 될 만도 했다.

오늘이면 출국하신다고 했으니 늦어도 내일 아침이면 도착할 텐데, 크리스는 두 분의 재회하는 모습이 자못 궁금했다.

"그 대표님에 그 비서실장님이네요."

"풋. 그럼요. 들어가시죠. 목 빠지게 기다리고 계실 텐데."

"네에. 그래야죠."

며칠 사이 대하는 분위기가 완전히 달라져 버린 비서실 직원들과 어색하게 인사를 하며 그의 집무실로 재빨리 쏙 들어가 버렸다. 들어서자마자 그의 품에 갇히게 되리라고는 제이는 미처 생각지 못했다.

밤새 뒤척이다 출근한 조프였다. 기자들을 따돌리며 출근한 자신과 다름없이 제이 또한 기자들 때문에 아침부터 혼비백산했다 들었다.

다행히 알파 덕분에 무사히 출근한 것 같아 한시름 놓으며, 아침 일찍 불러올릴까 하다가 오랜만에 출근이라 준비할 게 많을 듯해 참고 기다렸는데, 회의실에 들어서며 민망함에 자신과 눈도 맞추지 않는 제이를 보며 장난기가 스르륵 고개를 들었다.

난처하게 하지 말아야지 하면서도 결국 참지 못하고 일을 저질렀다. 예상에서 한 치도 어긋나지 않은 직원들과 제이의 반응을 즐겼으나 부끄러워하던 제이를 떠올리며 너무 짓궂었나 싶은, 미안한 마음이 들었다.

집무실에 오면 사과라도 할까 기다리는데, 급하게 문을 열고 들어서며 아니나 다를까 눈을 흘기는 모습이라니. 당최 그 모습마저 왜 그리 귀여운 건지 그녀에게 홀려도 단단히 홀렸나 보다. 말보다 행동이 앞서 버렸다.

작게 반항하며 밀어 내는 몸짓에도 눈치 없이 반응해 버리는 건장한 몸이었다.

"미안해. 많이 당황했어?"

품속에 가두어 두고서 등을 부드럽게 어루만지며 말했다.

"아는 사람이 그래요? 가뜩이나 민망해 죽겠는데?"

톡 쏘는 말투와는 다르게 그의 등을 양팔로 꼭 감싸 안았다.

"그래. 오늘은 내가 실수했어. 정식으로 인사를 시켰어야 했는데 너무 성의가 없었네."

"아니에요. 이미 다 아는 마당에 정식 인사는 무슨. 이제 그만해요, 알았죠? 더 하면 진짜 미워할 거예요. 당신이 굳이 보태지 않아도 직원들이 알아서 대우하는 거 알아요? 내가 당신도 아닌데 회의실에서 너무…… 평소와 다르게 인사하지를 않나, 비서실도 그래요. 완전 진짜 부담스러워요."

"당신이 왜 내가 아닌데? 내가 말하지 않았었나? 당신이 곧 나라고? 부담스러워도 적응해. 다른 건 몰라도 그것만큼은 나도 어쩔 수가 없어."

끙.

"크리스하고 똑같아요. 둘이 형제라고 해도 믿겠어."

"얼굴 좀 보자."

품에서 떼어 놓으며 밤새 보고 싶어 뒤척이게 만든 얼굴을 실컷 뜯어보았다.

"예쁘네."

관찰이 끝났는지 한마디를 내뱉고서 커다란 두 손으로 얼굴을 감싸며 곧장 제이의 입술을 파고들었다.

툴툴거릴 때는 언제고 마치 기다렸다는 듯 반갑게 열정적으로 키스에 응하는 제이를 느끼며, 마치 제집 드나들 듯 제이의 입 속을 자유롭게 왕래하며 하루의 에너지를 마음껏 충전하고 있었다.

"가 봐야 해요. 비서실 통하지 않고 나갈 수 있으면 좋겠어. 이제 자주 부르지 마요."

"당분간은 집에서도 함께할 수 없는데 여기서라도 봐야지, 대신 내가 갈게. 그럼 되겠네."

"말해 뭐 해?! 팔불출이라고 소문나도 난 몰라요. 당신 맘대로 해 봐요. 어디. 난 이만 가요."

"그깟 소문 하나도 겁 안 나. 떠들라고 해. 팔불출이라…… 사실인데 뭘. 그리고 가긴 어딜 가? 아직 용건은 말도 안 했는데."

"어머, 용건이 있었어요?"

"참 나, 나도 바쁜 사람이야. 이거 왜 이래? 물론 그동안의 행적으로 봐서는 믿기 어렵겠지만 말이야. 오늘은 진짜 용건이 있으니 좀 앉아 봐."

몸의 언어가 아닌 사람다운 대화를 할 모양이다. 물론 옆에 딱 붙어 앉아서.

"당신한테 부탁 하나 하려고, 당신이 크리스 부모님이 살 집을 좀 알아봐 줘으면 하는데? 나나 크리스보다는 당신이 이쪽에선 전문가니까. 아, 정해지기 전까지는 크리스 모르게."

"서프라이즈?"

"그래. 서프라이즈. 좀 서둘러 주면 더 좋고."

"걱정하지 마요. 신기하네. 마침 부모님이 살고 계신 곳 옆에 주택이 매물로 나왔다 하던데, 위치도 좋고, 건물도 제법 잘 지어져서 아빠가 욕심난다 하셨대요. 우리 아빠 건물 보는 눈이 되게 까다로우신데 아빠가 그렇게 말씀하실 정도면 바로 매수해도 될 것 같아요. 아주머니도 엄마와 이웃에 있으면 의지도 되고, 바로 알아볼게요."

"고마워."

"내가 더 고마워요. 이래서 내가 좋아하나 봐. 마음 씀씀이가 달라."

"이래서 내가 좋아하나 봐. 당신은 늘 말을 너무 예쁘게 해."

용건이 끝났다고 그냥 보내 줄 리 없었다. 다시금 자신의 욕심을 양껏 채우고 나서야 제이를 놓아주는 조프였다.

그날 오후 일을 진행하는 제이의 추진력 또한 남달랐다. 아빠에게 조언을 구하고, 아빠의 오케이 사인이 떨어지자마자 연락해 가계약을 마치고, 계약 일을 잡아 버린 제이였다.

그에게 얼른 알려 주려고 전화를 드는데 때마침 그에게서 전화가 걸려 왔다. 제이는 전화를 받자마자 곧장 반가운 소식을 알렸다.

"조프, 내일 오후 1시에 계약하기로 했어요."

— 벌써?

"급한 거 아니었어요?"

— 와우, 내 여자 아니랄까 봐 추진력 한번 끝내주네. 잘했어. 고마워. 내일

크리스 보낼게.

"네."

— 설마 그냥 끊는 거 아니지?

"응?"

— 그동안은 내가 너그럽게 그냥 넘어갔는데 말이야. 이제부턴 안 돼. 전화를 끊기 전에는 항상 마무리하고 끊어 주길 바라.

"풉…… 사랑해요. 진심이에요."

— 나도. 사랑한다. 한재희…… 와, 이러니까 더 보고 싶어지는데? 지금 내려갈까?

"바빠요. 어차피 저녁에 회식할 텐데 그때 봐요."

— 이렇게 나온단 말이지? 냉정한 여자 같으니. 알았어. 회.식. 때. 보자고!!

전화를 끊는데 왠지 뭔가 실수한 것 같은 이 찜찜한 기분은 뭘까? 회식을 강조해 말하는 그의 목소리에 아침 회의 시간이 겹쳐 보이는 건 과민 반응이겠지?

똑똑. 짧은 노크 소리가 들려왔다. 제이의 대답과 동시에 지은이 팀장실 문을 활짝 열었다. 뭐가 그리 좋은지 밝은 미소와 함께 흥분을 감추지 못한 지은이 급히 말을 꺼냈다.

"팀장님, 시간 다 됐어요. 회식 장소로 바로 가실 거죠?"

"벌써 시간이 그렇게 됐어요? 하…… 회식 장소는 통보받았어요?"

"네, 전체 메일로 왔던데요? 바빠서 확인 못 하셨죠? 스페인 레스토랑을 통째로 예약하셨답니다. 그 집 제주에서 정말 유명한 집이라 꼭 한번 가고 싶었는데 너무 좋아요!!"

"스……페인…… 레스토랑이요?"

"네! 팀장님 얼른 가요, 얼른요!"

기대감으로 눈빛을 반짝이는 지은과는 달리, 마냥 좋아할 수만은 없는 제이였다.

"제주에서 뜬금없이 스페인 레스토랑이라……."

스페인 레스토랑으로 회식 장소를 정한 그의 의도를 알 수가 없어 불안하기만 했다.

"지은 씨 먼저 출발할래요? 난 결재하던 거 마무리하고 곧 따라갈게요."

"네. 늦지 않게 오셔야 해요!"

"그럴게요."

지은을 먼저 보내고 궁금함을 참지 못한 제이가 조프에게 전화를 걸었다. 신호가 얼마 가지 않아 반갑게 저를 부르는 그의 목소리가 들려왔다.

— 제이!

"회식 장소가 스페인 레스토랑인 건 우연의 일치겠죠?"

— 글쎄?

"또 뭐 하려고? 나 진짜 민망하단 말이에요."

— 음. 왠지 뭔가를 또 해야 할 것 같은 기분이 드는데? 이건 하라는 소리야? 하지 말라는 소리야?

"하지 말라는 소리죠!! 난 말 가지고 장난 안 하거든요?"

— 풋, 알아. 우연의 일치는 아니고, 단지 당신이 예전에 스페인에서 잘 먹던 게 생각이 나서, 마침 전문 레스토랑이 있다 하더라고.

"알았어요. 그럼 아무 걱정 안 하고 갈게요."

— 그래. 편하게 좋아하는 음식 먹는다고 생각해. 그리고 제이…….

"뭐야, 무슨 말 하려고 이렇게 무게를 잡아요? 걱정되게……."

— 난, 더는 감추고, 숨기고, 참고, 그런 거 안 해. 안 할 거야. 이젠 내 마음이 그렇게 되지도 않아. 그러니까 당신도 더 이상 주변 신경 쓰느라 엉뚱한 데 감정 소모하지 말고, 좀 더 당당하게 즐겼으면 좋겠어. 나와 둘이 있을 때처럼.

난 그런 당신이 너무 좋거든.

"당신은 말을 너무 잘 해요. 그렇게 말하면 내가 반박할 수가 없잖아."

— 그렇다면 작전 대성공! 같이 가자. 회식.

"네?"

— 같이 가자고!

"천천히 해요. 천천히…… 뭐가 그렇게 급해요?"

— 지금까지 내가 한 말 어디로 들었어? 다시 말해 줘?

"후…… 알았어요. 같이 가요."

— 굿! 잘 생각했어. 로비에서 봐. 사랑해, 제이.

"사랑해요. 조프."

전화를 끊은 제이는 두 손으로 얼굴을 감싸고 혼잣말로 중얼거렸다.

"이젠 나도 모르겠다. 정말."

웃어야 할지 울어야 할지. 될 대로 되라는 심정의 제이였다.

도착한 스페인 레스토랑 앞, 보란 듯이 손에 깍지까지 끼고서 제이를 이끄는 조프였다. 민망함에 손은 좀 놓고 들어가자 말해 보아도 귓등으로도 들리지 않는지 그대로 레스토랑 안으로 들어서 버렸다.

아니나 다를까 기립 박수를 치며 환호하는 수십 명의 직원이 내는 함성에 레스토랑 안이 마치 월드컵 경기장인 양 들썩이고 있었다.

환호를 즐기며 당당히 걸어가는 조프와 달아오른 얼굴을 가리며 수줍은 듯 그의 손에 이끌려 가는 제이였다. 왠지 오늘이 지나면 온몸에 열꽃이 피지는 않을까? 우려될 정도로 제이의 온몸이 열기로 화끈거렸다.

자리에 앉자마자,

"팀장님! 두 분 언제 이렇게 되신 거예요?"

"사귄 지 얼마나 됐어요?"

"궁금해요. 말씀해 주세요."

초롱초롱 눈빛을 빛내며 직원들이 질문을 쏟아 냈고,

"아, 하하하하하…… 우리 와인 마시죠?"

민망함에 어떻게든 상황을 모면해 보려는 제이, 그리고,

"스페인에서 만났습니다. 한 팀장 스페인으로 여행 왔을 때."

조프는 모든 직원의 호기심 어린 시선을 받으며 지극히 개인적인, 다소 불편할 법한 질문을 받으면서도 불쾌해하거나 조금의 당황함도 없이, 오히려 분위기를 즐기는 듯 과거를 회상하며 밝은 미소를 짓고 있었다.

"꺄아아악!!"

"대박!!"

"어? 팀장님 한 달 있다 오셨는데? 그럼 그 뒤로 쭈욱~ 연락하고 계셨던 거예요?"

"그럼 애인이 있었던 거잖아? 어쩐지 남자들한테 더 냉담하다 했더니."

"팀장님 너무해요. 우린 그런 줄도 모르고……."

철옹성이니, 레즈비언이니 애꿎은 별명까지 지어 불렀던 일들은 눈치 빠르게 조용히 삼키고, 황홀한 미소를 선사하는 대표님에 환호하며 당사자들보다 더 마음이 들뜬 여직원들이었다.

"아닙니다."

"네?"

"한 팀장한테 차였습니다. 그때 스페인에서. 당연히 연락은 하지 못했겠죠? 한국에서, 공개입찰 프리젠테이션하던 날 다시 만났습니다."

"어머!"

"말도 안 돼."

"어떻게 그렇게 만나질 수가 있어요?"

"너무 신기해!!"

"그러게!!"

"두 분 완전 천생연분인가 봐요. 세상에 이런 일이 정말 있구나!"

제이는 다소 호들갑스러운 직원들의 반응을 느끼며 타는 속에 말없이 와인을 홀짝였다.

늘 적당히 마시고 알아서 컨트롤하는 한 팀장이었으나 오늘만큼은 평소와 조금 다르게 보이는 모습에 직원들의 호기심이 발동했다.

여직원들이 제이를 향해 슬금슬금 밀착하듯 다가오더니 대표님의 어디가 그렇게 좋으냐, 첫 키스는 스페인에서 했냐 한국에서 했냐. 연신 민망한 질문을 퍼부으며 와인 잔이 비워질 때마다 와인을 쪼로록 따라 주고는 연애담을 들려주기를 종용하고 있었다.

"어머, 소오오오름…… 그러고 보니 여기 스페인 레스토랑이야!!"

"오늘 여기 누가 정하신 거예요? 대표님?"

J&의 여직원들 역시 가세했다. 아무래도 당사자인 대표님보다 비서실장님을 공략하는 편이 나을 듯해 비서실장님을 바라보는데, 그런 직원들의 호기심 어린 눈빛을 받으며 말없이 씨익 웃고는 크게 고개를 끄덕이는 크리스다.

"꺄아아악!! 대표님 너무 로맨틱해요."

한 팀장을 바라보는 대표님의 뜨거운 눈빛을 보며 부러움에 몸서리치는 여직원들이었다.

"그런데 한 팀장님 어디가 그렇게 좋으세요? 물론 능력 좋고, 예쁘긴 하지만 남자들한테는 냉담하고 무뚝뚝하기로 소문이 자자했었는데요."

오죽하면 그런 별명이 붙었겠는가, 단 한 번을 남자들에게 상냥함 그 비슷한 모습도 보인 적이 없었던, 늘 벽을 치던 그 모습을 떠올리며 질문을 하는데.

"헉."

직원의 날카로운 질문에 흠칫 놀라며 얼마 전 자신의 질문에 답을 하던 그의 모습이 떠올라 그를 슬쩍 바라보았다. 아니나 다를까 입꼬리를 슬쩍 올리며 자신을 보는 그의 모습이라니.

"여러분이 알고 있는 모습이 다가 아닙니다. 한 팀장, 아니 제이가 얼마나 ㅅ, 음."

"아, 하하하하. 안주도 좀 먹어요."

그의 입에서 어떤 말이 나올지 알 수가 없어 당황한 마음에 와인 한잔 입에도 대지 않은 그의 입 안에 서둘러 안주를 넣어 주는데,

"꺄악!!"

한 팀장의 스스럼없는 행동에 놀라며 입을 다물지 못하는 직원들이었다.

"자, 한 팀장님 그만 괴롭히고 이제 식사들 하시죠? 여기가 그렇게 유명한 곳이라던데 마음껏 드세요. 오늘 우리 대표님의 카드는 여러분의 것입니다."

얼굴을 붉히며 퍽이나 난감해 보이는 제이를 보며 크리스가 능청스레 외쳤다.

"꺄!! 잘 먹겠습니다!"

열띤 호응을 보내며 맛있게 음식을 먹기 시작하는 직원들을 보며 제이는 그제야 한시름 덜어 놓았다.

"당신도 먹어. 당신 이거 좋아하잖아."

열심히 음식을 먹는 직원들과는 달리 좀처럼 음식에 손을 대지 않고 그녀답지 않게 깨작거리는 모습을 보며, 잘 먹던 음식을 먹기 좋게 덜어 접시에 놓아 주는 조프였다.

그의 행동 하나하나에 따라다니는 직원들의 시선을 의식하며 제이는 음식이 입으로 넘어가는지 코로 넘어가는지 알 수 없지만, 얼굴을 붉히면서도 조금씩 마음을 내려놓고 그가 챙겨 준 음식을 먹기 시작했다.

제이는 저를 챙겨 주기 바쁜 그에게도 음식을 권했다.

"당신도 좀 먹어요."

"네, 대표님. 제가 모셔다드리겠습니다. 와인 한잔 하시죠."

"됐어. 크리스 네가 한잔해라. 오늘은 내가 운전할게."

제이와 크리스의 권유에도 조프는 음식은 맛있게 즐기면서도 와인은 마시지 않았다. 아까부터 와인을 홀짝이며 조금씩 긴장이 사라져 가는 제이의 모습을 보니, 그녀의 취한 모습을 본 적은 없지만 왠지 지금 취해 가는 중은 아닐까,

취해서 느슨해진 그녀를 챙겨야 할 사람은 바로 자신이기에 조프는 단 한 잔의 와인도 마실 수가 없었다.

제이는 처음에는 민망함과 부끄러움에, 그 이후로는 서서히 긴장이 풀리며 여기저기서 조금씩 채워 주는 와인을 홀짝이다 보니 어느새 제법 취기가 올랐다는 걸 느낄 수 있었다.

지금까지 회식 자리에서 한 번도 흐트러진 모습을 보인 적이 없었는데 왠지 오늘은 스스로가 많이 흐트러지고 있다는 생각에 조금씩 마음을 다잡으려 해 봐도 이미 취기가 올라 버려 슬그머니 올라가는 입가는 어쩔 수가 없었다.

"한 팀장님 노래 한 곡 들려주세요. 오랜만에 팀장님 노래 듣고 싶어요."

잔잔하게 연주되던 피아노 소리가 멈추고, 연주자가 잠시 자리를 비우자 이때다 싶어 은근슬쩍 노래를 시키는 직원들이었다.

"여기서요? 에이, 말도 안 돼."

"왜요? 여기 가끔 손님들이 올라가서 연주하기도 하고 노래도 한 곡씩 하고 그런대요. 다른 사람 같으면 말도 안 하죠. 한 팀장님이니까 부탁하는 거예요. 아니면 제가 할까요?"

당차게 할 말을 끝까지 하는 지은이었다.

"워~ 워. 지은 씨, 참아, 참아. 지은 씨 노래는 2차에 가서 듣자. 응?"

직원들은 노래만 부르면 넘치는 흥을 주체하지 못하는 발랄한 지은을 말리기 바빴다. 지은은 의리 없는 동료들의 모습에 입술을 삐죽였고 우재는 그런 지은을 보며 피식 웃어 버렸다.

"팀장님, 지은 씨 나가기 전에 팀장님이 나가서 한 곡 해요 네?"

"나도 정말 빼고 싶지 않은데, 솔직히 말하면 지금 몸에 힘이 없어요. 실수할 것 같아. 오늘만 봐줘요."

"에이, 가수가 노래를 안 하면 어떡해요!"

"대신 내가 하죠. 한국에서는 흑기사라고 하던데? 내가 대신 하고 소원 하나 들어주기 어때, 제이?"

"까아아악!! 까아아악!! 멋져요. 대표님 완전 짱!! 최고!!"

"우우우~"

조프가 선뜻 나서자 당사자들보다 더 난리가 난 직원들이었다.

직원들이 그러거나 말거나 조프가 의미심장하게 자신의 눈을 뚫어지라 바라보며 답을 묻고 있는 모습에 제이는 왠지 말하지 않아도 그 소원이 무엇인지 알 것 같아 벌써 짜릿한 흥분이 온몸을 감싸 오는 듯했다.

결국 직원들의 성화에 못 이겨 시크하게 어깨를 으쓱하며 무언의 합의를 해 버렸다. 그러고 보니 그가 노래하는 모습을 한 번도 보지 못해 그 모습이 자못 궁금하기도 했다.

노래를 부르는 그의 모습은 또 얼마나 근사할지…… 불현듯 스페인에서 그에게 노래를 시키려 했던 이안의 짓궂었던 모습을 떠올리며 크리스를 바라보는데 말없이 엄지를 추켜세우고 있는 모습을 보니 노래도 잘하는 모양이었다.

거침없이 무대로 나아가 마이크를 잡는데 마침 피아노 연주자가 자리에 돌아왔다. 그가 무언가를 말하며 부탁하자 곧이어 잔잔한 음악이 흘러나오더니 이윽고 그의 음성이 마이크를 타고 가만히 흘러나왔다.

잔뜩 기대하며 온 마음과 귀를 열어 그 음색을 듣는데, 불과 한 소절도 지나지 않아 그의 노래가 제이의 마음을 온통 뒤흔들어 버렸다.

조프가 부르는 노래는 라이오넬 리치의 Hello라는 올드 팝송으로, 한국인이 좋아하는 팝송 순위에 늘 이름을 올릴 만큼 유명한 명곡인 데다 커버한 가수가 많아서 그런지 제이 역시 익히 잘 아는 노래이기도 했다.

사랑하는 여인을 마음에 품은 채 그리워하며 꿈속에서 수천 번씩 그녀에게 키스한다는 내용으로 시작하는 노래는 시종일관 여자를 향한 남자의 진심과 섬세한 사랑을 아름답게 그리고 있었다.

제이는 공간을 부드럽게 감싸는 그의 감미로운 목소리를 들으며, 노랫말이 왠지 조프와 자신의 얘기를 담고 있는 것 같아 저도 모르게 노래에 푹 빠져들었다.

그와의 추억이 사진처럼 선명하게 머릿속을 스쳤다. 그의 변치 않는 사랑에 감사하며, 나날이 깊어지는 사랑에 감사하며 감동이 물결치는 사이 어느새 노래는 클라이맥스로 향했다.

애절함으로 절절한 사랑을 갈구하며 끝내는, 사랑한다는 고백의 말로 노래가 끝이 났다. 노랫말에 귀 기울이는 제이의 가슴으로 그 감동이 오롯이 전해오고 있었다. 노래에 흠뻑 취해 있던 제이는 주위의 소란스러움을 느끼고서야 겨우 노래의 여운에서 빠져나왔다.

직원들 또한 중저음의 선 굵은 멋진 음색은 말할 것도 없이, 감미로운 노랫말과 더불어 사랑스러운 두 연인의 오고 가는 사랑의 눈빛에 매료되어 마음이 녹아내리는 듯, 온몸을 배배 꼬며 부러움을 숨김없이 드러내고 있었다.

노래가 끝남과 동시에 우레와 같은 박수갈채와, 떠나갈 듯한 환호성이 레스토랑 안을 뒤흔들었다.

"대박! 두 분 2세는 꼭 가수 시켜요!! 엄마, 아빠가 가수 뺨치는데 애는 오죽 잘할까?"

결혼도 하지 않은 두 사람을 부부로 만들어 버리는 것으로도 모자라 벌써 아이까지 선사하고, 아이의 미래까지 넘보는 직원들의 농담에 제이는 웃지 않을 수 없었다.

그가 천천히 자리로 돌아오는데, 두근거리는 마음을 진정할 사이도 없이,

"소원! 소원! 소원! 소원!"

남녀 할 것 없이 기대감을 품고서 소원을 외쳐 대는 모습이라니.

"뭐로 할까?"

조프가 눈빛을 반짝이며 제이에게 물었다.

"키스해! 키스해! 키스해! 키스해!"

말하지 않아도 기가 차게 단합이 잘되는 직원들이었다.

그런 직원들의 반응에 힘입어 제이의 손을 잡아 일으켜 세우고선 얼굴을 제이에게 쑤욱 내미는 조프를 보며 또다시 레스토랑 안은 흥분의 도가니가 되고

있었다.

"빨리해! 빨리해! 빨리해! 빨리해!!"

제이는 잔뜩 흥분한 직원들과 태연하게 장단 맞춰 주는 조프를 보며 해맑은 웃음이 까르르 터져 버렸다.

"촙."

결국 직원들의 성화에 못 이겨 새가 모이를 먹듯 그의 입술에 재빠르게 콕 찍고 입술을 떼는데,

"흡."

순식간에 멀어지려는 제이의 얼굴을 붙잡고 직원들을 등지며 짧지만 깊은 키스를 선사하는 조프였다.

"반칙이에요. 대표님, 한 팀장님이 안 보여요!!"

순식간에 끝나 버린 키스 타임에, 한 팀장님 모습을 볼 수 없게 등져 버려 안타까운 원성이 여기저기서 들려왔다.

크리스는 그 짧은 순간에도 한 팀장님을 배려하는 대표님과, 얼굴을 붉히면서도 그에 맞춰 주는 한 팀장님을 보며, 정말 잘 어울리는 한 쌍이 아닐 수 없다 싶었다. 뒤이어 파고드는 생각에 웃으며 고개를 설레설레 흔들었다.

자신을 잃어버리지만 않았어도 친구 동우와 사돈 맺기로 했었다던 부모님의 말씀은, 농담이라도 절대 대표님께는 전하지 말아야겠다 싶었다. 두 분은 정말 보기 드문 천생연분이었고, 자신 또한 이러한 인연을 만날 수 있기를 마음으로 가만히 바라고 있었다.

분위기가 무르익어 기분 좋은 취기가 오른 직원들을 보며 조프가 자리를 털고 일어서 크리스에게 다가갔다.

"크리스, 난 이제 그만 가 봐야겠는데? 제이가 오늘 좀 많이 마신 것 같아."

"생각보다 주량이 제법 강합니다. 제가 본 것만도 서너 잔 넘게 드셨는데 흐트러짐이 없어 보입니다."

"강하기는, 내가 보기엔 지금 정신력으로 버티는 것 같아."

"풉, 하긴 평소와 조금 다르긴 합니다. 직원들 앞에서도 완전 잘 웃으시고."

"그러니까 가야지, 아까부터 제이 너무 잘 웃어."

대표님의 눈길을 따라가 보니 J&의 남직원들 또한 한 팀장님을 보며 계속 덩달아 웃고 있는 모습이 보였다.

"한 팀장님이 다른 남자에게 웃어 주는 게 그렇게 배 아프십니까? 마음을 좀 넓게 쓰십시오."

"하, 네 일이 아니라 그거지? 네가 하는 말, 하나도 빠짐없이 기억할게. 나중에 너는 얼마나 넓은 마음으로 이해하고 넘어가는지 똑똑히 지켜볼 거야. 내가!!"

"훗. 그러시든지요. 먼저 가십시오. 저는 직원들 2차로 자리 옮기면 지켜보다 알아서 가겠습니다."

"괜찮겠어? 와인 많이 안 마셨어?"

"네. 저는 괜찮습니다. 어서 가십시오."

"그래, 수고해라. 먼저 간다."

조프는 직원들의 관심이 잠시 다른 곳으로 돌려진 틈을 타 제이를 데리고 밖으로 나왔고, 제이는 취기가 제법 오른 사람치고 모든 게 정상인 듯 자연스레 차에 올랐다.

"우와, 이렇게 취해 보는 거 진짜 오랜만이에요. 참느라 혼났네. 으……."

이제야 편하게 기대앉아 한없이 느슨해지는 제이였다.

"그렇게 쉬고 싶은 걸 어떻게 버텼어?"

취기가 올라 느슨하고 부드러워진 모습과는 달리, 시종일관 꼿꼿하게 허리를 세우고 앉아 자세를 유지하려 애쓰던 제이가 자신의 앞에서만 완벽히 풀어지는 모습에 흐뭇한 미소가 절로 지어졌다.

좀 더 편하게 쉴 수 있게 좌석을 조금 젖혀 주는데,

"눈을 부릅뜨고 정신 차리려고 애썼죠. 뭐. 그게 티가 났어요? 이래서 밖에서는 술 많이 안 하는데. 이상하게 오늘은 계속 목이 타서."

"잘 버텼어. 나니까 눈치챘지, 아무도 몰랐을 거야. 그나저나 당신 술 취하면 웃음이 많아진다는 거 알아? 나 없는 자리에서는 술 많이 마시지 마! 절대. 웃음이 많아져 안 되겠어. 아무나 보고 다 웃어 줘."

"내가요? 설마!"

"증거자료를 남겼어야 했는데 아쉽네. 그리고 제이, 내 소원 아직 남았는데?"

"응? 아까 키스했잖아요?!"

"미안하지만 그건 내 소원이 아니었어, 술에 취해 잘 기억나지 않는 모양인데, 기억을 잘 더듬어 봐. 단지 직원들의 성화에 당신이 몸소 직접 했잖아. 안 그래? 나는 내 소원이라고 말한 적이 없다고."

자신을 바라보며 비스듬히 자리에 기대어 앉아 눈을 굴리며 기억을 해내려 애쓰는 제이를 보며 조프는 웃음이 터져 나오려는 걸 간신히 참았다.

그녀가 숨을 내뱉을 때마다 달콤한 와인 향이 폴폴 흘러나왔다.

"뭐. 그런 것 같기도 하고 아닌 것 같기도 한데…… 에이, 그래도 그 자리에서 끝난 건데, 이제 와 이러는 게 어디 있어요? 아 참! 당신 노래 너무 잘해요. 나 없는 데서 아무한테나 노래 불러 주지 마요. 푹 빠질 테니."

조용한 차 안. 좁은 공간에 은은하게 퍼져 있는 그의 향기가 너무 좋아 절로 제이의 눈이 감겼다.

"오늘 나한테 푹 빠졌다는 소리로 들리는데? 알았어. 당신한테만 들려줄게. 그건 그렇고 섭섭하네, 내 소원 하나 들어주는 게 그렇게 억울해? 들어 보지도 않고? 당신 자는 거야?"

"안 자요. 차 안에 퍼진 당신 향기가 너무 좋아서 음미하는 중이에요. 말해 봐요. 당신 소원. 들어 보고 결정할게요."

크게 들숨 날숨을 쉬며 미소 짓는 제이를 보며 조프는 운전대를 꽉 쥐었다. 시시때때로 이렇게 별 뜻 없이 툭툭 던지는 솔직한 말이 얼마나 사람 흥분시키는지 이 여자는 알기나 할까?

"은근히 야박하네. 별것도 아닌 걸 가지고, 제이! 내가 어디가 어떻게 좋은지 말해 봐. 오늘은 꼭 들어야겠어. 그게 오늘의 내 소원이야."

"에게? 겨우 그게 소원이었어요?"

"겨우? 그래. 겨우 그게 소원인데 그걸 여태 한 번도 말해 주지 않았어. 당신은."

"아닌데? 말했는데. 다 좋다고?"

"그때 내가 말하는 거 못 들었어? 그렇게 구체적으로 상세히 말해 달라고, 두루뭉술한 건 안 돼."

"그게 뭐 어렵다고, 알았어요. 말해 줄게요. 잘 들어야 해요. 그리고 말 끊지 마요. 중간에 잊어버릴 수도 있으니까."

"음. 알았어. 시작해."

조프는 조용히 운전하며 귀를 쫑긋 세웠다. 말해 달라고는 했지만, 진짜 말해 줄 거라 생각지는 않았는데 가만히 감은 눈을 뜨고 씨익 웃는 제이를 보며 기대감에 가슴이 잔뜩 부풀어 올랐다.

"음…… 우선 남들과는 다른 당신의 가치관, 어떤 문제가 생겼을 때 대처하는 합리적 사고방식, 사람을 대하는 태도, 솔직한 표현…… 당신을 보며 끊임없이 자극받고 변화하고 있어요. 배울 점이 참 많은 사람이에요. 그래서 너무 좋아요."

"오 이런, 그런 거라면 내가 당신한테 배우는 게 훨씬 많다고. 내가 알고 싶은 건 마인드적 관점이 아닌, 다른 것 말이야."

"기다려 봐요. 이제부터가 시작이에요. 음…… 우선 당신 향기. 난 상쾌한 당신 향기가 너무 좋아요. 계속 다가가고 싶고, 당신 곁에만 머물고 싶어요. 당신은 모르겠지만."

'아니 알아, 지금 당신의 표정만 봐도 알 수 있다고. 계속해.'

"그리고 당신의 헤어스타일. 스타일리스트를 따로 두지는 않은 것 같은데 참 예쁘게 머리를 잘 만져요. 멋있어요."

'당신한테 잘 보이려고 아침에 준비하는 시간이 평소의 배는 걸려. 좋아. 그렇게 준비한 보람이 있군. 더 해 봐.'

"당신의 짙은 눈썹, 그리고 눈. 난 당신의 깊이를 알 수 없는 오묘한 눈빛이 너무 좋아요. 평소와 화났을 때 다르고, 또…… 나와 사랑을 나눌 때도 달라요. 그 짙어지는 눈빛만 봐도 두 다리에 힘이 풀려 버린다는 거 알아요? 이건 내 비밀이에요. 말하면 안 되는데."

'그래? 이제부터는 비밀이 될 수 없을 것 같은데? 참고하지. 그리고 당신 비밀이 하나 더 있어. 당신의 주사는 솔직함이야. 아주 바람직해.'

"음. 당신의 탐스러운 입술, 젠장. 남자 입술이 그렇게 탐스러워도 되는 거야? 무슨 키스를 그렇게 잘해? 솔직히 말해 봐요. 몇 명이랑 해 봤어요? 당신이 다른 여자랑 입 맞췄다 생각만 해도 속상해. 지금까지의 키스는 당신 기억에서 말끔히 지워요. 흠. 아니다. 다른 키스는 떠올리지도 못하게 만들어 줄게요. 내가!"

'오 마이 갓, 제이…… 내가 언제까지 참고 들을 수 있을까? 지금도 당신과의 키스 외에는 떠오르는 게 없다고!!'

나른해진, 깜빡임이 현저하게 느려진 눈동자, 풍부해지는 표정, 달콤하게 다가오는 숨결, 반쯤 잠겨 관능이 더해진 목소리.

평소보다 자신의 솔직함이 더해진 사실을 이 여자는 알기나 할까? 조프의 몸이 한껏 반응해 버렸다.

제이의 집으로 바래다주러 가는 길, 자동차 계기판에 시속 70을 유지하던 차량의 속도가 점점 내려가고 있는 것은 기분 탓인가? 조프는 조금이라도 더 오래 함께 있고 싶었다.

"그리고 당신의 오뚝한 코…… 당신이 나에게 키스해 줄 때마다…… 입술 말고도 여기저기 음…… 코가 콕. 콕. 날 자꾸 건드려요. 그 느낌까지도 너무 황홀해요."

'오우, 쉣! 상상해 버렸어.'

조프의 숨소리가 거칠어지기 시작했다. 예전에 자신이 말할 때, 제이 역시 이런 기분이었을까? 자신의 입을 막았던 그녀의 심정이 십분 이해가 되었다. 듣는 것만으로도 이렇게 온몸이 흥분으로 가득 찰 수 있다는 게 그저 놀라울 따름이었다.

"당신 내 말 듣고 있어요?"

거친 숨을 몰아쉬며 말없이 운전에만 집중하는 그의 모습을 보며 과연 말을 듣고 있는지 의심스러운 제이가 물었다.

"당연하지, 말 끊으면 당신이 말해 주지 않을까 봐 이를 악물고 참고 있는 중이라고. 계속해."

"큭. 난 또…… 나만 신난 줄 알았네? 그럼 계속할게요. 어…… 당신의 목, 볼록한 울대? 거기도 좋아요. 당신이 흥분했을 때, 물론 워낙 흥분이 드러나는 곳이 많지만, 울대뼈도 꿀렁꿀렁 움직이는 거 알아요?"

'몰랐어. 몰랐다고. 이제라도 알았으니까 다음, 다음으로 넘어가 봐.'

너무나 잘 배운 제이였다. 자신이 했던 대로, 위에서 아래로 차근차근 내려오며 말하는 제이가 예뻐 죽을 것 같았다. 더불어 기대감이 점점 차올라 침이 꿀꺽 넘어가며 방금 말한 목울대가 크게 출렁이고 있었다.

"난 당신의 탄탄한 몸도 너무 좋아요. 너무 딱딱하지도 않고 과하게 울퉁불퉁하지도 않고, 적당히 단단하고, 근육마다 구획이 나누어져 있어요. 특히 하복부에서 치골로 향하는…… 꼴깍…… 너무 근사해요. 내 손이 살짝만 스쳐도 근육들이 불끈불끈 막 화를 내는데 그 모습이 왜 그렇게 섹시하죠?"

"끙."

터질 듯한 흥분에 절로 앓는 소리가 나와 버렸다.

'오, 맙소사 제이, 나 오늘 잠은 다 잔 것 같아.'

운전 중인 손이 핸들을 돌리고 싶어 갈등하기 시작했다.

한적한 도로, 차창 밖으로 빠르게 스쳐 지나가 눈에 잘 보이지도 않던 가로수가 눈에 띄게 느리게 스쳐 가고 있었다. 조프는 그만큼 속도를 늦추어 가고 있건만, 제 바람과는 달리 빠르게 흘러가는 시간이 야속하기만 했다.

하지만 아직 듣지 못한 곳이 남아 가만히 풀떡이는 심장을 다스리며 다시 가만 귀를 기울이고 있었다.

"그리고…… 가장 놀라운 곳이 하나 남았는데……."

"듣고 있어. 아주 잘. 말해! 왜 거기서 끊어?!"

"훗, 머릿속에 그려 보느라. 음…… 당신의 신체에서 늘, 가장 솔직하게 반응하고요, 거짓이 없어요. 가끔은 뜬금없이 벌떡 솟구쳐서 당황스럽기는 해도 그 혈기 왕성한 모습마저 너무 사랑스러워요. 인사성은 또 얼마나 밝은지…… 스치기만 해도 인사를 끄덕끄덕. 큭. 하…… 보고 싶다. 당신 거기……."

끼이이이이익. 결국 손이 일을 저질러 버렸다. 핸들은 이미 돌아갔고, 제이의 집과는 반대 방향으로 향하는 자동차의 속도는 지금까지와는 비교할 수 없었다.

"제이, 당신 술 좀 깨고 가야겠어. 지금 우린 회식 장소를 옮기는 거야. 알았어? 어머님께 전화해. 많이 늦을 거라고!!"

"풉. 안 그래도 많이 늦을 것 같다고 미리 말씀드렸어요."

"뭐야? 그럼 진작 말했어야지!! 그걸 왜 이제 말해?"

"나는 뭐 당신이 이렇게 잘 참을 줄 알았나, 어디?"

제이는 평소 자신을 은근히 바라보며 짓던 조프 특유의 미소가 떠올라 그를 흉내 내며 도발했다.

"하…… 겁도 없이 나를 시험해? 두고 봐. 내가 안 참으면 어떻게 되는지 똑똑히 보여 줄게."

자신의 음흉한 미소를 흉내 내는 제이를 보며 웃음이 터져 버렸다.

"당신이 사랑하는 그곳이 지금 옷을 뚫고 나오지 못해 고통을 호소하고 있다고! 어떻게 생각해?"

"하하하하하, 못 말려, 진짜. 뭘 어떻게 생각해요? 이따가 내가 호 해 줄까요?"

"후…… 당신 지금 취한 거 아니지? 제발 아니라고 해 줘."

"음…… 엄청 기분이 좋기는 한데, 정신이 나간 것 같지는 않아요. 어때요? 내 대답이 마음에 들어요?"

"아주 흡족해."

끼익. 드디어 그의 별장에 도착했다. 전혀 그답지 않은 성급한 주차에 그를 슬쩍 바라보는데 뜨겁게 쏟아지는 그의 눈빛을 보며 직감했다.

그토록 원하던 그들만의 두 번째 회식이 시작되고 있다는 것을…….

현관 안에 들어서자마자 약속이나 한 듯 서로의 입술이 맞물렸고, 한 치의 빈틈도 없이 맞닿은 몸이 후끈 달아올랐다. 서둘러 거추장스러운 옷을 훌훌 벗어 버리고 함께 침대에 누웠는데,

"하."

입맞춤에 온 신경을 집중하는 사이 전세가 뒤바뀌었다. 어느새 제 배 위에 올라앉은 제이의 모습에 놀라고 말았다.

"오늘은 내가 먼저."

아직도 취기가 가시지 않았다. 제이는 오히려 뒤늦게 취기가 더해지는 듯 몸도 마음도 한층 더 과감해져만 갔고, 조프는 발그레하게 핑크빛이 감도는 제이의 얼굴을 올려다보며 기대감과 황홀함에 온몸과 마음이 짜릿했다.

"이것 봐. 내가 이럴 줄 알았어. 당신 총이 겁도 없이 날 겨누고 있어요. 어떡하지?"

"글쎄, 그 총은 나보다 당신 말을 더 잘 들을 텐데? 이를 어쩌나?"

"풉, 어디 내 말을 얼마나 잘 듣나 확인해 볼까요?"

농도 짙은 농담을 주고받으며 그의 다리 사이로 거침없이 향해 가는 제이의 섬세한 손이었다.

"허억…… 끙."

거친 신음이 터져 나오는 조프의 입술을 강하게 빨아들이다 이내 감질나게 할짝였다. 같은 향을 듬뿍 머금은 상쾌한 그의 목덜미에 촉촉한 입술을 맞추

고, 출렁이는 그의 울대를 보며 개구쟁이 같은 미소가 지어졌다.

입술로 그의 턱을 밀어 올리고서 울대에도 입을 맞추는데 잠시도 참지 못하고 꿈틀거리는 울대와 침이 꿀꺽 넘어가는 소리라니. 울끈불끈 화가 난 가슴 근육에 입술을 내리누르는데, 더워지는 열기에 촉촉했던 입술마저 뜨거워져 버렸다.

조프는 거친 날숨을 뿜어내며, 자신의 위를 당당하게 점령하고 있는 제이의 등허리와 엉덩이를 쉼 없이 쓸어내리고 있었다. 오늘만큼은 성급하게 덮치지 않고 기필코 기다려 줄 참이었다. 뜨겁게 온몸에 화인을 남기듯 입술을 찍어 누르며, 할짝이는 그녀의 혀의 감촉에 미칠 듯 하나가 되기를 열망하는 몸이었다.

한참을 감질난 여행을 하던 그녀의 입술이 다시 되돌아왔을 때 집어삼킬 듯 입술을 베어 물며, 가감 없이 새어 나오는 관능적인 그녀의 신음에 온몸이 흥분으로 들썩였다.

"조프, 더 이상 못 참겠어. 안아 줘요."

위치를 뒤바꾸는 그의 몸놀림이 전광석화와 같았다.

제이와 마찬가지로 그녀의 온몸을 감질나게, 때로는 거침없이 탐하며 비로소 하나가 된 순간 터져 나오는 신음을 서로의 입 안으로 흘려보내야 했다.

"하. 사랑해요. 사랑해요."

"나도 사랑해. 제이! 사랑해."

둘이서 만들어 내는 기가 막힌 사랑의 화음에 시간 가는 줄 모르는 두 사람이었다.

한참 뒤에야 가쁜 숨을 몰아쉬며 사랑의 여운을 즐기는데 울려오는 전화벨 소리에 화들짝 놀라 버린 제이였다.

"맙소사, 벌써 1시가 다 됐어요. 어떡해……."

"어머님이야?"

"네."

"전화 이리 줘 봐."

"어쩌려고요?"

"얼른."

제이는 생각보다 더 늦어 버린 시간을 다시 한번 확인하며 난감한 표정으로 그에게 전화를 건넸다.

"어머님, 조 서방입니다. 제이, 지금 저와 함께 있습니다. ……직원들이 제이를 너무 아끼다 보니 정이 넘쳐 본의 아니게 와인을 제법 마셨습니다. 지금은 취기가 많이 내려갔고요. 바로 집에 데려다주겠습니다. 저는 한 잔도 마시지 않았으니 제 걱정은 하지 않으셔도 됩니다. 피곤하실 텐데 먼저 주무시지 않고요. 네…… 이따 뵙겠습니다."

귀를 쫑긋 세워 들으려 해도 엄마의 목소리는 들리지도 않고, 들려오는 거라고는 조프의 대답뿐이었다.

"엄마가 뭐래요?"

"예쁜 딸 걱정하시지, 뭐. 얼른 가자. 어머님 당신 올 때까지 기다리실 것 같아."

제이의 옷을 하나둘 챙겨 입혀 주며 또다시 헤어져야 한다는 사실이 마음에 들지 않아 한숨이 새어 나왔다. 그나마 아침이면 할머니께서 오신다는 게 지금으로서는 가장 큰 위안이 되고 있었다.

또 다른 완벽한 나의 편 할머니의 활약을 기대할 수밖에.

"제이, 내일 할머니께서 오실 거야."

"네에? 그걸 왜 이제 말해요?"

"뭘 그렇게 놀라? 처음 뵙는 것도 아닌데?"

"그야…… 그렇지만…… 상황이 많이 다르잖아요. 그때는 어떨지 몰라도 지금은…… 당신을 위험에 빠트렸던 장본인이라고요, 내가. 할머니께서 달가워하시겠어요? 나 싫다고 하시면 어떡해요?"

"뭐? 푸하하하하…… 미안. 미안해. 너무 예상 밖의 말이라."

심각한 얼굴로 걱정에 빠진 제이를 보며 겨우 웃음을 멈추었다. 그러고 보니 지금껏 어떻게 해서 한국에 오게 되었는지를 말하지 않았다는 게 뒤늦게 생각이 났다.

"제이, 내가 한국에 올 수 있었던 결정적 계기가 뭐였을 것 같아?"

"그야 호텔 때문이죠."

"그래, 그 호텔을 굳이 한국에 세워야겠다고 말씀하신 분은?"

"……설마. 할머니?"

"빙고."

"그게 나랑 무슨 상관이 있다고."

"조금 더 자신감을 가져 제이, 당신이 이곳 한국에 없었다면 그 바쁜 시기에 나를 한국으로 내몰지는 않았을 거야, 절대. 그리고 이번에 할머니 편찮으셔서 나 미국 갔을 때, 그때도 당신 만났다는 소리에 병상에서 벌떡 일어나신 분이야. 기력이 많이 쇠하셨는데 당신 덕분에 기력도 찾으셨어. 그러니 쓸데없는 걱정은 하지도 마. 우릴 가장 축복해 주실 분이야."

"……그땐…… 청문회 하기 전이었어요."

"제이, 나 못 믿어?"

"아닌 거 알면서 뭘 물어요?"

"그래. 나만 믿어. 당신이 걱정하는 일은 결코 일어나지 않을 거야."

조프는 그렇게 하지 않아도 될 걱정을 하는 제이를 다독이며 그녀의 집으로 향했다.

5

이른 아침 구름 한 점 없는 차가운 겨울 하늘을 가르며 J& 전용기가 제주공항 활주로에 부드럽게 안착했다. 앤은 하루아침에 시차가 바뀌어 버린 땅을 밟으면서도 피곤함은커녕 기분 좋은 흥분으로 몸과 마음이 한껏 들떠 있었다.

드디어 입국 게이트가 열렸다.

조프와 크리스는 열리는 문 뒤로 유유히 걸어 나오는 할머니와 일행들의 면면을 보며 벌어지는 입을 다물 수가 없었다.

앤과 함께 온 일행은 미국 본사와 지사, 웨딩 사업부의 핵심 인물들로 웨딩 플래너는 물론 파티 플래너, 드레스 디자이너, 헤어 디자이너, 메이크업 아티스트, 플로리스트, 포토그래퍼 외에도 본사 홍보 팀 등, 들어오신 김에 아예 결혼식까지 치르고야 말겠다는 할머니의 굳은 의지가 엿보이는 듯했다.

"안녕하십니까? 대표님!!"

할머니의 뒤에 선 직원들의 우렁찬 인사에 조프는 이내 정신을 차리고서 피식 웃어 버렸다.

"오랜만입니다. 바쁜 분들이 멀리까지 오느라 고생 많았습니다."

직원들을 향해 마주 인사를 하고서 가지런한 치아가 다 드러나 보이도록 활짝 웃으며 성큼성큼 할머니를 향해 다가갔다.

"오셨습니까? 할머니."

주변에 직원들이 있음에도 회장이라는 직함 대신 할머니라 살갑게 부르며 넓은 품에 꼭 안아 보았다.

"오냐! 내가 많이 늦은 게냐?"

평소 같지 않은 손자의 후한 환대에 반갑게 마주 안으며 능청스레 대꾸했다.

"아닙니다. 적절한 시기에 딱 맞춰 잘 오셨습니다."

제이나 크리스 모두 힘든 시기를 잘 넘겼다. 행여라도 그들의 아픈 모습을 직접 보았다면 할머니께서 얼마나 마음을 쓰며 함께 아파했을지 보지 않아도 알 것 같아 차라리 다 정리되고 난 후에 맞추어 오신 할머니가 다행스럽지 않을 수가 없었다.

"그래? 아직은 덜 급한 모양이야."

앤은 그런 조프의 속마음까지는 들여다보지 못하고 겉으로 보이는, 우려했던 것보다는 여유가 넘치는 모습에 의아하기만 했다.

"무슨 그런 말씀을요! 아주 급합니다. 오늘 오신다는 연락이 없었다면, 제이를 납치해서 라스베이거스라도 다녀올 생각이었습니다."

"뭐야? 하하하하하."

이제야 진짜 속마음을 드러내는 더없이 반가운 손자의 모습에 웃음이 터져버렸다.

"아주 준비를 철저하게 해 오셨습니다. 역시나 저의 기대는 한 번도 어긋난 적이 없습니다. 그렇지 않습니까? 할머니?"

할머니께서 자신의 결혼을 얼마나 기다리시는지 알고는 있었지만, 설마 이 정도일 줄이야.

"뭘 이 정도 가지고 이 야단이야? 이제부터 시작이야."

결혼뿐만이 아니라, 살아생전 조프가 아이를 낳아 행복을 누리며 사는 모습까지 보고 싶었다. 지금부터 서두른다 해도 갈 길이 멀어 준비하는 마음은 바쁘기만 했다.

“기대하겠습니다. 저야 뭐. 빠르면 빠를수록 좋습니다.”

“어이구, 말해 뭐 해? 얼굴이 아주 보기 좋구나. 그렇게 좋은 게냐?”

‘나 역시 빠르면 빠를수록 좋겠구나. 힘 좀 잘 써 보려무나.’

“말하려니 입이 아플 지경입니다.”

“됐다, 그럼. 크리스!! 냉큼 이리 오지 못해? 축하한다. 그래 얼마나 좋아! 너의 오랜 바람을 이루어 그런지 얼굴이 활짝 폈구나.”

앤은 조프의 한발 뒤에 머물러 있는 크리스를 친근하게 불렀고, 허리를 숙이고서 다정하게 안겨 오는 크리스를 품에 안으며 진심으로 기쁜 마음을 전하고 있었다.

“감사합니다. 할머니…… 이게 다 할머니 덕분입니다. 할머니께서 급히 일을 추진하지 않았다면 이곳에 오지도, 한 팀장님을 만나지도, 제 부모님을 찾지도 못했을 겁니다.”

“내 덕분은 무슨! 다 네가 열심히 잘 살아온 덕이지. 그러고 보니 제이가 우리 집에 보배야. 그 아이가 여럿 살리는구나. 네 부모님도 얼른 만나 봐야겠어. 내가 아주 바쁘게 생겼네. 하하하하하.”

“그러게요. 할머니께서 아주 많이 바쁘시겠습니다.”

할머니와 크리스가 인사를 나누는 사이 조프가 반가운 얼굴을 향해 손을 내밀었다.

“리처드.”

“오랜만에 뵙습니다. 대표님.”

“왠지 나보다 더 만나 보고 싶은 사람이 있을 것 같은데?”

자신을 보며 인사하면서도 주위를 빠르게 훑어보는 리처드의 눈빛이 누군가를 찾고 있음을 어렵지 않게 짐작할 수 있었다.

“하하하, 어떻습니까? 저만큼이나 확실한 사람이라 자신 있게 소개했습니다만.”

당연히 대표님의 주위에 있을 거라 생각했던 알파가 보이지 않아 의아하기만 했다.

“그래, 자네만큼이나 확실하더군. 덕분에 내 약혼녀의 안전을 온전히 그에게 맡기고 있어. 많은 도움을 받고 있지. 고마워.”

“도움이 되었다니 다행입니다.”

강하게 맞잡은 손으로 반가움이 한껏 묻어났다.

같은 시각. 출근 준비를 하며 유난히 차림에 신경을 쓰는 듯한, 오늘따라 행동이 더딘 딸아이를 보며 의아한 마음에 정연이 다가갔다.

“제이, 시간 괜찮아? 오늘은 좀 오래 걸리는 것 같네?”

“시간은 아직 있어요, 엄마. 평소에 제가 좀 일찍 나간 거예요.”

“그럼 오늘은 왜 이렇게 늦어?”

“엄마, 어제 시간이 늦어 말을 못 했는데, 오늘 그 사람 할머니께서 오신대요.”

“뭐야?”

“빨리 말씀드리지 못해 죄송해요. 저도 어젯밤에 들었어요.”

“그래서 이렇게 신경 쓰는 거였어?”

“네…… 걱정이에요. 실은 예전에 스페인에서 한 번 뵀었어요. 좋은 분이기는 한데…… 저 마음에 안 들어 하시면 어쩌죠?”

“조 서방은 뭐래?”

“우리를 가장 축복해 주실 분이라고, 괜한 걱정 하지 말라고…….”

“그래? 그럼 너도 너무 걱정하지 마. 우리 조 서방이 허튼소리 할 사람도 아니고, 누구보다 할머니를 잘 알 텐데 그렇게 말하는 걸 보면 괜찮을 거야. 응?"

"그렇……겠죠? 긴장돼요."

"제이, 넌 그냥 네 마음을 믿고 지금 있는 그대로의 네 마음을 보여 드려. 꾸미고, 잘 보이려 하면 할수록 오히려 실수가 늘어. 넌 잘할 수 있을 거야. 내 딸이잖니? 지금껏 해 온 일에 비하면 이 정도쯤이야 거뜬하지 않을까?"

"네. 그럴게요, 엄마. 고마워요. 이제 나가 봐야겠어요."

"그래. 조심해서 잘 다녀와. 무슨 일 있으면 바로 전화하고."

인사를 하며 집을 나서는 딸아이를 보며 잘할 수 있을 거라 다독이기는 했으나, 사실 오히려 더 긴장한 사람은 본인이었다.

분명 빠른 시일 내에 보자는 연락이 올 듯한데, 그런 어려운 자리는 처음이라 어떻게 해야 할지 벌써 걱정이 앞서고 있었다.

제이는 오늘 역시 알파의 차를 함께 타고 가며 파고드는 긴장감에 괜스레 한숨이 나와 버렸다.

"무슨 걱정 있으십니까? 오늘은 평소보다 좀 늦은 것 같습니다만."

강 회장을 만나러 가는 날 또한 평소와 달리 의상에 신경을 쓰며 이렇게 긴장이 역력한 표정을 했었기에 조심스레 말을 건네는 알파였다.

"아니요. 걱정은요, 무슨. 그냥 어쩌다 보니 좀 늦었어요."

어색하게 웃으며 대꾸하고서는 애꿎은 전화만 만지작거리는데 때마침 그에게 전화가 왔다.

"조프!!"

— 당신 지금 어디야? 오늘은 좀 늦네?

"출근하는 길이에요. 당신 내 사무실에 있어요?"

— 응, 할머니 도착하셨어. 당신부터 찾으셔서.

"벌써요? 맙소사, 어떡해! 나 지금 심장 터질 것 같아요."

— 하하하하하, 괜찮다니까 그러네! 아무 걱정 하지 마. 오늘은 할머니를 봐서 기자들이 좀 더 시끄러울 거야. 사람 보낼 테니 너무 놀라지 말고, 조심해서

잘 들어와. 오면 바로 내 집무실로 올라와 줘. 기다릴게.

"그럴게요. 이따 봐요."

전화를 끊은 제이가 알파를 향해 조심스레 말을 꺼냈다.

"저기 알파, 지금 J& 회장님께서 호텔에 오셨대요. 그래서 호텔 앞이 소란스럽다고……."

"네. 잘 알겠습니다. 주의하겠습니다."

알파는 팀원들에게 호텔 앞 상황을 전달하고서, 자신이 물었을 때는 속내를 말하지 않다가 연인의 전화에는 스스럼없이 자신의 상태를 말하는 그녀를 보며 지극히 당연한 일임에도 씁쓸한 미소가 지어졌다.

몇 분 지나지 않아 도착한 호텔 앞은 말 그대로 아수라장이 따로 없었다. 조프가 보낸 사람들과 알파 팀이 차를 에워싸기 시작하는 기자들을 비켜 세우며 조심스레 주차장으로 진입하는데, 기자들의 질문이 쏟아졌다.

"한재희 씨 정말 J& 대표님과 결혼하시는 건가요?"

"결혼식 날짜는 정해졌나요?"

"회장님의 귀국은 상견례 때문인가요?"

"한재희 씨 회장님께서 결혼 허락하셨나요?"

"결혼을 반대한다는 소문이 사실인가요?"

"한 말씀만 해 주세요."

그 많은 질문 중에 한 기자의 질문이 제이의 귓가를 파고들며 긴장을 가중시키고 있었다.

'할머니께서 결혼을 반대하시는 건가? 그런 소문이 있었나?'

"도착했습니다. 괜찮으십니까?"

알파가 도착해도 내릴 생각을 않는 그녀를 보며 조심스레 물었다.

"아. 네. 괜찮습니다. 고마워요."

이 난관은 또 어떻게 극복해야 할까, 머릿속을 떠나지 않는 기자의 질문에, 건성으로 알파의 물음에 답하며 차에서 내리는 제이였다.

무심코 걸어가다 자신의 앞을 막아선 실루엣에 가던 걸음을 멈추었다.

"안녕하십니까? 회장님 경호를 맡고 있는 리처드라고 합니다. 한재희 씨 되십니까?"

"아. 네. 안녕하세요. 한재희입니다."

"저와 함께 올라가시죠. 그 전에 제 친구와 인사 좀 나눠도 되겠습니까?"

"친……구?"

자신이 제대로 들은 게 맞나 싶어 리처드의 얼굴을 바라보는데 미소를 지으며 그의 눈길이 향하는 곳에는 놀랍게도 자신의 경호원인 알파, 그가 부드럽게 휜 눈매를 하고 마찬가지로 입가에 미소 지은 채 리처드를 보고 있었다.

"아! 네, 그럼요. 당연하죠. 기다릴게요."

처음 보는 모습이었다. 그 역시 웃을 줄 아는 평범한 사람이라는 걸, 뜻하지 않게 발견한 알파의 유연한 모습에 놀라며 걱정도 잊은 채 두 사람의 조우를 흥미롭게 바라보고 있었다.

"알파!"

"리처드!"

서로의 이름을 외치며 반갑게 악수를 하는 두 사람의 얼굴이 닮아 있었다.

리처드는 좀처럼 표정을 드러내지 않는 알파의 놀란 얼굴을 흥미롭게 바라보며 피식 웃었다.

반면 알파는 자신과는 달리 좀처럼 놀란 기색을 보이지 않는 리처드의 모습에 알 만하다는 듯 고개를 끄덕이며 말을 꺼냈다.

"혹시나 했는데 역시나였어. 크리스가 날 찾은 게 너 때문이었다니."

알파는 외국에서만 살다 온 크리스가 어떻게 알고 자신에게 연락을 해 왔는지 의아했었다. 일을 하다 보니 실제 의뢰인이 크리스가 아닌 대표라는 걸 알게 되었고, 그가 리처드가 모시는 분의 친손자라는 사실도 알게 되었다.

그제야 접점을 찾은 듯 의문이 풀렸었는데 아니나 다를까, 그녀와 인사를 나누며 자신을 바라보는 리처드의 의미심장한 미소를 보고 확신하게 된 알파였다.

“왠지 원망처럼 들리는 이유가 뭔지 모르겠네. 대표님은 아주 완벽히 흡족해하시던데 말이야. 그렇다고 저분이 모시기에 까다로운 분은 아닐 듯한데.”

오래전 함께 한미 연합작전에 투입되어 서로의 뒤를 지켜 주며 맺은 우정이었다. 곁에 두고 오래도록 우정을 나누고 싶은 사람이었으나, 각자의 일이 있었기에 아쉬움을 뒤로하며 서로의 안녕을 바랄 수밖에.

한 번씩 기회가 닿을 때 이렇게 만나기도 하며 인연을 이어 가던 중, 마침 크리스가 믿을 만한 사람을 찾기에 리처드는 두 번 고민할 필요도 없이 알파를 추천했었다.

“그러게 말이야. 저분은 모시기에 까다롭지 않은데, 나의 자질이 시험대에 올랐으니 곧 일선에서는 물러나야 할 듯싶네만. 내 한계를 일깨워 주어 고맙다 인사라도 할까?”

“이거 미안하게 됐네. 너의 자질을 시험대에 올릴 정도라…… 하…… 대표님이 정말 멋진 분을 만났나 봐?”

말하는 중에도 이따금 스치듯 그녀를 향하는 알파의 눈을 보며 본의 아니게 심란함을 안긴 친구에게 미안한 마음이 드는 리처드와,

“멋진 분이지. 그만 가 봐. 저분이 나를 저렇게 흥미롭게 보고 계실 줄은 몰랐어.”

아까의 긴장하던 눈빛은 어디로 가고 호기심으로 반짝이는, 처음으로 온전히 자신에게 향하는 그녀의 눈빛이 싫지 않았다.

이유야 어떻든, 자신으로 인해 그녀의 긴장감이 조금이라도 누그러졌다면 그것으로 만족하는 알파, 승주였다.

“그래, 저녁에 일 끝나고 한잔하자.”

“좋지. 오랜만에 내기 한번 할까?”

오랜만에 만난 친구와 회포를 풀 겸 리처드가 먼저 술자리를 청했고, 알파는 그에 선뜻 응하며 내기를 제안했다.

"그 도전 기꺼이 받지. 이번 역시 내가 이길 텐데."

"글쎄? 이 기분이라면 오늘은 나에게도 충분히 승산이 있을 것 같아. 이번만큼은 네가 술값을 내야 할 거야."

"훗, 그야 두고 보면 알 일이지. 간다."

인사를 마친 리처드가 뒤를 돌아 성큼 떠났다.

알파는 자신과 잠시 눈이 마주친 그녀가 부드럽게 눈인사를 하며 떠나자 한동안 그 뒷모습을 말없이 바라보며 오늘 리처드와 어디서 만나 무슨 술을 얼마나 마셔 볼까 생각하는데, 왠지 오늘만큼은 주종과 관계없이 술이 술술 넘어갈 것 같다는 생각에 벌써부터 쓰려 오는 속에 피식 웃고 말았다.

제이는 경호원들이 보여 주는 의외의 모습을 떠올리다 아차 싶어 엘리베이터를 타기 전에 사무실에 전화를 걸었다.

"지은 씨, 대표님 호출이 있어 잠깐 들렀다 갈게요."

— 팀장님!! 회장님 오셨대요. 파이팅입니다! 부디 힘내세요!!

"네, 고마워요. 이따 봐요."

비밀은 없다. 오늘은 어떤 소문이 사내를 뒤흔들어 놓을까?

전화를 끊고 엘리베이터에 오르며 잠시 내려놓았던 긴장감이 다시금 스멀스멀 올라와 두근거리는 심장에 가만히 손을 올려놓고 호흡을 가다듬었다.

"걱정은 하지 않아도 될 것 같습니다만, 회장님 좋은 분이십니다."

닫히는 엘리베이터 문을 통하여 고스란히 비쳐지는 긴장한 그녀의 모습에 조금이라도 마음을 놓을 수 있도록 리처드가 말을 건넸다.

"네. 말씀 감사합니다."

'알고 있어요. 알고 있는데. 해소되지 않는 긴장감은 나도 어쩔 도리가 없네요.'

엘리베이터가 위로 올라갈수록 심장 박동수도 덩달아 올라가고 있었다.

띵, 도착을 알리는 경쾌한 소리와는 반대로 마음은 무겁기만 한데, 닫혔던

문이 열리고 그 앞에서 기다리고 있던 크리스를 보고서야 안도의 한숨을 내쉬었다.

"크리스! 크리스……. 괜찮다고 해 줘요. 제발…… 아무 일 없을 거라고."

"한 팀장님답지 않게 왜 이렇게 긴장을 하십니까? 그 큰일을 할 때도 눈 하나 깜짝 않던 분께서요!!"

"솔직히 지금이 그 어느 때보다 가장 떨려요. 지금 속이 바짝바짝 탄다고요. 할머니 기분은 어때 보여요?"

"최상이십니다. 저 한번 믿어 보세요. 한 팀장님께서 걱정하시는 일은 절대로 일어나지 않을 겁니다."

"하…… 그나마 위안이 되네요."

다른 사람이면 몰라도 크리스의 말이라면 마음을 의지해 봐도 될 것 같았다.

비서실 문을 열기 전 마지막으로 옷매무새를 확인하고 크게 심호흡하며 마음을 가다듬는 제이의 모습이 보였다. 리처드와 눈빛을 교환하며, 긴장으로 굳은 얼굴이 곧 기쁨으로 가득 채워지겠지. 생각하는 것만으로도 크리스의 가슴이 벅차올랐다.

곧이어 비서실에 들어서는 제이의 얼굴에서 좀 전의 긴장감은 찾아볼 수가 없었다. 비록 속으로는 여전히 떨고 있을지언정, 남들이 보기에는 태연하기 이를 데 없는 평온한 얼굴로 비서실 직원들과 인사를 나누며 집무실 앞에 섰고, 조심스레 문을 열어 주는 크리스의 듬직한 눈빛에 의지해 씩씩하게 한 발 들여놓았다.

"안녕하셨어요, 회장님."

"이놈!!"

"네?"

들어서자마자 들리는 할머니의 호통에 심장이 덜컹 내려앉았다. 달가워하지 않으실 거라 생각은 했지만, 가장 믿고 의지하는 두 사람이 괜찮다고 했으니 내심 정말 걱정할 일은 없을 거라 살짝 마음을 놓았던 자신의 어리석음에 눈물이 핑 돌았다.

놀란 마음도 잠시, 그가 없이는 살 수 없기에 약해지는 마음을 굳게 다잡는데,

"안 본 사이에 많이 변했구나, 회장님이라니!!"

앤은 다정하게 다가왔던 예전과는 달리, 거리감이 느껴지는 제이의 행동을 보며 흘려보낸 시간이 아깝기만 했다.

"할……머니."

제이는 그런 할머니의 의중을 살피며 조심스레 예전과 같이 불러 보았다.

"오냐! 진작 그렇게 부를 것이지! 온다 간다 말도 없이 떠난 걸 생각하면 야단이라도 쳐야겠다만, 너의 사정을 알고 나서야 그럴 수도 없으니, 원…… 뭘 그렇게 멀뚱멀뚱 섰어? 얼른 이리 오지 않고!!"

할머니의 호통에 놀란 가슴이 쉬이 진정되지 않아, 할머니 옆에서 다 괜찮다고 미소 짓고 있는 조프의 모습조차 제이의 눈에 들어오지 않았고, 한 발 한 발 할머니께 다가서는 발걸음은 무겁고 더디기만 했다.

"냉큼 오지 못해?!"

또다시 떨어지는 호통에 그제야 서둘러 후다닥 다가갔다.

큰 눈을 깜빡이며 곧 떨어질 듯한 눈물을 참고 있는 제이가 안쓰럽기는 했으나, 지난 1년간 조프를 고통에 몸부림치게 했던 것에 비하면 너무나 약한 벌이었다.

한 걸음 앞까지 다가온 제이를 보고 나서야 엄한 표정을 풀고서 인자한 미소를 지어 보였다.

"이리 와, 한번 안아 보자꾸나."

너무나 보고 싶었던, 손녀 같은 아이를 품에 안아 보는데, 얼마나 놀랐는지 제이 몸의 떨림이 자신에게까지 전해져 왔다.

"처음 보는 것도 아닌데 뭘 그렇게 긴장을 하고 그래?! 그동안 마음고생 많았지? 잘했다. 잘했어!! 내가 청문회를 보며 얼마나 응원했는지 모른다. 누구도

그렇게 잘 해내지는 못했을 거야. 많이 힘들었을 텐데 잘 이겨 냈어. 장하다. 장해. 내 새끼."

앤은 흐느끼는 제이의 등을 따듯하게 감싸 안고서 연신 등을 쓸어내리며 마음을 전하고 있었다.

"흐흡. 할머니."

온전히 느껴지는 할머니의 진심에 그제야 마음의 짐을 내려놓으며, 할머니를 더 꼭 끌어안고서 안도의 눈물을 쏟아 내고 있었다.

"이 녀석, 다시 만나면 혼을 내 주려고 했는데, 이렇게 힘든 일도 잘 이겨 내고 잘 헤쳐 나갔으니 혼은커녕 상을 줘야겠구나. 어디 얼굴 좀 보자."

예쁘게 화장한 얼굴이 눈물로 얼룩져 있었으나, 그마저도 사랑스러워 조심스레 흘러내린 눈물을 닦아 주며 다시 한번 꼭 안아 보았다.

"감사합니다. 감사합니다. 할머니…… 할머니가 절 다시 보고 싶어 하지 않으면 어쩌나 걱정 많이 했어요."

"별 쓸데없는 소릴 다 하는구나. 네가 보고 싶어 병이 나긴 했었지. 더 빨리 오고 싶은 걸 일이 생겨 좀 늦었구나. 그래. 이제 몸은 괜찮은 게야?"

관련 기사를 전부 살폈던 앤은 병원에 입원했던 제이의 건강이 걱정스러웠다. 안 본 사이에 몸은 또 왜 이렇게 야위었는지…….

"그럼요. 검사 다 했는데 아무런 이상도 없어요. 저 정말 건강해요."

"그래야지. 그래야 하고말고. 앞으로 두 번 다시 그렇게 떠나는 일은 없어야 할 거야. 너 그렇게 떠나고 나서 저 녀석 마음고생한 걸 생ㄱ."

"할머니!!"

이제껏 잠자코 둘의 재회 모습을 흐뭇하게 바라보고만 있던 조프가 다급히 할머니의 말을 막았다. 이미 지나가 버린 고통의 시간을 구태여 다시 끄집어내어 제이에게 보이고 싶은 마음은 없었다.

제이는 다급한 그의 외침에 할머니의 끝맺지 못한 말이 무엇인지는 짐작하고도 남았다.

"안 떠나요. 절대. 이젠 조프가 싫다고 해도 떠날 수 없을 것 같아요. 저 이제 어떡해요. 할머니?"

"누가 싫대? 절대 그럴 일 없어. 그러니 어디 갈 생각 말고 내 옆에 딱 붙어 있어."

"사람 일은 모르는 거잖아요. 지금이야 이렇게 좋아해도, 나중에 마음 변해서 나 싫다고 할까 봐 솔직히 좀 겁나요."

제이의 말에 발끈한 조프가 서둘러 말을 꺼냈다.

"어림없는 소리. 난 내가 잘 알아. 절대 변할 마음이 아니라고, 당신이나 나중에 나 귀찮다고 밀어내지나 마. 알았어?"

"정신없어, 그만들 해!! 어떡하긴 뭘 어떡해! 당장 결혼하면 될걸!! 하하하."

가만히 둘의 모습을 지켜보던 앤이 간단하게 결론을 내렸다. 마치 탁구를 하듯 이리저리 말을 튀겨 보내는 귀여운 모습이라니, 마음 같아서는 온종일 앞에 두고 이런 둘의 모습을 보고 싶지만, 갈 길이 바빴다.

"상견례 잡아 봐. 오늘 저녁으로!"

"네?"

"하 역시, 우리 할머니십니다!"

피는 못 속인다. 조프는 전혀 생각지도 않았던 말에 당황함도 잠시 남다른 추진력을 자랑하는 유전자의 놀라운 힘을 느끼며 흡족함에 고개를 끄덕였다.

"할머니. 오, 오, 오늘 저녁요?!"

제이는 연신 고개를 끄덕이며 미소를 짓고 있는 그와는 반대로 고개를 내저었다.

조프의 성급한 결혼 승낙에 이어 할머니의 거침없는 추진력까지. 두 번이나 놀라게 될 부모님을 떠올리며 당황함에 말까지 더듬고 있었다.

"오늘은 너무 갑작스러운데. 내일은 안 될까요? 실은 할머니 오신다는 것도 오늘 아침에 말씀드렸거든요. 게다가 아빠는 지금 서울에 계셔서요."

제이의 말이 끝나기가 무섭게 조프가 말을 꺼냈다.

"제이, 아버님은 걱정 마. 크리스 부모님 집 오늘 계약하기로 했잖아. 기억 안 나? 크리스 서울 보낼 거야. 오는 길에 아버님 모시고 오면 돼. 아버님 시간이 괜찮은지만 확인해 줘."

제이는 도와주지는 못할망정 오히려 나서서 일을 진행하려는 조프를 밉지 않게 흘겨보았다.

"조프 말 들었지? 전용기 타면 금방이야. 오실 상황이 안 된다면 내가 서울로 가면 돼. 그러니 부모님께 전화 넣어 봐. 내가 잘 말씀드려 보마."

"아, 아니에요. 제가 전화할게요!"

"그럴래? 하긴 대뜸 내가 전화하면 많이 놀라시겠지? 그럼 제이 네가 전화해서 시간은 오늘이라면 언제라도 상관없다고, 밤 12시라도 문제없다고 꼭 말씀드리고, 부모님이 계신 곳 그 어디라도 내가 가겠다고 해. 이렇게 갑작스레 말씀드려 대단히 죄송하다는 말씀도 꼭 전하려무나."

"아…… 하하하. 네. 네."

"왜 이렇게 대답이 시원찮아? 조프와 결혼하기 싫은 게야?!"

"아니요!!"

초를 앞다투어 튀어나온 성급한 대답이었다. 뒤늦은 부끄러움에 한 손으로 제 입을 가리고서 그를 바라보는데 어찌나 밝게 웃고 있는지, 할머니 또한 그와 다르지 않았다.

"하하하하하, 그래. 그렇지. 그렇게 시원시원하게 대답이 나와야지! 지금 여기서 전화하련? 아니면 나가서 하련?"

"나가서 할게요."

"나가자마자 전화하는 거 잊지 마! 알겠어? 오늘이야! 내 남은 생에 허락된 시간이 많은 것 같지 않으니 최대한 시간을 아껴 쓰자꾸나."

"할머니!!"

"할머니는 무슨 그런 말씀을, 나가는 대로 부모님께 말씀드릴 테니 그런 말씀 마세요. 오래오래 사셔야 해요."

진심으로 화가 난 듯 버럭 소리를 질러 버린 조프와 그런 조프의 팔을 가만히 다독이듯 어루만지며 할머니에게 말하는 제이였다.

앤은 말없이 서로를 걱정하고 위하는 사소한 모습마저 어찌나 사랑스러운지 눈을 떼지 못하고 흐뭇하게 바라보았다.

"그럼 이만 나가 보겠습니다. 할머니."

조금이라도 빨리 부모님께 말씀을 드려야 준비라도 서두를 수 있을 것 같아 제이는 마음이 급했고,

"잠깐! 이거 가지고 가."

앤은 아직 용건이 끝나지 않았다.

가만히 제이의 손을 가져와 하늘을 향해 펼치고서 그 위에 무언가를 올려놓았다.

"이게…… 뭐예요. 할머니?"

손 위에 놓인 자동차 키를 보며 의아함에 물었다.

"뭐긴 뭐야? 차 키지. 힘든 일 잘 이겨 낸 기념으로 주는 선물이니 거절할 생각은 말아. 거절하면 내 손자와의 결혼은 없던 걸로 하마."

자동차가 선물이라니 과해도 너무 과했다. 할 말을 잊은 채 멍하게 차 키만 보고 있는 제이를 보며, 앤은 조프에게 몰래 윙크를 날렸다.

병문안을 와서는 제이에게 예쁜 차를 선물하고 싶어 하던 손자였다. 분명 자신이 주면 부담스러워 거절할 듯하다며 넌지시 차 이름을 말하는 녀석의 의중을 눈치채지 못할 앤이 아니었다.

"할머니. 그래도 그 말씀은 너무하세요. 결혼을 빌미 삼아 이러시는 건 좀……."

"뭐가 너무해?!"

"선물로 받기에는 너무 과해요. 안 그래도 이 사람에게 늘 받기만 해서 미안한데, 할머니까지 이러시면……."

"하나도 과하지 않아! 받아, 너는 받아도 돼. 너와 너무 잘 어울릴 거야."

눈에 넣어도 아프지 않을, 자신에게는 단 하나밖에 없는 손자며느리였다. 평생을 학수고대하며 기다린, 주고 싶은 게 어디 자동차뿐일까, 이제 시작인데 겨우 이 정도를 과하다고 하면 앞으로 선물할 때 꽤나 실랑이가 있겠구나 싶었다.

제이는 태연하게 말씀하시는 할머니를 보며 왠지 이번이 끝이 아닐 것 같은 생각에 조심스레 여쭤보았다.

"설마 앞으로도 이 사람 걸고 저한테 계속 이러실 거예요?"

"하하하. 그야 당연하지. 몰랐어? 넌 나한테 약점 단단히 잡힌 거야! 그 정도도 부담스러워하면서 어떻게 조프와 결혼을 하려고 해?! 겸손한 것도 좋고, 봉사하는 것도 좋지만, 이제 너에게도 욕심을 좀 부려. 갖고 싶은 물건, 가고 싶었던 곳, 해 보고 싶었던 것들, 그게 뭐든 참지 말고 다 해. 네가 원하는 게 무엇이든 내가 적극적으로 지원해 주마. 나중에 후회 남기지 않도록 네 마음을 잘 들여다보란 말이야. 알겠니?"

"네…… 그럴게요. 감사합니다, 할머니. 주신 차는…… 잘 타겠습니다."

"그래. 진작 그렇게 나왔으면 좀 좋아?!"

"그러게요……. 그럼 전 이만 나가 볼게요. 부모님께 한시라도 빨리 전화를 드려야 할 듯해서요."

"그래! 나가 봐, 부모님이 상견례에 부담 갖지 않도록 잘 말씀드려야 한다."

"네. 할머니."

다정하게 포옹으로 인사를 하고서 집무실을 나와 잠시 멈추어 섰다. 아니나 다를까 자신과 함께 나와 싱글싱글 웃고 있는 조프를 보며 이곳이 비서실이라는 것도 잊은 채 기다렸다는 듯이 말을 쏘았다.

"조프, 왠지 이 선물이 할머니만의 생각은 아닌 것 같은데, 아니에요?"

언젠가 자신이 타는 SUV 차를 보며 놀라 묻던 조프가 생각이 났다. 일반적인 승용차를 탈 거라 생각했는지 크고 투박한 SUV를 모는 자신을 신기하다는 듯 말하고는 했는데,

"글쎄? 근데 그건 왜 물어? 선물이 마음에 안 들어?"

"음…… 그건 선물을 봐야 알겠죠? 당신 시간 어때요? 지금 보러 갈 생각인데, 내 옆에 앉아서 함께 드라이브할래요? 내 운전 실력 알죠? 이번 참에 신나게 달려 보지, 뭐. 잘됐네!!"

"하! 다, 당신 설마 이 차 타고 지난번처럼……."

뒤늦게 아차 싶었다. 하필 선물한 차는 최고 속도가 시속 325킬로미터를 넘는 슈퍼 카였고, 불과 며칠 전 자신이 사고가 난 줄 알고 병원으로 질주해 오던 제이의 모습이 섬광처럼 뇌리를 스치며 뒷머리가 쭈뼛 솟아올랐다.

"당신 지난번처럼 운전하기만 해! 그럼 한 달이 아니라 평생 직접 운전하는 일은 없게 할 거야!"

"그러게 왜 고양이한테 생선, 아니 아니지 스피드를 즐기는 나에게 이걸 주실까?"

그의 눈앞에서 보란 듯이 차 키를 흔들며 씨익 웃었다.

"하. 제이, 당신 분명 지난번에 약속했어. 다시는 그렇게 운전하지 않겠다고, 기억해?"

"흠."

"이렇게 나온단 말이지? 좋아. 그럼 할머니께 당신 운전하는 스타일이 어떤지 말씀드릴 수밖에."

곧 집무실로 다시 돌아갈 듯 문고리를 잡는 그를 보며 놀란 마음에 조프의 팔을 덥석 잡았다.

"아니 내 말은 그게 아니라, 선물이 너무 과하단 말이에요. 할머니께서 저렇게 나오시니 이번에는 어쩔 수 없다 해도, 앞으로도 계속 이런 식이면 정말 곤란해요. 나도 염치가 있지, 어떻게 이런 선물을 덥석덥석 그냥 받아요?!"

"그래? 정 그렇게 부담스러우면 나에게 아주 좋은 생각이 있는데 말이야."

제이는 제 얼굴 앞에 바싹 다가와 얼굴을 들이밀고서 음흉하고 능청스럽게 한쪽 입술을 쓰윽 올리는 조프를 보며 입술을 아프지 않게 깨물었다.

"그 좋은 생각이 절대 순수하지 않을 것 같은 생각이 드는 건 왜죠?"

"훗, 역시 내 마음을 기가 막히게 잘 안단 말이야. 아주 바람직해."

"하!"

어찌나 표정이 풍부한지, 짙어진 눈빛에 한쪽 입꼬리가 슬쩍 올라간 모습도 멋있기만 했고, 그 아찔한 모습에 마음이 간질거려 덩달아 제이의 입매가 올라가 버렸다.

"두 분, 솔로들 염장 지르는 사랑싸움은 나가서 해 주시기를 간곡히 부탁드립니다."

집무실 앞에서 속닥거리며 아웅다웅하는 모습에 대화 내용이 들리진 않아도 주위의 흥미를 이끌기엔 충분한 듯했다.

둘의 모습을 바쁘게 오가는 비서실 직원들의 반짝이는 눈빛을 보다 못한 크리스가 조용히 다가와 다툼을 마무리하기를 부탁하는데,

"싸우는 거 아니야!"

"싸우는 거 아니거든요!"

동시에 튀어나온 대답에 피식 웃고 말았다. 누가 싸움이랬나? 사랑싸움이랬지? 이렇게 서로 좋아 죽는 걸 그동안 어떻게 참았을까?

"어쨌든요. 지금 두 분께서 아주 좋은 구경거리를 만들어 주고 계십니다. 관객이 더 필요하십니까? 그럼 저 역시 조용히 관람하고 있겠습니다만."

"알았어. 나갈게. 나가면 되는 거지? 제이 당신은 나랑 얘기 좀 더 할까?"

크리스의 말에 뒤늦게 비서실을 빙 둘러보는데, 무려 열 명의 눈이 자신을 향해 있었다. 잠시 본분을 망각한 모습이 민망해 어색하게 웃으며 제이의 손을 잡아 비서실 밖으로 이끌었고, 제이 역시 부끄러웠는지 살짝 고개 숙인 채 종종걸음으로 조프의 뒤를 따랐다.

그렇게 티격태격하는 사이 두 사람은 지하 주차장에 도착했고, 제이는 선물받은 차 앞에서 놀란 입을 다물지 못하고 그대로 굳어 버렸다.

차 키를 보며 설마 했는데, 눈앞에 그 이름도 유명한 람보르기니 슈퍼 카가

있을 줄이야…… 한눈에 보기에도 날렵하고 매끈한 디자인에 색상은 무려 짙은 주황 계열이었다. 화려하다 못해 너무 튀는 색상은 어디 유명한 자동차 전시관에서나 봄직한 모습이었고, 제이는 과연 제가 이 차를 탈 수 있을까 심각하게 고민하지 않을 수 없었다.

"하…… 설마, 이걸 나더러 타라는 건 아니겠죠?"

"왜 아니야?"

"제발, 너무 화려해요. 게다가 이렇게 고가의 자동차를…… 이건 뭐 어디 긁힐까 봐 제대로 다니지도 못하겠어요. 그리고 내가 이걸 탈 일이 뭐가 있겠어요? 늘 회사 아니면 집, 집 아니면 회사, 이게 다인걸! 이건 완전 돈 낭비, 자동차 성능 낭비라고요."

조프는 걱정으로 미간이 찌푸려진 제이를 등 뒤에서 가만히 끌어안았다.

"그럼 나와 데이트할 때 타면 되지, 당신하고 너무 잘 어울려. 이 차의 성능은 데이트할 때 내가 가끔 향상시켜 줄게. 그러니까 부담스러워하지만 말고 그냥 받아. 아까 할머니 말씀 들었지? 나와 헤어질 생각이 아니라면 거절할 생각은 하지도 말라고."

유독 차에 관심이 많은 조프였다. 마음 같아서는 자신의 차만큼이나 좋은 차를 선물하고 싶었으나, 평소 사치하지 않는 제이의 성격을 잘 알기에 눈높이를 한참 낮추었다. 그럼에도 거절할 궁리만 하는 제이를 보며 더 이상 거절은 하지 못하도록 못을 박아 버렸다.

"그 손자에 그 할머니예요. 둘이 너무 닮은 거 알아요? 어휴……."

"풋, 지금 욕하는 거 아니지? 얼른 부모님께 전화부터 해. 아니다, 내가 할까?"

다행히 고집이 한 풀 꺾인 듯해 안심하며 화제를 얼른 돌려 버렸다.

"아니요!! 내가 해요. 내가."

제이는 여전히 부담스럽기만 한 차를 보고 한숨을 내쉬며 휴대폰을 들었다. 놀라게 될 부모님을 생각하며 죄송스러운 마음에 차마 입이 떨어지지 않았으나, 조금이라도 빨리 알려 드려야 할 것 같아 서둘러 통화 버튼을 눌렀다.

신호음이 얼마 가지 않아 전화가 연결되었다.

"엄마……."

— 제이! 왜? 무슨 일 있어? 할머님이 너 마음에 안 들어 하셔?

말을 꺼내자마자 들려오는 엄마의 다급한 목소리에 하루 종일 얼마나 제 걱정을 많이 하고 계셨을지 굳이 묻지 않아도 알 듯했다. 그런 엄마에게 오늘 상견례를 했으면 한다는 말을 어떻게 전해야 하나 잠시 망설이다 조심스레 입을 열었다.

"아니. 그게 아니라…… 엄마. 정말 죄송한데 상견례를 오늘 저녁에 했으면 하신다고……."

제이는 차마 입이 떨어지지 않는 말을 조심스레 전했고,

— 뭐야?! 그게 무슨, 네가 잘못 들은 거 아니야? 무슨 상견례 날을 이렇게 갑작스레 잡아?!

아니나 다를까 펄쩍 뛸 듯이 놀라 버린 엄마의 목소리였다.

"할머니께서 앞으로 허락된 시간이 많지 않다고 하시며 말씀하시는데, 거기다 대고 안 되겠다는 말도 안 나왔어요. 엄마. 그리고 저녁때가 아니라 자정이라도 상관없다고, 어디라도 좋으니 직접 가시겠다고까지 말씀하시는데…… 급하게 서둘러 너무 죄송하다는 말씀도 꼭 전하라 하셨어요. 아무래도 오늘 해야 할 것 같은데…… 괜찮으시겠어요?"

— 맙소사…… 조 서방 탓할 게 아니었네. 할머니가 더하면 더했지 결코 덜하진 않으시겠어. 어르신이 그렇게까지 말씀하신다면야 방법이 없네. 저녁에 집으로 모시고 와. 엄마가 천천히 준비해 볼게. 아빠도 시간 괜찮을 거야. 엄마가 연락할 테니 넌 아무 걱정 하지 말고. 응?

"네. 그럼 아빠한테 물어보고 전화 주세요. 마침 크리스가 오늘 서울 가거든요. 오는 길에 같이 오면 될 것 같아서요."

— 그래 알았어. 아빠한테 물어보고 바로 전화 줄게.

"네. 그런데 엄마. 정말 집에서 해도 괜찮으시겠어요?"

— 괜찮지, 그럼. 너는 오늘 괜찮았어?

"네. 엄마. 전 괜찮아요. 할머니께서 많이 예뻐해 주세요."

— 듣던 중 반가운 소식이네. 그나저나 그분은 또 언제로 날을 잡을지 걱정이다. 조 서방보다 더 서두르면 안 될 텐데 말이야.

"설마…… 그러기야 하실까요?"

말을 하며 여전히 뒤에서 자신을 안고 있는 그를 올려다보는데 태연하게 미소를 머금은 모습이 왜 오늘따라 더 음흉하게 보이는지.

설마는 항상 사람을 잡는 법이다. 정연과 제이는 이때까지만 해도 할머니를 온전히 파악하지 못했다. 조프, 그의 추진력의 원동력이 바로 할머니였다는 것을, 그보다 더하면 더했지 결코 덜하실 분이 아니라는 것을…… 미처 알지 못했다.

제이는 전화를 끊고서 가만히 뒤돌아서며 조프를 마주했다.

"조프, 할머니께서는 결혼을 언제쯤 했으면 하시던가요? 혹시 대화해 봤어요?"

"아니, 나도 오늘 그럴 시간까지는 없었어. 왜?"

"그냥. 엄마가 걱정을 해서. 설마 당신보다 급하기야 할까?"

"미리 걱정하지는 말지? 그런데 가만 보면 말이야, 나만 급한가 봐?! 당신은 나와 하루라도 빨리 결혼하고 싶지 않아?"

"에이, 당연히 당신과는 하루라도 더 빨리 함께하고 싶지만…… 그래도 결혼은 좀 달라요. 준비할 게 얼마나 많은데 한 달도 사실 촉박해요."

"준비라, 그건 나에게 모두 맡겨. 당신이 신경 써야 할 건 단 하나도 없을 거야. 당신은 몸만 오면 돼. 몸만!"

"말도 안 돼. 결혼이 생각처럼 그렇게 간단하지 않아요. 이렇게 급하게 상견례 하게 될 줄 알았으면 당신과 미리 얘기를 좀 나눠 볼 걸 그랬나 봐요."

말을 하며 무심코 휴대폰을 들어 시간을 확인하다 그만 깜짝 놀라고 말았다.

"어머 조프! 시간 많이 지났어. 일단 일하러 가요. 결혼식은…… 상견례를 해 보면 알겠죠. 뭐. 설마…… 당신보다야 더 하실까……."

말끝을 흐리고서 앞서 걸어가며 그럴 리 없다는 듯 고개를 절레절레 흔드는 제이를 뒤따라가며 조프가 크게 고개를 끄덕이고 있었다.

오늘의 상견례가 무척이나 기대되고 있었다. 할머니께서 평생을 학수고대하신 자신의 결혼식을 얼마나 빨리 앞당길 수 있을지, 할머니의 추진력을 지켜보는 게 오늘 상견례의 관점 포인트이며 조프의 최대 관심사였다.

환한 웃음을 머금은 채 집무실로 들어서는 조프를 보며 앤 역시 싱긋 웃고 있었다.

"그래, 차는 봤어?"

"네! 역시 할머니 센스는 따라올 사람이 없습니다. 어떻게 제 마음을 그렇게 잘 아시고 딱 그 모델을 준비하셨는지."

조프는 할머니가 앉아 있는 소파 맞은편으로 가 편하게 앉으며 말했다.

"하! 저런 능구렁이 같은 녀석. 그래. 제이는 마음에 들어 하던?"

"뭐, 많이 부담스러워하기는 하는데 그래도 거절하지는 못할 겁니다. 할머니의 작전이 기가 막힙니다."

"그럼 내가 누구냐! 네 할머니 아니냐! 그나저나 제이 집에 연락은 했어?"

"네. 저녁에 제이 집으로 가면 될 것 같습니다. 집에서 하시겠답니다. 여기서 가깝습니다."

"저런, 힘들게 뭘 집에서 한다고 그래? 호텔에서 만나면 될걸!"

초면에 만남을 서두른 것도 결례인데 외부가 아닌 집에서 상견례를 하자는 말에 깜짝 놀라고 말았다. 아무리 가볍게 준비를 한다고 해도 신경 쓸 게 한둘이 아닐 텐데, 당연히 호텔 레스토랑을 떠올리고 있던 앤은 당황하지 않을 수 없었다.

"그게 아마도 우릴 생각해서 그럴 겁니다. 제이나 저나 요즘 가는 곳마다 과하게 관심이 집중되는 데다, 보는 눈도 많다 보니 밖이 불편한 건 두말할 필요도 없고요."

"흠. 그렇기도 하겠구나…… 거기까지는 미처 생각하지 못했어. 그래도 이를 어쩐다. 괜한 일거리를 드렸으니…… 그럼 일손을 도울 사람이라도 좀 보내드려야겠구나."

"네. 저도 그럴 생각입니다. 그건 제가 알아서 할 테니 할머니도 들어가서 좀 쉬세요. 저녁에 상견례 하려면 지금이라도 좀 쉬셔야죠. 시차도 바뀌어 힘드실 텐데."

장거리 비행을 하는 것만 해도 피로가 적지 않을 텐데, 아무리 오는 중에 기내에서 쉬셨다 해도 연세가 많은 분께 무리가 되지 않을까 걱정되었다.

"오냐, 그래. 내가 정신을 바짝 차려야지. 그 전에 사돈 내외 성격이 어떠하시냐? 그 정도는 파악하고 가야지. 도움이 될 만한 정보를 알려다오."

아무런 준비도 없이 갈 수는 없었다. 협상에 유리한 고지를 점령하기 위해서는 최소한 상대가 어떤 생각을 하고 있는지, 어떤 성품인지 알아야 할 듯했다.

"역시 할머니 준비성은 알아줘야겠습니다."

조프는 앞으로 바싹 다가와 자신의 말을 들을 준비 하는 할머니의 매서운 눈빛을 바라보며 싱긋 웃었다.

"음…… 우선 아버님, 술이 약해요. 제가 인사를 하러 가서 결혼 허락받을 때 그 덕을 톡톡히 봤습니다. 아마 이번에는 그렇게 쉽게 통하지 않을 듯싶어 아주 아쉽네요. 단것을 좋아하지 않지만, 초콜릿은 즐겨 드시고, 성격은 온후하고 유한 듯하나 무언가를 결정지어야 할 때는 아주 단호합니다. 처음엔 다소 무뚝뚝해 보일 수도 있으나, 조금만 대화를 나눠 보면 얼마나 따듯한 성품을 지니셨는지 금방 알 수 있을 겁니다."

말을 하면서도 떠오르는 그날의 기억에 입가에 걸린 미소가 사라지지 않았다.

"그리고 어머님, 마음이 여려요. 인자하고 온화하며, 다정다감합니다. 가끔 보면 귀엽기까지 하시고요. 한국에 현모양처라는 말이 있더군요. 그 말의 표본과 같은 분이십니다. 단, 필요할 때는 가차 없이 단호한 모습을 보이기도 하니 주의가 필요합니다. 두 분 다 좋은 분이시니 크게 걱정하지 않으셔도 될 겁니다."

조프의 말만 들어도 그려지는 듯한 따듯한 성품에 앤의 입매가 흐뭇하게 늘어졌다. 제이만 보더라도 그 부모의 됨됨이야 예상하고도 남았다

"녀석, 길지 않은 시간에 제법 잘 파악했구나. 참고하마. 난 이만 들어가서 좀 쉬련다. 나중에 보자꾸나."

피곤하다고 큰일을 그르칠 수는 없는 일. 오늘 무슨 일이 있어도 원하는 바를 반드시 이루고야 말겠다는 강한 의지를 조용히 불태우며 앤이 자리에서 일어섰다.

"네. 할머니. 부디 푹 쉬시고, 오늘 잘 부탁드리겠습니다."

"하하하하하."

사람 하나 들어왔다고 이렇게 성격이 바뀔 수가, 전에 없이 유들유들 능청스러워진 손자를 보며 뿌듯하게 차오르는 마음에 웃음이 멈추지 않았다.

할머니가 자리를 뜨자마자 제이에게서 문자가 왔다. 다행히 아버님도 오후 시간은 괜찮은 듯했다. 오후 2시 이후에는 언제라도 연락해도 된다는 말과 함께 아버님의 전화번호가 찍힌 문자를 보고 싱긋 웃으며 서둘러 인터폰으로 크리스를 불렀다.

이내 집무실로 들어서는 크리스를 보고 미소 지으며 말을 건넸다.

"좀 앉아 봐."

"네. 대표님."

"너 오늘 거기 좀 다녀와라. 전용기 이용하면 시간은 충분할 거야."

말을 하며 조프가 고개로 테이블을 가리켰고, 크리스는 테이블 위에 놓인 서류 봉투를 집어 들어 적힌 주소를 확인했다. 어딘지 익숙한 주소는 서울에 있는 한 팀장님 부모님 댁인 듯한데, 번지수가 조금 달랐다.

"한 팀장님 댁에 무슨 일이라도 있습니까?"

"아니, 제이 부모님 집 아니고, 그 옆집이야. 네 부모님 모실 곳으로 적합할 것 같아 가계약했어. 네가 가서 처리하고 와. 1시까지 가면 돼. 잔금은 네 통장으로 입금될 거야. 네 부모님 찾은 기념으로 내가 주는 선물이야."

"대……표님."

"물론, 네가 어련히 잘 알아서 하겠지만, 나도 뭔가는 해야지. 가만히 있을 수야 있나?!"

"이건 또 언제 준비하셨습니까? 사실 저도 찾아보는 중이었는데……."

부모님이 머무는 집이 신경이 쓰이던 참이었다. 오래된 주택의 낡은 건물도, 해가 잘 들지 않던 음지도, 시내를 오가는 불편한 동선도 모두 마음에 걸렸다.

이제 어느 정도 바쁜 일정도 소화되었기에 부모님이 머물기 좋은 곳을 알아보던 중이었는데, 언제 이렇게 준비를 하셨는지.

"제이한테 부탁했어. 마침 제이 부모님 옆집이 매물로 나왔는데 아버님이 아주 마음에 들어 하셨나 봐. 아버님도 건축하시는 분이니 안목이야 말해 뭐해? 입만 아프지. 네 부모님 모시기에 더없이 좋을 것 같아. 네 어머님을 생각해도…… 제이 어머님 역시 제이 떠나고 나면 힘드실 텐데, 두 분이 서로 의지하면 그보다 더 좋은 이웃이 또 있을까 싶어."

"……고마워. 형."

과연 이 은혜를 갚을 날이 오기는 할까, 크리스는 도무지 무슨 말로 이 마음을 전해야 할지 알 수 없었다.

"그게 무언가를 해 줘야 들을 수 있는 말이었나? 이거 원……. 뭐 더 필요한 건 없어?"

"말이 그렇게 됩니까? 이것도 과분합니다. 아들인 제게도 기회를 주셔야죠.

그 외 필요한 건 제가 잘 챙기겠습니다. 그리고…… 진짜 고마워. 형.”

“그래. 더 필요한 게 있으면 언제라도 말해. 그리고 계약하고 오는 길에 제이 아버님 좀 모시고 와라. 오늘 저녁에 상견례 하기로 했어. 내가 전화해서 말씀드려 놓을게.”

생각이 많은 크리스가 행여나 쓸데없는 부담을 느낄까 서둘러 화제를 전환시켰다.

“네? 오늘이요?! 와우, 역시 할머니. 정말 대단하십니다. 한 팀장님 많이 당황하셨겠는데요?”

자신을 배려해 말을 돌린다는 걸 모르지 않을 만큼 조프를 너무 잘 알고 있었다. 하지만, 공치사를 끔찍하게 싫어하는 만큼 전환한 화제에 동참했다.

“그래. 근데 어쩌냐? 이 정도로 당황하면 곤란한데?”

“어째 즐기시는 것 같습니다만.”

“그러게, 제이한테는 좀 미안하긴 한데 이 정도면 나도 많이 참고 기다려 준 거 아닌가? 이제부터는 마음껏 즐겨 보려고.”

“하긴, 많이 참고 돌고 돌아 결국 여기까지 왔습니다. 부디 원하시는 일이 꼭 이루어지기를 바라겠습니다. 그럼 전 다녀오겠습니다.”

“그래. 조심해서 다녀와라.”

조프는 부디 그 집이 크리스의 마음에도 꼭 들기를 마음으로 바랐다.

누군가는 빛과 같이 빨리 가는 시간을, 또 누군가는 달팽이와 같이 더디 가는 시간을 바라보며 결전의 순간을 마주했다.

“할머니, 가실까요?”

“그래. 출발하자. 제이는?”

앤은 약속한 시간이 되기가 무섭게 제 방으로 들이닥친 조프를 보며 피식 웃었다.

"오후에 집에 먼저 갔습니다. 아무래도 어머님 혼자 준비하는 게 마음에 걸렸나 봅니다."

"사돈 혼자? 보내 드린다던 일손은 어쩌고?"

"어머님께서 한사코 마다하셔서 결국 못 보냈습니다. 귀한 분 오시는데 직접 대접하고 싶다고."

"저런, 결례를 했구나."

"너무 걱정하지 마세요. 제이가 먼저 가서 일손을 도왔으니 괜찮을 겁니다. 제가 말씀드렸던가요? 어머님이 요리 연구가예요. 덕분에 제이도 음식 솜씨가 아주 좋고요. 어쩌면 사람을 보내는 게 오히려 방해가 되었을 수도 있어요. 솔직히 밖에서 먹는 음식보다 훨씬 훌륭합니다."

앤은 제 욕심으로 본의 아니게 첫 만남부터 예의에 어긋난 행동을 한 터라 마음이 편할 리 없어 인상이 찌푸려졌고, 조프는 할머니의 걱정스러운 마음을 알고도 남았기에 안심시켜 드렸다.

두 사람을 발견한 리처드가 재빨리 차 뒷문을 열었고, 앤과 조프는 뒷좌석에 나란히 함께 앉았다.

"오호라, 그래? 사돈이 요리 연구가라고? 덕분에 제이도 요리 솜씨가 좋은가 보구나. 정말 못하는 게 없어. 무엇 하나 빠지는 게 없으니, 네가 서두를 만도 하구나."

"네! 하루라도 빨리 데려와야 마음이 놓이겠습니다."

'모르긴 몰라도 눈독 들이는 사람이 한둘이 아닐 겁니다.'

"하하하. 녀석, 참 급하긴 급했구나. 네 속내를 훤히 내보이는 걸 보니 말이다. 그래, 아까 물어본다는 게 깜빡했구나, 결혼 허락은 언제 어떻게 받아 낸 거야?"

"큭, 말하자면 긴데 말입니다……."

말을 꺼내는 조프의 입가에 미소가 가만히 번지고 있었다. 그날의 에피소드를 할머니께 풀어놓으며 오늘도 그 날과 같이 수월하게 일이 잘 풀리기를 마음으로 바라보고 있었다.

"하하하하하, 웃다 보니 눈물이 다 나는구나. 하하하. 우리 사돈이 임자를 제대로 만났네. 제대로 만났어. 그래, 누가 너를 당해 내겠어?!"

오랜만에 손자와 흥미로운 주제로 대화를 나누다 보니 어느새 목적지에 닿아 있었다. 앤은 웃느라 눈가에 맺힌 눈물을 찍어 내며 차분히 마음을 가다듬었다.

"도착했습니다. 할머니."

"오냐. 우리 사돈들이 너무 궁금하구나, 얼른 들어가자."

예쁘고 아담한 제이의 집 앞, 대문 앞까지 맛있는 음식 냄새가 진동하고 있었다.

대문 벨을 누르기도 전에 현관문이 열리며 제이와 부모님이 함께 마중 나오고 있었다.

"할머니 오셨어요?"

대문 앞에 도착한 앤을 보자마자 제이가 반갑게 다가와 인사를 했다.

"그래, 준비한다고 고생 많았지?"

살갑게 제이의 손을 잡으며 눈길은 자연스레 사돈에게 향하고 있었다.

"이거 초면에 엄청난 결례를 범했습니다. 급하게 날을 잡은 것도 죄송한데 이렇게 집으로 초대해 주시니 몸 둘 바를 모르겠습니다."

사돈 내외를 보며 앤이 먼저 정중한 인사를 건넸고,

"결례라니요. 별말씀을 다 하십니다."

"귀한 분을 당연히 집으로 모셔야지요. 집이 좀 작습니다. 불편하시지 않을까 걱정입니다. 얼른 들어가시지요."

어머니뻘 되는 사돈어른을 보며 동우와 정연도 정중하게 응답했다.

"아버님. 오신다고 고생 많으셨습니다. 급히 날을 잡아 죄송합니다."

조프 역시 마음을 담아 아버님께 인사를 전했고,

“자네가 신경 써 준 덕분에 크리스와 함께 편히 잘 왔어. 고맙네.”

동우는 듬직한 사위를 보며 흐뭇한 미소를 지어 보였다.

그렇게 동우와 정연이 사돈어른을 모시고 먼저 집으로 향하고 제이와 조프가 눈인사를 주고받으며 할머니와 부모님을 뒤따라 집 안으로 들어서는 사이, 리처드는 할머니가 준비해 온 선물들을 현관 안으로 들여놓고서 알파에게로 향했다.

“아니. 사돈어른, 이게 다 무슨…….”

“한국에 올 때 사돈 생각이 나서 이것저것 준비를 한다고 했는데 마음에 들지 모르겠습니다.”

무언가 선물을 하고 싶은데 어떤 선물을 하면 좋을까 생각하다 안사돈과 바깥사돈의 가방이나 지갑, 액세서리, 화장품 등 부담 없이 일상에서 늘 사용할 수 있는 물건을 손수 준비한 앤이었다.

“그냥 오시지 뭐 이런 걸 다…….”

현관 앞에 차곡차곡 놓인 물건들을 보며 동우와 정연은 놀라 벌어져 버린 입을 다물 수가 없었다.

“이런 물건이 집으로 초대해 주시는 마음과 성의에 감히 비할 수 있겠습니까. 괜한 수고를 끼쳐 죄송할 따름입니다. 사돈.”

날을 잡기도 전에 더없이 다정하고 자연스레 흘러나오는 호칭이었다.

“수고라니요. 늘 하는 일인 것을요, 뭘. 준비한다고는 했는데 사돈어른 입맛에 맞을지 모르겠습니다. 시장하시겠습니다. 일단 식사부터 하시지요.”

정연은 너무나 다정한 사돈어른의 말씀에 온종일 어떤 분일까, 마음 졸이며 걱정했던 마음을 조금 내려놓으며 자리를 안내하고 있었다.

“무슨 음식을 이렇게나 많이 하셨어요?”

한 상 가득 차려진 정갈하고 먹음직스러운 음식을 보며, 조프가 했던 말이 괜한 말이 아니었음을, 굳이 먹어 보지 않아도 맛이 느껴지는 듯, 준비한 손길에 대한 고마움이 가슴 가득 자리하게 되는 앤이었다.

"고생 많으셨겠어요. 그럼 감사히 잘 먹겠습니다."

"잘 먹겠습니다."

조프 역시 지난번 인사 왔을 때와는 또 달라진 음식들을 보며 감탄하지 않을 수 없었다.

모두 식탁에 둘러앉아 정연과 제이가 오후 내 정성스럽게 준비한 음식을 맛있게 즐기며, 동시에 서로의 분위기를 파악하기에 바빴다.

동우와 정연은 사돈어른의 의중을 알 수가 없어 음식을 먹으면서도 입으로 들어가는지 코로 들어가는지 모를 정도로 긴장하고 있었고, 앤 역시 분위기를 파악하며 사돈들의 성향을 조금이라도 더 알아내려 온 신경을 집중하고 있었다.

준비된 저녁을 다 먹은 후 다과를 위해 거실로 자리를 옮겼다.

"정말 너무 잘 먹었습니다. 안사돈께서 요리 연구가라 하시더니 음식 솜씨가 정말 뛰어나십니다. 그 어디에서 먹은 음식보다 더 훌륭합니다."

"과찬이십니다. 급하게 준비하다 보니 부족함이 많은데도 맛있게 드셔 주셔서 정말 감사합니다."

"너무 겸손하십니다. 하하하, 아차 내 정신 좀 보게. 조프, 준비한 것 좀 가져와 봐."

"네. 할머니."

조프가 한쪽에 놓인 물건 중 하나의 쇼핑백을 가져와 꺼내는데 앤의 목소리가 들려왔다.

"이렇게 좋은 날, 샴페인을 빼놓을 수가 있나요? 도수가 그리 높지 않은 부드러운 것으로 준비했답니다. 가볍게 같이 한잔합시다. 그리고 이 샴페인과 더없이 잘 어울리는 초콜릿도 가져왔답니다. 우리 사돈 입맛에 맞으면 좋을 텐데요."

조프가 샴페인 뚜껑을 여는 사이 앤이 초콜릿 겉 포장을 벗기며 사돈 내외 앞으로 내밀었다.

"감사합니다. 안 그래도 우리 그이가 단것은 싫어하는데 초콜릿은 즐긴답니다."

정연은 가지런히 놓인 초콜릿 중 한 개를 골라 남편에게 권하고 있었다.

"가만 보니 우리 제이가 안사돈을 쏙 빼닮았나 봅니다. 겸손한 건 말할 것도 없고, 어찌나 예의 바르고 싹싹한지요. 딸을 정말 잘 키우셨습니다."

"아휴, 이렇게 예쁘게만 봐주시니 얼마나 감사한지 모르겠습니다. 우리 조 서방이야말로 사람이 얼마나 진중하고, 속이 깊은지요. 볼 때마다 감탄하고 있습니다."

"그렇게 좋게 봐주시니 저 역시 감사합니다. 이게 다 우리 제이 덕분이지요. 제이가 일으킨 변화랍니다. 제이가 아니었다면 우리 조프, 결혼은 생각조차 하지 않았을 겁니다. 이 은혜를 어찌 다 갚아야 할지 모르겠습니다."

앤은 조프의 말처럼 인품이 훌륭한 사돈 내외를 보며 기쁜 마음을 감추지 않았다. 점잖은 행동에 참한 말투 따듯한 마음까지 무엇 하나 마음에 들지 않는 것이 없었다.

"은혜라니요. 무슨 그런 말씀을…… 우리야말로 조 서방의 덕을 크게 보았습니다. 조 서방이 없었다면, 이번 일 결코 이렇게 잘 해결되지 않았을 겁니다. 마음 같아서는 우리 조 서방 앞에 백 번이고 천 번이고 절이라도 하고 싶은 심정입니다."

"그렇게 생각해 주신다니 얼마나 다행인지, 그러고 보면 우리 아이들이 천생연분이 아닌가 싶습니다. 스페인에서 볼 때도 느꼈지만, 두 사람이 얼마나 잘 어울리는지. 흠흠, 기왕 말이 났으니 말입니다만 사돈, 우리 조프가 나이가 적지 않습니다. 이렇게 잘 어울리는 두 사람 하루라도 빨리 맺어 주는 게 어떨까요?"

드디어 시작되었다. 조프와 제이는 잠자코 어른들이 주고받는 말씀을 들으며 가만히 눈빛을 마주하고 있었다. 한마디의 말을 나누지 않아도, 오가는 애틋한 눈빛 하나만으로도 서로의 설렘 가득한 마음이 충분히 전해지고도 남을 만큼 따듯하고 뜨거웠다.

"네……. 그렇지요? 한데 우리가 아직 준비가 덜 되어서, 시간만 조금 주신다면 차근차근 결혼식 준비를 잘할 수 있을 텐데요."

정연과 동우의 마음에 긴장감이 엄습하고 있었다. 조금씩 숨통이 조여 오는 듯 목이 타들어 가 손수 권해 주신 샴페인을 조금씩 목구멍으로 흘려보내는데, 양주와는 비교할 수 없이 달콤하고 부드러운 목 넘김에 아무런 의심 없이 즐기게 된 동우와, 그런 바깥사돈을 보며 슬금슬금 입꼬리가 올라가는 앤이다.

"그럼 사돈은 언제쯤으로 생각하고 계신지요."

앤은 조심스레 동우와 정연을 살피며 본론으로 넘어가 협상의 시작을 알렸다.

"네. 우리는 최소한 올해는 넘겼으면…… 사실 한국에서 아홉수에는 결혼을 잘 하지 않습니다만."

그 말을 들은 조프가 성급히 대화에 끼어들었다.

"어머님, 그건 곤란합니다. 분명, 그때 아버님께서 저와 약속을 하셨습니다. 올해 안에 하는 거로 말입니다. 제이도 어머님도 똑똑히 듣지 않으셨습니까?"

조프는 가만히 어른들의 대화를 듣고 있다 올해를 넘기고 싶다는 어머님의 말씀에 발끈했고, 동우는 그런 사위를 보며 머쓱함에 다시금 샴페인을 꿀꺽 삼켜 버렸다.

"흠. 너무 갑작스럽기는 하지요? 하지만, 제이가 말없이 떠나지 않았다면, 이미 결혼해서 아이까지 낳고 살고 있을지도 모를 일이었겠지요. 그 생각만 하면 지난 시간이 아깝기만 합니다."

"콜록콜록."

어른들의 말씀을 들으며 입이 바싹 말라 와 샴페인으로 목을 축이던 제이가 할머니의 말에 놀라 사레가 들려 버렸다.

"이런, 당신 괜찮아?"

제이가 콜록거리자 조프는 1초의 망설임도 없이 재빨리 제이의 옆자리로 가

등을 가볍게 두드려 주며 가슴에 있는 행커치프를 꺼내어 제이의 입가를 닦아 주며 진정시키는데, 앤은 그 모습을 흐뭇하게 바라보며 여봐란듯이 당당하게 사돈의 눈을 마주했다.

동우와 정연 역시 재빨리 딸아이에게 향하는 사위를 보며 뿌듯하면서도 왠지 오늘 역시 밀릴 것 같은 기분이 들어 동시에 샴페인을 들이켜고 말았다.

마찬가지로 샴페인을 마시며 그 모습을 곁눈질로 보고 있던 앤이 미소 지으며 잔을 내려놓았다.

"사돈…… 내 나이가 내일모레면 구십입니다. 내가 살면 얼마나 더 살겠습니까?"

"할머니!"

"아이고 사돈어른!"

누가 먼저랄 것도 없이 그녀의 말에 반박하듯 앤을 불렀다.

잠시 말을 쉬며, 지금까지 정정하고 밝은 모습으로 말을 건네던 것과는 달리, 자못 쓸쓸함이 더해지며 작은 한숨을 내뱉는 앤의 애잔한 모습에 순식간에 분위기가 숙연해지기까지 했다.

"조프, 사실 말이야 바른말 아니냐? 입원하는 횟수도 점차 늘어 가고 말이다. 사돈, 내 지금껏 살아온 날에 대한 후회는 없습니다만, 단 하나 마음에 걸리는 게 있습니다. 일찍이 아들을 가슴에 묻었습니다. 그 아들이 남겨 둔 내 손자가 예쁜 가정을 이루는 모습을 보고 가야 하지 않겠습니까? 그래야. 다시 우리 아들을 만나게 되더라도 내가 할 말이 있지요. 내 마지막 남은 단 하나의 소원입니다. 부디 하루빨리 결혼해 손자의 아이까지 보고 간다면 더 바랄 게 없겠습니다."

진심을 전하는 앤의 말이 무겁게 조프의 가슴을 내리눌렀다. 할머니께서 한번씩 저렇게 말씀을 하실 때마다 한없이 가라앉는 마음은 쉬이 진정되지 않았다. 언젠가는 헤어질 날이 오게 되겠지만, 부디 그 날이 가까워 오지 않기를 마음으로 바라며 고개 들어 할머니를 바라보는데, 능청스레 윙크하시는 모습이라니.

끙. 너무나 감쪽같은 모습에 덩달아 속아 넘어간 조프였다.

재빨리 살펴본 제이 가족의 모습은 조금 전 할머니를 걱정하던 자신의 모습과 다를 바가 없었다.

본의 아니게 제이의 가족에게 걱정을 안기게 된 것이 미안해 눈썹을 실룩거리며 할머니께 불만을 표출하는 조프와, 그런 조프를 보며 앤은 웃음이 비집고 나와 행여 사돈이 볼까 봐 입술을 깨물며 웃음을 참고 버티고 있었다.

"후…… 사돈어른께서는 그럼 언제로 생각하시는지. 혹시 염두에 두신 날이라도 있으십니까?"

무거워진 분위기를 참다못한 동우가 물었다.

"마음 같아서는 내일 당장이라도 시키고 싶습니다. 사돈."

"사돈어른! 농담이라도 그런 말씀은."

웬일인지 자꾸 달아오르는 얼굴에, 속에서는 불이 나는 듯했다. 동우는 불길을 내뿜듯 뜨거워진 가슴의 열기를 한숨으로 흘려보내고 있었다.

"제 말이 농담으로 들리십니까? 아니요. 나는 정말 한시가 급하답니다. 내 평생의 숙원이지요. 하나 있는 아들도 일찍 가 버리고 남은 거라고는 우리 손자뿐인데, 이 녀석 결혼하는 걸 보고 싶은 마음에 농담이 깃들 리가 있겠습니까."

앤의 진중한 말에 다시금 절로 고개가 숙여지며 숙연해지는 분위기였다.

"허험. 흠. 아무리 그러셔도 내일은…… 아니지요. 그냥 조 서방이 원하는 대로 하시지요. 12월 말에 하는 건 어떻습니까?"

동우는 왠지 호락호락할 것 같지 않은 사돈어른을 보며 넌지시 의견을 제시하는데,

"너무 시일이 멉니다. 안사돈, 내가 이 말까지는 하지 않으려 했습니다만…… 얼마 전 조프가 본국에 잠시 다녀간 적이 있는데 혹시 알고 계십니까?"

앤 역시 생각만큼 쉽지 않은 바깥사돈을 보며 타깃을 안사돈으로 변경하며

말을 이었다.

"아. 네. 알고 있습니다."

"실은 그때 내가 몸이 안 좋아 혼절했었습니다. 통 입맛도 없고 기운도 없고, 솔직한 심정으로는 그냥 그대로 눈 감고 아예 잠들었으면 하는 마음뿐이었습니다. 그런데 그때 마침 조프가 와서는 제이를 다시 만났다 하지 않겠습니까? 그길로 자리를 털고 일어났습니다. 왜 그랬겠습니까? 이 아이들이 결혼해서 사는 거 보고 싶다는 열망 외에는, 그 희망 하나로 자리를 털고 일어났습니다. 어차피 결혼시키기로 마음먹은 거 날을 조금만 앞당겨 주시면 안 되겠습니까?"

"하…… 그럼 12월 중……순이면 되겠습니까? 사돈어른."

정연의 약한 마음을 너무나 쉽게 뚫어 버린 앤이다. 친정 엄마와 같은 연배의 사돈어른을 보며, 하나 남은 손자가 결혼해 잘 사는 모습을 보고 싶은 마음이야 이해하고도 남았기에, 정연은 다소 무리가 되겠지만 일정을 조금 앞당겨 보았다.

"조금만 더 당겨 주시지요. 사돈."

하지만 앤은 아직도 부족했다.

"그러지 마시고 사돈어른의 생각을 먼저 알려 주시지요."

분명 도수가 높지 않다고 했던 샴페인 두어 잔 마셨을 뿐인데 이상하게 혼미해져 가는 정신을 간신히 붙잡고, 말일에서 중순까지 앞당겼음에도 양보할 뜻이 없어 보이는 사돈어른을 보다 못한 동우가 되묻는데,

"흠. 사흘 뒤면 어떻겠습니까?"

제법 취기가 오를 법하련만 아직은 정신이 또렷한 듯한 바깥사돈의 모습에 아쉬움을 삼키며 단호하게 말하는 앤과,

"헉!! 사돈어른! 말일에서 절반이나 앞당겼는데."

할 말을 잃은 동우,

"맙소사. 어르신…… 너, 너, 너무 촉박합니다."

급기야 말까지 더듬게 되는 정연이었다.

"그렇지요. 준비도 해야 하고 하니. 하…… 그럼 나흘 뒤."

"사돈어른. 물론 급한 마음이야 충분히 이해가 갑니다만, 식장도 드레스도 결혼식 준비를 하려면 챙겨야 할 것들이 한두 개가 아닌데, 최소한 준비할 시간은 주셔야지요."

솔직한 심정으로 한 달도 버거운 듯한 정연이었다.

하나밖에 없는 딸이었다. 평생 처음이자 마지막, 시집가는 딸아이를 위해 챙겨야 할 것이 어디 한두 가지일까? 부족한 시간이지만 어떻게든 마음이 급한 사돈어른의 상황을 고려해 최대한 양보했지만 더는 무리였다.

"그런 거라면 걱정 붙들어 매세요. 사돈. 맙소사, 하지 않아도 될 걱정을 하십니다. 지금 우리가 짓고 있는 호텔에 웨딩 홀이 있는 동은 벌써 공사가 다 마무리가 되었다 들었습니다. 그렇지 않으냐, 조프?"

"네. 할머니! 그 동은 일찌감치 공사를 마무리 짓고 인테리어까지 막바지에 이르렀습니다. 하루 이틀이면 완벽하게 마무리가 될 겁니다. 그리고, 웨딩 홀 꾸미는 것쯤이야 일도 아닙니다. 그렇지 않아, 제이?"

"아…… 네. 그야. 그렇……죠."

얼떨결에 떨어진 불똥 같은 질문에 제이가 머뭇머뭇 말을 이었고, 당황한 듯한 제이의 대답에 실망스러운 부모님의 표정을 보니 죄송한 마음에 고개가 숙여졌다.

"들으셨지요? 식은 그곳에서 올리면 되겠습니다. 아시아, 그것도 창업주의 모국인 한국에서, 처음으로 문을 여는 우리 호텔의 웨딩 홀에서, 그 호텔의 대표가 가장 처음 결혼식을 올린다면 이보다 더 뜻깊은 일이 또 있겠습니까? 그리고 드레스는 다행히 제이의 체형을 잘 알고 있어 이미 몇 벌 맞추어 준비해 왔답니다. 물론 그 디자이너들도 함께 왔고요. 우리 제이가 마음에 드는 디자인을 고르기만 하면, 제이의 몸에 맞게 조금만 손보면 될 일, 드레스 또한 걱정하실 필요가 없습니다. 사돈."

"그, 그, 그래도 가구나, 시댁에 드릴 선물이나 그 외에도 챙겨야 할 것들이…… 이것저것,"

"사돈, 신혼집으로 어떤 곳에서 머물게 될지는 둘이서 결정해야 할 문제이겠으나, 그 집이나 그 안을 채우는 가구는 전혀 걱정하지 않으셔도 됩니다. 이미 전 세계 곳곳에 집이 마련되어 있는데 무슨 그런 걱정을 하십니까? 그리고 선물이라니요. 당치도 않습니다. 우리 제이는 몸만 오면 됩니다. 제이가 와 준 것만으로도 큰 선물입니다. 그러니 그런 말도 안 되는 걱정일랑 하지도 마세요."

"하……. 그럼 열흘 뒤로 하시지요."

동우는 자꾸만 앞당겨지는 날에 긴장감이 더해지는 심장이 사정없이 뛰고 있었으나 마지막 승부수를 던져 보았다.

"하. 좋습니다. 그럼 엿새 뒤 주말로 하시지요. 늦어도 주말까지는 식을 올렸으면 합니다. 사돈. 무리한 부탁인 걸 잘 알고 있습니다. 하지만 그룹의 대표인 조프가 멀리 타국에 나와 있는 마당에 저 역시 자리를 오래 비우지는 못합니다."

"그야. 그렇지만……."

"이제 와 말이지만 제이가 한국에 없었다면, 창업주의 모국이라는 이유만으로 한국에 호텔 설립을 추진하는 일은 결코 없었을 겁니다. 왠지 모를 이끌림에 포기하기가 너무 아쉬워 인연이 있다면 만나게 될 거라는 희망 하나로 조프를 보냈답니다. 저로서는 가장 큰 도박이었습니다. 덕분에 조프가 제이를 다시 찾을 수 있었으니 결과적으로는 아주 현명한 선택이었지요. 이 아이들이야말로 하늘이 맺어 준 인연이 아니겠습니까? 그러니 그 선택의 결실을 하루빨리 맺을 수 있게 이제 결단을 내려 주시지요. 결혼을 시키지 않을 게 아니라면 하루라도 빨리 부탁합니다."

과감하게 마지막 쐐기를 박는 앤이다.

"하…… 그럼 정말 다가오는 주말에 식을 올리자는 말씀입니까 사돈어른?"

도무지 믿기지 않는 말에 한 번 더 물어보는 정연이었다.

"네. 그렇습니다. 사돈."

협상은 끝났다. 상대는 이미 모든 준비를 다 끝내 두고, 오직 한 가지의 목적만을 가지고 상견례 자리에 나온 듯했다. 어떤 말로 회유를 해도 먹히지 않을 듯싶었다.

동우는 당황해 말을 잊은 아내를 대신해 자신이 일의 마무리를 지어야 할 듯했다.

"후…… 제이! 네 생각은 어떠니? 엿새 뒤에 해도 괜찮겠어?"

생에 단 한 번, 처음이자 마지막이 되어야 할 결혼식이었다. 인륜지대사라 일컬어질 만큼 인생에서 가장 중요한 행사를 이렇게 성급하게 결정짓게 된 것에 대한 미안함과, 조금이라도 더 옆에 두고 싶은 아쉬움, 곧 제 품에서 완전히 사라져 버릴 듯한 두려움, 온갖 감정이 뒤섞여 이렇게 마음이 복잡한데 딸아이는 오죽할까 싶었다.

아빠의 갑작스러운 질문에 할머니와 조프, 엄마의 눈이 모두 자신에게로 향하자 제이는 저도 모르게 침을 꿀꺽 삼키게 되었다.

어떤 대답을 하더라도 누군가는 서운하게 만들 거라는 건 불을 보듯 뻔한 일이었기에 선뜻 대답이 나오지 않았다. 내키지는 않지만, 이제 그만 마무리를 지어야 할 듯했다.

"저…… 아빠, 엄마만 허락해 주신다면…… 그렇게 하고 싶어요."

얼굴에 환희가 번져 가는 할머니와 조프, 반대로 실망감이 번지는 엄마와 아빠를 보며 죄송함에 애꿎은 입술을 깨물었다.

"사돈, 너무 서운해하지 마세요. 결혼하더라도 공사가 끝나는 동안은 한국에 머물 테니 원하시면 그 기간만이라도 아이들과 함께 지내시는 건 어떻겠습니까?"

앤은 다그치기는 했으나, 하나밖에 없는 딸자식을 보내는 심정이 오죽할까 싶어 안쓰러운 마음에 뒤늦은 미안함이 들었고,

"네. 아버님, 어머님. 그렇게 하시지요. 저는 좋습니다."

조프는 기꺼이 할머니의 말에 수긍하며 말을 이었다.

"말이라도 고맙네. 하지만 그럴 수는 없는 일이네. 사돈어른께서 말씀이라도 그렇게 해 주시니 감사합니다. 그럼…… 주말에…… 하시지요. 결혼식."

"고맙습니다. 고맙습니다. 사돈. 힘든 결정 하셨습니다. 정말 고맙습니다. 사돈. 결혼식에 관련된 모든 사항은 우리 쪽에서 알아서 준비할 테니 일절 걱정하지 마시고 마음 편히 계세요. 그리고 실례가 안 된다면 지금 우리 디자이너를 이쪽으로 좀 부를까 하는데 괜찮을까요?"

결혼 날짜가 정해짐과 동시에 앤의 머릿속에는 해야 할 일의 순서가 정해진 듯했고, 결국 사돈 내외에게 양해를 구하고서 디자이너 팀을 불러 동우와 정연의 치수까지 재어 가는 치밀함을 자랑했다.

정연은 모든 것을 내려놓고, 마음을 비우며 앤과 결혼식에 대한 얘기를 나누는데, 대화를 거듭할수록 그녀의 마음 씀씀이와 철저한 준비성에 놀라지 않을 수가 없었다.

어느새 결혼식을 앞당기며 다그치던 사돈어른에게 서운했던 마음은 온데간데없이 앤에 대한 존경과 감사함만이 가슴속에 가득 차고 있었다.

반면 긴장이 풀리자 뒤늦게 취기가 올라 가물가물 눈이 감기는 동우는 애써 정신을 차리려 눈에 힘을 주고 있었다. 그 어려운 사돈어른의 앞에서 취한 모습으로 추태를 보일 수는 없는 일, 조심에 조심을 더했건만 왜 취기가 오르는 건지 동우는 도무지 이해할 수가 없었고, 앤은 그런 바깥사돈을 힐끔 바라보며 입가에 미소가 가만히 번지고 있었다.

부드럽다 했던 도수 높은 샴페인을 조금, 조금씩 마시며 안주로 럼주의 함량이 높은 초콜릿을 하나하나 집어 먹는 바깥사돈을 보며 속으로 쾌재를 불렀었다. 그도 잠시 오직 정신력으로 버티던 사돈을 보며 실망하기는 했으나, 어쨌든 결과적으로는 처음부터 목표로 했던 날을 받아 감으로, 이 모든 상황이 아주 흡족하기만 했다.

"당신 괜찮아요? 샴페인도 많이 마신 것 같지 않은데 왜 이렇게 취했어요?"

힘주어 앉아 있기는 해도, 이미 정신이 흐려지고 있다는 것쯤은 알 수 있을 정도로 오래 함께 살았다. 정연은 저물어져 가는 남편을 보며 한숨이 나오려는 걸 꾹 눌러 참으며 말하는데,

"취하긴. 흠. 후. 하…… 내가 술이. 더 약해진. 건가? 히끕."

결국 그대로 눈을 감으며 정연의 어깨 위에 쿵 내려앉은 동우의 무거운 머리였다.

"맙소사! 사돈어른 계신데 이런 실례가…… 죄송합니다. 이이가 술이 좀 많이 약해서요."

"오, 저런. 이 일을 어쩐다. 이 샴페인이 저에게는 도수가 그다지 높지 않습니다만, 술이 약한 분께는 좀 버거울 텐데. 아차, 그러고 보니 초콜릿도 안에 럼주가 들어 있답니다. 술이 약하신 분이면 취할 만도 합니다. 저는 전혀 개의치 마세요. 진작 알았다면 이런 결례를 범하지 않았을 텐데 죄송합니다. 사돈. 조프, 네가 장인어른 안으로 좀 모셔야겠다."

"흠흠. 네. 할머니."

아무렇지 않은 듯 태평하게 말을 늘어놓는 할머니를 보며 터진 웃음에 어금니를 빠득 깨물었다.

정연은 그런 사위를 유심히 바라보며 또 당했음을, 너무 늦게 깨달아 버렸다.

그 할머니에 그 손자였다. 피는 못 속인다는 옛말이 틀린 게 하나 없음을……. 두 사람 다 치밀한 전략가이며 사업가가 틀림없는 듯했다.

번갯불에 콩 볶아 먹듯 성급하고 아쉬운 상견례도 마지막을 향하고 있었다.

"오늘 만나 뵙게 되어 너무 즐거웠습니다. 사돈."

앤이 다정하게 인사를 하며 정연의 손을 꼭 잡았다.

"네. 사돈어른. 저도 너무 즐거웠습니다. 시차가 있어 많이 힘드실 텐데 이렇게 찾아 주셔서 감사했습니다. 배웅하지 못하는 우리 그이는 너그럽게 이해

해 주세요."

정연 역시 앤의 손을 따듯하게 두 손으로 맞잡으며 이해를 구했다.

"아이고, 별걱정을 다 하십니다. 그럴 수도 있지요. 오늘 정말 고생 많으셨어요. 내일쯤 제이 드레스 피팅할 때 시간이 괜찮으시면 함께 보시지요. 연락드리겠습니다."

"네. 그래 주시면 감사하겠습니다. 조심해서 들어가세요."

사돈 간에 인사를 주고받는 사이 조프와 제이 역시 아쉬운 작별 인사를 하고 있었다.

"제이, 오늘 수고했어. 결혼식 준비하려면 내일부터 아주 바쁠 거야. 그러니 오늘은 아무 생각 말고 푹 쉬어."

"네. 당신도 고생했어요. 조심해서 잘 가요. 걱정되니 도착하면 전화해 줘요."

"그래."

마음 같아서는 당장이라도 함께 가고 싶지만, 일주일만, 딱 일주일만 더 참아 보자, 마음을 다스리며 인사를 마친 어른들이 이쪽을 보고 있음에도 다정하게 제이의 이마에 입을 맞추었다.

별장으로 돌아가는 차 안에서 조프가 먼저 말을 꺼냈다.

"제 별장에서 함께 지내시지 않고요?"

"됐어. 제이가 드나들 게 뻔한데, 나 그렇게 눈치 없는 사람 아니다."

"할머니도 참. 아! 샴페인은 그렇다 치고, 초콜릿 속에 럼주라니요. 그 짧은 시간에 그건 또 어떻게 알아보고 구하셨습니까? 하여간 엉뚱하십니다. 하하하."

"하하하, 히트였지? 바깥사돈이 술기운이 도는지 자꾸 초콜릿을 집어 먹기에 잘됐다 싶었지. 생각보다 취하지 않는다 했더니만, 마지막에 그럴 줄이야. 하하하, 안사돈이고 바깥사돈이고 사람이 어쩜 그리도 선하고 좋은지, 네가 복이 많은가 보다. 그나저나 우리 사돈 많이 섭섭할 텐데 미안해서 어쩐다."

자신의 욕심에 다그치며 날을 잡기는 했지만, 딸을 가진 부모의 입장에서 보자면 말 그대로 마른하늘에 날벼락이 아닐 수 없을 것 같았다.

하나밖에 없는 딸, 얼마나 귀하게 애지중지 키웠을까. 제이의 온화한 성품만 봐도 알 수 있을 것 같았다.

힘든 시간에서 벗어나 이제야 온전히 행복을 누릴 수 있게 되었는데, 가족의 소중한 시간을 뺏어 버렸다는 생각에 마음이 무겁지 않을 수 없었다.

"여기 있는 동안 제가 자주 찾아뵙고 신경 쓰겠습니다. 그리고, 두 분만 가능하시다면 미국으로 함께 모셔 가도 좋을 듯싶은데, 어머님 가족은 미국에 계신 것 같더라고요."

"오, 그래? 그럴 수만 있다면야 제이도 외롭지 않고 너무 좋겠는데, 내일 제이 드레스 피팅하고 식사 대접을 해야겠어. 내가 말을 한번 꺼내 보마."

"그래 주시면 저야 감사하죠. 빨리 보고 싶네요. 제이 드레스 입은 모습."

"꿈 깨. 넌 식장에서나 봐."

"네? 왜요!"

"식장에 들어서기 전에 신부의 드레스를 보면 안 좋다는 말 들어 보지도 못했어?"

"여기서는 결혼 전에 드레스를 함께 고르러 가던데요?"

"아무튼, 너는 안 돼. 어차피 결혼식 할 때 보게 될 텐데, 그 잠시를 못 참아? 좋지 않다는 일을 굳이 할 필요가 있겠어? 드레스는 우리가 알아서 할 테니, 행여라도 너!! 드레스 입을 때 보러 올 생각도 마. 그리고 네가 부탁했던 건 언제 주랴?"

"내일 주십시오. 그리고 할머니와 함께 온 플로리스트의 실력을 제가 먼저 확인해 봐도 되겠습니까?"

"녀석, 내일 무슨 일을 꾸미려는 게로구나. 오냐. 얼마든지 확인해 봐. 실력이야 내가 보장하마."

"감사합니다."

조프는 꽃을 좋아한다던 제이가 내일 자신의 별장에 왔을 때 어떤 표정을 지을지 벌써 궁금해 죽을 지경이었다.

다음 날 아침.

좀처럼 표정의 변화가 없던 J& 대표의 얼굴에 미묘한 변화가 감지되었다.

뭐가 그리 궁금한지 기자들은 아직 호텔 근처를 서성이고 있었고, 여느 때와 달리 환한 미소로 출근을 하는 조프는 기자들에게 아주 좋은 먹잇감이었다.

그래 봐야 호텔 밖에서 카메라 줌 렌즈를 이용해 로비에 들어서는 모습을 찍는 게 고작이었지만 그것만으로도 감지덕지였다. 평소 여러 대의 차량으로 어찌나 기자들을 잘 따돌리는지 이렇게라도 찍지 않으면 대중의 호기심을 충족할 방법이 없었다.

"대표님 오셨습니까?"

크리스는 대표님의 환한 표정만으로도 어제의 결과를 예측할 수 있었다.

"어, 크리스. 어제 아버님 모시고 오느라 수고 많았다. 덕분에 상견례도 잘 했고."

"뭐 얼굴을 보아하니 물어보지 않아도 알 것 같습니다만, 원하던 결과를 얻으셨습니까?"

"그래. 날 잡았어."

"언제로요? 올해 안은 당연하겠고."

"이번 주말."

"네. 이번 주말…… 네에? 이번 주? 이번 주 주말이라고요?!"

분명 대단한 전략가이며 책략가이신 두 분이 함께 가셨으니 원하는 날을 받아 왔을 거라 생각은 했지만, 그게 이번 주말일 거라고는 상상조차 하지 않았다. 어느 누가 결혼 날짜를 이렇게 급하게, 이렇게 이른 시일 내에 받아 낼 수 있을까, 도무지 믿기지 않는 말에 고개를 설레설레 내젓다가 그게 다른 사람도 아닌 회장님과 대표님이라면 불가능하지도 않겠다 싶어 이내 다시 고개를 끄덕였다.

"뭘 그렇게 놀라?"

"맙소사. 아무리 급해도 그렇지 이번 주말이라니요. 한 팀장님이 그러겠다고 하셨습니까?"

"그럼, 나 혼자 결정한다고 될 일이야 그게?"

"후아…… 역시 할머니십니다. 도대체 어떻게 하셨기에 그렇게 빨리, 어휴……."

"우리 할머니이기에 망정이지. 하하하."

조프 역시 이 정도로 앞당길 수 있을 거라고는 기대하지 않았기에 잘됐다 싶으면서도 아군이 아닌 적군으로 할머니를 만났다면 어땠을까, 생각만으로도 아찔했다.

"그러게요. 이제 날도 잡았는데 알려야죠. 홍보실을 통하든, 직접 하시든 기자회견을 한 번은 하셔야 할 겁니다. 워낙 시끄러워야 말이죠."

벌써 며칠째, 아니 도무지 끝날 기미가 없는 기자들의 경쟁을 보며 한번은 정리를 해야겠다 싶었다.

"그래야겠지? 일단 홍보실 통해서 결혼 확정 사실 알리고, 결혼 하루 전날 간단하게 기자회견 자리 한번 마련해 봐. 그리고, 바인스는 어떻게 되어 가고 있어?"

"지금 마지막 협상 테이블에 앉았답니다. 조금만 기다려 보십시오. 반드시 대표님 원하는 결과를 가져올 겁니다."

"그래야지. 어째 모든 일이 술술 잘 풀려. 걱정했던 것과는 다르게 말이야."

"그러게 말입니다. 우려했던 주가는 고공 행진 중이고, 전 세계 우리 호텔로 예약이 빗발치는 데다, 아직 오픈하지도 않은 제주도 호텔 역시 그 어떤 홍보도 없이 벌써 예약 문의로 몸살을 앓고 있습니다."

청문회가 끝난 지 며칠이 지나 있었지만, 대중들의 관심은 사그라들 줄을 몰랐다. 거의 모든 매체로부터 연일 두 사람에 관한 이야기들이 줄을 잇고 있었다.

데이트 목격담부터 시작해, 주변인들의 인터뷰 또는 두 사람과 일면식이 있는 사람과 함께 일하는 사람들의 SNS를 통해 그동안의 선행이나 그들의 사람 됨됨이가 입에서 입으로 전해지며, 홍보를 하지 않아도 그보다 더 큰 마케팅 효과를 누리고 있었다.

"게다가 바인스가 다시 협상 물망에 오를 줄이야, 정말 놀라운 일들의 연속입니다."

1년 전 총체적 관리 부실과 매출 부진으로 시장에 나왔던 바인스 호텔이었다. 그 호텔을 인수하게 되면 업계 순위 변동은 불가피한 상황, 모두 바인스를 욕심내며 잡고자 혈안이 되었던 그때, 다른 그룹과 달리 과감히 바인스를 포기했던 조프였다.

하지만 지금은 그때와 사정이 달랐다. 1년 전보다 훨씬 더 좋은 상태로, 그때보다 모든 면에서 우수한 조건으로 시장에 나왔으나 그때와는 달리 이미 실패를 목격한 타 그룹들은 머뭇거렸고, 오히려 조프는 망설이지 않았다.

경쟁자가 없는 상태에서의 협상은 J&에 유리할 수밖에 없는 상황이었고, 조프는 이번만큼은 반드시 바인스를 인수하고 싶었다.

"협상 끝나는 대로 회의 준비하고, 공식적으로 발표하기 전에는 말이 새 나가지 않도록 조심해."

"네. 알겠습니다. 그리고, 흥미로운 사실 한 가지 알려 드릴까요?"

"뭐?"

"우리 직원들이 한 팀장님을 일컬어 포르투나라 한답니다."

"포르투나? 그리스 로마 신화에 나오는 그 포르투나?"

"네. 흔히들 운명의 여신, 행운의 여신이라고들 하죠. 대표님의 약혼녀 한재희, 그녀가 바로 행운의 여신이라고."

"하하하. 포르투나라, 나쁘지 않은데?"

"나쁘지 않은 정도가 아니라 대단한 찬사죠. 한 팀장님의 일이 알려지면 대표님이나 그룹의 이미지에 타격을 받을 거라는 애초의 우리 예상과는 달리, 오히려 모든 상황이 좋은 방향으로 흘러가고 있으니 그렇게 불릴 만도 하지 않습니까?"

"그래. 좋게 봐준다니 다행이네. 고마운 일이야."

행운의 여신, 정확했다. 그녀를 정의하기에 그보다 더 적합한 말이 있을 수 있을까.

조프는 자신만의 포르투나를 머릿속에 떠올리며 바쁜 일과를 시작하고 있었다.

기다리고 기다리던 디데이를 닷새 앞두고서 앤은 아침 일찍 자리를 털고 일어나 머릿속으로 해야 할 일들을 정리하며 기분 좋은 아침을 열었다.

우선 개운하게 샤워부터 하고 상쾌한 기분으로 응접실에 나오니 비서인 에이미가 반갑게 앤을 맞았다. 곧이어 에이미가 주문한 룸서비스가 왔고, 앤은 제 식성에 맞게 잘 차려진 음식을 먹으면서도 어제 사돈 집에서 먹은 음식이 눈앞에 아른거렸다.

"우리 사돈 음식 솜씨가 좋기는 한가 보네. 이렇게 또 생각이 나는 걸 보니……."

"네? 회장님 그게 무슨 말씀이세요?"

"아니야. 그냥. 아침이라 그런지 입맛이 별로네. 에이미, 제이한테 전화 한번 해 봐. 오늘 오후에 시간이 괜찮은지, 많이 바쁘지 않으면 두세 시간만 비워 달라고…… 흠 아니다, 내가 해야겠어."

말을 하다 보니 손자며느리의 예쁜 목소리가 직접 듣고 싶어졌다. 서둘러 전화를 거는데 신호가 몇 번 가지 않아 맑은 목소리가 들려왔다.

— 할머니. 밤새 안녕하셨어요?

"오냐. 그래. 너도 별일 없지?"

— 네. 그럼요.

"제이, 오늘 오후에 시간이 어떠냐? 두세 시간, 아니 두 시간만 비울 수 있겠어? 오늘 드레스 피팅 좀 하자꾸나."

— 네. 할머니 3~4시쯤 되면 시간이 좀 날 것 같은데, 괜찮으시겠어요?

"오냐. 그때 보자꾸나. 사돈한테는 내가 연락해 보마."

휴대폰을 타고 흐르는 맑은 목소리에 앤의 얼굴이 환하게 밝아졌다.

앤은 전화를 끊자마자 안사돈인 정연에게 전화해 오후에 제이 드레스를 함께 보자 청했다. 다행히 정연은 물론이고, 동우 역시 아직 제주에 머물고 있어 함께 드레스를 보게 되었다.

에이미는 드레스 디자이너와 함께 본국에서 공수해 온 드레스를 정리하고 있었다. 사전에 있었던 회장님의 지시에 따라 드레스를 입을 순서대로 정렬해 이동식 옷걸이에 걸어 두고 그에 맞게 웨딩 슈즈도 가지런히 놓아두며 모든 정리를 마친 후 룸에 쉬고 있던 앤을 찾았다.

"회장님, 드레스 준비 다 됐습니다. 한 팀장님 부모님 지금 막 도착하셨답니다."

"오, 그래? 그럼 얼른 가 봐야지. 제이는?"

"한 팀장님은 아직 도착 전입니다."

"그래. 알았어."

앤은 엘리베이터 앞까지 마중 나가 사돈 내외를 맞았고, 동우와 정연은 반갑게 맞아 주는 사돈어른을 보며 정답게 인사를 건넸다.

그 시각, 제이는 할머니와의 약속 시각을 확인하며, 어제 결혼식 날을 정하고, 오늘 드레스를 입으러 가고, 주말이면 결혼식을 한다는 사실이 도통 실감이 나지 않아 아직도 어안이 벙벙했다. 도무지 어떻게 해야 할지 갈피를 잡을 수가 없었다. 그나마 할머니가 이렇게 알아서 일을 진행해 주시는 게 얼마나 다행스러운 일인지…….

급히 하던 일을 마무리하고 할머니께서 머무시는 프레지덴셜 스위트룸으로 향했다.

"할머니, 저 왔어요. 엄마 아빠 오셨어요?"

할머니와 함께 차를 마시고 있는 엄마 아빠에게 두루 인사를 하고 무심코 한쪽에 나열된 드레스를 보다가 저도 모르게 입을 쩍 벌리고 말았다.

"맙소사! 설마 저걸 다 입어 봐야 하는 건 아니죠?"

"왜 아니야? 많아 보여도 겨우 열두 벌이야. 너에게 잘 어울릴 만한 스타일들로만 채워 왔으니 다 잘 어울리겠지만, 그래도 입어 봐야 알겠지."

"겨……우라니요…… 열……두 벌을 어떻게……."

놀란 입이 다물어지지가 않았다.

"에이미, 제이 바쁜 아이야. 얼른 서두르자고, 헤어스타일도 드레스에 맞게 손 좀 보고 시작해."

"네 회장님."

제이는 비서를 따라가며 예전 드레스 피팅을 떠올리지 않을 수가 없었다.

세 벌을 입으면서도 얼마나 진땀을 흘렸던가. 부디 그때만큼 난감한 드레스가 아니기를 바라며 얌전히 피팅 룸에 들어섰다.

제이가 머리를 만지고 드레스 입을 준비를 하는 동안, 앤과 정연 동우는 결혼식 진행 상황을 의논하며 차분히 대화를 나누고 있었다.

"사돈, 어제는 너무 마음이 급해 제대로 인사를 못 했어요. 이렇게 급하게 결혼 날을 잡아 정말 미안합니다. 제이와 좀 더 많은 시간을 함께하고 싶을 텐데 말입니다."

조심스레 말을 건네는 앤의 모습에 정연이 고개를 흔들며 급히 말을 꺼냈다.

"아닙니다. 사실 서운함이 전혀 없다고 하면 거짓말이겠지요. 다만, 다시 천천히 생각해 보니 어차피 둘의 관계가 다 알려진 마당에 오히려 시간을 끌면 끌수록 애들만 기자들한테 시달려 성가시고 피곤하겠다 싶더라고요. 게다가 조 서방이 늦은 밤 운전하며 오가는 것도 걱정이었고요. 차라리 빨리 결혼을 해서 함께 지내는 편이 낫겠다 싶어요."

"이렇게 너그럽게 이해해 주시니 얼마나 감사한지 모르겠습니다. 그리고 사돈. 실례되는 줄 압니다만, 혹시 제주 호텔 공사 끝나고 애들 미국으로 갈 때, 두 분도 함께 갈 수 있을지요?"

"네?"

"애들이 미국에 가면 물론 조프가 옆에 있겠지만, 부모님을 두고 갈 제이가 행여 외로움을 타지 않을까 걱정이 됩니다. 두 분만 괜찮으시다면 조프가 함께 모셔 가고 싶어 합니다만. 물론 여기서 해야 할 일이 많으시겠지만, 두 분이시라면 미국에서도 충분히 자리를 잡을 수 있을 것 같아 드리는 말씀입니다."

"말씀은 감사합니다만…… 그건 좀 힘들 것 같아요. 사돈어른…… 우리 그이나, 저나 이곳에서 하는 일도 있고, 또 시부모님과 관련한 재판이 마무리될 때까지는 우리가 여기서 지켜봐야 할 것 같습니다."

분명 딸아이와 함께 가고 싶을 텐데도 정중히 거절하는 아내를 보며, 동우는 고마운 마음과 미안한 마음이 심란하게 교차하고 있었다.

사위가 어떻게 조처를 한 것인지, 제이가 재판에 출석하지 않아도 되는 것만으로도 감사한 일인데, 재판 또한 일사천리로 진행이 되어 가고 있었다.

게다가 함께 가고 싶다 말하는 사돈어른을 보며 이 고마운 마음을 무엇으로 어떻게 갚아야 할지, 빠져드는 생각에 동우의 고민이 깊어지고 있었다.

"그야 그렇겠지요. 자식 된 도리로 그게 당연합니다만, 예상보다 재판은 빨리 끝나지 않을까 싶습니다. 그러니, 조금만 더 생각해 보세요. 지금이 어렵다면 차후에라도 꼭 가까이에서 함께 지냅시다. 사돈."

그때까지 가만히 듣고 있던 동우가 조심스레 입을 열었다.

"사돈어른, 이렇게 우리까지 걱정하고, 생각해 주시니 무어라 감사의 말씀을 드려야 할지 모르겠습니다. 말씀이라도 정말 너무 감사합니다. 사돈어른의 말씀은 다시 한번 신중하게 잘 생각해 보겠습니다."

그 어렵다는 사돈 자리, 하물며 자신의 어머니뻘 되는 어른이었다. 그럼에도 조금씩 어려웠던 마음이, 무겁게만 느껴졌던 마음이 차츰 가벼워지며, 딸아이가 시집을 가면 적어도 시어른 때문에 마음고생은 하지 않아도 되겠다는 생각에 이루 말할 수 없는 안도감이 차올라 그저 모든 일에 감사하게 되는 동우와 정연이었다.

똑똑. 노크 소리가 들리더니 앤의 대답과 동시에 문이 활짝 열렸다.

"할머니, 저 왔습니다. 아버님, 어머님 오셨습니까?"

들어서자마자 어른들께 인사를 하며 급히 주위를 둘러보는 조프였다. 운이 좋으면 제이가 드레스 입은 모습을 볼 수 있지 않을까 기대했는데, 아쉽게도 시간이 맞지 않았던 모양이다.

"너! 결혼식 하기 전에 신부 드레스는 보는 거 아니라고 말했을 텐데?!"

"풋, 알고 있습니다. 그래도 너무 팍팍하십니다. 결혼식 당일에 입을 드레스 한 벌만 제외하면 되는 것 아닙니까? 보나 마나 가져오신 드레스가 한두 벌이 아닐 텐데 말입니다."

"제이가 어떤 드레스를 입게 될 줄 알고? 제이가 제일 마음에 들어 하는 걸 네가 보면 그땐 어쩔 거야?"

"흠. 그럼 사진이라도 좀 찍어 보내 주세요. 당일 입을 드레스를 제외한 나머지로요. 그래 주신다면 순순히 물러나겠습니다."

"이런! 하하하. 오냐. 그렇게 하마."

"감사합니다. 할머니. 사실 제이가 아니라 아버님, 어머님께 용건이 있어 왔는데 뜻밖에 소득입니다. 아버님, 어머님, 결혼 준비로 많이 바쁘시겠지만 오늘 하루만 제이의 시간을 좀 빌려도 되겠습니까?"

"오늘…… 하루?"

오늘 하루라면 대체 몇 시까지를 말하는 건지 되묻는 동우의 눈동자가 사정없이 흔들리고 있었다.

"네. 오늘 저녁 시간요. 늦어도 자정까지는 집으로 들여보내겠습니다."

"자정은 너무 늦은데, 조금만 더 일찍 보내 주게."

"네. 노력해 보겠습니다. 아버님, 어머님, 그럼 즐거운 시간 보내십시오. 저는 이만 가 보겠습니다."

"노, 노, 노력……."

유들유들하게 웃으며 나가는 사위를 보며 노력해 보겠다는 말이 대체 무슨 의미인지, 동우는 노력이라는 말이 언제부터 이렇게 다채롭게 들리기 시작했는지 곰곰이 생각하며, 이미 결혼 날까지 받아 놓은 마당에 뭐가 그리 당황스러운지 어울리지 않게 더듬거리는 말투에 멋쩍어 애꿎은 머리만 쓸어 넘겼다.

제이는 처음부터 범상치 않아 보이는 드레스를 입으며 난처했다.

"맙소사…… 드레스가 너무, 너무……."

간신히 가슴을 가린, 너무나 과감한 톱 드레스에 덜컥 걱정이 앞섰다. 아빠 앞에 나서기도 민망할 듯해 한 손으로 가슴을 가리며 드레스를 끌어 올리기 바쁜데, 드레스 디자이너의 말이 들려왔다.

"역시 듣던 대로 너무 아름다우세요."

"아. 하하하 드레스는 너무 예쁜데, 식장에 입고 들어가기는 좀 민망할 것 같아요. 혹시 드레스가 다 이런 스타일은 아니겠죠?"

"미리 말하면 재미없죠. 몸매도 좋은 분께서 왜 이렇게 부끄러워하세요? 남들은 입고 싶어도 맞지 않아 입지 못하는걸요. 평생에 단 한 번이잖아요. 좀 더 과감해져 보세요."

"굳이 과감해지지 않아도 드레스가 저를 그렇게 보이게 만들어 줄 것 같은데 아닌가요?"

"하하하. 그러네요. 자, 다 됐어요. 이제 가 보세요. 모두 목 빠지게 기다리겠어요."

제이는 자신을 요리조리 뜯어보고 만족의 미소를 띠는 비서와 드레스 디자이너를 보며 속으로 한숨을 삼켰다.

"후…… 네."

대답하고서 잠시 망설이다 조심스레 문을 열고 나가는데, 눈을 반짝이며 반기는 앤과 행복한 미소를 띠는 정연과는 반대로 놀라 벌어진 입을 다물지 못하는 동우였다.

동우는 딸아이의 모습이 너무 아름답지만, 드레스가 지금껏 다녀왔던 결혼식장의 신부들이 입었던 드레스와는 달라도 너무 달라 보였다. 다른 신부들이 입었던 드레스는 그렇게 야하다 싶지는 않았는데, 딸아이가 입은 건 왜 이렇게 과해 보이는지, 과연 조 서방이 이 드레스를 입고 신부 입장 하는 딸아이를 가만히 보고 있을지 의문이었다.

다행인 건 그나마 지금이 첫 드레스라는 것, 게다가 딸아이가 저 드레스를 선택할 가능성은 1퍼센트도 없다는 것, 부디 남은 열한 벌의 드레스가 지금과 같지 않기를 마음으로 가만히 바랄 수밖에.

제이가 피팅 룸으로 되돌아갔다가 다시 나올 때마다 세 사람의 표정이 확연히 달랐다. 정연은 딸아이의 드레스를 고르는 최대의 복병이 남편이 될 줄은 생각지도 못했다. 입고 나오는 드레스마다 어찌나 예쁘고 사랑스러운지 사돈어른과 손을 맞잡으며 만족스러운 미소를 띠는 중에도 연신 고개를 절레절레 흔드는 남편을 보며 이를 앙다물어야 했다.

도대체 뭐가 그리도 마음에 차지 않는지.

"이번엔 또 뭐가 걸려요? 내 눈에는 다 예쁘기만 한데!!"

"예뻐, 예쁘다고. 하지만 이번엔 드레스가 너무 짧아. 다리가 너무 많이 드러나."

"뭐가 짧아요? 레이스가 다 가려 주는데!! 요즘 젊은 사람들한테 저 정도는 아무것도 아니에요. 너무 고지식하게 생각하지 말고 마음을 좀 넓게 가져 봐요. 이제 한 벌밖에 안 남았어요. 당신 기준으로 본다면야 결혼식에 입고 들어갈 드레스가 하나도 없네요!"

정연은 바로 옆에서 사돈어른이 투닥거리는 둘의 모습을 얼마나 흥미롭게 지켜보는지도 모른 채 남편에게 하소연하고 있었다. 열한 벌을 다 입도록 예쁘다, 좋다는 말보다, 이건 너무 짧고, 저건 너무 비치고, 사사건건 트집을 잡는 남편의 팔이라도 꼬집어 주고 싶은 심정이었다.

"흠. 알았어. 알았다고……."

동우가 걱정스레 문 쪽을 주시하는 가운데 제이가 다시 문을 열고 들어서고 있었다. 딸아이의 표정이 앞서 다른 드레스를 입었을 때와는 확연히 달라 보였다.

앞서 다른 드레스를 입었을 때는 어딘지 모르게 불편해 보이고, 어색한 몸짓이었던 반면 이번만큼은 자연스러운 미소에 편안한 몸짓이다. 딸아이의 마음에 드는 모양이었다.

동우는 그제야 마음을 놓으며 딸아이의 모습을 찬찬히 살펴보는데, 앞서 보았던 드레스들이 워낙 과감해서일까, 어깨와 등이 제법 드러나긴 했으나 레이스로 된 천이 은은하게 드러난 피부를 가린 데다 다리가 드러나지 않아 만족스러운 미소를 띠었다.

정연은 그런 동우를 보며 심술이 나, 보란 듯이 앞서 입었던 과감한 디자인의 드레스를 추천하려 했으나, 딸아이의 몸에 딱 맞춘 듯, 제이의 차분한 이미지와도 너무 잘 어울리는 머메이드라인의 드레스를 보니 고개를 끄덕이지 않을 수 없었다.

앤은 그런 사돈 내외와 제이를 보며 미소가 떠나지 않았다. 자신의 예상과 한 치도 벗어나지 않았다.

제이의 성격과 사돈 내외의 성격은 상견례를 하며 이미 파악을 한 뒤였다. 제이라면 분명 점잖은 드레스를 고집할 거라 생각했고, 바깥사돈 역시 마찬가지일 거라 생각했다.

안사돈은 아닌 듯하면서도 결국은 바깥사돈의 의견을 존중하며 따르는 듯 보였다.

앤 역시 가장 마지막에 입은 드레스를 마음에 두고 있었다. 그럼에도 그 드레스를 가장 먼저 입혔다면 그마저도 분명 부담스러워할 것을 너무나 잘 알기에 고심 끝에 과감한 디자인의 드레스를 앞쪽에 배치함으로 충격을 완화할 수 있도록, 하나부터 열까지 철저히 앤의 계산에 포함되어 있었음을 부부는 알 리가 없었다.

"어떠냐? 이제 다 입어 본 것 같은데 마음에 드는 드레스가 있어?"

이미 예상 가능한 선택임에도 능청스레 제이에게 물어보는 앤이다.

"전 지금 입은 이 드레스가 가장 마음에 들어요. 할머니, 지금까지 입은 드레스 중 가장 편하고 좋아요."

"오호라 그래? 사돈은 어때요? 다른 드레스도 다 잘 어울리지만, 제이의 예쁜 몸매가 잘 드러나면서도 고상하고 우아해 보이는 게 제이 이미지와도 너무 잘 어울리는 듯한데."

"그러네요. 사돈어른. 사실 하나같이 마음에 들지 않는 드레스가 없어요. 어쩜 이렇게 다 예쁘고 아름다운지, 드레스를 바꿔 입을 때마다 마음이 바뀌니 원, 저는 아직 고민이 되네요. 당신은 어때요?"

"나도 이 드레스가 가장 마음에 들어. 가장 순수해 보이고 예뻐."

"어머 웬일이에요? 당신 입에서 마음에 든다는 소리가 다 나오고?"

"하하하하하. 그럼 만장일치로 이 드레스로 결정하는 겁니다!"

사돈 내외의 흡족한 미소를 보며 뿌듯함에 커진 앤의 목소리였다.

"네."

제이는 모든 게 할머니의 의도대로 착착 진행되고 있다는 것은 알지도 못한 채, 가장 결정이 힘들 줄 알았던 드레스 선택이 끝나 큰 산을 넘었다는 생각에 안도의 한숨을 내쉬었다.

"제이, 이제 퇴근해야지?"

"네. 할머니. 남은 일만 마무리해 두고 퇴근하려고요."

"그럼 사돈, 제이는 보내고 저와 함께 저녁 식사 하시지요. 오늘 저녁은 제가 대접하겠습니다. 마음 같아서는 집으로 모셔야겠으나, 사정이 이러하니 양해 부탁드립니다. 사돈."

"그럼요. 당연한 말씀을요."

사돈어른 댁이라니 당치도 않았다. 정연과 동우는 결혼식을 한국에서 하겠다는 것만도 감지덕지했다.

"그리고 제이, 너는 오늘 조프와 선약이 있다지?"

"네. 할머니. 저녁 같이 먹기로 했어요. 아빠, 엄마. 저 오늘 저녁 먹고 들어갈게요."

이미 조프가 다녀갔다는 걸 모르는 제이의 말에 동우와 정연이 고개를 끄덕였다.

"그래. 에이미, 제이한테 옷 좀 보여 줘. 제이, 네가 바쁠 것 같아 한국에 오면서 네 옷을 좀 준비해 왔는데 괜찮겠어?"

"옷……이요?"

"그래. 조프 말이 네가 많이 바쁘다고 하더구나, 결혼하자면 피로연 드레스도 맞춰야 하고, 인사를 하자면 옷도 필요할 텐데 맞출 시간이 없을 듯해 내가 오면서 좀 챙겨 왔어. 걱정하지 마. 설마 평상복도 드레스처럼 과하게 맞춰 왔을까 봐?"

앤은 방금 걱정이 해소된 듯한 개운한 표정을 짓던 제이의 얼굴에 다시금 그늘이 드리워지기에 서둘러 안심시켰다.

"너의 이미지와 스타일에 맞게 점잖은 디자인들로 채웠으니 걱정하지 말고 가서 입어 봐. 오늘 조프와 저녁에 식사할 때 한 벌 입고 가려무나. 조프가 너 드레스 입은 모습을 보지 못해 안달이 난 것 같아. 에이미, 아까 내가 말한 미들 드레스 알지?"

"네. 회장님. 신경 쓰겠습니다."

조프와의 저녁 식사 자리가 특별했으면 하는 마음에 웨딩드레스는 아니지만, 그런 기분을 만끽할 수 있는, 청초한 느낌이 물씬 풍기는 화이트 미들 드레스를 입혀 보내라 일러뒀었다. 조프가 예쁘게 차려입은 제이의 모습을 보며 행복해할 생각을 하니 자신의 마음이 더 행복해지는 듯했다.

"네. 감사합니다. 잘 입을게요. 그러지 않아도 옷을 좀 맞춰야겠다 싶었는데 할머니 덕분에 일이 많이 줄었어요."

제이 역시 옷이 좀 필요하겠다 싶었다. 촉박한 시간에 옷까지 준비하려니 마음이 바빠지는 차에 할머니께서 이렇게 미리 일거리를 줄여 주시니 감사하면서도 한편으로는 너무 받기만 하는 듯해 마음이 무거웠다.

"하하하. 이런 일이라면 언제라도 환영이야. 네 성격에 불편할 텐데도 말없이 받아 줘 내가 더 고맙구나."

"먼저 그렇게 말씀하시니 제가 더 말을 못 하겠어요. 이러다 염치가 남아날 것 같지가 않아요. 저도 이제 뻔뻔해지나 봐요."

"뻔뻔하기는?! 행여라도 절대 그런 생각일랑 하지도 말아!! 다 내가 좋아서 하는 일인 걸, 네가 기쁘게 받으면 나에겐 그보다 더 큰 선물이 없다. 절대 부담스럽게 여기지 말고 앞으로도 잘 부탁하마."

"이거 입장이 바뀌어도 한참 바뀐 것 같지만, 저도 잘 부탁드립니다. 할머니!"

어느새 말투도 조프를 닮아 가는 듯했다. 뭐든 해 주지 못해 안달이 난 건 조프나, 할머니나 매한가지였다.

피할 수 없으면 즐기라고 했던가, 앞으로 이런 일은 비일비재할 듯싶었다. 그럴 때마다 부담스럽다 실랑이를 할 수도 없는 일, 제이는 어느 정도 마음을 비우고서 어른들을 두루 보며 꾸벅 인사를 하고 룸을 나섰다.

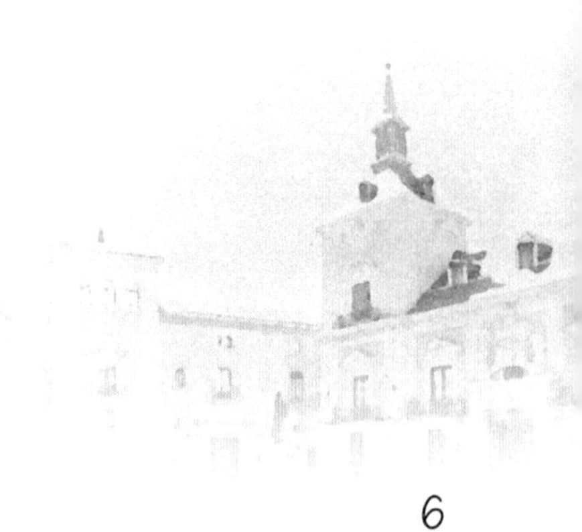

6

모처럼 솜씨를 발휘해 보겠다며 별장으로 와 달라던 조프였다. 크리스와 경호원들의 도움으로 기자들을 무사히 따돌리며 그의 별장으로 향했다.

서둘러 도착한 조프의 별장 앞에서 흐트러진 차림을 정돈하며 대문으로 향했다. 문을 열고 들어서자마자 한겨울과는 어울리지 않는 꽃향기가 정원을 가득 메우고 있었다.

의아함에 고개를 갸웃거리며 현관에 들어서는데……,

"하…… 맙소사."

당연히 마중 나와 있을 줄 알았던 조프는 보이지도 않고, 고풍스럽고 모던한 넓은 실내, 평소의 깨끗하고 정갈한 분위기와는 매우 다른, 거실 가득 아름드리 자리 잡은 형형색색의 예쁜 꽃들을 보며 놀라 벌어진 입을 다물지 못하고 있었다.

"하…… 내가 무슨 말을 못 해……."

꽃을 좋아한다는 말도 흘려듣지 않았나 보다. 놀란 마음에 주춤거리는 것도 잠시, 발걸음이 향하는 양쪽으로 그림에서나 볼 수 있을 것 같은 오솔길처럼 꾸며진 예쁜 꽃길을 천천히 따라 걸으며, 얼굴 가득 환한 미소가 꽃보다 더 활짝 피어올랐다.

다양한 꽃들이 한 공간에 있음에도 각각 지니고 있던 고유의 향기가 상충하지 않고 서로 어우러져 어떻게 이렇게 매혹적인 향기를 내뿜는지…….

길을 따라가다 말고 궁금함에 견디지 못해 무릎을 접고 앉아 이름 모를 생소한 꽃의 향기를 맡으며 꽃이 주는 풍요로움에 행복한 미소를 감추지 못했다.

한참을 넋 놓고 꽃을 구경하다 서서히 고개를 들어 보니 그 길 끝…… 언제부터 그곳에 서 있었는지, 자신과 닮아 있는 표정으로 너무나 근사하게 차려입은 그를 보며 감격에 겨워 눈물이 글썽 차올랐다.

결혼 전, 몇 번 남지 않았을 데이트를 조금 더 특별하게 보내기를 바라고 계신다는 할머니의 마음을 전하며 굳이 화이트 미들 드레스를 권하던 비서 에이미였다. 제이는 조프를 물끄러미 바라보며, 에이미의 말을 듣기를 참 잘했다 싶었다.

반면 조프는 아침에 볼 때만 해도 얌전한 스타일의 블랙 슈트를 입고 있던 제이가 격을 갖춘, 단아한 화이트 드레스를 입고 나타난 것을 보며 할머니의 깊은 애정을 또 한 번 마음으로 느끼고 있었다.

제이가 알고 입고 온 건지, 모르고 입고 온 건지는 중요하지 않았다. 단지 지금은 제이가 너무 청초하고 예뻐 보인다는 것, 오늘 밤 제이를 집으로 돌려보내기가 너무 힘들 것 같은 조프였다.

"언제 이렇게 준비했어요?"

감격에 겨워 울먹임이 섞인 목소리가 흘러나왔고,

"벌써 울면 곤란한데?"

말하지 않아도 알 것 같은 제이의 반응이 그저 흐뭇하기만 했다.

"울긴 누가 운다고 그래요? 너무 좋아서 그래요. 한겨울에 그것도 집 안에서 이렇게 다양하고 예쁜 꽃을 보게 될 줄이야……."

"이 정도로 감격하기에는 아직 이른데? 아직 시작하지도 않았다고. 언제까지 그렇게 서 있을 거야? 어서 와!"

눈물을 글썽거리며 멈추어 선 제이를 향해 두 팔을 활짝 펼쳤고,

"고마워요. 정말……."

제이는 얼마 남지 않은 거리를 단숨에 좁히며 조프의 품에 안겨 울먹이는 목소리로 고마운 마음을 전했다.

"흐음…… 이렇게 많은 예쁜 꽃도 당신을 이기기에는 역부족이야. 어떻게 이 많고 다양한 꽃향기가 당신한테서 나는 은은한 향기를 이기지 못하는지 알다가도 모를 일이야."

자신의 품에 빈틈없이 안겨 있는 제이를 꼭 껴안고서 그녀만의 향기에 취해, 당장 해야 할 일들을 제쳐 두고서라도 침실로 직행하고 싶었으나, 오늘만큼은 제이를 위한 밤이 되어야 했다.

한번 손이 닿으면 자신만 더 힘들어질 거라는 걸 너무나 잘 알면서도 결국 참지 못하고 제이의 얼굴을 어루만지며 촉촉하게 핑크빛으로 물든 입술을 살포시 빨아들였다.

점점 더 농밀해지는 키스에 조금 더 하다가는 정말 일이 틀어져 버릴 것 같아 간신히 욕망을 억누르고서 제이를 품에서 놓아주며 음식이 차려진 다이닝 룸으로 이끌었다.

"맙소사…… 이건 또…… 뭐예요?"

디자인 감각이 돋보이는 편안한 분위기의 다이닝 룸 테이블 위, 너무나 먹음직스럽게 차려진 정갈한 음식을 보며 놀라지 않을 수가 없었다.

"마음 같아서는 내 손으로 직접 다 하고 싶었지만, 하필 오늘 많이 바빠서 전문가의 손을 좀 빌렸어. 그래도 스테이크는 내가 직접 한 거야."

"그래서 그런가? 스테이크가 제일 먹음직스러워 보여요."

"그래? 하하하. 일단 앉아. 오늘 드레스 피팅 하느라 힘들었을 텐데 체력 보충 좀 해야지?"

"음. 사실 정말 힘들었어요. 어찌나 파격적인 드레스가 많던지."

"수고했어. 나도 보고 싶었는데 많이 아쉽네."

할머니가 보내 주신 사진 몇 장만으로는 호기심을 채우기엔 역부족이었다. 애태우려고 작정을 하신 듯, 분명 더 선명하고 잘 나온 사진이 많이 있을 텐데도, 결혼 후에 주겠다며 야박하게 단 몇 장의 사진만을 보내 주셨다.

"그러게. 미국에서는 신부 드레스 보는 거 아니라면서요?"

"그렇다나 봐. 여기서는 다들 같이 고르러 가던데 말이야. 그래서 마음에 드는 게 있었어? 원하는 거로 잘 골랐고?"

"음. 네. 그나마 가장 덜 야한 거로 골랐어요. 할머니 엄청 과감하신 거 알아요? 스페인 여행할 때 드레스 선물 주시는 거 보고 대충 할머니의 취향을 파악하고는 있었지만, 알고 입어도 놀라운 건 같아요."

"그래서 싫어?"

"아니. 좋아요. 사실 입을 때마다 조금 놀랍고 민망하기는 한데, 할머니 아니면 내가 언제 그런 드레스들을 입어 보겠어요? 이러다 슬슬 그런 옷들에 적응될까 걱정될 정도예요."

"어허, 그런 드레스에 굳이 적응할 필요 없어. 잘 골라 입어야 해. 남들 앞에서는 과감할 필요 없어. 내 앞에서만 과감해지면 돼. 알겠어?"

"알겠어요. 그렇게 야한 드레스는 당신 앞에서만 입는 거로!"

"그렇지! 식겠다. 얼른 먹어. 당신이 잘 먹어야, 내가 당신을 잡아먹지."

"풉. 그럴 줄 알았어. 오늘은 어째 얌전히 넘어간다 했어. 감사히 잘 먹겠습니다."

"그래."

농담인 줄 알겠지만 100퍼센트 진심 어린 말이었다.

지금의 조프에게 제이는 12시만 되면 사라져 버릴 신데렐라와 같았다. 지금부터 남은 시간이라고 해 봐야 고작 네 시간 남짓, 그 시간을 어떻게 보내야 가장 효율적이고 알차게 보낼 수 있을까? 조프의 머릿속에는 그 시간 안에 할 수 있는 갖가지 일들이 빠르게 스쳐 지나며, 오물오물 맛있게 잘 먹는 제이를 보면서도 좀처럼 식사를 하지 못하고 그런 제이에게 음식을 챙겨 주기 바빴다.

"나 잡아먹으려면 당신도 체력 보충을 해야 할 텐데? 기운 없어서 날 감당할 수나 있겠어요?"

평소와는 분위기가 확연히 달랐다. 집에 있을 때는 슈트가 아닌 편한 의상을 즐겨 입는 그였으나 오늘은 슈트, 그것도 확실히 격식을 차린 한껏 멋을 더한 모습이 여느 때보다 훨씬 더 근사해 보였고, 은근히 바라보는 그의 눈빛에는 무수히 많은 말들이 담겨 있는 듯했다. 괜스레 떨려 오는 마음을 대담한 말들로 대신하고 있었다.

"오호, 날이 갈수록 대담해지는데? 그 도전 기꺼이 받아 주지. 그 말, 후회하게 될걸?"

괜한 도발에 뜨거워지는 눈빛을 마주하며 피식 웃고 말았다. 평소 같으면 손바닥 반만 한 스테이크는 물론이거니와 사이드 메뉴까지 골고루 잘 먹었겠지만…… 돌아가는 분위기와 그의 뜨거운 눈빛을 오롯이 감당하며 음식을 먹어 치울 정도로 둔한 여자는 아니었다.

그의 성의를 생각해 스테이크를 야무지게 오물오물 먹으며, 오늘 입은 드레스는 왜 이렇게 타이트한지 음식이 코로 들어가는지 입으로 들어가는지, 오늘 먹은 음식을 잘 소화할 수나 있을지 의문이었다.

간신히 식사를 마친 제이의 손을 다정하게 잡더니 또 다른 방으로 제이를 이끌었다. 은은한 조명, 아름다운 선율이 잔잔하게 흘러나오는 부드러운 피아노 연주곡, 곳곳에 화려하게 장식된 예쁜 꽃 볼이 더없이 평온하고 로맨틱한 분위기를 연출하고 있었다.

"자리에 앉아 주시겠습니까?"

장난스레 미소를 띤 얼굴로 의자를 빼 주며 정중히 말하고서 와인을 따르는 조프를 보며 제이의 가슴이 사정없이 떨려 오고 있었다.

"마셔 봐. 당신이 마시기에 좋을 만한 와인이야."

"네."

무슨 말을 하려고 이렇게 뜸을 들이는지, 차라리 빨리 하고 말지. 벌렁벌렁 오르내리는 가슴과 진정할 기미를 보이지 않는 팔딱이는 심장이 제발 진정되기를 바라는 제이다.

섹시하게 입꼬리를 말아 올리고는 진득하게 달라붙어 떨어지지 않는 그의 짙어진 눈빛을 마주하며, 타는 목에 차가운 와인을 입에 머금을 사이도 없이 꼴깍꼴깍 마셔 버렸다.

"제이 당신한테 할 말이 있어."

"네. 말해요. 듣고 있어요."

평소와는 사뭇 다른 분위기를 보며 그가 하려는 말이 무엇인지 짐작하고도 남았다. 이미 결혼 날짜까지 잡았음에도 이렇게까지 신경 써 주는 그가 고마우면서도 정작 자신은 아무것도 해 주지 못하고 너무 무신경했다는 생각에 마음이 복잡했다.

"생각해 보니 내 프러포즈가 너무 즉흥적이고 성의가 없었더라고."

"오…… 제발……. 조프…… 아니요. 아니에요. 난 당신의 꾸밈없는 그 프러포즈가 너무 좋았어요. 감히 다른 생각을 할 수 없을 정도로 나에겐 특별했어요. 당신의 마음이 온전히 전해졌으니까. 오히려 난, 당신에게 해 준 게 아무것도 없는데…… 이렇게까지 하면 나더러 미안해서 도대체 어쩌라는 거예요? 할머니도, 그리도 당신도 늘 주기만 하잖아요."

"아무것도 해 준 게 없어? 당신이? 나한테? 훗."

말도 안 된다는 듯 피식 웃으며 고개를 설레설레 흔들었다.

"제이, 당신은 내 인생을 송두리째 변화시켰어. 난 지금 당신이 아니었다면 살아가면서 결코 느끼지 못했을 모든 감정과 만나는 중이라고, 믿어져? 나도 몰랐어. 나에게도 이렇게 다채로운 감정이 존재하리라고는…… 사실 아직도 꿈만 같아."

조프는 눈물이 그렁그렁 차오른 제이에게서 눈을 뗄 수 없었다. 제 진심이 그녀에게 온전히 전해지기를 바라며 다시 말을 이었다.

“처음엔 나도 이런 내 모습이 낯설기도 하고 어색해서 당신이 떠났을 때 차라리 잘됐다고 생각했어. 익숙했던 내 모습으로 돌아갈 수 있으니까…… 그런데, 그게 안 되더라. 당신과 함께 지낸 시간이라고 해 봐야 고작 며칠이나 된다고, 한 달도 안 되는 그 짧은 시간 동안에 이미 당신의 색이 진하게 입혀져 원래의 내 모습으로 돌아갈 수가 없었어. 내 생에 가장…… 길고 힘든 1년이었어.”

“하…… 미안해요. 그땐 정말 미안했어요.”

그때 어떤 마음으로 그를 떠나 왔었는지, 다시 생각해 봐도 심장에 저릿한 통증이 전해 오는 듯했다.

“사과하지 않아도 돼, 제이. 당신이 그때 그렇게 떠나지 않았으면, 당신의 소중함을 그렇게 뼛속 깊이 새길 수는 없었을 거야. 하지만 그런 경험은 그때 한 번으로도 충분해. 그런 경험은 두 번 다시 하고 싶지 않아, 제이……. 당신을 다시 만나고 나서야 비로소 내 마음에 평화가 찾아왔다고. 지금 내가 얼마나 행복한지…… 당신은 상상조차 할 수 없을걸?”

“아니요. 당신이야말로 내가 요즘 얼마나 행복한 나날을 만끽하고 있는지 알지 못해요. 내 남은 생애 이런 행복을 맞이하게 될 거라고는…… 감히 꿈에서조차 상상해 본 적이 없어요. 당신을 만난 건 나에게 일어난 가장 큰 기적이고, 행운이고…… 축복이에요. 당신이 아니었다면…… 이런 행복은 결코 느낄 수 없었을 거예요. 고마워요. 조프…….”

늘 가슴으로 충분히 전해 왔다고 생각했던 말들을 직접 입으로 전하며, 다시 생각해 봐도 믿어지지 않는 기적 같은 행복에 소리 없이 뜨거운 눈물이 흘러내렸다.

“울보…… 많고 많은 사람 중에 하필 내 눈에 들어와 줘서 고맙다. 내 모든 감정과 내 모든 감각을 일깨워 줘서 고맙다. 가끔 멍하니 먼 하늘 바라보며 당신을 떠올릴 수 있는 여유를 주는 것도, 가끔 혼자 실없는 사람처럼 웃게 만들어 주는 것도, 늘 채워지지 않던 내 마음에 공허함을 빈틈없이 풍요롭게 만들어 주는 것도, 다……. 모두 다 고마워. 난 당신과 헤어져서는 절대 살 수 없을 것 같아. 평생 나와 함께할 준비…… 되어 있어?"

큰 눈망울에 방울방울 맺혀 흘러내리는 눈물까지도 사랑스럽기만 했다. 말없이 고개를 끄덕이는 제이를 뚫어져라 주시하며 천천히 자리에서 일어나 제이의 옆으로 다가가 앉아 있는 제이를 일으켜 세웠다.

주르륵 볼을 타고 흘러내리는 눈물을 가만히 닦아 주며 더없이 사랑스러운 눈빛으로 제이를 바라보며,

"한재희, 사랑한다. 나와 결혼해 줄래?"

이미 정해진 결과에도 터질 듯 부풀어 오르는 가슴에, 사정없이 두근거리는 심장이었다.

한참을 대답 없이 바라보기만 하는 제이를 보며 속이 타들어만 가는데,

"당연한 걸 뭘 물어요? 나도 사랑해요. 결혼해요. 우리."

기쁘게 웃으며 말하려 마음을 진정시키려는데, 물밀듯 밀려오는 벅찬 감동에 눈물이 마르지 않아 결국 울먹이며 떨려 오는 목소리였다.

조용히 흘러나오는 제이의 음성에 그제야 긴장으로 굳어 가던 조프의 얼굴에 화색이 돌았다. 단번에 제이의 허리와 부드러운 목을 휘어 감고서 자신에게 빈틈없이 밀착시키며 뜨겁게 달아오른 입술을 내렸다.

"흣……."

긴장이 풀려 느슨해진 마음에 흥분이 가득 차오르고, 그녀를 보내 주어야 할 시간이 촉박함에도 목적이 분명한 조프의 움직임에 망설임은 없었다. 가벼운 제이를 덥석 안아 올려 둘만의 아늑한 침실로 향하면서도 떨어질 수 없는 입술이었다.

간간이 흘러나오는 숨이 차오른 제이의 얕은 날숨에도 튀쳐나올 듯 펄떡이는 심장을 어떻게 다스려야 할지, 그 심장을 다스릴 사람은 오직 단 한 사람, 자신의 연인뿐이라 소중하게 내려놓으며 제이의 드레스 지퍼로 손길이 향하

는데,

응?

"하…… 이런."

지퍼가 아니었다. 손끝에 느껴지는 매듭…… 또 매듭…… 거듭된 매듭에 키스를 멈추고 제이를 돌려세웠다. 그렇게 돌려세워진 제이의 등을 보며 가슴 깊숙한 곳으로부터 뿜어져 나오는 탄식이란.

"제이, 이 드레스 당신이 고른 거야?"

"아니요. 할머니께서…… 왜요? 무슨 문제라도 있어요?"

"드레스 입는 데 시간 많이 걸리지 않았어?"

"네. 입고 나서 한참을 서 있었어요. 에이미가 뒤쪽에 신경 쓸 게 많다고."

"끙. 할머니!!"

처음 화이트 미들 드레스를 입고 온 제이의 섹시한 듯 청초한 모습에 홀딱 반해 할머니에 대한 감사함이 절로 솟구쳤던 반면, 지금은 할머니를 향한 원망의 목소리만이 우렁차게 울려 퍼지고 있었다.

제이가 지금 입고 있는 미들 드레스의 포인트는 바로 뒤쪽이었다. 목부터 엉덩이 아래까지 일일이 하나하나 섬세하게 묶여 있는 수십 개의 작은 리본과 엉덩이 아래로 포인트를 준 커다란 리본을 보며 조프는 절망하지 않을 수 없었다. 대체 누가 드레스를 이따위로 만든단 말인가?

제이를 다시 돌려보내지 않아도 된다면 소중한 선물을 열어 보듯 하나하나 풀어 보는 재미라도 있을 텐데, 지금은 제이를 처음과 같은 모습으로 예쁘게 돌려보내야만 했다. 그것도 12시가 지나기 전에…….

조프의 머릿속이 바쁘게 돌아가기 시작했다. 드레스를 위로 벗겨 낼 수는 없을까? 이리저리 살펴보는데, 마치 코르셋인 듯 한 몸처럼 제이의 몸에 잘 맞춰진 드레스였다. 하필 허리는 왜 이렇게 잘록한 것인지, 포대 자루가 아닌 다음에야 위로 벗겨 내기는 힘들 것 같았다.

리본을 푸는 시간이야 고작 몇 분이나 걸릴까……. 다만 다시 드레스를 입히고 리본을 원상 복구할 일이 까마득했다. 결코 자신이 할 수 있는 일도 아닐 뿐더러, 이 늦은 시간에 디자이너를 불러들일 수도 없는 노릇이었다.

굳이 사랑을 나누고자 하면 치마를 걷어 올리는 것쯤이야……. 리본 따위에 구애받지 않겠지만, 조프는 그런 식으로 제이를 안고 싶지 않았다.

온몸이 그녀에게 닿기를 원했다. 서로의 몸을 충분히 어루만지며, 욕심을 채우기 위함이 아닌, 진정한 사랑을 나누고 싶었다. 심장과 심장이 만나 서로의 고동을 온전히 느끼며, 온몸으로 달콤한 사랑을 속삭이고 싶었다. 남의 속도 모르고 눈치도 없이 빨리 가는 시간을 탓하며 제이의 등을 꼭 끌어안고서 목덜미에 얼굴을 묻었다.

"조프, 왜 그래요? 당신 어디 아파요?"

제이는 절대 도중에 멈출 리 없는 조프가 가만히 백 허그를 하며 멈추어 선 모습에 갸우뚱할 수밖에 없었고,

"제이. 제이. 내가 내 명에 못 살 것 같아."

조프는 펄펄 끓어오르는 뜨거운 열정을 애써 가라앉히려 한숨만 푹푹 내쉬고 있었다.

"왜요!! 어디 아프냐고요!!"

어깨 위로 내려앉은 그의 얼굴의 열기가 고스란히 제이의 볼에 전해지며 그답지 않은 모습에 덜컥 걱정이 앞서고 말았다.

"당신은 몰라, 내가 지금 얼마나 힘든지…… 제이, 앞으로 가능하면 할머니가 추천하는 드레스는 입지 마. 지금 당신 등 뒤에 얼마나 많은 매듭이 있는지 알아? 할머니가 날 골탕 먹인 것 같아."

"네? 매듭? 그게 무슨 말이에요?"

"수십 개의 리본이. 하……."

조프의 탄식에 곰곰이 생각해 보니 드레스를 입을 때 유독 뒤쪽을 꼼꼼하게 신경 쓰던 에이미와 디자이너의 모습이 떠올랐다. 웨딩드레스 피팅 때보다 이상하게 시간이 오래 걸린다 싶더라니, 리본을 하나하나 묶고 있었을 줄이야.

"큽."

"당신은 웃음이 나와? 난 지금 너무 힘들다고……."

"큽……. 큭……. 미안해요."

웃음을 멈추려 해도 수많은 리본을 보며 상실감에 고개 숙인 그의 얼굴이 자꾸 상상돼 웃지 않을 수 없었다.

"어맛!!"

순식간에 공중으로 들어 올려지더니 눈 깜짝할 사이에 침대 위에 누워 있었다. 뜨겁게 부딪쳐 오는 조프의 입술을 다정하게 입술로 어루만지며 오랜만에 아주 오랜 키스를 나누는 두 사람이었다.

한참이나 시간이 흐른 후, 흥분이 고조된 조프와 제이는 누가 먼저랄 것도 없이 해소되지 못한 몸의 갈증을 느끼며 가쁜 숨을 몰아쉬어야 했다.

침대 한쪽에 나란히 다리를 내리고 앉아 숨을 고르며, 조프는 슈트 주머니에 넣어 둔 작은 상자를 꺼내 들었다.

"제이, 손 이리 줘 봐."

붉게 달아오른 얼굴을 식히며 흐트러진 머리를 정리하는 제이의 손을 잡아 자신에게로 가져가 가만히 손을 쓰다듬다가 작은 상자를 열어 반지 하나를 끼워 주었다.

제이의 손에 딱 맞춘 듯 너무나 잘 맞는 반지를 보며 흐뭇한 미소가 번졌다.

"프러포즈할 때 끼워 주려고 했는데 또 마음이 급했네. 당신이 반지를 불편해할 것 같아서, 일할 때 걸리적거리지 않도록 특별히 주문 제작한 거야. 제작 기간이 생각보다 오래 걸리더라고, 그래서 좀 늦었네. 그런데 당신도 참 그래. 반지도 없이 프러포즈를 덥석 받아 주고 말이야."

미국에 들어갔을 때 특별히 주문해 둔, 이번에 할머니가 한국에 오면서 찾아온 반지였다. 다이아몬드가 돌출되지 않도록 섬세하게 세공한 심플하면서도 고급스러움이 물씬 풍기는 세상에 단 두 개밖에 없는 오직 둘만의 결혼반지였다.

"너무…… 예뻐요."

별걸 다 기억하고 있었다. 무엇 하나도 건성으로 듣는 법이 없었다.

일할 때 불편하고, 가구에 스크래치를 낼까 걱정스러워 반지를 끼지 않는다고 했던 자신의 말을 잊지 않고 맞춤으로 결혼반지를 준비해 온 그의 정성에 감동해 이 좋은 날 또다시 눈물이 그렁그렁 차올랐다.

"나도 끼워 줄래?"

반지를 가만히 만지며 눈물을 글썽이는 귀여운 제 연인을 향해 손을 내밀었고, 제이는 큼직하고 세상 든든한 조프의 손을 잡고서 조심스레 반지를 끼워 주었다.

"고마워요. 내 앞에 나타나 줘서…… 내가 당신에게 줄 거라고는 내 마음뿐이라 미안해요. 대신…… 평생 아낌없이 사랑해 줄게요."

"좋은 날 왜 자꾸 울어? 아직 해야 할 말이 남았는데 이러면 곤란해."

"울리는 사람이 누군데 그래요? 또 무슨 말을 하려고? 이제 그만해요. 당신 마음 충분히 다 아니까. 지금도 감동해서 기절할 것 같단 말이에요."

"풋. 그래. 이제 진짜 마지막이야. 잠시만 기다려 봐."

자리에서 일어나 성큼성큼 나갔다 돌아오는 조프의 손에 커다란 서류 봉투가 들려 있었다.

"열어 봐."

조프가 주는 봉투를 열어 안에 있는 서류를 꺼내어 천천히 읽어 내려가던 제이의 눈이 더할 나위 없이 커지고 있었다.

"이게 뭐……예요? 바인스……? 설마…… 설마 바인스를 인수했어요?"

"어. 앞서 인수했던 호텔이 감당하지 못해 다시 내놓았어. 이번에 우리 호텔에서 인수했고, 당신한테 가장 먼저 알려 주는 거야. 내일이나 돼야 공표하게 될 거야."

"맙소사……."

자신이 만나는 사람이, 아니 자신과 결혼할 사람이 대체 얼마나 대단한 사람인지……. 한 번씩 이렇게 확인하게 될 때마다 놀라움을 금할 수 없는 제이였다.

끝도 없이 높은 곳을 향하는 그의 위상에 놀란 마음도 잠시,

"그럼…… 당신 많이 바빠지는 거 아니에요?"

"내가 아니라, 당신이 바빠질 것 같은데?"

"네?"

"내가 바쁠 일이 뭐가 있어? 우리 회사 직원들이 얼마나 능력이 출중한데, 직원들이 알아서 다 잘할 거야. 앞서 인수했던 호텔에서 제법 관리를 잘했더라고. 시스템만 조금 손보면 내가 할 일은 크게 없을 것 같아. 다만, 지금 미국에 있는 바인스 호텔 몇 곳이 아직 리모델링 전이야. 그 일을 당신에게 맡기고 싶은데, 어때? 해 보고 싶은 마음이 있어?"

지금껏 감동으로 촉촉하게 젖어 있던 가녀린 그녀의 눈빛에 반짝반짝 생기가 돌았다.

조프는 답을 듣지 않아도 충분히 짐작 가능했기에 뿌듯한 미소가 비집고 나오려는 걸 간신히 참고 기다리는데,

"내 마음만 있으면 가능한 일이에요, 그게?"

"아마도? 지금으로서는 당신 마음이 가장 중요하지. 이미 당신의 실력이야 함께 일하고 있는 우리 직원들이 익히 잘 아는 터라 벌써 입소문이 다 났나 봐. 오히려 임원들이 적임자로 당신을 강력히 추천하고 있어. 어때?"

"맙소사…… 조프, 좋아요!! 진짜 좋아요. 완전 좋아요. 정말 해 보고 싶어요. 조프, 세상에 믿을 수가 없어. 어떻게 나한테 이런 일이 있을 수 있어요?!"

두 손으로 함지박만 하게 벌어진 입을 가리고서 벌떡 자리에서 일어나 기뻐하는 모습에 덩달아 웃음이 나왔다.

"그렇게 좋아? 어떻게 내 프러포즈보다 더 반기는 것 같아 섭섭한데?"

"그럴 리가요!! 그게 아니라 전부터 너무 해 보고 싶었단 말이에요. 바인스 너무 멋진 곳이에요. 조금만 손보면 훨씬 더 멋진 곳으로 거듭날 수 있을 텐데 볼 때마다 얼마나 아쉬웠나 몰라요. 맙소사 그곳을 내가…… 그 일을 내가 하

게 된다니 믿을 수가 없어요.”

결혼하면 당연히 그에게 맞추어 가야겠다 싶었다. 하루 24시간을 바쁘게 쪼개어 쓰는 그에게 맞추어 가려면, 지금까지와는 모든 생활이 확연히 달라지게 될 것 같았다.

지금껏 쌓아 온 경력과 일에 대한 열정을 잠시 내려놓아야 한다는 아쉬움, 익숙함에서 벗어나 새로운 모든 일에 적응해야 한다는 알 수 없는 불안함이 무겁게 내려앉을 때도, 그가 없이는 살 수 없으니 어떻게든 잘 적응해 보겠다. 속으로 다짐하며 마음을 다잡았었다.

그런데 어떻게 이런 일이, 그동안의 고민과 걱정이 일시에 해소되며 너무 기뻐 부풀어 오르는 마음을 감출 길이 없었다.

조프는 잊을 수가 없었다. 처음 한국에 와서 공개 입찰 프레젠테이션을 하던 날 제이가 했던 말을 단 하나도 잊지 않았다.

M&A 전문가가 아닌, 자신의 입장에서는 바인스를 선택하겠다 당당하게 말하던 그녀의 열정이, 그녀의 희망이, 그녀의 도전이 조프의 뇌리에 강하게 박혀 잊히지 않았었다.

바인스가 다시 새 주인을 찾아 나왔을 때, 가장 먼저 떠오른 게 바로 그런 제이의 얼굴이었다. 물론 제이만을 위해 최종 결정에 도달한 것은 아니었으나, 제이의 희망이 인수를 결정하는 데 큰 일조를 한 것만은 분명했다.

기가 막힌 타이밍, 제이는 정말 행운의 여신이었다.

조프는 두 손으로 입을 가린, 커다란 눈동자에 방울방울 기뻐 흘러내리는 제이의 눈물을 가만히 닦아 주고는 제이의 입술을 제 입술로 부드럽게 어루만지며 제이와 기쁨을 함께 누리고 있었다.

동우는 초조하게 거실을 서성이고 있었다.

"곧 올 거예요. 뭘 그렇게 기다려요? 때 되면 어련히 알아서 들여보내 줄까!"

"후…… 그러게. 조 서방이 약속을 어길 사람도 아니고, 그냥 가는 시간이 아깝고, 아쉽고 그래. 진작 좀 이렇게 사람답게 살걸……. 후…… 요즘따라 왜 이렇게 시간이 빨리 가?"

정연은 동우의 복잡하고 어지러운 심경을 이해하고도 남았다. 딸아이와의 오랜 공백이, 제 역할을 하지 못한 부족했던 둥지를 미련 없이 떠나려는 딸아이가 안타깝지 않을 수가 없었다.

"나도 그래요. 그래도 우리 멋지게 보내 줘요. 제이 마음 아프지 않게 미련스럽게 마음 두고 가지 않도록……. 씩씩하게 보내 줘요."

"그래. 그래야지…… 그래야지."

과연 정말 그렇게 씩씩하게 보내 줄 수 있을지…… 없는 확신에 흐려지는 대답이었다.

"애들 왔나 봐요."

정연의 말에 밖을 보니 차량의 헤드라이트가 집 앞을 훤히 비추고 있었다. 별 뜻 없이 시계를 흘끔 보는데 약속했던 시간을 겨우 10여 분 남겨 두고 있었다.

자정까지는 보내 주겠다더니 정말 알뜰하게도 시간을 채워 오는 서운함도 잠시, 손수 차 문을 열어 주며 딸아이를 배려하는 모습에 저도 모르게 고개를 끄덕이며 미소 짓는 동우였다.

여태 함께 있었고, 또 평생을 함께할 텐데, 뭐가 그리 아쉬운지 돌아서는 사위의 얼굴에 어린 여운에 도리어 짠해지려 하고 있었다. 지금 그런 눈빛을 해야 할 사람이 누군데.

"조심히 돌아가게."

"네 아버님. 안녕히 주무십시오."

떠나는 사위를 배웅하고서 집으로 들어오니 아내와 딸아이가 무슨 할 말이 그리도 많은시 늦은 시간임에도 아랑곳하지 않고 이야기꽃을 피우고 있었다.

"오늘 프러포즈를 받았다네요. 반지 너무 예쁘죠? 제이가 불편해한다고 직접 주문 제작 했다나 봐. 어쩌나 제이 생각을 많이 해 주는지, 우리 사위 너무 멋있어요. 안 그래요?"

"어? 어. 어. 그래…… 쿡. 크. 크흡……. 푸하하하하."

"어머? 그렇게 좋아요?"

정연은 조금 전까지 울상이던 사람답지 않게 파안대소하는 남편이 의아하면서도 오랜만에 크게 웃는 남편의 모습이 반갑기만 했다.

동우는 딸아이의 반지에 눈길이 머물 틈이 없었다. 외투를 벗은 딸아이의 뒤태를 보는 순간 터져 나오는 웃음을 막을 길이 없었다.

사돈어른이 챙겨 입히라던 드레스가 저 드레스였다니, 보면 볼수록 마음에 드는 사돈어른이 아닐 수 없었다.

아쉬움이 길게 묻어나던 사위의 모습이 다시금 떠오르며 왠지 모를 통쾌함에 심통스러웠던 동우의 마음이 가라앉고 있었다.

별장으로 향하다 말고 할머니께 전화를 걸었다.

— 조프, 내 잠을 깨울 만큼 중요한 일이어야 할 거야.

"아직 안 주무시는 거 다 압니다."

누구보다 할머니를 잘 아는 조프였다. 평소에도 밤잠이 많지 않은 분께서, 하물며 자신의 결혼식이 코앞인데 이 시간에 벌써 잠자리에 들 리가 없었다.

— 흠. 그래. 그런데 이 시간에 무슨 일이야? 감사 인사라면 내일 해도 늦지 않다만.

퉁퉁거리는 목소리에 잔뜩 묻어나는 불만을 눈치채지 못할 앤이 아니었다. 그럼에도 손자와 나누는 이런 소소한 대화가 어찌나 흥미진진한지.

"네, 감사 인사 드려야지요. 덕분에 오늘 한잠도 못 자게 생겼으니 말입니다."

— 푸흡. 골이 난 게로구나. 결혼도 며칠 남지 않았는데 그걸 못 기다리고 쯧쯧, 사돈에게 밉보여 좋을 게 뭐야? 그래, 시간 맞춰 잘 데려다줬어?

골이 나도 단단히 난 모양이다. 장난이 너무 심했나? 매 순간 제이를 바라보는 손자의 눈빛이 좀 뜨거워야 말이지. 가뜩이나 사돈 내외에게 미안하던 차에 녀석이 마음을 주체하지 못해 결혼을 앞두고 혹시라도 사돈 내외 심기를 어지럽히지는 않을까, 만에 하나라도 일을 그르치게 되지는 않을까 괜한 노파심에 하지 않아도 될 걱정을 하는 앤이었다.

"네에. 아주 칼같이 시간 안에 데려다주고 가는 길입니다만."

— 잘했네. 그럼 됐지 뭘 툴툴거려, 툴툴거리기는! 어렵게 얻은 네 사람이다. 늘 귀하게 여기고 아껴 줘. 그리고 기왕 참고 기다리는 거 조금만 더 참아!

"후…… 네. 그래야죠. 알겠습니다. 그만 주무세요."

조프는 해 봤자 득도 없을 전화를 괜히 했다 싶었다. 언젠가 크리스에게 듣고서 웃어넘겼던, 아끼면 똥 된다는 주옥같은 말을 할머니께 해 버릴까 하다가 말았다.

넘쳐나는 정력을 해소하지 못하고 아껴 둬야 하는 제 심정은 누가 알아줄까? 오히려 날을 받아 두고서 더 참을성이 없어진 조프였다.

그날 밤, 조프의 꿈속. 흰 드레스를 입고서 자신의 침대 위에 누워 유혹하는 제이를 보며 밤새 리본을 풀고, 또 풀어야 했던 조프였다.

다음 날 아침 눈 뜨자마자 조프의 입에서 나온 첫마디……,

"하……. 이 망할 리본!"

"무슨 일 있으십니까?"

싱글벙글 웃고 있어도 모자랄 판에 이른 아침부터 굳은 얼굴로 업무에 집중하는 대표님을 보며 크리스가 의아함에 물었다.

"일은 무슨, 그냥 좀 피곤해서 그래. 잠을 좀 설쳐서, 기자들은 왜 아직 난리야? 기사 안 나갔어?"

밤새 망할 리본과 씨름하느라 잠을 설친 데다 이른 아침부터 고래고래 고함을 질러 대는 기자들을 뚫고 오느라 여간 피곤한 게 아니었다.

"기사야 당연히 나갔죠. 관련 기사는 정리해서 올려 뒀습니다. 시간 되면 한번 보십시오. 대표님을 일컬어 세기의 로맨티시스트라고 하던가? 풋. 로맨티시스트는 무슨, 허구한 날 애인을 잡아먹지 못해 안달인 야수를 두고 말입니다."

"시끄러워. 아! 크리스, 제이슨 업무 인계는 하고 있는 거야? 왜 아직 아무런 말이 없어?!"

"안 그래도 그와 관련해 드릴 말씀이 있습니다. 회의 전에 잠깐 시간 괜찮으시겠습니까?"

장난기를 거두고 진지하게 말하는 크리스를 보며 하던 일을 접고서 자리를 옮겼다.

"거기 앉아. 무슨 말을 하려고 또 이렇게 진지해?"

"언제는 제가 진지하지 않았다는 말씀으로 들립니다. 저…… 대표님과 함께 가겠습니다."

"무슨 뜻이야? 나하고 함께 가겠다니."

"아직은 호텔을 이끌 만한 재목이 아닌 것 같습니다. 일을 좀 더 배워 보고 싶습니다."

"쓸데없는 소리 마! 넌 이미 충분히 준비되어 있어. 오히려 늦은 감이 없지 않은데, 혹시 나 때문에 그래? 내 걱정 돼서? 그런 걱정은 접어 둬. 너 하나 없다고 그리 달라질 건 없으니까. 유능한 비서가 어디 너 하나뿐이야? 제이슨도 조금만 노력하면 너 못지않을 거야."

완벽한 빈말이었다. 크리스가 단 하루만 자리를 비워도 당장 불편하고 피곤했다. 하물며 회장 승계를 앞둔 시점에 자신의 손발이 되어 주던 유능한 크리스마저 옆에 없다면 얼마나 힘들어질지 불을 보듯 뻔한 일이었다.

그럼에도 이번 기회가 아니라면 보내기가 쉽지 않을 것 같아 힘들 걸 알면서도 놓아 주려 마음먹었기에 냉정하게 말을 하는데 왜 그런 제 마음을 몰라주는지.

"네. 그럼요. 당연하죠. 누가 훈련하는데, 제이슨도 훌륭하지만 그래도 저만 하겠습니까? 그러니 딱 1년, 딱 1년만 더 대표님 옆에 있겠습니다. 그리고 그 1년 동안 제이슨, 완벽하게 대표님 보필할 수 있게 만들어 놓겠습니다. 그래야 제 마음이 편할 것 같습니다."

일에서는 누구보다 열정적이고 철두철미하며 거침없으신 분께서, 회장 승계를 앞둔 시점이었다. 물론 최대한 늦추고는 있으나 이미 업무는 회장 직무 대행까지 맡아 하게 되었으니 앞으로 얼마나 더 바빠질지는 보지 않아도 눈에 훤했다.

게다가 결혼까지 앞두고 계셨다. 이제야 진정한 행복을 맞이하신 대표님이 그 행복을 온전히 누렸으면 싶었다. 그러자면 옆에서 보필하는 사람의 역할이 그 어느 때보다 중요한 시점이었고, 결코 제이슨에게 그 일을 떠맡길 수는 없는 일이었다.

"크리스, 한국이 아니었다면 나 역시 조금은 더 너를 붙잡아 뒀을 거야……. 너도 알다시피 이런 기회가 언제 다시 올지 장담할 수 없다. 후회하게 될 거야. 다시 생각해 봐."

시기가 더할 나위 없이 딱 맞아떨어졌다. 한국에 그것도 크리스의 부모님을 찾은 시점에, 마침 적합한 자리에, 자신만 불편함을 감수한다면 크리스에게는 더없이 좋은 기회가 아닐 수 없었기에 안타까울 수밖에 없었다.

"이미 충분히 차고 넘치도록 생각했습니다. 대표님께서 어떤 마음으로 저를 여기 남겨 두고자 하시는지 잘 압니다. 그냥 솔직하게 말씀드리겠습니다. 제 부모님께는 죄송한 말씀이지만…… 저는 제 부모님보다 대표님이 더 마음이 쓰입니다. 어떤 쪽으로든 후회를 남기게 된다면, 그나마 후회가 덜 되는 쪽으로 결정한 겁니다. 그러니 더는 아무 말씀 마십시오."

사실 생각하고 말고 할 것도 없었다. 크리스에게는 당연히 대표님인 조프가 우선이었다. 그럼에도 부모님의 안타까운 모습에 잠시 잠깐 망설였던 자신이 오히려 죄송할 뿐이었다. 부모님만 아니었다면…… 그깟 직함 따위가 뭐라고 망설였겠는가.

크리스의 단호한 눈빛을 마주하며 조프는 한편으로 미안하기는 하지만 가슴 가득 퍼지는 안도감이 멋쩍어 웃으며 고개를 설레설레 흔들었다. 열 명의 비서가 있다 한들 크리스 한 명과 견줄 수 있을까? 가뜩이나 신경 써야 할 일이 많은데 큰 걱정을 하나 덜었다.

"고맙다고 해야 하나?"

"아닙니다. 그 말은 대표님과는 어울리지 않습니다. 당연한 결정을 두고 고맙다 하시면 대표님께 실망할 겁니다."

"하, 그래. 실속 없는 자식. 그러다 나한테 발 묶이는 수가 있어. 나중에 원망하지나 마."

"그럴 리가 있겠습니까? 쓸데없는 걱정 하지 마시고 회의하러 가시죠."

"그래. 가자. 회의하러."

집무실을 나서며 무심하게 크리스의 어깨를 주먹으로 툭 치더니 씨익 웃는 조프다.

백 마디의 고맙다는 말보다 더 진하게 전해 오는 남자의 진심이었다.

조프는 회의를 마치고 곧장 제이의 사무실로 향했다.

"한 팀장 안에 있습니까?"

"네. 대표님. 오셨다고 말씀드리겠습니다."

"안에 누구 있습니까?"

"아니요. 한 팀장님 혼자 계십니다."

"그럼 바로 들어갈게요. 수고해요."

"아. 네."

당황한 듯한 지은을 배려할 만큼의 여유는 없었다. 꿈속에 나타나 밤새 희망 고문을 하고 간 야속한 제이를 당장 봐야 했다.

똑똑. 노크와 동시에 문을 열고 들어선 조프였다.

"제이."

"조프? 연락도 없이 어쩐 일이에요?"

갑작스레 사무실로 들이닥친 조프를 보며 자리에서 일어나 그에게 다가가는데,

"당신 혼 좀 내 주려고."

"네? 그게 무슨…… 흣!"

의아함에 질문을 하다 말고 성큼 다가온 조프에 의해 말문이 막혀 버렸다.

한 손에 제이의 머리를 감싸고 남은 손으론 허리를 당겨 안으며 다급하게 제이의 입술을 찾는 조프와 깜짝 놀라 순간 멈칫하다가도 어느새 그의 호흡을 따라가며 가만히 조프의 허리에 팔을 두르는 제이였다.

"하…… 내 인내력이 이렇게 형편없을 줄은 몰랐네."

한참을 제이의 입술을 탐하다 간신히 입술을 떨어트리며, 아무리 애를 써도 뜨겁게 달아오른 마음은 쉬이 가라앉지 않았다.

방금 무엇을 했는지 여실히 드러나는 촉촉한 붉은 입술, 자연스레 자신의 허리에 팔을 두르고서 고개를 들어 바라보는 맑고 투명한 눈동자, 너무나 사랑스레 휘어진 눈과 입매…… 흥분을 가라앉히려다 오히려 더 잔뜩 성나 버린 몸이었다.

"조프, 우리 점심 먹으러 나가요. 나 먹고 싶은 거 있어요."

"뭐? 당신 배고파? 지금 이 시점에?"

"음……. 네. 그런 것 같아요."

"배가 고프면 고픈 거지 그런 것 같은 건 또 뭐야? 흠. 그래. 나가자. 나가서

먹자."

달아올라 부푼 몸이 고통을 호소하고 있었으나, 이대로 있다가는 여기가 제이의 사무실이라는 것도 잊은 채 테이블 위에 제이를 눕혀 버릴 것 같았다. 당장 해소하지 못할 바에야 외부로 나가는 것도 나쁘지 않을 것 같았다.

"가요. 운전은 내가 할게요."

"뭐?"

"오늘따라 뭘 그렇게 자꾸 되물어요? 집중해 줄래요? 내가 운전한다고요. 내가 잘 아는 곳이니까!"

"후…… 운전 조심해서 할 거야?"

"당연하죠! 누구 앞이라고 감히 난폭운전 하겠어요?"

"알았어. 그럼. 지금 바로 나가자."

"네. 나가요."

그가 목적지를 물어보면 뭐라고 둘러대야 하나 싶었는데 다행히 물어보지 않고 얌전히 차에 올랐고, 제이는 부디 도착한 곳이 그의 마음에 쏙 들기를 바라며 빙그레 미소 지었다.

늘 다니던 익숙한 도로, 눈에 익은 주변 경관을 보며 의아함에 허리를 곧추세우고서 설마 하는 마음에 제이를 바라보는데, 살짝 달아올라 핑크빛이 감도는 얼굴에 미소가 번지는가 싶더니,

"다 왔어요."

제 별장 앞에서 차를 멈춘 채 반짝이는 눈동자를 하고 자신을 바라보며 환하게 미소 짓는 모습에 그제야 제이의 의중을 눈치채고 말았다.

"오, 이런. 제이……."

흥분을 가라앉히지 못하는 자신의 고뇌를 알아주지 않았던 연인에 대한 서운함이 눈 녹듯 사라지는 순간이었다.

"생각해 보니까. 나도 배보다는 당신 사랑이 더 고픈 것 같아요."

조프처럼 신체 증상이 겉으로 드러나지만 않을 뿐, 제이 역시 제 연인과 별다를 것이 없었다.

지난밤, 충족되지 않은 열망이 밤새 제이를 괴롭혀 결국 밤잠을 설쳤다. 사무실로 들이닥친 연인의 다급함이, 홧홧하게 타올라 숨김없이 드러나는 그의 열정이, 감출 수 없이 너무나 정직한 그의 신체 반응이 제이는 너무나 좋았다.

겉으로 드러나지 않지만 나도 당신과 같다고. 당신과 마찬가지로 다급했고, 뜨거웠고, 잔뜩 흥분하고 있다고 알려 주고 싶었다. 짙어진 눈빛으로 뜨겁게 자신을 바라만 보는 조프를 보며 흘러가는 시간에 도리어 애가 타는 쪽은 제이였다.

"시간 없는데? 보고만 있을 거예요?"

"그럴 리가! 들어가자. 얼른."

가슴속에 기대감이 간지럽게 보글보글 끓어오르고 있었다. 가뜩이나 사랑스러운 여자가 사랑스러운 행동만 골라 하고 있었다. 터질 듯한 흥분에 주체할 수 없는 행복을 만끽하며 손을 맞잡고 정원을 가로질러 뛰어가는 두 사람이었다.

세상에서 가장 달콤하고 맛있는 점심시간을 보내러 가는 두 사람의 뒷모습에서 행복이 아지랑이처럼 피어올랐다.

대표님의 결혼식이 하루 앞으로 다가와 있었다.

"안녕하십니까. 바쁜 중에도 이 자리에 참석해 주신 여러 기자님께 진심으로 감사와 환영의 인사를 전합니다. 저는 조프리 휴 존슨 대표님의 비서 크리스 에반입니다. 기자회견에 앞서 부탁의 말씀 드리겠습니다. 여러분도 아시다시피 두 분의 결혼식이 임박한 관계로 시간이 넉넉하지 않아 기자회견은 30분 정도로 마무리하려고 하니 너그럽게 이해해 주시기 바랍니다."

크리스가 인사말을 마침과 동시에 여유가 넘치는 미소를 만면에 띤 조프와, 마찬가지로 화사한 얼굴에 미소를 머금은 제이가 회견장에 들어섰다.

수없이 터지는 플래시 세례에도 아랑곳 않고 당당하게 걸음을 옮기는 조프와 달리 기껏 떨리는 마음을 진정시키고 마음을 다스리며 들어왔음에도 다시금 떨려 오는 마음에 절로 몸에 힘이 들어가는 제이였다.

제이는 자신의 등을 감싸고 어루만지는 조프의 손길을 느끼고서야 마음을 진정시키며 준비된 자리에 앉았다.

대기 중인 기자들은 이미 여러 매체를 통해 함께 있는 두 사람의 모습을 확인했음에도, 공식 석상에 모습을 드러내며 애정을 과시하는 건 처음이라, 눈앞에 보면서도 쉬이 믿기지 않아 회견 시작을 알리자마자 마치 기다렸다는 듯 질문을 쏟아 내기에 바빴다.

"두 분, 어디서 어떻게 만나셨습니까?"

"한재희 씨의 상황을 알면서도 만난 건가요?"

"야당에 이강성 의원을 아십니까?"

"대표님, 한재희 씨의 어떤 모습에 반하셨는지요?"

"결혼을 이렇게 일찍 서두르는 이유가 궁금합니다."

"혹시 임신하셨나요?"

집중된 이목이 불편할 만도 하련만, 그는 어떤 난처한 질문이나 짓궂은 질문에도 동요함 없이 유연하게 대답하면서도 제 연인을 배려해 살뜰히 챙기고 있었다.

입장할 때부터 예사롭지는 않았다. 주변에 사람들이 있든 없든 연인과 눈을 맞추고 웃어 주는 모습 하며, 긴장한 듯 보이는 연인의 등을 어루만지거나 자상하게 의자를 빼 주는 모습, 입이 마른 듯 입술을 축이는 연인의 모습에는 질문에 답을 하면서도 생수로 손을 뻗어 자연스레 뚜껑을 열어 건네는 등, 물 흐르듯 자연스러운 모습에서 가식이란 단 1퍼센트도 찾아볼 수 없음을, 완벽히 사랑에 빠진 두 사람의 모습을 보아 지금 하는 모든 질문은 아무런 의미가 없었다.

그저 한 장면이라도 놓치지 않도록 열심히 셔터를 누르는 게 최선인 듯싶었다.

딸아이의 퇴근을 기다리는 정연과 동우의 마음이 싱숭생숭했다. 딸이 결혼한다고 해서 당장 미국으로 가는 것도 아닌데…… 좋은 짝을 만나 행복으로 향하는 발걸음을 한 발 더 내딛는 것뿐인데……. 왜 이렇게 마음이 허전하고 서운한지 알다가도 모를 일이었다.

부부는 기자회견을 마치면 곧장 집으로 오겠다는 딸아이를 기다리며 저녁을 차려 두고 함께 정원을 말없이 서성였다.

조용히 집 앞에 멈추어 선 차, 조 서방의 손을 잡고 차에서 내리는 딸아이를 보는데 갑자기 코끝이 시큰거려 당황함에 어색하게 웃는 부부와, 추운 날 집 안에 계시지 않고 굳이 밖으로 나와 얼굴이 빨개지도록 자신을 기다리고 서 있는 부모님의 모습에 눈물이 핑 도는 제이였다.

"왔는가? 오늘도 수고 많았네. 어서 들어가지."

"아닙니다. 아버님. 오늘은 제가 빠져 드리겠습니다. 가족이 오붓하게 보내십시오. 내일 오전에 차와 도와줄 사람을 보내겠습니다. 아버님, 어머님께서는 아무 걱정 하지 마시고 제이와 즐거운 시간 보내십시오. 그럼 저는 내일 뵙겠습니다."

속이 깊은 사위였다. 솔직히 지금은 정연도 동우도 사위를 신경 쓸 마음의 여유가 없었다. 그저 알아서 물러나 주는 사위가 고마울 뿐이었다.

"제이, 결혼해도 당신이 원하면 부모님은 언제든 찾아뵐 수 있어. 그러니 서운하다고 울지 말고 부모님 마음 잘 다독여 드려. 할 수 있겠어?"

마냥 좋기만 한 자신과는 달리 이런저런 생각이 많아 보이는, 말없이 고개를 끄덕이는 제이의 눈에 고인 눈물이 안쓰러워 품에 꼭 안았다 놓아 주었다.

"조심해서 가요."

"그래. 내일 만나. 사랑해. 제이."

"나도요."

딸아이를 대하는 사위의 모습을 멀리서 지켜보며 언제 코끝이 시큰거려 왔었는지 어색했던 표정에 따듯한 미소가 자리 잡았다.

그래…… 저런 사위라면 당장이라도 보내야지……. 딸이 행복하다는데 서운하다 생각 말고 보내야지.

조프를 배웅할 때까지도 집으로 들어가지 않고 기다리는 부모님께로 한달음에 달려갔다.

"추워요. 얼른 들어가요. 이러다 감기 걸리겠어요."

"그럼그럼, 우리 딸 감기 걸리면 안 되지. 얼른 들어가자. 얼른."

부모님을 걱정하는 말에도 자신들보다 자식을 더 걱정하는…… 늘 듣던, 너무나 익숙한 엄마의 말에도 또다시 눈물이 핑 돌고 말았다. 아무래도 오늘 그의 말을 들을 수 없을 것 같았다. 부모님을 다독이기는커녕, 바보같이 우는 모습만 보여 주게 생겼다.

함께 둘러앉은 식탁, 맛있는 음식 앞에서도 좀처럼 음식이 넘어가지 않았다. 당장 어디 멀리 가는 것도 아닌데 뭐가 이렇게 아쉽고 서운한 마음이 드는 건지, 그동안 함께 행복했던 날들과, 아파 울었던 날들이 파노라마처럼 스쳐 지나며 결국 참지 못한 감정이 흘러 버렸다. 목에 뭐가 탁 걸리기라도 한 듯 묵직하게 아파 오는 목구멍에 눈시울이 붉어지며 제이의 눈에서 눈물이 후둑후둑 떨어졌다.

"어이구, 좋은 날 앞두고 울긴 왜 울어?"

"그래. 울지 마. 그러다 세상에서 제일 못난 신부 될라."

서운한 마음이야 더하면 더했지 절대 덜하지 않으련만, 눈물을 떨구는 딸아이를 보며 해 주고 싶은 말은 한마디도 하지 못하고 정연과 동우는 딸을 달래기 바빴다.

"얘가 왜 이래. 그렇게 서운하면 그냥 시집가지 말래?"

동우의 말에 그제야 눈물을 뚝 그치며 부모님을 바라보는 제이였다.

"지금이라도 말만 해. 아직 식장에 들어가지도 않았어."

"여보!"

"아빠!"

"그것 봐, 안 갈 것도 아니면서 뭘 그렇게 서럽게 울어, 울기를. 눈 퉁퉁 부어 보기 좋기도 하겠네. 좋다고 당장이라도 시집가고 싶어 안달하더니 울긴 왜 울어? 웃고 다녀도 모자랄 판국에 말이야."

"제가 언제…… 안달했다고."

"안 했어? 조 서방이 저와 결혼할 거지? 라고 물을 때 냉큼 대답한 게 누구였더라?"

동우가 농담 반, 진담 반으로 그간 꼭꼭 숨겨 뒀던 서운함을 살짝 내비쳤고,

"냉큼……은 아닐걸요?"

제이는 확신 없는 대답에 점점 목소리가 기어들어 가고 있었다.

"큭……. 하하하하하. 얘! 말이야 바른말이지. 너 냉큼 대답했어. 사실 그때 엄마랑 아빠 조금 섭섭했었다?"

"진짜요?"

"어이구, 이제야 눈물 그쳤네, 우리 딸! 너 눈물 그치라고 엄마 아빠가 농담하는 거야. 이제 얼른 씻고 자야지. 눈에 얼음찜질이라도 좀 해야 할까 봐. 어쩌자고 하필 오늘 울어, 울기를."

"몰라요. 그냥 괜히 눈물이 나요."

"그만하면 됐어. 그래도 우는 걸 보니 엄마, 아빠 떠나는 게 섭섭하기는 한가 보네? 마냥 좋아할 줄 알았는데."

"엄마도 참. 당연히 섭섭하죠……. 그걸 말이라고."

"그럼 됐어. 우리 딸이 엄마, 아빠 얼마나 많이 생각하는지 아니까 그거면 됐어."

"오늘 같이 자요. 엄마, 아빠도."

"그래! 그러자. 얼른 씻고 와."

씻으러 들어가는 딸을 보며 냉찜질을 준비하는 정연과 잠자리를 보러 가는 동우였다.

한참이 지난 후에야 제이와 정연, 동우가 어두운 방에 나란히 함께 누웠다. 한 방에서 이렇게 온 가족이 함께 누워 보는 게 얼마 만인지 기억조차 나지 않았다.

"잘 살아야 해. 결혼하면 연애만 할 때와는 또 많이 다를 거야. 무슨 일이든 현명하게 잘 대처하겠지만, 혹시라도 힘들거나 괴로운 일 있으면 혼자서 끙끙 앓지 말고 엄마한테 꼭 말해 줘. 응?"

"흠. 아빠는 왜 빼? 혼자 속앓이하지 말고 아빠한테도 말해. 알았어?"

"네. 그럴게요."

"그리고 어련히 알아서 잘하겠지만, 너나 조 서방이나 이른 나이 아니야. 아이를 낳으려거든 하루라도 빨리…… 그게 너를 위해서도 좋아. 한 살이라도 적을 때 낳아야 몸이 안 힘들어. 알았지?"

"네……. 엄마."

"조 서방, 바쁜 사람이라…… 네가 많이 이해해 주고."

"네."

"사돈어르신도 좋다고 너무 생각 없이 편하게 말하지 말고, 항상 예의 바르게 행동도 조심, 또 조심하고."

"네……."

후로도 한참 동안 이어진 당부의 말에 대답하는 제이의 목소리가 점점 작아지고 있었다. 어느 순간 잠잠해진 목소리에 잠이 든 딸아이를 확인하고서야 자리에서 일어나 앉아 자는 딸을 물끄러미 바라보는 부부였다.

"우리 딸이 언제 이렇게 컸을까……."

"그러게요. 언제 커서 벌써 시집을 간다고……."

"벌써는 무슨, 아무리 결혼 적령기가 늦어졌다고는 해도 이른 나이는 아니지 않나?"

"그런가. 하긴 곧 있음 나이가 서른인데, 그래도 왜 내 눈엔 아직도 애 같은지……."

"부모 눈에 자식이 다 그렇지 뭐. 참 잘 컸다. 바쁘다는 핑계로 자주 함께 있어 주지도 못했는데……."

"맞아요…… 혼자서도 참 잘 컸지. 어릴 때는 서운하기도 했을 텐데 조그만 게 속이 깊어서 말도 안 하고……."

"당신이 애 많이 썼다. 고생 많이 했어."

"치. 새삼스럽게 무슨…… 당신도 좋은 아빠였어요."

"좋은 아빠는 무슨……. 후……."

어머님, 아버님께서 살아 계셨다면 얼마나 좋아하셨을까. 덩실덩실 춤이라도 추지 않으셨을까? 차마 입 밖에 내지 못하는 말이었다.

남편 역시 자신과 같은 생각을 하고 있을 거라…… 길게 내뱉는 남편의 숨소리만 들어도 짐작할 수 있었다. 얼마나 애통하고 가슴이 저릴까…… 오늘따라 잦은 한숨을 내쉬는 동우의 쓸쓸한 마음을 달래 줄 길이 없어 가만히 남편의 손을 잡아 보는 정연이었다.

하나밖에 없는 딸아이를 보내기 하루 전…… 부부는 서로에게 마음을 의지하고 위로하며 아쉬운 시간을 담담히 보내야 했다.

어슴푸레 밝아 오는 새벽. 어쩌면 시간이 이리도 더딘 것인지, 한참을 잔 것

같음에도 왠지 머물러 있는 시간인 듯, 이제야 게으르게 밝아 오는 아침이 조프는 불만스럽기만 했다.

더디 가는 시간을 견디지 못하고 자리를 박차고 일어나, 살이 에일 듯한 차가운 공기를 맞으며 드넓은 정원을 운동장 삼아 신나게 새벽 운동을 즐기고 있었다.

크리스는 대표님과의 약속 시간이 되기 전, 혹시 도울 일이 없을까 싶어 좀 더 일찍 서둘러 별장에 도착했다. 때마침 저쪽에서 뛰어오는 대표님을 보며, 자신을 반기는 듯 환한 표정에 기분 좋게 웃다 쌩하니 스쳐 가는 모습에 자신의 착각이었음을, 반기기는커녕 자신을 보지도 못했음을 뒤늦게 알아차렸다.

서운함도 잠시, 신나게 달리는 대표님을 유심히 살피는데, 몸에서 연기가 모락모락 아지랑이처럼 피어오르는 신기한 광경을 보며 오랜만에 턱을 빠트리고 있었다.

다시금 자신의 앞을 스쳐 지나려는 대표님을 부르며,

"그만하십시오. 아주 기력이 뻗쳐 주체가 안 되나 봅니다."

가까이에서 보니 더 가관이었다. 한겨울에 온몸을 흠뻑 적신 땀이라니…….

"헉. 헉. 하…… 언제 왔어? 왔으면 말을 하지."

"아니 도대체 운동을 얼마나 하신 겁니까? 이렇게 중요한 날 이게 무슨! 이러다 감기라도 걸리면 누구 고생시키시려고!!"

"감기는 무슨, 상쾌하고 좋네. 들어가자."

"아니, 이 날씨가 상쾌하다고요? 우와 정말 콩깍지가 씌어도 단단히 씌었습니다. 어떤 마음이면 이런 날씨가 상쾌하게 느껴질 수 있습니까?"

한시도 쉬지 않고 구시렁거리며 뒤따르는 크리스를 보면서도 타박을 하지 않는 한없이 너그러워진 조프였다.

그런 날이었다. 빠듯했던 마음이 넉넉하고 너그러워지고, 늘 바쁘게 지나가던 촉박했던 시간도 더디 흘러가는, 살을 에일 듯한 차가운 공기에도 가슴 뜨겁고, 아무리 진정하려 애써도 펄떡펄떡 가슴이 뛰는, 행복을 주체할 수 없어

멍청하게 웃음을 흘리게 되는, 학수고대하던 제이와의 결혼이 현실이 되는 날!

너도 그럴까? 과연 너도 나처럼 마냥 기쁘고 행복할까?

그랬으면 좋겠다. 너도 내 마음과 같기를 간절히 바라 본다.

J& 제주호텔 웨딩 홀 신부 대기실.

"어머!! 제이, 너무 예쁘다. 세상에 맙소사. 도대체 뭘 어떻게 한 거야? 그러게 평소에도 이렇게 화장 좀 하고 다니라니까!"

아침부터 돕겠다고 온 리안은 도와줄 일도 없이 모든 게 순조롭게 진행되는 모습을 흐뭇하게 바라보며 놀랄 여유도 없이, 너무나 아름다운 드레스를 입고 예쁘게 신부 화장을 한 제이의 모습에 당사자보다 더 들떠 버렸다.

무슨 신부 대기실이 이리도 예쁘게 잘 꾸며졌는지, 순백의 신부를 더 돋보이게 해 주는 대기실 인테리어에도 놀라움을 금치 못하고 연신 감탄사를 남발하며, 대기실이 이 정도인데 웨딩 홀은 또 얼마나 화려하게 잘 꾸며졌을지 벌써 기대감에 몸이 들썩이고 있었다.

"처제는 안 해도 예뻤어."

리안을 뒤따라 들어오던 이준이다.

"누가 아니래요? 하니까 더 예쁘단 말이죠."

"하긴, 오늘 정말 예쁘네. 처제, 축하해."

"이제 저도 말할 기회를 주시는 거예요? 감사합니다. 형부, 언니도 고마워."

꿈인지도 모르겠다. 어떻게 나에게 이런 일이 있을 수 있을까? 마치 꿈을 꾸듯 순백의 웨딩드레스를 입고, 꽃향기가 가득한 화려하게 꾸며진 신부 대기실을…… 하객으로 찾아가는 것이 아닌, 그곳의 주인공이 되어 하객을 맞이하게 되는…… 그 옛날 어릴 적에 꿈꾸어 보았을…… 아픈 20대를 보내며 생각지도 않았던…… 꿈 같았던 일이 현실이 되어 눈앞에 펼쳐지는 모습에 만감이 교차하고 있었다.

언니 부부와 잠시 얘기를 나누는 사이 할머니께서 들어오셨다.

"아이고, 예쁘구나 우리 손자며느리, 예뻐, 예뻐. 너무 예뻐. 천사가 따로 없지. 어디서 이렇게 예쁜 아가씨가 우리 조프에게 왔을까?"

"할머니, 감사합니다. 덕분에 힘들지 않게 준비 잘했어요. 이쪽은 우리 사촌 언니 부부예요. 언니, 형부. 조프 할머니예요."

"사돈 어르신, 말씀 많이 들었습니다. 어떻게 감사의 인사를 드려야 할지 모르겠습니다."

"네. 어르신, 처제가 좋은 시어른을 만나 얼마나 감사한지 말로 다 할 수가 없습니다. 우리 처제 예뻐해 주셔서 정말 감사합니다."

"아이고, 별소리를 다 하십니다. 감사는 내가 해야지. 따지고 보면 둘이 결혼하게 된 일등 공신이 두 분인 것 같은데 내가 인사를 해야지. 고마워요. 정말 고마워요."

언젠가 조프에게 전해 들었었다. 앞에 두 사람이 없었다면 어떻게 조프와 인연이 닿을 수 있었을까? 고마움과 반가운 마음에 대화가 길어지는 앤과 리안 부부였다.

제이는 그 후로도 수없이 들이닥치는 하객을 보며 꿈이 아님을…… 정말 자신의 결혼식이 틀림없음을 실감했다.

하객들이 물러나고 잠시 숨 돌릴 틈이 왔나 싶더니 또다시 누군가 신부 대기실을 들어서고 있었다.

"오랜만이네요."

"이……안?"

"오랜만에 만난 것도 반가운데 그게 결혼식이라, 하하하. 정말 멋진데요? 진작 한번 찾아뵙고 싶었는데 이제야 만나네요. 그것도 결혼식에서."

"날이 급하게 잡혀 못 올지도 모른다고 들었는데, 이렇게 먼 길 와 주셔서 감사해요."

"그야 너무 애석해서 조프한테 농담한 거고요. 사실 제가 엄청 눈독 들이고 있었거든요. 제이, 당신한테."

"네? 그게…… 무슨……."

"하하하. 농담입니다. 농담. 섭섭하네요. 그렇다고 정색하실 것까지야."

긴장한 듯 보여 긴장을 풀어 준다는 게 농담이 과했나 보다. 형식적인 미소를 띠던 얼굴이 굳는가 싶더니 엄한 눈빛을 보내는 모습이라니.

"풋. 고맙습니다. 조프와 결혼해 주셔서. 사실 녀석이 결혼하는 날이 올 거라고는 생각지도 못했습니다. 물론 당신을 만나기 전까지는요."

"서로 사랑해서 결혼하는데 그게 인사받을 일인 줄 몰랐네요."

"인사받아 마땅한 일이죠. 녀석을 구제해 주셨는데. 혹시 그거 압니까? 당신이 왜 악몽을 꾸는지도 모르면서 날 찾아와서 심각하게 상담을 했었습니다. 그때 녀석의 눈빛을 보고 알았습니다. 진심. 당신을 향한 녀석의 진심을. 물론 그 뒤로 당신이 떠나 버려 바닥까지 내려가는 녀석을 봐야 했을 때는 원망도 많이 했습니다만, 이렇게 좋은 결실을 보게 되었으니 그때의 야속함은 눈감아 드리겠습니다."

"……그땐."

"압니다. 이해했고요. 다만, 앞으로 잘 부탁합니다. 녀석의 맹목적인 신뢰가 끊어지지 않도록, 평생 행복하게 해 주십시오."

"네. 꼭 그럴게요. 감사합니다."

장난기는 어디로 가고 진심으로 조프를 위하는 이안의 말에 마음이 뜨거워지고 있었다.

유유상종이라더니 그의 옆에 있는 사람은 하나같이 가슴이 뜨거운 사람들만 있는 듯했다.

이안이 대기실을 나가기도 전에 선우가 들어서고 있었다. 부모님을 대신해 결혼식을 찾게 된 선우는 너무나 아름다운 모습으로 앉아 있는 그녀의 모습에 아쉬움을 삼키며 진심 어린 축하의 인사를 건네는데, 왜 낯선 이에게서 적대감이 느껴지는 것인지, 그녀를 지키듯 옆에 서 있으면서 자신을 경계하는 잘생긴 외국인을 보며 서둘러 자리를 벗어났다.

선우가 대기실을 벗어나자마자 조프의 성화에 못 이겨 등 떠밀려 신부 대기실을 찾은 크리스가 이안을 보며 놀랐다.

그제까지만 해도 절대 못 간다 버티던 이안이 신부 대기실에 떡하니 버티고 있으니 놀라지 않을 수가 없었다.

"절대 못 온다고 할 때는 언제고 어떻게 신랑보다 신부를 먼저 보러 오신 것인지."

"어휴, 그럼 어쩌냐? 축가 불러 줄 사람이 나밖에 없을 텐데."

"네에? 설마요. 축가 불러 줄 사람은 벌써 섭외했습니다만."

"나보다 나은 사람이야? 그럴 리가?!"

"그냥 축하해 주시면 되지 뭘 그런 핑계를 만드십니까? 참 이해가 안 갑니다. 뒤에서는 그렇게 서로를 챙겨 주면서도 앞에서는 아닌 척하는 이유가 대체 뭡니까?"

"챙겨 주기는 뭘 또 챙겨 준다고, 흠흠. 그만 가자, 신랑도 보기는 해야지."

"푸하, 신랑 하객이! 당연히 신랑을 보셔야죠. 하여간."

"풉! 하하하."

둘의 티격태격하는 모습에 결국 제이의 웃음보가 터져 버렸다. 정말 너무 고마운 사람들이 아닐 수 없었다.

잠시 후 크리스와 함께 오는 이안을 보며 피식 웃음이 터져 나온 조프다. 말없이 서로의 어깨를 부딪치며 나름의 반가움을 표현하는 두 사람이었다.

"하…… 네가 결혼을 할 줄이야. 엄청난 배신이야."

"풋. 미안하게 됐다."

"기왕 하기로 마음먹은 거, 잘 살아라. 축하한다."

"고맙다. 이따 심심하면 노래나 한 곡 하든가?!"

"내 축가 비싸다."

능청스러운 이안의 말을 듣던 크리스가 못 말린다는 듯 한숨을 내쉬더니 보란 듯이 말을 꺼냈다.

"대표님, 축가 부를 사람 있습니다. 그러니,"

"야!! 이 자식이 정말. 알았어, 알았다고. 특별히 반값에 해 줄게."

"됐어. 크리스. 축가 부를 사람은 확실하겠지?"

"네! 축가비에 눈독 들이지 않을 순수한 영혼으로 준비되어 있습니다."

"아, 이것 참, 알았어. 이번만 그냥 해 준다, 내가!"

크리스와 조프의 합작에 결국 공짜로 축가를 부르게 된 이안이었다. 두 사람을 노려보더니 등 돌려 가는 이안의 얼굴에 기쁨이 가득했다.

어떻게든 마음은 전하고 싶은데 낯간지러워 앞에서는 차마 말로 하지 못하겠고, 축가로나마 마음을 전할 수 있게 되었으니 충분했다. 그런 이안을 너무나 잘 아는 크리스와 조프도 얼굴을 마주 보고 씨익 웃으며 기쁨을 가감 없이 드러내고 있었다.

닫혀 있던 웨딩 홀 문이 서서히 열리며, 기다리던 사람들이 하나둘 웨딩 홀로 들어서자 식장 안은 감탄을 금치 못한 사람들의 웅성거림으로 소란스러움이 더해졌다.

"와…… 이게……. 와……."

"너무 예쁘다. 세상에……."

"지금까지 본 식장 중에 가장 멋지다."

"그러게. 신부가 여기를 직접 만들었다며?"

"그렇다나 봐. 홀이 정말 기품 있고 좋네."

"웨딩 홀도 훌륭한데 꽃 장식도 너무 잘했네."

"회장님이 직접 플로리스트를 데려왔다나 봐."

"데려올 만하네. 너무 우아하게 잘 꾸몄어."

본격적인 식에 앞서 너무나 기품 있게 꾸며진 웨딩 홀을 바라보며 놀라움에 대화가 끊이지 않는 하객들이었다.

식장은 저마다의 기대와 설렘으로 가득 차 있었다.

— 지금부터 결혼식을 시작하겠습니다. 아직 자리에 착석하지 않은 분들은 서둘러 앉아 주시기 바랍니다.

안정적인 크리스의 사회로 결혼식의 시작을 알렸다.

신부 대기실을 벗어나며, 제이는 긴장감에 입이 바짝 말라 오고 있었다. 웨딩 플래너가 제이를 살뜰히 챙기며 긴장을 풀어 주려 하고 있었으나 좀처럼 긴장이 해소되지 못하고 심호흡하며 떨리는 마음을 다스리기 바빴다.

"제이"

"아빠!"

동우는 너무나 반갑게 자신을 부르는 딸아이를 보며 많이 긴장하고 있음을 알 수 있었다. 이윽고 어색한 미소를 띠고 있는 딸아이에게 성큼 다가가 가만히 어깨를 안아 주며 다독여 주었다.

"아빠, 심장이 터질 것 같아요. 저 가다가 쓰러지면 어떡해요."

"뭘 그렇게 긴장하고 그래? 긴장할 필요 없어. 너는 아무 걱정 하지 말고 조서방만 보고 가면 된다."

"구두가 높아요. 가다가 드레스에 걸려 넘어지지는 않겠죠?"

"아빠가 조심해서 잘 데려갈게. 넘어질 것 같으면 아빠가 얼른 잡아 주마. 그러니 아무 걱정 하지 말고 아빠만 믿어. 그리고 설사 넘어지면 어떠냐. 아빠 손 잡고 얼른 일어나면 되지. 넘어져도 얼른 일어나 당당하게 고개를 들어. 그런 실수는 부끄러운 일이 아니다. 부끄럽다고 숨고 도망가는 게 정말 부끄러운 일이지. 그리고 너는 도망가지 않았잖니. 아빠는 우리 딸이 세상에서 가장 자랑스럽다. 오늘도 잘해 보자."

"네…… 아빠."

아빠의 말에 눈시울이 붉어지는 것도 잠시, 부끄러운 딸이 되지 말자 다짐하며 눈물을 꾹 눌러 참으며 당당하고 밝게 웃어 보였다.

"우리 딸, 늘 예쁘지만, 오늘은 정말 세상 제일 예쁘다. 우리 딸보다 예쁜 신부를 본 적이 없어"

"아빠도요. 오늘 본 남자 중 가장 멋있으세요."

"녀석. 네 신랑 보면 빈대떡 뒤집듯 네가 한 말 뒤집고 싶을걸? 그만 가자. 조 서방 너 기다리다 목 빠지겠다."

"네. 가요."

아빠가 내민 손을 물끄러미 바라보다 큼직하고 따듯한 손이 오늘따라 더 든든하게 느껴져 꽉 잡아 보았다.

웨딩 플래너는 신부의 드레스 자락을 잡고 부녀를 따라가는데 고개 돌려 연신 딸을 살피며 세심하게 이끌어 주는 아버지의 모습에 괜스레 눈시울이 붉어지고 있었다.

회장님의 요청에 선뜻 돕겠다 나서기를 너무 잘했다 싶은 웨딩 플래너였다. 수없이 많은 결혼식을 진행하며 이렇게 사랑스러운 가족을 본 적이 있었던가. 사돈이 사돈을, 부모가 자식을, 자식이 부모를, 지인을 대하는 모든 관계에 마음에서 우러나는 배려와 사랑이 넘치고 있었다. 신부는 또 얼마나 사랑스러운지, 일하며 가장 보람을 느끼는 순간이 아닐 수 없었다.

굳게 닫혀 있던 웨딩 홀의 문이 열리고 그 문 앞에 제이와 동우가 나란히 섰다.

우레와 같은 환호성과 박수 소리에도 당황하거나 떨리지 않았다. 기나긴 버진 로드의 끝, 너무나 듬직하게 당당히 버티고 선 조프를 보며, 가슴 가득 차오르는 든든함을 느끼며, 아빠의 팔에 가만히 손을 올렸고 따듯하게 손등을 두드리는 아빠를 보며 꽃같이 환한 미소를 보이는 여유까지 생겼다.

당신은 나에게 그런 사람……. 그 누구도 두렵지 않고, 그 어느 곳에서도 위축되지 않는, 존재만으로도 나에게 힘이 되어 주는, 영원한 내 편, 내 사랑…….

"준비됐니?"

"네, 아빠. 넘어져도 괜찮아요. 당당하게 일어날게요. 가요, 우리."

"그래! 그래야지. 그래야 내 딸이지. 가자."

한 발 한 발 걸어가며 사는 게 다 그렇지……. 평평한 길을 가다가도 이유 없이 다리에 힘이 풀려 주저앉기도 하고, 뜻밖의 장애물에 걸려 넘어지기도 하고, 멀쩡하게 서 있다가도 엎어져 코가 깨지기도 하고…… 한 치 앞을 내다볼 수 없는 게 인생이지.

하지만 걱정하지 마라. 다 지나간다. 그리고 하나만 기억해라. 너는 혼자가 아니다. 깨지고 다쳐도 언제나 한결같이 너를 보듬어 줄 엄마와 아빠가 있다는 걸, 언제나 같은 곳에서 같은 마음으로 널 기다리는 둥지가 있다는 것만 기억하렴.

사랑한다. 내 딸아……. 행복만 하여라…….

눈물 흘릴까, 차마 앞에서 해 주지 못한 말을 가만히 속으로 전하는 동우였다.

사위와의 거리가 좁혀질수록 왜 자신의 눈가가 뜨거워만지는지……. 이를 악물며 억지 미소를 띠는 얼굴에 주책스럽게도 하나의 물줄기가 흘러내렸다. 서둘러 흘러내린 눈물을 닦아 버리고 환하게 웃으며 가는 딸아이의 기쁜 얼굴을 보며 덩달아 맑게 개는 마음이었다.

순백의 꽃 같은 그녀가 한 발 한 발 가까워 온다. 구름 걷힌 깨끗한 해처럼 밝은 얼굴로, 손에 든 예쁜 꽃보다 더 화사한 모습으로, 당차고 당당하게 그녀가 가까워 온다.

아 젠장…… 너무 예뻤다.

조프는 당장이라도 성큼 걸어가 입 맞추고 싶어 온몸이 들썩이고 있었다.

고맙다. 망설임 없이 용감하게 걸어와 주어 고맙다.

한눈팔지 않고 내 눈만을 주시하며 당당히 걸어와 주어 고맙다.

너라서…… 고맙다.

사랑한다. 한재희.

몇 걸음이나 남았을까. 결국 끝까지 기다리지 못하고 성큼 나서 버렸다. 엄하게 인상을 굳히다 피식 웃어 버리는 장인어른을 보며 꾸벅 인사를 했다.

"잘…… 부탁하네."

동우는 목이 메었다. 눈이 뜨거워졌다. 마지막으로 딸아이의 손을 힘주어 잡고서 그 손을 사위에게 건네는데 팔이 떨려 왔다. 이 작은 행위가 전해 주는 무게가 마음에 묵직하게 내려앉았다.

믿어 볼 수밖에. 사위의 마음을, 사위의 진심을, 믿을 수밖에. 해야 할 당부의 말을 조용히 삼키며 자리로 돌아가는 동우였다.

정연은 후회했다. 제이가 울 때 함께 울어 버릴걸, 어제 제이가 눈물 쏟을 때 함께 눈물을 쏟아 버릴걸, 이 좋은 날, 꽃같이 예쁘게 웃는 딸아이를 보며 하염없이 눈물이 흘러내렸다.

어제 그렇게 눈물을 쏟아 내던 딸아이는 오히려 활짝 웃고 있는데. 어제 그렇게 담담하게 참으며 딸아이를 달래 주던 정연의 눈에서 뒤늦게 눈물이 흘러내렸다.

잘 살아야 한다. 우리 딸. 엄마가 많이 사랑해.

부모님의 애잔한 마음을 아는지 모르는지……. 서로를 향하는 사랑의 눈빛을 감추지 못하는 조프와 제이였다.

"조프, 가요."

"그래, 가야지."

많이 참았다. 이 모습을 얼마나 보고 싶었던가. 점점 가까이 다가가는 자신을 보며 점점 커지는 네 눈동자가 너무 예뻐서. 당당한 얼굴에 자리한 당황함이 너무 예뻐서. 놀라움에 달싹거리는 네 촉촉한 입술이 너무 예뻐서.

결국 대형 사고를 치는 조프였다.

"순서 좀 바꾸자."

"네?"

두 손으로 제이의 얼굴을 소중히 감싸며 부드럽게 입술을 맞추는 조프다. 뜻밖의 행동에 놀란 것도 잠시, 기립박수와 환호가 터져 나오며 식장의 분위기가 그 어느 때보다 후끈 달아올랐다.

— 역시, 우리 신랑분, 평범함을 거부하십니다. 순서가 뒤바뀐들 어떻습니까? 키스 타임을 앞당긴 그의 용기에 더 큰 박수 부탁드립니다.

능청스레 사회를 보며 고개를 설레설레 흔드는 크리스와, 못 말린다는 듯 호탕하게 웃음을 터트려 버린 앤, 민망해 얼굴을 가리면서도 눈길은 딸아이를 향하는 정연, 흐뭇하게 미소 짓는 동우였다.

동우는 마음으로 딸아이의 앞날을 가만히 응원했다.

늘 지금만 같아라. 늘 지금처럼 솔직하게 숨김없이 사랑하고, 늘 지금처럼 마음을 전하는 데 망설이지 말아라.

순서가 조금 뒤바뀐 결혼식이었으나, 그 어느 결혼식보다 더 스릴 있는, 사랑을 가감 없이 표현하는 신랑을 보며 자리한 모두에게 행복 바이러스가 전해지는 듯 웃음이 끊이지 않는 결혼식이 무르익어만 갔다.

7

결혼식이 끝나고 식사를 마친 하객들이 호텔 피로연장으로 속속 모여들었다.

피로연장의 가장 안쪽은 간편하게 먹을 수 있는 핑거 푸드와 보기에도 화려한 색감의 다채로운 다과가 준비되어 있었고 웨이터들이 다니며 샴페인과 와인 같은 주류를 제공하고 있었다.

또한 피로연장을 빙 둘러 한쪽은 자유롭게 오가며 다과를 즐길 수 있는 스탠딩 테이블이, 또 다른 쪽은 편하게 앉아서 쉴 수 있는 테이블과 의자가 마련되어 있어 하객들은 저마다 편한 자리에서 대화를 나누며 신랑 신부를 기다리고 있었다.

20여 분이 지나고 드디어 기다리던 신랑 신부가 피로연장으로 들어서자 모두 박수를 치며 두 사람을 반겼다. 손을 꼭 마주 잡고서 서로를 향해 환하게 웃으며 들어서는 두 사람의 모습에서 눈을 뗄 수 없는 하객들이었다.

피로연 역시 크리스가 사회를 보게 되었다. 다른 때 같았으면 이런 큰 파티나 행사를 많이 진행해 본 이안에게 사회를 넘겼을 테지만 오늘은 서로 다른 두 나라의 사람들이 모였기에 영어와 한국어를 두루 구사할 수 있는 크리스가 적임자인 듯했다.

신랑 신부와 함께 들어온 크리스가 서둘러 홀의 앞쪽으로 다가가 마이크를 잡았다.

— 자! 드디어 오늘의 주인공이 도착했습니다. 다시 한번 큰 박수로 맞아 주시기 바랍니다.

영어와 한국어를 번갈아 말하며 자연스레 진행하는 모습에 신랑, 신부를 환영함과 동시에 사회자를 향한 박수도 쏟아졌다.

— 두 분 앞으로 오셔서 인사 말씀 부탁드립니다.

크리스의 말에 하객들을 보며 인사를 하던 조프와 제이가 앞쪽으로 걸음을 옮겼다.

제이와 함께 하객들을 향해 돌아선 조프가 싱긋 미소를 지으며 마이크를 건네받았다.

— 안녕하십니까. 조프리 휴 존슨입니다. 우선, 바쁜 일정에도 이 자리에 참석해 주신 귀빈 여러분께 깊은 감사의 인사를 전합니다. 여러분의 축하와 격려에 힘입어 제이와 행복하게 잘 살겠습니다. 다시 한번 감사드리며 오늘 마음껏 즐겨 주십시오.

짧은 인사말을 끝내고 조프는 제 옆에 서 있는 제이에게 마이크를 건넸다.

저까지 인사를 하게 될 거라고 생각하지 않았던 제이는 얼떨결에 마이크를 건네받고서 잠시 당황한 듯하다 이내 하객들을 향해 미소를 지어 보이며 조심스레 말을 꺼냈다.

— 안녕하세요. 한재희입니다. 이렇게 급하게 날이 정해졌음에도 멀리까지 오셔서 축복해 주시니 뭐라 감사의 말씀을 드려야 할지 모르겠습니다. 저희 두 사람 아직은 서툴고 많이 부족하지만, 서로를 위해 노력하고 의지하며 예쁘게 잘 살겠습니다. 저희의 시작을 함께해 주신 여러분께 다시 한번 감사드립니다.

제이까지 인사를 마치자 우레와 같은 박수가 쏟아졌다.

마이크를 다시 크리스에게 건네주는데 피로연 사회를 처음 보는 것 같지 않게 능수능란하게 분위기를 이끌어 가는 크리스의 모습에 흐뭇한 미소가 절로 피어올랐다.

— 진짜 파티는 이제부터 시작입니다. 신랑 신부 댄스 준비되셨나요?

뜬금없는 크리스의 말에 제이의 표정이 어색하게 굳어 버렸고 조프는 그런 제이를 보고 활짝 웃으며 손을 내밀었다. 영문도 모른 채 내밀어진 손을 멀뚱멀뚱 바라보는데 조프의 음성이 귓가로 흘러들었다.

"잡아야지, 내 손."

그의 부드러운 음성에 홀려 저도 모르게 그의 손에 제 손을 올려놓고서 조프를 바라보았다.

조프는 제 손에 올려진 제이의 손을 꼭 잡고서 그녀를 홀의 중앙으로 이끌며 가만히 말을 건넸다.

"미국에서는 결혼식 피로연을 할 때 신랑, 신부가 함께 춤을 춰. 우리가 첫 스타트를 장식하는 거야."

"맙소사. 무슨 춤? 나 춤 못 춰요."

제이는 당황하지 않을 수 없었다. 차라리 노래를 했으면 했지. 춤은 자신 없었다.

"걱정하지 마. 이래 봬도 내가 잘 춰. 내가 리드하는 대로만 잘 따라오면 돼."

호언장담하며 능청스럽게 윙크하는 조프의 모습에 제이는 피식 웃고 말았다. 걱정을 완전히 내려놓지는 못했지만 그를 의지하며 움트는 불안을 잠재웠다.

홀의 중앙에 두 사람이 서자 어디선가 흘러나오는 아름다운 재즈 선율이 피로연장을 가득 메웠다.

조프는 제이의 두 손을 제 어깨에 올려 두고 제이의 허리를 부드럽게 감싸 안으며 당황한 표정으로 저를 올려다보는 제이와 눈을 마주했다. 몸을 밀착시키자 그녀의 눈동자가 흔들리며, 동시에 그녀의 몸에서 미세한 떨림이 전해졌다. 서서히 붉게 물들이는 얼굴이 너무 사랑스러워 싱긋 웃고 말았다.

제이는 아름다운 음악의 선율과 함께 물 흐르듯 자연스러운 몸짓으로 자신을 이끄는 그의 은근한 눈빛에 매료되고 말았다. 얼마나 많은 눈이 자신에게 향해 있을지 보지 않아도 알 듯했지만 쉽사리 그의 눈빛에서 헤어 나오지 못하고 있었다.

부러움이 뒤섞인 하객들의 환호성에 뒤늦게 정신이 들어 고개를 내리는데 그의 한 손이 다가와 숙이는 고개를 다시 들었고 이내 그의 뜨거운 입술이 내려앉았다. 가볍게 스치듯 맞닿은 입술이었지만 제이는 부끄러워 어쩔 줄 몰랐다.

결국 그에게 안기듯 고개를 숙여 버렸고 제이의 귓가에 낮고 부드러운 그의 웃음소리가 흘러들었다. 하객들은 사랑스러운 두 사람에게서 눈길을 떼지 못하고 있다.

음악이 바뀌자 어느새 동우가 두 사람 곁으로 다가와 조프를 향해 말했다.

"이번엔 내 차례인 것 같네만."

"네. 아버님. 우리 제이 잘 부탁드립니다."

당당하게 요구하는 동우를 보고 환하게 웃으며 말을 하는 조프였다.

조프가 물러가고 그 자리를 동우가 대신했다.

"조 서방이 아니라서 서운한 건 아니지?"

아빠의 말에 피식 웃으며 고개를 내저었다. 조프와 춤을 추는 동안 저를 감싸고 있던 긴장과 흥분이 그제야 해소되며 마음이 한결 차분해지는 제이였다.

제이가 그 옛날 장난처럼 아빠와 함께 추던 블루스를 추며 이런저런 얘기를 나누다 보니 홀은 어느새 춤을 추는 사람들로 가득 찼다.

조프와 할머니 역시 다정하게 춤을 추고 있었고 스치듯 마주한 조프와 제이는 누가 먼저랄 것 없이 활짝 웃었다.

그렇게 제이는 한동안 자리에 앉을 생각은 할 수도 없었다. 이안과 크리스를 비롯해 끊임없이 다가오는 조프의 지인들과 춤을 추다 보니 나중에는 다리에 쥐가 날 것 같았다. 이 위기를 어떻게 벗어날까 고민하는데 때마침 조프가 다가와 그에게 투정하듯 말했다.

"살려 줘요."

조프 역시 제이의 지인들에게 둘러싸여 있다 간신히 벗어났기에 제이의 심정을 십분 이해하고도 남았다.

"당신 다리 괜찮아?"

자신이야 늘 신는 종류의 구두였지만 제이는 평소 잘 신지 않는 높은 구두를 신고 있어 걱정되는 조프였다.

"잠시 앉아서 쉬면 괜찮을 것 같은데."

"걱정 마. 이제 쉬는 시간이니까."

"쉬는 시간? 끝난 게 아니고?"

"어쩌지? 이제부터가 진짜 시작인데?"

"맙소사. 말도 안 돼."

제이는 결혼식 피로연을 이렇게 오래 하게 될 거라고는 생각지도 않았다. 자신이 참석했던 결혼식은 예식 자체도 오래 하지 않을뿐더러 식사하고 피로연까지 참석한다 하더라도 서너 시간이면 끝나곤 했다. 하지만 지금 자신의 결혼식은 이미 그 시간을 훌쩍 넘긴 듯한데 이제부터가 진짜 시작이라는 말에 놀라지 않을 수 없었다.

조프는 당황한 듯한 제이를 보며 안쓰러웠지만 방법이 없었다. 그나마 한국이었기에 하루로 끝나는 건 말하지 않는 게 나을 듯했다. 본국이었다면 최소 사흘은 파티로 시간을 허비해야 하지 않았을까. 잠시라도 제이를 쉬게 하기 위해 제이의 손을 잡고 이끄는데 크리스가 다가왔다.

"두 분 피곤하지 않으세요?"

"왜 아니야? 이벤트는 아직 많이 남았어?"

"그럼요. 휴식 후 간단한 게임이 예정되어 있고, 저녁 식사 후에는 칵테일파티도 하고요."

크리스의 말을 들으며 제이는 할 말이 떠오르지 않았다.

"이럴 시간이 없을 텐데요. 쉬시려면 지금밖에 시간이 없을 겁니다."

놀라 표정이 굳어 버린 제이를 보고 피식 웃으며 조프를 향해 말하는 크리스였다.

"그래. 옷 좀 갈아입고 온다고 해. 제이 잠시라도 쉬게 해야겠어."

"네. 알겠습니다. 다녀오십시오."

제이와 조프는 서둘러 룸으로 올라갔다.

제이는 룸에 도착하자마자 이브닝드레스를 벗어 버리고 미디 길이의 편한 드레스로 갈아입고서 소파에 털썩 주저앉아 고생한 다리를 주무르고 있었다.

제이를 위해 차를 준비한 조프는 테이블 위에 차를 놓아두고서 서둘러 제이에게 다가가 대신 다리를 주물러 주었다.

"괜찮아요. 내가 할게요."

"아니야. 당신은 잠시 눈이라도 좀 붙여. 내가 주물러 줄게. 이럴 게 아니라 침대에서 좀 누워 쉴래?"

"아니에요. 그러다 깜빡 잠이라도 들면 어쩌려고요. 난 괜찮으니까 신경 쓰지 말아요."

"그래. 힘들어서 결혼 두 번은 절대 못 하겠다. 그치?"

"어머! 그럼 두 번 하려고 했어요. 당신?!"

이 와중에 발끈하며 말하는 제이가 너무 귀여워 웃음을 터트리는 조프였다.

"말이 그렇다고. 하하하하하, 절대 그럴 일 없으니까 아무 걱정 마."

그제야 편히 기대앉아 한숨을 내쉬는 제이가 왜 이렇게 사랑스럽게 느껴지는지. 다리를 주무르다 말고 제이를 향해 다가가는데 때마침 전화가 울려왔다.

조프는 분위기를 깨는 달갑지 않은 벨 소리에 미간에 주름을 그리며 전화를 받았다.

— 대표님. 이제 그만 내려오시죠. 다들 두 분을 찾으십니다.

"하. 그래, 알았다. 바로 갈게."

굳이 듣고 싶지 않아도 들리는 통화 소리에 제이가 자리에서 일어나 다시 구두를 신었다.

통화를 끝낸 조프 역시 자리에서 일어나 제이를 물끄러미 바라보다 가만히 끌어안으며 말을 꺼냈다.

"당장 안고 싶다. 하……. 그래도 가 봐야겠지?"

"그럼요. 다들 우리 때문에 멀리서 오셨는데. 당연히 가야지. 조금만 참아요. 이따 밤에…… 많이 사랑해 줄게요."

듣기만 해도 너무 사랑스러운 말에 피식 웃어 버렸다. 품에서 제이를 떼 놓으며 잠시나마 달콤한 입술을 머금어 보는 조프였다.

그렇게 다시 시작된 피로연은 밤 10시가 되어도 끝날 기미가 보이지 않았다. 어른들은 이미 저녁 식사 후 돌아가시고 제이의 하객들도 하나둘 자리를 떠났다. 남은 사람이라고 해 봐야 다들 조프의 지인들인데 좀처럼 지치지 않는 모습을 보며 조프는 한숨이 절로 나와 버렸다.

제이가 제 친구들을 보고 방싯방싯 웃는 모습이 제법 술을 많이 마신 듯했다. 조금 더 있다가는 아예 초야는 물 건너갈 듯싶어 제이 먼저 룸으로 올려 보내 버렸다.

이후로도 계속되는 파티에 이젠 형식적인 미소조차 나오지 않는 조프였다. 그 모습을 가만히 지켜보던 크리스가 조프에게 다가가 조용히 말을 건넸다.

"이제 그만 가 보셔야죠. 신부를 너무 오래 기다리게 하는 거 아닙니까?"

"하. 내 말이 그 말이야. 이렇게 눈치들이 없어. 무슨 피로연을 하루 종일 하고 있어!!"

조프는 말 그대로 속이 부글부글 끓어오르고 있었다. 멀리서 온 만큼, 마치 여행 온 기분으로 흥분된 마음은 충분히 이해하고도 남았지만, 날이 날이니만큼 이해심이 점점 부족해지고 있었다. 자정이 다 되어 가는 시간을 보며 인내에 한계를 느꼈다.

크리스는 오늘의 주인공이 아님에도 이렇게 피곤한데 당사자는 오죽할까 싶었다. 표정이 점점 굳어 가는 대표님에게 바싹 다가가 웃으며 말을 건넸다.

"그나마 한국이니 이 정도로 끝나는 겁니다. 아마 본국이었으면 오늘 초야는 물 건너갔을 텐데 말입니다. 대표님은 할 만큼 하셨습니다. 뒷정리는 제가 할 테니 이제 그만 슬쩍 빠지십시오."

"하……. 그래. 그러자. 도저히 더는 못 있겠어. 오늘 고생 많이 했다. 아차, 도영이 노래 잘하더라. 가수 시켜야 하는 거 아니야?"

"그러게요. 사실 그것 때문에 고민입니다. 녀석이 음악을 무척 좋아하고 즐겨 하는 건 확실한데, 진로는 전혀 상관이 없는 쪽이라…… 도무지 무슨 생각인지……."

"아직 어려. 시행착오를 겪는 과정이겠지. 옆에서 잘 지켜봐. 언제라도 손 내밀면 도와줄 수 있도록, 축가 불러 줬으니 축가비를 줘야겠지? 작업실 한번 알아봐. 도영이 아지트가 될 만한 곳으로, 녀석도 너 없이 오래도록 힘들었을 거야. 지금이라도 마음껏 에너지를 발산하게 해 줘야지."

제 축가를 대가 없이 불러 준 도영이었다. 녀석은 기대 이상으로 노래를 잘 불렀고, 모르는 사람이 보면 가수라고 해도 믿을 것 같았다. 예식 분위기를 한층 더 감미롭게 이끌어 준 도영을 떠올리며 조프는 뭐라도 해 주고 싶었다.

"제가 왜 진작 그 생각을 못 했을까요? 감사합니다. 이럴 때 보면 저보다 대표님이 진짜 형 같습니다. 그럼 저는 그 안을 가득 채워 줘야겠습니다. 아, 얼른 들어가십시오. 이러다 진짜 날 샙니다."

마음이 바쁜 분께 무슨 넋두리를 하고 있었는지. 뒤늦은 후회에 속으로 한숨을 삼키는 크리스였다.

"하. 그래. 너한테 미안하지만 그만 가 봐야 할 것 같아. 뒤처리 잘 부탁해."

"네. 걱정하지 말고 들어가십시오. 좋은 꿈 꾸시고요."

성큼성큼 걸음을 옮기는 대표님의 흥분한 뒷모습을 보며 크리스는 피식 웃음이 새어 나왔다.

조프는 뒤늦게 룸에 도착해 슈트 재킷을 벗으며 서둘러 제이를 찾았다. 많이 피곤했는지 킹사이즈 침대 위에 엎드려 잠이 들어 버린 제이를 보며 비집고 나오는 미소를 멈출 수가 없었다.

나이트가운을 입은 채 너무나 편안한 모습으로 흐트러져 자는 제이를 보니 이제야 정말 결혼했다는 것을 실감하며 더는 그녀를 집으로 돌려보내지 않아도 된다는 사실에 가슴 가득 안도감이 퍼지고 있었다.

서둘러 샤워를 마치고 침대로 돌아와 제이의 곁에 모로 누워 흐드러지게 펼쳐진 그녀의 머리카락을 정돈하며, 고른 숨을 내뱉는 제이의 평화로운 얼굴을 환희로 물들이고 싶은 심술궂은 마음이 샘솟고 있었다.

천천히 제이가 입고 있는 가운을 풀어 헤치고 매끈한 제이의 등을 천천히 쓸어내리며 뜨거운 입술을 내렸다. 척추를 따라 천천히 이동하는 입술이 둔덕에 다다라서야 잠에서 깨는지 제이의 몸이 움찔거리기 시작했다.

"음…… 조프. 언제 왔어요? 잠깐 누워 있는다는 게 깜빡 졸았나 봐요. 깨우지 않고요."

"지금 열심히 깨우고 있어."

말을 하면서도 멈출 줄 모르는 열정 가득한 입술과 섬세한 손길이었다.

"흐음."

어딘가 몽롱하게 머물러 있던 정신이 서서히 제자리를 찾으며 느껴지는 그의 손길과 입술의 움직임에 곧장 반응하는 제이였다.

조프는 그녀의 호흡에 미세한 변화를 느끼며, 움찔거리는 그녀의 작은 몸짓에도 벅차오르는 뿌듯함에 엎드려 있는 제이를 바로 눕히고서 곧장 입술을 탐했다.

여느 때와는 달리 빠르게 흘러가는 시간을 탓하지 않아도 되는, 서두르지 않고 마음을 전하는 조프의 따듯하고 부드러운 손길이 달달하고 기나긴 첫날밤을 예고하고 있었다.

한참의 시간이 지난 후, 조프는 제 품에 안겨 발갛게 달아오른 열기를 식히며 가쁜 숨을 고르는 제이의 얼굴을 어루만지며 빙그레 미소를 지었다.

"행복하다, 정말. 고마워, 제이."

"나도. 나도 너무 행복해요."

"아직도 말이야. 난 믿기지 않아. 바람같이 사라져 버린 당신을, 늘 한결같이 밀어내기만 하던 당신을 내 품에 안고 있다는 게…… 정말 꿈만 같아. 내가 당신을 내 옆에 붙잡아 두려고 얼마나 이기적으로 굴었는지 당신은 알까?"

"당신이 이기적이었다고? 아니. 전혀 그러지 않았어요. 오히려 내가 이기적이었지. 위험한 줄 알면서도 당신을 보내지 못하고 내 옆에 있도록 만들었잖아요. 결과적으로…… 난 내 이기심을 용서하기로 했어요. 당신이 없는 내 삶은 이젠 상상조차 할 수가 없어요. 미안하고, 고맙고, 사랑해요."

제이는 마음을 표현함에 있어 더 이상 망설이지 않았다.

"하…… 죽을 만큼 행복하다. 당신한테 그 말을 듣게 되는 날이 정말 오게 될 줄은…… 이럴 거면서 사람 마음을 그렇게 애타게 만들고 말이야. 내가 당신을 잡으려고 어떤 생각까지 한 줄 알아?"

"어떤 생각을 했는데요?"

"말하면 당신 놀랄 텐데? 괜찮겠어?"

"이미 말했으면서 궁금하게, 말 안 해 주면 화낼 거예요."

제이는 잔뜩 궁금하게 만들어 놓고서 말을 망설이는 조프를 올려보며 입술을 삐쭉 내밀었다.

"제이…… 사실은 말이야. 난 당신과 사랑을 나누는 동안 한 번도 피임하지 않았어. 그때는 지푸라기라도 잡고 싶었어. 당신이 나를 떠날 수 없도록, 당신과의 연결 고리가 절실했었지. 평생 아기는 고사하고 결혼조차 생각해 본 적 없던 내가, 당신을 잡고 싶어 처음으로 간절하게 바라기도 했었어. 당신에게 내 아이가 생기기를."

정말 이기적인 생각이었다. 처음부터 의도한 건 아니었지만 자신의 실수를 알고 나서도 굳이 피임하려고 애쓰지 않았다. 은연중에 정말 그녀에게 제 아이가 생기기를 바란 건 아니었을까. 이기적이었던 제 마음에 뒤늦은 반성을 하며 다시 말을 이었다.

"물론 결과적으로는 그런 연결 고리가 없이도 이렇게 당신을 내 품에 안고 있으니 다행인 건 말할 필요도 없지. 미안해. 내 욕심에 당신을 주저앉히려 했던 거. 지금 생각해 보면 그때 당신이 임신이라도 했으면 당신을 더 힘들게 만들 뻔했어."

자신의 가슴에 얌전히 손을 올려 두고 말없이 품에 안겨 듣고만 있던 제이가 갑자기 몸을 긴장시켰다.

"잠시만요…… 나도 할 말 있어요."

"뭔데 이렇게 심각하게 들리는 거지?"

가만히 올려 두었던 손을 꼼지락거리며 망설임이 느껴지는 목소리에 조프는 덜컥 걱정이 앞서는데 머뭇거림이 느껴지는 제이의 음성이 들려왔다.

"그게…… 내가 피임……약……을 먹고 있었어요."

"뭐?"

놀라 자리에서 벌떡 일어나려는 조프를 붙잡아 꼭 끌어안아 버렸다.

"당신이 어떤 마음인지도 모르고…… 난…… 당신을 잡으면 안 된다고…… 언제든 당신이 가려고 하면 보내 주어야 한다. 생각했었어요. 아이를 빌미로 당신 발목을 잡아서는 안 된다고……"

물론, 처음부터 약을 먹었던 건 아니었다. 지금 생각해 보면 운이 좋았던 건지 좋지 않았던 건지…….

한국에서 다시 그를 만나 사랑을 나누었을 때, 피임은 생각조차 할 수 없었다. 그와 다시 사랑을 나누게 되리라고는 상상조차 해 본 적이 없기에 피임까지는 신경 쓸 여력이 없었다.

그에 대한 욕심이 한 자락씩 자라날 때 비로소 현실을 직시했다. 그는 사랑을 나눌 때 망설임이 없었고, 제이는 걱정하지 않을 수가 없었다. 덜컥 임신이라도 하게 되면 그에게 방해가 될까 봐. 그의 마음이 변하게 되었을 때 원치 않게 그의 발목을 잡게 될까 봐.

그때부터였나 보다. 여행 중에 생리를 조절하려 먹었던 약을 다시 먹기 시작했었다.

조프가 집에 인사를 왔던 날, 몸가짐을 조심하라는 엄마에게도 차마 피임하고 있다는 말은 할 수가 없어 얌전히 듣기만 했었는데…….

말을 마친 후 아무런 반응을 보이지 않는 조프가 걱정스러워 허리를 일으켜 세워 앉으며 가만히 누워 있는 조프를 내려다보았다.

"맙소사! 제이…… 당신은 정말 언제든 날 보내 줄 마음의 준비를 하고 있었던 거야? 언제든 내가 가면 보내 주려고?"

조프는 생각만 해도 아찔했다. 그런 아슬아슬한 마음으로 자신을 바라볼 수밖에 없었을 제이가 안쓰러우면서도 속 좁게 파고드는 서운한 마음에 이미 결혼을 했음에도 불안함이 움텄다.

"음…… 그땐 그랬지만, 지금은 어림도 없어요. 말했잖아요. 이젠 당신 없이는 숨도 쉴 수 없을 것 같아요. 정말 사랑해요. 그리고 지금은 피임약을 먹고 있지 않아요. 당신이 궁금해할까 봐 참고로 말해 줄게요. 난 당신을 꼭 닮은 멋진 아들을 갖고 싶어요. 당신 힘이 닿는다면 둘도 셋도 좋아요."

자못 심각한 표정으로 자신을 올려다보는 조프의 가슴에 의미 없는 동그라미를 그리다 교태를 부리듯 눈을 깜빡이고서 그의 가슴 위에 제 상체를 겹치며 조프의 입술을 훔치려는데,

"상처받은 내 마음이 치유되려면 이 정도로는 어림도 없어. 어디서 얼렁뚱땅 넘어가려고?"

"미안해요. 정말…… 다시는 그런 생각 안 해요. 당신은 어때요? 아직도 원해요? 당신과 나의 아이를?"

"당연한 걸 뭘 물어?"

조금 더 골을 낼까 싶다가도 풍만한 가슴을 겹친 채 제 입술을 할짝대며 어색하게 교태를 부리는 모습이 너무 사랑스러워 견딜 수가 없었다. 제이의 반응이 너무 예뻐서 능청스레 조금 더 지켜보려는데, 예고도 없이 다리 사이로 쑥 파고들어 온 보드라운 그녀의 다리가 조프의 열정에 불을 붙여 버렸다.

순식간에 자리를 바꾸어 제이를 덮쳤다.

"대담하게 불을 지폈으니, 감당할 준비는 되어 있겠지?"

"당연한 걸 뭘 물어요? 난 항상 당신을 사랑할 준비가 되어 있을 거예요."

"완벽해. 그 마음 영원히 변치 않길 바라. 사랑해, 제이."

"나도 사랑해요."

곧은 눈빛으로 흔들림 없이 당당하게 말하는 제이를 바라보며 차오르는 만족감에 흐뭇한 미소를 그리고서 이내 제이의 입술을 부드럽게 머금었다.

그 밤 뜨겁게 불타오른 신혼부부의 시간은 좀처럼 멈추지 않았고, 덕분에 다음 날 이른 새벽 전용기를 타고 신혼여행지로 향하는 부부의 낮은 밤과 같이 고요하기만 했다.

전용기에서 내려 경비행기를 타고 향한 곳은 남태평양의 한 외딴섬이었다. 조프의 손을 잡고 경비행기에서 내려오던 제이는 눈앞에 펼쳐진 광경에 입이 다물어지지 않았다.

"맙소사…… 여기가…… 정말 당신 집……이라고요?"

섬 하나를 통째 산다는 부호들은 말로만 들어 봤지 실제로 보게 되리라고는 상상도 하지 않았다. 더구나 그 부호가 남편이 될 거라고 감히 상상이나 했을까. 제이는 보고도 믿을 수 없는 광경에 할 말을 떠올리지 못했다.

지난밤 둘의 사랑이 너무나 격렬했기에 비행하는 동안 쥐 죽은 듯 잠만 몰아서 잤다. 긴 시간 이동하면서 깊은 잠에 빠져들었기에 그동안 쌓인 피로가 제법 많이 풀렸다 싶었는데 착각이었나 보다. 수려한 자연환경을 눈앞에서 맞이하며 비로소 온몸에 자리한 긴장과 피로가 말끔히 사라지는 기분이었다.

"너무…… 너무 예뻐요. 어떻게 이런 곳이 존재할 수 있어요?"

속이 훤히 드러나 보이는 투명한 에메랄드빛 바다, 너무나 깨끗하고 선명한 푸른 하늘, 현실성 없이 포근하고 보송보송한 백옥같이 예쁜 구름, 실크처럼 부드럽게 발을 감싸 오는 반짝이는 고운 모래. 언덕에 위치한, 꿈속에서나 그려 봄 직한 아름다운 집. 마치 꿈길을 거닐 듯 황홀한 마음을 감추지 못하고 표정으로 모든 걸 말해 주는 제이였다.

"마음에 들어?"

제이를 만나며 늘 꿈꿔 왔던 장면이었다. 그간 제이의 취향과 성향을 누구보다 잘 파악한 조프였기에 그녀의 이런 반응을 예상하지 못한 건 아니었지만, 상상한 것 이상으로 행복해하는 제이를 보며 조프는 덩달아 흥분되는 마음을 감추지 못했다.

"마음에 드냐고요? 맙소사, 완벽해요. 세상에 이런 곳이 실제로 존재한다니 믿기지 않는다고요, 동화에서나 있을 법한 곳인 줄 알았어요. 말로 표현할 수조차 없어요. 너무 눈부셔, 행복해서 눈물 날 것 같아요."

"벌써 그러면 곤란한데? 들어가자. 들어가서 바라보는 바깥 풍경은 정말 말도 못 하게 멋있어. 일출도, 일몰도."

늘 혼자 바라보던 풍경을 제이와 함께 할 수 있다는 게 조프 역시 꿈만 같았다. 저택 안에 들어선 제이의 표정은 또 어떨까 궁금한 마음에 서둘러 제이의 손을 잡고 저택 안으로 이끌었다.

아니나 다를까 안으로 들어서자마자 급히 숨을 들이켜나 싶더니 그녀의 입에서 감탄이 쏟아졌다.

"세상에 맙소사. 말도 안 돼!"

제이는 놀라 벌어진 입을 다물 수가 없었다. 탁 트인 드넓은 실내에 호화스러운 인테리어는 말할 것도 없었다. 눈부신 자연경관이 한눈에 펼쳐지는, 자연과 조화롭게 어우러진 평화로운 공간에 사로잡혀 한동안 말을 이을 수 없었다.

지상 낙원이라는 말은 이런 곳을 두고 하는 말이 아닐까 싶었다. 제이는 수려한 경치에 매료되어 무언가에 홀린 듯 천천히 발걸음을 옮겼다. 전면이 통유리로 되어 있는 거실에서 바라보는 바깥 풍경은 밖에서 보았던 것 이상으로 눈이 부셨고 그 어떤 말로도 형언할 수 없을 것 같았다.

가만히 제 등을 감싸 안은 그를 느끼며 반짝이는 눈빛을 들어 그를 바라보았다. 이내 달콤하게 내려앉는 그의 입술을 머금으며 행복한 미소가 가시지 않는 제이였다.

제이는 이 아름다운 풍경을 더 감상하고 싶은데, 조프의 생각은 조금 다른 듯했다. 어느새 몸은 그에게 돌려세워져 있었고 그의 손끝에서 옷이 하나둘 벗겨지는데 순간 스치는 생각에 그의 손을 꼭 잡고서 제이가 조심스레 말을 꺼냈다.

"혹시 누가 오면 어쩌려고……."

잘 관리된 저택을 보면 분명 관리하시는 분이 따로 계신 듯한데 언제 누가 올지도 모르는 상황에서 그와 사랑을 나눌 수는 없는 노릇이었다.

"걱정하지 마. 우리가 여기 머무는 동안은 이곳에 아무도 오지 않아. 관리자도 모두 철수시켰어. 지금 이 섬에는 오직 너와 나 단둘뿐이야."

또다시 놀라 입이 벌어지는 제이를 흥미롭게 바라보며 피식 웃고 말았다.

신혼여행지를 이곳으로 정하고서 곧장 관리인에게 연락했었다. 제이와 함께 머물게 될 열흘간 그 어떤 방해도 받고 싶지 않았다.

데이트다운 데이트 한 번을 제대로 하지 못하고 급하게 결혼을 하게 된 것이 내심 미안했던 조프였다. 게다가 둘의 관계가 밝혀진 후에는 늘 뒤를 좇는 시선을 피해 한정적인 데이트를 할 수밖에 없었다.

그랬기에 이번 여행에서만큼은 사람들의 시선에 신경 쓰지 않고 그동안 누리지 못했던 여유와 즐거움을 만끽할 수 있기를, 제이와 꿀맛 같은 시간을 온전히 둘이서만 누리게 되기를 바랐다.

제이의 놀란 입이 스르륵 닫히는가 싶더니 조심스레 그 입이 다시 열렸다.

"아무도?"

"아무도."

"한 사람도?"

"한 사람도 없어. 오직 우리 두 사람밖에는."

확답을 받고서야 제 손을 꼭 잡은 제이의 손이 느슨해지며 그녀의 입매가 나른하게 하늘을 향했다.

조프는 가만히 미소가 번지는 제이의 입술을 훔치며 덥석 안아 올려 거실 중앙에 위치한 소파로 향했다. 조심스레 너른 소파에 그녀를 눕혀 두고서 떨리는 눈빛으로 자신을 보는 그녀의 두 눈을 뚫어져라 바라보기를 잠시, 얼마 남지 않은 그녀의 옷으로 손을 뻗었다.

한두 번 보는 몸도 아닌데 새로운 기대감이 솟구치고 있었다.

입으나 마나 한 얇은 슬립을 벗겨 내고 어깨에 걸쳐진 브래지어의 끈을 내리며 드러난 둥근 어깨에 뜨거운 입술을 내리눌렀다. 황급히 숨을 들이켜는 그녀의 작은 반응에도 주체할 수 없는 흥분이 온몸으로 번지며 조프의 이성을 잠식시키는 듯했다.

조프는 제이의 고운 목선을 따라 입술을 움직였다. 마지막 남은 속옷을 천천히 끌어 내리며 뜨거운 숨이 흩어지는 살짝 벌어진 그녀의 입술을 과감하게 파고들었다. 그녀의 사랑스러운 몸을 조심스레 어루만지며 새어 나오는 그녀의 신음을 달게 삼켰다.

티셔츠 속으로 등을 부드럽게 감싸 오는 그녀의 사랑스러운 손짓 하나에도 기쁨에 찬 신음이 터져 나왔다. 짙은 눈빛으로 제이를 마주하며 열정으로 붉게 물든 그녀의 얼굴을 사랑스레 쓰다듬다 속삭이듯 말을 꺼냈다.

"사랑해. 사랑해. 사랑해."

수천수만 번을 해도 모자랄 말을 속삭이며 수정 같은 눈물이 반짝이는 제이의 두 눈에 차례로 입술을 내렸다.

"나도 사랑해요. 사랑해."

떨리는 목소리로 사랑을 속삭이는 예쁜 입술을 단숨에 집어삼키며 곧 이 사랑스러운 입술에서 희열에 찬 신음을 내지르게 될 모습을 떠올리는 것만으로도 가슴 가득 행복이 차오르고 있었다.

지금까지 느껴 보지 못한 새로운 감각을 일깨워 주기 위해 인내를 다해 서두르지 않고 천천히 그녀를 탐하던 조프의 눈빛은 점점 더 짙어져만 갔다. 이내 제이에게서 떨어지나 싶더니 자신의 옷을 훌훌 벗어 버리고 더없이 뜨거운 몸으로 다시 다가온 조프였다.

제이는 그의 애정 공세에 정신을 차릴 수 없었다. 자신을 태워 버리기라도 할 듯 뜨거운 그의 몸을 끌어안고서 온몸을 스치는 그의 입술을 느끼며 혼미해져 가는 정신을 붙잡기 위해 애써야 했다. 고요한 공간에 울려 퍼지는 야한 신음 소리가 제 것이라는 게 믿기지 않았다. 서둘러 입술을 앙다물어 소리를 차단하려는데 그냥 두고 볼 조프가 아니었다.

온몸을 거침없이 배회하며 정신을 잃게 만들던 그의 욕심 많은 입술이 눈앞에 불쑥 다가왔다. 혀로 가만히 제 입술을 축이는 그의 야릇한 모습에 이미 터질 듯 부풀어 오른 가슴이 쉼 없이 오르내렸다. 이내 입술에 키스를 퍼부으며 입을 다물지 못하게 만드는가 하면 귓가로 은밀한 말들을 쏟아 내며 절대 참지 말고 다 들려 달라 끊임없이 요구하며 바라고 있었다.

잠시 입술이 떨어지나 싶더니 은밀한 목소리가 흘러나왔다.

"지금부터가 시작이야."

허스키하게 잠긴 목소리로 낮게 속삭이는 그의 말에 익숙한 기대와 흥분감이 제이의 온몸을 휘감았다.

제이는 자신을 집어삼킬 듯 바라보는 조프를 마주하며 가만히 미소를 지어 보였다. 부드럽게 제 몸을 파고들어 하나가 된 그를 꼭 끌어안으며 미처 참지 못한 신음을 흩뿌리고 말았다. 그렇게 두 사람은 서로를 향한 마음을 거침없이 표현하고 사랑을 속삭이는 데 주저하지 않았다. 신음은 어느새 사랑의 화음이 되어 서로를 물들이고 있었다.

조프는 절정에 이르는 사랑스러운 그녀의 얼굴을 바라보며, 꿈같은 시간을 만끽하며, 마음껏 포효했다.

하늘을 향해 누워 거칠어진 호흡을 가라앉히며 옆에서 같은 모습으로 가쁜 숨을 내뱉는 제이를 제 품에 감싸 안았다.

눈부시게 쏟아지는 붉은 노을이 두 사람의 몸 위로 따듯하게 내려앉았다.

기력을 다한 채, 제 품에 안겨 힘없이 늘어진 제이를 사랑스럽게 어루만지는 조프의 입가에 행복한 미소가 가만히 번졌다. 이곳에서 이런 행복한 시간을 누리게 될 날이 오게 될 거라고 감히 상상이나 했을까.

조프는 눈부신 풍경과 함께 사랑의 여운을 누리며 잠시 지친 눈을 감았다.

깜빡 잠들었던 두 사람 중 먼저 눈을 뜬 사람은 조프였다. 잠시 쉰다는 게 어쩌다 잠이 들어 버렸는지, 이미 해를 삼켜 버린 어두운 바다를 보며 잠에서 깨어나지 않은 제이를 살피는데 여린 피부에 서늘함이 감돌고 있었다. 온기를 찾아 제 품을 파고드는 사랑스러운 모습에 싱긋 웃으며 조심스레 제이를 깨웠다.

"제이."

"흐음."

"제이? 일어나 봐. 이렇게 자다가는 감기 걸릴 거야."

그녀의 서늘해진 등을 부드럽게 어루만지며 온기를 불어 넣다 보니 품에서 작은 한숨 소리가 들려왔다.

"하. 설마 우리 그대로 잠든 거예요?"

"응."

"말도 안 돼. 정말 깊이 잠들었는데. 좋은 꿈도 꿨단 말이에요."

귓가를 간질이는 듣기 좋은 그의 웃음소리에 덩달아 미소가 그려지는 제이였다.

"있잖아요. 중요한 일을 앞두고선 당신과 사랑을 나누면 안 될 것 같아요."

조프는 뜬금없이 들려오는 말이 의아해 서둘러 일어나 앉으려는데 제이가 꼭 끌어안는 통에 그럴 수가 없었다.

"긴장하지 말아요. 당신과 사랑을 하기만 하면 이렇게 정신을 못 차리니 하는 말이에요. 내가 이렇게 잠이 많은 사람일 줄은 몰랐다고요."

아까보다 조금 더 커진 그의 웃음소리가 공간을 풍요롭게 채우고 있었다.

"너무 좋아. 행복해."

제이는 마법 같은 순간에서 깨고 싶지 않았다. 웃음으로 물결치듯 움직이는 그의 가슴에 안겨 안정감을 주는 그의 심장 소리를 들었다. 서늘한 제 몸을 조금이라도 따듯하게 만들어 주려 애쓰는 그의 마음이 피부로 느껴졌다. 방금 꾸었던 꿈보다 더 꿈같은 순간을 맞이하며 가슴 가득 차오르는 행복을 숨길 수 없는 제이였다.

조프는 자신의 감정을 표현하는 데 주저하지 않는 제이의 모습이 마냥 사랑스러웠다. 헝클어진 긴 머리를 다정하게 쓸어 넘기고서 둥근 이마에 입을 맞추며 길지 않은 시간 무슨 꿈을 꾸었을까 궁금해 물었다.

"그래서 무슨 꿈을 꿨을까?"

제이는 제 사소한 말조차 흘려듣지 않는 조프를 신기해하며 생생하게 남아 있는 꿈의 잔상에 행복한 미소를 지어 보였다.

"보석 같은 곳을 봐서 그런가? 아니면 보석같이 황홀한 남자와 함께라서 그런가? 방 안에 온갖 보석이 가득한 꿈을 꿨어요."

"보석은 좋아하지 않는다더니? 그게 아닌가 본데?"

"그러게. 사실 나도 꿈속에서 내가 한 행동 때문에 깜짝 놀랐어요."

“뭘 어쨌기에?”

“보석으로 가득한 방 한가운데 정말 커다란 다이아몬드가 있었거든요. 얼마나 눈이 부신지 나도 모르게 다가가서 그걸 덥석 안아 올렸어요. 그렇게 큰 다이아몬드는 처음 봤어요.”

제이는 다시 생각해도 정말 신기했다. 꿈이 이토록 생생하게 떠오른다는 것도, 평소 보석을 좋아하지도 않던 자신이 너무나 행복하게 보석을 끌어안는 모습도. 꿈에서 깬 것이 아쉽게 느껴지기는 처음인 듯했다.

“꿈에서 깨고 싶지 않았겠는데?”

“정말 그랬어요. 울 뻔했어요. 너무 아까워서.”

“뭐야?”

호탕하게 웃으며 장난스럽게 제 몸을 간질이는 그의 손을 막고서 깔깔 넘어가는 제이였다.

“농담이에요, 농담. 보석보다 더 눈부신 남자가 눈앞에 있는데 그깟 보석이 무슨 대수라고. 그깟 보석은 트럭으로 가져다줘도 사양할래요.”

조프는 말도 예쁘게 하는 제이의 입술을 사정없이 파고들었다. 취하고 취해도 질리지 않는 입술을 마음껏 탐하는 두 사람의 입가에 행복한 미소가 떠날 줄 몰랐다.

함께 샤워하고서 옷을 입기 위해 조프와 제이가 드레스 룸에 들어섰다. 도착한 지가 언젠데 이제야 옷이 들어 있는 여행 가방을 정리하는 두 사람의 입에서 동시에 피식 웃음이 터져 나왔다.

조프는 가져온 옷들을 차례로 옷걸이에 걸어 정리해 두고 여행 가방은 한쪽으로 치워 두었다. 곧이어 허리에 두른 수건을 풀어 편한 옷을 입고서 반대편에서 옷을 정리하고 있을 제이를 돌아보았다.

평소의 제이라면 이미 정리를 마치고 옷을 입고도 남았을 듯싶은데 웬일인지 열린 옷장은 텅 비어 있었고 제이는 여행 가방 앞에 멍하니 쪼그리고 앉아 있었다.

"제이?"

서둘러 제이에게 다가가는데 깜짝 놀라며 여행 가방을 황급히 닫아 버리고서 벌떡 일어선 제이였다.

"왜? 무슨 일 있어?"

석연치 않은 그녀의 행동과 붉게 달아오른 얼굴을 보며 조프가 걱정스레 물었다.

"아니. 없어요. 일은 무슨."

"그럼 왜 그러고 있어? 옷은?"

옷을 정리하지 못한 건 둘째 치고 여태 샤워 가운을 걸치고 있었다. 그녀가 옷을 입고 있는 것보다 지금의 모습이 더 좋은 건 말할 필요도 없었지만 그래도 평소 같지 않은 그녀의 모습이 의아하지 않을 수 없었다.

"아. 그게. 약간의…… 문제가 좀."

제이는 방금 열어 보았던 여행 가방을 떠올리며 다시금 얼굴을 붉혔다. 그에게 차마 여행 가방을 보여 줄 용기가 나지 않았다. 고심 끝에 어렵게 말을 꺼냈다.

"혹시. 근처에 옷을 살 만한 곳이 있을까요?"

"근처에는 없겠지만 필요하다면 나갈 수는 있어. 사람을 부를 수도 있고."

"아…… 여기 섬이었지."

제이는 당황스러운 마음에 이곳이 단순한 여행지가 아닌 섬이라는 걸 뒤늦게 기억해 내고서 속으로 몰래 한숨을 삼켰다. 그의 말처럼 필요하다면 나갈 수는 있겠지만 겨우 제 옷 하나 사자고 아까운 시간과 비용을 낭비하고 싶지는 않았다.

조프는 샤워 가운의 끈을 만지작거리며 난처한 기색이 역력한 제이를 보며 도대체 무슨 일인지 궁금했다. 분명 가져온 옷에 무슨 문제가 있는 듯했다.

저 여행 가방이라면 할머니께서 제이에게 선물로 주신 가방 중 하나였다. 결혼식 날을 잡자마자 제이의 일을 덜어 주겠다며 손수 여행 가방을 꾸려 주셨는데 대체 무슨 문제가 생긴 걸까. 궁금함을 참지 못하고 제이 너머에 있는 가방을 유심히 살펴보는데 가방 한쪽에 삐죽 튀어나온 빨간색의 가느다란 끈에 눈길이 닿았다.

순간 조프의 입술이 실룩거렸다. 대체 제이의 가방에 무슨 장난을 하셨을까. 서둘러 가방을 확인해 보기 위해 걸음을 옮기는데 놀란 제이가 조프의 팔을 덥석 잡았다.

"왜. 왜요?"

"왜긴 왜야? 가방에 무슨 문제가 있는 것 같아서 확인해 보려고 그러지."

"문제는 무슨. 아무 문제 없어요. 다만……."

"다만 뭐?"

"음, 뭐랄까. 어. 그러니까 그게."

제이의 얼굴이 울상이 되어 버렸다. 남의 속도 모르고 그의 입에서는 피식피식 웃음이 새어 나오고 있었다.

제이는 한 팔로 저를 끌어안고서 가방을 향해 가는 그의 힘을 이길 수가 없었다. 여행 가방 앞에 무릎을 굽히고 앉아 가방을 열어젖히려는 그를 저지하며 가방을 열지 못하게 꾹 누르는데 가방에서 삐져나온 새빨간 끈이 보여 눈을 질끈 감았다 떴다. 미소를 감추지 못하고 웃기 시작하는 그의 모습에 고개를 내저으며 애처롭게 말했다.

"하지 마요."

"하하하하하. 뭘 하지 말래? 그 손 치워. 내가 보고 결정할게."

"당신 알고 있었어요? 할머니가 이렇게 나올 거?"

"내가 어떻게 알아? 평생을 봐도 모르겠어. 우리 할머니 머릿속에는 도대체 무슨 생각이 들어 있을까. 지금도 궁금하다고. 그러니 빨리 그 손 치워 주지?"

"하……."

조프는 짧은 한숨을 내쉬며 슬그머니 손을 치우는 제이의 모습에 피식 웃으며 여행 가방을 활짝 열어젖혔다. 마구 파헤쳐진 옷들을 보며 처음 가방을 열고서 놀라 당황한 제이의 모습이 그려지는 듯해 웃음을 참을 수가 없었다.

우선 가장 궁금했던 가방에 걸쳐진 빨간 끈을 천천히 들어 올렸다. 무게감이라고는 전혀 느껴지지 않는 T 자 모양의 얇은 끈과 조그만 천으로 이루어진 팬티를 보며 기대감이 고조되고 있었다. 하나같이 가리는 곳보다 드러나는 곳이 많은 속옷을 보며 과연 이 속옷이 제구실을 할 수나 있을까 의문이었지만 본래의 기능이 아닌 다른 쪽으로는 아주 대단히 큰 효과를 기대해 볼 만했다.

이번에는 속옷이 아닌 실내복으로 눈길을 돌렸다. 잠옷으로 챙겨 주신 듯한 얇은 슬립 역시 속이 훤히 드러나 보이는 것은 물론 디자인 또한 하나같이 예사롭지 않았다. 해변에서 입을 비키니나 외출복 또한 앞서 본 실내복들과 별반 다르지 않았다. 둘만 있는 섬이 아닌 곳에서는 감히 입을 생각조차 할 수 없는 것들이 대부분이었다.

조프는 고개를 설레설레하며 미소가 걷히지 않은 얼굴로 제이를 바라보았다. 바닥에 앉아 무릎을 끌어안고서 저를 바라보는 투명한 얼굴이 왜 이렇게 사랑스러운지. 저도 모르게 이 옷을 입은 제이의 모습을 상상하고 있었다.

제이는 서서히 웃음이 걷히더니 오묘하게 표정이 바뀌는 그를 보며 밉지 않게 눈을 흘겨 보았다.

사고방식이 개방적이고 화끈한 할머니를 믿은 게 바보였다. 할머니가 선물로 주신 드레스나 옷들은 하나같이 아름답고 예뻤다. 화려하고 파격적인 디자인의 옷도 몇 벌 있었으나 다행스럽게도 대개는 제 취향에서 크게 벗어나지 않는 차분하고 점잖은 스타일의 옷이었다. 그랬기에 여행 가방을 직접 싸 주고 싶다던 할머니를 철석같이 믿고 있었다.

처음에는 아무리 바빠도 그 정도는 직접 할 수 있다고 사양했으나 이런 경험을 해 본 적이 없다며 하나부터 열까지 챙겨 주고 싶다는 할머니의 간청 아닌

간청에 흔쾌히 부탁을 드렸었는데 이렇게 뒤통수를 맞게 될 줄은 미처 몰랐다.

제이는 음흉하게 저를 바라보는 조프의 모습에 가만히 고개를 내저었고 조프는 반대로 고개를 끄덕였다. 정말 그 할머니에 그 손자가 아닐 수 없었다.

'고양이에게 생선을 보여 준 내가 바보지 누굴 탓해.'

제이는 서둘러 자리에서 일어나 거실로 달아나며 소리쳤다.

"꿈 깨요. 안 입을 거야. 그거 절대 안 입을 거예요!"

그의 우렁찬 웃음소리가 거실까지 울려 퍼졌다.

큰 소리로 외쳤으나 정작 제이에게 다른 방법이 없었다. 선택지는 오로지 단 두 개뿐.

아무것도 걸치지 않은 채 샤워 가운을 입고 있거나, 할머니가 챙겨 주신 입으나 마나 한 잠자리 날개 옷이라도 걸쳐 입든가.

'아니, 왜 저걸 열어 볼 생각을 못 한 거야.'

왜 여행 오기 전에 확인할 생각을 못 했을까. 뒤늦은 후회를 해 봐야 뾰족한 수가 없어 체념하고 있는데 그제야 조프가 방에서 나왔다.

"당신 옷 내가 정리해 뒀어. 너무 상심하지 마. 생각보다 입을 만한 옷이 아주 많아."

샤워 가운을 고쳐 입는 제이를 향해 능청스레 웃으며 말하는 조프였다.

"뭐, 당신이 입지 않겠다면 나도 상관없어. 지금 그 차림도 아주 예쁘거든."

말을 하며 성큼성큼 제이에게 다가가 새초롬하게 서 있는 제이의 입술을 훔치고서 제이가 꼭꼭 여며 둔 샤워 가운의 매듭을 손쉽게 풀어 버리고 냅다 주방으로 향했다.

"어머."

뒤늦게 매듭이 풀린 걸 알았는지 당황한 그녀의 목소리가 등 뒤에서 들려와 파안대소했다. 조금 더 놀리고 싶었지만 그랬다가는 정말 토라져 버릴까 싶어 조프는 저녁 준비에 열중했다. 그녀의 인기척이 사라진 걸 보니 아마도 옷을 입으러 간 모양이었다.

조프는 과연 어떤 옷을 입고 나올까 잔뜩 기대하며 제이를 기다리는데 잠시 후 여전히 가운을 입은 채 다가오는 그녀의 모습에 저도 모르게 얼굴에 실망이 스쳤나 보다.

"잘 정리했나 보고 왔어요."

아쉬움이 감도는 그의 표정을 보며 새침하게 말하고서 도와줄 게 없나 살펴보는 제이였다. 가운 안에 잠자리 날개 옷 같은 슬립을 걸치고 나왔지만 지금 그에게 말해 줄 수 없었다. 그랬다가는 분명 침실로 직행하게 되리라는 건 불을 보듯 뻔한 일이었다. 나중에 그를 위한 작은 이벤트가 되기를 바라며 그를 돕기 위해 팔을 걷어붙였다.

"뭐 도울 건 없어요?"

"어. 당신은 그냥 앉아 있어. 저녁은 간단하게 먹으려고 스테이크에 샐러드 하려는데 괜찮지?"

"네, 좋아요. 샐러드는 내가 할게요."

불 위에 스테이크를 올리는 그를 보며 제이가 말했다.

"아니야. 이미 다 되어 있는 상태라서 차리기만 하면 돼. 필요할 땐 도와 달라고 할게. 그러니 당신은 그냥 앉아 있어."

조프는 머뭇거리는 제이를 데려다 테이블 의자에 앉혀 두었다. 그녀의 이마에 입을 맞추고 다시 불 앞으로 가 스테이크를 구우며 제이를 향해 말했다.

"음식은 다 준비돼 있어. 일하시는 분이 바로 먹을 수 있게 챙겨 두셨거든. 궁금하면 냉장고 한번 열어 봐."

그의 말에 서둘러 주방 옆에 위치한 냉장고로 향했다. 커다란 양문형 냉장고가 무려 세 개가 있었다. 아마도 용도가 다 다른 모양이었다.

처음 냉장고에는 물을 포함한 각종 음료가 한 달은 족히 먹고도 남을 만큼 가득 채워져 있었고, 두 번째 냉장고에는 깨끗하게 손질된 각종 야채와 과일이 한 번 먹을 분량만큼 진공포장이 되어 가지런히 정리되어 있었다. 세 번째 냉장고에는 바로바로 해 먹을 수 있도록 만들어 둔 다양한 반조리 식품이 진공포장 되어 칸칸이 진열되어 있었고, 음식마다 영양 성분을 비롯한 상세한 레시피가 붙어 있었다.

냉장고를 모두 확인한 제이는 놀라움을 감추지 못하고 감탄을 하는데 그의 목소리가 다시 들려왔다.

"와인 저장고는 따로 있어. 마시고 싶은 와인 있으면 말해. 가져올게."

"와인 잘 몰라요. 당신이 추천해 주는 걸로 할게요."

"그래. 그럼 당신은 와인에 곁들일 안주 좀 꺼내 줘. 냉장고 오른쪽에 있는 문 열어 봐."

그의 말에 냉장고 옆에 있는 수납장 문을 여는데 놀랍게도 이 역시 냉장고였다. 냉장고 안은 온갖 종류의 치즈와 크래커를 비롯하여 올리브와 견과류, 얇게 저민 살라미나 하몽 같은 다양한 와인 안주들로 가득 차 있었다. 설마 옆에 수납장도 이런 용도일까 궁금해 열어 보는데 아니나 다를까 다양한 아이스크림이 줄 지어 가지런히 놓인 냉동고였다.

이곳에 머물 수 있는 날이라고 해 봐야 고작 열흘 남짓인데 무슨 음식을 이렇게나 많이 준비해 둔 건지 놀라움에 고개를 설레설레하다 이내 식사 준비가 끝났다는 그의 말에 서둘러 간단한 안주를 챙겨 그에게로 향했다.

짧은 시간에 한 음식이라고는 믿기지 않는 테이블 세팅에 그만 헛웃음이 나와 버렸다.

"대체 못 하는 게 뭐야."

"없지. 아. 아니다 당신 마음만큼은 내 마음대로 할 수 없네."

자리에 앉으며 혼잣말처럼 하는 소리도 귀신같이 알아채고서 대꾸하는 조프였다.

이미 홀랑 다 넘어가 버린 마음인데 뭘 마음대로 하지 못한다는 건지. 제이는 그의 말이 어이가 없어 피식 웃어 버렸다.

"왜 웃지?"

"하도 어이가 없어서요. 지금 당신에게 내 마음만큼 쉬운 게 어딨어요?"

조프는 제이의 말이 마음에 들었는지 씩 웃더니 그윽한 눈빛으로 제이의 눈을 뚫어져라 쳐다보며 은밀한 말을 건넸다.

"그 말은, 내가 원하는 대로 다 해 주겠다는 말로 들리는데?"

제이는 그윽하게 바라보는 눈빛과 낮게 깔린 그의 음성에도 마음이 요동치고 있었다. 그와 사랑을 나눈 지 얼마나 지났다고 또다시 두근거리는 심장을 느끼며 무의미한 망설임을 던져 버렸다. 자신이 가진 것 중 가장 값진 것이라고 해 봐야 그를 향한 진심 어린 마음 하난데 굳이 아끼고 숨기고 싶지 않았다.

여전히 답을 기다리는 그를 향해 천천히 고개를 끄덕이며 무거운 입을 열었다.

"네. 당신이 원한다면 뭐든 다 해 줄게요. 다 가져요. 내 마음."

말이 끝나기가 무섭게 벌떡 일어나 제이에게 다가온 조프가 제이를 일으켜 세우더니 몸을 밀착하고서 곧장 제이의 입술을 파고들었다.

조프와 자연스레 호흡을 맞추며 농밀한 키스를 나누다 점점 몸을 잠식해 가는 익숙한 흥분에서 가까스로 벗어난 제이가 조심스레 조프를 밀어 냈다.

"조프, 다 할게. 그러니까 서두르지 말아요. 잊었나 본데 우린 지금 신혼여행 중이고 아직 남은 시간은 많아요."

조프는 반짝이는 눈빛으로 올려다보며 제 얼굴을 어르듯 어루만지는 제이의 이마에 제 이마를 마주하며 한숨을 내쉬었다.

"미안. 나도 내가 왜 이러는지 모르겠어. 인내력도 자제력도 뛰어나다 자부했는데 당신 앞에서는 힘없이 허물어져. 도대체 나한테 무슨 짓을 한 거야."

제이는 자책 어린 그의 말에 고개를 들어 위로하듯 그의 입술을 베어 물었다. 부드럽게 감싸 오는 그의 입술을 마주하며 말을 흘려보냈다.

"필요 없어요. 그런 거. 인내력도 자제력도 다 던져 버려요. 난 그런 당신이라서 더 좋은 거니까. 다만 너무 조바심을 가지지 말라는 거예요. 우리의 시간은 많고 많으니까."

조용히 내뱉는 사랑스러운 말에 미소를 지으며 가만히 제이를 꼭 끌어안는 조프였다. 마음이 한없이 따듯하게 채워지고 있었다.

"그래. 우선 먹자. 우리의 많고 많은 시간을 위해."

제이는 그의 품에서 피식 웃으며 고개를 내저었다.

그제야 자리에 앉아 이런저런 대화를 나누며 식사를 시작했다. 식사하는 중에도 은밀한 눈빛을 주고받으며 사랑을 속삭이는 두 사람이다.

식사를 마치고 함께 뒷정리를 하는데 갑자기 제이가 쿡쿡 웃었다. 세척기에 그릇을 넣던 조프가 그 모습을 보며 궁금해 물었다.

"같이 웃지?"

"실감이 나다가도 실감이 안 나. 이런 기분 알아요?"

"그게 무슨 말이야?"

"현실성이 사라진 것 같다고 해야 하나? 꿈속에 있는 것 같아요. 소꿉장난하는 것 같기도 하고."

그녀의 싱거운 말에 피식 웃으며 정리를 마치고 다가와 안주를 예쁘게 담아내는 제이를 뒤에서 살포시 끌어안았다.

"곧 꿈이 아니라는 걸 알게 될 거야. 와인은 테라스에서 마시자."

고개를 끄덕이며 와인과 잔을 들고 가는 조프의 뒤를 따랐다.

거실의 가장자리에 위치한 폴딩 도어를 열자 은은한 조명이 따스하게 내려앉은 넓은 풀장이 펼쳐졌다. 왠지 모르게 포근하게 느껴지는, 수영을 좋아하는 사람이라면 당장이라도 뛰어들고 싶게 만드는 곳이었지만 수영에 취미가 없는 제이에게는 해당 사항이 없었다.

그러다 무심코 옆으로 고개를 돌렸는데 그곳에 놓인 처음 보는 선베드를 보며 저도 모르게 이끌리듯 다가갔다. 사방이 시원하게 오픈된 사각 모양의 독특한 짜임의 쉐이드 안에는 침대만큼이나 넓은 베드와 큼직한 쿠션 여러 개가 놓여 있었다. 보기만 해도 안락함이 느껴지는 모습에 미소를 짓다가도 걱정이 스쳤다.

'설마…… 여기서 하지는…… 않겠지?'

제이는 들고 있던 접시를 옆에 있는 테이블 위에 올려두고서 돌아서는데 어느새 성큼 다가온 그를 보고 깜짝 놀라 버렸다.

조프는 쉐이드 선베드를 유심히 보는 제이를 보며 웃지 않을 수 없었다. 저 조그만 머릿속이 지금 얼마나 복잡하게 엉켜 있을지.

"그새 마음이 변한 건 아니겠지?"

"네?"

"다 해 준다며. 내가 원하는 건 뭐든."

"어. 뭐. 네. 그럼요."

제이는 서둘러 거침없이 옷을 벗어 버리는 조프를 보며 당황해 입이 스르륵 벌어졌다.

급해. 급해. 왜 이렇게 급해?!

"하하하하하."

조프는 당황한 표정이 여실한 제이를 보며 참지 못한 웃음을 터트렸다. 다 해 줄 것처럼 씩씩하게 말할 때는 언제고 저렇게 당황한 모습을 보이는 건지.

"같이 수영하자."

"네?"

전혀 예상하지 못한 말에 바보처럼 되묻는 제이였다.

"같이 수영하자고. 물 차갑지 않아."

"수영…… 잘 못해요."

"당신이 못하는 것도 있어?"

제이는 놀라 묻는 그의 말에 고개를 내저으며 피식 웃고 말았다.

"모든 사람이 다 당신 같지는 않아요."

"잘됐다. 내가 가르쳐 줄게."

드로즈만 걸친 그가 천천히 풀장에 들어가 제이를 향해 손을 내밀었다. 그의 가슴까지 오는 물 높이에 자신이 들어가면 잠기거나 얼굴만 간신히 내밀 수 있을 듯한데 수영도 못하는 사람에게 어딜 들어오라는 건지. 제이가 격하게 고개를 가로저었다.

조프는 그런 제이를 보고 씩 웃더니 한가롭게 수영을 즐기고 있었다.

제이는 더 이상 저를 부르지 않고 풀장을 자유롭게 유영하는 그의 모습에 안심하며 와인을 잔에 따라 베드에 편하게 앉았다.

와인을 입 안에 머금고서 그 향을 음미하다 꿀꺽 삼키고 다시 한 모금 머금었다. 풀장을 느긋하게 오가는 그의 모습이 왜 이렇게 아름답게 느껴지는지.

그렇게 한동안 풀장을 오가며 수영을 즐기던 그가 수영을 멈추고 풀장 가장자리로 천천히 다가와 베드에 앉아 와인을 마시는 제이를 바라보았다. 젖은 머리를 쓸어 넘기는 그의 얼굴을 가만히 마주 보는데, 조명에 반사되어 반짝이는 그의 모습이 왜 이렇게 근사한지. 그에게서 좀처럼 눈을 뗄 수 없는 제이였다.

다시금 와인을 마시며 그를 감상하는 여유를 만끽하던 제이가 그의 손에 들린 무언가를 보며 얼굴을 붉게 물들였다.

대체 수영하다 말고 저기 서서 뭐 하나 싶었는데 놀랍게도 들어 올린 그의 손끝에 그가 입고 있던 드로즈가 걸려 있었다.

'맙소사.'

놀라 짧은 탄식을 내뱉던 제이가 이내 주변을 휘휘 둘러보았고, 그런 제이를 바라보던 조프는 웃음을 터트렸다.

"우리 둘밖에 없다고 몇 번을 말해?!"

"아니, 아무리 그래도 그렇지 사람 깜짝깜짝 놀라게 뭐 하는 거예요!"

"남편이 옷을 벗는 게 왜 깜짝 놀랄 일이지?"

"……그러니까요. 그게 왜…… 놀랄 일일까요?"

제이는 미소를 머금은 채 자신을 뚫어져라 바라보는 그에게 눈길이 사로잡혀 버렸다. 그의 얼굴에서 미소가 서서히 사라져 갔고, 다정한 눈빛도 깊고 짙은 빛으로 바뀌었다. 풀장 가장자리를 손으로 짚고서 그 높은 곳을 단번에 불쑥 올라와 밖으로 걸어 나오는 모습을 보며 제이는 침을 꼴깍 삼켰다.

천천히 제게로 다가오는 그의 모습은 한 마리의 맹수 같았고 저도 모르게 긴장하며 앉은 자리에서 일어섰다.

조프는 제이의 눈에 시선을 고정한 채 천천히 다가와 그녀의 손에 들린 와인잔을 들고서 남은 와인을 단숨에 삼켰다. 부끄러움이 많은 제이가 자신이 한 말을 얼마나 잘 지킬 수 있을지 당장 확인해 보고 싶었다. 그녀의 말처럼 우리의 시간은 아직 많이 남았고 해 보고 싶은 일은 무궁무진했다.

조프는 제이가 오후 내 걸치고 있던 샤워 가운의 끈을 잡아 천천히 당기는데 이내 그녀의 손에 저지당하고 말았다. 실망을 감추고서 제이의 눈을 보며 입을 열었다.

"말뿐인가?"

"아니. 내가…… 할게요."

제이는 입꼬리를 느슨하게 올리는 그를 보며 용기 내어 천천히 가운을 풀었다. 조심스레 가운을 내리는데 그가 짧게 숨을 들이켜는 소리가 들려왔다. 얼굴에 열감이 느껴지는 것이 보지 않아도 얼마나 달아올라 있을지 알 것 같았다. 당당하게 그를 마주 봐야 하는데 부끄러워 도무지 눈을 들 수가 없어 애꿎은 그의 가슴만 노려보고 있었다.

그는 지금 어떤 표정을 짓고 있을까. 분명 가운만 입고 있는 줄 알았을 텐데. 대체 어떤 표정을 하고 있을까. 아무런 말 없이 서 있는 그가 너무 궁금해 제이는 없는 용기를 쥐어짜 주춤주춤 눈을 들어 그를 바라보았다.

조프는 차오르는 흥분을 다스리려 애쓰고 있었다. 절대 입지 않겠다던 옷을 걸친 제이는 다 벗고 있을 때보다 오히려 더 자극적으로 보였다.

화려한 레이스와 얇은 끈으로 이루어진 초미니 붉은 슬립은 제이의 육감적인 몸매를 가리기에 턱없이 부족했고, 아까 잠시 보았던 티 팬티 역시 전혀 가려 주지 못했다.

입고 있으나 입은 것 같지 않은, 가렸으나 가려지지 않은 사랑스러운 모습을 바라보며 당장이라도 안고 싶었지만, 매번 짐승처럼 달려들 수는 없는 노릇이었기에 끓어오르는 욕정을 다스리려 애써야 했다.

붉게 물든 얼굴로 제 가슴만 뚫어져라 바라보던 눈동자가 서서히 들어 올려졌다. 그 모습이 어쩜 이렇게 청초하고 사랑스러운지 미소를 지으며 제이의 얼굴을 어루만졌다.

"예쁘다. 정말 너무 예뻐. 이렇게 예쁜데 가운은 왜 입고 있었던 거야? 지금부터 가운은 안 돼. 알겠어?"

조프는 가만히 고개를 끄덕이는 제이를 공주처럼 덥석 안아 올렸다. 놀라 외마디 비명을 지르며 제 목을 감싸 안는 그녀의 입술을 덥석 물고서 조심스레 풀장 계단으로 향했다.

천천히 계단을 내려가는데 그제야 제 의도를 알아챈 제이가 입술을 떼고서 버둥거리며 고개를 내저었다.

"안 돼요. 진짜 안 돼요. 깊은 물은 무서워요. 여기서는 수영 못 해요. 정말 못 한다고!"

"더 잘됐네. 그럼 나 놓치면 안 되겠지? 꼭 잘 잡고 있으라고."

수위라도 낮으면 서 있기라도 할 텐데 그의 목을 안고 있는 손을 놓으면 정말 물에 잠길 것 같은 기분에 그에게서 떨어질 수도 없었다.

그때 갑자기 조프가 다리를 안고 있던 한쪽 팔을 내려놓았다. 아니나 다를까 풀장 바닥에 발이 닿지 않아 울상을 지으며 조프를 노려보는 제이였다.

"못됐어. 진짜."

"하하하하하."

불평하면서도 제 목을 꼭 끌어안고서 빈틈없이 제 몸에 붙어 있는 제이가 너무 귀여워 웃음이 터져 나왔다.

풀장은 갈수록 점점 깊어지는 구조였고, 알아서 제게 매달려 떨어질 생각을 않는 여린 모습이 너무 사랑스러워 웃음은 쉬이 멈추지 않았다.

이 예쁜 모습을 조금이라도 더 누리고 싶은 욕심에 그녀의 허리를 꼭 안고서 더 깊은 곳으로 향하던 조프의 다리가 순간 그 자리에 멈추어 섰다.

갑자기 두 다리로 제 허리를 감싸 안은 제이의 대담한 시도에 웃음도 뚝 그쳐 버렸다. 이 자세가 얼마나 자극적인지 그녀는 과연 알기나 할까.

조프는 제 어깨를 감싸 안은 제이의 얼굴이 보고 싶어 조심스레 그녀를 떼어 내려는데 자신의 목을 꼭 끌어안고서 떨어질 생각을 않는 모습에 정말 겁에 질린 건 아닌지 뒤늦게 걱정스러운 마음이 들었다.

그녀를 단단히 고쳐 안고 서둘러 풀장 입구 쪽으로 발걸음을 돌리며 조심스레 말을 걸었다.

"제이, 당신 정말 놀란 거야? 내가 있는데 뭘 걱정해. 설마 내가 당신을 놓을까 봐? 나 좀 봐. 응?"

다독임에도 좀처럼 반응을 보이지 않아 조프의 걸음이 바빠지는데 자신을 안은 팔이 서서히 느슨해지나 싶더니 그녀를 안은 품에 공간이 생겼다.

혹시나 울면 어쩌나 싶어 급히 제이의 얼굴을 확인하는데 잔뜩 상기되어 있기는 했지만 다행히 울지는 않았다. 그제야 마음을 놓으며 다시 물었다.

"놀랐잖아. 대답도 해 주지 않고, 많이 무서웠어?"

잔뜩 걱정하게 만들어 놓고는 태연하게 고개를 가로젓는 제이의 얼굴에는 뜻밖에도 옅은 미소가 그려지고 있었다.

"그럼 왜 말도 않고,"

조프는 말을 끝맺을 수가 없었다. 불시에 제 입술을 부드럽게 감싸는 그녀의 입술이 너무 달콤해서, 거침없이 표현하는 그녀의 애정 공세가 너무 사랑스러워서 맺지 못한 말 따위가 무슨 대수라고. 어느새 그녀에게 흠뻑 빠져들었다.

한동안 하나인 듯 붙어 있던 입술이 떨어졌다. 조프는 발갛게 상기된 제이의 얼굴을 사랑스럽게 바라보며 풀장 밖으로 나와 쉐이드 선베드로 향했다.

조심스레 제이를 내려놓고서 물에 젖었음에도 너무나 손쉽게 흘러내리는 슬립과 속옷을 차례로 벗겨 버리고 테이블 옆에 놓인 타월을 들어 제이의 몸을 닦아 주었다. 몸이 예쁘게 물들지언정 부끄럽다 움츠리지 않고 피하지 않는 제이를 뜨거운 시선으로 바라보며 제 몸에 남은 물기를 닦아 내고 곧장 제이에게 다가서는 조프였다.

제이는 자신을 마치 아기 다루듯 하는 조프를 보며 웃지 않을 수 없었다.

그의 품에 안겨 처음 풀장에 들어갔을 때 발이 닿지 않아 불안하기는 했어도 그가 있어 무섭지는 않았다. 장난스럽게 놀리기는 해도 자신이 빠지는 걸 두고 볼 정도로 짓궂은 사람은 아니었고 설사 실수로 빠진다 하더라도 그가 있는데 무슨 걱정일까 싶었다.

다만 의외로 물속은 따듯하고 포근하게 느껴졌고, 함께 욕조에 들었을 때와는 또 다른 기분과 색다른 감각에 가슴이 두근거려 그를 안은 팔에 힘이 빠지려 했다. 그래서 겁도 없이 다리로 그의 허리를 감싸 안은 것뿐이었는데.

자신을 걱정하는 말 하나하나, 아기처럼 어르는 부드러운 말투 하나하나에도 그의 따듯한 마음이 느껴졌다. 어쩜 이렇게 사랑스러운지 그저 자신의 마음을 전하고 싶었는데 어느새 풀장에서 나와 선베드에 누워 그와 사랑을 속삭이고 있다.

밤하늘에 쏟아지는 별을 바라보며 자신을 파고드는 그의 건장한 몸을 빈틈없이 끌어안았다. 둘을 부드럽게 감싸는 맑고 포근한 공기, 비처럼 쏟아질 듯한 반짝이는 예쁜 별, 귓가에 스며드는 그의 뜨거운 호흡, 온몸을 관통하는 강렬한 쾌감. 무엇 하나 좋지 않은 것이 없었다.

"제이, 제이. 사랑해."

"사랑해요. 조프. 사랑해요."

몽롱한 눈빛으로 자신을 바라보며 신음과 뒤섞여 내뱉는 제이의 사랑 고백에 흥분은 절정으로 향해 갔다.

가쁜 숨이 새어 나오는 제이의 입술을 머금고서 사랑으로 물드는 아름다운 얼굴을 바라보았다. 별빛이 쏟아진 듯 반짝이는 예쁜 두 눈이 사랑으로 취해 가고, 여린 손은 제 어깨를 강하게 부여잡았다. 가쁘게 숨을 내쉬던 입에서는 사랑스러운 신음이 쏟아져 나왔고, 부푼 가슴이 쉼 없이 오르내리며 조프의 절정을 부추기고 있었다.

조프는 무엇 하나 예쁘지 않은 모습이 없는 그녀를 두 눈 가득 담으며 제이와 함께 절정으로 향해 갔다. 이윽고 누가 먼저랄 것도 없이 서로의 입술을 찾아 터져 나온 신음을 달게 삼키며 함께 황홀경을 맞이한 두 사람이었다.

어떻게 매번 이렇게 좋을 수 있을까. 믿기지 않는 강렬한 쾌감이 놀랍기만 한 조프였다.

하지만 조프의 꿈같은 황홀경은 여기서 끝이 아니었다. 눈부신 일출을 보며 그녀와 나누는 사랑이, 황홀한 일몰을 보며 그녀와 나누는 사랑이 얼마나 더 뜨거울 수 있는지. 망망대해의 요트 위에서, 뜨거운 해변에서 하늘을 바라보며 나누는 사랑은 또 얼마나 근사한지 늘 상상 그 이상이었다. 행운의 여신과 함께하는 시간은 조금도 지루할 틈이 없었다.

그렇게 서로의 매력에 홀린 두 사람의 시간은 쏜살같이 빠르게 지나갔다.

거실 통유리창 앞에 우두커니 서서 지는 해를 바라보던 제이가 가만히 말을 꺼냈다.

"벌써 내일이면 돌아가야 할 시간이에요."

말끝에 진한 아쉬움이 묻어났다. 이런 곳에서라면, 모든 걸 내려놓고 얼마든지 게으르게 살아도 될 것 같았다.

난생처음으로 일하지 않고 살아도 행복할 수 있겠다는 생각이 들게 만드는 곳이었다. 제이는 너무나 행복해서 차라리 시간이 여기서 멈추어 버렸으면 싶었다.

그런 제이에게 조프가 다가오며 말했다.

"그러게, 믿기지가 않아. 어제 온 것 같은데 벌써 가야 한다니 말이야."

등 뒤에서 제이의 허리를 감싸 안으며 같은 곳을 바라보는 두 사람의 얼굴에는 감추지 못한 아쉬움이 가득했다.

바다에 반쯤 걸쳐진, 지는 해를 바라보며 노을이 가득한 풍경에 온 마음이 평화롭게 물들어 가는 듯했다.

제이는 자신의 허리를 감싸 안은 그의 손등에 제 손을 포개어 가만히 어루만지며, 결혼식 날 조심스레 제게 다가와 인사를 전하던 크리스의 말을 떠올렸다.

'감사합니다. 대표님의 아픔을 잊게 해 주셔서 감사하고, 당신에게 믿음과 확신을 갖게 해 주어 감사합니다. 부디…… 더 이상 가족에게 상처받는 일 없도록, 변함없이…… 늘 지금과 같기를 진심으로 바랍니다.'

제이는 이상하게 계속 마음에 걸리던 말을 떠올리며 늘 자신을 먼저 생각해 주고 배려해 주던 그에게 너무 무심했던 건 아닌지 미안한 마음이 들었다.

그에게는 어떤 아픔이 있었던 걸까. 괜한 질문으로 마음을 어지럽히지는 않을까 잠시 망설이다 그의 마음이 한없이 여유로운 지금 물어보는 게 나을 듯싶어 망설임을 멈추고 조심스레 말을 꺼냈다.

"조프, 음…… 당신한테 뭐 하나 물어봐도 될까요? 힘들면 말하지 않아도 괜찮아요."

"뭔데? 뭐든 물어봐."

"음…… 당신…… 가족에 대해서 물어본 적이 없는 것 같아서……."

그의 가족 관계나, 부모님의 부재, 그의 가정사에 대해서는 대중이 알고 있는 만큼은 알았기에 구태여 묻지 않았지만, 크리스의 말을 들은 후 왠지 자신이 알고 있는 게 전부가 아니라는 생각을 떨칠 수가 없었다.

"……."

"미안해요. 역시나 괜히 물어봤나 봐요."

허리를 감싼 따듯한 그의 손이 긴장으로 굳어지는 게 느껴져 그를 돌아보려는데 그런 제이를 더 꼭 끌어안으며 제이의 몸을 다정하게 쓸어 주는 조프였다.

"아니야. 당신이 세상에서 가장 사랑하는 남자의 가족인데 궁금해하는 게 당연하지."

태연한 그의 말에 피식 웃으며 고개를 끄덕이면서도 그의 숨결에 아픔이 느껴지는 건 왜인지. 제이는 긴 한숨을 내쉬는 그를 마음으로 독려하며 말이 흘러나오기를 기다렸다.

"음…… 어디서부터 말을 해야 할까…… 대단한 워커홀릭이었지. 우리 아버지…… 난 그때의 아버지에게서 다정함을 느껴 본 적이 없어. 칭찬에 인색하고, 늘 근엄했어. 우리 어머니는 그런 아버지의 어떤 점에 끌렸던 걸까?"

제이의 머리에 입술을 누르며 잠시 말을 멈췄던 조프가 다시 말을 이었다.

"성격이 극과 극처럼 달랐는데, 그런데도 두 분이 연애결혼을 했다는 게 난 믿기지 않아. 활동적이고 호탕한 아버지와는 달리 어머니는 조용하고 차분한, 다정다감했던 분이셨어."

자신의 팔을 가만히 어루만지는 제이의 따듯한 손길을 느끼며, 떠올리고 싶지 않았던 기억을 되살리는 조프의 미간에 주름이 깊게 자리하고 있었다.

"큰소리 한번 낸 적 없이 고요했던 어머니가 어느 순간부터 조금씩 변해 갔지. 늘 참고 인내하던 어머니가 조금씩 목소리를 내고, 속엣말을 꺼내 놓기 시작했어. 그때라도 아버지의 관심이 닿았다면 막을 수 있었을까……."

잊을 수 없는 그 날. 어김없이 밤늦게야 돌아오는 아버지를 보며 매섭게 쏘아붙이던 날카로웠던 어머니의 낯설었던 모습이 아직도 너무나 선명하게 기억 한편을 아프게 자리하고 있었다.

분위기가 심상치 않았던 그 밤. 조프는 쉽사리 잠들지 못하고 몇 번을 어머니의 방문 앞을 서성이다 자신의 방으로 되돌아갔었다. 그날. 그렇게 서성일 것이 아니라 용기 있게 어머니의 방문을 열어 봤다면, 그랬다면 어땠을까…….

그날의 망설임이 조프에게는 평생 뼈아픈 후회로 남아 있었다. 떠올리기 쉽지 않은 날을 떠올리며 미간에 주름이 깊어졌다.

"다음 날 어머니의 방문을 열어 보니 쓰러져 계시더군. 오랜 불면증에 의한 수면제 과다 복용으로 그럴듯하게 포장이 되었지만, 글쎄……."

공개되지 않은 어머니의 노트. 자신에게 남겨진 유언 같은 짧은 글귀가 조프의 뇌리에 깊숙이 박혀 평생을 따라다녔다.

「조프 너는 믿지 말아라. 사람도, 사랑도, 마음도. 그 무엇도 믿지 말아라.」

그 옛날 사랑했던 아버지를 향한 원망 섞인 반어적 표현인가. 남겨질 아들을 향한 우려 섞인 당부의 말인가. 그저 모든 걸 믿어 버렸던 어리석은 자신을 향한 한탄인가. 조프는 아직도 확실히 알지 못한다.

씁쓸한 마음에 저도 모르게 긴 한숨이 뿜어져 나왔다.

제이를 감싸고 있는 팔 위로 톡톡. 떨어지는 물방울을 느끼며 그녀의 몸에서 미세한 떨림이 감지됐다. 우는 모양이었다.

"괜찮아. 울지 마. 내가 무슨 어린애도 아니고. 벌써 지난 세월이 얼만데……."

"알아요. 그래도."

주체할 수 없이 흘러내리는 눈물에 말을 이을 수가 없었다. 언론에 알려진 내용은 포장되어 있는 단순한 사실뿐. 그 순간, 석연치 않았던 어머니의 마지막을 직접 목격했을…… 소년에 대한 연민에 마음이 아파 쉽사리 눈물이 멈추지 않았다.

"울보. 벌써 이렇게 울면 계모에 대한 말은 꺼내지도 못하겠는데?"

"흠흠…… 난 괜찮아요. 말해요. 늘 나만 아프고 힘들고 못난 모습 보였잖아요. 아, 물론 당신이 못났다는 건 아니에요. 절대. 그러니까 말해요. 나도 이제 들어 줄게요."

사랑스러운 그녀의 말에 피식 웃으며 다시 말을 꺼내는 조프였다.

"그럴까? 음…… 사실 계모에 대해서는 딱히 할 말이 없네. 어머니 돌아가시고 1년 뒤에 재혼하셨고, 몇 달이 채 되지도 않아 성격 차이로 이혼하셨어."

조프는 그 지옥 같았던 몇 달만큼은 차마 제이에게 말할 수가 없어 최대한 가볍게 말을 이었다.

계모는 여자에 대한 경멸과 환멸을 느끼게 된 결정적인 역할을 했던 장본인이었다. 거짓된 모습으로 결혼한 것으로도 모자라 결혼 생활을 하는 중에도 끊임없이 외도를 일삼았고, 심지어 자신에게까지 악마 같은 손길을 뻗었다. 더는 참을 수 없었다.

아버지와 연을 끊을 각오로 자신이 알고 있는 그 여자의 모든 만행을 알렸을 때, 이미 그 여자의 본성을 간파했던 아버지는 이혼을 준비 중이었다.

"그 뒤는 아마 당신이 알고 있는 그대로일 거야. 이혼 후에 아버지는…… 과로로 돌아가셨고, 그 뒤로 할머니와 함께 지냈어. 그게 다야."

더 이상 말하고 싶지 않은 듯 그의 말이 멎었다. 제이는 조프의 팔에 힘이 빠지는 틈을 타 재빨리 뒤로 돌아섰다.

미처 정리하지 못한 일그러진 그의 얼굴을 조심스레 어루만지자 비로소 인상을 풀며 미소를 보여 주는 조프였다.

"고마워요. 말해 줘서. 그리고 미안해요. 굳이 떠올리고 싶지 않은 일을 다시 떠올리게 만들어서."

"미안해하지 않아도 돼. 이제 당신은 내 아내야. 당연히 나에 대해서 다 알아야지."

"그렇게 말해 줘서 고마워요. 앞으로도 아프거나 힘들고 괴로울 때 함께 나눌 수 있었으면 좋겠어요. 당신에게 큰 도움은 되지 못하겠지만, 적어도…… 당신의 아픈 마음은 나눌 수 있는 사람이었으면 좋겠어요."

조프는 사랑이 듬뿍 묻어나는 그녀의 말에 예쁜 얼굴을 가만히 어루만지며 미소 지었다.

"당신은 여자에 대해 갖고 있던 편견과 온갖 부정적인 이미지를 모조리 바꿔 놓은 사람이야. 당신이 아닌 누가 그럴 수 있었겠어? 당신은 이미 충분해."

"당신 너무 멋있어요. 내가 말했던가?"

"글쎄? 직접 말로 해 줬는지는 모르겠지만, 말보다 표정이 항상 앞서. 당신 얼굴에 쓰여 있어. 날 보는 당신 눈빛이 얼마나 반짝이나 몰라."

"맞아요. 마음은 쉽게 감춰지지 않는 것 같아요."

"아니, 눈 하나 깜짝하지 않고 마음을 감추는 사람들이 지천으로 널렸어. 당신이라서 감추지 못하는 거야. 바로 그 점이 내가 당신에게 밑도 끝도 없이 빠져드는 이유이기도 하고."

제이는 왠지 슬퍼 보이는 그의 미소가 너무 마음 아팠다. 그동안 자신의 상처는 잘 치유했을까. 어떻게 해야 그의 아픈 마음을 어루만져 줄 수 있을까. 고민스러운데 그의 입술이 제 이마에 부드럽게 닿았다 멀어졌다.

그의 마음을 어지럽히는 나쁜 기억이 사라지기를 간절히 바라며 제이가 말을 건넸다.

"어쩜 그렇게 예쁜 말을 얼굴색 하나 바뀌지 않고 말할 수 있어요? 이러니 내가 당신을 사랑하지 않을 수가 없어. 그럼 지금 내가 무슨 생각 하는지 맞혀 볼래요?"

현명한 여자였다. 더 이상 말하고 싶지 않은 자신의 의중을 알아주고, 가라앉은 기분을 풀어 주려 분위기를 반전시키는.

"붉은 노을을 벗 삼아 날 집어삼키고 싶어 하는 눈빛인데?"

조프는 그녀의 노력이 헛되지 않도록 장단을 맞춰 주었다.

"정확해요. 당신이 말한 그대로 할 예정이니까, 마음 단단히 먹어요."

"하하하하하, 그런 거라면 굳이 마음을 단단히 먹지 않아도 늘, 흡."

정직한 그녀다웠다. 목을 끌어안으며 입술을 집어삼킬 듯 돌진하는 그녀를 기쁜 마음으로 마주 안았다. 장난스레 그녀의 입술을 깨물고 희롱하는 조프의 목에서 갑자기 신음이 터져 나왔다.

"헛."

거침없이 자신의 나이트가운을 풀어 헤치던 제이의 손길이 망설임 없이 어느 한 곳으로 향했다. 여리고 섬세한 그녀의 손길을 느끼다 보니 좀 전의 가라앉았던 마음은 이미 사라지고 없었다.

그녀의 손길에 여지없이 반응하며 참지 못해 그녀를 번쩍 들어 올려 빠르게 침실로 이동하는 조프는 신혼여행의 마지막 밤을 활활 태워 없앨 준비가 되어 있었다.

— 새벽 3시 10분 ○○당 이강성 후보가 제○○대 대통령에 당선되었음을 알려드립니다. 이 시간까지 함께 해 주신 국민 여러분께 감사의 말씀을 전합니다.

바로 어제 신혼여행에서 돌아와 곧장 투표했던 제이였다.

조프는 긴장된 마음으로 개표 방송을 보던 제이의 얼굴이 환하게 밝아지는 모습을 보고 웃으며 말을 꺼냈다.

"다행이야, 정말."

"그러게요. 정말 잘 됐어요. 분명 좋은 대통령이 되실 거예요."

"그래. 국민들의 기대를 저버릴 분은 아닌 것 같아. 대한민국의 역사가 앞으로 어떻게 바뀔지 기대되는데?"

"나도요. 바라건대…… 처음과 끝이 한결같았으면 좋겠어요. 역대 가장 청렴하고 강직한 대통령이 되기를…… 진심으로 바라고 있어요."

"그럴 거라고 믿어. 당신의 용기가 대한민국을 얼마나 멋지게 변화하게 했는지 지켜보자고."

제이는 옆에 붙어 앉아 제 볼을 어루만지는 그를 보고 미소 지으며 휴대폰을 들었다가 아차 싶어 다시 테이블에 내려놓았다.

"사모님께 축하 전화라도 하고 싶은데 지금은 여유가 없으시겠죠?"

"아마도 그렇겠지? 아침에 한번 해 보지 뭐."

"네. 그래야겠어요."

제이의 답이 끝나자마자 전화가 울렸다. 서둘러 테이블에 놓아둔 휴대폰을 확인하는데 마침 통화하고 싶었던 분의 이름을 확인하며 기쁘게 전화를 받았다.

"사모님?"

— 한 팀장!! 아니, 이젠 사모님이라고 해야 할까?

"어머! 사모님, 부디 편하게 늘 부르시던 대로 해 주세요. 아차. 여사님이라고 해야 하는데."

— 하하하. 됐어. 우리 호칭은 늘 친근하게 하던 대로 해요. 그나저나 너무 늦은 시간이라 전화를 할까 말까 하다가, 한 팀장이라면 분명 끝까지 개표 방송 볼 것 같아서.

"당연하죠. 정말 축하드립니다. 너무 잘됐어요. 그러지 않아도 축하 전화를 드리고 싶었는데 경황없으실 것 같아 아침에 해 보려고 했었어요."

조프는 시종일관 환하게 밝은 얼굴로 통화를 하는 제이가 사랑스러워 한쪽 팔로 안고서 여전히 통화에 열중한 제이를 바라보았다.

— 경황이 없어도 한 팀장한테는 먼저 전화하고 싶었어요. 정말 고마워요. 고마워. 우리 그이도 한 팀장 용기에 감사하다고 얼마나 말을 많이 하나 몰라요. 취임식 때 초청할까 하는데 꼭 참석해 줘요.

"말씀은 감사하지만, 그 자리에 참석하면 두 분께 누를 끼치게 될 것 같아서요. 참석하지 못하더라도 마음은 그 자리에 있을 거예요."

제이는 조프 역시 자신과 생각이 별반 다르지 않을 것 같아 말을 하며 그를 보는데 흐뭇하게 웃으며 고개를 끄덕이는 모습에 싱긋 미소를 지어 보였다.

— 그렇게 조심하지 않아도 될 텐데. 하긴, 한 팀장이나 남편 되는 분이 워낙 유명세를 치러서 오히려 부부가 불편할 수도 있겠네. 그럼 한 팀장 미국 가기

전에는 꼭 한번 만나요. 그때 초대에는 꼭 응해 주길 바랄게요.

"네. 그럼요. 공식적이지 않은 자리는 기꺼이 찾아가겠습니다. 사모님."

— 그래요. 고마워요. 한 팀장. 진심으로 고마워요.

"별말씀을요. 저야말로 감사합니다. 그리고 다시 한번 축하드려요. 다음에 꼭 찾아뵙겠습니다."

— 그래요. 내가 눈치도 없이 늦은 시간에 이렇게 오래 전화를 붙잡고 있어. 신혼부부 방해한 건 아닌지 몰라. 좋은 꿈 꾸고 잘 자요.

"사모님도 참. 감사합니다. 사모님도 오늘 고생 많으셨을 텐데 편안한 밤 보내세요."

여전히 살갑고 유쾌한 사모님의 목소리를 들으니 덩달아 기분이 좋아져 미소 짓게 되는 제이와 그런 제이를 말없이 바라보며 가만히 제이의 허리를 끌어안고 이마에 입을 맞추며 함께 미소를 그리는 조프였다.

8

2개월 후. 호텔 개관식 참석차 다시 제주를 방문한 가족들이 모든 행사를 마치고 호텔 연회장으로 모여들었다.

조프와 제이를 비롯해 조프의 할머니, 제이의 부모님, 크리스와 그의 가족, 이준 부부 모두의 입가에 함박웃음이 걸려 있었다.

가족 친지들만 모인 조촐한 파티는 그 어느 때보다 화기애애했다.

모두 즐겁게 대화를 나누는 그때 크리스가 연회장 앞쪽으로 다가가 연회장에 설치된 프로젝터 화면을 켜자 스피커를 통해 소리가 흘러나왔다. 순간 모두의 이목이 그쪽으로 향했다.

— 오늘 오전 J&그룹의 제주 호텔이 개관식을 열고 정식 운영에 들어갔습니다. 그룹 대표와 그의 아내 한재희 씨와의 특별한 러브 스토리와, 두 사람이 사랑의 결실을 맺은 곳으로 유명한 이곳은 개관 전부터 쏟아지는 예약 문의로 몸살을 앓았다고 하는데요. 그 인기를 증명이라도 하듯 개관 첫날부터 450여 개

의 전 객실이 매진되는 것은 물론, 향후 몇 달간의 예약이 만료되는 기염을 토하며 화려한 신고식을 치르고 있습니다.

J&그룹은 익히 알려진 바와 같이 체계적인 예약 시스템, 보안, 안전 등 철저한 관리로 호텔을 이용하는 고객의 만족도가 가장 높은 그룹으로 정평이 나 있습니다. 새롭게 개관한 제주 호텔 또한 고객의 편의에 중점을 두고 하나부터 열까지 세심하고 엄격하게 관리되고 있어 기대감을 한층 더 높이고 있습니다.

게다가 호텔 명칭을 지금까지와는 달리 차별화를 두어 그 배경에 관심이 집중되었는데요, 그 배경을 설명하는 조프리 휴 존슨 대표님의 말을 직접 한번 들어 보시죠.

스튜디오에서 관련 내용을 전달하는 리포터의 말이 끝났다. 리포터를 비추던 화면이 개관식 장면으로 자연스레 넘어갔고, 뒤이어 개관식이 이루어지는 호텔 야외 정원의 무대 위에 선 조프가 마이크를 통해 말하는 모습이 송출되었다.

— 우리 직원들은 이미 잘 알고 있겠지만 저는 J&그룹명 뒤에 의도적으로 공란을 두었습니다. 그 공란의 주인은 우리 그룹의 직원이 될 수도, 파트너사의 이름이 될 수도, 우리 호텔을 이용하는 고객이 될 수도 있습니다.

내가 주인이 아닌, 우리 호텔을 아끼고 사랑하는 모두가 주인이라는 뜻으로 공란을 두었습니다만, 처음이자 마지막으로 예외를 두고자 합니다. 물론, 이는 우리 직원들의 사전 동의가 있었음을 밝혀 드립니다.

"우우~ 멋지십니다. 대표님!!"

조프의 말이 끝남과 동시에 개관식에 참석한 J&그룹 임직원들의 환호성이 쏟아졌고, 그 모습을 바라보는 조프의 얼굴에는 환한 미소가 걸려 있었다. 직원들을 제외한 참석자들은 그룹 명판을 가리고 있는 흰 장막을 보며 영문을 알 수 없어 의아함에 고개를 갸웃거렸다.

행사 사회를 보던 크리스가 조프의 신호에 맞춰 우렁찬 목소리로 모두의 이

목을 집중시켰다.

— 아시아에 처음으로 개관하는 J&호텔 제주의 새 이름을 지금 공개합니다.

크리스의 말이 끝나자마자 사람들의 눈이 일제히 저 멀리 명판을 가린 흰 장막으로 향했다.

드디어 호텔 명판을 가린 장막이 하늘을 향해 서서히 거둬지기 시작했다. 그곳에는 J&이 아닌 J&J라는 명칭이 자랑스레 자리하고 있었다. 다시금 열띤 함성이 쏟아지며 한층 달아오른 분위기가 잠잠해질 때 즈음 조프의 음성이 들려왔다.

— 지금부터 J&의 제주 호텔 공식 명칭은 J&J 제주 호텔입니다. 한국은 그룹 창업주의 모국이자 저의 뿌리가 되는 곳이며, 사랑하는 내 아내의 모국이기도 합니다. 특히 여기 이곳 제주, 이곳에서 저는 평생 잊지 못할 추억과 행복을 만들었습니다.

잠시 말을 멈춘 조프의 시선이 어느 한 곳을 향했다. 카메라가 자연스레 그 시선을 따라가고 있었고 그곳에는 놀란 눈을 들어 조프를 바라보는 제이가 서 있었다.

다시 카메라가 조프를 향했고 그가 다시 말을 이어 하고 있었다.

— 이곳은 저에게 진정한 가족의 의미를 되새기게 해 주었고, 또 그러한 가족을 만들어 주었습니다. 내 모든 행복의 시작이 되어 준 J&J, 이곳에 머물게 될 수많은 분들 또한 저와 같은 행복을 찾기를 바라는 마음에서 나의 행운의 여신인 사랑하는 내 아내의 이름을 채워 넣었습니다.

자리한 모든 사람이 일제히 제이 쪽을 바라보며 우레와 같은 박수와 함성을 보내고, 제이는 감격에 겨워 눈물을 글썽이며 사랑스레 남편을 바라보고 있었다.

카메라 앵글이 바쁘게 조프와 제이를 오갔다. 화면 가득 사랑의 눈빛이 오가는 제이와 조프를 번갈아 비추며 영상이 끝나고, 화면은 다시 스튜디오에 있는 리포터에게로 넘어갔다. 차분한 목소리로 J&J 제주 호텔 소식을 마무리하는 리포터의 멘트를 끝으로 크리스가 프로젝터 화면을 껐다.

그때까지 가만히 프로젝터를 주시하던 조프와 제이의 가족 친지들은 너 나 할 것 없이 아낌없는 박수를 보냈다.

미소를 머금은 크리스가 다시 가족의 곁으로 다가오자 도영이 입을 삐쭉이며 말을 꺼냈다.

"흠흠…… 큰형은 누나한테는 백마 탄 왕자님이겠지만, 남자들에게는 공공의 적이란 걸 아시는지 모르겠네."

도영의 말을 들으며 피식 웃던 크리스가 앤에게 동생의 말을 통역했고 앤이 활짝 웃으며 말을 받았다.

"저런, 어쩌다 공공의 적이 되어 버렸어. 하하하."

"그러게요. 회장님, 저는 대표님이 이렇게 변하실 거라고는 생각지도 못했습니다."

조프를 힐끔 보던 크리스도 한마디 거들었다.

동우와 정연은 사위를 놀리는 듯한 말에 아랑곳하지 않고 마냥 좋기만 한 사위를 추켜세우기 바빴다.

"허어, 거 참 나. 우리 사위 아주 멋있기만 하구먼, 공공의 적은 무슨!"

"그러게요. 아주 그냥 너무 멋있어. 우리 사위 최고야, 최고!"

사위를 바라보는 두 사람의 눈빛엔 사랑이 가득했다.

지선과 승철 역시 친구 부부의 편을 들었다.

"그래. 동우가 사위 복이 있어."

"그러게요. 어쩜 저렇게 속이 깊을까. 누가 봐도 천생연분이야, 두 사람."

가만히 오가는 말을 듣고 있던 이준과 리안도 싱긋 웃으며 은근슬쩍 대화에 참여했다.

"저도 애처가라 공공의 적이 되었지만, 대표님. 아니 동서만큼 되려면 아직 멀었나 봅니다."

"어머, 과해, 과해. 난 지금의 당신이 딱 좋아요."

여태 쑥스러워 얌전히 미소만 짓고 있던 제이가 리안의 말에 곧장 반박하고 나섰다.

"언니! 절대 과하지 않거든? 부러우면 지는 거라고!"

"어머, 재 능청스러워진 것 좀 봐. 우리 제이 맞아?"

리안은 마음을 드러내는 데 주저하지 않는 제이를 보고 놀라 혼잣말을 하듯 물었다.

조프는 그런 제이의 모습이 당연하다는 듯 어깨를 으쓱하며 제이의 이마에 입을 맞추었고 그 모습을 바라보는 모두의 입가에 웃음이 번지더니 급기야 웃음소리가 연회장을 가득 메웠다.

"우리 제이 맞습니다. 이 모습이 원래 모습 아니던가요? 저는 더없이 만족스럽습니다만. 저녁 맛있게 드시고, 룸 준비시켜 뒀으니 다들 주무시고 가세요."

조프가 환하게 웃으며 말을 마치고서 제이에게 이것저것 음식을 챙겨 주는데 제이는 좀처럼 먹지 못하고 과일만 조금씩 먹고 있었다. 그러고 보니 요즘 들어 부쩍 식사량이 준 것 같아 고개를 갸웃하며 제이를 향해 조프가 물었다.

"당신 입맛이 없어? 점심도 잘 못 먹더니 저녁 먹는 것도 시원찮아. 어디가 안 좋은 거야?"

점심이야 개관식 준비로 워낙 정신이 없었으니 그렇다 해도 저녁까지 먹는 둥 마는 둥 하는 모습에 혹시 어디 아픈 건 아닌가 걱정하지 않을 수 없는 조프였다.

"아니에요. 그냥 속이 좀……."

"속이 왜? 어디 안 좋아? 불편해? 병원 갈까?"

"괜찮아요. 그냥 조금 더부룩한 것뿐이에요. 좀 있으면 괜찮아질 거예요."

"개관식 준비 한다고 많이 힘들었나 보네. 그러게 너무 신경 쓰지 않아도 된다니까……."

제이 덕분에 성공적인 개관식을 하기는 했지만, 그 때문에 탈이 난 건 아닌지 조프는 속이 상했다.

"그럼 과일만 먹지 말고 수프라도 좀 먹어 볼래?"

"네. 그럴게요."

그의 한마디에 어느새 따듯한 수프가 눈앞에 와 있었다.

제이는 선뜻 손이 가지 않았지만 저를 걱정하느라 정작 음식을 즐기지 못하는 조프의 성화에 못 이겨 겨우 수프를 한술 떴다. 하지만 한 입 먹기가 무섭게 갑자기 속이 왈칵 뒤집히는 듯한 느낌에 참지 못해 헛구역질하며 급히 입을 막았다.

"읍."

조프는 평소 잘 먹던 수프임에도 한입 제대로 먹지도 못하고 밀어 내는 제이를 걱정스레 바라보았고 동시에 주위의 시선이 제이에게 집중되어 버렸다.

제이는 겨우 울렁거리는 속을 다스리며 입을 가리던 손을 내리고 고개를 드는데, 다들 놀란 눈으로 저를 보는 모습이 민망해 얼굴을 붉히며 서둘러 말을 꺼냈다.

"아하하…… 드세요. 전 괜찮습니다. 오늘 하루 정신이 없어 속이 예민해졌나 봐요. 조금 더부룩해서……."

앤은 그런 제이에게서 눈을 떼지 못하고 혹시나 하는 마음에 넌지시 말을 건넸다.

"제이, 아가 너 혹시…… 임신……."

앤의 말에 모두들 기대감으로 눈빛을 반짝이며 제이를 바라보았고 제이는 제게서 시선을 떼지 못하는 가족들을 보며 어떻게 말해야 할지 망설이다 이내 조심스레 말을 꺼냈다.

"어…… 그게…… 아직 확실치가 않아서 병원 진료를 받아 봐야 알 것 같아요. 할머니."

결혼 후 첫 달 생리가 없었다. 정신없이 바쁘거나 신경 쓸 일이 많을 땐 한 번씩 주기가 늦어지기도 했던 터라 크게 신경 쓰지 않았는데 두 달째 생리가 없어 그제야 뭔가 이상하다 싶었다.

아무리 늦어져도 두 달이 되도록 생리를 하지 않은 적은 없어 혹시나 하는 마음에 임신 테스트기를 사서 확인을 해 봤더니 역시나 선명한 두 줄이 나오며 임신을 예감했다.

아이를 갖기 위해 나름의 준비는 하고 있었지만 이렇게 빨리 임신이 될 거라고는 감히 생각지 못한 제이였다. 바로 옆에서 지켜보았던 리안 언니만 해도 임신하기까지 얼마나 힘든 시간을 보내야 했었는지 너무나 잘 알고 있었다. 게다가 언니의 힘들었던 유산 과정까지 몇 번을 지켜보지 않았던가.

제이는 고민 끝에 섣불리 임신 사실을 알리기보다 개관식 이후에 산부인과 병원 진료를 받아 보고 확실해지면 말하려 했었는데 계획이 틀어져 버려 난감하기만 했다.

"확실……치가 않다니?"

의아함에 앤이 다시 물었다.

"그게…… 혹시나 해서 임신 테스트기를 해 보기는 했는데…… 병원을 다녀와서 말씀드려야 할 것 같아서요. 간혹 테스트기에 오류가 있는 경우도 있다고 해서요."

"오, 맙소사…… 아가…… 제이야."

감격에 겨워 말을 잇지 못하는 앤이었다. 이제나저제나 기다리기는 했으나 이렇게 빨리 손주를 보게 될 거라고는 생각하지 못했다. 벅찬 감동에 앤의 심장이 사정없이 마구 뛰고 있었다.

"할머니, 아직 정확하지 않아요. 괜히 기대하셨다가 실망하실까 걱정돼요."

"네. 사돈어른. 임신이 맞으면 너무 좋겠지만 혹시라도 아니면 실망할까 염려되네요. 일단 병원부터 다녀와서 그때…… 우리 축하 파티라도 해요."

정연도 기대감에 심장이 마구 두근거렸지만 부담을 느끼게 될 딸아이를 걱정하지 않을 수가 없었다.

앤은 그런 사돈의 마음을 충분히 헤아리면서도 마음은 더없이 조급해져만 갔다. 조프를 향해 급히 말을 내보냈다.

"그래요. 그래. 병원부터 가 봐야지. 그럼, 그래야지. 조프! 지금 당장."

"네…… 네. 할머니."

할머니의 성급한 말에 답하는 조프의 얼굴도 잔뜩 상기되어 있었다.

리안의 시선은 가족들의 기대 어린 반응에 표정이 서서히 굳어 가는 제이에게로 향했다. 미세하게 떨리는 제이의 손을 잡고서 조용히 말을 건넸다.

"제이, 대부분의 사람이 나와 같지는 않아. 그리고 넌 결혼한 지 얼마 되지도 않았잖아. 설령 임신이 아니라 해도 괜찮으니 걱정하지 말고 병원은 지금이라도 다녀오는 게 좋겠다. 저녁 늦게까지 하는 산부인과도 있어."

리안은 걱정이 드리워진 제이의 마음을 충분히 알고도 남았다. 가족들의 시선을 한 몸에 받은 지금이 부담스럽지 않다면 거짓이리라.

모두가 원하는 대로 임신이면 좋겠으나 만에 하나 임신이 아닐 경우도 배제할 수 없기에 걱정은 되지만, 어차피 이렇게 된 거 한시라도 빨리 확인하고 제이의 마음이 안정을 되찾기를 바라는 마음에 리안이 거들었다.

리안의 말을 듣던 조프도 제이의 등을 가만히 어루만지며 조심스레 말을 이었다.

"그래. 제이, 결혼한 지 이제 겨우 두 달 지났어. 임신이 아니라도 전혀 상관없어. 그러니 너무 부담 갖지 말고 지금 병원 다녀오자. 난 당신이 괜찮은지 확인해야겠어. 오늘 점심부터 통 아무것도 먹지를 못하잖아."

조프를 보며 제이가 천천히 고개를 끄덕였다.

"네…… 그래요. 병원에 가 봐요. 우리."

그의 손을 잡고 기대 반, 걱정 반으로 연회장을 나서는데 리안이 언제 따라나왔는지 조심스레 다가와 제이를 꼭 안아 주었다.

"제이. 어떤 결과가 나오더라도 아무 상관 없으니까 마음 편하게 먹어. 우리 가족은 모두 네 편이야. 알지?"

"고마워, 언니…… 정말 고마워. 다녀올게."

돌아서 가는 제이의 뒷모습이 꼭 예전 자신의 모습을 떠올리게 했다. 처음에는 설렘으로 두 번째는 기대감으로 세 번째는 두려움으로 얼마나 오랜 시간 얼마나 많은 순간을 걱정과 눈물로 보내야 했던가.

리안은 제이만큼은 자신의 불운을 닮지 않기를, 부디 제이가 좋은 소식을 가지고 돌아오기를 마음으로 간절히 바랐다. 괜스레 파도처럼 일렁이는 마음을 가라앉히고서 다시 연회장으로 들어가려는데, 어느새 다가와 등 뒤에서 자신을 따듯하게 감싸 주는 남편 이준에게서 부드러운 음성이 흘러나왔다.

"제이도 임신이면 좋겠다. 그럼 우리 둘째와 좋은 친구가 되어 줄 텐데."

"꼭 그랬으면 좋겠어. 정말."

리안은 익숙한 체취, 포근하게 감싸 오는 남편의 든든한 가슴에 등을 기대며 마치 보호하듯 자신의 배를 감싼 남편의 손을 가만히 어루만졌다.

너무나 어렵게 첫째를 가졌기에 둘째는 생각조차 하지 않았던 부부였다. 한 명이라도 잘 키워야지. 생각하며 아무런 욕심 없이 리준을 보살피는 데 모든 노력을 기울이던 리안의 몸에 이상 신호가 감지되었다.

출산 후 생리의 양상이 바뀌어 있었기에 생리를 건너뛰는 걸 깊이 생각하지 못한 리안이었다. 그러다 평소 잘 먹지 않던 음식이 갑자기 먹고 싶었고 때때로 잠이 쏟아졌다.

첫째를 보느라 피곤해서 그런가 보다 하고 넘겼는데 언제부턴가 입덧하듯이 속이 울렁거리고 있었다. 설마 임신이라고는 상상조차 할 수 없었기에 몸이 어디 안 좋아진 건 아닌가 걱정하며 병원을 찾았는데 뜻밖에도 임신이라는 소리에 얼마나 놀랐는지 모른다.

기적처럼 찾아온 둘째 덕분에 이준과 리안은 꿈같은 나날을 보내고 있었다.

"준, 당신 이번에도 기절하면."

첫째를 낳고서 잠시 기절했던 남편의 모습이 떠오른 리안이 짐짓 투정 어린 말을 꺼내자 이준이 성급히 말을 잘랐다.

"맙소사, 절대 그럴 일 없어. 정말이야. 이번만큼은 끝까지 지켜 줄게. 사랑해. 리안."

"나도…… 나도 사랑해요."

사랑을 가득 품고서 같은 곳을 바라보는 부부의 얼굴에 행복한 미소가 담뿍 담겼다.

제주의 한 산부인과 진료실에서 진료를 보던 제이와 조프가 안쪽에 마련된 검사실로 들어섰다. 제이가 좁은 침대에 누워 배가 드러나도록 상의를 위로 올렸고 조프는 제이의 발치에 앉아 저를 물끄러미 바라보는 그녀를 향해 미소를 지어 보였다.

간호사가 제이의 배에 젤을 바르고 나니 여의사가 들어와 초음파 기계 앞에 앉았다.

"조금 차갑습니다."

상냥하게 말하며 초음파 기계를 들어 제이의 배 위를 살며시 문지르며 부분 부분에 초음파 기계를 꾹 눌러 확인하고 있었다. 제이는 누운 상태에서 초조한 표정으로 여의사의 입만 유심히 바라보았고 조프는 그런 제이만 뚫어져라 바라보고 있었다.

이윽고 여의사의 입에서 기다렸던 말이 흘러나왔다.

"축하합니다. 임신이에요."

그녀의 말에 제이의 입이 놀라 벌어지며 확인하듯 다시 물었다.

"선생님 정말…… 임신……이에요? 맞아요?"

"네. 두 분 여기 화면 보세요. 여기 조그만 아기 보이죠? 이건 아기집이고요. 아기가 아주 자리를 잘 잡았네요."

조프는 좀처럼 믿기지 않는 사실에 놀라 화면을 뚫어져라 쳐다보는데 땅콩처럼 너무나 조그만 아기의 모습에서 눈을 뗄 수 없었다. 어떻게 이렇게 작을 수 있는지. 신기한 마음을 감추지 못하고 제이에게 속삭이듯 말했다.

"오…… 제이…… 맙소사. 우리 아기라니…… 세상에…… 당신 배 속에 우리 아기가 있대. 오, 하느님 감사합니다."

조프는 화면에서 간신히 눈을 떼며 제이를 바라보았다.

"조프…… 난 아직도…… 믿기지 않아요. 어떻게 이렇게 빨리."

환한 미소를 머금은 제이의 얼굴에서 뜨거운 눈물이 흘러내렸다.

조프는 제이의 눈가에 흘러내리는 눈물을 가만히 닦아 주며 제이의 얼굴을 어루만졌다.

의사는 진료 중에 그것도 타인이 보는 앞에서 너무나 친밀한 행동을 스스럼없이 하는 두 사람의 모습에 잠시 시선을 빼앗겼다가 이내 정신을 차리고서 말을 건넸다.

"아기 심장 소리 한번 들어 보시겠어요?"

단 1초도 지체하지 않고 동시에 들려오는 대답에 싱긋 웃으며 심장 소리를 들려주는 의사였다.

제이와 조프는 너무나 우렁차게 들려오는 아기의 규칙적인 심장 소리에 다시 한번 놀라고 말았다. 어떻게 저렇게 작은 몸 안에 심장이 다 있는지.

제이의 눈에서 또다시 눈물이 흘러내렸고 조프는 가만히 제이의 눈물을 닦아 주며 빠르게 제이의 입술을 훔쳤다.

그 모습을 조용히 지켜보던 의사가 되레 머쓱함에 헛기침을 하고서 둘 곳 없는 눈동자를 서둘러 다른 곳으로 돌리며 다시 말을 꺼냈다.

"흠흠…… 검사는 끝났습니다. 이제 그만 일어나셔도 됩니다."

의사는 말을 하면서도 왠지 제가 불청객이 된 것만 같은 기분에 피식 웃음이 났다. 서둘러 검사실에서 빠져나와 당황스러운 마음을 숨기며 진료실에 앉아 차트를 작성했다.

조프는 누워 있는 제이를 조심스레 일으켜 제이를 꼭 한번 안아 주고서 검사실을 벗어나 다시 진료실로 나가 자리에 앉았다.

“이제 8주 됐네요. 초기니까 각별히 조심하셔야 해요. 무거운 물건은 절대로 들지 말고, 뛰거나 힘든 운동도 자제하시고, 당분간 부부관계도 조심하시는 게 좋습니다.”

“네? 그게 무슨 말씀이신지.”

얌전히 의사의 말을 새겨듣던 조프가 놀라며 되물었고 제이는 그런 조프의 팔을 가만히 그러잡으며 주의를 주었다.

“조프…….”

“제이, 내가 제대로 들은 거야? 그러니까 당신과 사랑을 나누면 안 된다고?”

“……아마도?”

부부관계를 조심하라는 의사의 말에 발끈한 조프와, 그런 조프의 모습에 제이의 목소리가 민망함에 기어들어 가고 있었다.

의사 선생님의 헛기침 소리가 들려왔다.

“흠흠…… 그러니까…… 아예…… 하면 안 된다는 말은 아니……고요. 단지 각별히 주의하시라는 말씀입니다. 초기에는 유산의 위험도 있어서요. 16주 정도 되면 안정기에 접어듭니다. 그때까지는 특별히 더 조심하셔야 해요.”

보호하듯 아내의 옆에 찰싹 달라붙어 잠잠히 하는 말을 새겨듣던 남자가 부부관계에 주의를 주자마자 발끈하는 모습에 당황한 여의사였다. 지금껏 진료하면서 남편이 대놓고 이렇게 되묻는 경우는 처음이었기에 당황하지 않을 수가 없었다.

“조프…….”

제이는 멍하게 자신을 바라보는 조프의 주의를 끌었다.

“응? 어……. 그래. 조심해야죠. 조심하겠습니다. 걱정 마세요.”

조프는 그제야 민망함에 얼굴을 붉힌 제이의 모습이 눈에 들어왔다. 이기적인 자신을 탓하며 뒤늦게 대답을 서두르는 조프의 얼굴에 어색한 미소가 감돌고 있었다.

호텔로 돌아온 제이와 조프가 다시 연회장 안으로 들어섰다. 그때까지도 자리를 뜨지 않고 자신들을 기다리는 가족 친지를 보며 조프가 큰 소리로 인사했다.

"다녀왔습니다."

큰 인사 소리에 연회장에서 두 사람을 기다리던 많은 시선이 일시에 두 사람에게로 향했다. 씩씩하게 웃으며 인사를 하는 조프와 달리, 말없이 알 수 없는 표정으로 서 있는 제이를 보며 임신 여부를 확신할 수가 없어 다시금 가족들의 눈길이 조프에게로 향했다.

조프는 모두의 관심을 즐기며 기쁘게 말을 꺼냈다.

"임신…… 맞습니다. 이제 8주랍니다."

조프의 말이 끝나기가 무섭게 앤이 눈물을 글썽이며 서둘러 다가와 제이를 꼭 안고서 인사를 전했다.

"오, 아가…… 장하다 장해. 축하한다. 축하해. 네가 정말 복덩이인가 보다. 조프가 결혼한 것도 놀라운데 네가 임신을 하다니. 이런 경사가 또 어디 있어?! 세상에…… 고맙다 고마워."

제이는 연신 제 등을 부드럽게 쓸어내리는 앤을 꼭 안고서 함께 기쁜 마음을 나누었다.

다른 가족들 역시 차례로 다가와 저마다 축하 인사를 건네는데 정연과 동우는 선불리 다가서지 못하고 먼발치에 비켜서 그 모습을 바라보며 남몰래 눈물을 훔쳤다.

제이는 기쁨을 나누는 중에도 부모님의 모습이 좀처럼 보이지 않아 연회장을 둘러보는데 그제야 한편에서 남몰래 눈물을 닦는 엄마와 그 곁에서 눈시울을 붉히고 있는 아빠의 모습을 발견하고서 덩달아 눈물을 흘렸다.

앤은 갑자기 눈물을 보이는 제이를 보고 당부의 말을 건넸다.

"이 좋은 날 울긴 왜 울어? 제이, 지금부터는 각별히 몸조심해야 한다. 좋은 것만 보고 좋은 것만 먹고 예쁜 말만 들어야 해. 네가 행복해야 아기도 행복하지."

"네. 할머니. 명심할게요."

앤의 당부는 여기서 그치지 않았다. 제이의 옆에 선 조프에게 조심스레 말을 꺼냈다.

"조프! 너도 명심해. 지금부터 특별히 더 신경 써야 한다. 사랑하는 것도 좋지만 너무…… 음…… 그러니까 너무…… 흠흠."

"압니다. 할머니. 저를 도대체 뭐로 보시고! 알아서 조심할 테니 너무 걱정하지 마세요."

"그래. 그래야지."

앤은 제이의 등을 어루만지며 아쉬움을 달래는 손자의 모습에 피식 웃음이 나와 버렸다.

언젠가 결혼 전에도 넘치는 정을 참지 못해 딱 지금과 같은 모습이었다. 한창 혈기 왕성한, 그것도 결혼한 지 얼마 되지도 않은 깨가 쏟아지는 신혼에 사랑의 정을 나누지 못하니 그 얼마나 안타까울까. 그 마음이야 십분 이해하고도 남지만 그럼에도 아기를 걱정하지 않을 수 없는 앤이었다.

제이는 쏟아지는 축복을 받으며 천천히 걸음을 옮겨 제 부모님에게로 향했다. 말 한마디 나누지 않아도 오롯이 전해지는 마음이었다. 정연은 가만히 딸아이의 흐르는 눈물을 닦아 주고서 울먹이며 말했다.

"축하한다. 우리 딸. 잘했어. 정말 잘했어. 우리 딸이 벌써 엄마가 된다니."

더 이상 말을 잇지 못하고 딸을 가만히 안아 주었다. 그 모습을 바라보던 동우도 한마디 보탰다.

"축하한다. 앞으로는 몸가짐 각별히 신경 써야 해. 급해도 뛰지 말고 걸음도 조심조심 다니고 항상 몸조심해야 한다."

"네, 아빠."

동우는 아내 품에 안겨 있는 딸아이를 보며 어렵지 않게 임신이 되어 다행스러운 마음과 짠한 마음이 복잡하게 교차하고 있었다.

곧 미국으로 들어가게 되면 바뀐 환경에 적응하는 것만으로도 벅찰 텐데 임신한 몸으로 과연 괜찮을는지. 사위가 어련히 알아서 잘 챙기련만 그럼에도 파고드는 걱정은 끝이 없었다.

개관식 다음 날 저녁 알파 팀원 열한 명이 J&J 호텔 레스토랑을 찾아 예약된 룸에 자리했다. 미리 주문해 두었는지 금세 차려지는 음식에 모처럼 여유를 만끽하며 느긋하게 분위기를 즐기는 알파 팀이었다.

얼마 지나지 않아 조프와 크리스, 알파가 함께 레스토랑으로 들어서자 식사를 하던 알파 팀이 모두 자리에서 일어서는 모습에 조프가 고개를 저으며 다시 앉기를 권했다.

그들이 다시 자리에 편히 앉는 모습을 보고서야 조프가 말을 꺼냈다.

"그동안 고생 많으셨습니다. 덕분에 모든 일이 잘 마무리되었습니다. 그간의 노고에 진심으로 감사드리며 오늘은 여러분들을 위해 마련된 자리이니만큼 아무쪼록 마음 편하게 즐겨 주시기 바랍니다."

조프의 말이 끝나자마자 알파 팀에서 일제히 박수를 보냈다. 항상 포커페이스를 유지하던 알파의 입술에도 희미한 미소가 감돌았다. 저를 바라보는 팀원을 향해 고개를 끄덕여 보이자 그제야 다시 식사를 시작하는 알파 팀이었다.

맛있게 식사하는 팀원들을 흐뭇하게 바라보며 조프와 크리스, 알파도 비워 둔 테이블에 자리했다. 크리스가 미리 예약을 해 둔 덕분에 곧바로 음식이 나오고 있었다.

본국에도 품격 있는 한식 레스토랑이 있었지만, 이곳에서만 접할 수 있는 식재료도 많은 만큼 다른 어디에서도 맛볼 수 없는 훌륭한 한식을 즐기고 가기를 바라는 마음으로 호텔 내에 위치한 한식당으로 장소를 정한 크리스였다. 하나 둘 나오는 정갈한 음식을 보며 크리스가 입을 열었다.

"제가 이곳으로 정했는데 마음에 드실지 모르겠습니다. 대표님 본국 가시면 아마도 한동안은 이런 한식을 즐기기 어려울 것 같아서 말입니다. 경호 팀장님은 대표님 본국 가신 후에 따로 좋은 자리를 한 번 더 마련하겠습니다."

내일이면 본국으로 바로 가게 될 조프와 달리 크리스는 2주간 휴가를 받아 한국에 조금 더 머물게 되었기에 알파와 따로 자리를 갖겠다는 크리스였다.

"좋은 생각이야. 두 사람 나이가 같지 아마? 좋은 벗이 될 수도 있겠어."

조프가 흐뭇한 미소를 그리며 자신의 앞에 앉은 두 사람을 차례로 바라보았다.

일하는 모습 외에는 알파를 잘 알지 못하지만 한국 속담에 하나를 보면 열을 안다는 말이 있었다. 누가 보든 안 보든 맡은 일에 최선을 다하는 알파의 성실한 근무 태도와 점잖은 행동 하나하나, 말 한마디 쉽게 내뱉지 않는 신중한 성격만 보더라도 그가 얼마나 괜찮은 사람인지 알 것 같았다.

언젠가 다시 한국으로 돌아오게 될 크리스에게 이런 훌륭한 벗이 하나 있다면 조프도 마음의 걱정을 하나 덜 수 있을 듯했다.

잠자코 크리스와 조프의 말을 듣던 알파가 옆에 앉은 크리스에게 살짝 고개를 돌리며 조용히 입을 열었다.

"저도 한식을 좋아합니다. 그러니 따로 좋은 자리를 마련할 필요는 없겠으나, 벗으로 자리를 마련하신다면 초대에 기꺼이 응하겠습니다."

반가운 말에 크리스가 환하게 웃는 얼굴로 알파를 향해 오른손을 내밀었다.

"고맙습니다. 그럼 다음부터는 벗으로 보게 되기를 기대하겠습니다."

알파가 짧게 고개를 끄덕이며 크리스의 손을 살짝 힘주어 잡았다. 그런 두 사람을 말없이 지켜보는 조프의 입가에도 감추지 못한 미소가 머물렀다.

어느새 세 사람은 마치 오래 알고 지낸 사람처럼 자연스레 대화를 이어 가며 차례로 나오는 음식을 천천히 즐기는데 웬일인지 조프는 평소처럼 먹지를 못했다. 음식은 하나같이 정갈하고 먹음직스러워 보였으나 입덧으로 제대로 먹지 못하는 제이를 떠올리자 거짓말처럼 미각이 둔해지며 입맛이 사라지는 듯했다.

그런 조프를 바라보던 크리스가 알 만하다는 듯 말을 꺼냈다.

"대표님. 한 팀장님 걱정돼서 그러십니까?"

'귀신같은 놈.'

정곡을 찌르는 듯한 크리스의 말에 조프가 고개를 설레설레하며 피식 웃었다.

"제가 셰프님께 특별히 부탁드린 게 있습니다. 입덧하는 분이 드실 수 있을 만한 음식으로 마련해 보겠다 하셨으니 이따 가져가십시오. 한 팀장님이 조금이라도 드시면 좋을 텐데 말입니다."

"언제 그런 것까지 신경을 썼어?"

"대표님이 이러실 것 같아서 말입니다. 마침 셰프님도 입덧하는 아내를 위해서 음식을 많이 해 주셨다고 하더라고요. 안 먹는 것보다는 조금이라도 먹는 편이 더 낫답니다."

"그래. 고맙다."

조프는 그제야 음식이 조금 수월하게 넘어가는 듯했다.

조프와 제이를 포함하여 J&에서 제주로 파견 나왔던 본사 직원들이 모두 미국으로 돌아갔다.

크리스만 2주간의 휴가를 받아 한국에 남게 되었다. 크리스는 그 2주를 어떻게 하면 뜻 깊게 보낼 수 있을까 고심하며 짐을 챙겨 서울로 향했다. 서울에 위치한 호텔에서 모처럼 여유로운 시간을 만끽하며 그간 많은 업무로 쌓인 피로를 푸는 데 하루를 보냈다.

다음 날 부모님이 새집으로 이사를 들어가는 날이었다. 크리스는 이사할 집에 더 필요한 건 없는지 살펴보러 가족들보다 먼저 새집에 도착했다.

이 집은 제이의 부모님이 사는 주택 바로 이웃에 위치한 2층짜리 주택으로 조프가 크리스의 부모님을 위해 선물한 곳이기도 했다. 푸른 정원에 모던한 건물이 조화로운 곳은 손볼 곳이 필요 없는 듯 보였으나 아깝게 버려지는 공간이 있었고, 정원은 어딘지 모르게 조금 허전한 느낌이 들었다.

크리스는 버려지는 공간 없이 모든 곳이 효율적으로 활용되기를 바랐고, 실내 조경도 조금 더 신경을 써 자연 친화적인 곳으로 변화되기를 바랐다. 부모님이 이 집에서만큼은 아무 근심 걱정 없이 편하게 머물기를 바라는 마음으로 리준 건설에 약간의 리모델링을 의뢰했었다. 한 달간 리모델링을 거친 공간은 기대만큼이나 훌륭한 곳으로 거듭나 있었고 집을 둘러보는 내내 크리스의 입가에는 미소가 걷히지 않았다.

동우는 오늘 친구 승철이 이웃으로 이사를 오는 날이었기에 흥분과 기대감으로 서성이다 승철의 집으로 향했다. 대문이 열려 있는 걸 보니 누가 벌써 온 모양이었다. 집으로 들어서며 마침 정원으로 나오는 반가운 얼굴에 웃으며 먼저 인사를 건네는 동우였다.

"크리스 아닌가. 이렇게 또 보니 반갑네."

"안녕하십니까. 한 팀장님이 가셔서 많이 서운하시겠습니다."

크리스는 이틀 전 미국으로 떠나는 딸을 애틋하게 안아 주던 동우의 모습이 떠올랐다. 아니나 다를까 딸의 얘기를 꺼내자마자 작게 한숨을 내쉬는 모습에 그의 아쉬운 마음이 고스란히 드러나는 듯했다.

"서운해도 어쩌겠나. 가서 행복하게 잘 살면 나는 그것으로 만족하네. 그나저나 자네 부모님은 언제 오시는가?"

"아마 한 시간 후면 도착하실 겁니다."

"많이 좋아하겠어. 본인들이 살 집을 한 번도 보지 못했으니, 지금쯤 궁금해 죽겠는데?"

"네. 부디 좋아하셨으면 좋겠네요."

가족이 살 집을 마련해 두었다고 이사를 하셨으면 한다는 말에 놀라 손사래를 치던 부모님의 모습이 아직도 눈에 생생했다. 살면서 해 준 게 하나도 없는데 어떻게 자식에게 집을 받을 수 있겠냐며 절대 받을 수 없다던 부모님께 제가 아닌 대표님이 선물로 주신 거라 말했더니 더 놀라 단호하게 거절하시던 부모님이었다.

난감해하던 차에 사실을 알게 된 조프가 직접 부모님께 연락하고서야 어렵게 얻어 낸 승낙이었기에 크리스는 걱정 아닌 걱정이 들었다. 혹시라도 두 분 마음에 들지 않으면 어쩌나…… 하고.

"좋아하고말고. 자네가 얼마나 신경을 많이 썼는데. 내가 여기 리모델링할 때 가끔 와서 보곤 했는데 리준에서 아주 꼼꼼하게 작업을 잘하더라고. 전보다 훨씬 멋지게 잘 꾸며졌어."

"네. 신경 써 주셔서 정말 감사합니다."

"감사는 무슨. 내가 좋아서 그런걸."

"네. 시간이 괜찮으시다면 안으로 들어가 보시겠습니까. 제가 차 한잔 드리겠습니다."

"아직 이사는 들어오지도 않았는데 차가 있어?"

"네. 제가 가져온 차가 있습니다."

크리스의 말에 두 사람이 함께 집 안으로 들어섰다.

동우는 건물 리모델링할 때는 보이지 않던 전자제품이며 가구가 완벽히 다 준비가 된 모습을 보고 놀라 말을 꺼냈다.

"이미 짐이 다 들어왔구먼. 몸만 오면 되겠어. 언제 이렇게 준비를 다 했어?"

"리모델링 마지막 날에 다 들였습니다. 한 팀장님께서 신경 많이 써 주셨습니다."

제주 호텔 개관식을 앞두고 일정이 빠듯했기에 직접 이곳으로 와 보지는 못했지만 리준의 인테리어 담당자와 통화하며 하나부터 열까지 세세하게 신경을 써 준 제이였다.

크리스는 바쁜 중에도 자기 일까지 신경 써 준 제이가 고마우면서도 죄송한 마음이었다.

"잘했네. 뭐든 보는 안목은 우리 딸만 한 사람이 없지."

너털웃음을 짓는 동우를 보며 크리스가 흔쾌히 맞장구를 쳤다.

"네. 맞습니다."

제 딸이 신경을 썼다고는 하나 크리스의 주도하에 모든 인테리어가 진행되었을 터였다. 동우는 모던하고 세련미가 넘치게 꾸며진 실내를 둘러보며 흡족해 고개를 끄덕였다. 크리스의 감각 또한 보통이 아닌 듯했다.

내추럴한 원목 바닥재에 너무나 잘 어우러지는 거실 가구와 인위적이지 않은 통 우드 슬랩 테이블을 보며 부드러운 미소를 그렸다. 나이 든 사람이 앉고 일어서기 불편함이 없는 적당한 높이의 디자인 소파는 말할 것도 없었고, 거실의 통유리창 앞에 평상처럼 활용할 수 있게 꾸며진 공간으로 햇살이 쏟아져 들어오고 있는 모습에서 눈을 뗄 수가 없었다.

보기만 해도 마음이 평온해지는 듯한 공간을 둘러보며 크리스가 어떤 생각으로 이곳을 꾸몄을지 짐작할 수 있었다.

그저 머무르는 것만으로 지친 몸과 마음에 안정을 가져다줄 수 있는 곳. 제 부모에게 그런 집이 되기를 바라는 마음이 아니었을까. 다시 한번 기특하게 크리스를 바라보게 되는 동우였다.

그뿐만이 아니었다. 주방에는 용도별로 활용할 수 있는 두 대의 냉장고와 쉼 없이 돌아가는 대형 공기 청정기, 오븐이나 밥솥을 비롯한 각종 소형 가전까지 완벽하게 준비가 된 모습에 크리스가 얼마나 많은 부분에 관심과 노력을 기울였는지 어렵지 않게 짐작할 수 있었다.

동우는 제 옆에서 말없이 함께 서 있는 크리스의 등을 한번 토닥여 주었다. 제 사위만큼이나 멋지고 훌륭한 사람이 아닐 수 없었다.

크리스는 마치 아버지처럼 부드러운 미소를 지으며 제 등을 토닥여 주는 동우를 보고 함께 미소를 지었다.

"아. 차를 드리겠다고 하고서는 이러고 있네요. 금방 준비하겠습니다."

"아니야. 차는 됐네. 그러지 말고 집 구경이나 더 시켜 주게."

"네. 그렇게 하겠습니다."

싱긋 웃으며 동우와 함께 2층으로 향했다. 잘 꾸며진 공간을 두루 살피며 인테리어와 관련한 대화를 나누다 보니 시간 가는 줄 모르는 두 사람이다.

2층 테라스에 나와 탁 트인 공간을 바라보는데 저 멀리 이삿짐 트럭과 함께 승철의 차가 보였다.

"이제 왔나 보네. 몸만 오면 될 것 같은데 무슨 이삿짐 차가 저리 커?"

"그러게요. 가능하면 쓰던 물건들은 다 처분하고 와 주십사 했는데……."

"원래가 검소한 사람들이라 그래. 게다가 나이를 먹으면 손때 묻은 물건을 처분하기가 생각처럼 쉽지가 않아. 얼른 내려가 보세. 버려야 할 게 있다면 내가 버리게 해 주겠네."

동우의 말에 피식 웃으며 서둘러 부모님을 맞이하러 가는 크리스였다.

크리스와 동우가 대문 밖으로 나오자 막 도착한 차에서 승철과 지선 그리고 도영이 함께 내렸다. 저를 보자마자 활짝 웃으며 다가오는 부모님의 모습에 이상하게 마음이 간질거리는 크리스였다. 아직은 어색함이 사라지지 않아 조심스레 다가가 정중하게 인사를 건넸다.

"안녕하십니까. 아침 일찍부터 준비하고 오시느라 고생 많으셨습니다."

너무나 정중한 아들의 인사에 환하게 웃던 웃음이 멈칫하는 승철이었다. 생각 같아서는 듬직한 아들을 얼싸안고 싶은데 부모가 아닌 마치 어려운 사람 대하듯 인사하는 아들을 보면 선불리 다가갈 수가 없었다.

달려가고 싶은 다리를 잠시 멈춰 세우고 천천히 아들을 향했다. 넘치는 마음을 추슬러 주춤주춤 아들의 손을 잡아 보는 승철과 옆에서 그저 미안한 듯한 미소를 짓고 있는 승철의 아내 지선이었다.

"형. 우와, 대박. 집 완전 멋있어. 여기가 진짜 우리 집이야?"

도영은 어색한 분위기가 감도는 부모님과 형의 모습을 보며 분위기를 바꾸기 위해 호들갑스럽게 말을 꺼냈다.

첫 만남 이후 거의 매일 형과 전화 통화를 하는 도영이었다. 물론 항상 먼저 전화를 하는 쪽은 도영이었고 크리스는 받는 쪽이었지만 처음 통화하며 어색함이 느껴지던 형의 말투는 하루가 다르게 친근하게 바뀌고 있었다.

그래서일까. 도영과 크리스의 거리는 어느새 좁혀져 이제는 티격태격하며 장난을 치는 경지까지 이르렀는데 부모님은 여전히 어색한 자리에 머물러 있는 듯한 모습이 안타까운 도영이다.

"그래. 이제부터 여기가 너와 부모님이 살 집이야. 어서 들어가 봐."

크리스가 동생에게 말하고서 부모님을 보는데 왜 표정이 그다지 밝아 보이지 않는 것인지 알 수가 없었다.

잠자코 가족의 모습을 지켜보던 동우가 보다 못해 나섰다.

"승철이 왔는가. 제수씨 오셨습니까. 여기서 보게 되니 더 반갑습니다."

동우의 인사에 승철과 지선이 옅은 미소와 함께 마주 인사를 건넸다. 때마침 이삿짐 업체 직원들이 짐을 내리며 부산스레 오가는 바람에 분위기가 어수선해졌다.

크리스는 이사 전에 분명 아무것도 필요치 않으니 중요한 물품과 옷 정도만 가져오시면 된다고 말씀드렸었는데 수납장이며 책상 같은 가구들을 포함하여 전자제품이 차곡차곡 집 앞에 쌓이는 모습에 난감해 머리를 쓸어 올렸다.

이미 집 안을 다 둘러본 동우 역시 난감하기는 마찬가지였다. 말하지 않아도 크리스의 마음이 얼마나 편치 않을지 알 수 있을 듯해 가만히 친구 승철을 불렀다.

"승철이, 잠깐 나 좀 봐. 크리스 자네는 도영이 집 구경 좀 시켜 주지."

동우는 집으로 다시 들어가는 크리스를 보며 승철의 팔을 붙잡고서 한쪽으로 데려가 조용히 말을 꺼냈다.

"자네. 크리스…… 아니, 도훈이가 말하지 않던가? 가능하면 쓰던 물건은 다 처분하고 오라고 한 모양이던데."

"동우, 나는 살면서 우리 도훈이한테 장난감 하나도 사 주지 못했어. 장난감이 다 뭐야. 키우지도 못했는데 무슨 염치로. 이 집만 해도 말도 안 되는 일 아닌가. 내가 뭘 한 게 있다고 이런 호사를 누리냔 말이야. 잘 모아 뒀다 저 장가갈 때 쓰면 좋을걸."

동우는 그런 친구의 마음을 이해하지 못하는 건 아니지만 지금은 크리스의 마음이 더 신경이 쓰였다.

"승철이. 자네 아들 언제까지 여기 있을 것도 아니고, 당장 다음 달에 미국에 가면 언제 다시 올 수 있을지도 모르는데 멀리 가는 아들 마음이라도 좀 편하게 해 주면 안 되겠어? 제 부모님 모신다고 얼마나 많이 신경을 썼는지 몰라. 이게 다 여태 저 때문에 마음고생한 가족이 이제라도 행복하게 사는 모습을 보고 싶어서 그런 거 아니겠나."

이 좋은 날 눈시울을 붉히며 애써 감정을 참으려는 친구가 안쓰러운 동우였다.

"자네 아들이 하고 싶어서 하는 일이네. 기쁘게 받아 줘. 이것도 다 능력이 되니까 하는 거지. 입장 바꿔 생각해 봐. 자네가 아들 생각하며 하나부터 열까지 일일이 신경 쓰고 준비한 걸 도훈이가 괜찮다고 마다하면 자네 기분이 어떨 것 같은가 말이야."

동우는 표정이 시무룩해지는 승철의 등을 위로하듯 두드리며 다시 말을 이었다.

"우선 안에 들어가 봐. 정말 하나도 빠짐없이 다 준비를 해 뒀어. 자네가 직접 보고 그래도 꼭 필요한 물건이 있다면 들이고, 그 외에 물건들은 처분해. 이삿짐 직원에게 말하면 처분하는 것쯤 일도 아니니까."

동우는 고개를 끄덕이는 승철을 보고 그제야 마음을 조금 내려놓으며 가족을 위해 자리를 비켜 주었다.

승철은 이삿짐 직원에게 다가가 짐 내리는 걸 잠시만 기다려 달라 말하고서 지켜보고 있던 아내와 함께 집으로 들어가 보았다.

대문 안으로 들어서자 아름드리 예쁘게 잘 꾸며진 정원에 눈이 휘둥그레지고 말았다. 놀란 마음을 가다듬으며 한 발 떼기가 무섭게 현관문을 벌컥 열고 나오는 도영이 보였다.

"아빠, 엄마. 진짜 완전 너무 좋아요. 빨리 와요. 빨리."

얼굴이 상기된 채 부지런히 손짓하는 모습이 많이 흥분한 모양이었다.

승철과 지선은 얼떨떨한 기분으로 서둘러 걸음을 옮겨 집 안으로 들어섰다.

"맙소사……."

부부의 입에서 감탄사가 동시에 튀어나왔다. 집에 들어서자마자 따듯한 햇살이 쏟아져 들어와 마치 거실을 감싸는 듯한 포근한 모습에 연신 눈을 깜빡이며 바라보았다.

천천히 걸음을 옮겨 통유리창으로 다가서니 방금 지나왔던 정원이 고스란히 눈앞에 펼쳐졌다. 하루 종일이라도 이 자리에 머무르며 지낼 수 있을 만큼 평온한 풍경에 어느새 눈물이 고여 버린 승철과 지선이었다.

그런 부모님의 모습에 크리스는 쉽사리 다가서지 못했고, 도영이 나서서 부모님을 모시고 조금 전 형과 함께 둘러본 집을 소개하고 나섰다.

크리스는 가족들이 집을 둘러보고 올 동안 초조한 마음을 감추고서 거실 소파에 앉아 있었다. 잠시 후 2층까지 다 둘러보고 온 부모님과 도영이 자신을 향해 다가오는 모습에 자리에서 벌떡 일어서 무거운 입을 열었다.

"다 둘러보셨습니까."

"그래…… 네 일만 해도 눈코 뜰 새 없이 바빴을 텐데…… 여기는 언제 이렇게 꾸몄어? 다 준비하려면 돈도 많이 들었을 텐데……."

지선은 보기만 해도 마냥 안쓰럽고 미안한 아들을 보며 눈물을 글썽거리며 말했다.

"그러게. 부모라는 사람이 너한테 무엇 하나 제대로 해 준 것도 없이…… 이렇게 받기만 해서야…… 이러려고 너를 찾으려 애썼던 것이 아닌데……."

승철은 그러지 말아야지 하면서도 떨치지 않는 미안한 마음에 아들의 얼굴조차 마음 편히 볼 수가 없었다.

크리스가 그런 두 분을 물끄러미 바라보다 조심스레 말을 꺼냈다.

"너무 부담스럽게 생각하지 않으셨으면 좋겠습니다. 다…… 저 편하자고 하는 거예요. 두 분이 편하게 계셔야 저도 마음 편하게 떠날 수 있을 것 같습니다."

묵묵히 아들이 하는 말을 듣고 있던 지선이 참았던 울음을 터트렸다. 아들이 다시 가야 한다는 걸 이미 알고 있지만, 그럼에도 다시 확인하게 되는 사실에 슬프지 않을 수 없었다.

30년을 기다려 온 아들이었다. 다시 가게 되면 언제 다시 볼 수 있을지 기약할 수도 없는데 어떻게 다시 보내야 할까 눈앞이 막막했다.

생사를 몰라 희망으로 버티던 하루하루와는 또 달랐다. 한 달에 한 번…… 아니, 1년에 한 번이라도 만날 수 있을까. 당장 언제 떠나야 하는지도 감히 물어볼 수 없는 지선이었다.

아내와 마음이 다를 것 없는 승철이 아내의 등을 토닥이며 어렵사리 입을 열었다.

"혹시…… 언제…… 가는 거야?"

잔뜩 흐려진 눈을 들어 저를 바라보는 부모님의 모습에 이상하게 콧잔등이 시큰거리는 크리스였다.

"2주 휴가 받았습니다. 2주 후에 출국합니다."

그 말에 지선의 눈에서 쉴 새 없이 눈물이 흘러내렸다. 참으려 애써도 비집고 나오는 눈물을 막을 수 없어 못난 얼굴을 급히 돌려 버렸다.

크리스는 어머니가 우는 모습에 마음이 저렸다. 자신의 말에 어머니가 눈물을 멈출 수 있게 되기를 바라며 다시 말을 꺼냈다.

"아마…… 1년 후에 다시 올 겁니다. 그땐 한국에 좀 오래 머물지도 모르겠습니다."

"저…… 정말? 다시 오는 거야? 꼭 다시 올 거지?"

크리스는 급히 눈물을 닦으며 간절한 눈빛으로 저를 보는 어머니와 마찬가지로 붉어진 눈시울로 저를 뚫어져라 바라보는 아버지의 모습에 마음이 울컥거려 이번에는 쉽게 입을 열지 못했다.

"형! 진짜 다시 오는 거지? 우리 다시 만날 수 있는 거지?"

급기야 도영까지 울먹이는 목소리로 거들었다.

크리스는 이렇게 저를 간절히 원하는 가족이 있다는 사실이 아직도 좀처럼 믿기지 않았다. 일렁이는 마음을 가까스로 다잡고서 엷은 미소를 그렸다.

"그래. 당연하지. 아마 다시 오게 될 때는 한국에서 일하게 될지도 모르겠다. 그리고 설령…… 일 때문이 아니라 해도 가족을 만나기 위해서라도…… 다시 올 거야."

"형!"

도영이 크리스를 덥석 끌어안았다. 크리스는 너무 꼭 끌어안는 동생 때문에 숨이 콱 막혔지만 내색하지 않고 마주 안으며 동생의 등을 다독였다.

"아, 진짜. 형 미국 가서 안 오면 어쩌나 얼마나 걱정한 줄 알아? 우리는 다 잊어버리고 다시 안 올까 봐."

훌쩍이는 소리가 나는 걸 보니 녀석이 우는 모양이었다. 크리스는 저도 눈시울이 뜨겁게 달아올랐지만 우는 모습을 보이고 싶지 않아 이를 악물고 버티다 간신히 말을 흘려보냈다.

"가족이 여기 있는데 어떻게 안 와. 걱정 마. 아무리 정신없이 바빠도…… 가족을 잊는 일은 없을 거야."

말은 제게 안겨 있는 동생에게 했지만 눈길은 저를 애타게 바라보는 부모님을 향하고 있었다. 그제야 미소를 짓는 부모님의 모습에 안도의 미소를 그리며 부모님을 향해 말했다.

"그러니까 여기서 기다려 주세요. 방도 많으니 자고 가기도 한결 편할 것 같습니다."

"그래. 그래. 네가 와 주기만 한다면, 네가 이곳이 편하다면 꼭 여기서 기다릴게. 네가 하라는 대로 다 할게. 고맙다. 고맙다, 도훈아. 고마워."

지선은 한 몸처럼 안고 있는 두 아들을 안았다. 크리스는 젖은 얼굴로 자신들을 바라보는 아버지를 보며 한쪽 팔을 벌렸고 승철은 망설임 없이 다가와 아들의 팔에 안겼다.

그렇게 가족이 서로의 마음을 확인하며 기뻐하는 사이 기다리다 지친 이사업체 직원이 집으로 들어서고 있었다.

바쁜 이사 날 참 희한한 광경이 아닐 수 없었다. 한 덩이가 되어 부둥켜안고 있는 가족을 보며 이사업체 직원이 잠시 망설이다, 마냥 기다리다가는 시간 안에 이삿짐을 다 부리고 가기는 무리일 것 같아 헛기침으로 인기척을 냈다.

그제야 한 덩이로 뭉쳐 있던 가족들이 흩어졌다. 승철이 놀라 부랴부랴 현관으로 향하며 이사업체 직원을 향해 말을 건넸다.

"어휴, 이거 기다리게 해서 죄송합니다. 같이 가시죠. 제가 부탁드릴 것도 좀 있고 해서요."

승철이 사람 좋은 웃음을 지으며 이사업체 직원과 함께 나가자 남아 있던 세 사람도 승철의 뒤를 따랐다.

승철은 이사업체 트럭에 실린 자신들의 가구와 전자제품을 보며 뒤따라 나온 아내를 슬쩍 바라보았다. 이미 집 안을 둘러보았기에 가져온 물건 모두 불필요한 것들이라는 확신이 섰다. 도훈이 세간까지 들였을 거라고는 생각지 않았기에 이것저것 다 챙겨 왔는데 가져온 물건들은 안으로 들이게 되면 인테리어를 해칠 뿐 아니라 오히려 거추장스러운 짐만 될 게 뻔했다. 아내만 허락한다면 가져온 짐들을 그대로 처분하는 게 나을 듯싶었다.

지선은 자신을 바라보는 남편을 보며 말하지 않아도 알 것 같았다. 가져온 물건 모두 이미 새것으로 다 준비가 되어 있는 마당에 괜한 고집을 부려 도훈이 신경 쓰이는 일을 만들고 싶지 않아 남편에게 조용히 말을 건넸다.

"가구나 전자제품은 내리지 말고 다른 물건들만 내려 달라고 해요. 어차피 다 오래된 것들이라 바꿀 때도 한참 지났는데 뭘."

"그게 낫겠지?"

고개를 끄덕이는 아내를 보며 이사업체 직원에게 부탁하려는데 지선의 뒤에 있던 크리스가 앞으로 성큼 걸어 나와 승철 대신 업체 직원을 향해 말을 꺼냈다.

"우선 오래 기다리게 해서 죄송합니다. 말 전달에 착오가 있어 처분해야 할 물건들까지 싣고 오게 되었습니다. 죄송합니다만, 필요한 물건들만 내리고 나머지는 업체에서 처분할 수 있겠습니까? 물론 지출되는 비용은 모두 다 지불하겠습니다."

승철은 당연히 제가 처리해야 할 일을 아들이 나서서 사과하는 모습이 안쓰러우면서도 듬직하게 느껴졌다. 처음부터 아들의 말을 귀담아들었더라면 두 번 일하게 만들거나 이중으로 돈이 들어가는 일은 없었을 텐데.

뒤늦은 후회에 옅은 한숨을 내쉬는데 예고 없이 찾아든 아들의 말에 숨이 멎을 듯 놀라고 말았다.

"저…… 아버지는 어머니와 함께 필요한 짐이 어떤 건지 말씀해 주십시오."

아들에게 처음 들어 보는 호칭이었다.

벌써 만난 지 두 달이 훌쩍 넘도록 늘 호칭 없이 어색하게 말을 건네던 아들 도훈이었다. 이제나 해 줄까, 저제나 해 줄까…… 더는 욕심부리지 말자면서도 왜 그렇게 서운한 마음이 드는지…….

그런데 갑자기 길에서 듣게 된 호칭에 부끄럽게도 뜨거운 눈물이 흐르고 말았다. 제 아내 역시 눈물을 훔치는 모습을 보니 아들의 말을 들은 모양이었다. 승철은 감격스러운 마음을 어쩌지 못해 울며 웃으며 정신을 못 차리고 있었다.

크리스는 갑자기 눈물을 보이는 아버지와 어머니를 보며 당혹스러웠다. 혹시 자신이 무슨 실수라도 한 건 아닌지 걱정스러운 마음에 조심스레 말을 꺼냈다.

"혹시…… 제가 무슨 실수라도……."

"아니다. 실수는 무슨. 고마워서…… 너무…… 고마워서. 그래, 필요한 짐만 내리마. 너는 피곤할 텐데 들어가서 좀 쉬고 있어."

"그래. 도훈아. 얼른 들어가 쉬어. 여기 일은 엄마, 아빠가 알아서 할게."

영문도 모른 채 머뭇거리는 크리스에게 도영이 다가와 말했다.

"형이 어머니, 아버지라고 부르는 게 처음이라서 그런가 봐."

도영의 말에 승철과 지선이 머쓱한 듯 서둘러 이사업체 직원에게로 다가가고 도영은 그런 부모님을 보며 제 예상이 적중했음을 어렵지 않게 눈치챘다.

크리스는 피식 웃는 도영에게 고개를 갸웃하며 물었다.

"그게 무슨 말이야?"

"형이 그동안 어머니, 아버지라고 부른 적이 없다는 말이야. 아마 두 분은 형에게서 그 말을 듣고 싶었나 보지."

"아……."

크리스는 동생의 말을 듣고서야 바보 같은 외마디 소리를 내며 잠시 생각에 잠겼다. 너무 오래도록 사용하지 않던 말이라 익숙하지 않았다. 그저 어색하고 쑥스러워서 구태여 하지 않았던 것뿐인데, 저렇게 기다리고 계실 줄 알았다면 진작 불러 드릴 것을. 세심하지 못했던 저를 꾸짖으며 기특한 동생의 등을 가볍게 툭툭 치고서 말을 건넸다.

"네가 나보다 낫다."

"형. 말도 안 되는 소리는 하지도 마. 겸손도 지나치면 좀 재수가 없어."

"뭐?"

"그렇잖아. 이런 멋진 집에 속까지 꽉꽉 채워서 안겨 주는 형을 내가 어떻게 무슨 수로 이겨?! 갑자기 불쑥 나타난 형이 이렇게 눈 돌아갈 효도를 하면 나는 어떻게 해야 하는 거냐고. 내가 뭘 한들 이제 부모님 성에 차기나 하겠어?"

도영이 입을 삐쭉이며 하는 말에 크리스가 웃으며 고개를 내저었다.

"박도영……."

"아. 왜? 또 무슨 말을 하려고?"

"부모님에게 너는 존재 자체가 큰 선물이었을 거야. 네가 지금까지 건강하게 잘 자라 준 것만 해도 엄청나게 큰 효도였을 거라고. 그러니까 형과 비교하는 어리석은 짓은 할 생각도 마."

크리스의 말에 도영이 입을 떡 벌리고서 가만히 한숨을 내쉬었다. 형은 멋있었다. 진짜 너무 멋있었다. 외적인 모습은 말할 것도 없이 내면도 누구보다 멋있었다. 도영은 너무나 닮고 싶은 형을 보며 멍하게 말을 흘려보냈다.

"아. 씨. 진짜 형 앞에서는 무슨 말을 못 하겠네. 왜 그렇게 말을 잘 해? 어후. 못 당하겠어."

멍한 표정으로 고개를 설레설레하더니 무언가에 홀린 듯 안으로 먼저 들어가는 도영의 모습에 크리스가 웃음을 터트렸다.

승철과 지선은 그런 아들의 웃음소리에 소리 없이 활짝 웃고 말았다.

내려야 할 짐이 얼마 없는 데다 이사업체 직원은 세 명이나 있었기에 이사가 너무 싱겁게 끝이 났다.

그도 그럴 것이 내린 짐이라고 해 봐야 의류나 도서 또는 도영의 물품이 다였고 그나마도 중요한 물건은 지선이 직접 챙겼기에 이사를 하고 청소까지 하는 데 두 시간이 채 걸리지 않았다.

크리스가 이사업체에 계약된 금액에서 물품 처리에 따른 모든 비용과 식대에 수고비까지 두둑하게 얹어 주는 바람에 업체 직원들은 감사 인사를 하며 기분 좋게 떠날 수 있게 되었다.

그제야 오롯이 가족만 남게 되었다. 크리스는 이사하는 내내 서 계셨던 부모님과 함께 거실 소파에 앉아 잠시 휴식을 취했다. 그 모습을 본 도영이 서둘러 다가오며 싱긋 웃었다.

"세상에서 이사가 제일 쉬웠어요."

도영이 뜬금없이 내뱉는 말에 여기저기 픽픽 바람 새는 소리가 들리더니 이내 가족 모두 크게 웃음을 터트렸다.

지선은 도훈을 잃고서 처음 하는 이사였지만 도영의 말에 백번 공감했다. 이사를 이렇게 수월하게 할 줄이야. 이게 다 큰아들 덕분이었기에 흐뭇하게 아들을 바라보는데 어디선가 청명한 벨 소리가 울렸다.

"인터폰이네요. 제가 가 볼게요."

크리스가 자리에서 벌떡 일어서 거실에 설치된 인터폰을 확인했다. 귀한 손님의 얼굴을 보고 환하게 웃으며 곧장 문 열림 버튼을 눌렀다.

"한 팀장님 부모님 오셨어요."

크리스의 말에 승철과 지선이 자리에서 일어서 현관으로 가 문을 활짝 열었다. 정원을 가로질러 오는 부부는 무거워 보이는 아이스박스를 하나씩 들고 있었고 그 모습을 본 크리스와 도영이 서둘러 다가가 박스를 넘겨받았다.

현관에 들어서자 지선이 두 사람을 반갑게 맞았다.

"그냥 오시지 않고 또 뭘 이렇게 들고 왔어요."

"이사 차량 나가는 것 보니 이사가 끝난 것 같아서. 곧 저녁 시간인데 밥 먹어야지."

정연이 밝게 웃으며 지선의 손을 덥석 잡았다.

"이렇게 이웃으로 보니까 너무 좋다. 진작 이렇게 살 걸 그랬어."

"그러게요, 언니."

아내들이 반가이 맞이하는 모습은 좋으나 동우는 이사를 마친 가족이 출출하지 않을까 싶어 말을 서둘렀다.

"자. 얘기는 이따 다시 나누시고 우선 식사부터 할까요? 승철이 이사한다고 고생했을 텐데 출출하지 않아?"

"고생은 무슨. 도훈이 덕분에 짐 내릴 필요가 없게 됐어. 아주 홀가분하게 이사 잘 했네. 이렇게 이사하면 1년에 열두 번도 하겠어."

승철이 기분 좋은 목소리로 너스레를 떨었다.

잠시 후 너른 테이블 위에 다함께 정연이 준비해 온 음식을 차리며 도영이 참다못해 말을 꺼냈다.

"우와, 진짜 대박. 나는 이사하면 신문지 깔고 자장면 먹을 줄 알았는데 이건 뭐 완전 잔칫상이야."

도영의 시선에 담긴 음식들을 보니 그렇게 말하고도 남았다.

승철과 지선 역시 이사하는 날 먹게 될 거라고 생각하기 힘든 종류의 음식들을 보며 혀를 내둘렀다.

잔칫날 빠질 수 없는 잡채부터 시작해 수육에 갈비찜, 해파리냉채에 샐러드하며 육회에 떡. 하다못해 밥에 밑반찬까지 도대체 이 많은 음식을 어떻게 다 먹으려고 했는지. 지선은 손이 커도 너무 큰 정연을 보며 고개를 설레설레 흔들었다.

어느새 테이블에 먹음직스러운 음식이 가득 차려지고 모두 감사한 마음으로 음식을 먹기 시작했다.

즐겁게 대화가 오가는 모습을 가만히 보던 크리스는 흐뭇한 미소를 감추지 못했다. 이 집에 이사를 오게 되면 부모님이 이렇게 살았으면 좋겠다. 생각했던 바로 그 모습이 눈앞에 현실이 되어 펼쳐지는 모습에 기쁘지 않을 수 없었다. 이웃끼리 서로 이렇게 의지하고 산다면 더 바랄 게 없을 것 같았다.

한참 맛있게 식사하며 대화가 무르익을 때쯤 동우가 아이스박스 깊숙이 넣어 두었던 무언가를 꺼내어 테이블 위에 자랑스럽게 올리며 말했다.

"이렇게 기쁜 날 우리 술 한잔 할까?"

"술도 잘 못하는 사람이 뜬금없이 술은. 그러다 여차하면 업혀 가려고?"

친구의 주량을 너무나 잘 아는 승철이 피식 웃으며 말을 받았다.

"내가 취하도록 마시지 않는 거 잘 알면서 그러나."

"풉. 콜록콜록."

밥을 잘 먹고 있던 크리스가 사레가 들렸는지 갑자기 기침을 했다. 지선이 서둘러 옆에 앉은 아들의 등을 두드려 주며 걱정스레 물었다.

"도훈아 괜찮아? 왜. 뭐가 걸렸어?"

"흠흠. 아닙니다. 잠시 사레가 큽……."

크리스는 웃음이 삐져나오려는 걸 간신히 참고서 지선이 건네는 물잔을 들어 벌컥벌컥 들이켜며 대표님이 결혼 승낙을 받을 때 어떻게 했는지 들었던 얘기를 떠올리지 않기 위해 애를 써야 했다.

동우는 진정이 된 듯한 크리스를 보며 다시 말을 꺼냈다.

"실은 예전에 사위가 주고 간 술인데 자네도 알다시피 내가 술을 잘 마시는 사람도 아니지 않나. 그래서 좋은 날 다 같이 한 잔씩 하려고 가져와 봤어."

"그렇게 귀한 술이면 뒀다가 다음에 사위 오면 그때 꺼내 마셔야지. 이렇게 들고 오면 어떡해!"

"또 있어. 처음 인사 올 때 가지고 온 술은 내가 기념하고 싶어 고이 잘 보관해 뒀네. 이건 두 번째 올 때 가지고 온 술이야. 사실 그때 먹다 남은 술도 아직 집에 있고 말이야."

"그럼 먹던 걸 먼저 먹게 가져오든가. 왜 아깝게 새 술을 따?!"

승철의 말에 동우가 피식 웃으며 잠시 생각하더니 다시 말을 꺼냈다.

"그것도 기념이야. 다음에 사위가 오면 자네와 내가 나눠 마신 술이다. 하고 꺼내 볼 생각이네. 우리 사위하고 마저 마셔야지. 그 술은."

"하, 거참. 싱거운 사람 같으니라고."

크리스는 두 분의 대화를 들으며 대표님은 남은 술을 드시지 않는다 말할까 하다가 조용히 말을 삼켰다. 지금의 대표님이라면 아버님이 자신을 위해 남겨 둔 술이라며 권하신다면 평소의 철칙을 깨고라도 기쁘게 함께 잔을 기울여 주실 듯했다.

'그나저나 어쩐다…… 저 술은 보통 술이 아닌데…….'

대표님이 그녀의 집에 처음 방문하던 날 자신이 준비해 줬던 그 술이 아닌 걸 보니 아마도 할머니가 쓰러졌을 때 대표님이 본국 다녀오며 직접 챙겨 온 술인 듯했다.

해당 브랜드의 리미티드에디션으로 대표님도 쉽게 구한 술은 아닐 터였다. 함께 마시자고 술을 가져온 마음은 감사하지만 크리스는 그냥 모른 척 마실 수가 없어 조심스레 입을 열었다.

"저, 말씀 중에 죄송합니다만 그 술은 대표님 오시면 대표님과 함께 드시는 편이 나을 듯합니다. 구하기가 쉽지 않은 술이라서요. 대표님께서 아버님 드린다고 신경을 많이 쓰셨을 겁니다."

동우는 불현듯 궁금했다. 사위같이 능력이 좋은 사람도 구하기가 쉽지 않은 술은 과연 가격이 얼마나 될까…… 하고.

"혹시 자네도 술에 대해 잘 아는가?"

"잘은 모르지만 어느 정도는 알고 있습니다."

"그럼 혹시 이런 술은 가격이 어느 정도 되는지…… 아는가?"

크리스는 심각하게 물어보는 동우를 보며 사실대로 말을 해 줘야 할까 아니면 마음 편하시도록 가격을 조금 낮춰서 말씀드릴까. 잠시 고민하다 지금처럼 다음에라도 다른 집에 덥석 가져가면 어쩌나 하는 생각에 솔직하게 말씀을 드리는 편을 택했다.

"못해도 2억은 넘어갈 듯싶습니다."

크리스의 한마디에 마치 일시 정지 버튼을 누른 듯 거짓말처럼 모두의 움직임이 그대로 멈춰 버렸다.

크리스는 갑자기 움직임을 멈춘 가족과 손님을 보고 싱긋 웃으며 다시 말을 꺼냈다.

"그러니 다음에 대표님 오시면 드십시오."

"맙소사. 동우 얼른 넣게. 다음엔 사위가 주는 건 뭐든 함부로 어디 들고 나서지 말아!"

승철의 말에 번뜩 정신을 차린 동우와 정연이었다. 세상에 어느 누가 마시면 사라져 버리고 없을 술을 사는 데 그 많은 돈을 쓴단 말인가. 도무지 믿기지 않았지만 크리스가 거짓말을 할 리 없었다. 동우는 놀란 마음을 간신히 다스리며 테이블에 올려 둔 술을 세상 조심스레 가져온 박스에 도로 집어넣었다.

"세상에. 당신 조 서방하고 통화할 때 단단히 일러요. 다시는 술 가져오지 말라고. 술맛도 모르는 사람한테 무슨. 어휴……."

정연은 남편이 술을 다시 넣는 동안 저도 모르게 손에 땀을 쥐고 그 모습을 바라보았다. 사위에 관한 한 놀랄 일이 끝이 없는 듯했다.

크리스는 놀란 마음을 다독이는 모습들을 보고 웃으며 말을 꺼냈다.

"이렇게 음식도 준비해 주셨는데 오늘 술은 제가 대접하겠습니다. 마침 제가 준비한 와인이 있는데 다들 괜찮으시다면 가볍게 와인 한잔 하시죠."

"그래. 와인이 좋겠다."

승철과 지선이 얼른 맞장구를 쳤다. 아들이 아니었다면 그 비싼 술을 아무것도 모른 채 덥석 마셨을 생각을 하니 등골이 다 서늘해지는 듯했다.

"도영아, 형 좀 도와줄래?"

크리스는 벌떡 일어서는 도영과 함께 주방으로 향했다. 와인 냉장고를 향해 가며 동생에게 넌지시 물었다.

"너 술 마셔도 되나?"

"형. 나 만 19세 넘었어. 법적으로 완벽한 성인이거든?!"

크리스는 제 눈에 아직 어리게만 보이는 동생이 성인이라며 파르르하는 모습이 귀엽게만 보였다.

"풉. 그래. 알았다. 마시겠다는 말이지?"

"당연하지!"

"화이트와인? 아님 레드와인?"

크리스의 말에 도영이 눈알을 데굴 굴렸다. 이제 갓 졸업한 학생이 기껏 마셔 봐야 맥주 정도지 와인은 무슨 와인이냐 핀잔을 주려다 조용히 입을 다물며 얌전하게 말을 받았다.

"형이 골라. 내가 뭘 알겠어."

크리스가 고개를 끄덕이며 와인 냉장고를 열어 신중하게 와인을 하나 고르는데 도영이 놀라며 말을 걸었다.

"대박. 우리 집에 와인 냉장고도 있어?"

"어. 부모님이 어떤 종류의 술을 드시는지 몰라서 부담 없이 드실 수 있는 걸로 준비해 뒀어. 너 마시라고 사 둔 거 아니야. 손대지 마. 성인이라 해도 너무 일찍 마시는 것도 안 좋아. 오늘은 맛만 보여 줄게."

입술을 삐죽이는 동생을 보고 피식 웃으며 선반을 열어 와인에 어울리는 잔을 골라 트레이에 올리고서 와인 디켄터도 하나 꺼내 놓았다.

와인 오프너를 찾아 와인 코르크 마개를 여는데 자신의 행동을 하나도 빼놓지 않고 유심히 바라보는 듯한 동생의 모습에 이상하게 자꾸 웃음이 나오려 했다.

코르크 마개가 열리는 소리에 동생에게서 우와 하는 감탄이 흘러나와 고개를 설레설레하며 말을 건넸다.

"넌 뭐가 그렇게 신기해서 쳐다보는 거야?"

"그냥 다 신기한데 그중에서도 제일 신기한 게 뭔지 알아?"

"뭔데?"

"형이야. 나는 형이 내 형이라는 제일 신기해. 가끔 형이 하는 걸 보면 다른 세상 사람 같아. 뭐랄까. 나랑은 급이 다른…… 막…… 있어 보이고…… 고급지고. 아, 몰라. 나한테 없는 무언가가 있단 말이야."

도영은 행동 하나하나가 다 우아하게 보이는 형을 보며 도대체 왜 그렇게 보일까 궁금했다.

그저 와인을 고르고 그에 맞는 잔을 골라 와인을 따는 지극히 평범한 듯한 행동인데 왜 형이 하면 그 모습마저 특별하게 느껴지는 건지 도무지 알 수가 없었다.

크리스는 눈빛을 반짝이며 자신만 뚫어져라 바라보는 도영을 보며 웃지 않을 수 없었다. 모르긴 몰라도 저 특유의 선망 어린 눈빛은 미국에 가더라도 계속 떠오를 것 같았다.

와인 디켄터에 와인을 따르고서 도영에게 디켄터를 건네며 말했다.

"내가 잔 들고 갈게. 넌 디켄터 들고 따라와. 깨트리지 않게 조심하고."

테이블로 향해 가는 크리스의 입가가 계속해서 움찔거렸다.

'귀여운 녀석.'

와인 잔을 직접 하나씩 전하고서 도영에게 건네받은 디켄터를 들어 와인을 직접 따라 주는 크리스였다.

자신을 제외하고 모두의 잔을 채웠다. 자리로 돌아와 앉는데 도영이 디켄터를 들어 크리스의 잔을 채워 주었다.

승철이 채워진 잔을 두루 확인하더니 자신의 잔을 들며 말했다.

"정말 행복한 날입니다. 우리 가족이 한자리에 모인 것도, 가족 같은 친구와 이웃이 된 것도. 이 행복이 영원하기를 바라며 우리 모두의 건강을 위하여 건배."

간단한 건배사에 모두 미소를 지으며 잔을 들어 가볍게 부딪혔다. 다들 기분 좋게 와인을 음미하는데 크리스만 와인에 입도 대지 않은 채 조용히 잔을 내려놓았다.

"형은 왜 안 마셔?"

"차를 가져왔어."

"형…… 오늘 가?"

크리스는 당연한 걸 왜 묻는지 의아해하며 바로 앞에 앉은 도영을 바라보는데 느껴지는 따가운 시선에 고개를 돌려 보니 모두의 눈이 자신에게로 향해 있었다.

도영의 옆에서 가만히 크리스를 바라보던 승철이 입을 열었다.

"호텔 일은 마무리한 거 아니었어? 2주간 휴가라며."

"네, 맞습니다. 지금 서울 ○○호텔에 묵고 있습니다."

"아…… 그래?"

승철은 휴가 기간 동안 당연히 집에서 머물다 갈 줄 알았던 아들이 호텔에서 묵는다고 하니 또다시 서운한 마음이 들었다.

하루 종일 아들의 말 한 마디, 한 마디에 마음이 널뛰듯 오르내렸다. 여기서 머물면 안 되는지 물어라도 보고 싶은데 행여나 아들이 부담스러워할까 봐 선뜻 묻지도 못하고 속만 태웠다.

그런데 그때 흥분한 듯한 둘째 도영의 목소리가 귓가를 파고들었다.

"형. 좀 이따 미국 가면 한동안 못 보는데 그냥 우리 집에 같이 있으면 안 돼? 여기도 방이 남아도는데 왜 호텔에 있어?"

"어?"

크리스는 미국으로 가기 전에 자주 찾아봬야겠다, 생각은 했지만 함께 지낼 생각까지는 하지 못했다. 그저 출장을 가거나 여행을 할 때면 으레 호텔에 머물렀기에 아무 생각 없이 당연하게 호텔로 갔던 것뿐인데 도영의 말을 듣고 보니 그제야 아차 싶어 조심스레 말을 꺼냈다.

"그러게. 습관이 돼서 거기까지 미처 생각 못 했다. 아버지, 어머니가 괜찮으시다면 한국에 있는 동안 제가 여기 있어도 되겠……."

"당연하지, 되고말고. 아들이 돼서 너는 뭘 그런 걸 물어? 우리가 있는 집이 바로 네 집인데."

크리스가 말을 마칠 새도 없이 크리스의 옆에 앉아 있던 지선이 급히 말을 꺼냈다.

도영은 다급한 엄마의 목소리를 들으니 짧은 시간이지만 엄마가 얼마나 마음을 졸였을지 굳이 속을 들여다보지 않아도 알 듯했다. 속으로 한숨을 삼키며 형을 타박하는 도영이다.

"형도 이런 구멍이 있어 다행이야. 안 그래도 너무 완벽한 것 같아서 기가 팍 죽던 참인데 새삼 없던 용기가 생기네. 나 참. 살다 살다 자기 집에 묵어도 되냐고 물어보는 사람은 형이 처음이다."

역시 분위기를 화기애애하게 만들어 주는 건 도영이만 한 사람이 없었다.

크리스는 치아가 드러나도록 환하게 웃으며 좀 전에 내려놓았던 와인 잔을 들어 맛있게 음미하고서 잔을 다시 내려놨다.

"그럼 오늘도 여기서 자야겠네요. 내일 아침 일찍 호텔에 가서 짐 챙겨 오겠습니다."

웃으며 말하는 아들을 보며 지선은 그제야 마음을 놓았다. 겨우 2주밖에 남지 않았는데 그 시간마저 온전히 보지 못할까 봐 얼마나 아쉬웠는지 주춤주춤 손을 들어 옆에 앉은 아들의 등을 가만히 쓸어 보았다. 가만히 미소를 그리며 다시 와인을 마시는 아들이 왜 이렇게 멋지게 보이는지. 보고 또 봐도 계속 보고 싶은 모습이었다.

도영은 한결 밝아진 분위기에 남몰래 싱긋 웃으며 와인을 홀짝이는데 기대만큼 달지 않고 시큼털털하게 느껴져 인상을 찌푸렸다. 이런 단맛도 없는 와인을 형은 어떻게 저렇게 맛있게 즐기는 듯 보이는지.

"형. 와인은 무슨 맛으로 먹어?"

"와인 특유의 향과 풍미. 너는 아직 몰라도 돼."

"어리다고 무시하는 거야? 그러지 말고 와인 마시는 법부터 제대로 알려 줘, 형."

크리스는 어른들이 대화를 나누는 사이 제법 진지하게 동생에게 와인을 마실 때의 매너와 제대로 즐기는 방법을 상세하게 설명해 주었다. 하나하나 차분하게 따라 하는 동생을 보고 싱긋 웃는데 녀석이 뜬금없는 질문을 했다.

"형. 이런 와인은 가격이 얼마나 해?"

"어?"

"이런 와인은 얼마 하냐고?"

"……와인 가격은 천차만별이야."

크리스는 대충 얼버무리며 와인이 얼마 남지 않은 잔에 첨잔해 천천히 와인을 음미했다.

도영은 그저 와인의 가격이 궁금해 물어본 것뿐인데 왠지 모르게 대답을 회피하는 듯한 형의 모습이 수상하게 느껴져 테이블 아래로 휴대폰을 내려 서둘러 검색을 해 보았다.

마침 지금 마시는 와인을 발견하고서 가격을 확인하던 도영의 눈이 튀어나올 듯 커지더니 히익 하며 급히 숨을 들이켜는 소리가 들려왔다.

크리스는 휴대폰을 테이블에 탁 올려놓는 도영과 테이블 위에 놓인 휴대폰을 번갈아 바라보다 뒤늦게 눈치를 채고서 가만히 검지를 들어 제 입술에 갖다대며 '쉿.' 하고 소리 없는 제스처를 취했다.

도영은 그런 형의 모습에 재빠르게 가족의 동태를 살피며 말을 할까 말까 입만 뻐끔뻐끔하다 모두 놀라 뒤로 넘어갈까 싶어 천천히 벌어진 입을 다물었다.

영 입맛에 맞지 않아 남기려 했던 와인 잔을 한참이나 하늘로 치켜들고서 마지막 남은 한 방울까지 깔끔하게 마시고서야 고개를 내렸다.

도영은 제 형의 씀씀이에 놀라며 밖으로 차마 퍼붓지 못할 욕을 속으로 시원하게 했다.

'와…… 신박한 또라이다. 무슨 놈의 술에 돈 백만 원을 넘게 써?! 이 정신 나간 미친놈아!'

즐거운 저녁 식사는 늦은 밤이 되어서야 끝이 보였다. 와인 두 잔으로 알근하게 취해 버린 동우의 모습을 보던 정연이 그만 자리를 파하는 게 좋겠다는 말에 모두 미소를 지으며 고개를 끄덕였다.

정연이 서둘러 자리에서 일어나 테이블 정리를 도우려는데 지선이 극구 말렸다.

"언니. 정리는 우리가 해도 충분해. 오늘 음식 한다고 고생 많이 했을 텐데 얼른 가서 쉬어. 그릇은 내가 내일 챙겨다 줄게."

"그래요. 제수씨, 얼른 가서 좀 쉬세요. 동우 자네도 얼른 가서 쉬어."

승철도 아내와 함께 정연을 말리고서 눈이 가물가물한 친구를 향해 말했다.

"아무래도 그래야겠지? 오늘 덕분에 정말 잘 먹고 잘 놀다 가네."

동우는 팔다리에 힘이 느슨해지는 걸 느끼며 조금 더 있다가는 테이블에 코를 박고 자는 추태를 보이게 될 것 같아 자리를 털고 일어섰다.

"그 말은 우리가 해야 할 것 같습니다. 덕분에 맛있는 음식 정말 잘 먹었습니다. 그만 가시죠. 제가 모시겠습니다."

크리스가 동우와 정연을 배웅하러 나서자 동우가 급히 손사래를 치며 말을 건넸다.

"엎어지면 코 닿을 데 사는데 배웅은 무슨. 우린 알아서 가겠네. 걱정 말고 자네도 푹 쉬게. 덕분에 와인 잘 마셨네."

"하하하. 네. 그런데 가져온 술을 도로 가져가셔야 하지 않겠습니까. 혹시 가다 넘어지기라도 하면 어쩌시려고요. 오늘만 제가 함께 가겠습니다."

크리스의 말에 그제야 아차 싶은 동우와 정연이었다.

동우는 기분 좋게 팔다리에 힘이 풀린 마당에 그 비싼 술을 들고 가다 정말 넘어지기라도 하면 평생 두 다리 뻗고 잘 수 없을 듯했다. 아내 역시 간이 떨려 술을 제대로 들고 갈 수 있을지나 의문이었다.

"그래. 그럼 오늘만 부탁하네. 내가 팔이 후들거려서 못 들고 가겠어. 승철이 자네 아들 내가 잠시 데려가네."

"하하하, 그래. 꼭 제자리에 돌려만 줘."

승철은 피식 웃으며 비싼 술이 든 박스를 덥석 쥐고서 동우를 따라나서는 아들의 모습에 흐뭇한 미소를 짓다 말고 서둘러 아들을 향해 다가갔다.

"도훈아. 조심 또 조심해. 잘 가져다드리고 와. 도영아, 너도 형하고 같이 다녀와라."

승철은 하나보다는 둘이 가는 편이 더 안전할 듯해 픽픽거리며 웃는 도영이까지 함께 보내고서야 마음을 조금은 놓을 수 있었다.

혹시나 하는 마음에 승철과 지선이 거실 통유리창을 통해 밖을 내다보았다. 형제가 옆에 나란히 서서 함께 걸어가며 무슨 얘기를 나누는지 큰아들의 얼굴에 미소가 걷히지 않는 모습에 덩달아 흐뭇한 미소가 그려졌다. 그렇게 두 아들이 동우의 집으로 들어갈 때까지도 눈길을 떼지 못하는 두 사람이었다.

"이게 꿈이야 생시야. 나는 아직도 도무지 믿기지 않아. 설마 내일이면 사라져 버릴 일장춘몽은 아니겠지?"

승철이 아내를 향해 두려움 섞인 말을 흘려보냈다.

"그러게요. 나도 아직 꿈같네요. 언제쯤 현실같이 느껴지려나. 사람이 너무 행복해도 불안하네. 미국 갔다가 돌아오지 않으면……."

지선도 구름 위에 머무는 듯한 기분이 좀처럼 믿기지 않았다. 분명 다시 오겠다고 했으니 믿어야 하는데 순간순간 스미는 달갑지 않은 불안함에 조용히 한숨을 내쉬었다.

"그래도 어디 있는지 아는 게 어디야. 우리는 그냥 도훈이 믿고 기다리면 돼. 온다고 했으니 반드시 돌아올 거야. 도훈이가 그랬잖아. 일 때문이 아니라 해도 가족을 만나기 위해서라도 다시 올 거라고…… 그러니 무조건 믿어. 우리는 믿고 기다려 주기만 하면 돼."

승철은 눈물을 글썽이는 아내의 등을 토닥이며 아들이 동우의 집에서 나오는 모습을 물끄러미 바라보았다.

'살아 있는 게 어디야. 이렇게 볼 수 있는 게 어디야.'

부부는 부지런히 집을 향해 오는 두 아들을 보며 서둘러 가라앉은 마음을 다독이고는 빠르게 테이블을 정리했다.

이내 집으로 들어선 크리스와 도영이 일손을 거들고 나섰다. 손사래를 치며 말리는 지선을 뒤로하고 둘이서 함께 설거지를 시작했다.

지선은 보는 것도 아까운 아들이 번거로운 일을 하는 것이 못마땅했지만 아들이 이렇게 밀어 내니 방법이 없었다. 아들의 뒤에서 안절부절못하며 설거지하는 모습을 지켜보는데 승철이 가만히 지선을 끌어당겼다.

"당신은 그만 들어가 씻어. 당신이 그렇게 있으면 도훈이 불편할 거야. 그냥 하게 둡시다."

평소 아내를 도와 설거지도 곧잘 했던 승철이었기에 차라리 제가 하고 싶은 마음이 굴뚝같았으나 오늘은 물러나 주는 게 나을 듯했다. 이렇게라도 형제의 정을 나누기를. 승철은 투닥거리며 설거지하는 두 아들을 말없이 지켜보다 아내와 함께 조용히 자리를 비켜 주었다.

크리스는 제법 야무지게 그릇을 닦는 동생을 보고 피식 웃었다.

"설거지 제법 많이 해 봤나 보다. 잘하는데?"

"그러는 형은? 이런 거 손도 안 대게 생겼는데 꽤 잘하네."

"풋. 사실 혼자 있을 땐 이런 거 잘 안 하긴 하지."

"그렇지? 막 사람 쓰고 그래? 아니다. 매번 호텔에서 생활하나?"

크리스는 도영이 툭툭 던지는 말이 왜 이렇게 재밌는지 모르겠다. 이상하게 녀석과 계속 얘기 나누고 싶어지는 자신이 어색해 고개를 내저으며 말했다.

"뭐. 사람을 쓰기도 하고, 호텔에서 생활할 때가 많은 것도 사실인데 대체로 아파트에서 생활해. 음식은 사 먹는 거 반, 해 먹는 거 반. 집에서 해 먹을 땐…… 주로 식기세척기를 사용하지."

"아…… 식기세척기. 그래도 기계보다야 사람 손이 낫지, 안 그래?"

"그럼 너는 앞으로도 계속 네가 해. 어머니는 여기 있는 식기세척기 사용하시라고 하고."

열심히 그릇에 거품 칠을 하던 도영의 손이 스르륵 멈추더니 제 형을 제법 매섭게 노려보았다.

"우리 집에…… 식기세척기가 있다는 말로 들리는데?"

"몰랐어? 바로 네 옆에 있는 게 식기세척기야."

"아니, 그걸 왜 이제 말해?!"

도영이 파르르하며 불퉁하게 말하는 소리에 크리스는 참았던 웃음을 터트렸다. 야무지게 손을 헹구더니 빌트인 식기세척기를 열고서 감탄하며 다시 저를 노려보는 질풍노도와 같은 동생의 눈빛에 놀리지 않는 편이 나을 듯해 얼른 말을 꺼내는 크리스다.

"너하고 얘기가 하고 싶었나 보지."

크리스는 파르르할 때는 언제고 이내 입꼬리를 실룩거리며 다시 얌전히 수세미를 들고서 그릇에 거품을 칠하는 도영을 보고 환하게 웃으며 이름을 불렀다.

"박도영."

"어."

"이따 자기 전에 나 좀 잠깐 보자."

"왜?"

"할 말이 있어서. 형이 네 방으로 갈게."

파르르할 때는 언제고 금방 싱글벙글 웃으며 고개를 끄덕이는 도영의 모습에 덩달아 웃게 되는 크리스였다.

크리스는 샤워를 마치고 도영에게 빌린 옷을 걸치고서 한숨을 내쉬며 거울 앞에 섰다. 차라리 벗고 싶은, 발목이 훤히 드러난 바지를 보고 피식 웃으며 미간에 주름을 잡았다.

'돌아갈 때 내 옷을 좀 남겨 두고 가야겠어.'

크리스는 고개를 절레절레 흔들며 도영의 방으로 가 문을 두드렸다. 노크를 두 번 하기도 전에 벌컥 열리는 문에 깜짝 놀라 버렸다. 여차하면 도영의 얼굴을 치지 않았을까 싶을 만큼 문이 빨리 열린 탓이었다.

"어서 와. 형."

"그래. 샤워했어?"

"어."

답을 하고서 도영이 크리스를 머리끝에서 발끝까지 쭉 훑어 내리더니 발목 부분을 보며 풉 하고 웃음을 터트렸다.

"시원하고 좋겠네."

"그러게. 차라리 반바지를 달라고 할 걸 그랬지?"

"풉. 풉. 푸하하하. 그러게 왜 그렇게 길어 가지고."

크리스는 농담 같지도 않은 말을 귓등으로 흘려보내고 동생 방으로 들어서더니 넓은 방 한편에 놓인 책장을 향해 발걸음을 옮겼다.

멀뚱멀뚱 제자리에 멈춰 선 채 보고만 있는 도영을 불렀다.

"박도영 안 와?"

"오라고 하지도 않았으면서."

한마디도 지지 않고 구시렁거리는 도영을 바라보며 어느새 제 앞에 다가온 동생의 어깨에 팔을 둘렀다.

도영은 친근하게 제 어깨에 팔을 두르는 형을 흘긋 바라보며 씩 웃었다. 지금까지 형과 만난 횟수라고 해 봐야 다섯 손가락에 꼽을 만큼 적었고 그중 오늘처럼 형이 친근하게 대해 주는 건 거의 처음인 듯했다. 이제야 정말 친동생처럼 생각하고 편하게 다가오는 것 같아 기분이 날아갈 듯 펄럭거렸다.

크리스는 미소를 감추지 않는 동생의 얼굴이 더 환하게 빛나기를 바라며 책장을 옆으로 밀고서 숨은 공간의 문손잡이에 손을 올렸다.

도영은 전혀 상상할 수 없었던 공간 앞에서 잔뜩 의아한 눈을 들어 형을 바라보며 물었다.

"뭐야? 다른 곳이랑 연결된 거야?"

"뭐. 그렇다고 볼 수 있지. 어쨌든 다 너를 위한 공간이야. 그럼 들어가 볼까?"

크리스가 천천히 문을 열었다. 칠흑 같은 공간으로 도영과 함께 한 발 들어서며 곧장 불을 밝히자 옆에 있던 도영이 급히 숨을 들이켜더니 일순 호흡을 멈추었다.

이내 멈추었던 숨을 헉하고 내쉬는가 싶더니 이번에는 들숨 날숨이 제멋대로 엉키는 듯했다.

"형…… 형…… 이게 지금…… 하……."

"대표님 결혼식 축가비야. 대표님이 너 연습실 알아보라고 하시더라. 어디 다른 데 가는 것보다 네가 원할 때 언제든 드나들 수 있는 곳이 나을 것 같아서 리모델링으로 대신했어. 방음 시공까지 완벽하게 돼 있어. 어때? 마음에 들어?"

도영은 제 방만큼이나 넓은 공간에 마음을 온통 다 빼앗기고 말았다. 넓고 쾌적한 건 말할 것도 없이 그 공간을 차지한 악기들을 보며 정신을 차릴 수가 없었다.

도영의 눈이 정신없이 방을 돌아다녔다. 가장 정면에 보이는 대형 모니터를 시작으로 그 앞에 놓인 컴퓨터와 신시사이저, 왼쪽에 우뚝 서 있는 대형 스피커와 오디오 인터페이스에 건반과 녹음을 위한 장비까지. 평소에 너무나 바라고 꿈꿔 왔던 공간을 멍하게 둘러보며 할 말을 잃고 말았다.

혼이 나간 듯한 도영의 어깨를 살짝 흔들며 크리스가 말을 꺼냈다.

"도영아, 저기 가서 수납장 문 한번 열어 볼래?"

"어? 어…… 어."

멍하게 대꾸하며 수납장으로 가 손잡이를 잡고서 천천히 문을 열어 보는데 그곳에는 종류가 다른 기타 두 대가 놓여 있었다.

도영은 터질 듯한 심장 소리에 신경 쓸 여력이 없었다. 정신이 혼미해지는 듯한 느낌에 양손으로 머리를 부여잡았다.

"형…… 하…… 형."

저도 모르게 도영의 눈에서 눈물이 후둑후둑 떨어졌다.

크리스는 동생의 울먹이는 목소리에 놀라 서둘러 도영에게 다가갔다.

"왜? 마음에 안 들어?"

"마음에 안 드냐고? 형. 지금 장난해? 아니, 어떻게…… 어떻게 이게 마음에 안 들 수가 있어?! 살면서 이런 걸 가져 볼 거라고는 상상조차 하지 못했어. 내가 얼마나…… 얼마나 갖고 싶어 했던 것들인데."

"그런데 왜 울어?"

형의 말에 그제야 자신이 운다는 걸 알게 된 도영이 서둘러 고개를 돌리며 눈물을 닦았다. 꼼꼼하게 눈물을 닦고서 다시 둘러봐도 믿기지 않는 공간을 보며 나오는 건 외마디 감탄사와 놀란 한숨밖에 없었다.

"장비도 전부 큰형이 준 거라고?"

"장비는 내가 알아보고 샀는데 맞게 산 거야?"

크리스는 말없이 저를 뚫어져라 바라보는 동생을 마주하며 도대체 동생이 무슨 생각을 하고 있는지 궁금했다. 분명 좋아하는 것 같은데 왜 이렇게 복잡해 보이는지. 다시 말을 걸어 볼까 하는 찰나 갑자기 녀석이 성큼 다가오더니 저를 덥석 끌어안았다.

"형. 고마워. 진짜. 정말. 너무…… 고마워."

숨 막힐 정도로 꼭 끌어안은 동생의 등을 가만히 토닥이며 싱긋 웃는 크리스였다. 한동안 악기와 장비를 알아보느라 들였던 노력과 수고를 일시에 보상받는 기분이었다.

도영은 충동적인 기분에 형을 덥석 안았지만 이내 머쓱한 생각이 들어 주춤주춤 형에게서 떨어지며 쑥스러운 듯 말했다.

"내가 꼭…… 이런 것들 때문에 고맙다고 하는 거 아니야. 진심으로 고마워서 그래. 나 때문에 신경 써 주고…… 이것……저것 알아봐 주고…… 아무튼…… 근데 저 장비들 많이 비싸지 않아? 거의 전문가들이 사용하는 장비라고 알고 있는데."

민망함에 주섬주섬 말이 나왔다.

크리스는 그런 동생을 귀엽게 바라보며 피식 웃었다.

"구할 수 있는 중에 제일 좋다는 것들로 샀어. 뭐든 한번 살 때 제대로 사야 교체하는 수고를 덜 수 있지. 안 그래?"

"형. 비서라면서 그렇게 돈을 잘 벌어?"

"뭐…… 많이 받기도 하고…… 모아 둔 돈도 많아. 그건 왜?"

"이렇게 쓰다가는 금방 거덜 날 것 같아서 그래. 아무리 돈이 많아도 그렇지 앞으로는 좀…… 아껴 쓰라고."

크리스는 웃음이 터져 나오려는 걸 입술을 앙다물며 간신히 참았다. 심각한 표정으로 진지하게 충고하는 동생을 보며 웃음으로 그 착한 마음을 다치게 하고 싶지 않았다.

"그래. 앞으로는 그렇게 할게. 그리고 이거."

크리스가 바지에 넣어 뒀던 카드를 꺼내 도영에게 건넸다.

"이게 뭔데?"

"아르바이트하지 말고 앞으로 필요한 게 있으면 이 카드로 사. 매달 용돈 넣어 줄게."

"이러지 않아도 돼. 형이 무슨 현금지급기도 아니고. 지금까지 받은 것만 해도 평생 갚아도 못 갚을 텐데."

"난 갚으라고 한 적 없는데."

"말이 그렇다고. 당장은 갚을 능력도 없지만…… 아무튼 카드는 됐어. 그거까지는 못 받아."

이미 받아도 너무 많이 받았다. 도영은 형에게 하나 해준 것도 없이 받기만 하는 것이 미안하기만 했고 크리스는 보면 볼수록 기특한 동생에게 뭐라도 더 해 주고 싶은 마음뿐이었다.

"그럼 일단 가지고 있어. 내가 미국 가더라도 옆에 있다 생각하고 꼭 필요할 때 써. 미련하게 고생하지 말고."

"……알았어. 나…… 꼭 성공할 거야. 성공해서 형한테 받은 거 꼭 갚을 거야."

"그러든지."

서로의 눈을 마주하는 두 형제의 입가에 꼭 닮은 부드러운 미소가 가만히 피어올랐다.

9

조프와 제이는 뉴욕에 위치한 조프의 광활한 저택에서 신혼 생활을 시작하게 되었다. 조프가 출근하고 없는 낮 동안 제이는 드넓은 정원을 한가로이 거닐며 바빴던 일상에서 벗어나 여유로운 시간을 만끽하고 있었다.

제이는 정원을 이리저리 거닐며 잠시 생각에 잠겼다. 이곳에 도착한 지 불과 사흘 남짓. 제게 닥친 너무나 큰 변화에 아직은 익숙해지지 않아 꿈을 꾸고 있는 건 아닌가 하는 착각이 들었다.

한국에서 머물렀던 그의 별장만 해도 충분히 놀라웠는데 이곳은 더 말할 필요가 없었다. 끝이 보이지 않는 광활한 저택은 사흘이 지나도록 다 둘러보지도 못했다. 임신하지 않았다면 혼자서라도 온종일 구석구석 다 둘러볼 텐데. 임신 초기, 게다가 입덧으로 제대로 된 음식을 섭취하지 못해 기운이 없는 상태에서 온종일 돌아다니는 건 무리였다.

그래서 며칠째 그가 퇴근해 집으로 돌아오면 함께 손잡고 두세 곳 정도 둘러보는 게 다였다.

'오늘은 어떤 곳을 보게 될까.'

궁금한 마음 반, 걱정 반. 알면 알수록 놀라운 저택의 규모와 그의 재력, 자신과는 전혀 달랐던 그의 생활환경을 눈으로 확인하며 매일이 놀라움의 연속이었다. 그가 함께 있을 때면 전혀 느낄 수 없는 괴리감이 이렇게 잠시만 떨어져 있어도 어김없이 찾아오고 있었다.

제이는 서둘러 파고드는 상념을 떨쳐 버리고 저택 본관으로 향했다. 현관으로 다다르기도 전에 저택에서 일하시는 엄마 나이대의 여성인 이자벨이 서둘러 다가와 말을 꺼냈다.

"홑몸도 아닌 사람이 어쩌자고 산책을 이렇게 오래 해. 아침도 제대로 못 먹었으면서."

"죄송해요. 조금만 둘러봐야지 하다가도 잠시 생각하며 걷다 보면 어느새 저 멀리 가 있더라고요."

"아휴. 조금 답답하더라도 당분간은 조심 또 조심해야지. 그러다 발목이라도 삐끗해 봐. 조프가 알면 난리 나지."

"네. 앞으로는 좀 더 조심할게요."

제이는 마치 엄마처럼 저를 걱정하는 이자벨을 보고 싱긋 웃었다.

이자벨은 조프의 유년 시절부터 그의 집안일을 도맡아 한 사람으로 조프가 독립할 때 함께 이곳으로 거처를 옮긴 듯했다. 이 저택에서는 가장 오래도록 일을 해 온 사람으로 집에서는 유일하게 조프를 마치 아들처럼 편하게 대하는 사람인 듯했다.

그래서일까. 저택에 온 이후 저를 가장 친근하고 편하게 대해 준 사람 중 하나였고, 입덧으로 고생하는 제게 마치 어미 새처럼 걱정을 늘어놓으며 하나라도 더 챙겨 먹이려 애쓰는 고마운 사람이었다.

제이는 이자벨의 성화에 서둘러 손을 씻고 식탁에 앉았다.

"오늘은 죽을 좀 끓여 봤어."

제이는 이자벨이 끓여 준 죽을 보며 저도 모르게 눈물을 글썽였다. 한국이라고는 근처에도 가 보지 않은 분이 조프와 결혼한 사람이 한국 사람이라는 걸 알게 된 순간부터 한국 음식을 배웠다고 했다.

입덧이 아니었다면 한국 음식이 아니라도 뭐든 다 잘 먹었을 테지만 입덧을 하는 지금은 사정이 전혀 달랐다. 기름진 음식은 보기만 해도 속이 울렁거렸다. 익숙한 한국 음식만 겨우 한술 뜨고는 했는데 그마저도 먹고 나면 곧장 화장실로 달려가 게워 내기 일쑤였다.

이자벨은 그러다 속 버리겠다고, 하루 종일 자신을 걱정하며 어떤 음식을 먹어야 속이 안 다칠까 고민하나 싶더니 어떻게 죽을 끓일 생각을 해 냈는지. 제이는 먼 타국에서 엄마처럼 자신을 챙기는 사람이 있다는 사실만으로도 감격스러워 눈물이 흘렀다.

"음식 앞에 두고 울기는 왜 울어."

"그러게요. 원래가 이렇게 눈물이 잦은 사람이 아닌데 이상하게 요즘은 좀 그러네요."

"임신으로 호르몬에 변화가 와서 그럴 거야. 당연한 현상이니 너무 걱정하지 말고 얼른 들어 봐."

제이는 흐르는 눈물을 서둘러 닦으며 이자벨에게 말을 건넸다.

"저랑 같이 드세요. 아직 식사 안 하셨잖아요."

"에이, 무슨. 난 이미 먹었지. 그러지 말고 얼른 먹어. 얼른."

"네. 그럼. 잘 먹겠습니다."

이자벨은 입꼬리를 올리고 인사하는 제이를 보고 흐뭇한 미소를 그렸다. 며칠 되지 않았지만, 이 예쁜 아가씨가 저택에 몰고 온 바람은 신선했다.

일하는 사람에게 함부로 대하지 않고 늘 친절하게 말을 건네며 자신보다 먼저 타인을 배려하는 모습에 저택에서 일하는 사람들 모두 진심으로 그녀를 반기게 되었다. 게다가 온 지 겨우 하루 만에 저택에 머무는 사람들의 이름을 전부 외운 것도 놀라운데, 보는 사람마다 친근하게 이름을 부르며 인사를 건네는 상냥한 모습에 사람들은 반하지 않을 수 없었다.

그 무엇보다 늘 표정 없이 저택을 드나들며 절로 사람들을 긴장하게 만들던 조프의 얼굴을 부드럽게 바꾸어 놓은 장본인이었다. 늘 무뚝뚝하고 근엄해 보이기만 하던 조프가 이렇게 부드러운 남자로 탈바꿈할 거라고 누가 감히 상상이나 했을까.

이자벨은 조프를 그렇게 오래 봐 왔으면서도 전에는 볼 수 없었던 감정이 담긴 다양한 표정들을 접하며 이 아가씨를 다시 보게 되었다.

가끔 저택에서 파티 하게 될 때면 손님으로 오는 다양한 부류의 까칠했던 여자들과는 차원이 다른 안주인을 보며 이자벨은 행복한 미소를 머금었다.

제이는 연기가 모락모락 피어오르는 노란색의 호박죽을 천천히 저어 한 김 식혔다. 다행히 죽에서는 별다른 냄새가 나지 않아 후각을 자극하지 않았고 먹기 전에 입덧을 하는 불상사는 일어나지 않았다.

저를 유심히 바라보는 이자벨을 향해 미소를 지으며 제발 먹고서도 속이 울렁거리지 않기를, 기껏 열심히 노력한 그녀에게 실망을 안기지 않기를 바라는 마음으로 조심스레 한 입 먹어 보았다.

다른 재료가 섞이지 않아서일까. 냄새가 자극적이지 않은 죽은 맛도 식감도 거슬리는 것 없이 부드럽게 넘어가고 있었다.

"어때? 울렁거리지 않아? 먹을 만해?"

이자벨이 미소를 거두며 걱정스레 물었다.

"네. 울렁거리지 않아요. 이건 먹어도 되겠어요. 그런데 호박죽은 또 어떻게 알고 끓이신 거예요?"

제이는 며칠 사이 음식을 먹기는커녕 냄새조차 맡기 거슬려 힘들었는데 이제야 먹을 수 있는 음식이 생겼다는 것에 안도했다. 무엇보다 자신을 위해 정성 들여 음식을 준비했을 그녀의 노력을 헛되게 만들지 않아도 된다는 것이 너무 기뻤다.

"한국에서 먹는다는 죽 종류를 찾아보는데 이게 그나마 냄새가 제일 덜할 것 같아서. 다행이야. 먹을 수 있는 음식이 생겨서."

"그러게요. 심지어 너무 맛있어요. 감사합니다."

제이는 엄마가 직접 만든 동치미 국물이 절실했지만 아쉬움은 죽과 함께 속으로 가만히 삼켰다. 지금은 뭐라도 먹을 수 있는 게 생겼다는 것만으로도 행복했다.

그렇게 한 입 두 입 먹다 보니 어느새 죽 그릇의 바닥이 보였다. 알뜰하게 바닥까지 싹 긁어 먹고서야 냅킨으로 입을 닦았다. 그 모습을 흐뭇하게 바라보던 이자벨이 잇새로 옅은 웃음을 터트리며 제이를 향해 물었다.

"원래 이렇게 잘 먹는 사람이었어?"

"그럼요. 가리는 것 없이 얼마나 잘 먹는데요. 오죽했으면 많이 먹는다고 놀렸어요. 조프가."

"설마."

"풋. 입덧 끝나고 식욕이 다시 돌아오면 완전 놀라실걸요?"

"아휴, 제발 그랬으면 좋겠네. 내가 음식 솜씨가 얼마나 좋은데. 그때 먹고 싶은 게 있으면 말만 해. 뭐든 해 줄게."

"나중에 말 바꾸기 없어요."

얼굴을 마주한 두 사람은 누가 먼저랄 것도 없이 웃음을 터트렸다. 오랜만에 찾아온 포만감에 즐거움도 잠시, 제이는 갑자기 찾아오는 메스꺼움에 급히 입을 가렸다. 서둘러 자리에서 일어나 화장실로 가려는데 이자벨이 제이를 붙잡았다.

이자벨은 혹시 몰라 테이블 아래 놓아두었던 통을 꺼내 제이에게 건넸고, 제이는 염치고 뭐고 생각할 겨를 없이 조금 전까지 맛있게 먹었던 호박죽을 고스란히 게워 놓고 말았다.

"이를 어째. 겨우 먹을 수 있는 게 생겼나 했는데."

제이의 등을 쓸어 주며 걱정스레 말하는 이자벨이다.

"하…… 죄송해요. 저 때문에 고생하셨을 텐데."

"아니야. 죄송은 무슨! 입덧이 마음대로 되는 것도 아닌데 괜한 데 마음 쓰지 마."

이자벨은 냅킨으로 입을 닦는 제이를 보며 서둘러 시원한 물을 가져와 건넸다.

제이는 물로 입을 헹궈 내고서 물을 한 모금 들이켰는데 그마저도 속이 울렁거리는 듯 제대로 삼키지 못했다.

"통 이리 주고 얼른 들어가서 좀 쉬어. 응?"

"제가 치울게요. 더러워요."

"쓸데없는 소리 말고 이리 내."

이자벨은 제이의 힘없이 내린 손에 들린 통을 얼른 빼앗았다.

"화장실에 가면 되는 걸 뭐 하러 통을 준비하셨어요. 번거롭게."

"번거롭기는 뭐가 번거로워? 그냥 버리고 씻기만 하면 되는걸. 얼른 들어가서 좀 누워. 그러다 쓰러지겠어."

"네. 그래야 할까 봐요. 좀 어지럽네요."

제이는 부드럽게 제 등을 미는 이자벨에게 희미한 웃음을 보이고서 방으로 들어와 입고 있던 옷을 주섬주섬 벗어 두고 힘없이 침대에 누웠다.

한편 이자벨은 조프가 일하러 가기 전에 입덧이 심한 제 아내를 걱정하며 오늘은 뭐라도 먹는지 그녀의 컨디션을 문자로 알려 달라던 말을 떠올리며 휴대폰을 꺼내 들었다. 일하는 조프에게 좋은 소식만 전하고 싶은데 오늘 역시 반갑지 않은 소식을 전하려니 안타까움에 한숨이 절로 나왔다.

문자를 보내고서 저녁은 뭘 좀 해서 먹여 볼까 고민하며 본채를 벗어나는 이자벨이었다.

그 시각. 조프는 제이가 걱정이 되어서인지 도통 입맛이 없어 점심을 먹는 둥 마는 둥 하고서 집무실로 돌아와 잠시 휴식을 취했다. 때마침 들리는 문자 알림 음에 서둘러 휴대폰을 들어 문자를 확인하는데 오늘도 제이가 먹은 음식을 게워 내고 말았다는 문자를 보며 조프의 미간에 주름이 깊게 드리웠다.

'하…… 이럴 줄 알았으면 아기를 가지지 말 걸 그랬어.'

이제 겨우 임신 초기인데 벌써 아기가 엄마를 이렇게 힘들게 하면 앞으로 제이를 얼마나 더 힘들게 할까. 태어나기도 전에 엄마를 힘들게 하는 배 속에 아기가 야속하기만 한 조프였다.

해가 질 무렵 조프의 차가 저택으로 들어섰다. 본관 앞에 주차하고 차에서 내리는 조프의 표정이 그다지 밝지가 않았다.

제이의 컨디션이 좀 나아졌는지 걱정하며 서둘러 집 안으로 성큼 들어서자마자 이자벨이 달려 나왔다.

"다녀왔습니다. 제이는요."

"말도 마. 점심때 그렇게 토하고는 잠들었는데 많이 힘들었는지 여태 일어나지 못하고 있어. 내가 안쓰러워 볼 수가 없어."

"하…… 네. 알겠습니다. 제가 가 볼게요."

제이에게로 향하는 조프의 걸음이 바빠졌다. 침실까지 가는 길이 왜 이렇게 길게 느껴지는지 예전에는 아무렇지 않게 생각했던 저택이 새삼 불편하게 느껴지는 조프였다.

다다른 침실 앞에서 조심스레 문을 열어 보니 제이는 세상모르고 잠에 빠져 있었다.

슈트 상의를 벗어 두고 답답한 넥타이를 풀며 제이가 잠든 침대로 다가가 살며시 걸터앉았다.

활기찬 사람이 얼마나 기운이 없으면 이렇게 죽은 듯 잠을 잘까. 조프는 웅크린 채 옅은 숨을 내뱉으며 자는 그녀의 모습이 너무 안쓰러워, 가만히 얼굴을 어루만지며 제이의 이마에 입술을 내렸다.

제이는 이마에서 느껴지는 촉촉한 감촉에 그제야 깊은 잠에서 깨어나 놀란 눈을 번쩍 떴다.

"맙소사. 내가 지금까지 잔 거예요?"

"그래. 몸은 좀 어때? 괜찮아? 오늘 점심 먹은 것도 토했다며."

제이는 자리에서 몸을 일으켜 앉아 저를 걱정스레 바라보는 조프의 얼굴을 두 손으로 감싸고서 그의 입술에 살포시 제 입술을 포갰다.

"미안해요. 이렇게 오래 잘 생각은 아니었는데. 최소한 당신이 퇴근할 때는 직접 맞아 주고 싶었는데……."

"지금 그게 문제야? 이러다 당신 정말 쓰러질까 봐 걱정돼. 일이 손에 잡히지 않아."

조프는 며칠 사이에 수척해진 제이의 얼굴을 보니 속이 상했다. 이러다 정말 잘못되기라도 하면 어쩌나 싶은 생각에 한숨이 절로 나왔다. 미간에 잔뜩 주름을 그린 채 허리를 숙여 제이의 배를 노려보다 큼직한 손을 들어 제이의 배를 문지르며 아기에게 부탁하듯 말을 꺼내는 조프였다.

"조이. 조이. 제발……. 엄마 좀 힘들게 하지 말아 줄래? 너 자꾸 이렇게 엄마 힘들게 하면 나중에 아빠가 혼내 줄 거야."

제이는 애처롭게 태명을 부르더니 너무나 진지하게 말을 하는 조프의 모습을 보며 잇새로 웃음이 새어 나왔다.

"그러지 말아요. 그러다 아빠 무서워서 안 나오고 버티면 어쩌려고."

"하…… 솔직히 조이에게는 좀 미안한 말이지만. 이럴 줄 알았으면 차라리 아기를 갖지 않,"

조프는 제 입술을 성급히 막고서 엄한 표정으로 고개를 가로젓는 제이를 보며 맺지 못한 말을 속으로 가만히 삼켰다.

"그런 말은 하는 거 아니에요. 다 듣는단 말이에요. 우리 조이 서운할 거예요. 몸이 조금 힘들긴 해도 우리 아기를 만날 수만 있다면 얼마든지 참아 낼 수 있어요."

조프는 제 입을 막은 제이의 손을 내리고서 품에 제이를 꼭 끌어안으며 등을 부드럽게 어루만졌다.

“혼자 힘들게 해서 미안해. 내가 입덧을 대신 할 수 있으면 좋을 텐데.”

“그러지 말아요. 나 때문에 당신도 요즘 제대로 못 먹잖아. 일하는 사람이 식사라도 제대로 해야 하는데. 내 걱정 말고 당신이라도 잘 챙겨 먹어요. 아차. 지금 이럴 때가 아니잖아. 배고프겠어요. 얼른 씻고 나와요. 저녁 먹게.”

“알았어. 그 전에 이렇게 잠시만 있자.”

제이는 고단함이 묻어나는 그의 목소리에 너른 등을 위로하듯 천천히 어루만졌다.

조프는 온종일 걱정으로 얼룩졌던 마음이 조금씩 편해지는 걸 느끼며 들려오는 제이의 음성에 귀를 기울였다.

“그래도 조금씩 좋아지고 있어요. 오전까지만 해도 음식 냄새만 맡아도 울렁거려서 제대로 먹지도 못했는데 점심땐 죽 한 그릇을 다 먹었어요. 뭐…… 결국 다…… 그렇게 되기는 했지만.”

“입덧이 언제쯤 끝날까?”

“사람따라 다 다른가 봐요. 한 달 정도만 더 고생하면 되지 않을까?”

“한 달씩이나? 하…… 그 전에 당신이 말라 죽겠어.”

조프는 품에 안긴 채 피식 웃음을 터트리는 소리에 품에서 제이를 떼어 놓으며 볼멘소리를 했다.

“제이. 당신은 이 상황에 웃음이 나와?”

“그러게. 참 이상하지. 왜 이 상황에 웃음이 나오고, 몸은 분명 힘든데 난 왜 이렇게 행복할까요?”

제이는 싱겁게 피식 웃더니 제 입술에 내려앉는 사랑스러운 그의 입술을 부드럽게 머금었다. 한동안 서로를 위로하듯 부드럽게 오가던 마음이 서서히 멈추고 아쉬운 듯 입술이 떨어졌다.

조프가 제이의 긴 머리카락을 쓸어내리며 지금 이 말을 해 주는 게 나을지 잠시 망설이다 입을 열었다.

“지금 이사회에서 새로운 사업부 신설 관련해서 논의 중이야. 처음엔 당신에게 바인스 관련 프로젝트만 맡겨 볼 생각이었어. 그런데 이사회에서 다른 제안을 했어.”

조프는 긴장한 표정으로 저를 뚫어져라 바라보는 제이의 모습에 싱긋 웃으며 하던 말을 이었다.

“당신이 한국에서 어떻게 일을 하는지, 얼마나 맡은 일을 잘 해냈는지. 이미 충분히 확인했고 검증이 끝난 상태라며, 아예 이참에 당신을 필두로 호텔 인테리어 사업부를 신설하는 게 어떤지 하고. 그렇게 되면 바인스는 물론이고, 앞으로 인수하게 될 호텔의 리모델링이나 인테리어와 관련한 모든 일에 당신이 관여하게 될 거야.”

조프는 갑자기 저에게 덥석 안겨 오는 제이를 기쁘게 마주 안으며 함빡 웃었다. 일에 대한 열정만큼은 자신 못지않다는 걸 너무나 잘 알기에 제이라면 분명 기뻐할 거라 예상했다. 그래서인지 그녀의 이런 반응이 놀랍지도 않았다.

“그렇게 좋아?”

말없이 격하게 고개를 끄덕이는 그녀의 모습에 뿌듯한 마음도 잠시. 하필 임신 중이라 그녀가 일을 시작해도 될지 걱정이 되지 않을 수 없는 조프였다.

“다음 주 중이면 아마 결정될 거야. 결정되더라도 바로 시작하지는 않아. 관련 직원들도 채용해야 하고 준비할 것들이 많아. 그 전에 당신 컨디션이 회복되면 다행인데 만약 그러지 않으면…… 무리하지 않아도 돼. 당신 자리는 비워둘 테니 절대 조급하게 생각하지 말고 무조건 최우선으로 당신 몸부터 생각해야 해, 알지?”

제이는 조프의 품에서 나와 흥분된 표정을 감추지 못한 채 말을 건넸다.

“아무 걱정 하지 말아요. 입덧만 끝나면 아무 문제 없어요. 내가 체력 관리를 얼마나 잘하는데. 조프…… 정말 나에게 일어나는 일들이 도무지 믿기지가 않아요. 나 지금 꿈꾸는 거 아니죠?”

너무 흥분했는지 정신이 몽롱한 게 정말 꿈속인가 싶었다.

"왜 아니야? 나와 함께하는 모든 순간이 꿈같을 거야. 내가 그렇게 만들 테니까."

제이는 다시 그의 품을 파고들며, 꿈같은 행복에 젖어 허우적거렸다.

"그럼 이제 저녁 먹으러 갈까?"

"그래요. 가요. 저녁 먹으러."

조프는 입덧이 두려운지 잠시 멈칫하던 제이가 이내 결심한 듯 고개를 끄덕이는 모습에 입매가 느슨하게 하늘을 향했다. 제이의 양 볼을 아프지 않게 살짝 꼬집고서 귀여운 모습으로 변해 버린 얼굴을 보며 피식 웃다 먼저 자리에서 일어섰다.

"씻고 나갈게. 당신 먼저 나가 있어."

"네. 빨리 나와요."

씩씩하게 대답하고서 옷을 걸치는 제이를 물끄러미 바라보다 참지 못하고 등 뒤에서 다시 가만히 제이를 끌어안는 조프였다.

"사랑해. 제이."

"나도 사랑해요. 조프."

조프는 달콤한 제이의 목소리에 미소를 띠며 제이를 놓아주고 서둘러 욕실로 향했다.

거추장스러운 옷을 훌훌 벗어 버리고, 차가운 물에 욕구가 충족되지 않아 불편한 몸을 맡기며 조금 전 보았던 제이의 모습을 떠올리지 않기 위해 머리를 흔들었다.

얇은 슬립만 입은 채로 침대에서 일어나 앉던 모습부터 제 얼굴을 어루만져 주던 사랑스러운 그녀의 얼굴. 스스럼없이 제 품에 안기는 달콤한 몸짓. 서둘러 수줍게 옷을 걸치던 모습까지 무엇 하나 떨쳐지지 않는 모습에 한숨을 크게 내쉬었다.

조프는 수시로 달려드는 짐승 같은 본능을 언제까지 다스릴 수 있을지 장담할 수가 없었다. 부디 제 자제력이 본능보다 굳세기를 바라고 또 바라며 빨리 나오라던 그녀의 말이 무색하게도 한참을 찬물이 나오는 샤워기 아래 서 있어야 했다.

다 씻고 편한 옷으로 갈아입고 나오는 조프를 보며 이자벨이 핀잔을 줬다.

"얼른 먹으러 나오지 않고 뭘 이렇게 꾸물거려. 아내를 이렇게 오래 기다리게 해서야 되겠어?"

"풋. 그러게요."

제이는 치아가 보이도록 환하게 웃으며 자리에 앉는 멋진 조프의 모습에 심장이 두근거렸다.

사실 그가 침실에 들어와 저를 깨운 순간부터 그랬는지도 모르겠다. 어떻게 날이 가면 갈수록 더 좋아질 수가 있는지. 과연 언제쯤 저 멋진 모습에 무뎌질 수 있을까 혼자 생각하다 피식 웃었다.

이자벨은 테이블 매트를 놓으며 조프를 향해 예쁘게 미소 짓는 제이를 보고 놀리듯 물었다.

"조프가 뭘 어쨌기에 아까까지만 해도 곧 죽을 것같이 힘없이 늘어지던 사람이 이렇게 생기가 돌까 몰라? 남편이 오니 없던 힘도 나나 봐?"

"하하하. 그러게요. 남편이 오니까 이제야 힘이 나네요."

능청스러운 제이의 말에 조프가 크게 웃음을 터트렸다. 이자벨은 그 모습을 보고 흐뭇하게 웃으며 다시 말을 꺼냈다.

"두 사람은 천생배필이야. 눈만 맞아도 좋다고 웃지를 않나. 입덧을 같이 하지를 않나."

이자벨의 말에 조프가 의아한 눈을 들어 물었다.

"입덧은 제이가 하죠. 저야 뭐 대신 해 주고 싶지만 그럴 수 없으니 답답할 뿐이고."

"모르는 소리. 조프도 요즘 통 못 먹잖아. 제이처럼 게워 내지만 않을 뿐이지 식욕도 못 느껴. 전처럼 제대로 먹지도 못해. 그것도 입덧이야. 성격만 다를 뿐이지."

이자벨이 두 사람의 앞에 같은 죽 그릇을 놓아 주며 하는 말에 두 사람이 놀란 눈을 마주했다. 그녀의 말을 곰곰이 생각해 보니 그런 것도 같았다.

조프는 제이가 먹는 음식을 같이 먹고 있었다. 말은 제이가 냄새에 힘들어하니 그녀를 위해 같은 음식을 먹는 거라 하지만 사실 딱히 무언가 다른 음식을 먹고 싶다는 생각이 들지 않았다.

먹는 양도 평소와는 확실히 달랐다. 조금만 먹어도 속이 더부룩한 느낌에 많이 먹지 못했는데 그것도 입덧의 증상이라니 놀라지 않을 수 없는 조프였다.

제이는 눈을 아래로 내리깔고서 멍하게 생각에 잠긴 조프를 물끄러미 바라보았다. 며칠간 입덧으로 정신이 없어 그에게 너무 무신경했던 게 아닌가 하는 생각에 뒤늦은 미안함이 찾아들었다.

조프는 아래로 향하던 눈을 들어 곧장 제이를 바라보았다. 걱정으로 얼룩진 표정을 보니 무슨 생각을 하고 있는지 굳이 묻지 않아도 알 것 같았다.

"난 괜찮아."

"내가 안 괜찮아요. 나야 집에서 쉬니까 못 먹어도 괜찮지만 당신은 잘 먹어야 할 텐데……."

이자벨은 서로를 걱정하는 두 사람을 보고 방긋 웃으며 대화에 끼어들었다.

"둘 다 쓸데없는 걱정 하지 말고 어서 먹기나 해. 조프가 없어서 못 먹는 사람도 아니고 언제라도 먹고 싶다고만 하면 뭐든 말만 하면 되는 걸 별걱정을 다 해. 지금은 아기 생각해서라도 엄마가 누구보다 잘 먹고 마음 편하게 있어야지."

"제이. 들었지? 내 걱정은 하지도 말고 어서 먹어. 당신이 잘 먹는 걸 봐야 나도 마음 편하게 먹지."

제이는 자신을 유심히 바라보는 조프와 이자벨을 번갈아 보며 피식 웃고 말았다. 곧 아기를 낳아야 할 사람이 되레 아기가 될 것 같은 기분에 고개를 설레설레 내저었다.

"잘 먹겠습니다."

인사를 하고서 조심스레 흰죽을 한술 떠 입에 넣었다. 점심때 먹었던 죽과 마찬가지로 거부감 없이 잘 넘어갔지만 다 먹은 후에 또 왈칵 쏟아 낼까 두려워 서두르지 않고 천천히 먹기 시작했다.

제이가 먹는 모습을 보고서야 조프도 수프처럼 묽은 죽을 먹기 시작했다. 한식에 익숙하지 않은 이자벨이 제이를 위해 이렇게 신경 써 주는 것이 고마워 옆에서 먹는 모습을 지켜보는 이자벨을 향해 미소를 지어 보이는 조프였다.

이자벨은 두 사람이 음식을 먹는 모습을 보고서야 부부를 위해 조용히 자리를 비켜 주었다.

"어때? 부드러워서 먹기 괜찮은 것 같은데."

"네. 잘 넘어가요."

제이는 아까처럼 잘 먹고서 또 속이 안 좋아질까 봐 두려웠지만 말하지 않았다. 가뜩이나 입맛 없어 고생하는 사람에게 걱정거리를 더 보태고 싶은 마음은 없었다.

"다 먹고 데이트하자. 오늘은 다른 곳을 구경시켜 줄게."

"좋아요. 입덧만 아니었으면 벌써 혼자서 이곳저곳 다 구경했을 텐데."

"왜 아니겠어? 차 없이 당신 두 다리만 가지고서도 충분했을걸?"

"그러게. 오늘도 혼자서 시간 가는 줄 모르고 정원 돌아다니다 점심때를 한참 놓친 거 알아요? 이자벨에게 한 소리 들었어요. 홑몸도 아닌데 혼자 오래 돌아다닌다고. 발목이라도 삐끗하는 날엔 당신이 걱정할 거라고."

"혼날 만했네. 얼마나 다녔을지 안 봐도 훤해. 답답하겠지만…… 당분간만이라도 조심해 줘. 당신이 다친다는 생각만 해도 끔찍하다고."

"알았어요."

제이는 이렇게 그와 마주 앉아 눈을 맞추며 소소한 일상을 함께 나누는 이 시간이 너무 소중했다. 회사에서 맡은 과중한 업무에 힘들고 지칠 만도 한데 피곤한 기색 하나 없이 대화를 받아 주는 그가 너무 고마웠다. 그렇게 대화를 나누며 천천히 먹다 보니 어느새 그릇이 다 비워졌다.

제이는 뒷일을 생각해 가능하면 적게 먹으려 했는데 의지와는 다르게 깨끗하게 비워진 그릇을 보며 조프 몰래 조용히 한숨지었다. 제발 이번만큼은 먹은 음식을 다시 확인하는 일이 없기를 바라며 옆에 놓인 물로 입가심을 했다.

조프 역시 입가심을 하며 한 그릇을 깨끗하게 비운 제이를 보고 안도의 미소를 지었다. 먹기도 전에 메스꺼움으로 힘들어하던 모습만 보다 이렇게 흰죽이라도 다 먹는 모습을 보니 그렇게 마음이 놓일 수가 없었다.

"다 먹었으면 그만 가 볼까?"

조프가 자리에서 일어나 제이에게 손을 내밀었다.

"좋아요. 오늘은 또 어떤 모습을 보게 될지 심히 기대가 되네."

제이는 그가 내민 손을 기쁘게 마주 잡으며 해사하게 웃어 보였다.

"기대해도 좋아. 오늘뿐만 아니라 늘 기대를 안고 살아. 당신 삶이 지루하지 않게 해 줄게."

"지루한 게 뭐야? 당신을 만나고부터 단 한 순간도 지루할 틈이 없어서 그 단어의 뜻을 잊은 지 오래예요."

너무나 흡족한 말에 조프가 껄껄 웃더니 제이의 이마에 입을 맞추고서 기쁘게 제이의 손을 이끌었다.

조프는 차를 타고 갈까 하다가 소화도 시킬 겸 갈 때는 걸어가 보기로 했다. 제이의 손을 꼭 잡고서 늘 가던 너무나 익숙한 길을 걷는데 혼자 갈 때와는 전혀 색다른 기분이었다.

시원한 공기를 폐부 깊숙이 들이켜며 초롱초롱 빛나는 눈빛으로 저를 향해 종알종알 말을 건네는 제이를 보는 순간 평범하던 길도 특별해지고 그저 시원하기만 했던 바람도 달게 느껴지는 듯했다.

해맑은 웃음을 지으며 제 손을 잡고 이리저리 가는 방향을 자꾸만 이탈하는 모습은 마치 스페인에서 데이트하던 때를 연상하게 했다.

"와, 정말. 늘 저택 앞으로만 다녔지 뒤쪽도 이렇게 멋질 줄은 몰랐어요. 세상에 집에서 이런 가로수에 이런 야경을 보게 될 줄이야. 어디 따로 나갈 필요가 없겠어."

제이는 조프가 자신만을 유심히 바라보는지도 모른 채 은은한 조명이 어우러진 눈부신 야경에 도취되어 있었고, 조프는 그런 제이에게 심취해 있었다.

결국 조프는 부지런히 걸음을 옮기는 제이의 손을 살며시 힘주어 잡아 자신보다 한 발 앞선 그녀의 걸음을 멈춰 세웠다. 긴 머리를 흩날리며 자신을 향해 뒤돌아보는 제이의 허리를 한 손으로 휘감고서 다른 한 손으로 그녀의 머리를 쓸어 넘기며 곧장 입술을 파고들었다.

잠시 놀라 주춤하며 눈을 동그랗게 뜨더니 이내 스르르 눈을 감고서 제 마음이 드나드는 입술을 달콤하게 감싸 주는 제이였다.

제 허리를 부드럽게 안는 그녀의 손길과 뜨거운 호흡이 새어 나오는 촉촉한 입술의 감촉에 온몸이 소리 없는 아우성을 치는 듯했다. 언제쯤이면 다시 그녀 안에 파고들 수 있을까. 얼마나 더 참아야 흐느끼며 황홀경을 맞이하는 그녀의 눈부신 자태를 다시 볼 수 있을까. 임신이라는 축복 속에 감내해야 할 일들이 이렇게 많을 줄은…… 미처 몰랐던 조프였다.

조프는 본능을 간신히 다스리며 달콤한 유혹에서 벗어나 제이의 이마에 제 이마를 가만히 대고서 다짐하듯 말을 꺼냈다.

"우리에게 아이는 하나면 충분할 거야. 더는 없어도 될 것 같아."

그의 말이 무슨 뜻인지 모르지 않는 제이는 감추지 못한 웃음을 싱긋 떠올리며 그의 허리에 머물러 있던 손을 들어 조프의 목에 팔을 감았다. 그의 짙은 눈빛을 마주하며 달래듯 그의 입술을 조심스레 머금고서 그의 말에 응답했다.

"음…… 당신에게 잠재되어 있는 미래의 우리 아기들에게는 정말 미안한 말이지만…… 나도 당신과 생각이 같아요."

제이가 조용히 읊조리듯 하는 말에 신음을 터트리며 다시금 제이의 입술을 파고드는 조프였다.

조프와 제이는 알 리가 없었다. 그 잠재되어 있던 베이비들이 조프의 인내심을 시험하고, 시험하고, 또 시험에 빠지게 할 거라고는 감히 상상도 할 수 없는 두 사람이었다.

저택의 뒤뜰에서 마치 첫 키스를 하는 연인처럼 오래도록 키스에 심취해 있던 두 사람이 간신히 정신을 차리고서 서로의 번들거리는 입술을 닦아 주었다.

"당신이 기대하라고 했던 그곳을 오늘 볼 수는 있을까요?"

허를 찌르는 제이의 농담에 조프가 입술을 실룩거리나 싶더니, 결국 참지 못한 웃음을 크게 터트리며 제이의 허리를 한 손으로 그러안아 가던 길을 재촉했다.

그렇게 한참을 걸어서야 겨우 목적지에 도착한 두 사람이었다.

제이는 한참을 올려다봐야 하는 건물을 바라보며 이곳은 과연 무얼 하는 곳일까 혼자 상상의 나래를 펼쳤다. 조프가 입구에 있는 도어록을 열자 거대한 문이 서서히 열렸다.

문이 열림과 동시에 안쪽에 불이 단계별로 팡팡 켜지나 싶더니 이내 안쪽 공간이 훤하게 밝아졌고 동시에 제이의 입도 훤하게 오픈되어 버렸다.

"하……."

눈으로 보고도 믿을 수 없는 공간을 멍하게 바라보며 감히 할 말이 떠오르지 않았다.

그가 타고 다니는 차가 예사롭지 않다 생각은 했지만, 할머니께 선물 받은 제 차 역시 평범과는 거리가 멀었기에 그가 차에 관심이 많을 거라 짐작했지만 설마 이 정도일 줄은.

그의 취미가 이렇게 엄청날 줄은 감히 상상조차 하지 못했던 제이였다.

"입 다물어. 벌레 들어가. 갑자기 누가 생각나네."

제이는 조프의 농담에도 좀처럼 놀란 마음이 가라앉지를 않았다.

"맙소사……."

조프는 여전히 움직일 생각 없이 바닥에 발을 딱 붙이고 서 있는 제이의 손을 가만히 이끌어 불빛이 밝은 안쪽 공간으로 들어섰다. 어려서부터 차에 유독 관심이 많았기에 하나씩 모으다 보니 어느새 차고 안이 가득 차 버렸다.

제이는 단조로운 듯 화려해 보이는 건물 내부에 들어서며 눈앞에 펼쳐진 진귀한 광경에 헛웃음을 터트렸다.

이곳이 정말 개인 소유의 저택인지 아니면 자동차 박물관이나 전시관에 온 건 아닌지 착각을 일으킬 정도로 특이하게 생긴 차가 많았다.

"클래식 카예요?"

"어. 여기는 클래식 차고."

"설마…… 차고가 또…… 있어요?"

"바로 위층은 슈퍼 카 차고."

눈에 보이는 차만 해도 어림잡아 20대는 족히 넘어 보였다. 그런데 2층에 또 다른 차량이 있다니. 정말 그에 한해서는 놀랄 일이 파도 파도 끝이 없는 듯했다.

제이는 놀란 마음을 서서히 가라앉히고서 그에게 자동차 소개를 부탁했다. 제가 사랑하는 사람이 어떻게 해서 이런 취미를 가지게 되었는지 왜 이런 클래식 카에 빠져들었는지 궁금했다. 더 나아가서는 그의 취미를 이해하고 싶었고 공감하고 싶었다.

조프는 그저 건성으로 슥 훑어보는 것이 아닌 진심으로 궁금해하고 제 설명을 하나도 놓치지 않으려 귀 기울이는 제이의 모습에 또 한 번 놀라고 말았다. 게다가 설명하는 부분을 정확히 이해하고 있었고 모르는 부분에서는 날카로운 질문도 서슴없이 이어 갔다.

그저 전시용으로 보는 것에 그치는 것이 아니라 아직도 직접 운행이 가능하다는 말에는 놀라움을 금치 못했고, 제가 사랑하는 차의 심장 소리를 직접 들려주었을 때는 놀라 펄쩍 뛰며 함성을 내지르는 모습에 웃지 않을 수 없었다.

전혀 지루해하는 기색 없이 호기심으로 충만한, 들떠 있는 표정을 보며 조프는 행복한 마음을 감추지 못했다. 어쩜 이렇게 사랑스러운 여자가 다 있는지.

결국 제이가 아닌 제가 먼저 돌아가자는 소리를 하고 말았다. 자신이야 더 있어도 상관없지만 차를 구경하느라 장시간 서 있었던 제이가 너무 무리하는 게 아닌지 걱정하지 않을 수 없었다.

조프는 실망이 스치는 제이의 얼굴을 사랑스레 어루만지며 다음에 안정기에 접어들면 다시 보러 오자고 달래고서야 차고를 벗어날 수 있었다.

"자, 업혀."

차고를 나서자마자 조프가 등을 보이며 말했다.

"됐어요. 걸어가면 되는 걸 힘들게 업기는 왜 업어요."

"당신 오늘 무리해서 안 돼. 여기 올 때도 한참을 걸어온 데다 차고에서도 한 시간 반을 서 있었어. 그러니까 얼른 업혀."

"조프. 당신 힘들어요. 나 보기보다 엄청 무거워요."

"거참, 잘됐네. 요 근래 운동도 못 했는데 운동하는 셈 치지 뭐. 그리고 지금 아니면 언제 또 업어 보겠어? 앞으로 배가 점점 불러 올 텐데 말이야. 그러니까 어서 업혀. 안 업히면 안 갈 거니까 그렇게 알아."

여전히 등을 보이고서 허리를 숙이고 있는 그의 모습에 잠시 머뭇거리다 이내 고집을 버리고 그의 등에 천천히 올라 조심스레 목을 끌어안았다.

"내일 몸살 났다고 하기만 해 봐요."

"그럴 일 없으니까 내 걱정은 하지도 말고 떨어지지 않게 꼭 잘 잡아."

조프의 말에 제이가 그의 어깨를 꼭 감싸 안았다. 그의 품에 안겨 옮겨지는 일이야 자주 있었지만 이렇게 그의 등에 업혀 보는 건 처음인 듯했다.

고생스러울 그에게 미안한 마음이 들었지만 그의 듬직한 등에 기대 보는 것도 나쁘지 않았다. 아니, 너무 좋았다. 바람에 나부끼는 그의 머리카락이 얼굴을 스치는 감촉도, 은은하게 퍼지는 그의 향기도, 가슴으로 전해 오는 그의 따듯한 온기도, 모든 것이 다 좋았다.

"혹시 힘들면 중간에라도 내려 줘요."

"힘들긴 뭐가 힘들어? 무겁다며. 이게 무거운 거야? 배 속에 아기까지 있는데 이렇게 가벼워서야. 입덧이 빨리 끝났으면 좋겠다. 그럼 이것저것 많이 먹을 텐데."

"그러게요. 입덧이 빨리 끝나야 당신도 이것저것 잘 챙겨 먹을 텐데."

서로를 걱정하는 소리에 두 사람의 잇새에서 동시에 웃음이 피식 새어 나왔다.

조프가 업혀 있는 제이를 향해 얼굴을 살짝 돌렸고 제이는 그런 조프의 볼에 소리 나게 입술을 쪽 하고 부딪쳤다.

조프의 입술이 길게 늘어지나 싶더니 어느새 하늘로 끌어 올려지고 있었다. 조프는 출렁임이 심하면 혹시나 제이의 속이 안 좋아질까 싶어 최대한 일정한 보폭으로 천천히 걸음을 옮기며 말을 건넸다.

"내가 한때는 카레이서 선수였다고 얘기했던가?"

"네? 정말? 지금은요? 지금도 하는 거예요?"

"왜?"

"왜기는…… 걱정되니까 그렇죠. 자동차를 취미로 모으고 관리하는 건 모르겠지만 카레이싱은…… 어떡해. 난 그건 걱정돼서 못 볼 것 같아."

"걱정 마. 지금은 안 해."

제이에게서 안도의 한숨이 크게 흘러나왔다.

조프는 제 귓가에 쏟아지는 제이의 한숨에 웃음을 터트리며 다시 말을 꺼냈다.

"지금은 안 하는데 서킷에 갈 수는 있어."

"뭐야. 카레이싱을 한다는 말이야, 하지 않는다는 말이야. 왜 이렇게 사람 애간장을 태워요."

"걱정 말라고. 이젠 가끔 취미로 스피드를 즐기기 위해 하기는 해도 출전을 하지는 않으니까. 내가 하고 싶어서 말을 꺼내는 게 아니라. 당신이 경험을 한

번 해 보고 싶어 하지 않을까 해서."

"저요?"

"어. 당신도 스피드가 굉장하잖아? 겁도 없고. 아주 카레이서가 따로 없던데."

조프는 이미 한참이나 지난 얘기를 다시 꺼내고 있었다.

제이는 언젠가 그가 교통사고로 어디 다친 건 아닌지 혼비백산하여 그에게 달려갔던 때를 떠올리며 몸서리를 쳤다.

"그때 얘기는 이제 하지 마요. 그때 일은 생각만 해도 끔찍해. 정말 당신이 다친 줄 알고 얼마나 놀랐는데. 내가 무슨 정신으로 병원까지 갈 수 있었는지 아직도 모르겠어요."

"하하하. 그래. 알았어. 그때 얘기를 하고 싶어서 꺼낸 건 아니야. 다만 당신이 원한다면 서킷을 한번 경험하게 해 주려고."

"네? 지금 카레이싱을 할 수 있게 해 준다는 말이에요? 나를? 그게 가능해요?"

"내가 함께 승차한다면 가능하지."

"정말?"

조프는 제이에게도 저와 같은 본능이 감춰져 있다는 생각을 떨칠 수가 없었다. 가끔 하는 취미 생활이었지만 가능하다면 제이도 함께 하면 좋을 듯싶었다. 아까 차를 설명할 때 눈을 빛내던 모습이나 그녀가 운전하는 스타일로 미루어 보아 그녀도 분명 즐기게 되지 않을까 싶었다.

물론 그녀 혼자 한다면 극구 말리겠지만 제가 함께 하게 된다면 크게 걱정할 일은 없을 듯했기에 넌지시 의중을 떠보는데 반기는 듯한 그녀의 목소리에 씩 웃는 조프였다.

"경주는 아니고 아무도 없는 스피드 웨이에서 우리만의 스피드를 가끔 즐기면 어떨까 해서."

"좋아요. 좋아요. 진짜 좋아요. 그건 한번 해 보고 싶었어요. 당신이 함께 해 준다면 해 보고 싶어요. 정말."

제이는 가끔 정말 미친 듯이 달려 보고 싶다는 생각을 할 때가 있었다. 일반 고속도로에서는 규정 속도도 정해져 있는 데다 사실 다른 차량 때문에 걱정이 돼서 속도 올리는 데 한계가 있었다.

공사 때문에 가끔 고속도로에서 운전할 때면 저도 모르게 규정 속도를 넘기고서도 속도감을 느끼지 못하는 모습에 깜짝깜짝 놀랄 때가 있었다. 그럴 때면 정말 속 시원하게 내달리면 얼마나 좋을까 생각만 했었는데 그걸 직접 경험할 수 있다니. 짜릿한 기대감이 온몸을 에워싸는 듯했다.

"당신이 좋아할 줄 알았어. 조이 낳고 난 후에 몸조리 끝나면 그간 쌓인 스트레스 확실히 풀게 해 줄게. 힘들어도 그때까지만 참아."

"네. 벌써 기대돼. 시뮬레이션이라도 해야겠어요."

"뭐야? 하하하하하."

조프는 흥분으로 들썩이는 제이를 온몸으로 느끼며 마음이 기쁨으로 물들고 있었다.

앞으로 제이와 함께하게 될 수많은 날에 얼마나 많은 경험을 함께 나누고 공감하며 즐거운 시간을 보내게 될까. 마음속으로 그녀와 하고 싶은 일들을 하나 둘 떠올리며 그때마다 새롭게 보게 될 그녀의 기쁨을 그리다 보니 어느새 본관 앞에 도착했다.

조심스레 제이를 바닥에 내려놓고서 그녀를 돌아보는데 제이가 덥석 제 목을 끌어안았다. 요 며칠 기운 없는 모습만 보다 오랜만에 생기 넘치는 제이를 보니 너무 반가워 기쁘게 마주 꼭 안아 보았다. 그러고 보니 오늘 저녁에는 먹은 음식을 게워 내지 않았다. 음식이 입에 맞았던 탓일까, 아니면 신경을 다른 쪽으로 쓰게 만들어서일까.

조프는 오늘처럼 다른 곳에 신경을 쓰게 되면 입덧이 조금 덜하지 않을까 하는 생각을 하며 입을 열었다.

"제이, 혹시 당신 뭐 해 보고 싶은 거 없어?"

"응?"

"그동안 해 보고 싶었는데 바빠서 하지 못했던 것. 이를테면 뭐 배워 보고 싶은 게 있다거나 가 보고 싶은 곳이 있다거나. 뭐든."

조프에게 꼭 안겨 있던 제이가 그의 목에 손을 두른 채 조프의 품에서 살짝 벗어나 그를 올려보며 말했다.

"배워 보고 싶은 건 많죠. 꽃꽂이도 배우고 싶고, 캔들도 직접 만들어 보고 싶고, 티 블렌딩에 그림도 레터링도…… 너무 많아서 다 나열하기도 힘드네."

"그럼 당장 생각나는 것부터 차례로 적어 봐. 쉬는 동안 무료하지 않게 하나씩 해 보자. 내가 도와줄게."

말없이 가만히 저를 주시하는 제이의 눈동자에 투명한 눈물이 어리는 모습을 보며 조프가 놀라 물었다.

"왜?"

"너무 좋아서. 너무 행복해서……. 당신을 만나지 못했다면 지금까지도 악몽에 허덕이고 있었을 텐데. 그건 생각만 해도 너무 끔찍해. 고마워요. 고마워요 정말…… 나한테 와 줘서 고마워요."

조프는 울며 웃는 제이의 사랑스러운 얼굴을 물끄러미 바라보다 천천히 얼굴을 내려 제이의 눈에 어린 눈물을 차례로 머금었다. 제이의 허리를 당겨 안고서 입술을 향해 아슬아슬 다가가 닿을 듯 말 듯 멈추고서 그녀의 입술로 말을 흘려보냈다.

"고맙다는 말은 내가 해야 할 말이지 당신에게 어울리는 말이 아냐. 다른 말을 떠올려 봐. 당신은 나에게 그 한마디만 하면 돼."

제이는 뜨겁게 입 속으로 스며드는 조프의 말에 싱긋 미소를 그리며 언제 들어도 심장 떨리는 말을 조심스레 그에게 흘려보냈다.

"사랑해요. 사랑해요. 정말."

"정답."

행복한 미소와 함께 마주한 입술이 부드럽고 달콤하게 얽히고설켰다. 조프가 제이의 허리를 가볍게 안아 올렸고 동시에 제이의 다리가 조프의 허리를 휘감았다.

점점 더 농밀해져 가는 키스에 조프의 참을성에도 한계가 오는 듯했다. 한쪽 팔로 제이의 허리를 단단히 붙잡은 조프가 문을 열고 안으로 들어서 짙은 눈빛으로 제이를 바라보며 말을 꺼냈다.

"같이 씻을까?"

조프의 은밀한 초대에 제이가 눈빛을 반짝였다. 그의 얼굴을 사랑스럽게 바라보다 고개를 끄덕이더니 이내 조프의 입술에 제 입술을 내리누르는 제이였다.

격정적으로 사랑을 나누지 않고도 마음과 마음을 전하는 방법은 수도 없이 많았다. 서로의 몸을 정성스레 씻어 주며 은밀하게 오가는 부드러운 손길에도 사랑을 나누는 이상의 절정을 맞이할 수 있음을. 이미 경험했던 두 사람의 몸이 뜨겁게 달아올랐다.

다음 날 아침 일찍 앤이 조프의 저택을 찾았다. 제이는 앤이 저택에 도착했다는 이자벨의 말에 서둘러 현관으로 향했다. 마침 차에서 내리는 앤을 보고 반갑게 달려가는데 앤의 목소리가 급히 튀어나왔다.

"제이, 아가. 뛰지 마. 뛰지 마!"

고막을 뒤흔드는 앤의 큰 목소리에 달려가던 제이가 놀라 멈추어 섰다. 아무리 아직 배가 나오지 않았다 해도 어떻게 이렇게 부주의할 수 있을까. 걱정스러운 표정을 하고서 자신을 향해 빠른 걸음으로 다가오는 앤을 보며 제이는 어리석은 자신을 나무랐다.

"할머니."

"홑몸도 아닌 사람이 어쩌자고 뛰어, 뛰기를. 조심 또 조심해야지."

"그러게요. 할머니가 너무 반가워서 그만 깜빡했어요."

"말이나 못 하면."

앤은 활짝 웃으며 반갑게 저를 맞아 주는 제이가 고마우면서도 홑몸이 아니었기에 걱정을 내려놓을 수가 없었다.

"입덧은 좀 어때?"

"음…… 좀 오락가락해요."

어제저녁은 다행히 토하지 않고 잘 넘겼다. 그래서 오늘도 괜찮겠지 했는데 큰 오산이었다. 이자벨에게 부탁해 어제저녁에 먹은 것과 같은 음식을 먹었음에도 아침에는 여느 때처럼 먹은 음식을 도로 게워 내고 말았다.

"저런 아직도 심한가 보구나."

"아니에요. 그래도 어제저녁은 괜찮은 걸 보면 곧 좋아질 거예요. 그나저나 할머니는 어쩐 일이세요?"

"어쩐 일은? 우리 손자며느리 보고 싶어서 왔지."

"그러게 여기서 함께 지내시자니까요."

앤은 다정하게 저에게 팔짱을 끼며 말하는 제이를 보고 흐뭇한 미소를 지으며 말했다.

"신혼부부를 방해해서야 되겠어? 이렇게 가까이에 있으니 보고 싶으면 언제든 와서 보면 되는걸."

"그럼 자주 오세요. 제가 요즘 하던 일을 안 하니까 몸이 자꾸 늘어져요. 이러다 게을러지겠어요."

"여태 그렇게 바쁘게 지냈는데 조금 게을러지면 어때서. 여유를 즐길 줄도 알아야지. 마음을 느긋하게 가지고 지금을 즐겨."

"네."

마치 친손녀와 할머니처럼 살갑게 대화를 주고받으며 안으로 들어서는 두 사람의 모습에 이자벨이 함박 웃으며 다가와 인사를 했다.

"오셨어요, 회장님? 누가 보면 친손녀인 줄 알겠어요."

"친손녀와 다름없지 그럼. 요즘 안 하던 한국 음식 하느라 자네가 고생이 많겠네."

"고생은요 무슨. 제이가 잘 먹으면 더 즐겁게 할 텐데. 통 못 먹으니 제가 다 속상해요."

앤이 한숨을 내쉬는 이자벨에게 가만히 다가가 그녀의 손을 꼭 잡았다.

"요즘 우리 제이 신경 많이 써 준다고 조프한테 들었어. 고마워. 자네가 있어 그나마 걱정이 덜해."

"고맙기는요 무슨. 당연히 제가 할 일을 한 것뿐인데요. 회장님 손자며느리를 정말 잘 보셨어요. 얼마나 착하고 싹싹한지 일하는 사람들도 좋은 안주인 만났다고 얼마나 좋아하는지 몰라요."

"다들 좋아해 준다니 다행이네 그래."

앤의 옆에서 엷은 미소를 지으며 두 분의 모습을 지켜보던 제이의 입가에 따듯한 미소가 덧그려지고 있었다.

이자벨이 그런 제이를 힐긋 보더니 웃으며 앤을 향해 물었다.

"그나저나 같이 오신다는 분들은 언제 오세요?"

"곧 도착할 거야."

제이는 할머니가 오시는 것도 저택에 도착하고서야 이자벨에게 듣고 알았는데 다른 손님이 더 온다는 소리에 의아해 앤을 보며 물었다.

"할머니 누가 또 오세요?"

"응. 오늘은 플로리스트가 올 거야."

"플로……리스트요?"

잠시 고개를 갸웃하다 이내 짐작 가는 바가 있어 싱긋 웃으며 앤을 향해 말을 꺼내는 제이다.

"할머니 조프하고 통화하셨어요?"

"그래. 네가 꽃꽂이 배워 보고 싶다 했다며?"

"세상에…… 내가 무슨 말을 못 해."

그는 무엇 하나 이유 없이 내뱉는 말이 없는 듯했다. 바로 어제 넌지시 물어보더니 곧장 실행에 옮길 줄이야. 제이는 고개를 설레설레하며 즐거운 미소를 감추지 못했다.

“조프가 제이 네 생각을 얼마나 많이 하는지. 네 신경이 다른 데 가 있으면 입덧이 좀 덜할 것 같다나 어쩐다나.. 나야 좋다꾸나 했지.”

앤의 말에 고개를 끄덕이던 이자벨이 농담처럼 말을 꺼냈다.

“어이구, 아내를 어찌나 챙기고 위하는지 이렇게 부부애가 돈독해서야 밖에서 일이나 제대로 할지 모르겠어요.”

“누가 아니래. 우리 조프가 이렇게 바뀔 줄 누가 알았겠어?!”

“이거 칭찬이죠. 할머니?”

제이가 생글 웃으며 묻는 말에 너털웃음을 지으며 제이의 볼을 아프지 않게 꼬집는 앤이었다.

그렇게 웃으며 대화를 나누는 사이 기다리던 플로리스트가 도착했다.

저택에서 일하는 사람의 안내를 받아 꽃을 한 아름 안고서 집으로 들어선 플로리스트가 하이 톤의 시원시원한 목소리로 먼저 인사를 했다.

중년의 푸근한 인상과는 다소 거리가 느껴지는 카랑카랑한 목소리와 밝은 기운을 발산하는 플로리스트는 보는 사람으로 하여금 미소 짓게 만드는 매력이 있었다.

앤은 플로리스트가 들고 있는 꽃에서 눈을 떼지 못하는 제이를 보고 웃으며 말했다.

“제이. 응접실에 준비가 되어 있을 거야. 가서 한번 배워 봐. 난 이자벨하고 오랜만에 차 한잔 하련다. 절대 무리하지 말고 하다가 조금이라도 불편하면 바로 얘기하고.”

“네. 할머니 그렇게 할게요. 감사합니다.”

제이는 할머니와 이자벨에게 차례로 인사를 하고 플로리스트와 함께 응접실로 향했다. 분명 처음 보는 사람이었지만 밝은 목소리만큼이나 활달하고 정겨운 플로리스트 덕분에 둘만 있는 자리가 어색하거나 지루할 틈이 없었다.

꽃이 지닌 고유의 향기를 맡는 것이나, 꽃의 이름 또는 각각의 꽃의 특징과

꽃말을 알아 가는 등 새로운 분야의 지식을 쌓아 가는 과정이 제이는 너무 흥미로웠다.

한참을 꽃꽂이에 집중하며 차근차근 배운 대로 잘 따라 하는 제이를 보고 플로리스트가 넌지시 말을 꺼냈다.

"사모님. 혹시 한국에서 결혼 전에 이벤트 하지 않으셨어요?"

"네? 이벤트요?"

"네. 제주에 있는 별장. 꽃이 한가득 있었을 텐데."

"어머. 그걸 어떻게 아세요?"

제이가 깜짝 놀라며 물었다.

"사실 그거 제가 장식했거든요."

"네? 정말이요? 어머. 전혀 몰랐어요."

새롭게 알게 된 사실에 놀란 제이의 눈이 동그랗게 커졌다. 플로리스트를 향해 눈빛을 빛내더니 아쉬움 가득한 목소리로 말을 꺼내는 제이다.

"그때 정말 너무너무 예뻤는데 제가 정신이 없어서 사진 한 장 못 찍었어요. 그게 두고두고 후회되더라고요."

제이는 아직도 잊을 수가 없었다.

그 날. 그 장소. 그 시간. 그때 맡았던 꽃의 향기부터 설렘으로 가득했던 심장 떨리던 그 순간. 눈으로 담고 온몸으로 느꼈던 사랑의 향기를…….

한참이 지나고 나서야 뒤늦게 사진 한 장 남겨 두지 못한 진한 아쉬움에 얼마나 속상했는지. 다시 그날을 떠올리며 안타까워하는데 들려오는 뜻밖의 말이 제이의 입을 함박 벌어지게 만들었다.

"제가 사진을 찍어 둔 게 있는데 한번 보시겠어요?"

"정말이요?"

"네. 대표님께서 바쁘신 중에도 일일이 사진으로 보고받으셨거든요. 덕분에 찍어 둔 사진이 많아요."

"어서 보여 주세요."

1초의 망설임도 없이 제이의 말이 성급히 튀어나왔다. 플로리스트는 그런 제이를 보고 방긋 웃으며 가져온 노트북을 열었다.

제이는 한 장 한 장 펼쳐지는 그 날의 추억에 정신없이 빠져들었다. 두근거리는 마음으로 그에게 걸어가던 꽃길부터 그와 함께 식사하고 반지를 받고 키스를 하며 마음을 나누었던 모든 순간이, 그가 했던 모든 말들이 빠짐없이 생생하게 되살아났다.

제이가 행복한 미소를 머금은 채 집중하는 모습을 가만히 지켜보던 플로리스트가 조심스레 말을 꺼냈다.

"대표님이 이런 부탁을 한 적이 처음이었어요. 얼마나 신경을 많이 쓰셨는지 몰라요. 대표님께서 미적 감각도 뛰어나셔서 오히려 제가 배운 것도 많았어요."

회사의 공식적인 행사에 꽃 장식이 필요할 때면 대체로 책임자를 믿고 모든 걸 일임하시는 분인데 그날만큼은 달랐다.

사진을 보내면 이쪽은 꽃이 조금 더 풍성했으면, 저쪽은 색상이 조금 더 강했으면, 꽃 볼의 위치부터 하다못해 테이블 위에 놓인 화병의 모양까지 세세하게 살피며 자신의 의견을 피력하는 모습에서 얼마나 많은 신경을 기울이는지, 프러포즈하는 상대를 얼마나 사랑하고 아끼는지 어렵지 않게 느낄 수 있었다.

플로리스트의 말에 미소 짓고 있던 제이가 감사한 마음에 인사를 전했다.

"세상에서 가장 아름다운 꽃밭을 만들어 주셔서 너무 감사해요. 그날 그곳에서 얼마나 행복했는지 몰라요. 제가 이 사진 좀 받을 수 있을까요?"

"어휴, 그럼요. 당연하죠. 어차피 사모님을 위한 거였는걸요."

"감사합니다. 덕분에 평생 추억할 수 있을 것 같아요."

"감사는요 무슨. 안 그래도 폴더 정리하려던 참이었거든요."

플로리스트는 사진 폴더를 정리하기 전에 그녀를 만나게 되어 다행이다 싶었다. 덕분에 제 주인을 만나 아름다운 추억을 고이 전해 줄 수 있으니 다행스럽지 않을 수 없었다.

"아. 결혼식 꽃 장식도 제가 했는데 그때 사진은 많이 있으시죠?"

"네. 선생님 실력이 정말 좋으시네요. 결혼식 날 꽃 장식이 너무 예쁘다고 칭찬을 얼마나 많이 받았는지 몰라요."

제이는 자신의 결혼식 역시 그녀가 꽃 장식을 맡아 했다는 말에 한 번 더 놀라고 말았다. 그도 그럴 것이 결혼식을 시작하기도 전에 신부 대기실을 오가던 지인들이 입을 모아 꽃 장식을 칭찬하며 업체를 물어 오기도 했다. 그녀의 실력을 확인한 건 두 번이었지만 그 실력을 가늠하기에 부족함이 없었다.

"하하하, 다행이네요. 회장님이 얼마나 신경을 많이 쓰셨는데요. 결혼식 당일 아침 일찍부터 직접 오셔서 꽃 상태며 수급 상황이며 일일이 챙기셨어요. 급하게 하는 결혼이니만큼 더 신경 써야 한다고 얼마나 신신당부를 하시던지."

"고생 많았겠어요. 덕분에 결혼식도 너무 잘 치렀어요. 인사가 많이 늦었네요. 정말 감사했어요. 앞으로도 필요할 땐 부탁드려야겠어요."

"그럼 저야 너무 감사하죠. 본사 호텔 웨딩 사업부에 있으니 언제라도 말씀만 주세요."

나이 차이가 무색할 만큼 친근하게 대해 주는 플로리스트 덕분인지 2시간이 금방 지나가고 제이는 어느새 완성된 화려한 꽃바구니와 화병, 리스를 보며 뿌듯함에 활짝 웃었다.

플로리스트와 함께 완성된 작품을 들고서 홀로 나가 할머니와 이자벨에게 보여 주며 너스레를 떨었다.

"저 이쪽으로 소질 있나 봐요. 너무 예쁘죠?"

"그러게 처음인데 너무 예쁘게 잘했네. 우리 제이가 소질이 있는 거야? 아니면 선생님이 훌륭해서 그런 거야?"

얼마나 열심히 했는지 얼굴이 발갛게 상기된 채로 꽃처럼 화사하게 말을 건네는 제이가 너무 예뻐 웃으며 말하는 앤이었다.

"회장님. 사모님이 워낙 눈썰미도 좋고 손재주도 있고 감각도 좋으세요. 금방 배우시던걸요?"

"그래? 하하하, 우리 제이가 뭐든 잘하나 보다. 앞으로 생각 있으면 시간 맞춰 종종 배워 보려무나."

플로리스트의 말에 앤이 기분 좋은 웃음을 터트리며 말했고,

"네. 할머니. 실력 좋은 선생님 소개해 주셔서 감사해요. 앞으로도 잘 부탁드려요."

제이는 앤과 플로리스트에게 차례로 맑게 인사를 건넸다.

"그나저나 제이, 점심때 다 됐는데 배는 안 고파?"

"지금은 꽃향기에 취해서 먹지 않아도 배가 부른 것 같아요."

"그래도 먹어야지. 속은 좀 괜찮아?"

"음…… 네. 사실 지금은 뭐라도 먹을 수 있을 것 같은 기분이에요."

제이는 들고 있는 리스의 향기를 맡으며 행복한 기분에 젖었다. 오늘 조프가 퇴근해서 돌아오면 할 얘기가 참 많을 듯했다.

크리스는 승주를 만나기 위해 약속한 호텔 bar를 찾았다. 자신에게 주어진 2주라는 짧은 기간에 그와의 만남이 벌써 세 번째라는 게 크리스는 믿기지 않았다. 사람을 쉽게 믿지 않고 섣불리 다가서지 않는 자신에게 일어난 가장 큰 변화였다.

사석에서 만나는 승주는 일할 때 보던 과묵하고 진중한 모습과 별반 다르지 않았으나 알면 알수록 놀라운 사람이었다. 직업의 특성 때문일까. 승주는 사람을 유심히 관찰하며 보는 것만으로도 그 사람의 성격이나 특성 또는 기질 등을 잘 파악하는 듯했고 자신 역시 그에게 간파당한 듯했다.

마냥 활기차고 밝아 보이는 자신의 겉모습과는 달리 내면의 어둠을 쉽게 꿰뚫어 보고선 조심스레 접근하며 대화를 주도한 것도 승주였다.

크리스는 그와 친구로서 처음 만날 때 어색하지 않을까 걱정했던 게 무색할

만큼 그와 빠르게 친분을 쌓아 갔다.

두 사람의 해박한 지식과 다양한 경험은 서로 대화가 끊이지 않게 만들었고 단 두 번의 만남으로 크리스는 승주에게 마음을 열어 놓고 말았다. 마치 조프를 마주하는 듯한 느낌이 들었고 더 이상 그의 앞에서 자신을 다른 모습으로 포장하지 않아도 될 만큼 그를 편하게 대하고 있었다.

크리스는 미국으로 떠나기 전 오늘이 그와의 마지막 만남이라는 것이 아쉽게 느껴졌다. 그와의 마지막 만남을 서두르며 직원의 안내를 받아 룸으로 향했다. 미리 와서 기다리던 승주가 자리에서 일어서 환하게 웃으며 먼저 손을 내밀었다.

"오랜만이라고 하기에는 너무 자주 보는 듯싶지."

"하하하. 그러게. 이렇게 자주 보게 될 줄은 몰랐는데 말이야."

어느새 격식과 거리가 사라진 두 사람은 누가 봐도 편한 친구 사이처럼 보였다.

간단하게 마실 술을 주문하고 자리에 마주 앉으며 승주가 말을 건넸다.

"미리 말하지 못해 미안한데 오늘 여기로 두 사람이 더 오기로 했어."

"누구?"

"너 미국에 가기 전에 소개해 주고 싶은 사람이 있어서. 나하고는 오랜 친구고. 너도 알고 지내면 나쁘지 않을 거야."

"네가 소개한다면 당연히 좋은 사람들이겠지."

크리스는 다른 사람이 온다는 말에 잠깐 놀라긴 했지만 승주의 안목과 인품을 믿었기에 그의 친구라면 만나 봐도 나쁘지 않을 것 같았다.

술이 나오고 자연스레 잔을 부딪치며 기분 좋게 목을 축이는 두 사람이다. 승주가 잔을 내려놓으며 크리스에게 물었다.

"혹시 뉴스 봤나? 이태현……."

"어…… 봤지."

크리스는 반갑지 않은 소식을 떠올리며 다시 술잔을 들었다. 바로 어제 구치소에 수감 중이던 이태현이 유서를 남기고서 스스로 목숨을 끊고 말았다. 뉴스에서 유서 내용을 상세히 밝히지는 않았으나 부모님과 전 연인에게 미안하다는 말이 적혀 있었다고 한다.

크리스는 미국으로 가기 전 재판 진행 사항을 알아보던 중에 보게 된 뉴스에 통탄을 금치 못했다. 살면서 죗값을 치르고 평생 뉘우치는 게 아닌 극단적인 선택을 한, 어쩌면 가장 무책임한 방법으로 생을 마감한 이태현에게 욕을 퍼부었다.

뉴스에서 짧게 밝힌 유서 내용 외 크리스가 알아본 바로 한 팀장에게 남긴 말이 따로 있었다. '다시 태어나도 너를 찾을 거야. 너는 영원히 내 거야.' 라는……. 그의 끝없는 집착에 몸서리가 쳐지면서도 이 사실을 그녀가 알게 되면 또 얼마나 번민하게 될까. 걱정스러운 크리스였다.

"소식 듣고 강주아는 혼절했다더군. 이대훈도 별반 다르지 않았고."

승주의 말에 크리스가 고개를 끄덕이며 말을 이어받았다.

"고통스럽겠지. 그들의 교만과 탐욕이 아들을 죽음에 이르게 만들었으니…… 그들은 지금 뉘우치고 있을까. 아니면 아직도 누군가를 탓하며 원망하고 있을까. 궁금하네."

두 사람은 누가 먼저랄 것 없이 잔을 부딪치며 편치 않은 마음을 쓴 술 한 모금에 흘려보냈다.

잠시 후 두 사람만 있는 룸에 기다리던 손님이 찾아들었다. 승주와 크리스는 하던 얘기를 접고서 자리에서 벌떡 일어서 반가운 손님을 맞았다. 승주가 인사를 시키기도 전에 먼저 손을 내밀어 인사를 하는 승주의 지인들이었다.

"안녕하십니까. 말씀 많이 들었습니다. 하이강입니다."

"안녕하십니까. 저는 구면이네요. 김지훈입니다."

"네. 안녕하십니까. 만나 뵙게 되어 반갑습니다. 크리스입니다."

승주는 인사를 마친 친구들을 보며 소개하는 말을 덧붙였다.

"이강은 내 사촌이고 지훈이는 기억하지? 한재희 씨 병원에 입원했을 때 담당했던 의사."

"그럼. 기억하고말고. 그때 신경 많이 써 주신 덕분에 병원에 있을 때 편히 잘 지냈습니다. 한 팀장님도 빨리 회복할 수 있었고요. 다시 한번 감사합니다."

승주는 제게는 편하게 말을 하고선 지훈을 보며 깍듯하게 격식을 갖춰 말을 건네는 크리스를 보고 고개를 내저으며 웃었다. 말 편하게 놓으라고 하고서도 한참이 지나서야 겨우 말을 놓는 크리스였다.

친구들은 거의 평생을 외국에서 살다시피 한 크리스가 한국어를 유창하게 하는 모습에 놀라고, 크리스는 친구들의 꾸밈없이 털털하고 화통한 모습에 놀란 듯했다. 함께 대화를 나누며 술을 마신 시간이라고 해 봐야 고작 세 시간 남짓이었지만 어느새 네 사람은 오랜 친구처럼 편하게 대화를 주고받을 수 있게 되었다.

크리스는 이방인인 자신을 격의 없이 편하게 대해 주는 승주와 그의 친구들을 보며 감회가 남달랐다. 한국에 오면서 자신에게 이렇게 많은 변화가 일어나리라고는 생각지 않았는데 가족이 생긴 것도 모자라 친구까지 얻게 된 지금의 상황이 얼떨떨하기만 했다. 그나마도 이틀이 지나면 마지막이라는 사실에 못내 아쉬운 마음이 들었다.

자리를 파할 시간이 다가오자 승주가 아쉬운 듯 말을 꺼냈다.

"크리스. 모레가 출국일인가?"

"어. 모레 아침이 출국이야."

말을 꺼내진 않았지만 네 사람 다 아쉬운 마음을 감추지 못했다. 다시 술잔을 부딪치는 우정의 시간은 밤을 넘기고도 한참이 지나서야 끝이 났다.

크리스의 출국일이 눈앞으로 성큼 다가왔다. 캐리어를 끌며 공항에 도착한 크리스는 이번엔 혼자가 아니었다. 크리스를 보내기 아쉬운 그의 가족들을 비롯해 제이의 부모님인 동우와 정연도 함께였다.

공항을 오가는 사람들로 인해 주위는 소음에 휩싸였다. 오직 크리스를 배웅하는 이들만 침묵하며 가만히 크리스의 뒤를 따를 뿐이었다.

승철은 목이 콱 막혀 말이 나올 성싶지 않았지만 마른침을 꿀꺽 삼키며 아들을 향해 힘겹게 말문을 열었다.

"도훈아…… 아프지 말고 항상 건강해야 한다. 우리 걱정은 하지 말고 잘 지내."

하고 싶은 말은 무수히 많았으나 목소리가 떨려 와 더 말을 이을 수가 없는 승철이었다. 행여나 가는 아들의 발걸음이 무거울까 애써 웃음을 지어 보지만 입매가 절로 아래로 떨어지며 경련하듯 떨리는 것까지는 감출 수가 없었다.

"네……. 아버지."

크리스는 울먹임이 느껴지는 아버지의 목소리에 눈시울이 뜨거워졌다. 어금니를 꽉 물고서 감정을 삭이며 어머니를 보는데 고개를 들지도 못한 채 연신 눈물을 닦아 내는 모습에 가슴이 저릿해 왔다.

"어머니……. 몸조심하십시오."

크리스는 더 이상 어머니가 자신을 걱정하며 애태우는 일이 없기를 바라며 천천히 다가가 떨리는 몸을 꼭 감싸 안았다.

지선은 이렇게 못난 모습으로 아들을 보내면 안 되는데, 웃으며 기쁘게 보내 줘야 하는데 마치 봇물 터진 듯 제멋대로 쏟아져 나오는 눈물을 막을 방도가 없었다. 자신의 눈물 때문에 아들의 옷이 얼룩지면 어쩌나 걱정하면서도 다시 연기처럼 사라질까 싶어 아들의 등을 꼭 끌어안았다.

큼직한 손으로 제 등을 다독이는 아들의 따듯한 마음을 느끼며 참으려 애쓰던 흐느낌이 더욱 크게 새어 나왔다. 사랑한다. 말이라도 건네고 싶은데 흐느낌으로 잠식당한 목구멍은 좀처럼 열리지 않았고 보내고 싶지 않은 이기심에 아들을 안은 팔의 힘은 점점 더 강해져만 갔다.

그런 지선과 크리스를 아프게 바라보며 승철과 도영이 결국 눈물을 보이고 말았다. 동우는 친구 승철을 정연은 도영을 다독이며 함께 눈물을 글썽였다.

안쓰러운 지선을 보다 못한 정연이 지선에게 다가가 그녀의 등을 어루만지며 말을 꺼냈다.

"지선아, 도훈이 영영 가는 거 아니야. 너 이러면 도훈이 마음 아파서 어떻게 가겠어."

"그래. 여보. 씩씩하게 보내 주기로 했잖아. 도훈이 꼭 다시 올 거야. 전화도 자주 할 거고."

승철도 다가와 아내를 다독였다. 도영 역시 저러다 엄마가 쓰러지지 않을까 걱정스러워 말을 보탰다.

"엄마. 형 전화 자주 할 거야. 보고 싶으면 영상 통화 하면 돼. 그러니까 엄마 그만 울어. 형 옷 다 젖겠다."

동생 도영의 말에 크리스가 입을 열었다.

"네. 어머니. 연락 자주 드리겠습니다. 그리고 대표님 회장 승계 하시고 저도 여유가 생기면 그때 미국으로 초청하겠습니다. 제가 한국에 올 상황이 못된다면 어머니께서 미국으로 여행 오셔도 되지 않겠습니까."

크리스의 진심 어린 말에 그제야 지선의 눈물이 멈추는 듯했다. 지선은 크리스의 품에서 나와 온통 눈물로 얼룩진 얼굴을 급히 닦고서 확인하듯 크리스를 올려보았다. 가만히 미소 지으며 고개를 끄덕이는 모습을 보니 자신이 잘못 들은 게 아닌 듯했다.

"다 같이 한번 오세요."

한 번 더 말해 주는 상냥한 아들을 보며 기쁜 마음에 아들의 손을 꼭 그러잡았다.

"고맙다. 도훈아. 고마워……. 사랑한다. 아들."

울먹이며 간신히 내뱉은 말이다. 지선은 제 손 위로 툭 떨어진 물방울을 보며 고개를 들어 아들을 올려다보는데 놀랍게도 고개 숙인 아들의 눈에 물기가 어려 있었다.

그 모습에 간신히 멈춘 지선의 눈물이 또다시 왈칵 쏟아졌다. 아들의 얼굴에 스친 눈물의 흔적을 조심스레 닦아 주고서 지선이 다시 아들을 끌어안았다.

"이러다 날 새겠어. 도훈이 이제 그만 가야지."

기어이 아들을 울리고 만 아내를 보며 승철이 나섰다. 계속 이러고 있다가는 온통 눈물바다가 될 것 같았다.

크리스는 마지막으로 동생 도영을 불렀다. 눈물을 참는 듯 입술을 삐쭉이며 다가오는 동생을 힘주어 안고서 부탁의 말을 전했다.

"부모님 잘 부탁한다. 혹시 무슨 일 있으면 밤이고 낮이고 상관없으니 언제라도 전화해. 알았어?"

"어. 형. 고마워. 빨리 와야 해."

"그래. 노력해 볼게."

그제야 가족과 길었던 인사를 끝내고 돌아서는데 누군가 자신을 부르는 소리가 들렸다.

"크리스!"

승주는 친구들과 함께 크리스를 배웅하기 위해 공항으로 와 있었다. 멀리서 작별 인사를 나누는 그의 가족을 말없이 지켜보며 충분히 인사 나눌 시간을 주기 위해 선불리 다가서지 않고 있다가 어느 정도 인사가 끝난 듯싶어 그제야 다가섰다.

크리스는 이곳에서 보게 될 거라고는 전혀 예상하지 못한 그들이 다가오는 모습을 보며 언제 그늘이 드리웠나 싶게 얼굴이 환하게 밝아졌다.

"바쁠 텐데 여기까지 어쩐 일이야?"

"나야 일 끝났으니 당장은 바쁜 일 없고, 다행히 강이나 지훈이도 오늘 시간이 괜찮다고 하기에 같이 왔어."

묵직한 목소리로 인사를 건네며 악수를 주고받는 네 사람이었다.

크리스는 짧은 시간 즐겁게 대화하다 아차 싶어 가족에게 친구들을 소개했고, 승주는 안면이 있는 동우, 정연에게도 깍듯이 인사를 전했다.

승철과 지선은 훤칠한 외모에 제 아들만큼이나 듬직한 아들의 친구들을 보며 흐뭇한 미소를 지었다. 아들이 자란 곳이 아닌 한국에도 이렇게 훌륭한 친구가 한 명도 아닌 셋씩이나 있다니 너무나 다행스러웠다.

"한국에 올 때 전화해. 기꺼이 마중 나올게."

승주가 마지막 인사를 전했고 이강과 지훈은 악수로 인사를 대신했다.

"고맙다. 또 보자."

마지막으로 인사를 전한 크리스는 친구들 덕분에 웃는 얼굴로 가족과 헤어질 수 있게 되었다.

크리스와 함께 조프의 전용기에 오른 사람은 또 있었다. 크리스는 전용기에 오르며 놀란 입을 다물지 못하는 동우와 정연을 보고 싱긋 웃으며 자리를 안내했다.

"두 분은 이따가 여기 앉으시면 됩니다. 두 분 덕분에 저도 편하게 가게 됐습니다."

국적기를 타고 갈 예정이었던 크리스는 사흘 전 조프에게 걸려 온 전화를 떠올리며 피식 웃었다.

'크리스, 잘 쉬고 있나?'

'네. 덕분에요. 감사합니다.'

'감사는 무슨. 전용기 보낼게. 올 때 우리 장인 장모님 모셔 와라. 두 분께는 미리 말씀드렸어.'

'무슨 일 있습니까?'

헤어진 지 2주도 되지 않은 그녀의 부모님을 모셔 오라는 말에 혹여 무슨 일이 생긴 건 아닌지 걱정스러워 물어보는 크리스였다.

'제이 입덧이 심해. 거의 아무것도 먹지 못하고 있어. 저러다 쓰러질까 봐 걱정돼서.'

'대표님은 괜찮으십니까?'

그러고 보니 조프의 목소리에 힘이 느껴지지 않아 크리스의 걱정이 더하고 있었다.

'난 괜찮아. 아차, 올 때 네 어머니 쿠키도 부탁하자. 제이가 생각난다더라.'

'네. 알겠습니다. 어머니께 말씀드리겠습니다. 제가 갈 때까지 부디 무사히 계십시오.'

농담인 듯 진심으로 건넨 마지막 말에 어이없어하며 껄껄 웃던 조프의 웃음소리가 아직도 귓가에 쟁쟁했다.

덕분에 어제 온종일 어머니의 고소한 쿠키 냄새를 맡아야 했던 크리스였다.

가방에 고이 모셔 둔 쿠키 냄새가 아직도 나는 듯한 기분에 미소 지으며 기내용 가방을 짐칸에 올려 두고 동우와 정연에게 전용기 내부를 설명해 주었다.

크리스는 모르긴 몰라도 앞으로 두 분께서 전용기를 사용할 일이 종종 있을 듯싶어 최대한 상세하게 구석구석 설명하는 수고를 아끼지 않았다.

연신 감탄사를 연발하는 모습을 보며 그의 대저택에 당도하면 얼마나 놀라실까 벌써 궁금했다.

"곧 이륙할 겁니다. 이제 자리에 앉으셔야겠습니다."

다가오는 승무원을 보고 크리스가 대신 하겠다 하고서 두 분을 다시 자리로 안내했다.

"편히 쉬십시오. 저는 앞쪽에 있을 겁니다. 필요한 게 있으면 언제든 말씀하시고요."

"그래. 그러마. 너도 푹 쉬어라."

이제는 아들 같은 크리스에게 편히 말하는 동우였다.

동우와 정연은 크리스가 운전하는 차 뒷좌석에 앉아 조프의 호화로운 저택을 통과하며 엄청난 규모를 자랑하는 모습에 놀라 숨을 급히 들이켰다. 정문을

통과하고도 한참을 더 가야 본관 건물이 나타났고 끝을 알 수 없는 건축물의 크기와 아름다운 외관에 한 번 더 놀라며 넋을 놓고 말았다.

잠시 홀린 듯 건물을 바라보던 두 사람은 서둘러 본관의 현관에서 누군가와 함께 나오는 딸의 모습을 발견하고서 이미 다른 생각은 다 사라지고 없었다. 한국을 떠난 지 얼마나 되었다고 벌써 살이 홀쭉하게 빠져 버린 모습이 속상해 한달음에 제이에게 달려가는 동우와 정연이었다.

"어머, 얘가 왜 이래. 너 아무것도 못 먹었어? 여기 온 지 얼마나 됐다고 그 사이에 왜 이렇게 살이 많이 빠졌어!"

"엄마."

제이는 저를 보자마자 걱정부터 늘어놓는 엄마에게 힘없이 덥석 안겼다. 여전히 먹을 수 있는 음식은 제한적이었고 그나마도 그날의 컨디션에 따라 들쭉날쭉하기는 매한가지였다.

저 때문에 매일 새로운 음식을 해내느라 고생하는 이자벨을 볼 면목도, 저를 걱정하며 덩달아 잘 먹지도 못하는 조프를 보는 것도 미안하기만 했다.

부모님이 도착하기 직전에야 서프라이즈라며 전화로 부모님의 방문 소식을 알리는 조프에게 투정을 하면서도 얼마나 기뻤는지. 서둘러 현관으로 향하는데 벌써 도착한 부모님이 이렇게 반가울 수가 없었다.

저도 모르게 눈물이 흘러나와 엄마에게서 쉽게 떨어질 수가 없었다.

"딸. 울어?"

"몰라."

"많이 힘들어?"

"엄마. 속이 울렁거려 죽을 것 같아."

힘들어도 좀처럼 내색하지 않는 딸아이가 전에 없던 투정 어린 목소리로 하는 말을 들으니 힘들어도 여간 힘든 게 아닌 듯싶어 안쓰러움에 목이 메는 정연이었다.

"너도 엄마 닮아 입덧이 좀 심한가 보다. 우리 딸 힘들어서 어째."

딸아이의 등을 어루만지는 모습을 옆에서 지켜보던 동우도 괜스레 눈시울이 붉어졌다.

크리스는 동우와 정연의 트렁크와 쿠키가 든 가방을 현관에 내려놓고서 가족을 바라보며 가만히 미소 짓고 있는 이자벨에게 다가가 인사를 건넸다.

언제쯤 그들이 자신과 이자벨의 존재를 발견할까 궁금해하며 흐뭇하게 가족의 상봉을 바라보았다. 불과 하루 전만 해도 저 모습이 자신의 모습이었다는 게 겸연쩍어 싱거운 웃음이 입가에 머물렀다.

그러고도 몇 분이 지나서야 저택으로 향하며, 그제야 이자벨과 함께 있는 크리스를 발견한 제이가 함박 웃으며 반갑게 크리스를 맞았다.

"크리스! 있었으면 말하지 않고요."

"가족이 너무 애틋해서 다가갈 수가 있어야 말이죠."

천연스레 말하며 다가와 가볍게 포옹을 해 주는 크리스였다.

"대표님이 걱정하실 만하네요. 살이 많이 빠지셨어요."

"아니에요. 저보다 조프가 더 걱정이에요. 저야 집에 있지만 조프는 온종일 일하는데 통 먹지를 못해서요."

제이의 말에 크리스의 미간에 주름이 그려졌다. 크리스는 당장 회사로 가 봐야 할 듯했다.

"함께 얘기라도 나누고 싶지만 저는 그만 회사에 가 봐야겠습니다. 가족이 모처럼 오붓하게 즐거운 시간 보내십시오. 아, 어머니께서 쿠키를 보내셨어요. 맛있게 드세요."

크리스는 서둘러 인사를 건네고서 저택을 나섰다.

제이는 크리스를 눈으로 배웅하고서야 이자벨을 향해 돌아서며 부모님을 소개해 드렸다.

"엄마, 아빠. 이자벨이에요. 요즘 저 때문에 너무 고생하고 계세요. 잘 먹지도 못하는데 뭐라도 먹게 해 주려고 얼마나 애써 주시는지 몰라요. 덕분에 먹을 수 있는 음식도 생겼어요."

동우는 점잖게 감사의 인사를 전했고 정연은 자신과 비슷한 연배로 보이는 여성의 앞으로 성큼 다가가 그녀의 손을 꼭 그러잡으며 진심으로 감사 인사를 전했다.

"정말정말 감사합니다. 원래가 입맛이 까다로운 아이는 아닌데 입덧이 저를 닮아 좀 심하게 하나 봅니다. 그래도 이렇게 신경 써 주신다니 어떻게 감사 인사를 드려야 할지 모르겠어요."

"아휴, 별말씀을요. 당연히 제가 해야 할 일인걸요. 따님이 얼마나 마음 씀씀이가 예쁘고 착한지 뭐라도 더 해 주고 싶은데 통 못 먹으니 아쉽기만 합니다."

차분한 이자벨의 말을 들으며 정연은 저도 모르게 눈물을 떨구었다. 멀리서 맞지도 않는 환경에 적응하느라 마음고생이라도 하면 어쩌나 노심초사였는데 이렇게 좋은 사람이 옆에 있다는 게 정연은 그렇게 든든할 수가 없었다.

집 안으로 들어서며 일하는 사람들이 하나같이 상냥하게 인사를 해 왔고 따듯하게 맞아 주는 분위기에 그제야 동우와 정연은 한시름 내려놓았다.

이자벨은 제이와 함께 동우와 정연이 묵을 방을 알려 주고 그들이 짐을 정리할 시간을 주기 위해 응접실로 나왔다.

제이에게는 그녀의 부모님이 오신다는 게 비밀이었지만, 이자벨은 조프에게 미리 들어 알고 있었기에 그들을 위한 점심은 이미 마련되어 있었다.

이자벨은 식전 주스를 준비해 짐 정리를 마치고 나오는 동우와 정연에게 건넸다.

부부는 달지 않고 입맛에 딱 맞아떨어지는 시원한 주스를 마시며 감사 인사를 빼놓지 않았다.

정연이 다 마신 컵을 트레이에 올려 두자 이자벨이 기다렸다는 듯 말을 꺼냈다.

"이렇게 오셨으니 실례가 안 된다면 따님이 좋아하는 음식을 제가 좀 배워야겠습니다."

"아휴. 음식이야 저보다 훨씬 잘하실 텐데요."

"한식은 아무리 검색하고 실습을 해 봐도 잘 늘지가 않더라고요. 무엇보다 엄마의 음식을 따라갈 수가 없지요."

"그렇게 말씀해 주시니 얼마나 감사한지 모르겠습니다. 기회를 주시면 부족한 솜씨지만 열심히 가르쳐 드릴게요."

정연은 이자벨이라는 여자가 너무 마음에 들었다. 푸근한 인상은 말할 것도 없이 친근하게 건네는 말과 따듯한 마음이 얼마나 고마운지.

"식사 준비 다 되었으니 우선 식사부터 하시지요."

이자벨이 부부를 위한 식사 준비를 해 주고서 제이의 음식은 따로 챙겨 밖으로 나가고 있었다.

동우와 정연은 입덧으로 주방 근처에는 얼씬도 못하고 따로 음식을 먹어야 하는 딸 생각에 식욕은 이미 달아나고 없었으나 차려 준 성의를 생각해 하는 수 없이 포크와 나이프를 들었다.

알맞은 크기의 스테이크와 해산물 리소또를 보며 별생각 없이 기계적으로 음식을 입에 넣던 정연이 놀라 짧게 숨을 들이켰다.

서둘러 준비된 음식을 이것저것 조금씩 먹어 보는데 무엇 하나 부족함 없이 꽉 채워지는 맛에 감탄했다.

"우리 제이 입덧 끝나면 살찌겠는데?"

동우 역시 식욕이라고는 느껴지지 않았는데 한 입 먹고서 생각을 바꾸었다. 음식 솜씨가 요리 연구가인 아내 못지않은 듯했다.

처음엔 차린 사람의 성의를 생각해서 시작한 식사였으나 어느새 음식을 제대로 맛보며 즐기게 된 부부였다.

음식을 다 먹고 정연이 테이블을 정리하려는데 이자벨이 갑자기 나타나 극구 말리는 바람에 응접실에서 떠밀려 나와 버렸다. 그제야 홀 중앙 쪽에 있는 중정 같은 곳에서 자연을 벗 삼아 식사하는 제이가 눈에 들어왔다.

동우와 정연이 서둘러 딸에게 다가갔다.

혼자 있던 제이가 점점 가까워 오는 발걸음 소리에 고개를 돌렸다.

"엄마, 아빠. 식사는 다 하셨어요?"

"그래. 이자벨이 음식 솜씨가 너무 좋아. 저렇게 음식을 맛있게 하는데 정작 너는 하나도 먹지를 못한다니."

정연이 속상해하며 제이의 옆에 앉았고 동우는 맞은편에 앉아 조금씩 음식을 떠먹는 딸아이를 바라보았다.

"야채죽이야?"

동우가 다정하게 물었다.

"네. 맛있어요."

정연은 맛있다면서 푹푹 먹지를 못하는 모습을 보며 물었다.

"먹다가 토하러 간 적 많구나? 토하면 속이고 목이고 아프니까 부드러운 죽밖에 안 먹는 거고?"

말없이 고개를 끄덕이는 제이를 보니 한숨이 절로 나왔다. 이러니 살이 빠질 수밖에.

"그래도 이것저것 먹어 봐야 할 텐데. 토하는 거 싫다고 음식을 꺼리면 좋지 않을 텐데. 그러지 말고 제이. 동치미 국수 한번 먹어 볼래?"

죽 그릇에 코를 빠트리고 있던 제이의 얼굴이 갑자기 번쩍 들렸다. 제이는 저도 모르게 입맛을 다시며 엄마를 향해 믿기지 않는다는 듯 물었다.

"그게…… 지금 가능해?"

"그럼. 너 해 주려고 이것저것 조금씩 챙겨 왔어. 어때? 생각 있어?"

"응. 엄마 완전. 나 동치미 국물 먹고 싶어."

제이는 아직 먹지도 않았는데 이상하게 그 맛이 느껴지는 듯하여 침샘에서 침이 자꾸 흘러나왔다.

정연은 생기가 반짝 도는 딸의 눈빛을 반기며 서둘러 주방으로 향했다.

잠시 후 정연과 동우, 이자벨은 다함께 응접실에 있는 탁자의 의자에 앉아 동치미 국수를 눈앞에 둔 제이를 뚫어져라 바라보았다.

제이는 제 맞은편에 앉은 부모님과 이자벨의 간절한 눈빛을 보며 피식 웃고 말았다.

또 토를 하게 될까 봐 두려웠지만 세 사람을 응접실 밖으로 몰아낼 수는 없을 것 같았다.

동치미 특유의 상큼하고 시원한 냄새는 속을 울렁거리게 만들기는커녕 자꾸만 침을 생성하게 만들었고 입을 벌리고 있었으면 아마 TV에서나 보던 개처럼 침을 질질 흘리게 될지도 모를 일이었다.

수저까지 챙겨 온 엄마의 준비성에 놀라며 조심스레 숟가락을 들었다. 천천히 동치미 국물을 한 입 먹는데 순간 상큼한 자극을 느낀 입 속의 미각이 발딱 일어서며 춤을 추는 느낌이었다. 제이는 숟가락을 탁자 위에 내려놓았다.

동시에 세 명의 눈이 실망으로 얼룩지는 모습을 보고 웃음이 터져 나오려는 걸 간신히 참았다. 아마도 입맛에 맞지 않아 숟가락을 내려놓은 것으로 착각하는 모양이었다.

제이는 참았던 웃음을 싱긋 웃으며 이번에는 그릇째 들고 동치미 국물을 꿀꺽꿀꺽 들이켜고 있었다. 짜릿하게 혀를 톡 쏘는 첫맛, 시원하게 목을 타고 흐르는 상큼한 맛, 혀끝을 맴도는 달콤한 맛. 신맛, 단맛, 짠맛이 절묘하게 어우러지는 맛을 반기며 온몸의 세포가 요동치고 있는 듯했다.

마치 그와 사랑을 나눌 때처럼 짜릿한 쾌감이 느껴지며 저도 모르게 신음을 흘리고 말았다.

그릇을 내려놓자 이번에는 세 사람이 활짝 웃으며 반짝이는 눈빛으로 자신을 바라보고 있었다.

호응하듯 젓가락을 들어 면을 건져 곧장 입으로 가져가는 제이다. 숨 쉴 틈 없이 현란하게 면발을 빨아들이며 너무 행복한 기분에 순간 현기증이 날 것 같았다.

제이는 말 한마디 하지 않고 순식간에 한 그릇을 국물까지 완벽하게 다 먹어버리고서 수저를 내려놓으며 말했다.

"엄마, 한 그릇 더 주세요."

마치 날듯이 응접실을 벗어나는 정연과 도대체 어떻게 만드는지 궁금해서 서둘러 따라가는 이자벨, 그리고 딸이 깨끗하게 국물까지 마셔 버린 빈 그릇을 기쁘게 들고서 호탕하게 웃으며 주방으로 향하는 동우였다.

J& 본사 로비로 들어서는 크리스를 발견한 직원들이 너 나 할 것 없이 반갑게 목소리 높여 인사를 건넸다. 크리스는 대표님을 만나는 일이 급했지만 다가오는 직원들을 무시할 수 없어 일일이 인사를 나누고 나서야 대표실로 향할 수 있었다.

대표님 집무실에 가기 위해 통과해야 하는 비서실을 들어서는데 장기간 자리를 비웠던 비서실장을 맞은 팀원들이 가만히 있을 리 없었다. 다함께 책상을 두드리며 격하게 반기는 모습에 환하게 웃으며 짧은 인사를 나누고서야 대표님 집무실 앞에 선 크리스였다.

조프는 업무에 집중하다 들려오는 소음에 싱긋 웃었다. 늘 조용하고 엄숙한 분위기를 자랑하는 비서실에서 본분을 잊고서 책상을 두드리며 격하게 환영할 사람은 비서실의 수장인 크리스밖에 없을 듯했고 조프는 그의 복귀를 누구보다 반기고 있었다.

반가운 마음에 자리에서 일어서 비서실로 향하는데 그사이 벌써 비서실이 조용해지며 짧은 노크 소리가 들렸고 조프는 문까지의 거리를 단숨에 좁히며 집무실 문을 벌컥 열었다.

크리스를 맞은 비서실 직원들을 두루 둘러보는데 그들의 표정에서 미처 지우지 못한 흥분이 엿보였다. 조프는 팀의 수장을 진심으로 반기는 그들의 모습을 흐뭇하게 둘러보며 장난스레 말을 꺼냈다.

"어째서 내가 왔을 때보다 크리스를 더 반기는 것 같지?"

비서실 직원들이 아니라고 저마다 한마디씩 하며 크게 웃는 모습을 기쁘게 바라보던 조프가 크리스에게 손을 내밀었다. 불과 2주였지만 크리스의 빈자리를 느끼기에 충분할 만큼의 기간이었다.

"어서 와. 잘 쉬었나 봐. 얼굴이 아주 좋은 걸 보니."

"덕분에요. 그동안 잘 계셨습니까?"

크리스가 비서들을 향해 미소를 지어 보이고선 집무실 문을 닫았다. 소파로 향하는 조프에게서 옅은 한숨이 새어 나오는 걸 들으니 마음이 편치 않은 크리스였다.

소파에 털썩 앉는 조프를 유심히 바라보던 크리스의 인상이 조금씩 굳어 갔고, 조프는 그런 크리스를 보고 싱겁게 웃으며 크리스 가족의 안부를 물었다.

"부모님은 모두 안녕하시지? 도영이도 잘 있고?"

"네. 다들 잘 지냅니다. 대표님 덕분에 이사도 잘했고 도영이도 작업실 생겨 아주 좋아합니다."

크리스는 한국에서 가족의 변화된 생활과 다양한 소식 그리고 승주의 안부까지 함께 전했고 조프는 기분 좋은 변화에 모처럼 즐거운 마음으로 환하게 웃었다.

그런 조프를 바라보며 크리스는 태현과 관련한 얘기를 지금 해야 할까 말아야 할까 잠시 망설이다, 언제고 알게 될 일을 미루어 봐야 좋을 것 없을 것 같아 어렵게 말을 꺼냈다.

"그리고…… 이태현. 구치소에서 스스로 목숨을 끊었습니다."

점차 웃음기가 사라지는 조프를 바라보며 크리스는 그의 유서 내용까지 상세히 전했고 조프는 기가 막힌다는 듯 짧은 헛웃음을 터트리고서 지그시 어금니를 깨물었다.

그놈을 끊어 내지 못했다면 지금쯤 제이는 말 그대로 지옥의 한가운데 있었을 테다. 그런 상상만으로도 조프는 몸서리가 쳐지는 듯해 서둘러 머리를 흔들어 지독한 상상을 떨쳐 냈다.

“제이는 아직 모르겠지?”

“네. 아직은.”

“언제고 알게 되겠지만 지금은 안 돼. 몸도 허약해진 상태에서 그 사실을 알게 되면 충격이 클 거야.”

“네. 저도 같은 생각입니다. 그나저나 대표님 식사 제대로 못 하신다더니 살이 빠진 것 같습니다. 잠은요? 잠도 제대로 못 주무시는 겁니까?”

이태현 따위야 크리스의 머릿속에서 벌써 사라지고 없었다. 크리스는 살이 빠진 건 둘째 치고 눈이 충혈되어 피곤이 역력한 조프의 모습이 걱정스럽기만 했다.

“아니, 어떻게 한 팀장님보다 더 안 좋아 보이십니다.”

“아, 그래. 제이 보고 왔겠네. 어때? 부모님 보니까 좋아해?”

조프 역시 불쾌한 소식을 서둘러 몰아내고 반가운 소식을 듣고 싶었다.

“그럼요. 누가 보면 한 몇 달은 떨어져 있었던 사람인 줄 알 겁니다. 어머니를 보자마자 덥석 안기더라고요.”

그녀가 눈물을 보이더란 말까지는 하지 않는 편이 좋을 듯했다.

“요즘 많이 약해져서 그럴 거야. 거의 먹지를 못하니까.”

“입덧이 그렇게 심하십니까?”

“어. 안쓰러워서 볼 수가 없어. 한 숟갈이라도 먹는 날은 조금 나아. 어떤 날은 음식 냄새 때문에 주방 근처는 아예 가지도 못하니까 말이야. 저렇게 자주 토하는데 버텨 내는 게 신기하지.”

“병원은 가 보셨습니까?”

“병원? 근처에도 안 가려고 해. 냄새가 힘들대. 주치의 불러 급한 처치는 하는데 물어보니 방법이 없다더라. 입덧이 빨리 지나가기를 바라는 수밖에는.”

조프는 제이를 이렇게 힘들게 할 줄 알았으면 임신을 하지 않는 편이 나았겠다는 생각을 떨칠 수 없었다.

크리스는 그런 조프를 바라보며 그도 안쓰러워 보이기는 매한가지였다. 보나 마나 아내를 걱정하며 제대로 먹지도 자지도 못했을 테고, 그런 아내를 두고 출근하는 마음 또한 편치 않았을 것이다.

회장 승계를 앞둔 중차대한 시점이라 회사에 와서도 잠시도 쉼 없이 일만 했을 것은 불을 보듯 뻔한 일이었고, 과중한 업무에 퇴근이라도 제때 했을지 의문이었다.

크리스는 그의 어깨에 놓인 수많은 근심 걱정을 자신이 조금이라도 덜어 줄 수 있기를 희망하며 입을 열었다.

"대표님. 오늘은 일찍 들어가 좀 쉬십시오. 대표님이 한 팀장님 걱정하는 만큼 한 팀장님도 대표님 걱정하고 있다는 걸 아셔야지요. 가뜩이나 입덧으로 많이 힘드실 텐데 대표님 걱정까지 보태 드리는 건 아닌 것 같습니다."

그럴듯한 말로 자신을 쉬게 만드는 속 깊은 크리스를 바라보며 조프의 입가에 부드러운 웃음이 머물렀다. 언젠가 크리스를 보내야 할 날이 오겠지만 지금은 그저 옆에 있어 주는 녀석이 고마울 뿐이었다.

"그래. 네가 왔으니 이제는 조금 쉬어도 되겠지. 각오해. 네가 해 줘야 할 일이 아주 많을 테니까."

"기꺼이 하겠습니다. 뭐든 맡겨만 주십시오."

서로를 향한 굳은 신뢰에 마주한 시선이 부드럽게 휘었다.

조프는 평소보다 조금 이른 시간에 저택에 도착했다. 본관에 도착해 차에서 내리자 일하는 사람들이 서둘러 다가와 인사를 했다. 가볍게 미소로 인사를 대신하고서 현관으로 향하는데 제이의 맑은 웃음소리가 먼저 달려 나와 조프를 반기고 있었다.

듣기만 해도 기분이 맑아지는 소리에 덩달아 미소를 지으며 이끌리듯 서둘러 안으로 들어서는데 눈앞에 펼쳐진 생경한 모습에 입이 스르륵 벌어지고 말았다.

주방과 이어진 홀에는 많은 배추와 무가 쌓여 있었고 그것을 등진 채 제이의 부모님과 이자벨 외에도 일하는 사람 몇 명이 모여 열심히 대화를 나누고 있었다.

분명 들어오며 제이의 웃음소리를 들었는데 그녀는 대체 어디에 있나 싶어 유심히 살펴보니, 모여 있는 사람들 뒤에 쪼그리고 앉아 뭐가 그리 즐거운지 입가에 웃음을 지우지 못하고 있었다.

"제이?"

부르는 소리에 그녀가 벌떡 일어서더니 함박웃음 지으며 서둘러 다가오는 모습이 보였다. 생기가 느껴지는 모습이 반가워 당장 끌어안고 키스라도 퍼붓고 싶은데 보는 눈이 많았다. 그녀의 이마에 입술을 꾹 누르며 한 손으로 가볍게 끌어안는 것으로 아쉬움을 달랬다.

"오늘 일찍 왔네요."

"어. 크리스 덕분에 조금 일찍 나왔어. 오늘은 뭐 좀 먹었어?"

"알면 놀랄걸요? 점심때 국수를 두 그릇이나 먹었어요. 다행히 토하지도 않았고."

"정말?"

듣던 중 반가운 소리에 어두운 방 안에 불이 밝혀지듯 조프의 얼굴이 환하게 밝아졌다. 열심히 고개를 끄덕이는 모습을 보니 빈말이 아닌 듯했고 조프는 기쁜 마음을 감추지 않으며 보는 눈이 많거나 말거나 제이의 입술에 힘주어 제 입술을 내리눌렀다.

"잘했어. 잘했어. 그래서 그런가 오늘은 훨씬 생기가 돌아."

조프는 민망한 듯 얼굴을 붉힌 채 제 옆에 안겨 방긋 웃어 보이는 제이를 보니 신체 일부에서 흥분이 감지되어 얼른 눈길을 홀을 향해 돌리며 동우와 정연에게로 걸음을 서둘렀다.

"아버님. 어머님. 멀리까지 오신다고 고생 많으셨습니다. 여독이 채 풀리지 않았을 텐데 좀 쉬시지 않고요."

동우는 딸아이를 기쁘게 맞이하며 애정을 숨기지 못하는 사위의 모습에서 눈을 떼지 못하고 흐뭇하게 웃으며 바라보았다.

딸을 옆에 꼭 안고서 성큼성큼 다가와 따듯하게 인사를 건네는 사위에게 애정을 담아 대답했다.

"자네 덕분에 너무 편하게 왔어. 기내에서 푹 쉬었더니 하나도 피곤하지 않아. 고맙네."

"그래. 조 서방 덕분에 얼마나 편히 왔나 몰라. 정말 고마워."

정연도 딸아이를 아끼는 사위의 모습에 행복한 마음을 감추지 않고 흐뭇하게 웃으며 고마운 마음을 전했다.

"아닙니다. 두 분도 바쁘실 텐데 먼 길 마다하지 않고 와 주셔서 제가 더 감사합니다. 덕분에 제이가 이렇게 활기 넘치는 모습을 보니 너무 기쁩니다."

제이는 제 부모님에게 스스럼없이 친근하게 다가서는 조프가 너무 고마웠다. 주위의 많은 시선을 의식하지도 못한 채 그를 향한 사랑스러운 눈길을 거두지 못하는데 이내 조프가 제이의 눈을 마주하고서 야릇한 미소를 떠올리며 말을 건넸다.

"제이, 옷 찾는 것 좀 도와줄래?"

드레스 룸마다 종류와 색상별로 너무나 정갈하게 잘 정돈된 옷은 구태여 누가 찾아 주지 않아도 눈을 감고서도 찾을 수 있었다. 그럼에도 이렇게 말한다는 것은 잠시 단둘만 있고 싶다는 신호였고 제이는 기쁘게 그 신호를 받아들였다.

"가요."

홀의 끝 쪽에 위치한 방으로 들어선 두 사람은 문을 닫자마자 동시에 다급하게 서로의 입술을 찾았다. 한 치의 빈틈도 없이 맞물린 입술 사이로 서로의 마음이 정신없이 오가며 저도 모르게 신음을 흘렸지만 사람들이 있는 곳과는 워낙 거리가 멀기에 아무런 걱정이 없었다.

조프가 제이의 허리를 잡아 덥석 안아 올렸고 제이는 그를 감싸 안으며 기쁘게 그의 허리에 두 다리를 감았다.

제이는 사랑스러운 그의 얼굴을 두 손으로 조심스레 감싸고서 반듯한 이마와 잘생긴 눈썹, 그윽한 눈빛이 오가는 눈과 올곧은 콧방울에 차례로 촉촉한 입술을 살짝살짝 스쳤다. 잔뜩 기대하는 눈빛으로 저를 바라보는 조프를 보며 제이의 입가에 미소가 가만히 번졌다.

천천히 다가가 그의 입술을 혀끝으로 그리며 황급히 달려드는 그를 피해 살짝 뒤로 물렀다가 다시 다가가 그의 입술에 스치듯 입을 맞추었다. 흥분으로 들썩거리는 그의 가슴을 몸으로 느끼며 파고드는 희열에 현기증이 나는 듯했다.

더없이 짙어진 그의 깊은 눈빛과 그의 목에서 새어 나오는 선 굵은 신음에 더는 애태우면 안 될 것 같아 그의 섹시한 입술을 달게 베어 물었다.

조프는 마치 기다렸다는 듯 단숨에 제이의 입술을 사로잡아 버렸고 숨 쉴 틈 없이 휘몰아치는 조프의 키스 세례에 온몸이 뜨겁게 달아올라 버린 제이였다.

어느새 침대 위에 몸이 뉘어 있었고 조프가 팔로 제 상체를 지탱하며 조심스레 제이의 위에 올라 하체를 밀착시키고서 힘겹게 말을 꺼냈다.

"제이…… 제이. 언제가 되면 사랑을 나눠도 되는 거야?"

제이는 제 몸에 고스란히 전해 오는 그의 신체 변화를 느끼며 안쓰러운 마음에 가만히 조프의 얼굴을 감싸고서 답을 전했다.

"음…… 보통 14주 정도면 안정기에 접어든대요. 하지만 우리가 조심한다면 12주 정도면 가능하지 않을까요? 앞으로 약 2주 남았어요."

병원에서는 16주까지는 조심하는 것이 좋다고 했지만 그때까지 사랑을 나누는 걸 미룰 수는 없을 것 같았다.

제이는 입덧으로 몸이 약해진 상태가 아니었다면 당장이라도 그를 안고 싶었다. 제 안에서 역동적으로 움직이는 그를 느끼고 싶었고 서로가 뿜어내는 사랑의 향기를 마시고 싶었다. 그와 함께 숨 막히는 절정을 맞이하고 싶었다.

지금으로서는 제발 안정기가 빨리 찾아오기를 바라는 것밖에는……. 열정을 삭이지 못해 신음하는 조프를 가만히 끌어안고 말했다.

"사랑해요. 때가 되면 당신을 세상에서 가장 행복한 남자로 만들어 줄게요."

"지금도 세상에서 가장 행복해. 하지만 그 때를 기쁘게 기다리겠어."

키스는 끝나지 않았고, 한참이나 방에서 나오지 않는 부부를 찾는 사람은 아무도 없었다.

10

부모님이 머무는 일주일 동안 잠시 주춤했던 입덧은 신기하게도 부모님이 한국으로 돌아가자마자 다시 고개를 내밀었고, 그렇게 2주를 더 고생하고서야 입덧이 서서히 사라졌다.

제이는 벌써 이틀하고도 반나절. 어떤 음식을 먹거나 냄새를 맡아도 더 이상 구토를 하지 않았고, 속이 울렁거리지도 않았다. 심지어 하나씩 먹고 싶은 음식이 머릿속에 떠오르기 시작했다.

5주 가까이 지속되며 삶의 질을 떨어트리던, 변덕스러웠던 입덧이 드디어 끝났다는 생각에 제이는 속으로 쾌재를 외쳤다.

입덧이 사라지자 우울했던 기분도 점차 사라지고, 컨디션 또한 빠르게 회복되고 있었다.

제이는 불과 일주일 전 회장 승계를 마친, 격무에 시달려 그런지 요즘 들어 부쩍 피로한 듯 보이는 그를 자연스레 떠올렸다.

자신이 입덧하는 동안 덩달아 입맛을 잃어 몸이 축난 데다, 지금까지 자신을 배려하며 욕구를 잘 견뎌 낸 그에게 어떻게 고마운 마음을 전할까, 어떻게 그를 기쁘게 만들까. 고민하며 주방에 있는 이자벨을 찾았다.

"이자벨, 오늘 조프 저녁은 제가 챙길 테니 일찍 가서 좀 쉬세요."

"이제야 입덧이 가시는 듯한데 무리하면 안 돼. 그러다 다시 입덧하기라도 하면 어쩌려고, 아직은 조심해야 해."

"아니에요. 컨디션이 입덧 심할 때와는 차원이 달라요. 이제 정말 끝난 것 같아요. 그러니까 걱정하지 마시고, 오늘은 일찍 들어가 쉬세요. 제가 조프 챙겨 주고 싶어서 그래요."

오랜만에 부부가 오붓하게 시간을 보내고 싶은 모양이었다. 이자벨은 저택에 온 이후로 가장 활기차 보이는 제이의 얼굴을 보며 비로소 한시름 놓았다.

"하하하. 그래 알았어. 대신 음식은 내가 차려 놓고 갈게. 데우기만 하면 되도록 말이야. 그러니까 뭐 먹고 싶은지 말만 해. 입덧 끝난 기념으로 내가 다 해 줄 테니까."

제 어깨를 다정하게 감싸고 있던 제이에게서 외마디 감탄사가 흘러나왔다. 뭐가 그리 기쁜지 함박웃음을 짓는 사랑스러운 얼굴을 보고 있노라니 이자벨 역시 미소를 감출 수 없는데, 흥분으로 가득한 제이의 목소리가 흘러나왔다.

"정말요? 그 말씀 곧 후회하게 되실 텐데. 괜찮으시겠어요?"

"괜찮다마다. 100인분도 끄떡없으니 뭐든 말만 해."

"요술 램프가 따로 없네요. 생각만 해도 너무 흥분돼요. 뭐가 먹고 싶다는 생각이 드는 자체가 너무 오랜만이라. 음…… 가만 보자……."

이자벨은 제 어깨에서 손을 떼고서 기도하듯 두 손을 모으더니 고민에 빠진 듯한 표정으로 먹고픈 음식을 떠올리는 제이의 모습이 너무 귀여워 웃음을 터트렸다.

"하하하하하. 이렇게 먹고 싶은 걸 그동안 어떻게 견뎠는지 모르겠네. 이러니 조프가 정신을 못 차리지. 정말 한시도 떨어지고 싶지 않겠어."

제이는 겪으면 겪을수록, 외모 못지않게 내면도 아름다운, 정말 다양한 색을 지닌 사랑스러운 사람이었다.

상대를 배려하고 위하는 예의 바른 태도는 기본에, 생각이 깊어 가볍지 않고, 이해심도 많았다. 단정하고 차분한 성품인가? 하면 때때로 경쾌하고 발랄한 모습을 보여 주기도 했고, 침착하고 신중한데 한 번씩 들뜬 행동으로 사람을 깜짝깜짝 놀라게 할 때도 있었다.

순간순간 나오는 기발한 재치와 위트는 보는 사람으로 하여금 감탄을 자아내게 만들기도 했다.

이자벨은 조프가 왜 칼같이 퇴근해서 집으로 오는지, 집에 와서는 왜 한시도 아내의 곁에서 떨어지지 못하는지, 충분히 이해하고도 남을 듯했다.

같은 여자가 보기에도 이렇게 사랑스러운데 하물며 조프는 오죽할까 싶었다.

이자벨은 한참을 고민하는 척하더니 겨우 메뉴 두 가지를 말하는 제이를 보며, 필시 자신의 고생스러움을 덜어 주기 위함임을 어렵지 않게 짐작할 수 있었다.

제이가 말한 메뉴에서 조금 더 추가해서 음식을 장만하는 이자벨의 입가에선 미소가 가실 줄을 몰랐다. 부부의 새로운 나날들이 늘 지금과 같이 예쁘기를 마음으로 바라는 이자벨이다.

조프는 차를 주차하고 집으로 들어서며 지칠 대로 지친 어깨와 뻐근한 목을 이완시키기 위해 가볍게 어깨와 목을 돌렸다. 업무량이 늘어난 탓도 있지만, 풀지 못한 욕구로 인해 쌓이는 에너지를 발산하려 무리해서 운동한 것이 어깨에 부담이 된 듯했다. 아무래도 오늘은 운동을 쉬어야 할 모양이다.

집 안으로 들어서자 제이가 환한 미소와 함께 조프를 반기며 한달음에 달려와 품에 안겼다. 상쾌하고 달콤한 그녀의 향기가 폐부를 가득 채우며 답답하던 가슴이 일시에 확 뚫리는 듯한 기분에 제이를 꼭 끌어안는데, 머리카락이 채 마르지 않은 걸 보니 이제 막 씻고 나온 듯했다.

조프는 왠지 모르게 평소와 다른 분위기를 감지하고서 주위를 두리번거렸다. 아니나 다를까 이자벨이 없었다. 이자벨이 있었다면 그녀와 함께 나와 그저 미소로 반기며 가벼운 포옹 정도에서 그쳤을 터. 조프는 제 품에 안긴 제이를 보며 궁금해 물었다.

"이자벨은?"

"오늘 일찍 들어가시라고 했어요."

"왜?"

"그냥…… 배고프죠. 어서 가서 손 씻고 와요. 식사 준비 다 됐어요."

할 말을 마쳤는지 품에서 벗어나려는 제이를 조프가 꼭 안았다.

"잠시만. 잠시만 이대로 있어 줘."

그녀를 안지 못해 욕구 불만으로 불면의 시간을 보낸 지가 어느덧 한 달이 넘었다.

제대로 먹지 못해 기력이 없는 그녀를 보면서도 정염에 휩싸이는 자신이 정말 짐승이 아닌가 생각하며, 죄책감과 함께 자괴감마저 드는 요즈음이었다.

제이에게 마음의 부담을 주지 않기 위해 조심하고는 있지만, 이렇게 안고만 있어도 금방 드러나는 신체의 변화까지는 감출 재주가 없었다. 벌써 한 달 이상을 집으로 돌아오면 식사를 하고, 제이와 대화를 나누거나 가벼운 산책을 하며 시간을 보냈다.

그녀의 향기에도 미칠 듯 반응하는 자신의 신체에 절망하며, 잠들기 전 한 시간 정도, 체력 단련을 한다는 미명하에 집에 있는 헬스장에서 온몸을 흠뻑 적실 정도의 강도 높은 운동을 하고서야 겨우 그녀와 함께 잠자리에 들 수 있었다.

그런 자신이 안쓰러웠는지 차라리 입덧이 그칠 때까지만이라도 각방을 쓰는 건 어떠냐는 그녀의 제안은 일언지하에 거절해 버렸다. 욕구불만으로 미치는 한이 있어도 그녀와 따로 떨어져 잔다는 건 있을 수 없는 일이었다.

'하…… 오늘은 운동도 쉬어야 할 것 같은데.'

운동으로 에너지를 소모해도 유혹을 뿌리치기 쉽지 않은데…… 오늘 역시 깊은 잠을 자기는 글렀다 싶은 마음에 속으로 긴 한숨을 삼켰다.

제이는 잔뜩 흥분한 조프를 온몸으로 느끼며 안쓰러움에 가만히 그의 등을 어루만졌다.

자신 또한 그와 같이 흥분으로 온몸이 더워지고 있었다. 생각 같아서는 당장 그의 손을 잡고 방으로 가고 싶었지만, 그에게 특별한 시간을 선물하기 위해서라도 조금은 참아야 할 듯했다.

아쉬운 마음을 뒤로하고 그의 품에서 벗어나 그의 등을 떠밀었다.

"이러다 음식 다 식겠어요. 얼른 손 씻고 옷 갈아입어요."

가볍게 제 이마에 입을 맞추고 자리를 뜨는 조프를 보며 제이는 서둘러 주방으로 가 이자벨이 만들어 준 음식을 테이블에 차렸다.

언제 옷을 갈아입었는지, 어느새 다가와 뒤에서 살포시 껴안는 그의 팔을 어루만지며 얼른 자리에 앉히고서 제이도 그의 맞은편으로 가 앉았다.

"너무 많은데? 누가 다 먹는다고?"

제이의 입덧이 사라지는 중이었으나 오랜 입덧으로 먹는 양이 현저히 줄어 있었고, 자신 또한 좀처럼 돌아오지 않는 입맛에 적당히 먹고 말았기에, 오늘따라 많아 보이는 음식이 의아해 물어보는 조프였다.

"그러니까요. 분명 이자벨에게는 해산물 리소토랑 샐러드만 부탁했는데, 이렇게 많이 준비해 주고 가셨어요. 그러니까 우리 오늘은 열심히 먹어요."

테이블 위에는 제이가 부탁한 음식 외에도 찹스테이크와 미트볼 파스타까지 있었고 냉장고에는 아직 꺼내지 않은 상큼한 과일로 만든 후식까지 준비되어 있었다.

"당신은 이제 정말 괜찮은 것 같아? 한 이틀은 어떻게 잘 넘긴 것 같은데."

"음. 이제 정말 끝난 것 같아요. 사실 그래서 오늘 이렇게 많이 차려 주신 거예요. 입덧 끝난 기념으로."

"그래? 컨디션은? 컨디션도 괜찮아?"

"입덧만 끝났을 뿐인데도 날아갈 것같이 가뿐해요."

그러고 보니 제이의 얼굴에 생기가 도는 것이 한결 밝아 보였다. 하지만, 아무런 신호가 없는 걸 보니 아직 안아도 될 정도는 아닌 모양이었다.

입덧이 심해질 때 자신에게 자꾸 미안해하는 제이를 보며, 자신이 잘 참아 볼 테니 몸이 괜찮아지면 주저 없이 신호를 달라 말했었다.

아직은 때가 아닌 듯해 실망이 스쳤지만 이런 시련도 며칠 남지 않았다 생각하니 또 견딜 만했다.

"어서 먹어요."

"그래. 당신도 같이 먹어."

식욕이 느껴지지 않았지만, 걱정스러운 표정으로 저를 바라보는 제이를 보니 먹기는 해야 할 듯했다.

제이에게 걱정을 끼치지 않을 정도로만 그녀와 속도를 맞추어 천천히 음식을 먹는데, 생각보다 더 잘 먹는 제이를 저도 모르게 물끄러미 바라보았다.

정말 입덧이 사라졌는지 예전처럼 야무지게 음식을 먹어 치우는 모습을 보니 마냥 좋았다.

그런 자신의 시선을 느꼈는지 제이가 스테이크를 한 조각 내밀었고, 싱긋 웃으며 말없이 기쁘게 받아먹었다.

"오늘도 운동할 거예요?"

"아니. 오늘은 좀 쉴까 해."

"잘됐다."

"응?"

"아니에요. 요즘 들어 많이 피곤해 보였는데 잘 생각했다고요. 나도 오늘은 산책하지 않으려고, 우리 오늘은 좀 일찍 자요."

"당신 어디 안 좋은 건 아니지?"

입덧하면서도 산책은 빠지지 않고 하던 제이였기에 걱정이 앞선 조프였다.

"아니에요. 정말. 그러니까 내 걱정은 그만해요. 솔직히 지금 나보다 당신 얼굴이 더 안 좋아 보여. 눈도 충혈되고 정말 피곤해 보인단 말이에요."

"내 걱정은 안 해도 돼. 너무 건강해서 탈이니까."

"건강은 무슨. 잘 먹지도 못하고, 피로가 켜켜이 쌓였는데."

"그래. 알았어. 오늘은 일찍 잘게. 됐지?"

뾰로통한 표정으로 걱정을 내려놓지 못하는 제이를 보며, 그녀가 만족스러워할 만한 대답을 해 주었다. 운동하지 않는 대신 찬물에 오래도록 몸을 담가야 하겠지만 말이다.

"다 먹었으면 가서 씻어요. 여긴 내가 정리할게요."

"내가 치울게. 당신이 가서 좀 쉬어."

하여간 못 말리는 남자였다.

제이는 그릇을 치우려는 조프에게 다가가 그의 손에 들린 식기를 내려놓고서 그의 등을 떠밀었다.

"난 온종일 쉬었어요. 이젠 당신이 쉴 차례라고요. 나 이제 정말 괜찮다고. 말 좀 들어요."

조프는 제법 강하게 미는 힘에 피식 웃으며 마지못해 자리를 떴다.

그가 씻으러 들어가는 걸 확인한 제이는 마음이 급했다. 부디 그가 천천히 오래오래 씻다 나오기를 바라며 얼른 식기를 정리하고, 방으로 서둘러 달려가다 아차 싶어 걸음을 멈추었다.

마음이 급해서 큰 실수를 할 뻔했다. 무슨 집이 이리도 큰지, 드넓은 홀을 가로질러 종종걸음을 옮기며 가만히 배 위에 손을 올렸다.

'미안해. 조이. 엄마가 마음이 바빠서 깜빡했어. 놀란 거 아니지? 앞으로 엄마가 정말 조심할게. 사랑해 조이. 그리고…… 너도 오늘은 일찍 좀 잘래? 엄마가 아빠와 긴히 할 말이 있거든. 오늘 잘 부탁한다. 조이.'

아기에게 부탁 아닌 부탁을 하고서 방으로 들어선 제이는 정신이 하나도 없었다.

우선 입고 있던 옷부터 벗어 버리고 베개 밑에 숨겨 둔 속옷을 꺼내 들며 크게 한숨을 내쉬었다.

'맙소사. 이건 정말…… 너무 야해.'

신혼여행지에서 할머니가 준비해 준 속옷을 반도 채 입어 보지 못했다. 잠자리 날개 같은 속옷을 얼마나 많이 챙겨 주셨는지.

실용과는 거리가 먼. 목적이 분명한 속옷들을 다 치워 버릴까 하다가, 그래도 할머니께서 손수 준비해 주신 선물인 데다, 조프가 그 속옷을 입고 나타났던 자신을 얼마나 좋아했는지, 그때의 표정이 생생하게 떠올라 차마 버릴 수가 없었다.

제이는 신혼여행지에서 입어 보지 않은 새 속옷을 다시 한번 확인해 보았다. 아주 연한 핑크색으로 된, 가슴과 하체의 주요 부위만 무늬로 겨우 가려지는. 길이마저 짧은 슬립은 살색 스타킹만큼이나 몸이 훤하게 드러나고, 속에 받쳐 입는 팬티 또한…… 겨우 중요한 부위만 아슬아슬하게 가려 주는 디자인이었다. 다시금 용기가 스멀스멀 달아나는 듯했다.

'하…… 대체 할머니는 이런 디자인을 어디서 구하신 거야…… 입자. 입어.'

짧은 순간, 차라리 로브만 걸쳐 입을까 싶었지만 도망가는 용기를 잡아끌었다. 기왕 마음먹은 거, 한번 해 보지 뭐.

서둘러 속옷을 입고서, 치열했던 내면의 갈등이 무색하게도 무게감이라고는 1도 느껴지지 않아 허탈한 웃음이 새어 나왔다. 차마 거울을 볼 용기까지는 없어 얼른 로브를 걸쳐 입고서 재빨리 나머지 준비를 서둘렀다.

비처럼 쏟아지는 샤워기 아래에서 한참이나 찬물을 맞고 있던 조프는 몸에 으슬으슬 한기가 들 즈음에야 비로소 샤워를 마쳤다. 수건으로 대충 머리와 몸을 닦고서, 허리에 타월을 두른 채 침실로 들어서는데……

'맙소사.'

색다른 풍경이 펼쳐지고 있었다. 아름다운 선율이 조용히 흘러나오는 침실 안, 방 한편에 켜 놓은 캔들 두 개에서 작은 불꽃이 일렁이고 있었고, 은은한 아로마 향기가 공간을 가득 메우고 있었다.

베개를 제외한 침구가 치워진 침대 위에는 흰색의 커다란 타월이 넓게 펼쳐져 있었고, 또 다른 타월 하나는 그 옆에 얌전히 접힌 채 놓여 있었다.

도대체 이게 무슨 풍경일까? 제이는 어디에 있을까. 궁금해하며 그녀를 찾아 나서려는데 마침 문이 열리더니 하얀색 실크 로브를 걸친 그녀가 와인이 놓인 트레이를 들고서 침실로 들어서고 있었다.

기대감이 아련하게 감도는 은밀한 자신의 침실 한가운데서, 조프는 애써 몸을 식힌 보람도 없이 단번에 달궈진 몸이 수건을 밀어 내는 걸 느꼈다. 자신에게 다가오지 않고 그대로 머물러 있는 그녀를 뚫어져라 응시했다.

이윽고 그녀의 입에서 말이 흘러나왔다.

"다…… 씻었어요? 어…… 와인 한잔 할래요?"

제이는 자신이 듣기에도 어색하게 들리는 말이 너무 민망해 얼굴이 달아올랐다. 자신에게 내리꽂히는 그의 눈빛을 고스란히 받으며 조심스레 걸음을 옮겨 침실 테이블 위에 트레이를 올려놓았다.

성큼성큼 다가와 저를 끌어안는 조프의 가슴을 밀어 내며 떨리는 목소리로 말을 꺼냈다.

"아직 안 돼요."

"그게 무슨 말이야? 아직 안 된다니!"

방 안의 분위기와 함께 부끄러워하며 발갛게 얼굴이 달아오른 그녀를 보니 이보다 더 확실한 신호는 있을 수 없다 판단했다. 차오르는 흥분을 주체하지 못해 서둘러 다가섰는데 안 된다니!

"오늘 밤은 내가 주도하게 해 줘요."

그가 키스하는 순간, 모든 계획은 물거품이 된다는 건 불을 보듯 뻔한 일이었다. 이미 그의 중심은 뚜렷한 목적을 가지고서 벌떡 기립해 있었고, 스치기만 해도 불붙은 도화선마냥 폭주할 거라는 건 굳이 확인하지 않아도 알 수 있는 사실이었다.

제이는 짙은 눈빛으로 저를 주시하는 너무나 사랑스러운 남편을 마주하며, 마치 오늘이 첫날밤인 듯 사정없이 떨려 오는 심장을 다독여야 했다.

그의 가슴을 밀어 내던 손을 내리며 말했다.

"당신에게 꼭 해 주고 싶은 게 있단 말이에요. 그러니까 오늘은 나에게 주도권을 넘겨요. 그리고 내 말 들어줘요. 그럼 내가…… 당신 안아 줄게요."

조프는 제이를 만지고 싶어 근질거리는 손을 들어 차라리 팔짱을 꼈다.

도대체 무슨 꿍꿍이일까. 그녀도 자신과 사랑을 나누기 원한다는 건 표정만 봐도 훤히 알 수 있었다. 그런데 왜 미뤄야 하지? 그녀의 장난에 심장이 요동치고 있었다. 이 얼마 만에 누려 보는 기쁨인지.

당장이라도 그녀를 잡아채 사랑을 나누고 싶은 마음 반, 그녀가 어떻게 나올지 지켜보고 싶은 마음 반이 치열하게 갈등하는 사이, 그녀에게서 명령조의 말이 들려왔다.

"조프, 침대로 가서 좀 엎드려 봐요. 내가 마사지해 줄게요."

"뭐? 뭘 해 줘?"

"마사지. 당신 요즘 무리해서 어깨 안 좋은 거 다 알아요. 내가 뭉친 어깨 풀어 줄게요."

"제이, 난 괜찮아. 마사지가 필요하면 받으러 가면 돼. 내 전용 마사지사도 있어."

"여자?"

"남자!"

그에게 전용 마사지사가 있다는 말은 들어 보지 못한 데다 마사지라면 주로 여자가 해 주지 않을까 싶어 발끈하며 물었더니, 0.1초의 망설임도 없이 확신에 찬 대답이 들려왔다. 이내 친절한 보충 설명까지 곁들여졌다.

"여자는 악력이 약해서 남자에게 받고 있어. 크리스도 같이. 내 대답이 마음에 드나?"

대답 대신 싱긋 웃으며 고개를 끄덕이는 제이와 그런 제이의 모습이 귀여워 크게 웃는 조프였다.

"그러니 마사지는 필요 없어. 이제 됐지?"

다시 제이를 안으려는데 한 발 뒤로 물러서는 제이였다.

"사랑으로 하는 마사지와 기술로 하는 마사지가 과연 같을까요?"

"제이, 마사지하는 거 생각보다 어려워. 내 몸의 기를 상대의 몸에 불어넣어 주는 거나 다름없다고. 가뜩이나 당신 요즘 많이 약해졌는데, 그러다 탈이라도 나면 어쩌려고 그래? 마음만 받을게. 응?"

자신의 말에 고개를 좌우로 흔드는 제이를 보며 신음하는 조프였다. 당장 안고 싶은데 대체 왜 이렇게 사람 피를 말리는지.

"어깨만 풀어 줄게요. 당신 마사지해 주려고 오후 내 얼마나 열심히 공부한지 알기나 해요? 그러지 말고 얼른 가서 누워 봐요. 장담하는데 또 해 달라고 할걸?"

제이는 오늘 무슨 일이 있어도 마사지를 해 주겠다 마음을 먹은 듯했고, 조프는 더 이상 그녀를 이겨 낼 재간이 없었다.

조프는 제이의 두 눈을 뚫어져라 주시하며, 제 허리춤에 걸쳐진 수건을 보란 듯이 풀었다. 물먹은 수건이 힘없이 아래로 툭 떨어졌고, 동시에 그녀의 눈길도 재빨리 아래를 향하나 싶더니 가뜩이나 달아오른 얼굴이 더 붉게 달아올라 버렸다.

제이는 순간 얼굴로 치솟는 열기가 부끄러워 서둘러 와인을 올려 둔 테이블로 향했다.

"와인 한잔…… 해요. 긴장이 조금은 풀릴 거예요."

"직접 먹여 달라고 하고 싶지만, 임신 중이니 참아야겠지?"

"다음에. 다음엔 직접 먹여 줄게요."

제이는 섹시하게 한쪽 입꼬리를 비스듬히 말아 올리며, 제게서 시선 한번 떼지 않고 와인을 천천히 음미하는 그의 모습에 마른침을 꿀꺽 삼켰다.

당장 그의 품으로 빨려 들어가고 싶은 걸 참으며 속으로 신음했다. 마지막 한 모금의 와인을 입 속에 넣어 음미하나 싶더니 꿀꺽 그의 목을 타고 넘어가는 소리가 들렸다.

"이제 가서 누워요."

"재밌네. 그래, 좋아. 당신이 그렇게 하고 싶다면 한번 해 봐."

조프는 예쁘게 달아오른 사랑스러운 제이의 얼굴을 바라보며 재빨리 그녀의 입술을 훔치고서 침대로 가 펼쳐진 타월 위에 엎드려 누웠다.

팽창한 신체 일부 때문에 불편했지만, 제이가 원한다면 그 정도 불편쯤이야 감수할 수밖에.

제이는 침대로 가서 누운 그에게 다가가 옆에 놓아두었던 수건을 펼쳐 그의 엉덩이 위에 올렸다.

"치워."

"네?"

"수건 치우라고. 우린 부부야. 업체에서 하는 것처럼 굳이 그렇게 하지 않아도 된다고."

"아……."

제이에게서 들려오는 외마디 감탄사에 웃음이 터진 조프였다. 놀려 먹는 재미가 있는 내 여자. 이 얼마 만에 느껴 보는 즐거움인지.

제이는 과연 수건을 치우는 게 잘하는 일일까? 싶었지만 그가 치우라니 별

수 없었다. 업체에서 하듯이? 그걸 기대했다면 큰 오산이었다. 제이는 그가 언제까지 저렇게 웃을 수 있나 지켜보는 것도 재미있을 듯했다.

"지금부터 뒤돌아보기 금지예요. 뒤돌아보면 재미없을 줄 알아요. 그리고 내가 그만하면 됐다 할 때까지는 그대로 있기. 내 말 알아들어요?"

"좋아. 난 오늘 순한 양이야. 당신 하고 싶은 대로 마음껏 해 보라고."

곧 다가올 스킨십을 바라며 기대감으로 흥분이 최고조에 달한 조프의 입가에 미소가 물결치듯 넘치고 있었다.

제이는 테이블에 놓인 오일을 들어 자신의 손에 먼저 한 방울 떨어트려 보았다. 차갑지 않고 적당히 미지근한 온도가 딱 좋았다.

침대로 올라가 로브를 풀어 한쪽으로 치웠다. 그의 허리춤에 올라가 다리를 벌리고 무릎을 꿇어앉았다. 입으나 마나 했던 슬립은 아니나 다를까 제구실을 전혀 하지 못한 채 허리께로 올라가 버리고 맨허벅지가 그의 차가운 등허리에 닿았다.

그의 피부가 움찔하더니 곧 돌아누울 것처럼 몸을 비틀었고, 제이는 민망한 자신의 모습을 그가 보지 못하도록 넓은 등을 찰싹 때렸다.

그에게서 선 굵은 신음이 들리나 싶더니 낮게 깔린 음성이 그 뒤를 이었다.

"제이, 당신이 보고 싶어."

"조금만 참아요."

"끙. 한 번만 보게 해 줘. 그럼 가만히 있을게."

"안 돼요. 인내심을 좀 가져요."

"당신 앞에서 그게 가능할 것 같아? 그딴 거 개나 줘 버려."

그녀에게서 피식 웃음을 흘리는 소리가 들려왔다. 재밌나 보다. 자신은 죽을 지경인데 말이다.

조프는 제이의 맨살을 등에서 느끼는 순간 아무 생각도 할 수 없었다. 단지 제 위를 점령한 그녀의 모습을 상상하는 것만으로도 짜릿한 흥분이 중심에서 말초신경까지 빠르게 퍼져 가며, 고통스러울 정도의 열기에 신음했다. 당장이라도 자세를 바꾸어 그녀를 탐하고 싶은 욕망이 온 마음을 잠식해 갔다.

그때 등으로 미지근한 무언가가 흘러내렸다. 보디 오일인 모양이었다. 뒤이어 그녀의 부드럽고 따듯한 손이 등에 닿았다.

넓게 오일을 바르는 부드러운 손길에 말할 수 없이 짜릿한 쾌감이 몸을 관통했다.

"으음."

너무 좋았다. 그녀와 사랑을 나눌 때와는 또 다른 감각이 피부로 번져 가며 계속해서 크기를 키워 가는 욕망으로 이성적인 사고는 불가능했다.

"으음…… 제이. 안고 싶어."

"기다려요."

냉정한 그녀의 말에 어쩔 수 없다는 표정이 떠오르더니 이내 의미심장한 말을 내뱉는 조프다.

"다음에 내가 똑같이 해 줄게. 기대해."

"좋아요. 적어도 난, 당신처럼 인내력이 없지는 않을 거예요."

그에게서 듣기 좋은 웃음소리가 흘러나왔다.

제이는 긴장한 그의 목과 어깨를 집중해서 마사지하기 시작했다. 한동안 딱딱하게 느껴지던 그의 목과 어깨 근육을 풀어 주며 이따금 그에게서 흘러나오는 신음이 만족의 신음인지, 채워지지 못한 욕구에 의한 신음인지 헷갈렸지만, 무엇이 되었든 너무나 듣기 좋았다.

단단한 그의 근육을 마사지하며 시간이 흐를수록 난감해지는 쪽은 오히려 제이였다.

그의 옆구리에 닿은 피부로 그의 열기가 고스란히 전해졌다. 분명 처음 마사지를 시작할 때, 그의 체온은 서늘한 편이었는데 어느새 저보다 더 뜨거워진 몸이었다.

제 손 아래서 흠칫 떨리는 아름다운 근육의 움직임, 미끄러운 촉감, 간간이 귓가에 흘러드는 그의 선 굵은 신음, 코끝을 스치는 은은한 아로마 향기. 오감이 전에 없이 한껏 예민해져 있었다.

제이는 점점 가빠지는 호흡을 그에게 들키지 않기 위해 그의 뭉친 근육에만 관심을 집중시키려 애써야 했다. 초반에 계속해서 멈추기를 종용하던 그도 어느 순간부터는 잠잠해졌다. 강약을 조절해 가며 마사지하다 보니 어느새 그의 목과 어깨 근육도 처음보다 한결 부드러워졌다.

"조프, 어때요?"

"음. 좋아. 아니…… 환상적이야. 지금껏 받아 본 마사지 중에 최고야."

진심이었다. 지금까지 많은 마사지를 받아 봤지만 오늘처럼 좋았던 적은 없었다.

조프에게 마사지는 경직된 근육을 풀어 주는 목적이 다였기에 여자의 약한 압력으로는 좀처럼 만족스럽지 않았다. 게다가 불순한 의도를 가지고 접근하려는 여자들 때문에 마음 편히 마사지를 즐길 수도 없었다.

그래서 남자의 강한 압력에 의한 경락이나 스포츠 마사지를 즐기는 편이었기에 제이가 해 주는 부드럽고도 섬세한 마사지는 느낌이 전혀 색달랐다. 그녀의 말처럼 사랑으로 하는 마사지라서 그런지 기술적인 마사지사와는 차원이 달랐다.

처음엔 그녀에게 무리가 가면 어쩌나 싶어 걱정으로 좀처럼 마음을 편히 가질 수가 없었다. 그런데 그녀의 여린 손과 팔이 계속해서 미끄러지듯 강하고 부드럽게 압력을 가하자 말로 설명하기 힘든 만족감에 젖어 들었다.

어느새 진심으로 마사지를 즐기며 서서히 사라지는 어깨 통증에 절로 만족스러운 신음이 터져 나왔다.

"정말 당신은…… 못 하는 게 없어. 사실 어깨가 좋지 않았는데, 지금은 통증이 느껴지지 않아. 이제 그만해도 될 것 같아."

제이는 그의 만족감이 어린 목소리에 뿌듯함이 차올라 절로 입가에 미소가 피어올랐다. 오후 내 공부하고 애쓴 보람이 있는 듯했다.

"네. 처음과 다르게 근육이 많이 이완된 것 같아요. 앞으로 가끔 이렇게 마사지해 줄게요."

"음…… 당신 힘들지 않아?"

"겨우 얼마나 했다고 벌써 힘들어요? 체중을 실어서 했더니 전혀 힘들지 않아요. 아프지 않았어요?"

"응. 너무 좋았어. 당신은 그만해. 이제 내가 해 줄게."

"난 됐어요. 다음 주에 할머니께서 임산부 전문 마사지사와 같이 오겠다고 했어요. 그때 받을게요."

제이는 그의 몸에서 내려와 침대에 살포시 앉으며 허리로 올라간 짧은 슬립을 끌어 내렸다. 그래 봐야 이미 훤히 다 비치는, 아무 의미 없는 행동에 열없는 한숨을 속으로 삼키며 떨리는 목소리로 입을 열었다.

"조프, 이제 그만…… 돌아누워도 좋아요."

이제야 허락이 떨어졌다. 조프는 제 허리를 스치며 내려가는 그녀의 부드러운 촉감에 다시금 온몸으로 뜨거운 열기가 번지는 것을 느꼈다. 그와 동시에 이를 악물었다.

마치 그녀와 처음 잠자리를 하던 때와 같이 떨리는 가슴에 싱긋 웃으며 기대감을 안고 천천히 돌아누웠다.

일순 미소가 싹 걷히며, 팔로 상체를 지탱하고서 비스듬히 일어나 앉았다. 너무나 사랑스러운 그녀의 모습에서 눈길을 뗄 수가 없었다. 민망해서 다시는 이런 속옷을 입지 않겠다던, 차라리 입지 않은 모습보다 더 관능적이고 자극적인 모습을 하고, 그와는 너무나 대조적인 청초한 표정으로 조심스럽게 자신을 바라보고 있었다.

조프는 평생 잊지 못할 사랑스러운 모습을 한동안 멍하게 바라보았다. 발그레한 얼굴에 자신을 바라보는 눈빛은 반짝반짝 빛이 나고 있었고, 입매는 사랑스럽게 호선을 그리고 있었다. 입이 마른지 붉은 혀가 재빨리 나왔다가 사라졌고, 부끄러운지 아랫입술을 빨아들이며 깨무는 그녀의 모습에 간신히 붙잡고 있던 인내와 자제력은 망각의 늪으로 빠져 버리고 없었다.

한 손으로 제이를 당겨 와 제 품에 안으며 참았던 마음을 쏟아 내는 조프였다.

제이는 재빠른 그의 동작에 놀랄 틈도 없었다. 외마디 외침이 나와 버린 입술은 진작 그에게 가두어졌다. 조급함이 느껴지는 강렬한 키스 세례를 받으며, 열렬히 되돌려주는 것으로 그의 사랑에 응답하는데, 눈 깜짝할 사이 그와의 위치가 뒤바뀌며 어느새 침대에 등을 대고 누워 있었다.

한쪽 팔로 무게를 지탱한 채 크게 가슴을 들썩이는 그의 거친 호흡에, 가뜩이나 흥분으로 잠식당하던 제이 역시 숨결이 뒤엉키고 말았다.

제 얼굴에 흩어진 머리카락을 정리해 주고, 조심스레 얼굴을 어루만지며 뚫어져라 바라보는 그의 정염이 가득 찬 짙은 눈빛을 오롯이 감당했다. 기대감으로 넘실거리는 열기에 정신을 차릴 수 없었다. 그저 저를 뚫어져라 바라보는 그의 눈빛만으로도…….

얼굴을 어루만지던 손길이 조금씩 아래로 흘러내렸다. 목 언저리에서 강하게 뛰고 있는 혈관을 스치며 쇄골을 지나 봉긋한 가슴을 아프지 않게 움켜쥐는 손길에 저도 모르게 숨넘어갈 듯한 신음이 새어 나왔다. 동시에 그의 입가에 관능적인 미묘한 미소가 가볍게 스쳐 지났다.

욕심 많은 손길은 한참이나 같은 곳에서 다양한 모습으로 머물다 다시 제이의 몸을 유영했다. 은근하게 갈비뼈 주위에서 뭉그적거리던 손이 얇은 슬립을 끌어 올려 속살을 노출시켰고, 손가락 끝으로 배에 알 수 없는 그림을 그려 댔다. 그 작은 스침에도 열망이 날카롭게 온몸을 할퀴고 지나가는 듯했다.

몸이 움찔움찔 떨려 왔고 의도치 않은 야릇한 숨소리가 불쑥불쑥 새어 나와 입술을 깨물게 만들었다. 그의 유혹을 견뎌 낼 인내가 점점 바닥나고 있었다.

그의 손길이 다시 아래로 향하며 골반에 아슬아슬하게 걸려 있던 얇은 끈에 닿았다. 제이의 얼굴에서 눈길을 떼지 않은 채, 리본으로 매듭지어 있던 끈을 잡고서 부러 천천히 그 끈을 잡아당겼고, 너무나 손쉽게 풀려 버린 매듭을 헤치고 뜨거운 손길이 골반에 닿았다.

느릿느릿 안쪽으로 향하는 손길에 제이는 더 이상 참을 수가 없었다.

"조프, 제발……. 안아 줘요."

관능적인 그의 얼굴에 악당 같은 짓궂은 미소가 스치나 싶더니 탁한 그의 음성이 아찔하게 귓바퀴를 간지럽혔다.

"조금만 더 보게 해 줘. 참지 말고 다 보여 줘. 다 가질 거야. 당신의 열정. 정열. 욕망. 그리고 평생 기억할 거야. 지금 그 눈빛. 표정. 소리. 그리고 당신의 향기까지도……."

제이는 아직 사랑을 나누지도 않았는데, 불에 델 듯한 그의 뜨거운 눈빛과 속삭임, 남성적인 향기에 흠뻑 물들어 숨결이 더할 수 없이 가빠지며 정신이 혼미해지는 듯했다.

조프는 겨우 제 손길만으로도 전율하는 그녀를 보며 차오르는 기쁨을 감출 수 없었다.

그때까지 한쪽 팔로 지탱하던 몸을 천천히 일으켜 세워 그녀의 새하얀 다리를 조심스레 열고서 그 사이에 자리를 잡고 앉았다.

발그스름하게 달아오른 얼굴과 가쁜 숨결을 내뱉는 새빨간 입술, 아슬아슬하게 몸에 걸려 있는 슬립 아래로 쉼 없이 오르내리는 봉긋한 가슴, 주요 부위를 간신히 가리고 있는 가느다란 천 조각을 차례로 훑어 내렸다.

마지막으로 그녀의 보드라운 다리와 너무나 대조적인 자신의 거친 다리까지 번갈아 보며 폭주하는 마음에 뜨거운 숨결이 연신 입술을 바싹 태웠다.

평소의 고아한 자태와 달리 잔뜩 흐트러진 지금의 모습이 얼마나 관능적이고 선정적으로 보이는지 그녀는 알기나 할까.

조프는 단 하나의 모습도 놓치지 않기 위해 사랑스러운 그녀의 모습을 빠짐없이 눈에 담으며 마음으로 새겼다.

"제이, 사랑해."

"나도. 사랑해요."

그녀를 탐하며 얇은 천들을 치워 버렸다. 눈부신 나신을 눈에 담으며 입술로 그녀의 몸을 남김없이 탐하고 찬미하며 그녀에게서 숨넘어가는 소리를 이끌어 내고서야 만족한 듯 그녀의 몸 위로 제 몸을 겹치는 조프였다.

제이의 몸 상태를 배려해 평소보다 조심스레 안았음에도 절정은 극강을 향해 갔고, 이윽고 맞이한 아찔한 쾌감에 바르르 떨며 서로의 이름을 외쳐 부르는 조프와 제이였다.

한동안 몸을 타고 흐르는 전율에 두 사람 중 누구도 섣불리 움직이지 못하고 들끓는 호흡을 정리하기 바빴다.

겨우 정신을 차린 조프가 제이의 몸에서 내려가려는데 제이가 조프를 꼭 끌어안았다.

"잠시만…… 이대로 잠시만 있어요."

"당신 힘들어서 안 돼."

조프는 얼마 남지 않은 힘을 다 끌어모아 제이를 안아 옆으로 몸을 굴렸고, 어느새 제이는 그의 몸 위에 올라와 있었다.

하나부터 열까지 자신을 먼저 배려하는 그의 사랑스러운 모습을 마음으로 느끼며 말할 수 없이 행복한 기분에 찬란한 미소가 입가로 번지는 제이였다.

그의 가슴에 누워 고막까지 파고드는 뜨거운 심장의 고동을 만끽하며 얼굴을 비비적거리던 제이가 조용히 입을 열었다.

"땀 냄새가 이렇게 향기로울 일이야?"

"하하하하하."

그의 듣기 좋은 웃음소리가 공간을 떠다녔다. 동시에 그의 가슴에 울림이 일어 제이의 몸까지 출렁거렸다.

"큰일 났네, 정말. 왜 웃음소리도 멋있어."

"하하하하하."

좀 전보다 더 큰 웃음소리가 귓가에 쩌렁쩌렁하게 울려 왔다. 이젠 아예 이마에 손을 올린 채 웃음을 멈출 기미가 보이지 않는 그를 보며 제이는 엉뚱한 생각을 떠올렸다.

웃음을 그치게 할 묘약을 알고 있는데……. 천천히 그에게서 몸을 일으켰고, 그의 위에 태연하게 걸터앉아 그저 그를 지긋이 바라보았다.

그의 웃음이 서서히 걷혔고, 그의 뜨거운 눈빛이 곧장 제이에게 날아들었다.

"당신 무리하는 거 아니지?"

기대감이 아련하게 감도는, 마음을 애써 가라앉히는 그의 탁한 음성이 들려왔다.

"컨디션 최상이에요. 지금 역시 체력이 놀라울 만큼 빠르게 회복되는 중이고, 당신만 가능하다면 어때요? 한 번 더?"

제이의 깜찍한 도발에 기대감이 뻗친 조프의 심장이 미친 듯 뛰어 댔다. 그의 신체는 이미 그녀의 도발에 넘어간 지 오래다. 입가에 미소를 거두지 못한 채 서둘러 일어나 앉으려는데 상체를 밀치는 그녀의 손에 의해 다시 침대에 벌렁 누워 버렸다.

의아함에 당당히 제 위를 점령한 그녀를 바라보았다. 의미심장한 미소를 머금은 더없이 섹시해 보이는 그녀의 입술이 열리며 달콤한 말이 흘러나왔다.

"이젠, 내 차례예요. 기대해. 지금까지 가 보지 못한 곳으로 데려가 줄게요."

호기로운 말과 함께 뚫어져라 자신을 바라보는 제이의 눈을 오롯이 감당하며, 이미 자신을 향해 천천히 몸을 숙이는 그녀가 시작한 또 다른 사랑에 기쁘게 물들어 갔다.

지금껏 가 보지 못한 곳이라고 해 봐야 천국밖에 더 있을까.

하지만 천국이라면 이미 그곳에 와 있다고.

당신이 있는 곳, 당신과 함께하는 매 순간이 나에게는 천국과 같다고…….

머릿속을 맴돌던 말은 가만히 속으로 삼켰다.

지금은 또 다른 천국을 맞이할 시간이니까.

6개월 후.

여름휴가의 최대 피크를 맞이한 인천공항은 여행의 기대감과 피로함으로 가득한 상반된 여행객들이 한데 뒤섞여 여느 때보다 더 붐비고 소란스러웠다.

승주는 귓가를 파고드는 흥분과 소란, 소음에도 아랑곳하지 않고 어떠한 동요함 없이 입국장 한편에 있는 기둥에 느긋하게 등을 기대고서 곧 입국하게 될 누군가를 기다리고 있었다.

항공기 지연으로 좀처럼 모습을 나타내지 않는 누군가를 기다리며 가끔 손목시계만 확인할 뿐, 그의 느긋하고 여유로운 표정에서 초조함이란 전혀 찾아볼 수가 없었다.

이윽고, 기다리던 입국 게이트 문이 열렸다.

저마다 갈 길을 찾아 분주히 걸음을 옮기는 사람들이 제법 많이 빠져나간 후에야 승주가 기다리던 한 사람이 유유히 캐리어를 끌며 게이트를 걸어 나오고 있었다.

그제야 승주는 몸을 꼿꼿이 세우고서 그를 향해 성큼성큼 걸음을 옮기며 입꼬리를 말아 올렸다. 몇 개월 만에 보게 된 친구는 전과 다름없이 활기찬 모습 그대로였다.

크리스는 게이트를 빠져나오며 뜻하지 않게 마주한 반가운 얼굴에 저도 모르게 씩 웃고 말았다.

한국으로 출장이 정해진 후 알파에게 방문을 알렸다. 그가 괜찮다면 일을 마치고 얼굴이라도 볼까 싶었다.

만날 날을 정하기 위해 시간을 맞추다 보니, 언제 어디로 입국하는지 대략의 일정을 말했을 뿐인데, 약속한 날이 아님에도 공항까지 마중 나온 알파가 이렇게 반가울 수 없었다.

자신을 향해 거침없이 다가오는 그는 6개월 전보다 왠지 더 건강해 보였다.

"알파."

크리스는 그 흔한 인사말도 없이 불쑥 손을 내밀었고,

"크리스."

알파라 불린 승주 역시 반갑게 그의 이름을 부르는 것으로 인사를 대신하며 가볍게 힘주어 그의 손을 맞잡았다.

환한 표정의 크리스를 유심히 보던 승주가 먼저 대화의 포문을 열었다.

"우리 6개월 만인가? 미국으로 갈 때보다 더 좋아 보이는데?"

"그런가? 너도 그때보다 더 건강해 보여. 어디 좋은 데라도 다녀왔나 봐. 얼굴색이 보기 좋아."

"좋은 데는 뭐. 운동만 열심히 했어. 그나저나 그분들은 어때? 여전히 잘 지내시겠지?"

"우리 회장님 내외분 근황이야 내 입을 통하지 않고도 이미 천리안일 듯한데, 아닌가?"

그랬다. 승주뿐만 아니라 전 국민, 또는 전 세계, 제이와 조프에게 관심이 있는 사람이라면 어디에 있더라도 어렵지 않게 그들의 소식을 전해 들을 수 있었다.

아니, 더 정확하게는 모르려야 모를 수가 없었다. 머나먼 타국에 있음에도 연일 그들의 일거수일투족이 기사로 도배가 되는데 어떻게 모를 수가 있을까.

승주는 눈앞에 있는 크리스가 아니라면, 그 유명한 J&J 부부와 함께했던 시간이 현실이었다는 것도 망각하였을 듯했다.

"한재희, 그분은 임신 중에도 여전히 바쁘시더군."

"그분의 불러 오는 배만 아니라면 난 그분이 임신 중인 사실도 잊었을 거야."

제이의 성향을 익히 잘 알고 있는 승주가 피식 웃으며 동조한다는 듯 고개를 끄덕였다.

"운전은, 요즘은 좀 점잖게 하시겠지?"

승주의 말에 픽 바람 빠지듯 입에서 웃음을 흘려보내던 크리스가 고개를 설레설레 흔들었다.

"운전? 아마 지금쯤 운전대를 잡고 싶어 손이 근질근질하실걸? 과속하는 걸 회장님께 두 번이나 들키셨어. 그게 벌써 몇 개월 전인데 아직 뒷좌석 신세를 면치 못하시지."

"어련하실까? 난 회장님의 판단이 현명하다고 믿어 의심치 않아."

승주는 저도 모르게 자신이 경호했던 그녀를 떠올리고 있었다.

청초하고 연약해 보이는 모습과는 달리 힘든 과거에서 도망치지 않고 당당히 맞설 만큼 당차고 강하며, 주변을 따듯하게 품을 줄 아는 빛과 같은 여자. 동시에 자신의 경호원으로서의 자질을 시험대에 올려 두었던…….

경호 일을 하면서 처음으로 경호하는 대상에게 마음이 흔들렸던, 자신의 마음을 흔든 장본인이기도 했다.

"알파!! 무슨 생각을 그렇게 골똘하게 해?"

"어? 골똘히는 무슨…… 잠시 그때 생각이 났을 뿐이야. 왜 대표님, 아니 지금은 회장님이시지. 그분이 입국하던 날, 사고 난 줄 알고 한재희 그분께서 난폭하게 운전하며 병원으로 갔던 그날 말이야."

제 연인인 조프가 사고가 난 줄 알고 미친 듯 병원으로 향하던 그녀의 차를 뒤쫓으며 드물게 이성을 잃어버렸던 그날의 기억이 마치 어제 일인 듯 생생하게 기억 속에 펼쳐졌다. 그때의 긴장감이 되살아나는 듯 승주는 고개를 흔들어 기억을 떨쳐 내려 했다.

"말도 마, 내가 그날 생각만 하면 아직도 등에서 식은땀이 나. 우리 회장님 얼굴이 백지장같이 질렸었다고!!"

"회장님뿐이면 다행이게? 그때 우리 경호팀 혼비백산한 걸 생각하면."

같은 경험을 공유한 두 남자가 동시에 웃음을 터트렸다. 지금은 회장님이 된 J& 대표의 비서실장으로, 의뢰인과 경호원으로 만나 친구가 된 두 사람은 오랜만에 본 탓에 할 이야기가 참 많을 듯했다.

둘이 함께 나란히 공항을 빠져나오며 승주가 퉁명스레 한마디를 꺼냈다.

"그나저나, 언제까지 알파라고 할 거야?!"

"오! 미안. 알파라는 이름이 익숙하다 보니…… 승주. 앞으로는 이름을 부르도록 노력할게."

"그래."

한국에서 이렇게 자신을 맞아 줄 친구가 생겼다는 사실이 아직도 선뜻 믿기지 않아 멋쩍은 미소를 지으며 승주를 힐끔 쳐다보는 크리스였다.

언덕으로 향하는 한적한 길가에 위치한 정감 어린 울타리, 낮익은 대문을 열고 안으로 들어서자 한 폭의 그림 같은 푸른 정원이 크리스의 시야에 가득 들어왔다.

저 멀리 시선을 빼앗는 형형색색의 아름드리 예쁜 꽃, 곳곳에 멋들어지게 위치한 분재, 정원 한쪽으로 보이는 작은 분수와 연못은 마치 오래전부터 모두 그 자리에 머물렀던 것인 양 조화를 이루고 있었다.

떠날 때보다 더 멋지게 변화한 모습에 분주히 가꾸었을 부모님을 떠올리자 크리스의 입가에 웃음이 머물렀다.

현관에 다다라 문을 열려는 찰나,

"도훈아!"

제 한국 이름을 다정하게 부르며 슬리퍼도 신지 않은 맨발로 현관문을 열어젖혀 마중 나온 어머니였다.

반기는 어머니를 보며 기쁘면서도 왠지 모를 어색함에 크리스는 선뜻 다가

설 수 없었다.

모자의 정을 나눈 기간이라고 해 봐야 고작 2주 남짓이었고, 그에 비해 다시 떨어져 있는 기간이 상당했기에 어쩔 수 없는 거리감이 느껴진 크리스가 오랜만에 뵙는 어머니를 향해 깍듯이 인사를 드렸다.

"어머니, 그동안 안녕하셨습니까. 오랜만에 뵙습니다."

반면, 너무나 정중하게 인사를 건네는 아들의 모습에 지선의 눈가에 눈물이 고이고 말았다. 아들의 깍듯한 인사는 아들과의 좁히지 못한 거리를 말해 주고 있는 듯했다.

언제쯤이면 아들이 자신을 편하게 대해 줄까, 언제쯤이면 격 없이 맘 편히 아들을 보듬어 볼 수 있을까.

생에 단 한 번, 살아 있는 아들을 두 눈에 담고 싶다던 기도는 이루어졌으나, 바로 눈앞에 살아 있는 기적을 마주하고 보니 염치없게도 조금씩 자라나는 욕심은 한도 끝도 없었다.

"많이 덥지? 얼른 들어와. 오느라 고생 많았어."

크리스는 조심스럽게 자신의 손을 감싸는 어머니의 떨리는 손을 마주 꼭 잡고서, 부디 어색하게 보이지 않았으면 좋겠다 생각하며 미소를 지어 보였다.

"어서 들어오지 않고 뭐 해?! 나도 아들 얼굴 좀 보자고."

기다리다 못한 승철의 볼멘소리가 귓가에 날아들자 멋쩍게 웃고 마는 지선이었다. 자신과 마찬가지로 아들의 귀국 소식을 듣자마자 매일을 하루같이 고대하며 기다리던 남편이었다. 필시 느긋하게 기다리지 못하고 자리를 박차고 일어나 서성이고 있었으리라.

"미안해요. 내 생각만 했네. 얼른 들어가자 도훈아. 아빠가 많이 기다리셨어."

"네, 어머니."

거실로 들어서자 승철이 한달음에 크리스 앞으로 다가왔다.

"건강하셨습니까?"

"그럼. 그럼. 건강하다마다. 너는 괜찮아? 어디 몸 상한 데 없고?"

"네. 제 걱정은 하지 않으셔도 됩니다. 너무 건강해서 탈이니까요."

"이런! 건강하면 복받은 게지 탈은 무슨! 어서 들어가…… 밥 먹자."

승철은 6개월 만에 보는 아들이 반가워 죽을 지경이었다. 그때나 지금이나 훤칠하고 늠름한 것이 어찌나 자랑스러운지. 무뚝뚝한 마음에도 훈풍이 불었고, 끌어 올려진 입매는 좀처럼 내려올 것 같지 않았다.

삶의 반이 되는 세월 동안 오매불망 그리워하던, 30년 만에 찾은 귀하디귀한 아들이었다. 생사를 모르고 기다린 30년만큼이나, 아니 그보다 더 애타는 6개월이었다.

행여 일하는 데 방해될까 전화 한 번을 마음 편히 하지 못했는데, 마침 잠시 볼일이 있어 한국에 들어온다는 아들의 말에 뜬눈으로 밤을 지새우기도 했다.

아내는 서먹해하는 아들의 모습에 못내 가슴이 아픈 모양이었다. 승철 역시 모르는 바 아니었으나, 승철은 아들을 이렇게 마주할 수 있다는 것만으로도 기꺼이 감내할 수 있는 먹먹함이었다. 아들에게 시간이 필요하다면 10년이고, 20년이고 더 기다려 줄 수 있을 것 같았다.

살아 있으니, 이렇게 눈앞에 있으니, 이만큼 건강하게 자라 줬으니, 그것만으로도 되었다.

세 사람이 식탁으로 향하는 그때,

"형! 형 왔어?"

우당탕 요란하게 문을 열어젖히는 소리가 들리자마자 도영의 목소리가 온 집 안에 쩌렁쩌렁하게 울려 퍼졌다.

동생이 들이닥치자 어색했던 공기는 온데간데없이 사라져 버렸다. 크리스는 환한 웃음을 터트리며 고개를 설레설레 흔들었다.

도영이 크리스를 발견하자마자 덥석 끌어안았다. 이 녀석에겐 그 오랜 공백도, 그 오랜 그리움의 세월도 단숨에 비껴가는 모양이었다.

저만큼 키가 껑충한 녀석이 덥석 안기어 반갑다고 등을 두드리는 게 나쁘지 않았다. 크리스는 이제야 정말 집에 온 것 같은 기분에 환하게 웃었다.

도영은 형을 끌어안고서 반가운 마음을 숨김없이 드러내었다. 그러다 형 뒤에서 있는 부모님과 눈이 마주쳤다. 마치 자신을 부러워하는 듯한, 무언가를 갈망하듯 자신을 바라보는 부모님의 촉촉한 눈을 바라보는 순간, 들어선 지 1분도 채 되지 않아 분위기를 간파한 도영이었다.

"형! 오랜만에 왔는데 미국식으로 부모님께 인사했어?"

"뭐?"

"우리 엄마, 아버지 미국식 완전 좋아해. 갈비뼈가 으스러지게 한번 안아 주라고!"

제 등을 떠미는 동생을 보며 도대체 무슨 말을 하는 것인지. 의아함에 부모님을 바라보았다. 말은 쑥스럽다 되었다며 괜찮다고 손사래를 치는데 눈빛은 다른 말을 하고 계신 듯했다.

저보다 열 살도 더 어린 동생이지만, 이럴 때 보면 얼마나 대견한지 모르겠다.

크리스는 한걸음에 어머니께로 다가가 야윈 몸을 품에 꼭 끌어안았다. 되었다 할 때는 언제고 금세 떨어질까 허리를 감싸고 꽉 끌어안는 모양이 재미있어 씩 웃어 버렸다.

"흠, 흠, 이번엔 내 차례인가?"

주춤주춤 승철이 다가오더니 아내가 데워 둔 아들의 가슴을 뜨겁게 끌어안았다. 눈시울이 뜨거워져 행여나 아들에게 못난 모습 보일까 헛기침하며 눈을 끔뻑거리는데 마침 들려오는 도영의 목소리에 눈물이 쏙 들어갔다.

"자, 이제 밥 먹읍시다. 형이 왔으니 보지 않아도 식탁 다리 하나는 부러지겠지? 나도 오랜만에 포식하게 생겼네. 나이스!"

도영의 익살스러운 표정에 부모님과 크리스가 동시에 웃음을 터트렸다. 속 깊은 도영이 덕분에 어색했던 분위기는 사라지고 따듯한 온기만이 가득 남아 있었다.

크리스는 승주와 함께 bar에 들어서며 익숙하게 들려오는 재즈 선율에 절로 미소가 스며 나왔다. 또 다른 친구들과 만나기로 한 룸으로 향하는데 반가운 목소리가 뒤에서 들려왔다.

"와우! 이게 누구야?! 크리스!"

승주의 사촌이자 친구인 이강이 함빡 웃으며 몇 개월 만에 보는 크리스에게 먼저 손을 내밀었다.

"오랜만이다. 이강."

크리스 역시 환하게 웃으며 그가 내민 손을 반갑게 마주 잡고서 인사를 건넸다. 이강을 만난 건 겨우 두 번이었지만 마치 오래 알고 지낸 사람처럼 친근하게 느껴지는 게 신기한 크리스다.

"그래, 오랜만에 보니까 더 반갑네. 먼저 들어가 있어. 난 손 좀 씻고 들어갈게."

크리스는 이내 등을 돌려 볼일을 보러 가는 강의 모습에 피식 웃음이 났다. 승주 덕분에 알게 된 친구들을 떠올리며 아직도 믿기지 않는 얼떨떨함과 설렘을 안고 룸에 들어섰다.

룸에는 이미 먼저 자리를 잡은 지훈이 있었다.

"와, 더 멋있어졌는데?"

자리에 앉은 채로 먼저 손을 내미는 지훈의 자연스러운 모습에 그 손을 마주 잡은 크리스가 웃으며 물었다.

"이렇게 병원을 비워도 되는 거야?"

병원 의사인 지훈이 시간을 내기가 쉽지 않을 거라는 걸 잘 알았다. 지훈은 실력 있는 외과 교수임과 동시에, 제이 그녀가 병원에 입원했을 때 많은 도움을 받은 의사이기도 했다.

물론, 그 역시 친구 승주의 압박이 있어 가능한 일이었다.

"뭐. 시간 내기가 쉽지는 않지만 저 자식만 할까? 어떻게 외국에 있는 너만큼이나 보기가 힘들어?!"

말을 하던 지훈의 시선이 멈춘 곳에는 이미 편안하게 소파 깊숙이 몸을 묻고서 싱겁다는 듯 한쪽 입꼬리를 쓱 올리는 승주가 있었다.

"크리스, 네 덕분에 승주를 다 본다."

"그러게, 나도 근래 들어 승주 보기가 어렵긴 했어."

룸의 닫힌 문이 활짝 열리더니 지훈의 말에 맞장구치며 들어오는 이강이었다.

한동안 승주를 향한 불평과 불만을 털어놓으며 아옹다옹하는 다 큰 성인 남자를 흥미롭게 바라보던 크리스는 저도 모르게 웃음이 났다. 만난 횟수라 해봐야 다섯 손가락 안에 드는 게 고작이었지만, 그 횟수와 비례하지 않는 그들의 진한 우정이 고마웠다.

한참을 서로의 안부와 근황을 주고받으며, 다양한 주제로 대화를 나누던 중에 J&J 커플이 화두에 올랐다. 무심한 듯한 승주도 이때만큼은 눈에서 반짝 빛이 떠올랐다.

그때 굵은 남자들의 목소리를 뚫고, 어디선가 부드러운 전화벨 소리가 울렸다. 제 전화임을 확신한 크리스가 발신자를 확인하더니 피식 웃으며 말을 꺼냈다.

"한국 속담에 호랑이도 제 말 하면 온다는 말이 있더니, 우리 회장님 전화야. 받고 올게."

휴대폰을 들고서 부드러운 미소를 그리는 크리스의 표정이 반가움을 대신하는 듯했다. 문을 열고 복도로 나서며 곧장 대답하는 크리스다.

"네, 회장님"

— 잘 도착했어?

“그럼요. 회장님은 이제 회의 끝나셨습니까?”

— 그래.

“당연히 원하는 결과는 도출해 내셨겠지요?”

물으나 마나 한 질문이었다. 언제나 냉철한 이성과 빠른 판단력, 불도저 같은 추진력을 장착하신 분이다. 그분이 마음먹어 이루지 못한 일이 없고, 되지 않는 일은 없었다.

— 당연하지.

“그럼 무슨 일로 전화하셨습니까? 골치 아픈 일도 없고, 만사가 회장님 마음먹은 대로 진행이 되고 있는데 말입니다.”

— 너는 꼭 내가 골치 아픈 일이 있어야만 너한테 전화한다는 거로 들리는데?

대체로 그러했지만, 그게 자신의 일이었고 책무였기에 그 어떤 불만도 없는 크리스가 능청스레 헛기침하며 말을 돌렸다.

“흠흠. 설마요.”

— 가족들은 다 안녕하시지?

“네. 그럼요. 다들 건강히 잘 지내고 있습니다.”

— 다행이네. 어른들께 안부 전해 주고, 도영이도 보고 싶다고 전해. 그리고 크리스, 제이가 네 어머님 쿠키 생각이 난대.

“그럼 그렇지. 역시나 한 이사님 때문에 전화하신 거네요. 우리 어머니 쿠키가 맛있긴 하죠. 알겠습니다. 갈 때 꼭 챙겨 가겠습니다. 그나저나 한 이사님 몸은 좀 어떠십니까? 이제 정말 휴직하셔야 하는 거 아닙니까?”

— 그러게 말이다. 만삭이라 힘든 게 눈에 훤히 보이는데도 괜찮다고, 하던 일 마무리까지는 하겠다고 하니, 어휴…… 저 고집을 어떻게 꺾어?!

회장님의 깊은 한숨에서 그의 걱정스러워하는 마음이 오롯이 전해졌다.

언젠가 함께 식사하며 그녀를 향한 걱정을 내려놓지 못하던 회장님의 모습이 떠올랐다.

"부부가 어쩜 그렇게 똑같은지, 일 욕심이나 책임감이나. 한 이사님만 뭐라 할 일이 아닌 것 같습니다만, 회장님이 더하면 더했지 절대 덜하지 않을 텐데 말입니다."

— 흠. 내가 결혼도 안 한 너하고 무슨 대화를 하겠다고, 하…… 됐다. 거기 있는 동안만이라도 푹 쉬어라. 쿠키! 잊어버리지 말고.

"네! 잊어버릴 리가 있겠습니까? 다른 분도 아닌 우리 한 이사님께서 드시고 싶다는데, 수고하십시오."

평생 결혼은 하지 않을 것 같던 회장님께서, 그녀를 만나 기적처럼 부부의 연을 맺고 행복하게 사는 모습을 지켜보는 것만으로도 뿌듯함과 감사함이 가슴 가득 차올랐다.

끊어진 휴대폰을 들고서 아직도 넘치는 사랑을 주체하지 못한 채 한 이사님 주위에서 안절부절못하고 있을 회장님을 떠올렸다. 여유롭게 미소가 그려진 크리스의 입매는 좀처럼 내려올 줄을 몰랐다.

부드러운 입매를 유지한 채 다시 룸으로 들어가려 걸음을 옮기는 찰나 갑자기 뛰어든 누군가와 강하게 부딪히고 말았다.

"윽."

"아얏."

누가 먼저랄 것도 없이 동시에 놀란 소리가 터져 나왔다.

룸으로 들어가려 걸음을 옮기던 크리스의 가슴에 정통으로 얼굴을 부딪힌 여자가 엉덩방아를 찧으며 벌러덩 넘어져 버렸다.

부딪히며 어디를 다쳤는지 한 손으로 얼굴을 가린 채 통증을 호소하는 여자를 보며 급히 다가가는데, 짧은 스커트가 허벅지를 타고 올라가 희고 날씬한 그녀의 다리가 훤히 드러나 보였다. 스커트가 조금만 더 올라가면 속옷이 보일지도 모를 일이었다.

크리스는 이런 급박한 상황에 흐트러진 정신력을 탓하며 뒤늦게 여자의 얼굴을 살폈다. 제법 매서운 눈빛으로 자신을 노려보는 모습에 저도 모르게 흠칫

하는데, 그녀에게서 볼멘소리가 들려왔다.

"내 다리가 아무리 예뻐도, 사람이 다쳤으면 일단 사과부터 하고 일으켜 주는 게 인지상정 아닌가요?!"

림은 아슬아슬하게 올라간 치마를 신경질적으로 끌어 내리며 남자의 시선을 차단해 버렸다.

이러한 상황에도 자신의 다리를 쳐다보는 남자의 시선에, 넘어지지 않았다면 그의 정강이라도 걷어차 주었을 텐데 꼴사납게 넘어져 버려 그럴 수 없음이 짜증 날 뿐이었다.

"아! 미안합니다. 괜찮으십니까?"

크리스는 벌렁 넘어진 상황에 민망하기도 하련만, 기죽지 않고 당차게 자신을 쏘아붙이는 여자의 모습에 입꼬리가 슬금슬금 올라가려는 걸 간신히 참고서, 사과와 함께 여자를 일으켜 주려 손을 내밀었다.

"됐어요. 엎드려 절 받는 건 사양할게요."

그의 가슴이 어찌나 단단한지 아직도 얼굴이 얼얼했다. 바닥에 내동댕이쳐진 엉덩이 또한 말 못 할 통증에 아우성을 쳐 댔지만, 뻔뻔한 남자의 사과와 호의 따윈 받아들이고 싶지 않아 냉정하게 거절하고서 자리에서 벌떡 일어났다.

림은 사실 남자에 대한 괘씸함만큼이나 창피함이 큰 데다 급한 일까지 생겼기에 얼른 이곳을 빠져나가고 싶었는데 웬일인지 남자가 앞을 막아섰다.

그녀의 얼굴을 물끄러미 바라보던 크리스는 그만 입을 떡 벌리고 말았다.

손으로 얼굴을 가리고 있을 때는 보이지 않았는데……. 그녀가 손을 얼굴에서 치우자마자 새하얗고 조그만 얼굴과는 너무나 대조적으로 선명하게 붉은 두 줄의 무언가가 그녀의 코에서 주르륵 흘러내리고 있었다.

"오, 이런 젠장."

당황한 듯한 남자의 말투에서 뭔가 이상함을 감지한 림의 손이 다시 코로 올라가기가 무섭게 다급한 남자의 목소리에 멈칫했다.

"잠시만요. 코피 납니다."

크리스는 뒷주머니에 있는 손수건을 얼른 꺼내어 그녀의 코에 갖다 대고서 자신의 손을 치우려는 그녀의 행동을 저지하며 머리를 아래로 눌렀다.

"이봐요, 지금 뭐 하시는 거예요?! 이 손 당장 치우지 못해요?"

림은 한시가 급한 상황이었다. 그깟 코피가 뭐라고 이렇게 사람을 옴짝달싹 하지 못하게 만드는지, 기가 막혔다.

불과 몇 분 전, 림은 오랜만에 친구들을 만나 소소한 일탈을 꿈꾸었다. 잠시 화장실에 다녀온 사이 룸에 있던 친구들은 어디로 사라져 버리고 휑한 공간만이 자신을 반겼다.

의아함에 친구에게 전화하려는 찰나에 도착한 메시지 하나.

[림! 오빠 출현.]

긴말 없이도 그 의미가 충분히 전해지고도 남는 짧고 간결한 문자였다. 망할 '오빠'라는 한마디만으로도 림이 서둘러 이곳을 빠져나가야 할 이유는 충분히 차고 넘쳤다.

림에게는 시누이 잔소리보다 더 끔찍하고, 암탉보다 더 유별난 오빠가 자그마치 넷이나 있었다. 오늘 이곳에서 오빠들 중 누구 한 사람이라도 마주치는 날에는 생각만 해도 소름 끼치는 간섭에 직면하게 되리라는 것에 생각이 미치자 눈썹이 휘날리게 도망, 아니 이곳을 빠져나가는 중이었다.

하필 운 나쁘게 이 남자와 부딪히기 전에 말이다.

지금도 혹시나 어디서 나타날지 모르는 오빠를 마주하게 될까 봐 마음이 조급한데 이 남자는 왜 이렇게 끈질긴지. 이대로는 안 될 것 같아 어떻게 빠져나가야 하나 잠시 고민하는 사이 남자의 목소리가 다시 들려왔다.

"룸에 의사가 있습니다. 만나 보시죠."

"하! 요즘 bar에는 의사도 상주하나 보죠?"

다급함에 림의 입에서 말이 곱게 나올 리 없었고,

"아니, 제 친구가 의사입니다."

비꼬는 듯한 림의 거슬리는 말투에도 불구하고 점잖게 말하는 크리스였다.

"됐어요. 그깟 코피 좀 난 게 어때서. 난 괜찮으니까, 이 손부터 놔요."

아직도 남자가 강인한 손으로 자신의 뒷머리와 코를 부여잡고 얼굴을 아래로 내리누르고 있었다. 그 모습이 얼마나 사람들의 호기심을 자극할지 구태여 직접 두 눈으로 확인하지 않아도 알 듯했다.

"바빠서 가야 해요. 난 괜찮으니까 이 손 좀 놔줘요."

결국 몸을 빙글 돌려 성가신 그를 비켜 가려는데, 이번에는 그에게 팔이 붙잡혔다.

"이대로 보낼 수는 없습니다. 그럼 제 연락처라도 드릴 테니……"

"하…… 저기요, 지금 수작 부리는 거예요? 설마 일부러 부딪힌 거예요? 나랑?!"

"수……작?"

어려서부터 대부분을 외국에서 살았던 크리스가 한글을 배운 건 불과 몇 년 되지 않았지만, 오랜 노력 끝에 오히려 한국 사람보다 한국어의 문법이나 다양한 어휘를 더 많이, 잘 알고 있다고 자신했고, 그에 따른 자부심도 있었다.

그런 크리스에게도 수작이라는 단어는 왠지 낯설게 느껴졌고, 뜻이 궁금한 단어에 집중하다 그만 그녀의 뒷말을 놓칠 뻔했다.

일부러 부딪히다니!

"말이 지나치네요. 일부러 부딪히다니요."

"이것 보세요. 그럼 그냥 가게 내버려 두라고요. 내가 괜찮다고 하잖아요. 일부러 부딪힌 것도 아닌데 뭘 그렇게 신경을 써요? 솔직히 말해 이런 경우를 두고 쌍방 과실이라고 하는 거예요. 앞을 제대로 보지 않은 그쪽이나, 마찬가지로 앞을 확인하지 않고 급하게 서둘러 나가던 나나 똑같이 잘못이 있다고요. 그러니까 비켜 주세요. 난 지금 일분일초가 급하다고요!"

더 이상 시간을 지체할 수 없는 림은 그의 손을 치우며 손수건으로 코를 막고서 황급히 그를 스쳐 지나갔다.

크리스는 자신의 어깨를 스치며 지나가는 그녀의 향기가 코끝을 간질여 한

동안 그 자리에 머물러 있었다.

저도 모르게 크게 숨을 들이쉬며 멍하게 서 있는데,

"크리스, 거기서 뭐 해? 안 들어오고?"

때마침 문을 열고 나온 승주였다.

"어, 통화가 이제 끝났어. 들어가지."

룸에 자리한 뒤에도 화가 난 고양이 같은 그녀의 모습이 뇌리에서 한동안 떠나지 않고 맴돌았다.

간신히 bar를 벗어난 림은 안도감에 그제야 긴 한숨을 내쉬었다.

"휴…… 살았다."

빵빵. 들려오는 클랙슨 소리에 고개를 돌리니 길 맞은편에 익숙한 차가 눈에 들어왔다. 림이 활짝 웃으며 길을 건너 차에 냉큼 올라타며 말했다.

"나루야, 네 덕분에 살았다. 그런데 안에 누가 있었어?"

"강 오빠, 어디 그뿐이게? 네 사촌 오빠도 있더라."

운전하는 나루 옆, 조수석에 앉아 있던 수민이 잔뜩 의아한 목소리로 나루에게 되물었다.

"어? 림이 사촌 오빠? 하승주? 그 오빠도 이런 데 다녀?"

잠자코 듣고 있던 림이 발끈하고 나섰다.

"야. 오수민. 이런 데가 어떤 데를 말하는 거야? 우리가 오늘 우아하게 한잔하려고 했던 고급 bar? 이곳을 지금 이런 데라고 말하는 거야?"

"풉. 기지배, 파르르하기는. 매번 오빠들 징글징글하다고 흉볼 때는 언제고, 이렇게 오빠 흠잡으려고 하면 저렇게 파르르하더라? 내 말은, 그 오빠 경호원이잖아. 무뚝뚝한 데다 무게 있지, 말수도 없지, 절제력 강하지. 왠지 이런 bar나 클럽 같은 곳은 얼씬도 하지 않을 것 같거든? 그런데 제일 마주치기 어려울 것 같은 그 오빠가 이곳에 있다고 하니 신기해서 하는 말이야."

"음…… 수민이 말 듣고 보니 그러네. 다른 오빠들이라면 몰라도 그 오빠가 좀 그렇긴 하지."

나루까지 말을 보태고 있었다.

"너희, 우리 오빠들한테 관심이 참 많은가 봐? 어떻게 그렇게 세세하게 잘 알지?"

"참 나. 야. 너는 복받은 줄 알아. 우리 친구 중에 너 안 부러워하는 친구가 하나라도 있는 줄 알아? 여동생 하나 있다고 얼마나 생각하고 위하는지. 옆에서 보고 있으면 진짜 얼마나 부러운지. 내가 네가 되고 싶었던 적이 한두 번이 아니라고!"

"그럼. 그럼."

수민의 말에 나루가 운전을 하면서도 고개를 끄덕여 동조를 표하고 있었다.

"하! 그게 그렇게 부러웠어? 그래? 그렇게 생각하고 위하는 바람에 우리가 지금 이렇게 도둑고양이처럼 도망치고 있어? 어? 그 점잖은 bar에서 술 한잔 마음 편히 마시지도 못하고 꽁지 빠지게 달아나고 있는 거냐고?! 그것도 내 나이 벌써 스물하고도 여섯이야. 열여덟이 아니라고!"

"네가 스물여섯이든 열여덟이든 우리한테 넌 꼬맹이라고!"

평소 오빠들이 줄기차게 하던 말을 수민이가 읊어 대자마자, 나루와 림은 물론 말을 인용했던 수민까지 합세해서 박장대소하고 말았다.

"쿡쿡. 푸하하하."

"맙소사, 우리 오빠랑 말투까지 똑같아 정말. 오수민 못 말려."

림은 아직도 자신을 꼬맹이라 부르며 어린아이 대하듯 하는 오빠들이 마냥 귀찮고 짜증스러웠지만, 그럼에도 미워할 수가 없었다. 림은 그런 오빠들을 너무 사랑하고 있었다.

한참을 웃고 떠들다 문득 아까 자신과 부딪힌 남자가 떠올라 피식 웃음이 나와 버렸다. 급한 마음에 쌍방 과실이라고 큰소리쳤지만, 과실 비율로 따지자면 자신이 훨씬 더 잘못했다는 걸 림은 잘 알고 있었다.

거의 뛰다시피 가다가 코너에서 느긋하게 돌아 나오는 그를 보고서도 멈추지 못한 건 자신이었다. 순발력 뛰어나고, 운동신경이 좋다는 자신조차 보고서도 피하지 못한 걸, 느긋하게 걸음을 옮기던 그에게 잘못을 물을 수는 없었다.

그런데도 그는 제법 정중하게 사과했고, 책임감 있게 행동하고 있었다. 그 남자의 책임감에 발목을 붙잡힐 것 같아, 쌍방 과실 운운하며 그 자리를 빠져나왔지만, 뒤늦게 자신도 사과했어야 한다는 걸 깨달았다.

물끄러미 창밖을 내다보며, 아직도 코끝에 머물러 있는 그의 향기가 달콤하게 후각을 자극해 가슴으로 번지는 듯했다. 넘어졌을 때 자신의 다리에 쏟아지던 그의 관심이, 제가 날카롭게 노려봤을 때 흠칫하며 놀라던 그의 눈빛이, 이상하게 뇌리를 떠나지 못하고 맴돌고 있었다.

어두운 조명 아래, 더구나 경황도 없던 상황이라 자세히 볼 수는 없었지만, 림은 그의 모습이 멋있었다고…….

평소 배우와 모델 뺨치는 오빠들에 둘러싸여 살다 보니 웬만큼 잘난 사람을 보아도 눈 하나 깜짝 않고 동요하지 않던 자신이 왜 자꾸 그의 모습을 되새기려 하는지 모를 일이었다.

"야! 하이림. 내 말 안 들려?"

림은 수민의 고함에 머리를 내저으며 상념에서 빠져나왔다.

"어. 나 불렀어?"

"얘가 무슨 생각을 하기에 고함을 질러야 해? 그 피 묻은 손수건 뭐냐고? 너 어디 다쳤어?"

조수석에서 몸을 비정상적으로 획 틀어 걱정스레 자신의 손을 바라보는 수민의 눈길을 따라가 보니 그의 손수건이 아직 제 손에 쥐어져 있었다.

"아…… 이거. 나오다가 어떤 남자랑 부딪혔는데 코피가 나서 손수건을 빌려주더라고."

"뭘 얼마나 부딪혔기에 코피까지 나? 코뼈는 괜찮아?"

"괜찮아. 부러지진 않은 것 같아. 피도 금방 멎었는데, 뭐."

"다행이네. 이게 무슨 난리야. 어휴……."

그제야 마음을 놓은 듯 다시 정면을 주시하는 수민을 보고 피식 웃으며, 손수건에서 눈을 떼지 못하는, 이미 피가 멎어 버린 코에 다시 손수건을 살며시 가져가 보는 림이었다.

만삭인 딸이 걱정되던 차에 사위에게 또 연락이 왔다. 그렇지 않아도 막달에는 딸에게 가 있어야겠다 싶었던 동우와 정연은 사위의 연락이 더없이 반가웠다.

오랜만에 딸을 볼 생각에 긴 비행시간의 피로함도 잊고서 활짝 웃었다. 딸에 대한 사랑이 유별난 사위 덕분에 이 머나먼 타국을 벌써 몇 번째 오는 것인지. 거의 석 달에 한 번꼴로 오는 듯해 이젠 미국이라는 나라가 제주도보다 가깝게 느껴질 정도였다.

저택 현관으로 들어서자 배가 많이 불러 온 딸아이가 종종걸음으로 다가오는 모습에 정연이 반갑게 딸을 불렀다.

"제이."

"엄마, 아빠 오셨어요?"

바쁜 중에도 시간을 내어 이 먼 곳까지 자신을 보러 온 부모님을 보며 화색이 도는 제이였다.

가족이라 텔레파시라도 통하는지 어떻게 엄마 음식이 너무 생각난다 싶을 때마다 이렇게 오시는 건지.

몇 개월 전 남편에게 엄마가 해 주신 잡채와 떡볶이가 먹고 싶다고 했더니 신기하게도 그 주에 엄마가 미국으로 오셨다. 자신의 말이 불러온 결과를 알 리 없던 제이는 그저 엄마가 제 걱정이 되어 오셨겠거니 생각했다.

그리고 한 사흘 전인가? 갑작스레 내리는 비에 문득 엄마가 해 주신 김치부침개가 생각난다고 했는데, 어떻게 오늘 부모님이 또 오셨는지.

"엄마, 정말 신기해요. 얼마 전에 안 그래도 엄마 김치부침개가 그렇게 생각이 나더니 어떻게 이렇게 딱 왔네?"

제이의 말에 아내 옆에 있던 동우가 피식 웃으며 말을 꺼냈다.

"별난 사위 덕분에 딸도 자주 보고 좋네. 좋아. 이젠 아주 미국이 이웃 나라 같아."

"그게 무슨 말이에요. 아빠? 별난 사위?"

"하하하. 그런 게 있어."

장시간 비행기를 타고 온 사람답지 않게 활기찬 모습으로 웃으며 짐을 옮기는 남편을 보던 정연이 덩달아 웃으며 말을 이어받았다.

"그럼, 별나지. 아내가 잡채에 떡볶이 먹고 싶어 한다고 전용기 보내. 김치부침개 먹고 싶어 한다고 또 전용기 보내. 다음에는 뭐가 또 먹고 싶을까? 우리 딸?"

엄마의 말에 제이가 놀란 입을 쩍 벌렸다.

"말도 안 돼. 그러니까 지금 내가 한 말 때문에 그 사람이 엄마한테 연락했단 말이에요? 오시라고? 몰랐어요. 맙소사. 죄송해요. 난 그런 줄도 모르고."

"죄송하기는 뭐가 죄송해?! 나야 우리 딸도 자주 보고 좋기만 한데, 우리 사위 정말 예뻐 죽겠어."

"그래도 엄마, 아빠도 일이 있고, 많이 바쁘실 텐데."

"안 바빠. 바쁘면 못 오지. 하는 일도 정리하는 중인데 뭘. 그리고 말이야, 아직은 조 서방이 너한테는 말하지 말라고 했는데……."

"뭘요? 또 뭐?"

걱정스러운 표정으로 바라보는 딸의 모습에 정연이 서둘러 말을 이었다.

"조 서방이 엄마더러 좀 도와 달래. 호텔 레스토랑에 한식을 선보이고 싶은데, 전문가를 찾기가 쉽지 않대. 말이 그렇지 조 서방이 우리 생각해서 그렇게 말하는 걸 엄마가 모를까 봐? 하여간 속이 얼마나 깊은지. 애쓰는 게 기특해서 모른 척하고 긍정적인 방향으로 생각해 보기로 했어."

놀라운 소식에 제이가 함박웃음을 지으며 물었다.

"그럼 엄마 미국에 오신다고요? 정말?"

"그래 준비할 게 많아서 시간은 좀 걸리겠지만, 그럴까 해."

"잘 생각하셨어요. 엄마. 말이야 바른말이지 엄마보다 더 적임자는 찾기 힘들걸? 안 그래도 예전부터 조 서방이 호텔에 한식 레스토랑 하나 있으면 좋겠다 했었어요. 훌륭한 셰프야 많지만, 여기서 한식에 정통한 사람은 찾기 쉽지 않은데, 엄마만 도와주면 한식을 제대로 알릴 수 있을 거예요."

"그렇다면 다행이고."

제이는 뜻밖의 기쁜 소식이 너무 반가우면서도 걱정이 앞섰다.

"그런데 엄마 여기 오시면 아빠는…… 혼자 계실 수 있을까? 힘드실 텐데."

"그런 문제라면 아무 걱정 마. 아빠도 재판 끝나면 올 생각이야. 여기 아는 분이 건축업을 하시는데 안 그래도 오래전부터 아빠한테 의향을 물어봤나 봐. 그때는 거절했었고. 그런데 너 미국으로 시집온 거 알고선 또 연락이 왔대. 혹시나 해서 한 번 더 물어본다고, 아빠도 긍정적으로 검토하기로 하셨어."

"정말? 진짜? 너무 잘됐어요."

아무리 남편이 잘해 준다고 해도, 부모님에 대한 그리움까지 채워 줄 수는 없었다. 그런데 머지않아 부모님이 가까이 오신다고 하니 얼마나 기쁜지, 너무 좋아 벌어진 입이 다물어질 줄 몰랐다.

잔뜩 들뜬 마음에 엄마를 와락 껴안는데 아빠의 목소리가 들렸다.

"제이, 조 서방은 어디 있는데 보이지가 않아?"

짐을 정리하고 내려오며 늘 버선발로 마중 나오던 사위의 모습이 보이지 않아 궁금한 동우였다.

"말도 마세요. 요즘은 저도 그이 얼굴 보기 어렵다니까요."

"많이 바쁜가 보구나. 하긴 조 서방이 챙겨야 할 일이 어디 한두 가지겠어?"

"그게 아니라 요즘 틈만 나면 우리 조이 물건 만드느라 정신없어요."

"조이 물건?"

"네. 나 어릴 때 아빠가 나무로 지어 준 작은 집에서 아빠가 직접 만들어 준 장난감으로 잘 놀았다고, 그게 오래도록 기억에 남는다고 했더니 자기도 태어날 아기를 위해서 무언가를 만들고 싶대요."

"하하하, 우리 사위 솜씨가 어떨지 기대되는데?"

"그러게요. 지금은 저도 못 보게 해요. 도대체 뭘 만들고 있는 건지 저도 기대가 되네요. 그래도 그 솜씨가 우리 아빠만 할까요?"

"아이쿠, 오늘 부침개는 내가 해야 할까 보다. 하하하."

동우는 딸아이의 극찬에 기분 좋아 어깨에 절로 힘이 들어가는데, 때마침 반가운 목소리가 들려왔다.

"오셨습니까? 아버님, 어머님. 오시는 데 불편함은 없으셨습니까?"

성큼성큼 다가와 반갑게 인사를 하나 싶더니, 이내 딸아이의 허리를 껴안고서 진하게 입 맞추는 사위였다. 어디 그뿐일까, 한쪽 무릎을 꿇어앉아 제이의 배를 자연스레 쓰다듬으며 기쁨과 환희라는 뜻으로 지었다는 태명을 사랑스럽게 불렀다.

조이가 아빠의 손길을 알아챘는지 신나게 발길질을 한다며 만면에 미소를 머금은 사위와 딸의 모습이 어찌나 행복해 보이는지. 예전 같으면 그런 사위의 모습에 얼굴을 붉히며 딴청을 부릴 만도 한데, 이젠 그 모습마저 익숙해져 미소 지으며 지켜보는 여유까지 생긴 동우와 정연이었다.

"그래, 덕분에 늘 편하게 오고 있네만, 우리 조이의 장난감은 잘 만들고 있는가?"

동우의 물음에 조프가 한숨을 내쉬었다.

"하…… 아버님, 조이의 물건에 아버님의 손길을 불어넣어 주실 의향이 있으실까요?"

일을 너무 크게 벌인 모양이었다. 조이의 아지트가 될 공간은 전문가에게 맡졌지만, 자신이 무어라도 직접 만들어 주고 싶어 조이가 타고 놀 승용 완구를 비롯해 이것저것 욕심을 내다 보니 시작은 호기롭게 했으나 생각처럼 되지 않아 애먹는 중이었다.

"그러게 내가 도와준다니까요."

"제이 당신은 태교에만 신경 써. 아무리 친환경 재료라고 해도 당신에게 좋을 리 없어. 그리고 평일에도 일하느라 바쁜데 주말만큼은 푹 쉬어야지."

제이는 요즘 자신보다 더 바빴다. 하필 임신 중에 큰일을 맡게 되어 부담되면 어쩌나 걱정스러워 조이를 낳고 일을 하는 건 어떻겠냐고 제안했으나 제이는 그 제안을 일축해 버렸다.

임신 전과 다름없이 활발하게 외근을 병행하며 일하는 바람에 여간 걱정한 게 아니었는데, 조프의 걱정이 무색할 정도로 제이는 잘 해내고 있었다. 아니, 그 이상이었다.

이곳에서 일을 시작한 지 몇 개월 되지도 않아 모두의 인정을 받으며 확실히 자리매김하는 것으로 이미 능력을 인정받은 그녀였다.

"하하하. 그래, 제이 너는 조 서방 말 들어. 조이 낳을 때까지 조심 또 조심해야지. 그럼 할아버지가 오랜만에 실력 발휘 좀 해 볼까?"

흐뭇하게 웃으며 사위와 함께 작업실로 향하는 동우의 입가에 행복한 미소가 떠날 줄을 몰랐다.

그날 밤. 침대에 모로 누워 불편한 잠을 청하던 제이에게서 외마디 비명이 새어 나왔다.

"윽…… 하윽."

"제이, 당신 괜찮아?"

조프가 서둘러 자리를 박차고 일어나 익숙하게 제이의 쥐가 난 다리를 들어 올려 마사지를 시작했다.

제이는 다리를 주물러 주는 조프의 손길에 안도하며 눈물을 찔끔 흘렸다. 편하게 잠을 잔 적이 대체 언제인지.

임신 후반기에 들어 나날이 커 가는 아기 때문에 장기가 눌려 소화가 잘 되지 않는 건 예사였다. 종일 일하고 돌아온 저녁이 되면 다리가 퉁퉁 붓거나 갈비뼈가 으스러질 듯 통증을 호소할 때도 있었다.

잠이라도 편히 자면 괜찮을 텐데, 바로 누우면 숨이 차올라 항상 모로 누워 자야 했다. 그마저도 자세를 자주 바꿔 주지 않으면 이렇게 다리에 쥐가 나 잠드는 자체를 두렵게 만들었다.

"어때? 좀 괜찮아지는 것 같아?"

"네. 좋아졌어요. 그런데…… 또 당신 잠을 깨워서 어떡해."

"또 쓸데없는 걱정 한다. 당신은 당신 몸만 생각하라니까. 요즘 너무 무리하는 거 아냐? 다리가 자주 뭉치는 것 같아. 숨 쉬기는 괜찮아?"

"네. 괜찮아요."

조프는 또 괜찮다 얼버무리는 그녀의 말에 가만히 한숨을 삼켰다. 배가 불러올수록 숨 쉬는 것부터 시작해 걷는 것, 먹는 것, 자는 것 할 것 없이 일상생활이 점점 힘겨워지는 모습에 해 줄 수 있는 게 없어 안쓰럽기만 했다.

"제이, 당신 이제 휴직하는 게 어때? 일하려면 잠이라도 잘 자야 할 텐데, 요즘 당신은 잠은커녕 앉아서 쉬는 것도 편치 않잖아. 이러면서 현장을 오가는 걸 보면 내가 얼마나 걱정되는 줄 알아? 오늘은 힘들지 않을까, 혹시라도 다치면 어쩌나. 내가 요즘 당신 걱정에 일을 제대로 못 하겠어. 게다가 이제 2주도 채 안 남았잖아. 응?"

"음…… 아무래도 그래야 할까 봐요. 마무리하는 것까지는 보려고 했는데, 요즘 배 뭉침도 심상치 않고, 조심하는 게 좋을 것 같아요."

"그래!! 잘 생각했어. 제이, 잘 생각했어."

끝까지 하겠다고 하면 어떻게 설득을 할까 걱정하던 조프의 이마에 주름이 걷혔다.

"조프, 조이에게 아빠 손길이 필요한가 봐요."

조이가 크면서 배 속 공간이 좁아져서 그런지 태동은 줄었지만, 한 번씩 큰 움직임이 느껴질 때면 배가 단단하게 뭉쳐 제이를 잔뜩 긴장하게 만들었다.

그럴 때마다 조프가 배를 어루만지며 조이에게 말을 건네면 신기하게도 조이의 움직임이 멈추었고 배 뭉침도 한결 나아지곤 했기에 오늘도 조프에게 도움의 손길을 내밀었다.

"이 녀석, 또 엄마 힘들게 하는 거야?"

다정하게 말하며 제이의 배를 부드럽게 어루만지는 조프였다.

"조이, 엄마 자꾸 힘들게 하면 아빠 너무 속상하다. 너도 많이 불편하겠지만 조금만 참아. 곧 세상에서 가장 멋진 가족을 만나게 해 줄게. 부디 그때까지 얌전히 잘 있다가 때가 되면 건강하게 만나자. 사랑한다. 조이."

아빠의 말에 응답하듯 조프의 손 아래에서 묵직한 움직임이 느껴지더니 이내 잠잠해지며, 거짓말처럼 딱딱하게 뭉쳐 있던 배가 말랑해졌다.

정말 아빠의 목소리를 알아듣기라도 하는 것일까? 어떻게 아직 태어나지도 않은 아기에게 이렇게 큰 사랑을 품게 되는지, 흐뭇함에 참을 수 없어 입꼬리를 올리며 제이의 배에 입술을 대고 다시금 나지막하게 사랑을 말하는 조프였다.

그런 남편을 보며 제이의 입가에도 흐뭇한 미소가 피어났다.

"역시 우리 조이는 아빠 말을 잘 들어요. 한결 편해졌어요."

편안해졌다는 말에 안도하며 제이와 마주하고 누워 그녀의 얼굴을 사랑스레 어루만지는 조프였다.

J& 본사 회의실. 여느 때와 다름없이 조프를 중심으로 J&의 임원들이 활기를 띠며 회의를 이어 가고 있었다.

회의 중에는 좀처럼 회의실 문이 열리는 일이 없건만, 다급한 노크 소리와 함께 급히 뛰어 들어온 비서실 직원에 의해 잠시 회의가 중단되었다. 모두의 의아한 눈길이 비서의 움직임을 좇고 있었다.

집중된 시선에 부담스러울 만도 하련만 비서는 무엇이 그리 급한지 마침 출입구 근처에 있던 크리스에게로 달려가 말을 전했고, 말을 전해 들은 크리스가 자리에서 벌떡 일어났다.

"회장님! 병원에 가 보셔야겠습니다. 한 이사님 지금 병원으로 이동 중이랍……."

크리스가 미처 말을 맺기도 전에 조프가 자리를 박차고 일어났다.

"미안합니다만, 오늘은 먼저 일어나야겠습니다. 회의 결과는 메일로 보고 바랍니다. 다음 회의 때 뵙죠."

말을 마친 조프가 서둘러 출구로 향했고, 크리스가 그 뒤를 바로 따라붙었다. 회의실에 남은 임원들은 순식간에 빠져나간 두 사람을 보며 어리둥절하다 이내 고개를 설레설레 흔들었다.

J& 회장의 아내에 대한 각별한 사랑은 익히 잘 알고 있었지만, 혼비백산해서 나가는 그의 모습은 그 이상을 말해 주고 있었다.

휴대폰을 들어 통화를 시도하며 거의 달리다시피 걸음을 옮기던 조프가 크리스를 향해 급히 물었다.

"무슨 일이야? 외근 나간다고 했는데, 제이 어디 다쳤대?"

"아닙니다. 회사로 복귀하는 중에 차 안에서 진통이 온 모양입니다."

"뭐야?! 하…… 내일부터 출산 휴가였는데, 하필 오늘. 이런 제기랄. 그래서 지금 누가 같이 가고 있는데? 제이 상태는?"

"비서 한 명, 여직원 한 명이 동행한 모양입니다. 현재 한 이사님 상태까지는 전해 듣지 못했습니다. 전화 안 받으십니까?"

"어. 전화 받을 정신도 없는 모양이네."

이윽고 도착한 차에 급히 올라타며 크리스가 말했다.

"제가 비서한테 전화해 보겠습니다."

"됐어. 운전한다고 정신없을 텐데, 우리도 얼른 출발하자."

병원으로 향하는 도중에도 제이에게 전화를 했지만 좀처럼 연결되지 않았다. 안타까움에 탄식하며 서둘러 병원 관계자에게 전화를 걸었다. 제이가 건강하고 안전하게 출산할 수 있도록 만전을 다해 주기를 신신당부하고서 할머니와 저택에 와 계신 장모님께 소식을 전했다.

오늘따라 차가 왜 이렇게 막히는지 초조한 마음을 감추지 못하고 조급하게 물었다.

"아직 멀었어?"

"차가 조금 막히네요. 20분 정도 더 걸릴 것 같습니다. 아마 잘하고 계실 겁니다. 너무 걱정하지 마세요."

"하…… 아직 열흘이나 남았어. 보통 첫아이는 일찍 나오는 경우가 드물다던데 그것도 아닌 모양이야."

"한 이사님이 활동을 좀 많이 하셨어야죠. 과연 임신하신 분이 맞나 싶었던 적이 한두 번이 아니었습니다. 그러니 아기가 빨리 나올 만도 하죠. 그리고, 저의 얕은 지식으로 일주일 정도는 일찍 나와도 아무런 문제가 없다고 알고 있습니다만."

"나도 알아. 일이 주 정도 이른 출산은 정상 분만이나 다름없다고, 그래도 지난주 병원에 갔을 때만 해도 아무 말 없었어. 오히려 예정일을 넘길 수도 있다고 했는데……, 가만…… 내가 너무 격하게 해서 그런가?"

말끝을 흐리는 혼잣말을 들었는지 크리스가 되물었다.

"네? 뭐라고요?"

"아니야, 아무것도."

아무것도 아닌 게 아니었다. 임신 8개월 이후로는 조산의 위험이 있어 부부관계는 당분간 자제하는 것이 좋다는 의사의 말에 한 달 이상 욕망을 억제하고 잠재웠던 조프였다.

그런데 지난밤 제이의 한마디에 절제했던 욕구에 무릎 꿇고 말았다.

'조프, 38주가 지나면 정상 분만이라 아이 낳아도 괜찮대요. 우리는 이미 38주가 넘었어요.'

더 말하지 않아도 그녀의 말이 무엇을 뜻하는지 알고도 남았다. 제이의 신호에 기뻐하며 망설임 없이 그녀를 안고 말았다.

나름 조심한다고 했는데도 과했던 모양이었다. 조이가 뿔이 난 게 아닐까. 그러지 않고서야 예정에도 없이 이렇게 빨리 나올 리가 없지 않은가.

조금만 더 참을걸. 뒤늦은 후회를 하며 교통체증이 빨리 해소되기를, 제이와 아기가 부디 무사하기만을 마음으로 빌고 또 빌었다.

"할머니! 어머님, 아버님. 제이는요? 괜찮습니까?"

먼저 도착해 병실 앞을 초조하게 서성이는 어른들을 보며 인사할 정신도 없이 대뜸 제이의 안부 먼저 묻는 조프였다.

"어. 그래. 왔어?"

"어서 오게. 조 서방."

"제이는요?"

재차 걱정스레 묻는 조프의 말에 상기된 표정으로 옆에 서 있던 앤이 입을 열었다.

"분만 중이야. 자궁이 제법 열렸나 보더라. 그 정도면 진통이 꽤 있었을 텐데 어떻게 참았나 몰라. 조이 금방 나올 것 같으니까 얼른 준비하고 들어가."

앤이 말을 마치자 때마침 병실에서 나온 간호사가 조프를 반겼다.

"어서 오세요. 회장님. 사모님이 많이 찾으세요."

간호사가 건네는 의료복으로 서둘러 복장을 갖추는데 걱정 가득한 부모님의 음성이 들렸다.

"조 서방, 우리 딸…… 잘 부탁하네."

두 분의 하나밖에 없는 딸이 첫 출산을 앞두고 있었다. 얼마나 불안하고 안쓰러울까. 저 또한 아이를 만난다는 기쁨보다 제이를 향한 걱정이 더 컸기에 두 분의 마음을 이해하고도 남았다.

"어머님, 아버님, 제이 잘 해낼 겁니다. 그러니 걱정하지 마시고, 제이 믿고 기다려 주세요. 저도 힘껏 돕겠습니다."

"그래그래. 고맙네. 어서 들어가 봐."

"네."

간호사를 따라 병실에 들어서고 보니 입술을 앙다문 채 신음하는 제이가 보였다. 한달음에 제이에게 다가가 걱정스레 물었다.

"제이, 허니…… 당신 괜찮은 거야?"

"조프, 당신이 제때 오지 않으면 어쩌나 무서웠어요."

"미안해. 차가 막혀서 조금 늦었어. 맙소사, 이 땀 좀 봐. 많이…… 아파?"

"아직은…… 견딜 만해요."

"견딜 만한데 이렇게 식은땀을 흘려? 대체 진통이 언제부터 시작된 거야?"

"사실 새벽부터 조금 아프긴 했어요. 혹시나 해서 진통 간격을 확인했는데 이상하게 간격이 좁아지기는커녕 자꾸 오락가락하잖아요. 그래서 가진통인가 보다 했어요."

"그럼 새벽부터 지금까지 계속 아팠단 말이야? 그걸 여태 참고 있었어? 나한테 진작 말을 했어야지!"

조프는 긴 시간 그녀 혼자 고통을 오롯이 감내했을 생각에 속이 상했다.

"원래 이맘때쯤 되면 가진통이 잦대요. 진짜 진통인 줄 알았으면 말했지. 난 괜찮으니까 너무 속상해하지 말아요. 덕분에 병원에서 진통하는 시간 줄었으니 좋지 뭐."

제이는 제 손을 꼭 잡아 주는 그의 따듯한 온기를 느끼며 마음의 불안을 떨치려 노력했다. 이제 무통 주사만 맞으면 통증이 덜하겠지. 했는데 여의사가 하는 뜻밖의 말에 눈물이 핑 돌았다.

“죄송하지만, 이미 진행이 많이 된 상태라 무통 주사를 놓을 수가 없어요. 지금 무통 주사를 맞게 되면 진행이 더뎌져서 사모님이나 아기가 더 힘들답니다. 사모님께서 워낙 건강하시니 조금만 힘내시면 금방 아기 천사를 만나게 되실 거예요.”

의사의 말이 끝나기가 무섭게 제이에게 끔찍한 진통이 찾아왔다. 온몸에 핏대를 곤두세우고서 바들바들 떨며 신음하는 제이를 보면서도 할 수 있는 거라고는 고작 그녀의 여린 손을 꼭 잡아 주는 것밖에는…….

“오, 맙소사, 제이…… 제이…….”

고통에 신음하는 제이를 보는 건 정말 못 할 짓이었다. 조프는 온 마음으로 그녀가 부디 무사하기를 제이의 고통이 한시라도 빨리 끝나게 되기를 간절히 빌고 또 빌었다.

어느새 제이와 함께 호흡하며, 그녀의 진통을 함께 느끼는 듯 온 마음으로 신음하다 보니 온몸이 흠뻑 젖어 버렸다. 그렇게 10분이 지나고 20분이 지나고 억겁과 같은 한 시간이 지나고서야 의료진이 분주해진다 싶더니 이내 우렁찬 사내아이의 울음소리가 분만실을 가득 채웠다.

“제이, 제이, 오, 허니…… 당신이 해냈어. 당신이 해냈다고!!”

감격에 겨워 제이에게 입 맞추는 조프를 향해 희미하게 웃어 보이는 제이의 눈가로 기쁨의 눈물이 흘러내렸다.

얼마나 용을 썼는지 온몸이 통증으로 신음하고 있었지만 고물거리는 조이를 보는 순간 놀랍게도 고통이 눈 녹듯 사르르 녹아 버렸다.

잠시 후 간호사가 아기를 천으로 감싸고서 축하 인사를 건네며 제 품에 안기자, 후 처치 중이던 주치의도 인사를 건넸다.

“아주 건강한 왕자님이에요. 초산에 이렇게 빨리 낳기가 쉽지 않은데 사모님 정말 고생 많으셨어요. 4킬로랍니다. 예정일에 분만하셨으면 더 고생하실 뻔했어요. 축하드립니다.”

"감사합니다. 정말 감사합니다."

잔뜩 쉬어 버린 목소리, 붉게 충혈된 눈, 실핏줄이 터져 온통 꽃이 핀 제이의 얼굴을 보며 기어이 조프의 눈에서 뜨거운 눈물이 흘러 버렸다.

어떻게 이렇게 여린 몸으로, 둘로 쪼개질 듯 아픈 고통을 참고 이겨 냈을까. 땀과 눈물로 젖어 버린 제이의 얼굴을 쓰다듬으며 온 마음을 담아 제이의 얼굴에 키스를 건네는 조프였다.

"내가 말했던가? 당신과 함께하는 매 순간이 축복이고 기적이라고?"

"제발…… 날 더 울리지 말아요. 이러다 당신한테 또 붕어 소리 듣게 생겼다고요."

"하하하…… 아마 세상에서 가장 예쁘고 사랑스러운 붕어일 거야."

"아니라는 말은 안 하네요. 흠. 당신 기억 속에 우리 조이는 있나요? 조프, 제발 우리 조이 좀 봐요. 너무너무…… 사랑스러워요."

그제야 제이 품에 안겨 있는 조이에게 눈길을 주는 조프였다.

"조이…… 오, 이런…… 너무 빨갛구나. 맙소사, 조이…… 내가 네 아빠야. 반갑다. 그리고…… 사랑한다. 우리 아들."

조프는 목이 메어 와 더는 말을 할 수가 없었다. 배 속에 있을 때 수차례 들려주었던 자신의 목소리를 알아듣기라도 한 것일까, 놀랍게도 반짝이는 까만 눈동자가 오롯이 자신에게로 향하는 듯했고, 그 빛나는 눈동자가 사정없이 가슴속 깊이 파고들었다.

왠지 모를 뭉클함에 말로 전하지 못한 수없이 많은 다짐을 마음으로 전하며 조이에게서 눈을 떼지 못하는 조프와, 그런 조프를 바라보며 자신의 전부가 되어 버린 너무나 소중한 두 남자의 사랑스러운 모습에 흐뭇한 미소를 짓는 제이였다.

들어갈 때와는 사뭇 다른 모습의 조프가 천천히 분만실에서 나왔다. 자신을 뚫어지게 바라보는 세 분의 얼굴을 차례로 바라보며 환희에 찬 밝은 미소로 자랑스레 아들의 탄생을 알렸다.

"아들입니다. 아주 건강해요."

환호하며 서로에게 축하를 건네고 인사하는 모습을 기쁘게 바라보다 가만히 어머님인 정연에게로 걸어가 말없이 와락 끌어안았다.

얼떨결에 사위 품에 안겨 당황함도 잠시, 딸을 아끼는 사위의 마음이 기특하고 또 기특해 이내 기쁨의 눈물을 흘리며 사위의 등을 따듯하게 어루만지는 정연과 그 모습을 흐뭇하게 바라보는 동우였다.

앤 역시 그 모습을 묵묵히 바라보며 기쁨의 눈물을 흘리지 않을 수 없었다. 자신과 눈이 마주친 손자가 성큼 다가와 안아 줄 때까지 눈물은 멈추지 않았다.

"감사합니다. 할머니. 정말 감사해요. 부디 우리 조이가 자라서 저처럼 사랑스러운 가정을 이루고 사는 모습까지 지켜봐 주세요."

"이런 엉뚱한 녀석 같으니라고!! 욕심이 과해."

어이없는 손자의 말에 고개를 설레설레 흔들면서도 입가에 미소가 가시지 않았다. 곧 보게 될 증손자의 오밀조밀한 얼굴을 상상하며 파고드는 행복에 손자를 더 꼭 안아 주는 앤이었다.

그해 겨울. 결국 그날이 다가오고 말았다.

크리스는 자신이 수년간 몸담았던 본사 앞에 우뚝 선 채로 건물을 뚫어져라 바라보며 깊은 감회에 젖어 들었다.

가진 거라고는 아무것도 없는, 삶에 대한 의지조차 바닥이었던 그 시절, 자신을 이곳으로 데려와 사람답게 살 수 있도록 만들어 준 조프가 아니었다면 지금쯤 어떤 모습으로 살고 있었을지 감히 상상조차 되지 않았다.

그가 아니었다면 결코 벗어날 수 없었던, 삶의 가장 큰 위기와 고비의 순간을 그로 인해 넘길 수 있었고, 버텨 냈고, 결국 이렇게 살아남았다.

처음 이 건물에 발을 들여놓았을 때는 일개 비서실의 말단 직원이었는데, 지금은 비서실장을 거쳐 지사장이라는 직함을 받게 되었다. 처음과는 확연히 달라진 자신의 지위가 아직도 믿기지 않고 낯설게만 느껴지는 크리스였다.

얼마나 굳게 다짐했던가. 조프의 손발이 되어 평생을 그의 곁에서 그를 지키고 보좌하며 살고자 했던 마음은 단 한 순간도 저버린 적이 없었다. 욕심 한번 가져 본 적이 없었던 자신에게 지금 무슨 일이 일어나고 있는 건지. 분명 자신을 위한 일인데도 떠나야 하는 발걸음은 마치 양 발목에 모래주머니를 찬 것처럼 무겁기만 했다.

침전한 마음을 애써 끌어 올리고서 힘차게 발걸음을 옮겼다. 회장님의 직속 비서실에 발을 들여놓기가 무섭게 직원들의 원성이 쏟아졌다.

"실장님. 너무 서운해요."

"실장님 가시면 우린 어떡해요."

"벌써 너무 걱정돼요."

"실장님 뵙고 싶어 어쩌죠?"

"실장님, 가지 마세요."

"에이, 그래도 더 잘돼서 가시는 건데 그 말은 좀 아닌 것 같지 않아?"

한마디씩 거드는 직원들의 말에 소리 없이 웃으며 자신의 자리로 향했다. 천천히 자리에 앉아 손때 묻은 자신의 책상을 훑어보는데, 왠지 시원한 마음보다 섭섭한 마음이 더 크다고 하면 정신 나갔다고 하려나?

어지러이 파고드는 상념을 떨쳐 내려 머리를 흔드는데 때마침 회장님의 목소리가 우렁차게 들려왔다.

"크리스! 이제 마지막이라고 내 집무실에 들어올 생각도 않는 거야?"

집무실 문을 활짝 열어젖히고서 한 팔은 문에, 다른 한 팔은 허리에 척 하니 올린 회장님의 모습에 괜스레 코끝이 찡해 오는 건 어떻게 설명해야 할지.

저 모습을 또 언제 볼 수 있을까. 오늘따라 미간에 잔뜩 힘을 준 회장님의 모습에 움츠러들 크리스가 아니었다. 그 안의 진심을 누구보다 잘 알고 있기에 그 모습이 더 안타깝기만 했다.

"지금 막 들어가려던 참이었습니다. 회장님."

아니나 다를까 집무실에 들어서자마자 찌푸렸던 미간을 펴고서 소파에 앉으며 인자한 표정으로 말을 꺼내는 조프였다.

"결국 가는군."

왠지 서운해하는 듯 들리는 그의 말에 씩 웃으며 맞은편에 앉았다.

"잊으셨나 본데 단 한 번도 제가 먼저 가겠다고 한 적 없습니다."

"끝까지 이럴 거야?"

"가라고 하신 분이 더 아쉬워하니 드리는 말씀입니다. 저는 간다고 한 적도, 가고 싶다고 한 적도 없습니다만, 싫다는 사람 등 떠밀 때는 언제고 되레 바람맞은 표정을 하시니, 원……."

지사장이라는 직함 따위가 뭐라고, 싫다는 사람 온갖 감언이설로 가라고 등 떠민 사람이 누군지 헷갈릴 지경이었다.

"바람맞은 표정이라……."

"지금이라도 생각을 달리하심이 어떠십니까? 저는 여전히 회장님 곁에 있는 것이 더……"

미처 말을 맺기도 전에 조프의 엄한 목소리가 말허리를 잘랐다.

"꿈도 꾸지 마. 널 평생 내 뒤치다꺼리나 하게 둘 수는 없어. 그러기에는 네 능력이 너무 아까우니까. 그러게 좀 적당히 잘하지 그랬어? 그럼 모르는 척하고 끝까지 내 옆에 잡아 뒀을 텐데 말이야."

"나 참. 잘해도 뭐라고 하시니……."

조프는 크리스의 말에 딱히 반박할 여지가 없이 파안대소하고 말았다.

너무 잘해도 탈이었다. 함께해 온 시간이 경험으로 쌓이고 또 쌓여 포커페이스조차 통하지 않을 정도로 자신을 꿰뚫어 보는 크리스였다.

아무리 인수인계를 잘 한다 해도 그의 빈자리가 얼마나 크게 느껴질지는 굳이 확인하지 않아도 눈에 훤했다. 그럼에도 아니, 그렇기에 그를 보내야 했다. 더 늦기 전에 크리스도 가족이 있는 곳에서 그들의 무한한 사랑을 받으며 진정한 행복을 느낄 수 있기를, 그의 뛰어난 능력이 좀 더 크게 쓰이기를 바라고 또 바랐다.

"넌 잘할 거야. 믿는다. 그렇다고 너무 부담은 갖지 말고, 내 옆에서 하던 것만큼만 해. 날 다그쳤듯이 네 스스로를 다그치고 채찍질하다 보면 분명 다른 지사장들 이상으로 잘해 낼 수 있을 거야."

"네. 최소한 회장님 이름에 먹칠하지 않겠습니다."

"회장으로 말하는 건 여기까지다. 지금부터 말하는 건 네 형 자격으로 하는 거야."

잠시 말을 멈추었던 조프가 저를 유심히 바라보는 크리스를 보며 속에 있던 말을 꺼냈다.

"그동안 너무 일만 열심히 했어. 이제는 너도 잘 돌보고, 주위도 좀 둘러보는 여유도 가졌으면 좋겠다."

"형, 큰 책임감을 안기면서 그게 할 소리야? 업무 레벨이 올라갔는데 주위를 둘러볼 여유를 가지라고?"

"지금까지 네가 하던 일 모두 지사장들보다 더하면 더했지 결코 덜하지 않아. 직함이 달라졌을 뿐이고, 업무 강도 역시 이곳보다 더할까? 글쎄, 오히려 시간적으로는 훨씬 더 여유가 있을 것 같은데?"

"그런가?"

"그래. 그러니까 제이같이 좋은 여자도 좀 만나고."

조프의 말에 크리스는 뜬금없이 누군가 떠올랐다. 단 한 번, 그것도 좋은 기억도 아닌 세차게 제 가슴팍에 부딪혔던 그 여자가 왜 떠올랐는지. 제가 생각해도 어이가 없어 피식 웃으며 퉁명스레 대답했다.

"세상에 그런 분이 또 있을까?"

"그건…… 그렇지? 그래도 찾아보면 제이만큼 좋은 사람이 분명 있을 거야. 그러니까……"

"저는 혼자가 편합니다. 아직은."

녀석이 이렇게 정색하고 나올 때는 그만해야 할 때였다. 조프는 해 주고 싶은 말이 많았지만 잔소리같이 느껴질까 그저 마음으로 전할 뿐이었다. 하루빨리 녀석에게도 마음의 평화와 안정이 찾아오기를…….

"다음에 한국에서 보자."

"네. 언제든 제가 필요하면 다시 부르십시오."

"미친놈. 그럴 일 없을 테니 자리 잘 잡아."

조프가 시간을 확인하며 자리에서 일어나자 크리스도 따라 일어났다. 이제 정말 떠나야 할 시간이었다. 소파를 돌아 나와 서로 마주 보고 선 두 사람이다.

크리스가 먼저 손을 내밀었고, 내민 손이 민망하게도 조프의 손은 쉽사리 다가오지 않더니 순식간에 서로의 넓은 어깨를 마주하게 되었다. 누가 먼저랄 것도 없이 웃으며 서로의 등을 두드리는 것으로 격려를 하는데 갑자기 맑은 목소리가 끼어들었다.

"똑똑, 제가 방해가 됐나요?"

집무실 문을 열어 얼굴만 들이민 채로 말을 건네는 제이였다.

"그럴 리가 있나, 당신은 언제든 환영이야."

언제 자신을 끌어안았냐 싶게 서둘러 떨어져 나가더니, 한달음에 아내에게 다가가 다정하게 포옹하며 키스하는 모습을 본 크리스가 못 말린다는 듯 고개를 절레절레 흔들었다. 언제 입꼬리가 위로 말려 올라갔는지 머쓱함에 헛기침을 하는 크리스다.

"서운하네요. 둘이서만 작별 인사 하고 있었던 거예요? 나만 쏙 빼놓고?"

"그럴 리가요. 회장님께 인사드린 후에 이사님도 찾아뵐 생각이었는데 이렇게 직접 오셨네요."

"잘됐네요. 난 혹시나 벌써 떠났을까 봐 얼마나 서운했는데. 나도 한번 안아봐도 되나요?"

"어…… 회장님만 허락하신다면요?"

"조프라면 걱정 말아요. 내가 다 알아서 할게요."

자신만만한 그녀의 목소리에 싱긋 웃으며 저를 감싸 안는 그녀를 가볍게 마주 안아 주었다. 제 등을 토닥이는 애정 어린 격려의 손길에 가슴 가득 온기가 번졌다.

세상을 살면서 이렇게 강한 분을, 이렇게 상냥하고 마음이 넓은 분을 또 만날 수 있을까. 크리스는 이들에게서 가족보다 더한 정을 느끼며 괜스레 뭉클해지는 마음에 코끝이 시큰거리는 찰나 퉁명스레 들려오는 조프의 목소리에 피식 웃었다.

"인사는 그만하면 되지 않나?"

뒷목이 결리는지 고개를 천천히 돌리는 그의 모습에 그녀를 제게서 떼어 놓으며 말했다.

"이사님은 괜찮을지 모르겠지만, 저는 목숨이 아까워서요. 인사는 이만해야겠습니다."

제이는 보지 않아도 등 뒤에 선 남편의 얼굴을 떠올릴 수 있을 것 같아 웃음을 터트렸다.

"건강하게 잘 지내야 해요. 자주 연락하는 거 잊지 마시고요."

크리스가 남편에게 있어 누구보다 중요한 사람임을 너무 잘 알기에 그를 보내야 한다는 게 아쉬웠지만, 그에게도 행복이 찾아오길 바라는 마음으로 기꺼이 가는 길을 축복해 주었다.

"네. 그렇게 하겠습니다. 두 분께서도 항상 건강하셔야 합니다. 감사합니다. 정말 감사합니다. 이사님."

아직 이들에게 갚아야 할 빚이 많은데, 평생을 갚아도 다 갚지 못할 마음의 빚에 떠나야 하는 발걸음이 한없이 무거웠다.

"크리스, 아니 박도훈. 넌 이미 나에게 가족이야. 나는 살면서 단 한 번도 널 만난 걸 후회해 본 적이 없어. 아직도 나에게 갚아야 할 빚이 있다고 생각한다면 너한테 많이 서운할 것 같다."

역시나 속내를 들키고 말았다. 대체 말하지 않아도 어떻게 알아차리는 건지.

"귀신이 따로 없지. 내가 졌다. 졌어. 아무리 해도 형을 이길 수는 없나 봐."

어느새 서로를 강하게 끌어안는 것으로 진심을 전하는 두 사람은 피만 섞이지 않았지, 이미 형제와 다름없었다.

두 사람의 멋진 우정을 지켜보다 눈시울이 붉어진 제이의 입가에 흐뭇한 미소가 번졌다. 그렇게 잠시 방심한 사이에 남편의 팔에 이끌려 진한 우정의 한가운데서 행복한 비명을 질러야 했다.

우량아로 태어난 조이는 잘 자고 잘 먹어 하루가 다르게 쑥쑥 자라고 있었다.

바쁜 제이를 대신해 평소에는 조프의 할머니인 앤과 집안일을 주관하는 이자벨, 유모 두 명이 밤낮없이 지극정성으로 조이를 보살펴 주었고, 주말이나 제이가 쉬는 날이면 모두에게 휴가를 주고 부부가 온전히 보살피기도 했다.

모처럼 휴가 일자를 맞춘 조프와 제이가 온종일 조이와 함께하게 되었다. 부부가 식사하고 잠시 쉬는 사이 조이의 방에서 들려오는 울음소리에 두 사람은 누가 먼저랄 것도 없이 조이 방으로 향했다.

먼저 도착한 조프가 막 방으로 들어서는 제이를 향해 말했다.

"기저귀는 이상 없어. 배가 고픈가 본데?"

"알았어요."

생후 90일이 넘어가는 조이는 아직 모유를 먹이고 있었다. 제이는 수유하기 편한 의자에 앉아 수유할 준비를 했고, 조프가 조이를 데려와 제이의 품에 살포시 안겨 주었다.

"고마워요."

"고맙긴. 당신 수유하는 거 힘들지 않아? 이제 분유로 바꿀까?"

"난 괜찮아요. 모유도 잘 나오는 데다 조이도 쑥쑥 잘 크는데……"

품에 안긴 조이가 엄마 냄새를 맡았는지 입술을 오물거리며 가슴으로 향하는 모습에 말을 멈춘 제이였다.

조이가 옹알거리는 소리에 가슴이 먼저 반응했다. 본능적으로 모유가 차올라 부푼 가슴이 찌르르 신호를 보내 서둘러 한쪽 가슴을 열었다.

엄마의 젖가슴을 찾은 조이가 기가 막히게 그 정점을 향해 돌진하는 모습에 부부가 흐뭇한 미소를 지었다.

"맙소사. 이 녀석 숨은 쉬고 있는 거야?"

숨 돌릴 틈도 없이 허겁지겁 모유를 먹는 조이를 보다 자연스레 제이의 얼굴로 눈길이 향하는 조프였다.

그녀에게서 환하게 빛이 나고 있었다. 조이를 두 눈 가득 담고서 사랑스러운 미소를 짓고 있는 제이의 모습은 마치 살아 숨 쉬는 천사와 같았다.

제 뜨거운 시선을 느꼈는지, 한동안 조이를 향한 두 눈이 서서히 자신에게로 향했다. 환하게 미소 짓고 있는 모습이 그 어느 때보다 더 아름답고 사랑스러워 마음을 숨길 수 없었다.

"사랑해. 제이."

"나도. 사랑해요. 조프."

서로의 사랑에 화답하듯 자연스레 두 사람의 입술이 맞물렸고, 그런 엄마와 아빠의 모습을 초롱초롱한 눈망울로 뚫어져라 바라보면서도 방해하지 않고 엄마 젖꼭지를 얌전히 물고 있는 효자 조이였다.

이런 변이 있나.

매일이 새로운 나날의 연속이었다. 하루가 다르게 무럭무럭 성장하는 조이를 지켜보는 기쁨은 상상을 초월했다.

무슨 말이 하고 싶은지, 뭐가 그리 궁금한지. 조이는 깨어 있는 동안 쉴 새

없이 옹알이를 하는가 하면 연신 방긋방긋 예쁘게 웃으며 조프와 제이의 심장이 녹아들게 했다.

배 속부터 발육이 남다르더니 자라면서도 기준치를 웃도는 빠른 성장 속도는 물론, 먹성 또한 남달라 주위 사람들을 놀라게 만들었다.

조이는 오늘도 새로운 도전을 하며 한 단계 더 성장하고 있었다.

"조프, 보고 있어요?"

"응. 보고 있어. 설마 벌써 기는 건 아니겠지?"

"배밀이 시도하는 것 같은데? 기는 건 아직 더 있어야 해요."

또래 아기들은 이제 뒤집기를 시도한다는데, 조이는 진작 뒤집기에 되짚기까지 하며 유모가 쉴 틈을 주지 않았다. 이번에는 뭐가 그리 호기심을 자극했을까.

한참을 엎드려 무언가 구경하나 싶더니, 이제 보는 것으로 만족이 안 되는지 손을 뻗어 만져 보려 용을 썼다. 그 순간 엉덩이를 치켜들더니 본격적인 배밀이가 시작되었다.

마치 낮은 포복으로 적군 앞을 전진하듯 작은 발가락에 힘을 주고서 바닥을 제법 힘 있게 미는 모습이 왜 이렇게 귀엽고 사랑스러운지.

"그렇지. 그렇지. 조이, 그렇게 하는 거야. 어떻게 가르쳐 주지 않아도 알아서 터득하지? 너무 신기하지 않아? 역시 내 아들이야."

조프의 말에 제이가 재빨리 입을 가리며 씩 웃었다.

"그러게요. 당신 닮아 어찌나 똑똑한지. 호기심도 왕성해서 잠시도 쉬지를 않아. 유모가 살 빠지는 이유를 알겠다니까요."

제이의 말에 격한 공감으로 고개를 끄덕이는 찰나 어디선가 '뿌지직' 하고 얼마 남지 않은 케첩 짜는 소리가 요란하게 들려왔다. 동시에 조이의 움직임이 거짓말처럼 멈추었고 이내 부르르 떠는 걸 보니 응가를 한 모양이었다.

제이가 얼른 조이에게 다가갔다. 조이의 옆에 엎드리자마자 특유의 시큼한 냄새가 피어올라 싱긋 웃었다.

그 모습을 가만히 지켜보며 미소 짓던 조프가 얼른 다가와 조이를 번쩍 들어 올렸다.

"우리 아들 응가 했구나? 아빠가 기저귀 갈아 줄게."

"조프, 당신이 하려고요?"

"응. 내가 한번 해 볼게."

"당신 정말 괜찮겠어요?"

"그럼. 다시 해 보지 뭐. 지켜봐, 예전과는 확실히 다른 모습을 보여 줄 테니까."

조이를 아기 침대에 뉘며 결연한 표정으로 기저귀를 챙기는 그의 모습에 피식 웃음이 터졌다. 불과 한 달 전 기저귀와의 사투를 벌이며 모두를 파안대소하게 만들었던 그의 모습이 떠올랐기 때문이다.

조이가 태어난 후, 뭐든 경험해 보고 싶은 초보 아빠는 겁이 없었다.

마치 엄마가 된 것처럼 조이를 품에 안고서 유축해 둔 모유를 먹여 보기도 하고, 그 큼직한 손으로 말랑말랑 푸딩 같은 여린 몸을 씻겨 보기도 했다. 자다 깨다를 반복하는 조이를 품에 안고 잠에 들기도 했고, 젖은 기저귀를 갈아 보기도 했다.

그러던 어느 날, 조이를 보는 데 자신감이 붙은 조프가 제이와 유모에게 휴식을 주고 온전히 혼자서 조이를 돌보게 되었다.

덕분에 제이는 거실에 느긋하게 앉아 유모와 이자벨과 함께 티타임을 즐기고 있었다. 한참 즐겁게 대화를 나누는 중에 어디선가 희미하게 제이를 부르는 소리가 들려와 이자벨이 물었다.

'조프가 제이 찾는 소리 아냐?'

'아닐 거예요. 그이라면 전화를 하죠. 평소에도 조이가 놀랄까 봐 얼마나 조심하는데요.'

조이가 아니라도 저택의 규모가 있어 보통 전화로 하거나 직접 찾아 나서는 그였기에 제이는 대수롭지 않게 넘겨 버렸다.

'그런가?'

이자벨이 고개를 갸웃하는 사이, 이번에는 유모를 부르는 소리가 아까보다 더 선명하게 들려와 놀란 세 사람의 눈이 공중에서 딱 마주쳤다.

'그것 봐. 무슨 일이 생겼나 보네.'

그제야 들고 있던 찻잔을 동시에 내려놓았다. 세 사람은 누가 먼저랄 것도 없이 자리에서 벌떡 일어나 조이의 방으로 달렸다.

그 방에 가까이 다가갈수록 제이와 유모, 이자벨을 차례로 부르는 그의 목소리가 점점 더 크게 들려와 걱정이 덜컥 들어섰다. 이윽고 도착한 조이의 방으로 서둘러 들어선 세 사람은 마치 약속이라도 한 듯 웃음이 터져 나오려는 입을 급히 틀어막았다.

방 안은 시큼한 냄새로 가득했다. 조이는 아기 침대에 누워 버둥거리고 있었고, 다리에는 황금색 무언가 범벅이 되다시피 했다. 그뿐만 아니었다. 대체 어쩌다 그리되었는지 조프의 손과 티셔츠에도 온통 황금빛으로 물이 들어 있었다.

간신히 웃음을 잠재운 제이가 물었다.

'대체 이게 어떻게 된 일이에요?'

'아니…… 응가를 했기에 기저귀를 갈아 주는데……'

'갈아 주는데?'

'또 싸더라고. 그래서 다시 갈아 주려고 빼는데……'

'빼는데?'

'계속 싸고 또 싸는 거야. 기저귀를 제대로 하기도 전에 말이야. 이불이고 뭐고…… 하…… 조이 어디 아픈 거야? 변이 묽어도 너무 묽어. 아니, 그것보다 왜 한 번에 안 싸고 찔끔찔끔 나눠서 볼일을 보는 거야?'

얼마나 당황했는지 조프는 반쯤 넋이 나간 듯했다. 그에게서 이런 허술한 모습을 보게 될 줄이야. 너무나 인간적인 모습이 사랑스러워 옅은 미소를 그리며 설명해 주었다.

모유를 먹으면 변이 묽을 수도 있다고, 조이는 변을 시원하게 다 보고 나면 버둥거리는 특징이 있으니 그때까지는 조금 기다려 주는 게 좋다고.

유모와 이자벨에게 뒷정리를 부탁하고서 멍하게 자신의 황금빛 손을 내려다보고 있는 그를 방에서 데리고 나왔다. 황당하다는 듯 뒤늦게 피식피식 웃음을 터트리는 그와 함께 얼마나 많이 웃었는지 모른다.

"조이, 이제 정말 다 한 거 맞지? 아빠 이제 시작한다. 아빠 체면 좀 살려 줘라. 응?"

엉뚱한 조프의 말에 짧은 상념에서 빠져나와 빙그레 미소 짓는 제이였다.

그때 자신이 했던 말을 잘 기억하고 있었는지 이번에는 조이를 충분히 기다려 주었다. 침착하게 기저귀를 벗겨 내어 세심하게 엉덩이를 닦아 주는 모습이 왜 이렇게 멋있어 보이는지, 그에게서 눈을 뗄 수가 없었다.

"성공! 제이, 성공했어. 이번에는 완벽하게 갈아 줬다고."

"풋. 축하해요. 누가 보면 계약에 성공한 줄 알겠네. 그게 그렇게 기뻐요?"

"그럼. 이제 와서 말이지만, 내가 똥 기저귀 꿈까지 꾼 거 알아?"

"정말?"

"말도 마. 그날처럼 꿈에서도 기저귀를 빼면 싸고, 빼면 또 싸고 밤새 기저귀 갈다가 날 샜다니까?"

제이는 생각지도 못한 그의 말에 파안대소하며 뿌듯한 표정으로 조이를 내려다보는 그에게 다가가 안겼다.

악동.

조이가 일어섰다. 맙소사, 돌이 되려면 아직 3개월이나 남았는데…….

조프는 행동도 인지능력도 뭐든 빠른 조이를 보고 그저 좋다고 손뼉 치며 반겼지만 제이는 조금 걱정스러웠다.

기어 다니기 시작하면서부터 호기심 천국이었던 조이는 크고 작은 사고를 달고 다녔다. 설마 만지겠어? 설마 손에 잡힐까? 설마. 설마…….

잠시 잊고 있었다. 설마가 사람 잡는다는 피가 되고 살이 되는 그 말을. 수없이 많은 설마가 확신으로 바뀌자 바닥에 놓인 모든 물건이 치워졌다. 그게 얼마나 됐다고 이제 일어서기까지 했으니, 조이의 손이 닿을 만한 곳들을 바라보는 제이와 유모에게서 한숨이 새어 나왔다.

아니나 다를까 일은 뜻밖의 시간에 터지고 말았다.

크리스가 여자 친구를 집으로 데려온다고 연락이 왔다.

조프는 크리스가 여자를 정식으로 인사시키는 일이 처음이라고 했다. 결혼을 염두에 두지 않고서는 절대 있을 수 없는 일이라며 잔뜩 기대에 부풀어 있었다. 제이 역시 다른 사람이 아닌 크리스였기에 부디 좋은 사람이기를 바라며 그날을 손꼽아 기다렸다.

드디어 다가온 D-Day.

첫인상이 너무 좋았다. 격식을 갖춘 깔끔하고 단정한 차림, 과하게 꾸미지 않은 깨끗한 얼굴, 초롱초롱 반짝이는 눈망울이 너무나 예쁘고 고운 사람이었다.

얼굴 가득 햇살같이 환하고 따듯한 미소를 머금고서 인사를 건네는 그녀에게서 밝은 에너지가 느껴졌다.

"안녕하세요. 처음 뵙겠습니다. 저는 하이림입니다. 만나 뵙게 되어 영광이에요."

활기찬 목소리도 너무 좋았다. 크리스가 소개하기도 전에 알아서 먼저 인사를 하는 그녀는 보이는 만큼이나 활발하고 경쾌한 느낌이었다. 제이와 조프의 입꼬리가 끝없이 하늘을 향했다.

"어서 와요. 조프리 휴 존슨입니다."

"만나서 반가워요. 한재희랍니다. 저야말로 영광이네요. 크리스의 여자 친구를 보게 되는 날이 올 줄이야!"

흥분을 뒤로하고 크리스와도 인사를 나누었다.

제 짝을 만나서일까 전에 없이 밝아 보이는 크리스의 모습에 부부는 뿌듯한 마음을 감추지 못했다.

응접실에 앉아 다과를 즐기며 활발하게 대화를 나누던 중 크리스가 갑자기 무언가 떠오른 듯 현관으로 향했다. 양손 가득 물건을 들고 와 제이에게 건네주었다.

"림이 준비한 선물입니다."

"별거 아니에요. 웬만한 건 다 있을 것 같아서 아이 옷하고 신발을 준비해 봤는데 마음에 드실지 모르겠어요."

쑥스러운 듯 건네는 림의 말에 제이가 서둘러 포장된 선물 박스를 열어 보았다.

제각기 스타일이 다른 귀엽고 깜찍한 옷과 신발을 보며 감탄사가 절로 흘러나왔다.

"너무너무 예뻐요. 여기서 보지 못한 스타일의 옷이네요. 정말 고마워요. 잘 입힐게요."

"기쁘게 받아 주셔서 제가 더 감사해요."

어느새 친구처럼 편해진 두 사람을 바라보던 크리스가 조이의 안부를 물었다.

"조이는 잘 크죠? 못 본 지 몇 달이 지나서 얼마나 컸는지 궁금하네요."

"너무 잘 크지. 누구 아들인데."

짧고 굵은 조프의 말에 모두 웃음을 터트렸다.

"직접 확인해 봐요. 얼마나 컸는지."

제이의 제안에 모두 자리에서 일어나 조이의 방으로 향했다.

네 사람이 방으로 들어서자 유모가 잠시 조이에게서 물러났다. 낮잠 잘 시간이 다가와 그런지 조이는 아기 침대에 앉아 있었다. 침대 가까이 다가가니 못 보던 사람이 있어 그런지 호기심이 동한 조이가 옹알이를 하며 엉덩이를 들썩였다. 그 모습이 얼마나 귀엽고 깜찍한지 림이 함빡 웃으며 크리스를 끌어당겼다.

"크리스, 아기 좀 봐요. 세상에 너무 귀엽고 예뻐요. 어떻게 아기 이목구비가 이렇게 또렷하지? 어머, 웃었어요. 날 보고 웃었어요. 봤어요? 방금 봤어요?"

림의 옆에 딱 붙어서 흥분한 듯한 그녀의 모습을 보던 크리스가 환하게 웃으며 맞장구를 쳐 주었다.

그 모습을 뒤에서 말없이 지켜보던 조프와 제이는 소리 없이 활짝 웃었다.

조프가 제 앞에 선 제이의 허리를 꼭 끌어안으며 그녀의 귓가에 속삭였다.

'두 사람 정말 잘 어울리지 않아? 좋은 사람 같아. 저 아가씨 말이야.'

수긍의 표시로 제이가 연신 고개를 끄덕였다.

'너무 사랑스러운 사람이에요. 보는 사람까지 기분 좋게 만들어 주는 재주가 있어.'

'당신처럼?'

제이의 입에서 피식하고 웃음이 새어 나왔다. 조프가 제이의 머리에 입술을 꾹꾹 누르자 제이의 미소가 더 환하게 빛났다. 하지만 그 미소는 그리 오래가지 못했다.

조이와 인사를 마친 크리스와 림이 다가오는 모습을 보며 잠시 비켜나 있던 유모에게 미소로 조이를 부탁했다.

그때였다.

언제 침대에서 일어났는지 또래보다 큰 키로 아기 침대 난간을 기어오르는 조이의 모습을 발견한 제이의 눈이 함지박만 하게 커졌고, 조프 역시 놀란 숨을 급히 들이켰다.

부부의 갑작스러운 표정 변화에 크리스와 림이 동시에 뒤를 돌아보았다.

모든 게 슬로모션처럼 느리고 또 느리게 흘러갔다. 제이와 조프가 동시에 팔을 뻗으며 앞으로 나아가는 그때 누군가 아기 침대를 향해 몸을 날렸고, 동시에 조이가 난간에서 떨어졌다.

유모의 비명이 날카롭게 울려 퍼졌다. 마치 누군가 일시정지 버튼을 누른 것처럼 모두의 동작이 멈춰 버렸고, 적막이 흐르는 그때 천진한 웃음소리가 공간을 가득 메웠다.

몸을 날린 사람은 놀랍게도 림이었고, 천만다행으로 림의 품에 떨어진 조이가 좋다고 깔깔거리며 웃고 있었다.

그만 다리에 힘이 풀린 제이가 그 자리에 털썩 주저앉았다. 조이를 받기 위해 팔을 뻗었던 조프 역시 그대로 앞으로 엎어져 네발로 엎드린 채 현실성 없이 웃고 있는 조이를 멍하게 바라보았다.

우뚝 멈춰 서 있던 크리스가 놀란 마음을 추스르며 아직 누워 있는, 아니 정확히는 조이에게 깔린 채 누워 있는 림에게 다가갔다.

"괴…… 괜찮아?"

"그럼요. 난 끄떡없어요. 조이, 너 아주 용감한 아기구나?"

크리스가 조이를 감싸 안은 림을 부축해 일으켜 주었다. 림이 일어서자마자 활짝 웃으며 말을 꺼냈다.

"많이 놀랐어요? 당신 팔이 떨리는 것 같은데?"

"말도 마."

크리스가 짧게 답하며 뒤쪽으로 고개를 돌렸다. 충격에 휩싸인 부부의 모습을 보는데 어처구니없게도 싱거운 미소가 그려졌다. 저 강인한 부부가 얼마나 놀랐으면 저러고 있을까. 안쓰러운 마음과, 그마저도 부러운 마음이 뒤엉켰다.

뒤늦게 정신을 차린 조프가 힘없이 네발로 제이에게 기어갔다. 눈물이 그렁그렁 차오른 제이를 꼭 끌어안으며 놀란 마음을 다독였다.

"제이, 당신 괜찮아?"

조프의 다독임에 고였던 눈물이 툭 떨어졌다. 끔찍했다. 저 여린 몸이 바닥으로 떨어지면 어떻게 되었을까 상상조차 하고 싶지 않은데, 소름 끼치던 그 장면이 계속해서 뇌리에 되살아나 제이를 괴롭혔다.

“저 침대 버려요.”

“그래. 버릴게. 버려야지. 당장 버릴 거야. 아예 부숴 버릴까?”

조프는 고개를 끄덕이며 긴 한숨을 내쉬는 제이를 조심스레 일으켜 세우고서 림을 향해 걸음을 옮겼다.

림이 조이를 조심스레 건네주었고, 사고뭉치 아들을 안아 든 조프의 얼굴에 복잡한 심경이 고스란히 드러났다. 조이 때문에 심장이 남아나지 않을 것 같았다. 여전히 깔깔 웃는 아들을 꼭 끌어안고서 마음으로 기도를 했다.

‘제 명에 못 살겠습니다. 저와 제이의 심장을 강철만큼 강하게 만드소서. 부디 조이를 지켜 주소서.’

언젠가 웃으며 얘기할 날이 오겠지만, 당분간은 눈에 쌍심지를 켜고 조이의 뒤꽁무니만 보게 될 듯했다.

제이가 림을 자신의 드레스 룸으로 데려갔다. 조이를 위해 몸을 던진 림의 치마와 블라우스 단추가 터졌기 때문이었다. 다행히 자신과 체격 조건이 비슷했기에 제 옷을 권했다.

“이쪽은 다 새 옷이에요. 맞춤이기는 한데 체격이 비슷해서 이림 씨에게도 잘 맞을 거예요. 마음에 드는 걸로 골라 입어요.”

“그냥 실과 바늘만 주셔도 되는데……. 감사합니다.”

“제가 더 감사하죠. 이림 씨 아니었으면……”

말을 맺지 못했다. 림을 바라보던 제이가 천천히 다가가 그녀의 손을 꼭 그러잡았다.

“정말 너무너무 고마워요. 우리 조이 생명의 은인이에요.”

“아니에요. 당연히 해야 할 일을 했을 뿐인데요. 조이가 놀라지 않은 것 같아서 다행이에요."

"조이는 지금 자기가 얼마나 많은 사람을 혼비백산하게 만들었는지 알지도 못할 거예요. 말썽꾸러기."

아직도 미세한 떨림이 느껴지는 제이의 손을 림이 꼭 마주 잡아 주었다.

"이제 지나간 일이에요. 그러니 자꾸 떠올리지 마세요. 마음만 상해요."

"네. 그럴게요. 고마워요. 정말……. 어? 다쳤어요?"

그제야 림의 손등에 번진 멍이 제이의 눈에 들어왔다.

"별거 아니니까 신경 쓰지 마세요."

"별거 아니긴요. 이를 어째. 다른 곳은 괜찮아요? 한번 확인해 봐야겠어요."

놀란 제이가 림의 몸을 여기저기 살피느라 부산하게 움직이자 림이 그런 제이의 손을 다시 붙잡았다.

"저요, 오빠만 무려 넷이에요. 오빠들 틈에 자라다 보니 어려서부터 운동을 많이 했어요. 지금까지도요. 그래서 평소에도 몸 여기저기 멍이 있는 편이에요. 게다가 불과 며칠 전에도 오빠들이랑 유도를 한걸요? 그러니까 아무 신경 쓰지 마세요. 이 정도는 다친 축에도 안 든답니다."

예쁜 얼굴만큼이나 말도 예쁘게 하는 림을 바라보던 제이가 조심스레 그녀를 꼭 끌어안았다.

"우리 언니 동생 할래요?"

"그렇게 말씀해 주시기를 기다렸답니다. 저는 너무 좋아요. 언니."

우리 꼬마 악동 덕분에 여동생이 생겼다.

좋은 일.

친정 엄마에게서 전화가 걸려 왔다. 대뜸 좋은 일 없냐고 물으셨다. 좋은 일이라……. 회사에서 진행 중인 프로젝트가 너무나 순조롭게 잘되어 가고 있었고, 말썽꾸러기 조이도 쑥쑥 잘 자라고 있었다.

조프가 자선 사업을 새롭게 시작했고, 얼마 전에 건강검진을 받은 할머니의 건강 상태도 최상이었다. 온통 좋은 일이 가득해서 어떤 소식부터 전할까 생각하는데 엄마에게서 뜻밖의 질문이 이어졌다.

— 혹시 둘째 가졌어?

"아니요. 둘째는 무슨. 아직은 생각 없어요. 엄마, 조이가 얼마나…… 활발한데요. 지금 둘째 생기면 감당 안 돼요."

웃으며 고개를 절레절레 흔들었다.

— 그래? 난 또 꿈이 너무 좋아 태몽인가 했더니.

"꿈? 무슨 꿈을 꿨는데요?"

— 조 서방이 승천하는 용을 꼭 끌어안더라고. 태몽이 아니라면 조 서방한테 좋은 일이 생기려나 봐.

"그럼 좋지 뭐. 그런데 엄마…… 혹시 그게 태몽이면…… 용은…… 아들이에요?"

— 아마 그럴걸?

전화를 끊고서 잠시 멍해진 제이였다. 서둘러 휴대폰의 스케줄 애플리케이션을 열었다. 모유 수유를 끊고 나서야 생리가 시작되었지만 주기가 정확한 편은 아니었다. 하지만 이번 달은 확실히 더 늦어지고 있었다.

벌여 놓은 일은 산더미 같고, 앞으로 해 나가야 할 일도 태산 같은데, 둘째라…… 걱정과 설렘이 묘하게 뒤엉켰다.

그날 밤. 조프와 제이는 저녁 식사를 마친 후 소화도 시키고 조이와 놀아 주기도 할 겸 산책에 나섰다. 이제 겨우 돌 지난 아이답지 않게 뛰다시피 하며 이곳저곳을 휘젓고 다니는 조이의 모습에 못 말린다는 듯 고개를 설레설레 흔드는 부부의 입가에 웃음꽃이 활짝 피어났다.

잠시 쉬어 가려 조프와 제이가 벤치에 앉자 조이가 신나게 다가오더니 안아 달라 손을 뻗었다.

"그래, 너도 그만큼 했으면 힘들 만도 하지. 우리 잠시만 쉬어 가자, 조이."

조프가 싱긋 웃으며 조이를 안아 올렸다. 그런데 조이가 옆에 앉은 제이의 배를 보며 대뜸 '안녕.' 하고 인사를 했다. 평소에도 엄마, 아빠와 같은 짧은 단어를 곧잘 했기에 대수롭지 않게 생각했는데, 다시 한번 더 인사를 건넸다. '안녕.' 이번에는 손까지 야무지게 흔들어 보였다.

우연이겠지만, 참 신기하다는 생각이 들었다. 아무래도 내일, 산부인과에 한번 가 봐야 할 모양이다.

숨바꼭질.

휴일 같지 않은 휴일이 찾아왔다. 전쟁이다.

남자아이들이라 그런지 유모나 제이보다 아빠인 조프와 노는 걸 가장 좋아했다. 오늘도 그들만의 아지트에서 뭘 하고 있는지 점심때가 지나도록 소식이 없었다.

결국 기다리다 못한 제이가 삼부자를 찾아 나섰다. 그들의 놀이에서 가장 많은 비중을 차지하는, 첫째인 조이를 위해 정원 한편에 만들었던 아지트를 먼저 찾았다.

"대체 어딜 간 거야?"

아지트는 텅 비어 있었다.

제이는 서둘러 정원 이곳저곳을 누비며 삼부자의 애칭을 애타게 불렀다.

"조프, 조이, 렉스."

어디선가 키득거리는 소리가 들렸다. 둘째 아들 렉스였다. 오호라, 장난이 치고 싶은 모양이지?

소리가 들리는 쪽으로 살금살금 걸음을 옮기는데 갑자기 조프가 불쑥 튀어 올랐다. 한 팔에는 조이를, 또 다른 한 팔에는 렉스의 허리를 휘어 감고서. 만면에 웃음을 머금은 채 자신을 향해 윙크하는 조프의 모습에 제이의 입가에도 덩달아 미소가 활짝 피어올랐다.

엎드린 채 아빠의 팔에 대롱대롱 매달려 힘들 것 같기도 한데 뭐가 그리 즐거운지 숨넘어가게 깔깔거리며 웃는 아이들의 웃음소리가 정원에 메아리처럼 울려 퍼졌다.

그 소리를 들었는지 유모들이 급히 달려 나왔다. 조프는 흙먼지로 범벅이 된 아이들을 유모에게 차례로 넘겨주고서 제이에게 다가와 망설임 없이 그녀를 끌어안으며 입을 맞췄다.

"조프! 당신 옷도 흙투성이라고요!"

"잘됐네. 작전 성공! 점심 먹기 전에 같이 씻자."

"뭐예요?"

"오랜만에 같이 씻자고, 당신은 손 하나 까딱하지 마. 내가 머리끝에서 발끝까지 다 씻겨 줄게."

의미심장한 조프의 눈빛에 피식 웃고 말았다.

"됐거든요?! 나 지금 배 많이 고프단 말이에요. 얼마나 기다렸는지 알아요?"

"그러니까 이럴 시간에 얼른 가서 같이 씻고 밥 먹으면 되잖아."

"같이 씻으러 들어갔다가 언제 나올 줄 알고?"

"약속할게. 음식 식기 전에 나오겠다고."

지키지 못할 그 약속, 믿은 내가 바보지. 제이가 투덜거리며 욕실을 먼저 벗어났다.

둘이 씻는 동안 다시 차려진 음식은 이미 다 식어 버렸다. 급기야 기다림을 참지 못한 제이의 위장이 꼬르륵 소리를 냈다. 이제라도 늦은 점심을 먹나 싶었는데 또 악동들이 사라졌다.

속으로 한숨을 삼키는 제이를 향해 유모가 입술을 실룩거리며 다가오더니 어딘가로 손가락질하며 악동들이 숨은 위치를 알렸다. 그 모습을 지켜보던 이자벨도 뭐가 그리 재밌는지 연신 싱글벙글이었다.

뒤늦게 욕실에서 나온 조프와 함께 악동을 찾으러 나섰다.

유모가 가리킨 방향으로 가서 보니 커다란 화분 뒤에 한 명, 홀의 기둥 뒤에 한 명이 숨어 있는 모습이 보였다. 그나마 큰 아들인 조이는 기둥에 딱 붙어 제법 몸을 잘 숨겼고, 둘째인 렉스는 화분에 얼굴만 감춘 채였다. 실룩거리는 토실한 엉덩이를 보며 절로 웃음보따리가 열렸지만 조프와 제이는 서로의 검지를 입술에 갖다 대며 소리 없이 '쉿.' 하고 입 모양을 맞추었다.

이제 연기자가 될 시간이었다. 알아도 모른 척, 봐도 못 본 척. 너무 일찍 찾아도 탈이었고, 너무 늦게 찾아도 문제였다. 지금부터 쇼 타임.

"조이, 렉스, 우리 왕자님 어디 있을까?"

"와우, 너무 잘 숨었는데? 찾을 수가 없어."

"그러게요. 여기 숨었나? 없네?"

"그럼 커튼 뒤에 숨었나? 여기도 없네."

제이와 조프가 눈빛을 교환하며 사이좋게 말을 주고받자 렉스가 참지 못하고 키득거렸다.

"어어? 저기서 웃는 소리가 들리는데?"

이번에는 조이까지 웃음이 터지고 말았다. 제이는 렉스에게, 조프는 조이에게 살금살금 다가가 극적으로 목소리를 높이며 동시에 외쳤다.

"찾았다!"

아이들의 행복한 웃음소리가 조프와 제이의 온 마음으로 가득 울려 퍼졌다.

늦은 점심 식사 후 부부가 오붓한 티타임을 가질 때였다. 한참 이런저런 얘기를 나누던 조프가 불현듯 떠오른 기억에 차를 마시다 말고 웃으며 말을 꺼냈다.

"제이, 내가 꿈을 그다지 잘 꾸지 않는 거 알지?"

"그럼요. 그게 얼마나 부럽다고, 당신 정말 복받은 거예요."

"그런 내가 지난밤에 어떤 꿈을 꿨어."

"무슨 꿈인지 기억이 나요?"

"나도 이런 꿈은 처음이라 너무 신기해서 당신한테 말해 준다는 게 깜빡했네."

제이는 평소 꿈을 잘 꾸지 않던 조프가 도대체 무슨 꿈을 꿨기에 신기하다는 건지 궁금했다.

"무슨 꿈이에요? 어서 말해 봐요."

"꼭 천국 같은 느낌이었어. 뭐랄까…… 애니메이션에서나 볼 것 같은 파라다이스 말이야. 날은 화창하고 사방은 예쁜 꽃으로 가득했어. 저 멀리 투명한 폭포수가 시원하게 흘러내리고 새소리가 음악처럼 울려 퍼졌어. 지금껏 그 어느 곳에서도 보지 못한 장관에 정신을 차릴 수가 없더라고. 그런데 어디선가 당신 향기가 나는 거야. 당연히 당신인 줄 알고 그곳을 향해 갔거든. 그런데 거기 뭐가 있는 줄 알아?"

제이는 듣는 것만으로도 황홀한 기분이 들어 잔뜩 기대하며 그의 말을 재촉했다.

"뭔데요? 궁금해, 빨리 말해 줘요."

"복숭아나무 한 그루가 있었어."

"복숭아……나무요?"

"응. 그 복숭아나무에 너무나 탐스러운 복숭아가 하나 열려 있더라고, 크기는 또 얼마나 크던지."

"그래서 어떻게 했어요? 땄어요?"

눈빛을 반짝이며 물어보는 제이를 사랑스럽게 바라보던 조프가 고개를 크게 끄덕였다.

"따지 않을 수 없었어. 당신한테 꼭 보여 주고 싶었거든."

조프는 꿈에서조차 제이를 향한 사랑을 멈추지 않았고, 제이는 그의 사랑을 배 속에 품고서 세상에서 가장 행복한 미소를 짓고 있었다.

—The end

또 다른 사랑

3

1판 2쇄 찍음 2022년 5월 12일
1판 2쇄 펴냄 2022년 5월 18일

지은이 | 스파클라
펴낸이 | 정 필
펴낸곳 | (주)뿔미디어

기획 · 편집 | 박경희 김신혜
표지 디자인 | 우 물

출판등록 | 2002년 9월 11일 (제1081-1-132호)
주소 | 경기도 부천시 소향로 17, 303(두성프라자)
전화 | 032)651-6513 팩스 | 032)651-6094
E-mail | scarlets2012@hanmail.net
블로그 | http://blog.naver.com/dahyangs
비북스 | http://b-books.co.kr

값 11,000원

ISBN 979-11-6565-864-9 04810
ISBN 979-11-6565-861-8 04810(세트)

※파본은 구입하신 서점에서 교환하여 드립니다.